Torm
FÆNGOS
VERAL
Caranando
Merestan
Geador
Gull
Eccleton
Burrick
Garonna
Trestin
Nermering
Berency
Holferton
Glaive
Garion
Merildon
Gabors Furt
Thain
Lantille
Damosfels
Carbella
Alersa
Stivoli
Conpeccio
Tovigo
RENAÏS
Melnor
Tanbria
Ipatana
Nelgard
taraon
Leiengard
Länder der mittleren und näheren Welt
1598 nach Gründung des Strahlenden Reiches
Meilen: 100 200 400 600 800 1000

Oliver Plaschka

Das Licht hinter den Wolken

LIED DES ZWEI-RINGE-LANDS

Klett-Cotta

Hobbit Presse
www.klett-cotta.de/hobbitpresse

Printed in Germany
Schutzumschlag: © Umschlaggestaltung Birgit Gitschier,
Artwork © Max Meinzold
Illustrationen: Karin Graf
Gesetzt in den Tropen Studios, Leipzig
Gedruckt und gebunden von GGP Media GmbH, Pößneck
ISBN 978-3-608-93916-3

Illis, qui in nomine Serayae cucurrerunt

If you said let's go
If you said I'm sick of this place
I would listen to you
I wouldn't hesitate
And whether it's for a town
A godforsaken place
It wouldn't bother me
I'd be ready as if
I was waiting

Calexico, Si Tu Disais

I did not mean to shout. Just drive
Just get us out, dead or alive
The road's too long to mention –
Lord, it's something to see! –
Laid down by the
Good Intentions Paving Company

Joanna Newsom,
Good Intentions Paving Company

INHALT

I

Wie alles beginnt

Der Zauberer im Schnee – Gabors Furt – Sariks Traum –
Hochzeitsnacht – Sariks Erwachen – April hat Geburtstag –
Was man kriegt, wenn man sich mit Fremden einlässt –
Das Versprechen – Der kleine Toni – Sarik und Zeona – Der Verrat –
Janner und April – Sarik und Korianthe – Die Verwandlung

DER ZAUBERER IM SCHNEE

Keine Geschichte beginnt ohne das, was zuvor passiert ist. Länder haben ihre Legenden, Völker ihre Mythen und Männer und Frauen ihre Erinnerung, die sie erst zu dem macht, was sie sind – und manchmal daran hindert, die zu werden, die sie sein wollen.

Für April beginnt die Geschichte an einem Wintertag. Schneeflocken treiben durch die kristallklare Luft, wie Kirschblüten im Frühjahr. April, fast sieben und wie immer allein, rennt in ihrem Wollmantel über die alte Weide am Dorfrand, spürt Eichhörnchen nach oder malt Figuren in den Schnee. Sie hat nur wenige Freunde, und ihren Vater meidet sie, so gut sie kann. Der plötzliche und unerwartete Wintereinbruch ist eine willkommene Abwechslung.

Da sieht sie den Mann in dem blauen Umhang in einiger Entfernung auf der anderen Seite des Zauns, wo die Wiese sich bis zum Wald hin erstreckt. In der anderen Richtung führt sie hinunter zum Fluss, dessen Ufer seit Wochen von einer dünnen Eisschicht überzogen sind, blind von Nebel und Schnee. Der Mann steht verloren in einem Meer silbernen Schilfgrases, dessen erstarrte, gebrochene Halme in alle Richtungen weisen. Auf dem Kopf trägt er einen eigenartigen Hut, der sie an einen vornehmen Herrn denken lässt.

Neugierig tritt April näher.

Die östlichen Provinzen sind in den späten Jahren des sechzehnten Jahrhunderts pherenidischer Zeitrechnung kaum das, was man als eine sichere Gegend bezeichnen würde. Das Strahlende Reich steht vor dem Auseinanderbrechen, ein Kaiser folgt dem nächsten ins Grab, und die Präfekten und Dons walten, wie ihnen beliebt. Häufig tragen sie ihre Streitigkeiten mit Gewalt aus, und wechselnde Propheten geben ihr Möglichstes, die Menschen von dem Gedanken abzubringen, dass das Leben vielleicht mehr bereithalten könnte als Krieg oder leere Versprechen.

Geschichten über Magie und jene, die sie wirken, hat man ins Reich der Phantasie verbannt. Statt zu Stürmen und Fluten zu beten, beginnt man sie zu erklären und im Leid Gerechtigkeit zu suchen. Die meisten Menschen haben diesen Wandel willkommen geheißen, bald aber gemerkt, dass er sie weder glücklicher noch reicher macht; und Misstrauen hat sie entzweit.

Aus all diesen Gründen hätte sich April dem Fremden auf der anderen Seite des Zauns vielleicht besser nicht genähert. Sie hat aber nie an diese neue, erklärbare, gerechte und misstrauische Welt geglaubt. Sie hat immer eine andere Wahrheit gekannt, und ihre Lehrer waren Träume und Pein.

Fealvkind – so rufen sie die anderen Kinder, bis Tränen oder Zorn die Oberhand gewinnen. Sie fragen: Sehen deine Augen in der Nacht? Die meisten von ihnen wissen nicht einmal, wovon sie sprechen. So lange sie denken kann, hat sich nie ein echter Fealv nach Gabors Furt verirrt, und die meisten ihrer mutmaßlichen Kinder entpuppen sich früher oder später als das Ergebnis von Seitensprüngen, die ihre Eltern in große Erklärungsnot bringen – vielleicht haben sie deshalb ihre Kinder gelehrt, ein Auge auf alles zu halten, was aus ihrer Mitte heraussticht.

Und April sticht heraus. Sie ist ein blasses Kind mit strohblondem Haar und Augen, so hell wie die Steine im Fluss (später werden sie einen warmen Bernsteinton annehmen, und ihr Haar die Farbe von Sommerweizen). Vor allem aber weiß sie manchmal Dinge, die sie nicht wissen sollte: Ihre Sinne, so scheint es, leisten geradezu Unheimliches, ganz als ob die alte Redensart von den Sehenden Augen nur für sie erfunden worden wäre.

Der Fremde auf der anderen Seite des Zauns ist groß und gehört eindeutig nicht hierher. Wie ein seltenes Tier schreitet er aus dem Schilf auf die schneebedeckte Wiese hinaus und schaut sich um. Er hat sie noch nicht bemerkt. Er richtet seinen dreieckigen Hut und sein nachtblaues Gewand; und auf wunderbare Weise fühlt er sich *ganz* an. Etwas an ihm ist auf grundlegende Weise anders als bei allen anderen Menschen, die sie kennt.

Es ist, als erblicke sie zum ersten Mal in ihrem Leben eine neue Farbe und könnte nun mit dem Finger darauf zeigen und sagen: Das ist es – *das* ist, was ich mein ganzes Leben lang vermisst habe! Einen kurzen Moment wird ihr schwindlig. Sie hätte das niemals für möglich gehalten.

Mittlerweile hat er sie entdeckt und geht die letzten Schritte durch das nachlassende Schneegestöber auf sie zu. Nur der Zaun mit seinem weißen Überzug wie Zuckerhüte trennt sie jetzt noch.

»Hallo«, grüßt er sie. »Wie geht es dir?« Er sieht sich um, schüchtern, verunsichert, als sähe er alles zum ersten Mal – als hätte man ihn mit verbundenen Augen hierher geführt und ihm eben erst die Binde abgenommen. Silbersträhnen schimmern in seinem Umhang und in seinem dunklen Haar, und April denkt an Sternenlicht am Morgenhimmel, kurz bevor die Sonne aufgeht. Die Sonne, die alle sehen – nicht die *andere*, deren Licht selbst die Nacht erhellt.

»Mir geht es gut«, erwidert sie vorsichtig. »Und dir?«

Sorgsam streicht er sich ein paar Schneeflocken vom Gewand. Der Stoff macht einen kostbaren Eindruck; es sieht aus, als ob kleine Sternschnuppen aus ihm regnen. Offensichtlich ist aber sein Umhang zu kalt für diese Jahreszeit.

»Sag mir«, bittet er sie, »wo bin ich?«

»In Gabors Furt. Woher kommst du?«

»Ich weiß es nicht«, sagt der Fremde und runzelt die Stirn. Beim Blick in seine Augen, kalt und grau wie der Himmel, fällt es schwer zu glauben, dass es etwas gibt, das er nicht weiß.

»Bist du ein Fürst?«

Ein Lächeln huscht über sein Gesicht. »Wohl kaum. Fürsten reisen mit Gefolge und haben Pferde und Kutschen. Ich dagegen habe mich wohl bloß verlaufen.«

Nichts könnte verlässlicher ihr Mitgefühl wecken als seine Andersartigkeit. Sie weiß genau, wie es sich anfühlt: sie, die sich in jungen Jahren schon die Vorsicht eines jungen Kaninchens zu eigen gemacht hat, immer ausgestoßen, immer auf der Flucht; vor den anderen Kindern, vor ihrem Vater und besonders vor der unerkannten Leere, die in jedem einzelnen von ihnen schlummert. In allen bis auf den Fremden.

»Wie ist dein Name?«

»April«, sagt sie. »Weil ich da geboren bin.«

»Das ist ein schöner Name«, sagt er und runzelt die Stirn.

»Was ist?«

»Ich frage mich, ob wir uns nicht schon einmal begegnet sind.«

»Wann denn?«

»Ich weiß nicht.« Die Gefühle ziehen wie Wolken über sein Gesicht: Hoffnung, dann Kummer, und Schuld.

»Ich weiß nur, dass ich ein Zauberer bin.«

»Nein, bist du nicht!«, protestiert sie, und er schaut so bedrückt wie damals Todd, als er erkannt hatte, dass er Hasen nicht allein mit den Händen fangen kann. Bei dem Gedanken muss sie lachen, dann sieht sie, wie sehr ihn ihr Unglaube verletzt, verloren wie er dort steht in seinem Gewand aus Sternen und Nacht.

»Man glaubt nur, was man sieht, nicht wahr? Aber gut – ich werde es dir beweisen.«

Einen Moment lang kann sie ihren eigenen Herzschlag hören.

»Wenn ich dir einen Regenbogen schenke, glaubst du mir dann?« Er scheint sein Angebot noch im selben Moment zu bereuen, doch kaum dass sie nickt, klatscht er in die Hände, schließt die Augen und hebt die Arme zum wolkenverhangenen Himmel.

Und April sieht einen Regenbogen entstehen, wie sie noch nie zuvor einen gesehen hat, in Farben, die sie nur aus ihren Träumen kennt: sattes Türkis wie ein kühler Teich und zartes Lapislazuli dahinter, taufrischer Flieder und samtenes Rot, das an den Rändern zu gleißendem Rosenquarz erglüht; und sie verliert allen Zweifel, den sie jemals gehegt hatte.

Der Regenbogen verblasst in silbergrauem Rauch.

»Das war der letzte Regenbogen, den ich jemals gemacht habe«, sagt der Zauberer ernst. Etwas an ihm ist anders als zuvor. »Ich hoffe, er hat dir gefallen.«

»Er war wunderschön«, antwortet April.

»Glaubst du mir jetzt? Oder wirst du Schlösser, Drachen und Schätze von mir verlangen?«

»Ich glaube dir«, sagt sie vorsichtig. »Ich habe es immer geglaubt. Aber eure Zeit ist vorbei …«

Da bohren sich seine Augen mit einer solchen Schärfe in sie, dass sie erschrickt und zurückweicht.

»Das sagen alle!«, platzt es aus ihr heraus. »Sie sagen, es gibt keine Magie. Dabei kann ich sie doch aber sehen … Sie ist wie eine Sonne in der Nacht.«

Erstaunen und Furcht spielen auf seinem Gesicht. »April«, flüstert er, dann entschuldigt er sich bei ihr – doch sie weiß nicht, wofür. »Wie jung du noch bist! Natürlich … die andere Sonne. Ich erinnere mich. Sie quält dich noch jeden Tag, nicht wahr?«

Er weiß es!, denkt sie mit einer Mischung aus Triumph und Entsetzen. *Er weiß es!*

Dann scheint er zu vergessen, worüber sie eben noch gesprochen haben, und wendet sich ab. »Vorbei«, sagt er und blickt zu dem Wald, der sich hinter der Wiese erstreckt.

»Warte!«, ruft sie. »Werden wir uns je wiedersehen?«

Er dreht sich noch einmal um und sieht sie verwundert an, als sähe er sie wiederum zum ersten Mal. »Sicher werden wir das«, sagt er und tippt sich an den Hut. »Das ist erst der Anfang.« Er geht ein paar Schritte durch den Schnee.

»Ich habe den Weg verloren«, murmelt er und schüttelt den Kopf wie ein sehr alter Mann. Die Schneeflocken fallen wieder dichter.

Dann geht er und verschwindet, wie der Regenbogen verschwand.

GABORS FURT

Wie alle Außenseiter hat April nie darum gebeten, einer zu sein. Gerne würde sie mit Nell und den anderen Kindern spielen. Geschwister, insbesondere ein Bruder, hätten geholfen, die Aufmerksamkeit der einzigen Person, auf die sie gerne verzichtet hätte, von ihr abzulenken. Doch ihre Mutter ist im Kindbett gestorben, einen Bruder hat es nie gegeben, und ihr Vater – der einzige und nach einhelliger Meinung schlechteste Küfer von Gabors Furt – trägt ihr mit großer Genugtuung Arbeiten auf, die dafür sorgen, dass andere es schwerer haben als er selbst.

Die meiste Zeit ist April daher beschäftigt, die Werkstatt zu putzen, Wäsche zu waschen, Holz zu schleppen. Nell findet das in der Regel ganz lustig. Wie das eine Mal, als sie mit ihrer Freundin auf einem der Pferde ihres Vaters vorbeireitet.

»Hey, April. Wir reiten runter zum Fluss. Du hast wohl noch zu tun, was?«

Nell ist ihre Cousine, und Aprils Vater wird nie müde, zu betonen, was für ein Glück seine Schwester und deren Mann mit einer Tochter wie ihr hatten. Nell hat eine schöne Nase, heißt es, sie ist der Stolz der kleinen Schule, sagt die Lehrerin, und sie hat zarte Hände und keinen Schmutz an den Kleidern. Sie wird einmal einen guten Mann heiraten, sagen alle.

»Sieht wohl so aus«, sagt April und missachtet die spöttischen Blicke vom Pferderücken.

»Vom Anstarren werden deine Füße jedenfalls nicht sauber«, kichert Nell. »Oder wartest du, dass die Erde sich auftut?«

Da hebt April den Blick und richtet ihn auf die kichernden Mädchen. »Dein Vater kommt gleich. Weiß er, dass du das Pferd hast? Ihr verschwindet besser.«

»Ihre Augen sehen wohl in der Nacht«, sagt Nell zu ihrer Freundin. »Ich frage mich, was Bruder Tito davon hielte.«

Bruder Tito ist der Paraspriester und die selbsterklärte gute Seele seines Dorfs, dem er die komplizierten Nuancen der kaiserlichen Religion und ihres geteilten Gottes zu vermitteln versucht.

Als Nells Vater dann wirklich kommt und die beiden Mädchen wieder einsammelt, verstummt sie. Spätestens von diesem Tage an haben die meisten Kinder Angst vor April, und sie merkt, dass sie vorsichtiger sein muss.

Denn Nell liegt mit ihrer unbedachten Aussage richtiger, als sie ahnt.

Für April stellt sich die Welt ihrer Kindheit als ein Muster von Mächten dar, die den anderen Menschen verborgen sind. Manchmal träumt sie von einem fernen Ort in den Bergen, an dem sich diese Mächte wie funkelnder Schnee gesammelt haben. Er leuchtet so hell, dass sie den Glanz als die andere Sonne bezeichnet, und sie hätte jederzeit den Weg dorthin deuten können: nach Süden, und ein wenig nach Osten, in der Einsamkeit hoher Gipfel.

Genauso nimmt sie aber auch die Abwesenheit dieser Mächte überall sonst wahr, wie eine bedrohliche Leere, die in allem schlummert. Es ist, als *sähe* sie die Nacht, jede einzelne Facette ihrer Lichtlosigkeit – und manchmal, wenn sie sich zu sehr darauf konzentriert, droht es sie zu verschlingen. Doch selbst wenn sie den dunklen Sog ignorieren will, spürt sie, wenn sich ihr jemand nähert, und einige Leute kann sie sogar auseinanderhalten.

Nur manchmal denkt sie an den einzigen, den sie je traf, der anders war als die anderen; der strahlte, statt zu verschlingen: Sie denkt an den Zauberer im Schnee und fragt sich, ob es ihn wirklich gegeben hat.

Nell wäre nicht Nell, hätte sie es darauf beruhen lassen, und so treibt sie Aprils Bekanntschaft mit dem Fluss eines Tages mit einem kräftigen Stoß in den Rücken voran.

Es wäre nicht mehr als ein hässlicher Spaß, wäre April nicht dank ihres Vaters eine sehr ungeübte Schwimmerin und der Fluss nicht dank ergiebiger Regenfälle tiefer als üblich. Mehr noch als die Aussicht auf den Tod aber hasst April die Vorstellung, vor den Augen ihrer Cousine mit ihm zu ringen, und so geht sie rasch unter und beginnt erst richtig zu kämpfen, als Nell längst erschrocken die Flucht ergriffen hat, und sie schon kaum noch die Kraft dazu aufbringen kann.

Als Retter in der Not erweist sich Todd, der Sohn des Gerbers, der ein Stückchen stromabwärts mit einem Schiffchen spielt. Todds Familie wird zu Recht des Geruchs wegen gemieden, aber Umgang mit Wasser hat er schon deshalb stets reichlich gehabt. Tatsächlich ist er ein ausgezeichneter Schwimmer – was er nach einer kurzen Schrecksekunde, in der er eine wichtige Abwägung zwischen dem ertrinkenden Mädchen und seinem gerade außer Sicht treibenden Schiffchen treffen muss, auch unter Beweis stellt.

»Danke«, sagt April, nachdem er sie ans Ufer gezogen hat und sie wieder Luft bekommt.

»K-k-keine U-ursache«, sagt Todd mit hochrotem Kopf. Sprechen ist im Gegensatz zu Schwimmen nicht seine Stärke.

Eines Frühlings, April ist gerade zwölf geworden, kommt ein bunt zusammengewürfelter Trupp Reiter über die Furt, der das Dorf seinen Namen verdankt (April wird nie erfahren, wer eigentlich Gabor war). Ihre Seite des Flusses gehört noch zu Garion, auf der anderen beginnt Merildon, was dem Dorf wohl zu bescheidener Bedeutung verholfen hätte, würden die wichtigen Straßen nicht alle weiter westlich verlaufen, wo die größeren Städte liegen und der Grenzfluss in den mächtigen Damos mündet.

Die Reiter aber sind offensichtlich weit ab vom Schlag. Tief im Süden gäbe es Unruhen, sagen sie, und der Präfekt habe befohlen, alle kampffähigen Männer der Gegend einzuziehen. Welcher Präfekt, fragt man sie, der von Garion oder der von Merildon?

Beide, sagen die Reiter. Sie bleiben eine Zeitlang und lassen sich bewirten. Viele Dorfbewohner hoffen, sich auf diese Weise vielleicht freikaufen zu können. Bald aber treffen echte Soldaten ein, Phereniden mit strengen Gesichtern, weitere Rekruten in ihrem Gefolge. Ein Dorf, das dem Reich nicht hilft, ist ebenso gut wie gar kein Dorf, lautet die Botschaft beider Präfekten, und so macht man sich zum Aufbruch bereit.

Gabors Furt entsendet einen Zug von vierzig Mann, darunter auch Aprils Vater. Sie würden schon rechtzeitig zurück sein, um im Herbst die Ernte einzuholen, heißt es. April legt keinen Wert auf ihre schnelle Rückkehr.

Sie kommt bei Todds Familie am Flussufer unter. Gabors Furt liegt wie ausgestorben, Frauen und Kinder haben die Herrschaft übernommen. Ihr sechster Sinn ist diesen Sommer so schwach wie der Fluss, der beinahe versiegt ist, sodass die Furt zu einer Sandbank wird und selbst die Fische in zwei Provinzen trennt, die einander nicht mehr kennen, wenn das Wasser im Herbst wieder steigen wird. April ist für die Atempause dankbar, und auch im Haus einer Gerberfamilie zu leben macht ihr nicht viel aus.

Eine Weile führt sie ein fast normales Leben.

»W-w-as ist m-m-it dir?«, fragt Todd. »B-b-b-ist du n-n-icht mehr k-k-omisch?«

Kurz ist April wütend auf ihn, aber seit der Sache am Fluss steht sie in seiner Schuld, und wahrscheinlich kommt sich Todd völlig normal vor, auch wenn er stottert und komisch riecht. Er ist nicht der Hellste, doch immerhin ist deshalb auch seine Meinung zu Fealva und ihren Kindern äußerst vage, verglichen mit seiner Begeisterung für Holzpferde und kleine Schiffe. Außerdem kennt er ihren Vater nicht.

»Wieso, du bist doch auch nicht komisch«, sagt sie deshalb nur, und Todd grinst schief und zeigt ihr seine neuesten Spielsoldaten, mit denen er die Heldentaten nachspielt, die ihren Vätern in seiner Phantasie gerade widerfahren. April hat kein Problem damit, dass Todds Vater immer siegreich aus diesen Kämpfen hervorgeht – sie opfert gerne ihren Teil der Truppen, damit es etwas spannender für ihn bleibt. Auf einmal hat sie einen Freund.

Todd ist der Erste, dem sie je vertraut.

»Dein Vater ist nicht immer so gewesen, weißt du«, sagt Todds Mutter, als sie April eines Tages weinend im Hof sitzen findet. Der Sommer ist fast vorbei, und sie haben Nachricht erhalten, dass die Männer bald zurück sind. »Er wurde erst so, als deine Mutter starb.«

»Hast du sie gekannt?« April schluchzt.

Todds Mutter nickt und setzt sich neben sie. Sie hat gerade die Wäsche aufgehängt und riecht noch nach Seifenlauge, fast süß verglichen mit dem üblichen Geruch im Haus. Dann nippt sie an ihrer Tasse Wacholderschnaps, die sie in diesem Jahr häufig mit sich herumträgt, und schaut ihrer Wäsche beim Trocknen zu. »Ich erinnere mich noch gut«, sagt sie. »Es war im April …«

»Ich weiß.«

Todds Mutter fährt ihr durchs Haar. »Früher nannte man Kinder häufig nach dem Kalender, nach Blumen oder dem Wetter. Alles hatte noch eine Bedeutung … Zumindest sagten die Leute das immer, ehe sie sich die Köpfe einschlugen. Wo war ich?« Sie nimmt einen Schluck aus der Tasse, und die kleine graue Katze, die bei ihnen wohnt, springt April auf den Schoß.

»Meine Mutter«, sagt April und streichelt die Katze, und Todds Mutter nickt wieder.

»Es war eine schwere Geburt, und wir hatten keine Hebamme zur Hand. Eine Fremde reiste damals durch das Dorf, und sie bot ihre Hilfe an. Sie hatte wildes Haar und einen Blick, dass einem angst und bange wurde. Wir hatten eine wie sie noch nie gesehen. Der Priester, den wir damals hatten …« Ihr Blick geht ins Leere, und ihre knotigen Finger spielen mit der Tasse. »Dein Vater und die anderen Männer trauten ihr nicht. Manche glaubten, dass nicht nur Menschenblut in ihren Adern floss. Irgendwann blieb ihnen aber nichts anderes mehr übrig, als sie um Hilfe zu bitten. In den frühen Morgenstunden war es so weit.« Sie nimmt einen weiteren Schluck. »Du hast überlebt, deine Mutter aber ist gestorben. Die Fremde hat man mit Steinen aus dem Dorf getrieben. Sie hatte noch Glück.«

»Mein Vater hätte lieber einen Sohn gehabt«, sagt April. »Um sein Handwerk zu lernen.«

»Ich glaube, am liebsten hätte er in dieser Nacht gar kein Kind gehabt. Und dein Vater ist ein lausiger Küfer! Von ihm ist unsere alte Regentonne, siehst du?« Sie weist anklagend auf das geborstene Fass, das in einer Ecke des Hofes liegt.

»Meinst du«, fragt April, »dass er wiederkommt?« Sie lässt die Hände sinken, und die Katze in ihrem Schoß reckt sich und gähnt.

Todds Mutter zuckt die Schultern, trinkt und sagt nichts weiter.

Ein paar der Männer kehren tatsächlich aus dem Krieg zurück, darunter Aprils Vater, auch wenn er sehr viel dünner geworden ist und ein paar hässliche Narben auf dem Bauch hat. Er spricht jetzt weniger und trinkt dafür mehr, und seine Launen werden immer schlimmer. Sie sind bis nach Tanbria gereist, heißt es, und haben dort Aufständische umgebracht. Die Präfekten sind sehr zufrieden.

Todds Vater jedoch gehört zu denen, die ihr Leben fern der Furt auf einer Schwertspitze ausgehaucht haben. Der Junge wird daraufhin sehr still, und April vermutet, dass er seinen Vater sehr geliebt haben muss.

Die Erntezeit ist fast vorbei, als die Männer nach Hause kommen. Es gibt wenig zu essen diesen Winter.

Den Winter über scheinen April und das Dorf in verschiedenen Welten zu leben. Sie verschwindet, das Dorf vergisst sie, und ihr Wiederauftauchen im Frühjahr ist ebenso überraschend wie die ersten Blumen, die ihren Kopf aus dem Schnee strecken.

Todd ist einer der wenigen, der sich freut, sie wiederzuhaben. Im Sommer bauen sie ein geheimes Lager im Wald. Dort klettern sie auf Bäume und spielen Verstecken, Todd bringt ihr das Schnitzen bei und sie ihm selbsterfundene Lieder, die er ohne zu stottern über die Lippen bringt. Es klingt nicht sehr schön, aber sie nennen es Fealvmusik, und damit ist es normal.

Später gesellt sich noch Maisie zu ihnen, die dicker ist als die anderen, und Gus, der vor allem Angst hat, was größer als ein Hase ist, sich aber nicht vor Insekten ekelt. Gemeinsam errichten sie einen Damm im Bach, kochen Räubersuppe in einem weggeworfenen Kessel und verfolgen Tierspuren bis zu einem Kreis alter Steine, in deren Schatten so große Pilze wachsen, dass Gus sich weigert, den Kreis zu betreten. April und Todd aber denken sich Geschichten aus, wie es früher im Wald gewesen sein muss, als noch Geister und Kobolde darin lebten.

Eines Abends findet Todd eine schöne Brosche mit einem Türkis unter einem Baum.

»Was hast du da?«, fragt April neugierig.

Todd ringt einen Moment mit sich, dann hält er sie ihr hin.

»F-f-ür d-d-ich«, erklärt er und versucht so tapfer wie möglich auszusehen.

»Ist das dein Ernst? Die muss doch wer verloren haben.«

»I-ist unser S-schatz. W-w-wir h-haben sie g-gefunden.«

April schließt zitternd die Finger um das Schmuckstück. Die Farbe des Steins erinnert sie an den Tag, als der Zauberer ihr einen Regenbogen schenkte. Sie steckt sich die Brosche an die Brust. Da tritt ein Leuchten in Todds Augen, und beide beratschlagen eine Weile, was man wohl mit einem solchen Schatz kaufen könnte.

»E-ein echtes P-pferd«, schlägt Todd vor.

»Ein echtes Schwert«, kontert April.

Sie träumt noch von Reisen auf ferne Märkte, als sie, Stunden zu spät, nach Hause kommt.

Ihr Vater, seit seinem Ausflug nach Tanbria mit einer beachtlichen Schnelligkeit gesegnet, steht vor ihr, ehe sie ihn bemerkt. Seine Hand trifft ihren Kopf, dann schleudert er sie gegen die Wand. »Wo warst du?«, fragt er, doch mehr als eine Antwort interessiert ihn das funkelnde Ding, das ihrer Hand entglitten und über den Boden zur Feuerstelle gerutscht ist.

»Was ist das?«, fragt er, aber April ist schwindlig und schlecht und kein Wort kommt ihr über die Lippen. Sie riecht nur den Schnaps in seinem Atem und spürt die gähnende Leere in ihm.

»Wo hast du das her?«, schreit er und schlägt sie abermals.

»Ein Geschenk … «, keucht sie, doch ein Tritt bringt sie zum Schweigen. »Du bist eine Lügnerin«, sagt er und steckt die Brosche ein. »Eine Lügnerin und eine Diebin.«

Die Brosche sieht sie die nächsten vier Jahre nicht wieder.

Ihr Vater ist am nächsten Morgen immer noch da.

Natürlich sehen die anderen ihre Verletzungen, aber keiner fragt danach. Nur Todd wirft einen ängstlichen Blick auf ihr geschwollenes Gesicht und hätte vielleicht etwas gesagt, aber er findet nicht die richtigen Worte, und April hilft ihm nicht dabei.

Sie selbst tut, als wäre nichts geschehen, und so spielen die Kinder bald wieder wie zuvor im Wald, wann immer sie es schaffen, ihren häuslichen Pflichten zu entkommen – oder die Pflichten, wie in Aprils Fall, nicht mehr fähig sind, ihren Sessel zu verlassen.

Solange April ihr geheimes Lager hat, kann sie alles andere vergessen.

Dann, eines Tages, als sie sich gerade weggestohlen hat und nach Todd und den anderen sucht, findet sie das Lager zertrampelt, den Staudamm zerstört, und Todd entkräftet an einen Baum gefesselt. Er hat sich in die Hosen gemacht und blutet an den Handgelenken, wo die Fesseln ihm ins Fleisch schneiden.

Eilig bindet sie ihn los und müht sich, aus ihm herauszubekommen, was geschehen ist, doch er vergräbt den Kopf in ihrem Schoß und weint, bis ein lautes Kichern aus dem Dickicht ihn von einer Antwort entbindet. Als Übeltäter geben sich die beiden Kaufmannssöhne zu erkennen, die Nell seit einiger Zeit schon den Hof machen.

»Na los«, grinst der eine. »Küss das Baby.«

»Gib ihm die Brust«, lacht der andere.

April überlegt nur kurz. Sie steht auf, nimmt einen angespitzten Stock, der für die neue Palisade bestimmt war, und stößt ihn dem größeren der Brüder, der sich vor Lachen kaum noch halten kann, ins Herz. Zumindest ist es das, worauf sie zielt, doch er duckt sich im letzten Moment, und der Speer durchbohrt seine Schulter.

Das Resultat ist einen kurzen Moment sehr befriedigend, auch wenn der Anblick des vielen Blutes sie verstört. Das Nachspiel aber wird schlimmer, als selbst die Kaufmannssöhne es hätten bereiten können.

Aprils Vater verspricht dem Vater des Geschädigten (welcher Zeit seines Lebens einen lahmen Arm behalten wird), persönlich für die Züchtigung seiner Tochter zu sorgen, worauf nach zusätzlicher Zahlung einer Summe, die einem anständigen Küfer zumutbar ist, alle Ansprüche abgegolten sind. Es gelingt ihm, diese Demonstration väterlichen Geschäftssinns derart beeindruckend zu gestalten, dass keiner der beiden Söhne noch das Bedürfnis verspürt, April das Leben schwer zu machen: Man sieht sie erstmals einen Monat später wieder auf der Straße.

Todd wird der weitere Umgang mit ihr verboten, und im Jahr darauf zieht seine Mutter mit ihm zu einem Onkel nach Melnor, ohne sich bei irgendwem in Gabors Furt zu verabschieden. Die kleine graue Katze lassen sie zurück, und manchmal stellt April ihr eine Schale Milch vor die Tür des alten Gerberhauses, weil sie jetzt der einzige Freund ist, den sie noch hat. Maisie traut sich nicht mehr in ihre Nähe, und Gus interessiert sich nur noch für seine Regenwürmer, die er mit Abfällen mästet und manchmal auch isst.

Mit vierzehn Jahren wünscht sich April den Tod.

Mit fünfzehn wünscht sie sich den Tod ihres Vaters.

Weil sie den Gedanken daran nicht erträgt und niemanden sonst mehr zum Reden hat, erzählt sie Bruder Tito davon. Zu diesem Zeitpunkt arbeitet sie häufig in seinem Haushalt, macht seine Wäsche und kocht ihm das Essen. Sie ist nun sechzehn, und Bruder Tito ist sehr interessiert daran, mehr über das seltsame Mädchen zu erfahren, das seinem Vater so viel Kummer bereitet. Er ermutigt April, ihm ihre Geheimnisse anzuvertrauen – und verspricht ihr, dass alles, was sie ihm erzählt, zwischen ihnen und dem Ohr des Geteilten bleiben wird.

Gleichzeitig werden seine Annäherungen von Woche zu Woche unverhohlener. Als er sie eines Tages bei den Beinen packt und nicht mehr loslässt, schlägt sie mit dem Fleischhammer nach ihm. Er ist einfach das Erste, was sie zu fassen bekommt; die Messer hätten direkt daneben gelegen.

Natürlich will Aprils Vater von Bruder Tito erfahren, weshalb er seine Tochter nicht länger beschäftigt. Darüber kommen die beiden Männer sich näher und entdecken ihre gemeinsame Liebe zum Wein. Und als sich zum Erntedankfest beide in wechselseitigen Preisungen der reichen Gaben des Landes überbieten und Bruder Tito guter Dinge ist, verrät er sie.

SARIKS TRAUM

Hätte man Sarik an jenem zeitlosen, zeugenlosen, segensreichen Tag auf seinem Weg den kleinen Berg hinauf begleitet, so wären einem als Erstes die Wolken in seinem Gefolge aufgefallen.

Viel zu lange schon hat die Hitze das Land ausgedorrt, Zikaden haben die Felder unter sich aufgeteilt, und alles Leben liegt betäubt im heißen Staub. Nun aber eilen Wolken von allen Enden des Horizonts herbei wie alte Jungfern, die zu spät zum Fest sind. Fast kann man das missbilligende Knurren derer erahnen, die sie auf ihrem Rennen über den azurblauen Himmel überholen. Weiße Pferde galoppieren neben rauchgrauen Drachen, und stolze Galeonen landen an ihren Flanken an und werfen ihre Schatten auf den Grund des himmlischen Ozeans.

Eine Weile sammeln sich die Streitkräfte über der mit wehenden Fahnen genommenen Welt, und bald ist ihr Gedränge so groß, dass sie zu phantastischen Formen verschmelzen. Nur vereinzelt bricht noch die Mittagssonne durch ihre elfenbeinernen Leiber, Finger aus Licht, die flehentlich über die verdorrten Felder und die in der Hitze knackenden Wälder streichen, ehe die letzten Pforten sich schließen; die letzten Sendboten sich hinter den Schutzwall der Wolken zurückziehen oder für immer erlöschen müssen.

Das Farbenspiel am Himmel wandelt sich von perlmuttfarben zu bleigrau. Grollend schieben sich die finsteren Massive ineinander. So hoch türmen sich die schwebenden Berge, und so tief lasten ihre prallen Bäuche, dass man den Kopf in den Nacken legen muss, um ihre Dimensionen zu erahnen. Dann machen sie sich auf zur Spitze ihres erdgebundenen Bruders, des Berges aus Fels, und bedecken das Tal mit dunklem Damast.

Wäre man noch weiter gegangen, hätte man schließlich Sarik selbst gesehen, wie er gemächlich die letzten Schritte zurücklegt, ein gutgelaunter Wanderer, der sich auf das bevorstehende Ereignis freut.

Er trägt einen Dreispitz und einen Umhang von einer seltsamen Farbe, die man nur während einiger flüchtiger Minuten des Tages beschreiben könnte: eine Weile vor Sonnenaufgang oder nach ihrem Untergang. Dann würde man nämlich bemerken, dass es die Farbe des der Sonne abgewandten Teils des Himmels ist, in dessen Schwärze sich die Ahnung von Kobalt und das Glitzern der ersten und letzten Sterne der Nacht mischt. Dasselbe Funkeln steht in seinen Augen, grau wie Kraniche in der Dämmerung, und in seinem dunklen Haar. Sarik selbst ist sich dessen ebenso wenig bewusst wie andere Leute sich ihrer Nasenspitze bewusst sind. Doch er wirkt ohnehin fehl am Platz und hätte überall so gewirkt, selbst als er nun stehenbleibt und die Arme weit ausbreitet, als wolle er die ganze Welt umarmen.

Eine Böe fegt wild über den Gipfel, erst hierhin, dann dorthin, und reißt ihm beinahe den Hut vom Kopf. Sie bringt eine Ahnung von Feuchtigkeit mit sich, ein paar Tropfen nur, und als die Dunkelheit wie Fischernetze über das Land fällt und sich ein gewaltiger Trommelwirbel von oben nähert, beenden die Zikaden ihr Spiel, und die Vögel stoßen einen letzten, angstvollen Ruf aus und ziehen die Köpfe ein.

Sarik legt den Kopf zurück und lacht.

Der Krieg der Wolkenschiffe hat begonnen. Eine Breitseite bläulicher Blitze schießt von West nach Ost und wieder zurück, und Donner rollt durch das Tal. Zwei der schwebenden Massive kollidieren: Ihre Rümpfe bersten mit ohrenbetäubendem Krach und entladen ihre Fracht, Tropfen groß wie Taubeneier, und legen einen undurchdringlichen Vorhang über die Welt.

Sarik steht ganz entspannt da, obwohl das Wasser überall ist. Es schlägt ihm in Strömen ins Gesicht und rinnt an ihm herab, wäscht in Sturzbächen den Sommerstaub von den Felsen. Es tränkt den Boden mit Träumen grünender Wiesen und reifer Früchte und füllt die Quellen und Bäche, macht sich auf seine weite Reise Richtung Meer.

Nach einer Weile mäßigt sich der himmlische Krieg. Der Platzregen lässt nach und wird erst zu einem milden Sommerschauer, dann versiegt er ganz, ebenso plötzlich, wie er gekommen ist. Die erschöpften Wolken, ihrer Last entledigt, hellen sich auf, um dann unter dem blendenden Ansturm der Sonne zu zerreißen. Geschlagen schweben sie davon und verlieren sich an den stahlgrauen Rändern der Welt.

Das siegreiche Licht aber spiegelt sich in unzähligen Tröpfchen. Sie hängen in Büschen von den Dornen und sammeln sich schimmernd in den Blüten, bis sie überlaufen und fallen, ein unschuldiges Nachspiel der Flut, die gekommen und wieder vergangen ist.

Sarik trocknet sich die Kleider und macht sich auf den Rückweg. Die Vögel trauen sich wieder aus ihren Verstecken und entrüsten sich über ihr nasses Gefieder. Eine Heuschrecke kriecht zitternd unter ihrem Blatt hervor, und ein paar Mücken heben sich in die dünne Luft. Es riecht nach Lavendel, und die Ahnung eines Regenbogens spannt sich unerreichbar über das Tal.

Er bückt sich nach einem jungen Vogel, der aus seinem Piniennest in eine große Pfütze gefallen ist. Er nimmt ihn auf, setzt ihn auf einen der unteren Zweige und erträgt geduldig sein Geschimpfe.

Ich erwarte keine Dankbarkeit, denkt er, als er fern in seinem Geist eine vertraute Regung verspürt.

Von einem Vogel?, denkt das Irrlicht mit einem Hauch von Eifersucht. Es ist so leise, dass er es kaum verstehen kann.

Wo steckst du?, fragt Sarik, denn gewöhnlich hält es sich in seiner Nähe.

Er bleibt stehen und lässt den Blick über das kleine Dorf im Tal schweifen. Die Menschen haben den Schutz ihrer Häuser verlassen und schauen staunend zum blauen Himmel auf, und ihre Kinder tollen durch die Pfützen. Am glücklichsten sind die Bauern, auch wenn sie es nicht so gut zeigen können wie die Kinder.

Bei ihrem Anblick kommen Sarik Erinnerungen an frühere Erlebnisse. Ein Kind, das sich verlaufen hat: gefunden. Eine alte Frau in den Trümmern ihrer Scheune: gerettet. Er hat Räuber gestellt, das Dorf vor Armeen versteckt und die Bäckerskatze aus dem Schornstein befreit, und nie haben die Menschen auch nur Notiz von ihm genommen.

Doch er tut, was er tut, nicht des Dankes wegen. Er hilft den Menschen gern, doch ihre Wünsche und Sorgen sind ohne Belang für ihn. Er tut es allein der Magie wegen – und keine Form von Magie bereitet ihm solches Vergnügen wie die, die dem Wetter befiehlt: all die Arten, einen Wind zu rufen, all die Täuschungen, die Sonne und Mond auf die Augen der Menschen zaubern, das ewige Spiel von Regen und Schnee.

Etwas stimmt nicht, denkt er und runzelt die Stirn.

War der Regen nicht gut?, fragt das Irrlicht von fern.

Doch, denkt Sarik, der Regen war gut. Aber irgendetwas – wo bist du? Ich kann dich nicht sehen.

Bei dir, antwortet das Irrlicht. *Wo ich immer bin. Komm zurück.*

Sarik nickt und macht sich auf den Weg. Er hat das Irrlicht immer für ein wenig besitzergreifend gehalten, doch es hat recht.

Er hält sich abseits der Felder, deren Besitzer stolz wie Könige durch die schlammigen Furchen stapfen. Auch Sariks Stiefel sinken knöcheltief ein, aber es kümmert ihn nicht. Seine Kleidung verfügt über besondere Eigenschaften. Es ist ein Stoff, wie die Eolyn ihn verwenden, und Schmutz haftet nie lange an ihm. Leider neigt sein Umhang auch dazu, in den Abendstunden Scharen von Glühwürmchen anzulocken, doch wie er sich zu sagen pflegt: Gute Schneider sind rar.

Er pfeift eine kleine Melodie auf seinem Weg, aber niemand außer einer alten Ziege nimmt von ihm Notiz. Er freut sich über die Kornblumen und die Felder von Fingerhut, die plätschernden Bäche und den Wind in den rauschenden Weiden. Morgen wird Nebel aus den Senken steigen, Tau sich in den Spinnennetzen fangen, und vielleicht wird es die nächsten Tage noch einmal einen kleinen Schauer geben.

Er freut sich darauf, in seinen Wald zurückzukehren. Die eigenartige Verunsicherung, die er nach dem Regen gespürt hat, nagt an ihm. Als wäre all dies ein Schauspiel – nicht wirklich. Sarik schüttelt den Kopf. Alle Zweifel werden vergehen, wenn die Sonne erst über dem Dach des Blauen Waldes verschwindet und er diese Welt ein weiteres Mal hinter sich lässt.

Er wandert den Weg entlang und hält Ausschau nach einer geeigneten Stelle. Schließlich hält er vor zwei jungen Birken, die wie Mädchen nach einem Bad tropfen. Mit geschlossenen Augen tritt er zwischen ihnen hindurch. Wasser schlägt ihm von den Blättern ins Gesicht, und er glaubt, einen angenehmen Schauer zu spüren. Es wird kühler, dann noch etwas, und alle Geräusche treten in den Hintergrund. Schatten fällt auf seine Lider, und er schlägt die Augen auf. Die Welt scheint unter ein Tuch aus Indigo gehüllt, das sie verbirgt wie eine Bühne, die noch nicht bereit für die Aufführung ist. Es ist dasselbe Zwielicht, das an allen Orten herrscht, an denen die Zeit nur langsam wie Honig fließt. Und doch ist es realer als das Dorf, der Berg, das Gewitter.

Ich freue mich, dass du zurück bist, denkt das Irrlicht. Seine Stimme klingt nun viel näher. War es die ganze Zeit schon hier? *Ich hoffe, die Reise war gut.* Vermutlich hat es bereits vergessen, weshalb und wie lange er weg war. Er kann sich selbst kaum noch erinnern.

Sarik atmet ein, genießt die frische Luft und die kühle Berührung der Farnwedel. Der Wald ist wie aus Türkis gehauen. Das Moos auf den Stämmen changiert in samtenem Grau und Grün. Die Vogelrufe im hohen Geäst scheinen das Echo vergangener Rufe, als ob jeder Sänger dem Lied des anderen respektvoll lauscht, ehe er es erwidert. Dann segelt ein Flughörnchen keckernd durch die Wipfel und verschwindet. Eine Spinne hebt höflich ihr Netz für ihn, und Sarik folgt einem der zufällig auftretenden Wege tiefer in den Wald.

Auf Trittsteinen überquert er einen Bach, während es im Schilf leise tuschelt und sich gurgelnd der Panzer einer Schildkröte aus dem Wasser hebt. Auf der anderen Seite grasen zwei Rehe, die gelassen einen Schritt zur Seite machen. Zu ihren Füßen tummelt sich eine Hasenfamilie, und ein paar Fernfer huschen durchs Unterholz. Sarik liebt das ruhige Spiel des Waldes, das ihn nicht fürchtet. Alle Bäume sind ihm vertraut. Er weiß, welche von ihnen hohl sind und welche Geschöpfe in ihnen hausen, weiß, über welche Wurzel man stolpern könnte, wäre man unvorsichtig, und manchmal bedauert er fast, dass er nie gestürzt ist.

Schließlich erreicht er die Lichtung, auf der er seine Hütte gebaut hat, unter dem unveränderlichen Firmament, in dem immer nur Sterne stehen, nie Sonne und Mond. Es gibt weder Mittag noch Mitternacht im Blauen Wald, nur dieses Fenster ins Zwielicht der Ewigkeit. Kleine pastellfarbene Lichter hängen wachsam wie eine Schule junger Forellen über den Schindeln, dann schießen sie auf ein geheimes Signal in alle Richtungen davon.

Hinter dem großen Sprossenfenster aber regt sich ein letztes, elfenbeinfarbenes Licht, ein unsteter Lampion, geschwungen von Kinderhand.

Das Irrlicht ist zu Hause.

Lächelnd geht Sarik zur Eingangstür. Von außen betrachtet wirkt seine Hütte schlicht und scheint Raum für höchstens zwei oder drei Zimmer zu bieten. In Wahrheit ist sie allerdings beträchtlich größer. Das Irrlicht schwebt ihm entgegen, und mit einem stillen Gruß öffnet Sarik die Tür und tritt ein.

Ich bin zurück, denkt er und streichelt den kleinen, kalten Ball aus Licht, der seine Farbe ändert wie Sprühregen im Sonnenschein. Auf einmal ist er sehr müde.

Er hängt seinen Dreispitz an den Haken und geht in Richtung

seines Schlafzimmers. Das Irrlicht fliegt mit leisem Singsang voraus, und Kerzen entzünden sich auf seinem Weg, obwohl es kalt ist wie Schnee.

»Ich werde mich eine Weile hinlegen«, sagt er. Er pflegt nur selten zu ruhen, doch eine bleierne Schwere zwingt ihn zu Bett.

Bald darauf ist er eingeschlafen. Träume kommen zu ihm in seinem Schlaf.

Im Traum treibt Sarik ziellos in der Leere, bis vor ihm der Umriss eines mächtigen Berges auftaucht. Langsam fliegt er um ihn herum und spürt die dumpfe Kraft in seinem Inneren, die langsam pulsiert wie ein großes, schläfriges Herz.

Vorsichtig schiebt er sich durch den Felsen, bis er in der Dunkelheit eines blutroten Schattens gewahr wird. Er erhascht einen Blick auf schimmernde Schuppen, ahnt die riesigen Muskeln, den Schwefelatem und die Kreatur, zu der all dies gehört, und die so tief und fest schläft, dass die Vernichtung ganzer Welten sie nicht aufgestört hätte. Da ist nur der Zug riesiger Ketten und die Last des Fels über dem Titanenkörper, und einen Moment empfindet Sarik fast Mitleid für die stolze Kreatur.

Borchiak der Große, erinnert Sarik sich seines alten Feindes. Er war einst einer von uns.

Vor ihm wacht eine Statue, die einen Avatar der Wesenheiten darstellt, so lebensecht, als würde sie jeden Moment von ihrem Sockel steigen. Sie hält ein großes Schwert in den Händen, und ihre Augen sind mandelförmig und wie aus flüssigem Gold.

Ihre Augen, denkt Sarik unvermittelt. Um uns an unsere Tat zu erinnern.

Entsetzen packt ihn, und er flieht.

Die Leere erstarrt zu Marmor, und Sarik merkt, dass er über den Boden einer weiten Halle wandert, in der mit dem Klang seiner Stiefel noch das Raunen vergangener Jahrhunderte nachhallt. Er kennt die hohen Fenster und die Gärten dahinter, die endlosen Säulengänge, die Decken, so hoch wie das Himmelszelt, die Mauern, die kein Meißel je berührt hat. Es ist der

Gestalt gewordene Traum der Mächtigen: der Hof von Iljudis, am Rande des Sommerlands.

Trauer befällt Sarik, denn er weiß, dass es diesen Ort nicht mehr gibt.

In der leeren Halle steht eine Frau mit rotem Haar und aristokratischen Zügen allein vor einem Spiegel. Trotz ihrer gebieterischen Haltung liegt Traurigkeit in ihrem Blick. Sarik tritt hinter sie und sieht die Halle im Spiegel von Kerzenschein erhellt und voller Leben. Die phantastischsten Besucher aus allen Winkeln der Welt haben sich versammelt und berauschen sich an ihrer Macht und aneinander. Dann bläst ein Wind durch die Vorhänge, die Kerzen erlöschen, und mit ihnen die arabeske Szene. Zurück bleibt nur ein leerer Ballsaal, und der Kummer und die Anklage in den Augen der Frau, die sich nun umdreht und ihn bei der Hand nimmt.

»Es ist an der Zeit«, sagt sie. Wie zuvor kehrt ein Bruchstück seiner Erinnerung zurück, und Sarik weiß, dass diese Frau ihm gefährlicher werden kann, als Borchiak das je vermocht hätte, denn er hat ihr einst einen Eid geleistet, und sein Wort bindet ihn. »Du musst erwachen.«

»Korianthe«, sagt er, und wie er ihren Namen spricht, brechen für einen Moment die Bilder über ihn herein: der Orden von Geador, seine alten Gefährten, Hallen voller Spiegel und furchtbarer Entscheidungen; der Ausdruck in den Augen seines Freundes Zearis, als er ihn das letzte Mal sieht. Diese Bilder sind mehr, als er ertragen kann, entsetzlicher noch als die Statue in Borchiaks Berg, und abermals flieht Sarik, weiter in die Tiefen seines Traums.

Lange Zeit lässt er sich treiben und denkt keinen Gedanken. Dann nimmt eine Strömung ihn auf und spült ihn schließlich an den Ort, an dem alle Wege wie in einem Mahlstrom enden.

Er hätte diesen Ort jederzeit wiedererkannt, gleich, wie lückenhaft seine Erinnerung auch sein mag, auch wenn er ihn nie in Fleisch und Blut betreten hat. Jeder der Mächtigen kennt ihn und hat schon von ihm geträumt, und jeden von ihnen hat es danach gelüstet, ihn zu beherrschen: Navylyn, die Hallen des Schicksals, die Kammern aus Porzellan, in denen die Figur eines jeden lebenden Wesens existiert … und die Wesenheiten, von den Sterblichen als Götter verehrt, damit spielen.

Sie liegen zwischen dieser Welt und den höheren Sphären – ein Haus für die Götter, wenn sie zu Besuch weilen. Hier wurden die Geschicke von Königen und Kindern, von Bettlern und Priestern entschieden. Heute aber liegen sie aufgegeben, verlassen, inmitten eines öden, bleichen Landes unter einem sternenübersäten Himmel. Die mächtigen Tore sind geschlossen, und die Einsamkeit ist bedrückend.

Wenn er noch einen Beweis gebraucht hat, wie alt die Welt während seines Schlafs geworden ist, dann hat die Stille jenes verschlossenen Ortes ihn erbracht. Sarik weiß, nur eine Wesenheit vermag diese Pforten zu öffnen, und es ist sehr lange keine Wesenheit mehr hier gewesen.

HOCHZEITSNACHT

Es ist ein schlechter Sommer gewesen, die Felder geben nicht viel her, für das man hätte danken können, und so gibt es diesen Herbst und Winter vor allem Fisch zu essen. Dennoch soll es ein besonderes Fest werden, denn Nell feiert Hochzeit. Der glückliche Bräutigam ist der jüngere der beiden Kaufmannssöhne (der mit dem gesunden Arm). Weder April noch ihr Vater legen großen Wert auf die Feier, die in einer ausgefegten Scheune stattfindet, aber zu Hochzeiten pflegt in Gabors Furt jeder zu erscheinen, und ein Fernbleiben käme einer Beleidigung gleich.

Die Mädchen tragen ihre guten Kleider und balgen sich darum, wer Brautjungfer sein darf, und die jungen Männer starren den Mädchen in die Ausschnitte. April bekommt das alles kaum mit, denn sie spürt vor allem den schweren Blick ihres Vaters, als die Familie des Bräutigams, wie im Dorf üblich, einen stattlichen Brautpreis an seinen Schwager entrichtet. Die erste Runde von Gläsern wird gefüllt, und sie weiß, dass ihre Tage gezählt sind.

Es geht ihr nicht gut an dem Abend. Das Gedränge der Menschen und das Gejohle der Betrunkenen sind ihr zuwider, und als die Tänze beginnen und man sie auffordert, krampft sich ihr Magen zusammen, und sie entfernt sich so weit von der Tanzfläche wie möglich. Nur zu gern wäre sie einfach gegangen.

Angesichts der Blicke ihres Vaters bleibt ihr jedoch nichts anderes übrig, als bis in die späten Abendstunden auszuharren. So bewachen sie sich gegenseitig, sie immer wütender, er immer betrunkener. Sie allein in ihrer Ecke, er im Kreise Bruder Titos, des

Bauern Spenkel und des alten Stellmachers, die ihm aufmerksam zuhören, daneben das Fass mit dem Branntwein.

Das Fass macht Aprils Vater das unverdiente Glück seines Schwagers erträglich und seinen Wunsch nach gleichem Glück gerecht. Er hat genauso in der Fremde gekämpft wie sein Schwager, erklärt er Bruder Tito, hat er da nicht Besseres verdient als *das*? Bruder Tito mag ihm da nicht widersprechen. Vor allem aber will er weiteres Unheil von dem guten Küfer abwenden.

Mitternacht ist lange vorbei, da packt Aprils Vater sie bei der Hand und schleppt sie nach Hause. Zu diesem Zeitpunkt kann er kaum noch laufen, ist mit seiner Beweisführung aber noch lange nicht fertig.

»Du«, sagt er. Er nennt sie nie beim Namen, wenn es sich vermeiden lässt. »Was glaubst du eigentlich, wer du bist? Kannst dein Leben ruinieren wie du willst, aber mich wirst du nicht ins Grab bringen!«

April merkt, wie betrunken er ist, und weiß, wie die Nacht enden wird, so gewiss wie mit dem Aufgang der Sonne, doch es ist ihr egal.

»Was«, schreit sie, »weil ich nicht *getanzt* habe? Weil mir schlecht wird von –«

Er schlägt ihr schallend auf den Mund. Sie taumelt und schmeckt Blut auf den Lippen. Ehe sie reagieren kann, hat er sie wieder bei der Hand und zieht sie weiter.

»Halt dich ja nicht für etwas Besseres«, murmelt er. »Ich bin der, dem es schlecht werden sollte bei dem, was ich kriege! Ist das der Dank?«

Sie erreichen ihr Haus, und er stößt sie über die Veranda und zur Tür hinein. Sie stolpert zum Esstisch und ringt um Atem, während er mit schwerer Hand die Glut im Kamin schürt. Es ist dunkel und stickig im Wohnraum und riecht nach dem Kraut und den Klößen vom Mittag. »Wer im Dorf wird für dich einen Brautpreis zahlen?«, fragt er. »Der Idiot mit seinen Würmern vielleicht? Oder Bruder Tito?«

April wird eiskalt.

»Meine eigene Tochter verführt einen Priester! Was, wenn sich das rumspricht?«

»Ich habe ihn nicht –«

»Wage es nicht, mich anzulügen!«, schreit er und kommt auf sie zu. Mit dem Rücken zur Glut kann sie nur seine Silhouette sehen. In der Hand hält er den Schürhaken. »Kommst dir wohl sehr schlau vor! Soll ich dich vielleicht ewig aushalten?«

»Ich will nicht –«

»Was willst du nicht?«, brüllt ihr Vater und hebt den Schürhaken.

»Ich will weg von hier«, bringt sie hervor und hält den Arm vor ihr Gesicht.

Er schnaubt. »Und dich mit einem Fremden einlassen? Weißt du, was man kriegt, wenn man sich mit denen einlässt?«

Er reißt sie vom Tisch weg und wirft sie vor den Kamin.

»Willst du's wissen? Willst du's sehen?«

Sie schreit und will aufstehen, doch er ist über ihr und drückt sie auf die Dielen. Der Schürhaken poltert neben ihr zu Boden, und sie riecht verbranntes Holz. Rot und orange flackern die glühenden Kohlen auf seinem Gesicht, und darunter brodelt die alte, dunkle Leere, droht, aus ihm hervorzubrechen.

»Willst du sehen, was man kriegt, wenn man sich mit Fremden einlässt?« Mit diesen Worten reißt er sein Hemd entzwei und entblößt seinen von Narben gezeichneten Bauch. Sie riecht Branntwein und Schweiß und spürt Übelkeit in sich aufsteigen.

»Willst du wissen, wie das ist?« Er greift nach dem Schürhaken und packt ihr Hemd. Sie schreit und kämpft, doch er ist zu stark und reißt es ihr vom Leib.

»Das ist, was man kriegt!«, schreit er. Sein Atem ist laut und schnell wie der alte Teekessel, wenn er zu lange auf dem Herd stand. »Das ist, was man kriegt!« Alles um sie herum tut sich auf wie Mäuler, und es trifft sie mit der Wucht eines Faustschlags in die Magengrube. Da ist sie, die kreisende Leere, direkt hinter seiner Stirn – sie macht ihr in diesem Moment mehr Angst als das, was er ihr antun könnte, denn sie ist alles, was mit der Welt nicht stimmt, und zeigt sich in ihm wie Fäulnis auf einem Stück Obst. Ihr Vater *ist* diese Fäulnis.

Sie reißt die Augen weit auf und starrt ihm ins Gesicht, schreit ihr Entsetzen heraus.

Ihr Vater erstarrt, als hätte er einen Geist gesehen. Zum ersten Mal in ihrem Leben sieht April etwas wie Angst in seinen Zügen. Seine Hand sinkt herab.

Dann grunzt er, steht auf und stapft aus dem Raum.

SARIKS ERWACHEN

Das Gefühl des Alters aus seinem Traum wirkte noch nach, und es kam ihm vor, als hätte er sehr lange Zeit geschlafen. Eine Weile versuchte er zu glauben, dass er sich täuschte; die Zeit verging anders im Blauen Wald, langsamer und manchmal auf Umwegen. Doch im Gegensatz zu früher hatte das Spiel der unsichtbaren Gezeiten, die ihn und seine Bewohner umarmten, keine beruhigende Wirkung auf Sarik, sondern erschien ihm beklemmend, so real wie Gefängnismauern.

Er suchte die Werkhallen unter seiner Hütte auf, wo er Flugmaschinen und andere Wunder ersonnen hatte, und erschrak beim Anblick des Staubs, der sich auf den Tüchern und Gerüsten gesammelt hatte. Ein leichter Windstoß schuf Abhilfe. Der Eindruck verlorener Zeit aber ließ sich nicht verwehen. Einen Moment lang betrachtete er sich in einem alten Messingspiegel. Der Spiegel war stumpf, und das Gesicht, das ihm entgegenblickte, war nurmehr ein verschwommenes Oval.

Er wandte sich ab und setzte sich an seinen Schreibtisch, sichtete seine Aufzeichnungen und versuchte sich an der Lösung eines Theorems, das ihn schon lange beschäftigte. Doch er konnte sich nicht konzentrieren, und das Pergament war so brüchig, dass es unter seinen Fingern fast zu Staub zerfiel.

War es schon immer so gewesen und ihm nur nicht aufgefallen?

Als er wieder nach oben kam, hatte das Zwielicht um seine Hütte eine unstete, lindgrüne Färbung angenommen. Eine Weile kümmerte er sich um die Beete hinter der Hütte, die vertrocknet und voller Unkraut waren. Zwei neugierige Fernferkinder machten sich einen Spaß daraus, seine Harke zu verstecken. Zu anderer Gelegenheit hätte er sich vielleicht auf ein Spiel mit ihnen eingelassen, doch in diesen Stunden erschienen ihm ihre koboldhaften Gesichtchen tückisch und fremd. Ihm war, als ob ein Bann von ihm gefallen wäre, der ihm all die Jahre die Sicht getrübt hatte, so wie die Zeit den Spiegel in seinem Keller.

Das Irrlicht kam herbeigeflogen. Es spürte, dass es ihm nicht gut ging, und folgte ihm besorgt nach drinnen.

Wie lange bin ich schon im Blauen Wald?, fragte er, auch wenn es wahrscheinlich eine schlechte Frage war, um sie einem Irrlicht zu stellen.

Irrlichter konnten sehr alt werden, doch wie die meisten magischen Wesen hatten sie dies nicht zuletzt dadurch erreicht, dass sie bestimmte Dinge nicht hinterfragten; die Zeit war eines davon. Dieses Irrlicht war jedenfalls schon seit langem bei ihm. Fast schien es Sarik, als wäre es immer schon da gewesen, und das Einzige, das war, wie es sein sollte.

Ich habe dich gefunden, antwortete es, seine Stimme wie leise singendes Glas in seinem Geist.

»War ich denn je wirklich weg?«, fragte Sarik laut, um seine eigene Stimme zu hören. Das Irrlicht verharrte vor ihm in der Luft und nahm einen verwirrten Pinkstich an.

»Es gab da ein Dorf … Ich dachte, ich hätte ihm Regen gebracht. Du warst eifersüchtig auf einen Vogel.« Er schüttelte den Kopf. »Doch jetzt bin ich nicht mehr sicher, ob es nicht auch nur ein Traum war. Wann habe ich den Wald zuletzt verlassen? Hat es dieses Dorf überhaupt je gegeben?«

Ich habe es gesehen, erwiderte das Irrlicht. *Mit deinen Augen.*

»Aber war ich auch dort?«

Du bist, wo du bist.

Langsam ließ er sich an seinem Küchentisch nieder, von wo aus er so häufig das Treiben des Waldes verfolgt hatte. Eine Weile rang er mit sich, dachte an die Bilder aus seinem Traum, der Vergangenheit: sein alter Feind, seine alte Herrin, das Zentrum der Macht, das sie alle niemals erlangt hatten. Es konnte kein Zufall sein, dass sie nach so langer Zeit zu ihm zurückgekehrt waren und ihn aus dem Gleichklang seiner Tage rissen.

»Es ist an der Zeit«, murmelte er.

Draußen, vor den Fenstern, hatten sich die anderen Irrlichter versammelt und schauten herein.

»Ich werde den Blauen Wald verlassen.«

Das Irrlicht färbte sich vor Überraschung fliederblau, und vor der Hütte fuhr Wind durch die Bäume und brachte die Reihen seiner Brüder und Schwestern durcheinander.

Bist du nicht glücklich?

»Ich war es«, sagte Sarik, »solange ich schlief. Doch etwas oder jemand hat mich geweckt, und nun sehe ich so viele Erinnerungen vor mir, dass ich kaum weiß, was davon echt ist und was nur eine Illusion. Etwas ist mit mir oder der Welt geschehen, und ich muss gehen und jemanden finden, der sich besser an alles erinnert als ich. Es tut mir leid.«

Er fuhr mit der Hand über die Korona aus kaltem Licht. Dann ging er seine Sachen richten. Es war nicht viel, was er mitnahm – es passte in einen kleinen Beutel.

Als er zur Tür ging, war das Irrlicht noch da.

Ich will nicht, dass du gehst.

Sarik lächelte.

»Ich wünschte, ich könnte bleiben«, sagte er, »aber die Ungeduld lässt mich nicht los. Was immer mich erwartet, ich will es herausfinden – und wie ein alter Freund einmal sagte: Der Beginn einer Reise ist immer am schönsten.«

Dann komme ich mit.

»Weißt du, worum du da bittest?«, fragte Sarik verblüfft. »Die Welt da draußen war früher schon kein Ort für Irrlichter.«

Doch das Irrlicht glomm entschlossen und hoffnungsvoll, und Sarik sah, dass es ihm ernst war.

»Also schön«, sagte er und war insgeheim dankbar. Dann nahm er seinen Dreispitz und trat nach draußen. Es war ein wenig dunkler geworden auf der Lichtung und so still, als hätte sich der Wald von ihm abgewandt.

Er schloss die Tür hinter sich, und mit einem letzten Blick auf seine Hütte ließ er sie zurück. Er wusste, der Blaue Wald würde nie wirklich fern sein. Er konnte sein Reich mit der nötigen Ruhe von jedem anderen Wald der Welt aus betreten und auf demselben Weg wieder verlassen. Dennoch fiel ihm der Abschied schwer.

Das Irrlicht blieb noch einen Moment länger auf der Lichtung. Es hatte ebenso wenig wie Sarik damit gerechnet, dass dieser Moment kommen würde, doch für das Irrlicht war ein Augenblick wie jeder andere.

Es flog zu den anderen Irrlichtern, um ihnen seinen Entschluss mitzuteilen. Sie stimmten ihm zu – und als es die Lichtung dann verließ, waren sie auch schon erloschen.

Ihm blieb keine Wahl. Einsam, strahlend, weiß folgte es Sarik.

APRIL HAT GEBURTSTAG

Der Tag im Frühjahr 1598, an dem April ihren Vater die Treppe hinab und damit gleichsam aus ihrem Leben stieß, begann mit einer Reise nach Thain anlässlich ihres siebzehnten Geburtstags.

April wunderte sich darüber, denn ihr Vater ging so gut wie nie auf Reisen und hatte sie noch nie auf eine mitgenommen. Zur Erklärung brachte er nur vor, er hoffe, ein wichtiges Geschäft mit einem Händler abzuschließen, den er damals im Krieg kennengelernt hatte. Außerdem hätte er eine Überraschung für sie.

Es erstaunte sie, dass er überhaupt an ihren Geburtstag gedacht hatte; sie konnte sich kaum erinnern, wann ihr irgendwer zuletzt etwas geschenkt hatte. Wahrscheinlich war es vor vier Jahren gewesen, als Todd die Brosche im Wald fand. Aber April war froh, dem Gefängnis der Furt für ein paar Tage zu entkommen, selbst wenn der Wärter mit von der Partie war. Also spannten sie den alten Ochsen vor den Wagen und fuhren los.

Das Verhalten ihres Vaters war im Laufe der letzten Monate noch unberechenbarer geworden. Seit Nells Hochzeit hatte er begonnen, sich seinen eigenen Schnaps zu brennen, dem er meistens schon morgens zusprach. Auch seine nächste Entscheidung an diesem Vormittag mochte damit zu tun haben: Er ließ April den Wagen lenken, um sich hinten auf der Ladefläche schlafen zu legen.

April machte das nichts aus. Sie genoss die Reise, auch wenn sie Hunger hatte und fror. Der Frühling ließ sich Zeit dieses Jahr, es war noch sehr frisch, und ein leichter Regen hielt sich seit Wochen beharrlich über dem Land und hatte die Äcker in eine Sumpflandschaft verwandelt. Aufmerksam beobachtete sie die Bauern, die durch den Schlamm wateten. Es waren mehr fremde Gesichter, als sie seit dem Jahr, in dem die Soldaten kamen, gesehen hatte.

Die Bedrohung durch die alles verschlingende Leere schien in letzter Zeit schwächer geworden, oder vielleicht waren Aprils Sinne seit dem Erntedankfest auch nur abgestumpft. Noch immer aber war sie sich bewusst, dass der Welt in ihrem Innersten etwas Entscheidendes fehlte. Und nach wie vor sah sie in ihren Träumen die andere Sonne, ein helles Licht fern hinter dem südlichen Horizont; und sie wünschte, sie könnte es befreien und über die Welt ausschütten.

Es war Abend, als sie ankamen. Thain war die größte Ortschaft der Gegend, über tausend Menschen lebten unter den eng aneinander gebauten Dächern, und ihr Vater sagte, Besucher von weit her kämen nach Thain, weil es einen richtigen Markt und sogar eine Post gab. Für ihn war es der Nabel der Welt, und auch wenn April vom Hörensagen wusste, dass Melnor (wo Todd und seine Mutter nun lebten) noch viel größer sein musste, war sie ausnahmsweise seiner Meinung.

Die Herberge, vor der sie hielten, war größer als die Scheune von Nells Hochzeit. Wahrscheinlich war das weiße Fachwerkhaus das größte Gebäude überhaupt, das sie je von innen gesehen hatte, und erst war ihr, als müsste ihnen jeder sofort ansehen, dass sie nicht hierher gehörten. Doch keiner der anderen Gäste nahm Notiz von dem stämmigen Mann und seiner mageren Tochter, als sie an die Theke traten.

Ihr Vater verlangte zunächst nach etwas zu trinken und ließ eine Nachricht an seinen Geschäftsfreund senden, während April und der Stallknecht sich um den Ochsen und den Wagen kümmerten. Als sie wiederkam, war ihr Vater so betrunken, dass er nicht mehr in der Lage war, den Weg auf ihr Zimmer zu finden. Weil sie auch nicht wusste, welches Zimmer ihnen der pausbäckige Wirt zugeteilt hatte, gab ihr Vater ihr eine schallende Ohrfeige und beruhigte sich erst, als der Stallknecht sich erbot, ihm nach oben zu helfen.

Es war nur ein einfaches Zimmer, und wie sich nun herausstellte, befand sich darin auch nur ein einziges Bett. Darauf streckte sich ihr Vater alsbald aus und fing an zu schnarchen. Er hatte eine kräftige Fahne, und April begann sich zu wünschen, sie könnte die Nacht bei den Ochsen im Stall verbringen.

Sie öffnete das Fenster und schaute nach draußen. Der Nieselregen hatte aufgehört, und die Sonne war noch nicht untergegangen. Unter ihr schob sich das Durcheinander von Händlern und Reisenden durch die Straße. Ihre Wange schmerzte noch von der Ohrfeige. Hinter ihr schnarchte ihr Vater.

»Ich wünschte, du wärst einfach nur still«, murmelte sie.

Ihr Vater gab keine Antwort.

Da merkte sie, dass der Stallknecht immer noch in der Tür stand und sie scheel ansah.

»Was?«, schnappte sie.

»Unten gibt's was zu essen«, haspelte er und verschwand.

April löste ihre zitternden Hände vom Fenstersims und atmete tief durch. Mit einem langen Blick auf ihren Vater, dessen Brustkorb sich hob und senkte wie eine alte Pumpe, folgte sie dem Stallknecht nach unten.

Eine Weile saß sie im Schankraum, stocherte in ihrem Essen und beobachtete die anderen Gäste. Die Leute sprachen einen ungewohnten Dialekt, und einige machten einen sehr wohlhabenden Eindruck. Ein ums andere Mal ging ihr Blick zur offenen Tür und auf die Straße. Es dämmerte allmählich. Sie dachte an ihren Vater oben auf dem Bett und spürte, wie sich ihre feuchten Finger um die paar Pennys schlossen, die sie in der Tasche trug – Taschengeld von Bruder Tito, das sie auf die Reise mitgenommen hatte, ohne recht zu wissen, wofür. Wahrscheinlich sollte sie am besten einfach warten, bis ihr Vater wieder zu sich kam. Oder sich zu ihm legen und versuchen zu schlafen.

Doch hatte es ihr je geholfen, zu tun, was man von ihr erwartete?

Es war ein verstörender Gedanke.

Sie stand auf und trat hinaus auf die Straße.

Etwas verloren stand sie am Straßenrand und beäugte die Menschen, Einheimische wie Reisende, die sich lachend und fluchend an ihr vorbeischoben. Sie sah junge Frauen mit Körben und Eimern; alte Bettler, die unablässig vor sich hin murmelten; reich gewandete Herrschaften aus dem Westen, aus Melnor, Glaive und dem Herzen des Strahlenden Reichs; ärmliche Tagelöhner und in Lumpen gehüllte Familien, vielleicht aus dem Norden, wo das Leben unsicher und hart sein sollte. Manche von ihnen hatten Esel und Pferde oder sogar Träger dabei, und obwohl April das Gedränge und all die Gerüche nach Unrat, Pferdedung und Essen zuwider waren, tat sie erst einen Schritt, dann noch einen, und ließ sich schließlich treiben.

Die Häuser hatten zwei oder mehr Stockwerke und drängten sich dicht aneinander. In den Gassen hingen Laternen, die nun nach und nach entzündet wurden. Es war aufregend, wie das Leben einfach weiterging, selbst mit Einbruch der Dunkelheit. Auf einmal fiel ihr wieder ein, dass sie Geburtstag hatte, und sie lachte.

Rascher, als sie erwartet hätte, erreichte sie den Rand der Ortschaft. Auch hier waren noch Leute unterwegs, und bald stellte sie fest, dass dies mit einer Reihe hell erleuchteter Zelte zusammenhing, die auf einer kleinen Wiese im Kreis standen. Wilde Musik und der Geruch von Met und gebratenen Äpfeln schlugen ihr entgegen.

Da vergaß sie ihre Sorgen – sie wollte jetzt alles sehen.

Der dicke Mann mit dem großen Hut am Eingang lächelte, als sie ihm die Hand mit den Pennys hinstreckte. Einen Moment sah er sie prüfend an, wie sie da stand, linkisch und ungewaschen, die alten Schuhe knöcheltief im Schlamm. Dann nahm er einen Penny, schloss ihre Finger um die restlichen und schickte sie hinein.

Wagen und Zelte verwandelten die Wiese in ein verrücktes, kleines Dorf, das von den seltsamsten Wesen bevölkert war, Gestalt gewordene Träume im Fackelschein.

Ein Stelzengänger mit weiten Beinkleidern stakste durch den Schlamm. Ein kleiner Mann, der ihr gerade bis zur Hüfte reichte, verführte die Besucher zum Hütchenspiel. Zwei leichtbekleidete Tänzerinnen schlugen Räder auf einer Bühne und warfen einander durch die Luft. Ein paar Zelte weiter stand ein ungeheurer Kerl, so breit wie hoch. Seine Brust war behaart wie die eines Bären, er bog Eisenstangen mit seinen Pranken, und April fragte sich, ob er nicht vielleicht wirklich ein Bär war, der sich bloß in einen Mann verwandelt hatte.

Sie war so glücklich wie seit Jahren nicht. Dies war die Welt, von der Todd und sie als Kinder geträumt hatten, und je länger sie sich in ihr verlor, desto ferner schien ihr die, aus der sie stammte. Eine Weile folgte sie ein paar Musikern von Zelt zu Zelt. Sie gab ihre letzten Pennys für ein paar gebrannte Nüsse und ein süßes Getränk aus und stellte fest, dass sie noch nie in ihrem Leben etwas so Gutes gegessen hatte.

Dann sah sie auf einmal einen Mann vor sich stehen. Sie wusste auf den ersten Blick, dass er kein Mensch war, aber sie kannte keinen Namen für das, was er war. Er war weiß und dürr wie ein Birkenzweig und jonglierte mit blitzenden Messern, deren tödliche Schönheit Staunen und Schrecken unter den Zuschauern hervorrief, und mit einer seltsamen Mischung aus Argwohn und Faszination trat April näher.

Er hatte weißes Haar, fast silbrig, das schimmerte wie Weidenkätzchen. Sein Gesicht war kreideweiß geschminkt, seine Nase schmal wie eines seiner Messer, doch seine Augen so groß und grün und wach, als sie ihren begegneten, dass sie wie vom Blitz getroffen stehen blieb. Im selben Moment erstarrte auch der Mann, und die Messer fielen herab, eins nach dem anderen. Mit einer beiläufigen Geste, als knöpfe er sich sein Wams zu, pflückte der Mann sie aus der Luft und ließ sie an seinem Gürtel verschwinden. Keine Sekunde löste er dabei den Blick von ihr, und als April einen Schritt zur Seite tat, machte auch er einen Schritt, und als sie den Mund öffnete, etwas zu sagen, setzte auch er an, ein Wort zu bilden, das er noch nicht kannte, und so ahmte er jede ihrer Gesten nach wie ein perfektes, geisterhaftes Spiegelbild.

April ließ sich auf das Spiel ein, und die Zuschauer verfolgten amüsiert, wie sie den Geschminkten dazu zwang, diese oder jene unverhoffte Bewegung auszuführen. »Frag ihn was«, sagte eine Stimme neben ihr, und April bemerkte den kleinen Hütchenspieler, der sie ans Bein stupste.

Also fragte April den weißen Mann, woher er kam und was er erlebt hatte, und da erzählte er eine Geschichte, ohne dabei ein einziges Wort zu sprechen. Er erzählte mit seinen Händen und seinem Gesicht, seine Finger formten lebendige Bilder, seine Augen schienen jede Regung imitieren zu können, die Menschen je gefühlt hatten. Auf eigentümliche Weise fühlte sich April an ihre Begegnung mit dem Zauberer im Schnee erinnert. Dieser Mann hier war nicht wie er – aber auch in ihm schimmerte eine alte Kraft, wie April sie noch bei keinem Menschen gespürt hatte.

So erfuhr April, wie der stumme Mann vor vielen Jahren übers Meer gekommen war. Sie erfuhr, dass er einst seine Liebste verloren hatte und fast verzweifelt war; wie er nach langen Jahren des Umherirrens auf den Jahrmarkt stieß und dort eine neue Heimat fand. Mit jeder neuen Wendung der Geschichte entstanden Bilder in ihrem Geist, die sie von hier weglocken wollten wie eine ferne Musik. Sie lauschte auf die Melodie dieser stillen Musik und sah, dass sie auch das restliche Publikum in ihren Bann schlug, bis sie schließlich auf einem bittersüßen Ton endete, der noch lange in ihnen nachklang.

Der weiße Mann verbeugte sich. Dabei berührte er April lächelnd an der Stirn und legte fragend den Kopf auf die Seite. Doch ehe sie auf diese unerwartete Geste eine Antwort fand, wandte er sich ab und verschwand in einem nahen Zelt. Seine Zuhörer schüttelten sich benommen und schnappten nach Luft. Ein paar Frauen schauten ihm fast wehmütig nach, zwei reich gekleidete Männer aber schoben sich entrüstet an April vorbei.

»Kein Wunder, dass der Kaiser sie jagen lässt«, murmelte der eine. »So weit ist es gekommen.«

»Verfluchte Eolyn«, sagte der andere und spuckte aus. »Wir könnten ihn melden – oder wir verlangen unser Geld zurück. Von Verhextwerden war nicht die Rede.«

Der andere grunzte und winkte ab. »Die Tänzerinnen waren gut«, gab er zu bedenken.

April aber fand, dass in der stummen Darbietung des Eolyn, wenn dies denn sein Name war, mehr Schönheit lag als in dem Tanz der Mädchen, und mehr Kraft als in den Muskeln des Bärenmanns. Sie bewunderte seine Anmut und sein kaltes Geschick. Aus den Augenwinkeln sah sie, wie der Hütchenspieler den Rücken der beiden Männer den Finger zeigte, und musste grinsen.

Sie blieb, bis fast alle Vorstellungen vorbei waren und Kälte und Müdigkeit sie Richtung Stadt trieben. Mit einer Gruppe älterer, angeheiterter Frauen wanderte sie im Licht von Mond und Sternen zurück, und nach einem kurzen Schrecken, als sie sich in der Gasse geirrt hatte, fand sie ihre Herberge.

Im Schankraum saßen noch ein paar Männer beim Feuerschein und machten Scherze auf Kosten der Schankmaid. Unter ihren neugierigen Blicken huschte April die Treppe hoch und schlich zu ihrer Tür. Sie lauschte, während sie die Hand behutsam auf den Knauf legte und die Tür aufschob. Ihr Gefühl sagte ihr, dass ihr Vater noch auf der anderen Seite war. Sie wunderte sich nur, dass sie nichts hörte.

Das Bett war verlassen. Das Mondlicht warf einen blassen Balken vom Fenster quer über die zerwühlten Decken. April erstarrte.

Sie wollte gerade kehrtmachen, als sich ihr eine schwere Hand auf die Schulter legte.

»Wieder zurück?« Ihr Vater trat aus dem Schatten und schlug ihr mit voller Wucht den Handrücken ins Gesicht. April schrie auf und taumelte zu Boden. Ihr Vater zog sie wieder auf die Beine und warf sie gegen die Wand.

»Wo hast du dich rumgetrieben?«, schrie er. Sein Atem roch noch immer nach Schnaps, und sein Gesicht war so schlaff wie ein missglückter Kuchen.

»Du hast geschlafen –«, setzte April an, doch dann blieb ihr die Luft weg, weil er ihr den Arm auf den Hals presste.

»Geschlafen!«, rief er. »Geschäfte hab ich gemacht. Was meinst du, warum wir hier sind?«

»Keine Ahnung«, keuchte sie. »Verrätst du's mir oder soll ich raten?«

Er ließ ihren Hals los und schlug sie direkt in den Bauch. Stöhnend ging sie in die Knie.

Dann baute er sich schwankend über ihr auf. »Wir sind in der Stadt, um deinen Schwiegervater zu treffen. Und wie siehst du aus? Schau dich doch an!«

»Schwiegervater?«, japste April.

»Mein Freund aus Kriegstagen«, erklärte er. »Lange vereinbart.« Ein Lächeln breitete sich auf seinem Gesicht aus. »Ist dein Geburtstagsgeschenk. Wolltest doch einen Fremden. Kommst mich ein letztes Mal teuer zu stehen – muss sogar eine verdammte Mitgift zahlen.« Er riss sie wieder auf die Füße und stieß sie vor sich her aus der Tür, durch den dunklen Flur und zur Treppe. »Sei froh! Ist ein Kaufmann. Gute Partie. Nicht schlecht für einen Fremden! Er sitzt unten bei den anderen.«

Eine innere Ruhe und Kraft, die sie selbst überraschte, stieg plötzlich in ihr auf wie Wasser in einem Brunnen. Sie strömte durch ihre Glieder in ihre Finger- und Zehenspitzen, bis sie randvoll gefüllt war. Ihre Schmerzen nahm sie kaum noch wahr. Sie dachte an die Anmut des stummen Mannes. Seine Berührung.

»Mein Geschenk?«, fragte sie. Langsam wich sie zurück, die Treppe hinter sich, und fixierte ihren Vater. »Weißt du, was ich mir wirklich wünsche?« Und dann wiederholte sie die Geste, die der Hütchenspieler auf dem Jahrmarkt den beiden Männern gezeigt hatte.

Ihr Vater schnaubte wütend und stürzte auf sie los. April wartete, bis er fast bei ihr war, dann löste sie ihre Spannung, floss beiseite wie Wasser, und in ein und derselben Bewegung stellte sie ihrem Vater das Bein. Es war alles ganz leicht; ein winziger Moment nur, in dem er ins Leere stolperte und sein Schrei durch das Gasthaus gellte.

Wie eine Fuhre Kartoffeln polterte er die dunkle Treppe hinab. Er überschlug sich einmal und zweimal und kam als grotesk anmutender Haufen auf dem untersten Absatz zum Liegen. Sein Fuß zuckte noch kurz, dann lag er ganz still.

Ruhe kehrte ein. Der Wohlklang war unbeschreiblich.

»Still«, flüsterte April.

Einen langen Augenblick stand sie auf der Treppe und schaute hinab. Dann hörte sie Stimmen im Schankraum und vom anderen Ende des Flurs. Sie riss sich los und rannte zurück in ihr Zimmer.

Hastig durchsuchte sie seine Sachen und fluchte, als sie nur ein paar Schilling fand. Dann stießen ihre zitternden Hände tief in seinen Socken auf etwas Hartes, und sie zog es hervor. Erst erkannte sie es nicht in dem schwachen Licht.

Es war die Brosche mit dem Türkis. Der Schatz, den Todd im Wald gefunden hatte. Einen Moment stand sie reglos und starrte sie an. Hatte ihr Vater vorgehabt, sie in der Stadt zu versetzen?

Da begriff sie: Es war ihre Mitgift.

Schritte kamen die Treppe hoch. April nahm die Brosche und das Geld, stemmte das Fenster auf und schwang sich hinaus.

Die Tür wurde aufgestoßen, und der Stallknecht stolperte herein. Einen Moment blieb er fassungslos stehen, und ihre Blicke trafen sich, Mondschein in seinen Augen.

»Sei einfach still«, flüsterte April. »Ist mein Geburtstag, weißt du?«

Dann glitt sie vom Sims und ließ sich fallen.

WAS MAN KRIEGT, WENN MAN SICH MIT FREMDEN EINLÄSST

Sie kam ganze drei Tage weit, ehe sie am Ufer eines kleinen Sees zusammenbrach.

Nachdem der Bauer, in dessen Scheune sie sich zuletzt versteckt hatte, sie vertrieben hatte, war sie fast die ganze Nacht gelaufen. Ihre Füße waren blutig, und die letzte warme Mahlzeit, die sie gehabt hatte, waren wohl die Nüsse auf dem Jahrmarkt gewesen. Außer für ein wenig Brot hatte das Geld, das sie ihrem Vater gestohlen hatte, noch für eine Decke und einen Wasserschlauch gereicht. Sie hatte diese Wahl für richtig gehalten, aber der Wasserschlauch war undicht, und die Decke war in der ersten Nacht im Freien feucht geworden und fing an, einen üblen Geruch zu verströmen. Mit großer Sicherheit war dies die am schlechtesten geplante Flucht aller Zeiten.

Zurück aber konnte sie nicht. Sie wusste nicht, ob ihr Vater tot war, und beim Gedanken daran wusste sie nicht, ob sie lachen oder weinen sollte. Doch sie fürchtete, dass sein Freund – ihr künftiger Ehemann – nach ihr suchen und man sie verhaften und in ein Gefängnis stecken würde. Auch die Brosche traute sie sich nicht zu verkaufen, ganz davon abgesehen, dass sie wahrscheinlich keinen ordentlichen Preis dafür bekommen hätte. Ein ums andere Mal hatte sie sich in Gräben und Wäldchen versteckt, wenn sich Reiter oder Soldaten näherten. Die meiste Zeit war sie nach Südosten gegangen, in Richtung der Berge, weil das die Richtung der anderen Sonne war. Aber bis auf gelegentliche Straßenschilder, die sie nur unter größten Mühen entzifferte, ohne dass die Namen darauf ihr irgendetwas gesagt hätten, hatte sie nicht die geringste Ahnung, wo sie sich befand.

Gegen Morgen war sie so durchgefroren, dass sie zitterte, und die kalte Luft stach in ihren Lungen. Seit Stunden war ein feiner Nieselregen niedergegangen, der nun endlich nachzulassen schien, und ihre Haare klebten ihr am Nacken und in der Stirn. Dann brach die Sonne zwischen den Wolken hervor und die Strahlen fielen auf eine grasbewachsene Uferböschung in der Nähe eines Walds. April taumelte ans Ufer, sank auf die Knie, schöpfte mit beiden Händen Wasser aus dem See und trank einen tiefen Schluck. Dann rollte sie sich in der Sonne auf die Seite und schlief ein.

Erst als jemand sie sachte anhob und ihr das Haar aus der Stirn strich, kam sie wieder zu sich. Sie öffnete die Augen und erblickte einen vornehm gekleideten Herrn mit einem ausladenden Hut und einem Oberlippenbart, der sie aufmerksam studierte.

»Du liebe Güte, beruhig dich«, amüsierte sich der Fremde. »Du bist in guten Händen.«

Er half ihr, sich aufzusetzen, und sie sah, dass er eine Decke neben ihr am Ufer ausgebreitet hatte. Auf der Decke lagen eine Satteltasche mit Essen und eine Flasche Wein, und ein paar Schritt weiter graste sein Pferd. Es war ein schöner Rappe mit schimmerndem Fell. Sonnenschein funkelte auf den Beschlägen der Satteltasche und überzog die Oberfläche des Sees mit einem glitzernden Teppich. Aprils Kleid war getrocknet, aber fast so steif wie ihr Rücken. Ihr Atem ging rasselnd.

»Ich habe Hunger«, sagte sie.

»Aber natürlich.« Mit einem langen Messer schnitt er ihr frisches Brot und Käse und reichte es ihr zusammen mit etwas Trockenobst. »Sag, was verschlägt dich in diese Gegend?«

»Verlaufen«, entgegnete April.

Der Fremde musterte sie. »In der Tat siehst du aus, als ob du ein längeres Wegstück hinter dir hättest – und nicht das angenehmste, wenn du mir die Bemerkung gestattest. Du bist ein tapferes Mädchen, dich allein durch einen solchen Landstrich zu wagen.«

»Wieso?«, fragte sie, misstrauisch, was der Fremde von ihr wollte, und wieso er ihr half. Das Essen schmeckte ihr aber so gut, dass sie kaum einen klaren Gedanken fassen konnte.

»Nun, es gibt Räuber«, sinnierte der Fremde. »Was für ein Mann lässt seine Tochter da allein durch die Wildnis reisen?«

April hustete und beobachtete ihn wachsam.

»Etwas Wein zum Essen?«, fragte der Fremde.

»Ich glaube nicht …«

»Oh, du solltest diesen Wein unbedingt probieren. Du willst mich doch nicht beleidigen? Er ist vorzüglich.« Ohne ihre Antwort abzuwarten entkorkte er die Flasche, nahm einen silbernen Kelch aus seiner Satteltasche, füllte ihn und drückte ihn in ihre Hand. Aufmunternd lächelte er sie an.

April erwiderte das Lächeln und nippte vorsichtig. Sie war überrascht, wie süß und vollmundig er schmeckte, ganz anders als die dünnen, sauren Weine, die sie kannte. Weil der Fremde sie nicht aus den Augen ließ, trank sie einen zweiten Schluck, dann noch einen.

»Ich danke Euch«, sagte sie.

»Aber nicht doch«, sagte er bescheiden. »Lass es dir schmecken. Das Gebot der Höflichkeit verlangt, Fremden in Not zur Seite zu stehen.«

»Sind wir weit von der nächsten Ortschaft entfernt?«, fragte sie und hielt sich die Stirn, weil ihr plötzlich schwindlig wurde.

»Gar nicht weit, gar nicht weit«, sagte der Fremde und nahm ihr den Kelch ab. »Du hättest es beinahe geschafft.«

»Was –«, versuchte April zu sagen, doch alles drehte sich um sie, und das Letzte, was sie sah, war das Lächeln des Fremden, das auf einmal ganz nah war und die Sonne verfinsterte. Etwas an diesem Lächeln war furchtbar falsch. Sie wollte um Hilfe schreien, doch da war seine Hand auf ihrem Mund. Sie roch sein Parfum und hörte seine leise Stimme in ihrem Ohr, als sie sich zur Wehr setzte, doch alle Kraft war aus ihren Gliedern gewichen.

»Entspann dich einfach«, sagte er. Dann wurde alles dunkel.

Als sie zu sich kam, war er verschwunden, mitsamt seinen Sachen. Er hatte ihr aber etwas Trockenobst dagelassen, und sein Taschentuch, das sie benutzte, um sich das Blut abzuwischen, obwohl der Stoff noch nach seinem Parfum roch.

Mühsam schleppte sie sich zum Teich und wusch sich mit kaltem Wasser. Sie zitterte am ganzen Körper, doch beinahe waren ihr die Schmerzen willkommen, denn sie verdrängten die Gefühle der Abscheu und der Schuld. Es begann wieder zu nieseln, und ohne einen klaren Gedanken zu fassen, schlang sie sich ihre alte Decke um, machte sich hustend auf und torkelte in Richtung des Waldes.

Als sie die Hände in die Taschen ihres Rocks steckte, merkte sie, dass er ihr auch die Brosche gestohlen hatte. Komischerweise war es jetzt erst, dass sie aufschrie und ihr für einen Moment das ganze Ausmaß ihrer hoffnungslosen Lage bewusst wurde.

Sie war eine endlose Zeit gelaufen, als sie abermals stürzte, es mussten Stunden gewesen sein, denn es dämmerte schon wieder. Sie war völlig durchnässt, ihr Kopf war heiß von Fieber, und ihre Lunge fühlte sich an, als sei sie mit Nadeln gespickt.

Zitternd kroch sie unter die Wurzeln einer Eiche und zog die Beine an die Brust. Eine große Ameise lief ihr über die Hand, aber April war zu schwach, sie zu vertreiben. Sie stellte sich vor, das Feuer, das hinter ihrer Stirn brannte, sei das Licht der anderen Sonne, das sie wärmte und ihr den Weg wies wie ein Leuchtfeuer am Meer, das sie nie gesehen hatte. Ihr Atem beruhigte sich. Wenigstens würde sie nicht mehr weitergehen müssen.

Da bemerkte sie, dass jemand in der Nähe war.

Der Wind schlug um und führte den Geruch von schwelendem

Holz an ihre Nase. Und dann hörte sie eine Flötenmelodie, eine einfache Weise, wie man sie auch bei ihr im Dorf gespielt hatte. Sie wurde nicht sonderlich gut vorgetragen. Der unbekannte Spieler verhaspelte sich ein ums andere Mal, setzte aber immer wieder an, bis er die holprige Stelle gemeistert hatte. Sie dachte an Todd und die schrägen Lieder, die sie gesungen hatten.

Und etwas an der trotzigen Art des Vortrags hielt sie davon ab, einfach wegzudämmern. Vielleicht ärgerte es sie, in unmittelbarer Nähe eines so schlechten Musikers aufzugeben, ohne wenigstens noch einen Blick auf ihn geworfen zu haben.

Nach einer Ewigkeit war sie auf ihren Händen und Knien und kroch einen kleinen Hang nach oben. Dort zog sie sich an einem Baumstamm hoch, strich sich das verklebte Haar aus den Augen und blickte hinab auf die andere Seite.

Unter ihr brannte ein Feuer aus feuchten Scheiten, und dahinter am Boden lag eine kräftige Gestalt, die sich auf einer simplen Flöte abmühte. Der Feuerschein tanzte auf rötlichen Muskeln und Leder, doch das Gesicht des Mannes lag im Schatten. Neben ihm lagen ein Rucksack, eine Flasche und ein großes Schwert in einer Scheide. Unter den tiefen Ästen einer Tanne stand ein dunkles Pferd.

Da rutschte Aprils Fuß ein Stückchen weg, der Mann stutzte kurz, dann fuhr er in einer blitzschnellen Bewegung herum, während seine Hand zum Schwert zuckte.

Sein Gesicht hatte fast etwas Komisches, als er sie entdeckte. Die Nasenflügel bebten, in seinem vor Überraschung offenen Mund blitzten die Zähne. Trotz der Dunkelheit schienen seine Augen keine Schwierigkeiten zu haben, sie zu sehen. Insgesamt war es ein hübsches Gesicht, aber auf die gleiche zwiespältige Art, wie ein wildes Tier hübsch sein kann.

»Hey«, sagte er und ließ die Hand ratlos sinken.

April grinste erschöpft. Nach allem, was Menschen ihr angetan hatten, wäre es die reine Verzweiflung gewesen, ein weiteres Mal ihre Hilfe zu erwarten.

Das hier aber war kein Mensch. Er wirkte auf den ersten Blick vielleicht wie einer, aber auf den zweiten war die Täuschung so offensichtlich, als hätte sich ein Maultier in eine Pferdeherde gemogelt.

Zu guter Letzt hatte sie einen Fealv gefunden.

»Hey«, murmelte sie und verlor das Bewusstsein.

DAS VERSPRECHEN

Zehn Jahre zuvor …
Pherenaïs, Sommer 1588

Die Reiter kommen mit der Dämmerung. Nicht wie ein heraufziehender Sturm mit fernem Schlachtenlärm, sondern feige und heimlich wie eine Krankheit, die sich im Gewand der Hoffnung verbirgt. Erst steht da nur ein einzelner Mann vor dem Haus, ein Fremdkörper, ganz in schwarz gekleidet, der ruhig die Lage auskundschaftet. Auf einmal füllen sie den ganzen Hof, hinterlassen Tod und Zerstörung.

Die meisten Männer sind noch in den Weinbergen, und so stellt das Haus eine leichte Beute dar, mit nur ein paar Dienern zu seiner Verteidigung. Sie werden hinweggefegt, ihre Mistgabeln und Knüppel finden nie ihr Ziel. Die Senatorentochter versteckt sich hinter einem Wagen und blickt in die sanften Hügel hinaus. Der Fealv ist irgendwo dort draußen. Sein Name ist Ianus, aber für sie ist er meistens nur der Fealv. Sie wünschte, er wäre jetzt hier; auch wenn sie bezweifelt, dass er und seine Schwerttricks eine große Hilfe gegen die schiere Übermacht wären.

»Warum mache ich das eigentlich?«, beschwerte er sich mit gequältem Grinsen. »Warum stehe ich hier mit diesen rostigen Dingern und bringe der Tochter meines Herrn den Schwertkampf bei? Er wird mich noch auspeitschen lassen, wenn er mich erwischt.«

»Du solltest vor mir Angst haben, nicht vor ihm«, entgegnete sie und

führte einen unbeherrschten Angriff aus, den er nach einer kurzen Schrecksekunde parierte.

»Angst?«, entgegnete er und korrigierte ihre Haltung mit der Klinge. »Nicht solange du dastehst wie ein altes Weib beim Wasserholen. Dein Gegner soll vor deiner Waffe Angst haben, nicht vor deinen Brüsten – nicht, dass er da schon viel zu fürchten hätte …«

Die letzte Bemerkung ging in einer Serie wütender Hiebe unter.

»Das Schwert ist zu klein«, beklagte sie sich.

»Das Schwert ist genau richtig für dich«, widersprach er. »Ein ordentliches Einhandschwert wiegt gut und gerne zwei, drei Pfund – nicht so viel, wie man glaubt, aber zu viel für dich. Schwing das mal eine Weile, dann reden wir weiter.«

Also kämpfte sie weiter, bis Stetio, der Stallknecht, auf sie aufmerksam wurde und sie die Übung unterbrechen mussten.

Auf einmal ist jemand hinter ihr. Clemeia, ihr Kindermädchen, packt sie und will sie wegschleppen. Sie stolpern ein paar Schritte in Richtung des großen Olivenbaums, und die Senatorentochter bemerkt verblüfft, dass Clemeia weint. Sie selbst empfindet erst nichts als Wut über den Angriff. Sie nimmt an, dass man sie alle töten will – es gehen Gerüchte, dass in der Hauptstadt wieder ein Kaiser vor seiner Zeit gestorben ist, und wer immer der nächste Kaiser von Pherenaïs sein wird, vielleicht hat er keine Verwendung für den Senat seines Vorgängers.

Dann ist da ein Durcheinander von Pferdebeinen und Gliedern, und ein Stück Stahl saust herab und dringt durch Clemeias Brust. Blut schießt hervor, und die Senatorentochter starrt fassungslos in ihre brechenden Augen. Auf einmal scheint sich alles ganz langsam abzuspielen, wie in einem Theaterstück, und alle Geräusche dringen nur von fern an ihr Ohr.

Sie denkt daran, wie Clemeia ihr das Haar bürstete und dabei sang. Sie hat sie nie verraten, wenn sie sich wieder herumtrieb.

Unpassenderweise kommt ihr die Nacht in den Sinn, in der sie den Fealv mit einer der Mägde erwischte. Sie war noch zu jung, zu verstehen, was sie da taten, doch sie war alt genug, um eifersüchtig zu sein, als ein Kleidungsstück nach dem anderen wie Laub von den Bäumen fiel und sie wohlig zu stöhnen begannen, schamlos, wie Kühe, wenn man sie molk …

Clemeia sackt in sich zusammen. Es sieht unnatürlich aus, und etwas weicht von ihr in diesem Moment. Sie wirkt nicht mehr wie eine Frau, die mit dem Fuß einknickt, sondern wie eine Ware, die man vom Wagen wirft. Dann bleibt sie unter dem Olivenbaum liegen. Die Senatorentochter weicht sprachlos zurück.

»Man soll nicht schlecht von den Toten reden«, sagte ihr Vater eines Tages, »denn sie sind immer noch da und wachen über dich. So wie deine Mutter, und du willst doch nicht, dass deine Mutter hört, wenn du schlecht über sie sprichst?«

Sie schüttelte den Kopf. Ihre Mutter war bei ihrer Geburt gestorben, und sie wusste, wie sehr ihr Vater, der in ihren letzten Minuten bei ihr gewesen war, darunter litt.

»Tot? Nun, wenn ich tot bin, ist alles vorbei«, sagte der Fealv, als sie ihn dazu befragte, und lehnte sich lässig an die Stallwand, sodass die Sonne auf seiner rotbraunen Haut spielte, die glänzte wie geschmeidiges Leder. Er hatte viele solcher Weisheiten und viele Geschichten auf Lager. »Natürlich ist das Kriegerhandwerk gefährlich. Aber ich will ein großer Krieger werden, so wie mein Vater. Ich werde auf eine angesehene Schule gehen – die allerbeste: nach Leiengard.«

»Da will ich mit«, sagte sie, und er lachte. Sie hasste es, wenn er sie stichelte – hochnäsig, sturköpfig, verwöhnt, das waren noch milde Auszüge aus seinem Vokabular –, aber noch mehr hasste sie, wenn er sie verspottete. Sie wusste, er lachte, weil sie ein Mädchen war, und dieser Unterschied bedeutete alles in seiner Welt. Dabei war ihr Vater ein pherenidischer Senator und seiner nur ein Herumtreiber, von dem er zwar ständig erzählte, den er

aber nie kennengelernt hatte, und dessen einziges Vermächtnis an ihn außer einem übergroßen Ego eine kleine Flöte war, auf der er kein einziges Lied spielen konnte.

Seine Mutter war eine der Wäscherinnen, und die Senatorentochter hatte nie verstanden, weshalb sie als Pherenidin solche Schande über sich gebracht hatte, denn Helena war eine hübsche Frau, die Besseres verdient hätte, selbst als Wäscherin. Doch sie hatte keinen Mann und teilte sich ihr Zimmer mit einer Fealvmagd, mit der sie ihren Mischlingssohn auch großzog. Der Name der Magd war Mirabelle.

»Sei nicht zu hart mit ihnen«, sagte ihr Vater bei anderer Gelegenheit. »Fealva und Menschen, wir sind ein Blut. Schau ihnen ins Gesicht, und du siehst das Strahlende Reich durch sie scheinen.« Sie versuchte, sich das zu Herzen zu nehmen, denn sie glaubte ihrem Vater, wenn er so redete, aber alles, was aus dem Gesicht des Fealv schien, war der Schalk, der ihm im Nacken saß. Dabei benahm er sich, als gehörte ihm die ganze Welt, und vergötterte seinen Vater – fast so, wie sie ihren.

Ihr wird bewusst, dass sie nach wie vor über Clemeias blutigem Leichnam steht und der Albtraum um sie kein Ende nimmt. Instinktiv hüllt sie sich in Schatten und rennt zum Haus. Die ersten Angreifer sind schon im Inneren und metzeln die Dienerschaft nieder. Die Senatorentochter hat keine Angst. Sie weiß, wenn sie nicht gesehen werden will, dann *wird* sie auch nicht gesehen. Das hat früher schon funktioniert. Sie hat es nie hinterfragt; es ist einfach so.

Sie drückte sich tief in die warme Dunkelheit des Heubodens, während unter ihr der Fealv und Païdes, der Sohn des Majordomus, ihr närrisches Spiel trieben. Wieso hatten sie sie nicht eingeladen? Und warum nur hatten sie die Hosen heruntergelassen?

Eine Katze, genauso fasziniert und genauso überrascht wie sie, nicht die einzige Zeugin der seltsamen Szene zu sein, bleckte sie an. Die Katze konnte sie sehen. Païdes aber, der zusammenzuckte, und der Fealv, der sanft den Arm um seine Schulter legte, sahen nichts als Dunkelheit, und dabei starrte der Fealv geradewegs durch sie hindurch. Befriedigt kniff sie die Lippen zusammen. Der große Krieger konnte sie nicht sehen!

Sie schleicht durch die offene Tür, die dunklen Räume. Der Boden um sie ist mit Leichen übersät: Mägde, Köche und andere Mitglieder ihres Haushalts liegen verstümmelt auf dem Marmorboden. Eine unwirkliche Abendstille hat sich ausgebreitet. Nur aus der Richtung des Atriums dringen noch Schreie und das Klirren von Schwertern. In den angrenzenden Räumen plündern die Fremden Truhen und Schränke, als hätten sie mit diesem ganzen Wahnsinn nichts zu schaffen. Sie lachen über die Skulpturen und das Geschirr und legen Feuer an die Wandbehänge. Es sind Männer aus den fernen Provinzen, Söldner ohne Respekt für das Reich. Sie riecht Rauch und Blut und hört mit an, wie Stimmen, die sie ihr Leben lang gekannt hat, wie zerschmetterte Instrumente verstummen. Ihr ganzes Leben wird ausgelöscht. Nichts bleibt mehr übrig.

Sie kämpft die Übelkeit hinunter und stiehlt sich ins Zwielicht des Atriums. Der sorgsam angelegte Garten ist zertrampelt. Païdes' Vater lehnt am Brunnen. Sein Arm liegt neben ihm, und der Boden um den Majordomus ist weich von seinem Blut. Er kann noch nicht lange dort liegen. Ihr ist, als zuckten seine Lider, als sie an ihm vorbeigeht, doch seine Augen sehen durch sie hindurch.

Im Brunnen liegt zusammengekrümmt einer der Angreifer, den Kopf unter Wasser. Das Wasser ist dunkel und plätschert träge über den Rand, und etwas, das zu ihm gehört, doch weder Arm noch Bein ist, hängt aus seinem schlaffen Körper heraus auf das Mosaik vor dem Brunnen. Sie wendet den Blick ab und eilt weiter.

Sie spürt, dass ihr Vater noch lebt, doch die Angst beginnt ihre Schritte zu lähmen. Es ist nicht die Furcht um ihr oder sein Leben; es ist die Furcht, den wahren Grund für all das herauszufinden, die ihr die Kehle zuschnürt. Sie beginnt zu ahnen, dass sie heute die Antwort auf eine Frage erhalten wird, die sie sich viele Jahre verboten hat zu stellen.

»Nimm mich mit, wenn du gehst«, bat sie eines Abends. Sie hatte sich davongestohlen, um mit ihm nach einer verlorenen Ziege zu suchen. »Versprich mir, dass du nicht ohne mich gehst!«

»Wieso?«, fragte der Fealv, und diesmal verspottete er sie nicht, sondern war aufrichtig ratlos, weshalb ein Mädchen, das mehr besaß, als er an einem guten Tag im Gedächtnis behalten konnte, sich weg von ihrem Zuhause wünschte.

»Weil ich Angst habe«, sagte sie leise. »Lass mich nicht allein.«

»Wovor?«, fragte er und blieb stehen. »Du hattest doch früher nie Angst. Was ist anders geworden?« Als sie keine Antwort gab, strich er ihr das Haar aus der Stirn und fuhr mit dem Finger ihre Wange hinab zu ihrem Kinn, doch sie wandte trotzig den Blick ab. Sie wollte nicht eifersüchtig sein auf das, was er mit Païdes oder den Mägden anstellte, und sie wollte ihm vertrauen. Gleichzeitig spürte sie mit jeder Faser ihres Körpers, wie verschieden, ja fremd sie sich waren.

Sie könnte ihm niemals anvertrauen, was sie an jenem Abend an der Tränke gesehen hatte.

»Pass auf«, sagte er und nahm sie in den Arm. Sie zuckte kurz zurück, doch dann ließ sie es geschehen. Seine Haut roch nach dem Öl, mit dem er sich einrieb, würzig wie Waldboden im Sonnenschein, und als sie endlich den Kopf hob und ihm in die Augen sah, glaubte sie zu verstehen, was ihr Vater gemeint hatte. »Wenn wir uns wirklich mal verlieren, dann treffen wir uns im Hafen von Ptaraon. Dort beginnt das wahre Leben – keiner von uns wird es schaffen, Abenteuer zu erleben, ohne dass ihn sein Weg übers Meer führt.«

»Im Hafen«, wiederholte sie. »Und du sagst das nicht bloß?«

»Im Hafen«, wiederholte er.

»Am Leuchtturm?«, fügte sie hinzu, ohne zu wissen, ob es dort einen gab, aber der Hafen allein erschien ihr nicht sicher genug.

»Am Leuchtturm«, bestätigte er, und eine Weile standen sie da und schauten zu, wie die Sterne hervortraten.

»Die Sterne sind besser als ein Leuchtturm«, murmelte er. »Niemand kann sie dir nehmen.«

Sie war sich nicht ganz sicher, was er damit meinte, doch sie glaubte ihm.

Ihr Vater ist in seinem Arbeitszimmer, auf der anderen Seite des Atriums. Er kämpft einen aussichtslosen Kampf. Seine rechte Seite ist blutüberströmt. Zwei Angreifer hat er bereits getötet, doch drei weitere halten ihn mühelos in Schach. Sie beschäftigen ihn, lassen ihm ein ums andere Mal etwas Hoffnung, nur um ihn dann mit einem weiteren Hieb zu demütigen. Heiße Tränen schießen ihr in die Augen, und am liebsten würde sie eine der Waffen vom Boden aufheben und auf die Männer einschlagen, sie einfach in Stücke hauen. Stattdessen geht sie in Deckung und drückt sich tief in die Schatten unter dem umgestürzten Schreibtisch. *Sie können mich nicht sehen,* sagt sie sich selbst. *Solange ich mich nicht bemerkbar mache, werden sie mich nicht sehen.*

In diesem Moment betritt der Eolyn den Raum. Er ist groß und hat schneeweißes Haar, und sein Kettenhemd funkelt im Kerzenschein. Darüber trägt er einen Ledermantel, bodenlang und rabenschwarz – und an seinem Gürtel prangt ein großer Löwenkopf aus Bronze: das Zeichen Leiengards. Wie eine Sturmwolke gleitet er hinein, und die Männer, die die Schläge ihres Vaters parieren, weichen beiseite, noch bevor der Weißhaarige ihnen zu nahe kommt.

Ihr stockt der Atem, als sie das spitze Gesicht mit den hohen Wangen, die großen Augen und die Nase, so dünn wie ein Messer, erblickt. Eolyn haben das Strahlende Reich einst begründet, und es heißt, etwas von ihrem Blut fließe noch heute in den Adern der Menschen von Pherenaïs. Heute aber sieht man sie noch seltener als Fealva. Angeblich sind sie verflucht. Manche sagen, eine Krankheit hat sie heimgesucht und treibt sie vor sich her bis an die Enden der Welt.

Mit allem Stolz eines Senators hebt ihr Vater seine blutige Waffe. Doch die Klinge des Fremden, wie funkelnder Morgentau, spielt nur mit ihm und lenkt ihm mühelos die Hand. Dann, mit einer kaum wahrnehmbaren Drehung des Handgelenks, entwaffnet der Fremde ihren Vater. Verzweifelt greift der Senator nach dem Kerzenleuchter, doch auch der fällt zu Boden.

Der Teppich fängt Feuer. Beißender Rauch breitet sich aus. Die Söldner weichen zur Wand zurück. Der Fremde und ihr Vater aber stehen sich unbewegt gegenüber, Auge in Auge, und gleichermaßen gespannt, was als Nächstes geschehen wird.

Da springt ihr Vater den Angreifer an, in einem verzweifelten Satz, und verliert im selben Moment alles, was seiner Tochter vertraut an ihm ist. Durch den Rauch und die Flammen wirkt sein Gesicht verzerrt wie das eines wilden Tiers, und unwillkürlich schreit sie auf – denn dies ist jener Unbekannte, der sich vor vielen Jahren schon einmal in die Haut ihres Vaters gekleidet und in ihr Haus eingeschlichen hat, jene Bestie, die sie schon einmal gesehen, dann aber aus ihrer Erinnerung verbannt hat, und deren Existenz sie weder sich noch dem Fealv hat eingestehen wollen.

Es war an einem Winterabend, und einer der kältesten Abende, wenn nicht der kälteste, an den sie sich entsann. Ihr Vater war lange krank gewesen. Sie hatte ihn fast nur in den frühen Morgenstunden gesehen, wenn er aus seinem Zimmer kam und ihr beim Essen Gesellschaft leistete. Er selbst aß wenig und wirkte ausgezehrt, und viele Diener sorgten sich um ihn.

An diesem Tag hatte sie ihn noch gar nicht gesehen, und ihr Hauslehrer war schon zu seiner Familie zurückgekehrt. Alle waren bei ihren Familien, auch der Fealv. Wahrscheinlich half er seiner Mutter, auch wenn er das nie zugeben würde.

Sie überredete Clemeia, sie noch mit einem Korb Wäsche zu Helena und Mirabelle zu schicken. Natürlich merkte Clemeia, dass es ein Vorwand war, doch sie willigte ein.

So lief sie mit dem Wäschekorb über den nächtlichen Hof und staunte beim Anblick ihres Atems vor dem Sternenhimmel, und mehr noch, als ein paar winzige, weiße Flocken vom Himmel fielen und sich wie Puderzucker über alles legten. Es war das erste Mal, dass sie Schnee sah.

Sie blieb stehen und vergaß die ungewohnte Kälte für eine Weile. Da hörte sie auf einmal die eigenartigen Geräusche.

Sie kamen von der kleinen Tränke hinter den Ställen. Es klang wie Schlürfen und Schmatzen, und angewidert stellte sie den Korb ab, griff sich einen Spaten und schlich um die Ecke. Sie hatte keine Angst und erwartete, vielleicht einen Hund zu sehen, der sich über die Abfälle hermachte.

Doch sie sah ihren Vater, zusammengekauert auf dem Boden, der sein Gesicht in der eiskalten Tränke wusch, und vor ihm auf dem schneebedeckten Boden eine Ziege, der die Gedärme aus dem Bauch quollen, und Blut, überall Blut. Er bemerkte sie nicht, und so stand sie unbestimmte Zeit wie gebannt und sah zu, wie er sich das Blut von Gesicht und Händen wusch. Sie ließ den Spaten sinken und machte ein paar Schritte zurück; dann drehte sie sich um und rannte, und weinte, und rannte.

Ihr Vater packt den Fremden mit letzter Kraft an der Schläfe, als wollte er ihn mit bloßer Hand zerquetschen. Der Fremde atmet zischend ein. Vielleicht verursacht der Griff ihm Schmerzen, doch irgendetwas sagt ihr, dass er nur der sichtbare Ausdruck von etwas Tieferem ist, so wie ein Kuss die Gefühle der Küssenden zeigt. Dann erwidert der Fremde die Umarmung, und sie ringen miteinander.

Schweißperlen treten auf die Stirn ihres Vaters, doch nicht von der Hitze des Feuers. Nun durchläuft ihn ein Zittern, einen Moment scheint es, als bräche er gleich zusammen, und im nächsten ist er nicht mehr ihr Vater, sondern der Fremde – der perfekte Doppelgänger des Eolyn, blass und makellos, nur dass er noch immer ihres Vaters Kleider trägt und fast zu schwach ist, sich auf den Beinen zu halten.

Der Fremde lacht und stößt ihn von sich, dann hebt er sein Schwert. Sein unheimlicher Zwillingsbruder senkt ergeben den Kopf.

Der Moment dauert endlos.

Die Klinge des Fremden fährt in einer verächtlichen Geste herab und trennt seinem Doppelgänger den Kopf von den Schultern. Der Leichnam bricht zusammen und verschwindet im schwarzen Rauch, der die Füße des Mörders umspielt. Der steckt sein Schwert in die Scheide. Bedächtig schreitet er durch die Flammen zu ihrem Versteck.

Mit Leichtigkeit wirft er den Tisch beiseite. Dann bleibt er vor ihr stehen – und sieht sie direkt an. Er sieht durch das Dunkel. *Er sieht sie!*

»Du bist wie ich«, sagt er und lächelt. Es ist ein Lächeln, wie es Eltern und Kinder im Märchen einander schenken. »Komm und such mich, wenn du kannst.«

Dann wendet er sich ab und eilt nach draußen, und seine Männer, die nach wie vor keine Notiz von ihr nehmen, schließen sich ihm wortlos an.

Sie hört das Wiehern von Pferden, dann Hufe, die sich entfernen.

Sie hustet, sie weint. Halb erstickt schleppt sie sich nach draußen. Mittlerweile ist es dunkel, und die Reiter sind schon verschwunden. Wer immer den Angriff überlebt hat, ist geflohen oder vergeht nun in der brennenden Ruine.

Sie sucht nach dem Fealv, doch er ist nicht da.

DER KLEINE TONI

April wurde wach, weil Tropfen auf ihre Schläfe fielen. Ein kalter Wind zog an ihr und rüttelte an Böden und Wänden, und sie hörte das Geräusch des Regens überall um sie herum. Sie wusste weder, wo sie war, noch, wie sie hierher gelangt war.

Es war ein hölzerner Verschlag zwischen morschen Brettern und klammen Säcken, in dem sie lag. Jemand hatte eine grobe Decke über sie geworfen, doch sie war nicht sicher, ob ihr heiß war oder ob sie fror. Das Fieber hielt sie noch im Griff, und das schlechte Wetter war zu einem Sturm geworden und die ganze Welt schien sich zu schütteln, als ginge es ihr genauso schlecht wie ihr. Kein Licht drang durch die Ritzen, nur Regentropfen und Wind, also musste es wohl Nacht sein, doch sie hatte keine Ahnung, wie lange sie geschlafen hatte.

Zwischen dem Knarren von Brettern, dem Heulen des Windes und dem prasselnden Regen konnte sie Stimmen hören. Die Stimmen kamen von unter ihr, und es brauchte eine Weile, bis April sie überhaupt richtig verstand. Selbst dann fiel es ihr schwer, dem Gespräch zu folgen; doch in ihrer Phantasie malte sie sich aus, zu wem die Stimmen gehörten.

»Nein«, sagte ein Mann, den sie sich wie einen Fuchs vorstellte, denn seine Stimme klang hell und heiser und auch ein wenig gefährlich. »Es war vielleicht nicht abzusehen. Trotzdem war es eine dumme Idee. Gerade du hättest das wissen sollen.«

»Ach wirklich?« Ein verwundertes Lachen. Sanft, aber auch ein wenig vorlaut – sie würde es nicht wagen, so mit dem Fuchs zu reden. Ein sehr großer Hase, dachte sie. »Vielleicht war es mir ja bestimmt, in dieser Nacht an diesem Ort zu sein – und ihr genauso.«

Vielleicht, dachte April, denn sie glaubte, dass der Hase von ihr sprach.

»Schicksal, Bestimmung, was ihr immer damit wollt! So was gibt es nicht. Was es gibt, ist die Pflicht. Die Ehre. Und Schlauheit genug, das Richtige zu tun, wenn's drauf ankommt. Schwierige Worte für einen wie dich, ich weiß. Du hast nicht zum ersten Mal bewiesen, was für Probleme dir das macht. Jetzt hast du ihm genau den Vorwand geliefert, auf den er gewartet hat.«

»Erzähl du mir nichts von Ehre, Krayn«, sagte der Mann mit der sanften Stimme. »Wie war das damals, als wir gemeinsam die Steuern eintrieben? Die Männer hatten sich ergeben. Wo war da deine Ehre, als der Don ein Exempel verlangte?« Er hatte einen seltsamen, melodischen Akzent, den sie nicht richtig zuordnen konnte. Der Fealv, dachte sie, und sie fragte sich, ob die Stimme wohl ihm gehörte. Sie hatte keine Ahnung, wie ein Fealv klang. Alles, was sie von ihm wusste, war, dass er nicht Flöte spielen konnte. Sie hätte gerne nachgesehen, aber das Fieber war einfach zu stark.

Der Mann mit der heiseren Stimme, den der andere Krayn genannt hatte, seufzte.

»Ich bin nicht hier, um alte Geschichten aufzuwärmen, Janner. Du kannst es drehen, wie du willst: Es gibt *keine* Erklärung dafür, was du um Mitternacht auf dem Balkon seiner Tochter getrieben hast. Gar keine.«

»Ich habe es dir aber erklärt. Zweimal sogar.«

»Was – dass sie dich um Hilfe gebeten hat? Du glaubst nicht wirklich, dass ich dem großen Toni diese Geschichte erzähle. Hältst du mich für so dumm? Oder erwartest du vielleicht, dass ich es witzig finde? Tut mir leid, ich kann nicht darüber lachen.«

Ein bedrohliches Schweigen breitete sich aus. April stellte sich vor, dass mindestens einer von beiden gerade ein verstecktes Messer zückte. Oder Gift in einen Kelch träufelte. Was immer die beiden Männer früher geteilt hatten, es klang danach, als sähe ihre Freundschaft schlechten Zeiten entgegen.

»Also wirst du mir nicht helfen? Dann war dieses Treffen vergebens.«

April hörte das Scharren von Stiefeln, als einer der Männer etwas beiseite schob und ein paar Schritte tat. Metall klirrte, dann war da das Zurren von Lederriemen und das Knacken von Gelenken. Ein schweres Holztor wurde aufgeschoben, und der Wind und die Nacht und der Regen drangen einen Moment noch wilder in ihr Versteck. April zitterte.

»Ich werde sehen, was ich für dich tun kann. Der kleine Toni ist in der Gegend. Zumindest war er das vor zwei Tagen noch, und bei dem Wetter wird er nicht weit gekommen sein. Vielleicht kann ich was aushandeln.«

»Er kriegt besser nicht mit, dass du ihn so nennst«, scherzte der Mann namens Janner.

»Im Gegensatz zu dir weiß ich, was die rechte Zeit und der rechte Ort für so was ist«, erwiderte Krayn. »Rühr dich nicht vom Fleck. Ich suche nach Toni.«

Und mit diesen Worten fiel die hölzerne Tür ins Schloss und hielt den Sturm wieder ein wenig zurück.

Das nächste Mal erwachte sie nassgeschwitzt und mit einem Schrei auf den Lippen. Sie hatte unruhig geschlafen und Albträume gehabt. Zuletzt hatte sie geträumt, dass sie wieder am Ufer des Sees saß, doch diesmal war es ein Picknick mit ihrem Vater. Er schlang einen Hähnchenschlegel nach dem anderen hinunter, während sie auf einem Stück Holz herumkaute. Das ist doch kein richtiges Essen, schimpfte er. Nichts machst du richtig. Und was ist mit dem Gebot der Höflichkeit?

Da trat der weiße Mann vom Jahrmarkt aus dem Wald und reichte ihr eines seiner Messer. Er nickte ihr aufmunternd zu, und da nahm sie das Messer und stieß es ihrem Vater in den Bauch. Der schaute etwas verärgert, aber weiter schien es ihm nichts auszumachen, also schnitt sie ein großes Stück aus ihm heraus. Es war rot und klebrig und saß auf dem Messer wie ein tropfender Bratapfel. Lass es dir schmecken, sagte ihr Vater, und der weiße Mann lächelte.

Zögernd führte April es an ihre Lippen.

»Keine Angst!«, sagte der Fealv, als Schreck und Ekel sie aus dem Schlaf rissen. Er saß in der Hocke neben ihr und spielte mit seinen Fingern. »Ich will es auch gar nicht hören.«

»Was?«, rief sie und fiel mit einem matten Stöhnen auf ihr Lager zurück.

»Was du geträumt hast – ich will es nicht wissen. Mir reicht das hier.«

»Wo bin ich?«

Der Fealv warf einen prüfenden Blick ringsum. Es war ein wenig heller als zuletzt, doch sie sah weiter nichts als Holz und ein paar Säcke und Seile und eine Leiter, die nach unten führte. Sie würde sagen, dass sie sich in einer aufgegebenen Scheune befand. Der Wind hatte für den Moment nachgelassen, und irgendwo sangen ein paar Vögel. Es war wohl entweder Morgen oder schon wieder Abend.

»Du bist bei mir. Keine Angst«, fügte er hinzu, als er sah, wie sie zu zittern begann. Er legte ihr die Hand auf die Stirn und blickte besorgt drein. Er hatte große Augen unter langen Wimpern. Auch seine Lippen waren ungewöhnlich voll, und seine Nasenflügel bebten beim Atmen. Etwas seltsam Animalisches lag in seiner ganzen Mimik. Seine Haut war rötlich wie Laub im frühen Herbst und sein kurzes schwarzes Haar struppig wie Pferdefell. Darunter ragten zwei Ohren hervor, die eher die Form von Feigenblättern als die einer Muschel hatten. Sie zuckte vor dem Gesicht zurück, doch nur kurz.

»Ich bin Janner«, stellte er sich vor.

»Weil du im Jänner geboren bist«, riet April.

»Hat mir meine Mutter zumindest mal so erklärt.«

»Dann wird es so sein«, sagte sie. »Ich bin April.« Einen Moment schaute er verdattert drein, und sie hätte gelacht, aber ein Hustenanfall hinderte sie daran. »Na wenn das kein Zufall ist«, murmelte er und hielt ihr einen Wasserschlauch an die Lippen. »Ein Menschenname, der mal was bedeutet. Hier. Du musst trinken.«

»Kein Zufall«, flüsterte sie und verschluckte sich am Wasser. »Bestimmung.«

»Nötigung«, protestierte er und nahm ihr den Schlauch wieder weg. »Du hast mich über den Haufen gerannt. Weißt du nicht mehr? Du warst gar nicht ansprechbar. Was hättest du an meiner Stelle getan?«

»Keine Ahnung«, gab sie zu.

»Ich hätte dich ja in die nächstgrößere Stadt gebracht. Leider bist du mir fast aus dem Sattel gefallen, und ich hatte es eilig.«

»Da hast du mich mitgenommen.«

»Habe ich wohl«, sagte er. »Pass auf, ich lass dir was zu essen hier, falls du Hunger kriegst. Mach mir bitte keinen Kummer, und versuch leise zu bleiben.«

»Okay«, sagte sie.

»Nachher können wir reden.«

»Okay.«

»Ich bleibe lieber unten, denn ich habe da noch eine Verabredung.«

»Mit Krayn«, flüsterte sie. »Dem Fuchs.«

Er grinste breit. »Ich weiß nicht, wie du darauf kommst, aber so schlau ist er auch nicht.«

»Schade für ihn«, meinte April und schloss die Augen. »Aber gut für uns.«

Janner wollte noch etwas erwidern, aber sie drehte den Kopf auf die Seite, zog die Decke über sich und war kurz darauf eingeschlafen.

Das dritte Mal wachte sie auf, als die Tür unten von Männern eingetreten wurde.

Sie hatte diesmal fester und traumlos geschlafen und fühlte sich etwas erholt, und hungrig. Der Sturm vor den dünnen Wänden aber war zu neuer Wildheit erwacht, so als verspürte auch er einen Hunger, der erst noch gestillt werden musste.

Den Fealv hatten die plötzlichen Eindringlinge offenbar ebenfalls überrumpelt, denn sie hörte weder Schreie noch Kampflärm, bloß einige leise Verwünschungen, während die Schritte im Untergeschoss immer zahlreicher wurden. Jemand befahl ihm, seine Waffe wegzulegen, worauf sich eine längere Diskussion entspann, was April angesichts der Vielzahl an Schritten und Stimmen überraschte. Dann wurden Laternen gebracht, und es wurde etwas heller.

Vorsichtig schlug sie die Decke zurück und kroch von ihrem Lager, und zum ersten Mal sah sie im unsteten Schein des Öls, der durch den morschen Boden zu ihr drang, wo sie sich befand.

Was sie für einen Scheunenboden gehalten hatte, entpuppte sich als das Obergeschoss einer alten Mühle. Eine mächtige Welle durchstieß die Decke, doch die großen Zahnräder steckten ineinander verkeilt, versteinert unter einer Schicht aus Staub. Darunter, halb im Schatten, lag der Mahlgang. Man brauchte aber kein Müller zu sein, um zu erkennen, dass all die Dielen und Balken nur noch von guten Wünschen zusammengehalten wurden. Das ganze Bauwerk schwankte und ächzte wie ein altersschwacher Baum im Sturm.

Das Licht eines Blitzes flackerte durch die Ritzen, und fast zeitgleich zerriss ein Donnerschlag die Nacht.

»Krayn«, hörte sie Janners Stimme im Untergeschoss, als die Tür ein weiteres Mal schlug. »Ich muss sagen, jetzt bin ich doch ein wenig enttäuscht.«

»Das tut mir leid«, erwiderte die heisere Stimme, und sie hörte, wie Janners alter Gefährte sich das Wasser von der Kleidung klopfte. »Aber die Enttäuschung ist ganz meinerseits. Wann bist du endlich schlau genug, das Richtige zu tun? Ich hätte fest damit gerechnet, dass du über alle Berge bist, bis wir hier aufkreuzen.«

»Ich werde mir alle Mühe geben, deine Kritik an meiner Person künftig in einer Art und Weise zu beherzigen, die für uns alle weniger enttäuschend ist.«

Krayn lachte sein Fuchslachen, und sie hörte, wie ein Schwert aus der Scheide gezogen wurde.

»Ich fand immer, an dir ist ein Dichter verlorengegangen. Jetzt gib den Männern dein Schwert, Janner.«

»Du kennst meine Einstellung dazu.«

Sie schaute sich um und entdeckte das Brett mit Wurst und Brot, das er ihr dagelassen hatte. Darauf lag ein kleines Messer. Sie nahm es an sich und kroch vorsichtig näher an den Rand des Bodens, dort wo die Leiter neben dem Mahlgang nach unten führte. Der Boden unter ihren Händen und Füßen war nass, und als sie den Blick hob, sah sie im Licht eines weiteren Blitzes, dass das Dach der Mühle fast vollständig abgetragen war. Ein alter Sackaufzug hing über ihr, doch er hatte schon lange keine Säcke mehr transportiert. Nur das Gegengewicht schwang noch träge hin und her wie das Pendel einer riesigen Uhr.

»Liebe Güte, habt ihr dem Faun bald sein Eisen weggenommen?«, rief da eine andere Stimme von draußen, und sie erstarrte.

Sie kannte diese Stimme.

»Wir haben ihn noch nicht entwaffnet!«, rief Krayn.

»Sei's drum«, sagte die Stimme. »Es ist nass!« Die Tür knarrte, Schritte … und kalte Spinnenbeine liefen ihr das Rückgrat hinab.

Es war die Stimme des Fremden vom See.

Zitternd kroch sie auf dem Bauch bis zum Rand und blickte nach unten.

Janner stand mit dem Rücken zur Wand. Wahrscheinlich hatte er gedöst, als man ihn überraschte, denn er trug nur seine Lederhosen und ein leichtes Hemd, und in der Ecke lagen ein paar leere Flaschen. Sein Schwert, das eine dunkle Klinge hatte, hielt er vor sich, und irgendwie gelang es ihm, gleich fünf Gegner damit auf Abstand zu halten. Den großen, kahlrasierten Mann mit der Augenklappe hielt sie für Krayn; die anderen vier waren jünger und hielten sich hinter ihm. Die Spitzen ihrer Schwerter umkreisten einander wie Mücken im Sommer, trügerisch ruhig, ehe sie schnell wie ein Gedanke mal hierhin, mal dorthin zuckten.

Der Fremde kam näher und schüttelte seinen nassen Hut. Er trug andere Kleider als bei ihrer letzten Begegnung, und er sah nicht so aus, als wäre er länger als nötig durch den Regen gelaufen. Er und seine Männer mussten einen Unterschlupf in der Nähe haben, oder er war diesmal mit einer Kutsche gekommen.

»Ich hasse es, wenn man mich warten lässt, besonders in Nächten wie dieser. Diese ganze Angelegenheit ist seit Tagen ein einziges Ärgernis.«

»Ich habe mein Möglichstes getan, sie aus der Welt zu schaffen«, sagte der Kahle.

»Krayn, Krayn, Krayn«, tadelte der Fremde. »Manchmal mache ich mir ernsthaft Sorgen um dich. Seit Tagen spielen wir Katz und Maus, und du lässt mich warten. Wegen ihm? Weißt du nichts Besseres mit deiner Zeit anzustellen? Ich weiß, es ist nicht wie daheim, aber nimm dir ein Beispiel an mir: Füge dich ein. Die Mädchen in der Gegend sind doch ganz nett. Ich lasse sie mir nie entgehen, wenn ich Urlaub auf dem Land mache.«

Ihr Puls raste. Der Fremde zog die Nase hoch. »Dir sind sie wohl nicht gut genug, was?« Er blickte Janner ins Gesicht, und wahrscheinlich rettete es ihm das Leben, dass Krayn und seine Männer immer noch dazwischen standen. »Du wolltest was Feineres haben.«

»Es war nicht, wie du denkst, Antonio.«

»Weißt du, was ich denke, Faun?«, spie er. »Ich denke, du hattest genug davon, dich mit deinesgleichen im Wald zu vergnügen. Du hattest Lust auf ein schönes Stück Menschenfleisch. Wärst ja nicht der Erste in deiner Familie.«

Janner starrte ihn an, als würde er ihn jeden Moment anspringen und in Stücke reißen. Doch er rührte sich nicht von der Stelle.

Nur die Muskeln seiner Arme, die das Schwert hielten, zitterten leicht.

»Und jetzt, tötet ihn.«

Aprils Herz tat einen Sprung. Ihre Hände tasteten nach Halt und legten sich auf ein Stück abgewetztes Seil, das um einen Balken geknotet war. Sie folgte dem Seil mit den Augen. Und auf einmal sah sie alles ganz klar: was sie tun musste – egal, was dabei herauskam. Panisch säbelte sie mit dem Messer an dem Seil.

Es löste sich, gerade als unten die ersten Klingen aufeinandertrafen. Dann schoss es durch Aprils Hände.

Das Gegengewicht stürzte mit der Wucht eines riesigen Hammers. Im Licht eines Blitzes sah sie es den morschen Boden treffen, und wie der Donner losbrach, brach auch der Boden. Das Gewicht stürzte weiter, und mit ihm der Mahlgang samt Bütte und Steinen. Beinahe wäre April mit abgestürzt, mitten in die Kämpfenden hinein, die nun unter gellendem Geschrei von den Trümmern begraben wurden.

»Bitte«, flüsterte April und sprang zu der Leiter, die wie durch ein Wunder noch an Ort und Stelle stand.

Sie turnte ungeschickt hinab, und als der Donner aus ihren Ohren wich, hörte sie abermals das Klirren von Klingen. Das Untergeschoss war in eine dichte Staubwolke gehüllt, doch eine der Laternen hatte einige Säcke in Brand gesetzt. Zwei, drei Silhouetten sprangen durch den Staub und hieben aufeinander ein. Direkt unter ihr ragten verkrümmte Leiber aus dem Schutt.

Einer der Kämpfer fiel getroffen in die Flammen. Das Feuer schlug höher, und da sah sie Janner, mit blutüberströmten Oberkörper, und Krayn, der ein lahmes Bein nachzog, aus dem ein großer Splitter ragte. Sie hielten einander auf Abstand und belauerten sich misstrauisch. Als Krayn April bemerkte, zuckte er kurz zusammen, doch nahm er seine Augen nicht von seinem Gegner.

»Und jetzt?«, fragte er. »Komm, tragen wir's aus!«

Janner schüttelte den Kopf. »Wir müssen hier raus. Wir rechnen ein andermal ab.« Er zog sich langsam zurück, sein Schwert in der Hand, Richtung Ausgang. Dabei kam er an ihr und seinen Sachen vorbei. Hastig warf er sich seine Satteltasche über und drückte April seinen Mantel in die Arme.

»Er lebt noch«, sagte sie und fasste ihn am Arm. »Schau!«

Zu ihren Füßen, halb unter einem Mühlstein, lag der kleine Toni. Seine linke Körperhälfte war unter dem Stein begraben, seine rechte aber zuckte wie bei einer Fliege, der man den Hinterleib abgetrennt hatte. Seine Augen standen offen, und er starrte sie an. Sie glaubte nicht, dass er sie erkannte. Seine Oberlippe zitterte. Schwarzes Blut rann unter dem Stein hervor und vermischte sich mit altem Mehlstaub zu einer klebrigen Paste. Am Wams auf seiner Brust entdeckte sie ihre Brosche.

Sie zögerte nur eine Sekunde, dann bückte sie sich und nahm sie ihm ab.

»Verdammt, was machst du da?«, schrie Janner.

»Er war am See!«

»Was für ein See?«

»Er hat mich … Er sagte, er wolle mir helfen!«

Er warf ihr einen fragenden Blick zu. Dann blickte er in Tonis glasige Augen, schüttelte den Kopf und stieß ihm das dunkle Schwert ins Herz.

Fast konnte sie spüren, wie das Leben in ihm erlosch. Eine kranke Erleichterung stieg in ihr auf, und sie würgte und hielt sich die Hand vor den Mund.

»Jetzt komm!« Janner zog sie mit sich, und sie stolperten zum Ausgang.

Auf der anderen Seite des brennenden Raums blieb Krayn mit wachem Blick zurück.

Kaum dass sie nach draußen traten, schlug der Sturm ihnen mit aller Heftigkeit ins Gesicht. April spürte nichts mehr außer der Kälte des Regens auf ihrer Haut, und ihre Beine gaben nach. Halb führte, halb trug Janner sie durch den Schlamm. Über ihnen ragte die alte Mühle wie eine riesige, welke Blume empor. Die kahlen Flügel neigten sich geisterhaft im Wind, und das Gerippe der

Balken schien von innen heraus zu glühen. Blitze flackerten über den Himmel.

Janner drehte den Kopf suchend hierhin und dorthin. Dann schienen ihm seine scharfen Sinne eine Richtung zu weisen. Sie stolperten einen Hang hinab, und im Schutz einer kleinen Mauer fanden sie Pferde und eine Kutsche. Janner beruhigte die verängstigten Tiere und half April einzusteigen. Dann sprang er auf den Kutschbock, löste die Bremse, und die beiden Rappen vor der Kutsche preschten los.

Über ihnen, auf der Anhöhe, befreit von Feuer und Sturm, drehte die alte Mühle einen ihrer Flügel zum Himmel. Ein Blitz sah die ausgestreckte Hand und fuhr herab, sie zu ergreifen. Mit einem letzten erschöpften Auflodern sackte die Mühle in sich zusammen und versank in Flammen und Rauch.

SARIK UND ZEONA

Lange war sich Sarik selbst nicht sicher, wohin ihn seine Schritte führten, bis er nach sieben Tagen Zeonas Hütte erreichte. Der Weg aus dem Blauen Wald war stets derselbe wie der hinein. Als er aber aus dem Wald heraustrat, war es weder Sommer, noch war da ein Dorf. Nur der kleine Berg am Horizont kam ihm vage vertraut vor. Regen und Blumen verrieten ihm, dass es Frühjahr war.

Vielleicht war seine letzte Reise wirklich schon sehr lange her.

Tatsächlich konnte er sich kaum entsinnen, wann seine Beine zuletzt so geschmerzt hatten; es musste damals mit Zearis gewesen sein. Am liebsten wäre er umgekehrt, doch er lief immer weiter, und nach einer Weile glaubte er sogar, ein Ziel zu haben, auch wenn er es noch nicht kannte.

Das Irrlicht kam meistens nur nachts zu ihm. Tagsüber hielt es sich versteckt oder gab sich eine andere Erscheinung. Manchmal folgte es ihm in Form eines weißen Eichhörnchens, das seine Artgenossen vom Waldrand staunend verfolgten. Es war ein Geschöpf des Zwielichts, das es nicht schätzte, überstrahlt zu werden, und seine Tapferkeit und Treue überraschten Sarik.

Nachts hüllte er sich in seinen Umhang und legte sich ein paar Stunden zur Ruhe. Trotz der magischen Eigenschaften des Tuchs, das ihm Trockenheit und Wärme spendete, sah Sarik bald nicht viel anders aus als die Menschen, denen er auf seinem Weg begegnete: staubig, vom Wind zerzaust, ein Gefangener des monotonen Rhythmus, den seine Stiefel auf der kleinen Straße schlugen.

Er mochte den Tag lieber, weil er da weniger nachdachte. Nachts wurde ihm klar, wie lächerlich hilflos er war, und was für eine Torheit er gerade beging. Nachts kamen die Träume zu ihm.

Sie gaben ihm wenig Antworten, bestätigten ihm aber eindringlich die Notwendigkeit seiner Reise. Sie ließen ihn an Korianthe und die lange, segensreiche Zeit denken, die er in ihren Diensten am Hof von Iljudis verbracht hatte. Häufig träumte er auch von Zearis und den waghalsigen Abenteuern, die sie als junge Weggefährten gemeistert hatten. Doch er verstand noch nicht die Zusammenhänge zwischen den einzelnen Bildern, und immer endeten die Träume damit, dass seine Freunde und Meister sich von ihm abwandten, vor Enttäuschung oder im Zorn. Er fühlte sich schuldig. Es machte ihm Angst – und dieses Gefühl hatte er so lange nicht mehr gehabt, dass er eine Weile brauchte, es von der Kälte des Regens oder dem Wind, der ihm entgegenblies, zu unterscheiden.

Er hätte den einen oder anderen Zauber wirken können, seine Reise angenehmer zu gestalten, aber etwas an der Art, wie die Magie aus seiner Stirn in seine Fingerspitzen rann wie dünnes Blut, begierig darauf, ihn zu verlassen, war ihm eine Warnung. Wenn er seine Sinne ausstreckte und versuchte, sich auf die Wolken und Winde um ihn herum zu konzentrieren, auf das Licht in den Seen und in den Augen der Menschen, fühlte er sich wie ein übervoller Krug in der Wüste. Er glaubte nicht, dass er den Krug wieder füllen konnte, wenn er ihn vergoss. Etwas war mit der Welt geschehen, während er geschlafen hatte: Eine Dürre war über sie hereingebrochen und sie war vertrocknet wie die Beete hinter seiner Hütte.

So lief er weiter, wie ein Schlafwandler, und er lief sieben Tage und sieben Nächte.

Als er irgendwann erkannte, dass es Zeona war, die ihn geleitet hatte, und dass er auf einen der ältesten magischen Tricks überhaupt hereingefallen war, lachte er über sich selbst. Doch als er dann ihrer kleinen Hütte gewahr wurde, die mitten im Nirgendwo aus einer Senke wuchs, von Brombeerranken fast überwuchert, war ihm nicht mehr nach Lachen zumute. Die Hütte war alt. Die Balken des kleinen Vordachs hatten Risse, Moos wuchs auf den Ziegeln, und die Fenster waren so blind, dass er nichts durch sie sehen konnte.

Er hob die Hand, doch seine Hand entsann sich nicht mehr der simplen Geste, mit der ein Zauberer seinesgleichen sein Kommen anzeigt und um Einlass in seine Behausung bittet. Einen Moment zögerte er, dann drückte er die Tür langsam auf und trat ein.

Im Inneren der Hütte herrschte gemütliche Wärme. Unter einem Kessel flackerte ein Feuer, und der Boden war mit Fellen ausgelegt. Von der Decke hingen getrocknete Kräuter. Im Gegensatz zu seiner eigenen war Zeonas Hütte innen nicht größer als von außen, und so gab es nur zwei Räume, vollgestellt mit all den kleinen Zeugen gewöhnlichen Lebens: Allein in einem Regal zu seiner Linken standen oder lagen mehrere Kerzen, ein Salzstreuer, Nähzeug, eine Schere, zwei Kämme, einer davon mit abgebrochenen Zinken, und ein paar halbfertige Traumfänger. Ein Korb daneben war mit Muscheln, Korallen und Perlen gefüllt, wahrscheinlich für Handarbeiten.

Sarik nahm sich die Zeit, sich gründlich umzusehen und den Anblick in sich aufzunehmen. Da erst entdeckte er die Frau auf der anderen Seite der Feuerstelle. Sie saß auf dem Boden hinter einem niedrigen Tisch, und natürlich war sie die ganze Zeit über schon da gewesen, hatte aber bis zu diesem Moment gewartet, um sich bemerkbar zu machen. Es war ihr Privileg – er war in ihrem Reich, ihrem Refugium.

»Du bist erwacht?«, fragte sie ihn und strich sich das Haar zurück. Sie hatte eine wilde Mähne, salz- und pfefferfarben, in die sie viele kleine Zöpfe geflochten hatte, und trug ein einfaches Kleid aus ungefärbtem Hanf. Auf den ersten Blick sah sie in keiner Hinsicht anders aus als tausend andere Frauen, die Haartinkturen und billigen Schmuck auf den Marktplätzen der mittleren Welt verkauften. Bei näherem Hinsehen aber verrieten ihre Züge das alte Blut, das in ihren Adern floss, und ihre Augen hätten einen Schwarm Krähen in Panik versetzen können. Sarik wusste, dass ganze Reiche erstanden und wieder gefallen waren, seit er diese Frau zum ersten Mal getroffen hatte.

»Zeona«, sagte er.

»Du erinnerst dich also noch an mich. Immerhin.«

»Ich gebe mir Mühe«, sagte er. »Doch ich muss gestehen, es fällt mir schwer. Ich weiß, dass wir uns einmal sehr nahe standen. Ich glaube, wir …«

»Quäle deine Erinnerung nicht zu sehr«, unterbrach sie. »Es reicht, wenn sich einer von uns beiden entsinnt.«

»Du fragst mich, ob ich erwacht bin. Also habe ich geschlafen?«

»Du warst in deinem Wald«, stellte sie fest.

»Dem Blauen Wald, gewiss.«

»Welches Jahr haben wir, Isikara?«

Er runzelte die Stirn. »Das Jahr? Wann hat das Jahr je eine Rolle für uns gespielt?«

Sie hob eine Braue. »Kinder werden geboren. Die Alten sterben. Propheten und Könige kommen und werden ersetzt.«

»Aber das passiert die ganze Zeit«, entgegnete Sarik. »Die Menschen ändern sich rascher, als man einen Apfelbaum ziehen kann.«

»Auch ich werde älter. Auch ich werde sterben. Nicht morgen, aber eines Tages. Wenn ich meine Hütte verließe, recht bald.«

»Aber wie ist das möglich?«, fragte Sarik erstaunt.

»Älter zu werden?«, lachte Zeona. Ihre Stimme kippte wie ein Schiffchen, das Kinder in einem Bach schwimmen lassen. »Es ist das Einfachste und Traurigste, was Menschen tun.«

»Du bist kein Mensch«, beharrte er. »Die Zeona, die ich kannte, war eine der Mächtigen. Eine Seherin. Du hast mich gelehrt …«

»Du redest Unsinn.« Sie machte eine befehlende Geste mit der Hand. »Setz dich zu mir. Trink einen Tee.«

Da er ihr Gast war, blieb ihm nichts anderes übrig, als zu gehorchen. Er setzte sich zu ihr auf die Felle und verfolgte, wie sie mit flinken Händen Tee in eine irdene Tasse goss.

»Du bist vielleicht etwas aus der Übung«, fuhr sie fort. »Doch es wird dir schon noch auffallen: Die Zeit verrinnt wie am ersten Tag, als sie damit anfing, und niemand ist vor ihr gefeit.«

»Die … Wesenheiten sind es«, murmelte Sarik und roch an seinem Tee. Er kannte das Land, nach dem dieser Tee duftete. Er und Zearis hatten es gesehen: weite, üppige Hügel unter einer heißen Sonne, in feuchte Wolken gehüllt.

»Die Wesenheiten«, spottete Zeona. »Die Wesenheiten sind so fern wie nur irgendwas. Keine von ihnen hat sich mehr in die Geschicke dieser Welt gemischt, seit wir uns das letzte Mal begegnet sind. Wie auch.« Sie zögerte. »Hast du Träume gehabt?«, fragte sie. »Bist du deshalb hier?«

»Ich habe geträumt«, bestätigte er. »Von Korianthe und dem Orden, und den Hallen des Schicksals. Sie sind verlassen.«

»Der Weg nach Navylyn und in die höheren Sphären ist uns schon lange verwehrt. Korianthe schloss die Pforten. Weißt du nicht mehr?«

Ein Stich fuhr durch Sariks Brust. Er hatte es sich also nicht nur eingebildet: Magie war die Kraft der höheren Sphären – ohne den Zugang zu ihnen musste die Welt verdorren wie ein Baum ohne Regen.

»Ich hatte gehofft, dass dies auch bloß ein Traum war. Ein böser Traum«, murmelte er. Doch tief in seinem Inneren wusste er, dass Zeona die Wahrheit sprach – und sie und er Teil daran hatten.

»Die Wesenheiten wären es wahrscheinlich ohnehin lange müde, mit uns armseligen Figuren zu spielen«, sagte Zeona bitter. »Und es ist besser so. Wir sind auch nicht mehr als gewöhnliche Menschen – wir mögen unsere kleinen Tricks haben, uns vor dem Einfluss der Welt zu schützen: verzauberte Wälder, die niemand findet, Hexenhäuser, die jeden Morgen an einem anderen Ort stehen … doch das ist alles. Halbgötter in unseren Sandkästen, das ist es, was wir sind.«

»Einmal wurde eine Wesenheit getötet«, sagte er, den Blick ins Leere gerichtet.

Zeona seufzte. »Du erinnerst dich wirklich nicht mehr an sehr viel, oder?«

»Wirst du mir helfen, mich zu erinnern?«

»Mir bleibt wohl nichts anderes übrig.«

»Wieso?«, fragte er argwöhnisch, denn eines wusste er noch gut genug – nämlich dass eine Mächtige, gleich, was sie sagte, nie einfach so einem anderen Mächtigen einen Gefallen erwies.

»Aus demselben Grund, aus dem man dich schlafen gelegt hat, und nun hat erwachen lassen. Wir alle sind gebunden, durch unser Wort oder unsere Schuld, und die Vergangenheit lässt uns nicht ruhen. Ich möchte aber eine Zukunft. Ich wünschte, es gäbe sie, und sei es nur, um meinem Ende entgegenzusehen.«

Sie schüttelte den Kopf über sich selbst. »Außerdem bin ich wahrscheinlich der einzige Freund, den du auf der Welt noch hast. Ohne mich würdest du doch blind deinem Schicksal entgegenstolpern, während du in Gedanken damit beschäftigt bist, ein nutzloses Theorem zu lösen. Oder der Gurkenzucht neue Perspektiven zu eröffnen.« Sie streckte eine Hand nach seiner Wange aus. »Isikara …«

»Wieso nennst du mich so?«, fragte er.

»Weil das dein Name ist«, sagte sie. »Sarik Isikara Kisikiras.«

Er schüttelte den Kopf und wehrte ihre Hand mit einer sanften Geste ab. »Das sind die Namen, die man mir als Zauberer gab. Du solltest sie nicht alle drei kennen.«

»Daran erinnerst du dich also.« Sie lächelte. »Bleib bei mir heute Nacht. Du wirst deine Antworten schon noch erhalten.«

DER VERRAT

Ptaraon, Pherenaïs … Spätherbst 1592

Sie sitzt auf dem Dach mit dem kleinen Garten und beobachtet ihn. Es sind die letzten milden Nächte des Jahres, und der Himmel über den Dächern von Ptaraon ist grenzenlos und sternenklar, und eine Weile scheint die Zeit stillzustehen.

Iason sitzt am offenen Fenster bei Kerzenschein an seinem Arbeitstisch und pflegt seine Zahlen. Fast zärtlich huschen seine Hände über die Seiten, blättern hier ein paar Tage zurück, stoßen dort auf einen vermissten Betrag, und manchmal, wenn er innehält, die Stirn skeptisch gerunzelt, als versuchten die Zahlen ihn anzuschwindeln, verharren die Hände mit dem Stift wie einem Pinsel in der Luft, um den Fehler dann mit stillem Tadel zu korrigieren. Da dreht er den Kopf und sieht zum Fenster hinaus, und die Kerze zaubert ein Leuchten in seine Augen, als träume er von einer fernen Zukunft, über der er seine Arbeit einen Augenblick vergisst. Er scheint sie direkt anzusehen – doch sie weiß, dass das nicht sein kann.

Das Fenster zur Linken, das in den Raum hinter ihm führt, ist geschlossen, doch sie weiß auch so, wie es dort aussieht, wo die Truhe aus Sandelholz steht und was sich darinnen zwischen all den Ketten und Ringen befindet. Iason ahnt nicht, welchen Wert das Siegel für sie hat. Er sieht nur die geschwungenen Initialen auf poliertem Gold: schön, aber nicht kunstvoll; alt, aber nicht unschätzbar, wahrscheinlich aus den Zeiten der zweiten Republik. Nur sie kann den wahren Wert des Siegels ermessen: der eines

Lebens, das genommen wurde und wiedererlangt werden muss, um es abermals hinzugeben; auch wenn eine solche Vision in der weiten, nach Harzen und Meer duftenden Nacht noch weniger real erscheint als der Wind oder die unbeständige Musik der dunklen See, die dem Himmel entgegenstrebt.

Zu lange schon ist es her, dass sie dieses Leben verlor – *ihr* Leben. Was ihr geblieben ist, gehört nicht mehr ihr.

Doch sie wartet noch ein bisschen länger … allein mit ihm und ihrer Erinnerung.

In ihrer ersten Zeit in Ptaraon erschlugen sie Größe und Alter der Stadt, in der jedes Haus einst Schauplatz einer großen Liebe, jede Straßenecke Zeuge einer Verschwörung gewesen war. Ihr Vater hatte immer gesagt, die Stadt sei kein Ort für junge Mädchen. Ihre Regeln und Sitten vergifteten den Geist ihrer Bewohner. Zu viel Leidenschaft und Mord hatten die Gassen mit Blut und die Kerker mit gescheiterter Hoffnung gefüllt. Seit der Ermordung Gavarians III. hatte kein Kaiser mehr länger als ein paar Jahre regiert, und seine Nachfolger vergaßen, weshalb sie ihren Platz im Gefüge der Dinge bekleideten. Allein auf dem Land, so ihr Vater, offenbarte sich noch der göttliche Plan, der das Strahlende Reich einst zum Zentrum der Welt gemacht hatte.

Das, erkannte sie bitter, als sie die Stadtgrenze erreichte, mit blutigen Füßen und Schmutz im Haar, hatte die Fürsorge ihres Vaters aus ihr gemacht: eine mittellose Waise, der nur die Wahl zwischen einem Leben als Dienerin oder Bettlerin blieb, wollte sie nicht zur Beute dieser Stadt und des Schicksals werden, das seit undenklicher Zeit seine Zähne in ihre marmornen Mauern geschlagen hatte.

Sie hätte es schlimmer treffen können, als an Marcia zu geraten. Sie hätte gleich nach ihrer Ankunft von der Straße entführt und in den Haushalt eines Patriziers gesteckt werden können, wo sie dann Kleider genäht oder für die Kinder gekocht hätte, bis ihre Finger zu zittrig und ihre Augen zu blind für die Arbeit waren. Sie hätte sich in der Gosse den Tod holen oder einfach verschwinden können, um in einem dunklen Keller ihr Leben gegen das flüchtige Vergnügen eines Fremden einzutauschen. Es gab eine ganze Schicht junger Männer in der Stadt, die den Glauben an die Menschen und an den geteilten Gott verloren oder nie besessen hatten und für die das Reich nicht mehr als ein großer Kadaver war, der geplündert und ausgeweidet werden musste, ehe sonst jemand ihn beanspruchte. Ein Jahrtausend der Stärke war an wenigen Jahrzehnten des Zerfalls zerschellt wie Galeeren an den Pforten des Helias.

Pherenaïs vergaß seine Wurzeln. Die Menschen gingen nicht mehr in die Tempel oder Theater. Sie schrieben keine Lieder mehr und scherten sich nicht um die Legenden aus der Zeit, als die Eolyn ihre weißen Türme an der Küste errichteten. Sie versuchte, diesen Legenden nachzuspüren in der Hoffnung, etwas über den bleichen Geist zu erfahren, der ihre Familie ermordet hatte. Doch das Einzige, was die Bewohner Ptaraons noch erregte, war der Anblick von Blut und der Klang von Schwertern in der Arena, oder die Aussicht, eines jener alten Kunstwerke zu erlangen, deretwegen in früherer Zeit Tausende in ihre Stadt gepilgert waren; oder, wenn das nicht mehr reichte, derjenige zu sein, der es zerstörte.

Paras Taur, das Herz des Geteilten, zu dem die Kaiser und Konsuln von Pherenaïs seit Jahrhunderten beteten, begann, schwächer zu schlagen.

Marcia gab ihnen ein Dach über dem Kopf. Sie gab ihnen zu essen und Arznei, wenn sie krank waren, und je begabter sich die Kinder in ihrem neuen Gewerbe zeigten, desto mehr bekamen sie: größere Betten und bessere Kleidung, Werkzeug und Schmuck, und mehr Freiheit.

Marcia war nicht die Einzige in Ptaraon, die Kinder zum Stehlen losschickte. Die Märkte waren voller Diebe. Wenn man sie erwischte, verloren sie einen Finger oder gleich die ganze Hand, ihre Arbeitgeber aber blieben unbehelligt. Dennoch war das Geschäft mühselig und die Gewinnspanne begrenzt: Man brauchte Aufpasser, die die Kinder, die Wachen und die Konkurrenz ständig im Auge behielten, und die Waren, die man zusammentrug, konnte man nur zu einem Bruchteil ihres Werts verkaufen.

Deshalb machten die Kinder auch nur noch einen kleinen Teil von Mar-

cias Umsatz aus: Die Marktbetreiber zahlten für das Privileg eines sicheren Marktes, die Konkurrenz für die Aufrechterhaltung des Friedens, die Wachen für die Gunst eines gelegentlichen Tipps. Marcia verstand es, ihre Augen und Ohren bis in die reichsten Häuser zu senden – und niemand ahnte, dass ein Dienstbote, eine Leibsklavin oder ein Koch in Wahrheit eine andere Herrin hatte. Marcia war bereit, einen Köder wenn nötig ein ganzes Jahr in der Kunst des Harfespiels oder der Liebe ausbilden zu lassen, wenn es ihn nur dorthin brachte, wo sie ihn benötigte. Fast schien es, als ob niemand in der Stadt nicht irgendwem einen Gefallen schuldete, der wiederum Marcia noch etwas schuldig war. Sie kannte die Gewohnheiten der Senatoren, sie kannte die Keller und geheimen Gänge des Palasts, und es hieß, der Neffe des Kaisers sei ihrer fleißigsten Schülerin verfallen und schreibe Briefe, in denen er ihr die Welt zu Füßen lege.

Die Tochter des Senators aber war nie an einem Leben zwischen seidenen Kissen und parfümierten Betten interessiert gewesen.

Immer wieder stieß sie bei der Arbeit auf winzige Spuren der Vergangenheit: Mal war es ein Teppich, der früher in ihrem Zimmer gelegen hatte, mal eine Kette aus dem Besitz ihrer Mutter. Es war, wie ein Mosaik zusammenzusetzen, und jedes Stück führte zu einem weiteren Senator oder Notar, der aus dem Erlöschen ihres Hauses Profit geschlagen hatte. Natürlich hatte sie versucht, ihren rechtmäßigen Anspruch geltend zu machen, doch keiner hatte sie gekannt oder ein Interesse daran gehabt, sich für sie einzusetzen. Es waren alte, beleibte Männer in weißen Roben mit schweren Ringen an den Fingern, die ihr lachend durchs Haar fuhren, um sich danach die Hände mit Rosenwasser zu waschen und sie hinausprügeln zu lassen.

Marcia lehrte sie andere Wege, sich Zutritt zu ihren Häusern zu verschaffen. Doch was sie an Gold oder Reichtümern darin fand, lieferte sie bereitwillig ab, und Marcia war sehr angetan von ihrem Geschick. Nur einen kleinen Teil schaffte sie auf die Seite – für den fernen Tag, an dem sie alt genug wäre, ihr Schicksal in die eigene Hand zu nehmen. Und immer achtete sie darauf, dass niemand von ihrer besonderen Gabe erfuhr, derer sie sich seit Kindheitstagen wie selbstverständlich bediente, und die sie nie, bis auf das eine Mal, im Stich gelassen hatte. Niemand sollte sehen, wie sie in den Schatten verschwand, zu Schatten wurde und wieder Gestalt annahm – denn solche Mächte galten den meisten als Frevel oder, schlimmer noch, als Verrat am Kaiser selbst.

Kein Wunder, dachte sie, dass die meisten Fealva dem Reich den Rücken gekehrt hatten. Die Gebliebenen lebten in finsteren Vierteln unter erbärmlichen Verhältnissen, und von ihrer sprichwörtlichen Lebensfreude war nur noch die Trunksucht geblieben. Es hieß, dass im Gebirge, tief im Inneren der Insel, noch einige so lebten wie früher: von der Hand in den Mund, im Glauben an ihre einfachen Götter, eins mit der Sonne, den Wäldern und dem alten Zauber des Landes. Es konnten nicht mehr viele sein, denn manche der Kinder hatten noch nie einen Fealv gesehen und erzählten sich verrückte Geschichten über zähnefletschende Bestien.

Nein, sie konnte es den Fealva nicht verübeln, dass sie gegangen waren. Nur einem von ihnen hatte sie nie verziehen.

In ihrem ersten Jahr in der Stadt ging sie häufig zum Leuchtturm. Man erreichte ihn über eine Mole unterhalb der Garnison, auf der bei ruhigem Seegang Fischer ihre Stände aufbauten. Dort stand sie manchmal eine Stunde, manchmal zwei, und ließ den Blick über den Hafen und die Schiffe schweifen. Bald kannte sie die Anlegestellen der großen Prunkbarken wie die der Sklavenhändler, und die Katzen am Turm ließen sich von ihr streicheln. Doch das Gesicht, das sie suchte, fand sie nicht.

Sie fragte sich, ob Ianus je hier gewesen war und auf sie gewartet hatte, so wie sie auf ihn. Wie es ihm ergangen war, und was er zu erzählen hätte. Sie schaute aufs Meer hinaus und fragte sich, wohin er wohl gehen, und ob sie ihn dorthin begleiten würde, ob er immer noch übers Meer wollte, nach Leiengard, oder ob das auch nur eine seiner Geschichten gewesen war.

Sie schrieb ihren Namen und seinen mit Kohle auf den weißen Stein, damit er wusste, dass sie dagewesen war. Es sah aus wie die Namen, die

Verliebte in Bäume ritzen. Alle paar Wochen fuhr sie die Buchstaben nach, aber sie fand nie eine Botschaft für sich.

Mit der Zeit ging sie seltener an den Hafen.

Sie hatte auch daran gedacht, zu fliehen. Sie hätte in eine der kleineren Städte im Norden gehen oder sich Geld für eine Passage zum Festland zusammenstehlen können; dem Reich den Rücken kehren und niemals zurückkommen. Vielleicht hätte sie eines Tages selbst jemand wie Marcia werden können, oder in einem der wenigen ehrbaren Gewerbe Fuß fassen, die einer Frau offenstanden.

Doch wäre das nicht einem Verrat an sich selbst gleichgekommen, schlimmer noch als das, was der Fealv oder selbst der Eolyn ihr angetan hatten?

Was sie wirklich wollte, war, das Lächeln vergessen zu können, das der geisterhafte Fremde ihr damals geschenkt hatte, als sie unter dem umgestürzten Schreibtisch in dem brennenden Zimmer saß.

Komm und such mich, wenn du kannst.

Es ging ihr nicht allein um Rache – wie konnte sie einen Vater rächen, den sie nie wirklich gekannt hatte? Und er – hatte er sie gekannt?

Du bist wie ich.

Wenn sie etwas rächen konnte, dann nur sich selbst. Er hatte ihre Familie ausgelöscht, ihr Haus niedergebrannt und ihr Leben weggenommen – und ihr nicht einmal verraten, weshalb.

Eine Antwort auf ihre Fragen war das einzige Erbe, nach dem es sie verlangte. Der Eolyn hatte seinen Zug getan; nun war es an ihr. Sie musste dieses Spiel zu Ende bringen: die Geschichte, die er an jenem Tag begonnen hatte, fertig erzählen, um dann, eines Tages, vielleicht eine neue zu beginnen. Bis dahin war die Vergangenheit ihr ständiger Begleiter.

So verging Jahr auf Jahr. Goldene Sommer, in denen duftende Oleanderbüsche die Straßen säumten und sich eine Flut violetter Bougainvilleen aus den hängenden Gärten über Hauswände und Dächer ergoss, während die Menschen barfuß und betäubt von der Hitze auf den Plätzen saßen und auf das Knacken in den Pinien und Zypressen lauschten. Silbergraue Winter, in denen die Möwen mit den Bettlern im Hafen um Abfälle stritten und die Kinder Jagd auf Ratten machten, der Himmel die Farbe von Marmor annahm und ein kalter Wind über das Meer kam, um an den Türmen und Träumen der Menschen zu nagen. Das Meer änderte mit den Jahreszeiten seine Farbe, war im Sommer so grün wie Jade und im Winter aschgrau. Nur der weiße Leuchtturm schien immer gleich auszusehen – er und die Sterne.

Niemals fand sie heraus, wer der Eolyn gewesen war, und ob er aus eigenem Antrieb oder in jemandes Auftrag gehandelt hatte. Ihre einzige Spur zu ihm war der Löwenkopf an seinem Gürtel.

Dann, nach vier vollen Jahren in der Stadt, sah sie eines Tages im Herbst das Siegel ihres Vaters in der Auslage eines Pfandleihers liegen.

Sprachlos starrte sie das Siegel an. Beim Anblick des vertrauten Gegenstands in seiner ungewohnten Umgebung war ihr, als würden Vergangenheit und Gegenwart sich das Anrecht auf denselben Moment streitig machen.

Zuletzt hatte sie das Siegel im Arbeitszimmer ihres Vaters gesehen, wie er Briefe damit beglaubigte. Die Mörder mussten die Schubladen seines Tischs geplündert haben, unmittelbar bevor sie den Raum betrat.

Jetzt lag es auf einem blauen Samttuch zwischen Haarnadeln, Armreifen und Kelchen. Sie hätte es einfach einstecken und mitnehmen können – aber dann hätte sie nie erfahren, wie es dorthin gelangt war.

Also tat sie, was sie schon lange nicht mehr getan hatte – sie kaufte etwas. Da sie nicht viel Geld mit sich trug, reichte es nur für ein einfaches Schmuckstück, ein Tigerauge an einem Lederband, doch sie verwickelte den jungen Ladeninhaber damit in ein Gespräch.

Der entpuppte sich nicht als Pherenide, sondern ausgerechnet als Lagandæer. Sein Name war Iason, und einen Moment zuckte sie zusammen, weil der Name sie an den Fealv erinnerte. Er hatte dunkles Haar, und wie alle seines Volkes sehr auffällige Augen, gemustert wie die Speichen eines Rads – seine hellgrau an dunkelgrau. Bislang hatte sie Lagandæer vor allem im Hafen gesehen. Sie kamen aus dem Westen, mit großen Schiffen, und sollten eine Allianz mit einem Volk kriegerischer Katzenwesen geschlossen haben. Auch diese Wesen hatte sie von fern schon gesehen, doch man gestattete ihnen nicht, ihre Schiffe zu verlassen. Außerdem hieß es, die meisten Lagandæer seien Gauner, die sich nur für Gold und Geschichten interessierten. Viele Phereniden sahen in ihnen eine weit größere Gefahr für das Reich als die Unruhen in den Provinzen.

Iason aber war ein ruhiger und aufmerksamer Mann, der sich vor allem für die Geschichte seiner Pfandstücke interessierte. Er unterhielt sich ebenso bereitwillig mit ihr über sein Geschäft wie über Kunst oder das Wetter, und so erfuhr sie, dass er den Laden vor einem Jahr übernommen hatte und erst seit kurzem schwarze Zahlen schrieb. Das Siegel hatte er noch vom Vorbesitzer übernommen. Sie nahm ihm das Versprechen ab, es niemandem zu verkaufen, bis sie das nötige Geld dafür hatte, und er entfernte es, ohne weiter zu fragen, aus der Auslage. Das Einzige, was er als Sicherheit wollte, war ein Abendessen mit ihr.

Drei Tage später lagen sie zu Tisch. Das Essen, zu dem er sie einlud, stammte aus dem fernen Süden. Es wurde in vielen kleinen Schalen serviert und war aufwendiger als alles, was sie seit Jahren gegessen hatte. Ein Musiker spielte die Lyra, und die Terrasse der Taverne überblickte die Bucht mit dem Leuchtturm und der Garnison.

Iason hielt die Unterhaltung aufrecht und drängte sie nicht, mehr von sich preiszugeben, als sie wollte. Sie erzählte ihm, dass sie aus dem Norden käme und bei einer Tante in der Stadt lebte. Wahrscheinlich nahm er an, dass sie zum Heiraten nach Ptaraon gekommen war und es darum ging, einen geeigneten Mann für sie zu finden, aber er verbiss sich die Frage und lenkte das Gespräch auf etwas anderes. Und nach einer Weile stellte sie fest, dass sie ihren Verlust und ihre Suche zum ersten Mal für kurze Zeit vergessen hatte. Ein paarmal musste sie sogar lachen, und als er auf dem Nachhauseweg fragte, ob sie ihn am nächsten Tag wiedersehen wolle, sagte sie nicht nein.

So ging es viele Wochen. Sie trafen sich fast jeden Tag, und sie verbot sich jeden Gedanken daran, was sie da eigentlich tat; sagte sich, dass es von Vorteil wäre, ihn besser kennenzulernen. Doch weder plante sie ernsthaft, den Laden oder seine kleine Wohnung darüber auszurauben, noch kaufte sie ihm das Siegel ab – denn dann hätte sie keinen Grund mehr für weitere Treffen gehabt, oder ihm vielleicht erklären müssen, weshalb ihr so viel daran lag.

Mit dem Rückgang ihrer Einnahmen aber wuchs im Gegenzug Marcias Ungeduld. Was das hieß, wurde ihr klar, als sie sich eines Abends auf dem Heimweg beobachtet fühlte. Sie nahm eine Abzweigung, verschwand im Schatten und wartete auf den Verfolger, der sich keine große Mühe gab, seine Absichten zu verbergen. Es war einer von Marcias Jungen, höchstens zehn, und als sie ihm entgegentrat, schenkte er ihr ein breites Grinsen und schlenderte an ihr vorbei.

»Eine Woche noch«, sagte er. »So lange gibt sie dir und ihm.«

Sie hatte gewusst, dass dieser Tag kommen würde – eine letzte Machtprobe zwischen Marcia und ihr.

Nicht aber, dass sie jemand anderem zum Verhängnis werden könnte.

In den letzten Tagen hat sie häufig hier auf dem Dach gesessen und Iason beobachtet. Sie hat einen schlechten Einfluss auf ihn; er geht immer später zu Bett. Es ist ihm auch nicht entgangen, wie distanziert sie geworden ist. Wahrscheinlich ist er verunsichert. Kurz nach Marcias Ultimatum hat sie beobachtet, wie er statt Zahlen Worte auf dem Pergament verschob, doch mit der gleichen Hingabe. Am nächsten Abend schenkte er ihr zum Abschied ein Gedicht.

Sie sah das Gedicht lange an, ohne es wirklich zu lesen. Sie verstand nicht mehr von Lyrik als das, was man ihr als kleines Mädchen darüber beigebracht hatte, aber sie hatte gesehen, wie lange er daran gesessen hatte, und das jagte ihr Angst ein. Sie wusste, dass genau das Gegenteil seine Absicht war, aber das Gedicht zeigte ihr deutlicher als alles andere, dass sie ihn nicht in ihre Welt ziehen durfte. Und sie wollte nicht, dass er sich für sie erniedrigte.

Später am Abend faltete sie das Pergament zusammen und

steckte es in eine Ritze des Dachs, auf dem sie auch nun wieder sitzt.

Sie muss Iason verlassen. Wenn sie verschwindet, hat Marcia keinen Grund mehr, ihn zu behelligen. Vielleicht wird sie annehmen, dass sie die ganze Zeit nur geplant hat, mit einer letzten großen Beute zu verschwinden. Sie muss es so aussehen lassen, als ob sie ihn genauso verraten hat wie sie.

Es ist an der Zeit.

Sie wartet, bis Iason zu Bett geht. Dann bricht sie bei ihm ein und stiehlt das Siegel und noch ein paar andere Dinge, die sie im Hafen verkauft.

Ein paar Nächte später kommt sie noch einmal zurück. Es ist kühler geworden, und das Jahr scheint es eilig zu haben, sich seinem Ende zu nähern. Ihr Geld und alles, was sie auf die Reise mitnehmen wird, trägt sie schon bei sich. Sie hat Angst vor dem Morgen, aber verdrängt den Gedanken daran. Stattdessen denkt sie an das, was sie und er geteilt haben – und was hätte werden können, wäre alles anders gewesen.

Er hebt den Kopf und blickt nach draußen, als hätte er etwas gesehen. Wieder scheint er ihr einen Moment direkt in die Augen zu sehen. Dann nickt er, als wäre ihm gerade etwas klar geworden, bläst die Kerze aus und geht schlafen.

Sie wendet sich ab und huscht über die Dächer davon.

JANNER UND APRIL

Der kleine Mann schob sich den Zwicker auf der Nase zurecht und versuchte, seine Nervosität zu verbergen. Sein grauer Schnurrbart zappelte auf der Oberlippe wie ein kleines Kind, und die Hand, mit der er Aprils Brust abhorchte, zitterte, als ob sie die Berührung ihrer Haut genauso fürchtete wie April das kalte Stethoskop.

»Ruhig«, murmelte er immer wieder. »Ruhig.«

»Ich bin ruhig«, sagte April, die sich wie ein Pferd zu fühlen begann, zog die Decke hoch und drückte sich tiefer in die Kissen in der Ecke der Kutsche.

Janner drängte sich ungeduldig in die offene Tür und reichte ihnen die Flasche Schnaps hinein, die sie auch zum Desinfizieren benutzt hatten. Entrüstet lehnte der kleine Mann ab, griff dann aber in seine Weste und zückte einen Flachmann, aus dem er einen tiefen Schluck nahm, woraufhin sich das Zittern merklich zu bessern begann.

»Sie wird schon wieder«, diagnostizierte er.

»Sie wird schon wieder?«, fragte Janner. »Das ist alles, wofür ich dich bezahle?«

Der kleine Mann nahm eilig seine Tasche zur Hand und förderte einige Spiegel und Spatel und Zangen zutage, deren Nutzen er sich nun an ihr zu demonstrieren anschickte, bis April ihn zurückhielt.

»Hast du ihn nicht gehört? Ich werde schon wieder.«

»Was ist mit dem Fieber?«

»Ihre Lungen sind so weit gesund«, sagte der kleine Mann. »Das Fieber war Ergebnis von Unterkühlung, Erschöpfung und Unterernährung. Das hier«, er stellte ein Fläschchen auf die schmale Fensterbank, in dem eine zierliche Pflanze in klarer Flüssigkeit schwamm, »wird verhindern, dass das Fieber zurückkommt, und das hier«, er stellte ein weiteres Fläschchen daneben, in dem sich ein trüber Satz am Boden gebildet hatte, »wird ihr helfen, wieder auf die Beine zu kommen. Man muss es schütteln«, er demonstrierte es, »damit es sich besser verteilt. Die hier gebe ich euch auch noch.« Er stellte ein drittes Fläschchen daneben, das mit einigen kleinen, schimmernden Perlen gefüllt war.

»Was machen die?«, fragte April und griff danach.

»Nicht viel«, gestand der kleine Mann mit einem nervösen Seitenblick auf Janner. »Aber sie schmecken ganz gut.«

April schüttelte eine der Perlen heraus und steckte sie sich in den Mund. Nach einem Moment nickte sie anerkennend.

»Ich würde sagen, er ist sein Geld wert.«

»Er hat mich bald ein halbes Pferd gekostet«, knurrte Janner.

»Hat er das?« Sie überlegte kurz, griff nach seiner Tasche und drückte ihm eine Schere in die Hand. »Schneid mir das Haar.«

»Aber ich –«

»Tu lieber, was sie sagt«, befahl Janner und ging ihre Sachen holen, die sie zum Trocknen in die Sonne gelegt hatten. Als er wiederkam, lächelte ihm April scheu aus einem Haufen ihres blonden Haars entgegen, das auf ihren Schultern und überall auf der Decke lag. Auf den ersten Blick sah sie nun aus wie ein Junge, bis sich seine Perspektive etwas verschob. Die Idee war nicht schlecht, aber der Frisör war ein Stümper.

»Was machen die Nähte?«, fragte der kleine Mann, der nun sehr begierig schien, seine Nützlichkeit unter Beweis zu stellen. Er streckte seine Hand nach Janners Brust aus, wo sich zwei lange Schnitte, von einer dünnen Kruste bedeckt, über die rotbraune Haut zogen. Janner zuckte zurück und zog vorsichtig sein Hemd über. »Besser«, sagte er. »Sie werden schon halten.«

»Ihr solltet euch schonen«, riet der kleine Mann, während er seine Tasche packte.

»Was, und noch länger hier im Wald bleiben, dass du uns verpfeifen kannst? Jetzt raus hier.«

Janner half dem kleinen Mann aus der Kutsche. »Wir sind schneller verschwunden, als du wieder nüchtern bist«, stellte er klar.

Der kleine Mann kicherte. »Etwa hiermit?«, fragte er und klopfte auf die Kutsche.

»Pass mal gut auf.« Janner packte ihn am Kragen und drückte ihn gegen die Kutsche. Seine Nasenflügel bebten, und seine Augen bohrten sich in ihn. »Du hast diese Kutsche nie gesehen. Du hast *uns* nie gesehen. Du gehst jetzt nach Hause und haust dich aufs Ohr, und wenn dich irgendwer fragt, wo du gesteckt hast, dann warst du drüben in Derham, eine reiche Witwe behandeln. Jetzt nimm dein Geld und verschwinde. Da geht's lang.« Mit diesen Worten drückte er ihm einen Beutel Münzen in die Hand und gab ihm einen Schubs. Der kleine Mann murrte erst, dann warf er einen Blick in den Beutel, strich sich den Bart und trollte sich.

April öffnete das Fenster der Kutsche und blinzelte in die Sonne. Sie hatten die Kutsche im Unterholz eines Buchenwalds versteckt, und fast war es wieder wie in dem Lager, das sie als Kind im Wald gehabt hatte. Allein der Geruch der Kissen und Bezüge war ihr zuwider, denn er erinnerte sie an ihren Besitzer. »Eine reiche Witwe?«, fragte sie. »Der?«

»Er wird uns verraten«, sagte Janner und blickte ihm nach. Dann reichte er ihr ihre Sachen durch das Fenster.

»Meinst du, sie suchen nach uns?«

Er kniff die Augen zusammen. »Krayn für seinen Teil wird ziemlich motiviert sein. Es lässt einen Hauptmann nicht allzu gut aussehen, den Sohn des Dons zu überleben.«

»Ansichtssache«, murmelte sie.

Kurz sah es so aus, als wollte er etwas darauf erwidern, dann wandte er den Blick ab.

»Es tut mir leid«, sagte sie. »In was ich dich da reingezogen habe, meine ich. Ich wusste nicht, dass er einen wichtigen Vater hat.«

»Unser Verhältnis war schon die ganze letzte Zeit etwas angespannt«, wiegelte er ab.

»Willst du drüber reden?«

»Später«, sagte er. »Was ist mit dir? Was du da in der Mühle gesagt hast …«

»Ich will lieber nicht mehr dran denken.«

Er grunzte. »Gut. Kann ich verstehen.«

»Wie also ist die Lage?«

»Heute früh waren ein paar Reiter im Dorf – aber sie versuchen anscheinend noch rauszukriegen, was genau passiert ist. Wenn erst überall Steckbriefe aushängen, haben wir kaum eine Chance.« Er nickte ihr herausfordernd zu. »Kannst du reiten?«

»Ich fall schon nicht runter.«

»Gut. Wir brauchen so bald wie möglich ein eigenes Pferd für dich.«

»Wir?«, fragte April.

Statt einer Antwort wandte er sich ab. »Rühr dich nicht vom Fleck.«

April sah ihm nach, wie er hinter den Bäumen verschwand, wo sie den verbliebenen Rappen versteckt hatten, dann stand sie auf und kletterte vorsichtig aus der Kutsche.

Es hätte ein schöner Frühlingstag im Wald sein können, wären sie nicht auf der Flucht gewesen und hätten sie nicht vor zwei Nächten fünf Männer getötet. Es roch nach feuchter Erde, und zu ihren bloßen Füßen wuchs ein dichtes Beet aus Maiglöckchen. Sie setzte sich daneben in die Sonne, atmete tief durch und lauschte mit geschlossenen Augen auf die Geräusche des Waldes. Es *war* ein schöner Frühlingstag, trotz allem.

Als sie die Augen wieder aufschlug, war Janner mit dem Rappen zurück. Er machte ein ernstes Gesicht, und sie musste kichern, worauf er noch ernster schaute.

»Du hast mir das Leben gerettet«, stellte er fest. »Ich bin mir nicht sicher, wieso, aber ich stehe in deiner Schuld. Und ich finde das nicht sehr erheiternd«, fügte er hinzu.

»Du hast mich zuerst gerettet«, erinnerte sie ihn.

»Das habe ich wohl«, nickte er.

»Und jetzt?«

»Ich habe überlegt, nach Fængos zu gehen.«

»Oh«, sagte sie. »Wo liegt das?«

»Fængos ist ein Land weit im Norden. Das Imperium hat dort keine Macht. Sie haben es einmal zu erobern versucht, aber nie geschafft. Die Menschen dort leben in Freiheit. Viele meiner Leute sind auch dort.«

»Deine Leute?«

»Die Fealva, die nicht ermordet oder vertrieben wurden. Es sieht schlimm aus im Strahlenden Reich. Du hast nicht davon gehört, oder?«

Sie schüttelte den Kopf. »Erzähl mir davon.«

»Später«, sagte er abermals. »Es leben jedenfalls nicht mehr viele in den Provinzen, und es ist ziemlich ungewiss, wie es weitergeht. Seit Teveral sich vor zehn Jahren vom Reich losgesagt hat, gibt es immer mehr Krieg …« Er biss sich auf die Lippen. »Dazu haben wir jetzt nicht die Zeit. Warst du schon mal am Meer? Fængos liegt am Meer.«

»Da wollte ich schon immer mal hin.« Sie lächelte.

»Angeblich kommt man früher oder später ja überall ans Meer«, sagte er. »Aber die Küste von Fængos ist so ziemlich die einzige, wo man Ruhe vor dem Kaiser und seinen Präfekten hat. Und den Dons sowieso.«

»Das klingt gut.« Aprils Blick aber wandte sich nicht nach Norden, sondern Süden. »Was liegt im Süden?«, fragte sie.

»Na ja, das Gebirge«, sagte er. »Und ein paar Täler, in denen jeder mit jedem verwandt ist. Nicht so mein Ding, weißt du.«

»Ich muss aber nach Süden«, sagte sie.

Er seufzte. »Schafe hüten steht bei mir noch nicht an. Später vielleicht mal, wenn sich nichts anderes findet, aber jetzt noch nicht. Einmal im Leben will ich wissen, was es heißt, wirklich frei zu sein.«

»Bist du das denn nicht?«

»Schau mich doch an«, sagte er. »Mein Vater war ein Fealv.«

»Und deine Mutter?«

»Würdest du dich jetzt bitte fertig machen?« Er warf ihr ihre Schuhe hin. »Es wird spät.«

»Ist ihr was passiert?«

»Ich bin rechtzeitig weggerannt, das ist passiert«, erwiderte er, und April merkte, dass sie ihn verletzt hatte.

»Hey«, sagte sie, schlüpfte hastig in die Schuhe und stand auf. Vorsichtig legte sie ihm die Finger auf die Brust, und er zuckte zusammen, wich aber nicht zurück. »Es ist gut, dass du weggerannt bist – und es war gut, dass ich weggerannt bin, als es an der Zeit war. Sonst hätten wir uns nie getroffen. Du wärst jetzt vielleicht tot – ich ganz bestimmt.«

Er schnaubte und machte das Pferd fertig.

Der Rappe, hatte er gesagt, war ein gutes Pferd und konnte sie auch eine Weile zu zweit tragen. Sie sollten ihn aber so schnell wie möglich loswerden, denn es war zu offensichtlich, dass er gestohlen war. Hier in der Gegend war ein Verkauf allerdings schwierig – er hatte schon für den anderen einen schlechten Preis gekriegt, sagte er, aus demselben Grund, und weil er ein Fealv war.

»Ich muss leider nach Süden«, sagte April, während er die Taschen packte und sein Schwert festband. »Ich muss einfach.«

»Ich dachte, ich hätte meinen Standpunkt klargemacht«, sagte er, ohne sie anzusehen.

»Ich will ja auch keine Schafe hüten«, sagte sie. »Aber ich muss ins Gebirge.«

»Ich habe nicht viel übrig für Kälte. Auf den höchsten Bergen liegt das ganze Jahr über Schnee.«

»Ich weiß«, sagte April und bekam eine Gänsehaut. Er schüttelte den Kopf, zurrte die letzten Riemen fest und kam wieder zu ihr.

»Was ist im Gebirge?«, fragte er schließlich. »Was hast du da so dringend verloren?«

»Die andere Sonne«, sagte April. »Die andere Sonne ist im Gebirge.«

Janner sah sie skeptisch an, als wäre sie nicht ganz richtig im Kopf.

»Ich glaube, du musst mir doch ein paar Dinge erklären«, sagte er dann. »Aber nicht jetzt. Wir müssen hier weg.«

»Und du kannst sie wirklich sehen?«, fragte er sie später. Sie waren den ganzen Tag geritten, bis sie sich nicht länger an ihm festhalten konnte und er sich zu beschweren begann, dass sie noch seine Nähte aufriss, wenn sie nicht mit den Händen achtgab. Zu dem Zeitpunkt hatten sie gut zwanzig Meilen zwischen sich und ihren letzten Unterschlupf gebracht und sich dabei immer weiter nach Südosten bewegt, genau, wie April es sich immer erträumt hatte.

Mehrmals hatten sie an diesem Tag bewaffnete Reiter gesehen, und Janner führte sie erst tief in einen Nadelwald, ehe er einwilligte, in der Nähe eines Bachs ein kleines Feuer zu machen, an dem sie sich nun wärmten und Brot und Dörrfleisch aßen. Sie fühlte sich ausgehungert, und von dem langen Ritt tat ihr alles weh.

»Sehen ist vielleicht nicht der richtige Ausdruck«, sagte sie mit vollem Mund. Außer dem Zauberer im Schnee hatte sie noch nie jemandem davon erzählt. »Aber sie ist da. So wie die Welt da ist, auch wenn ich die Augen schließe.«

»Woher willst du das wissen?«, fragte Janner, und sie schaute erst verdutzt, dann grinste sie.

»Ich *weiß*, wo die andere Sonne ist. Ich spüre sie in jeder Sekunde, auch wenn ich sie manchmal eine Weile vergesse. Du denkst ja auch nicht darüber nach, wo hinten und vorne ist, oder oben und unten, aber wenn ich's dich frage, kannst du's mir sagen.«

»Meistens schon.« Er nahm einen Schluck aus der Schnapsflasche. »Wieso nennst du sie so? Wenn es mehr ein Spüren als Sehen ist, meine ich.«

»Weil ich sie mir immer so vorgestellt habe. Als Kind, vor dem Einschlafen. Wenn die richtige Sonne untergegangen war und ich die Augen schloss. Dann war mir manchmal, als könnte ich sie sehen, weit weg, hinter dem Horizont. Sie war hell, so hell wie Schnee, und auch so kalt. Und sie ging nie auf oder unter.«

»Ich schätze, die anderen Leute in deinem Dorf waren nicht gerade begeistert davon.«

»Ich hätte ihnen nie davon erzählen können. Sie hätten mich für eine Hexe gehalten.«

»Bist du deshalb weggerannt?«

»Auch«, wich sie aus, und er nickte und schaute eine Weile in die Flammen.

»Meine Tante glaubte an böse Geister, die sich die Gestalt von jemandem geben, der dir nahesteht«, murmelte er.

»Bei uns hieß es, manche Augen sähen in der Nacht. So oder so, ich habe nie eine Hexe getroffen.«

»Sind sicher selten geworden.«

April räusperte sich. »Darf ich dich was fragen?«

»Nur zu.«

»Deine Mutter war ein Mensch, oder?«

Er nickte. »Ich bin eigentlich nur ein halber Faun, wenn du das meinst.«

»Das ist es nicht«, sagte sie schnell. »Ich frage nur, weil ich mir euch ein bisschen … anders vorgestellt habe.«

»Die meisten Fealva sehen etwas abenteuerlicher aus als ich.« Er fuhr sich kurz über sein blattförmiges Ohr. »Sie haben mehr Kämme hier, an den Schultern und ums Gesicht.«

Sie runzelte die Stirn. »Ich dachte eher, ihr wärt verzaubert. Irgendwie zumindest. Die alten Leute bei uns im Dorf glaubten, ihr würdet euch nachts in Tiere verwandeln.«

Janner schüttelte den Kopf und deutete auf seine Flöte. »Die meisten Menschen haben doch in etwa so viel Ahnung von Magie wie ich von Musik. Früher war das anders. Im Strahlenden Reich kamen wir gut miteinander aus. Die Fealva lebten in den Wäldern, die Menschen in den Städten, und vielleicht kam gelegentlich mal ein Schaf weg, und die Menschen waren sauer. Aber ein Schaf ist ein Schaf, und ein Fealv ein Fealv … und das war einfach immer schon so. Von den Eolyn erzählen sich manche Leute in Pherenaïs das Gleiche. Dass sie sich verwandeln, meine ich.«

»Aber wieso? Warum erzählt man sich solche Geschichten?«

»Weil es die Welt so viel einfacher macht, ob sie nun stimmen oder nicht. Die meisten Leute drehen doch durch, wenn sie an so etwas nur denken. Heute lässt der Kaiser alle verfolgen, die keine reinen Phereniden sind. Die Menschen haben Angst und geben uns die Schuld an allem, was sie nicht erklären können. Selbst an ganz normalen Sachen: Ein Blitz trifft einen Baum nur, wenn ein Fealv ihn verhext hat. Eine Krankheit ist nur tödlich, wenn sie von einem Fealv stammt. Und so weiter.«

»Das tut mir leid.«

»Ist ja nicht deine Schuld.«

»Und, glaubst du jetzt an Magie, oder nicht?«

Janner seufzte. »Wenn du mich fragst, sind die Leute etwas zu besessen davon. Die meisten Magiergeschichten, die ich kenne, drehen sich um Menschen. Enttäuschte Menschen.« Er überlegte kurz. »Irgendwie glaube ich wohl schon daran. Auf ein Dutzend Maulhelden kommt doch meistens auch einer, der die Wahrheit sagt. Ob er jetzt behauptet, ein großer Krieger zu sein oder sieben Bier auf einen Zug trinken zu können … warum sollte es mit Zauberern anders sein?«

»Ich habe mal einen Zauberer getroffen.«

»Ach ja?«, fragte er. Aber sie führte es nicht weiter aus.

»Ich glaube an Wunder«, sagte er schließlich. »Und das größte Wunder von allen wäre wohl eine friedliche Zukunft für uns alle.«

Nun war es an April, ihn fragend anzuschauen.

»Sagt die Prophetin«, erläuterte er.

»Ist sie eine Fealva?«

»Nein. Aber sie hat einen guten Geschmack.« Er grinste und trank.

»Was predigt sie denn?«

»Nun, sie reist durch die Lande und versucht, die Leute zu einen. Eigentlich ist sie nur eine einfache Frau, aber der Kaiser fürchtet sich vor ihr, denn sie spricht von Frieden und Freiheit, wo er nur Gewalt und Unterdrückung kennt.«

»Es geht ihr also nicht darum, woran man glaubt.«

»Ich habe sie noch nicht reden hören«, sagte Janner. »Aber weißt du, heutzutage ist es einfach schwer zu sagen, woran einer glaubt. Mit den Göttern ist es doch wie mit Magiern: Die meisten Geschichten handeln von enttäuschten Menschen.«

»Du hast gesagt, dass es die Welt einfacher macht. Vielleicht tröstet es sie aber auch, dass es noch mehr gibt als das, was sie sehen.«

»Es heißt, die Götter spielen nur mit uns«, erwiderte Janner. »Und daran kann ich nichts Trostreiches erkennen.«

Sie schwieg nachdenklich und sah zum Himmel, an dem ein paar Sterne den Frühlingswolken trotzten.

»Hast du wirklich mal einen Zauberer getroffen?«

»Ich glaube, ja«, murmelte sie. »Aber vor dir habe ich nie jemandem davon erzählt. Ich war noch ganz klein. Er hat einen Regenbogen für mich gemacht. Und er wusste von der anderen Sonne.« Sie sah ihn über das Feuer hinweg an. »Weißt du, wie das ist? Wenn man allein ist und keiner einem glaubt?«

Er spielte eine Weile mit seiner Flöte herum, dann nickte er und blickte auf.

»Also gut«, sagte er. »Gehen wir nach Süden.«

»Ist das dein Ernst?«

»Hinterm Gebirge liegt Ipatana, und das ist eigentlich gar nicht so schlecht. Wenig Soldaten, und vielleicht noch ein paar alte Geschäftsfreunde.« Er zuckte die Schultern. »Außerdem ist's nicht das erste Mal, dass das Schicksal mir einen Strich durch die Rechnung macht. Ich bin eigentlich auch auf einer Suche, weißt du.«

Sie lächelte, dann setzte sie sich auf und streckte die Hände nach den Flammen aus.

»Erzähl mir von dir.«

»Was willst du hören?«, fragte er und griff wieder nach der Flasche.

»Alles«, sagte sie. »Ich will alles.«

»Also gut.«

Und er erzählte ihr die Geschichte seines Lebens.

SARIK UND KORIANTHE

In der ersten Nacht in Zeonas Hütte hatte Sarik einen Traum, in dem er eine schneebedeckte Landschaft überblickte. Er stand unter einem Portikus aus hellem Marmor, so hoch wie der Himmel, und blickte in eine sternklare Nacht hinaus, in der sich die Konturen großer Felsenbögen abzeichneten. Dazwischen wuchsen Farne und Sträucher, überall blühte es, und trotz des Schnees zwischen den Felsen war es nicht kalt. Ein süßer Duft hing in der Luft.

Er kannte diesen Ort. Doch er wagte kaum, sich umzusehen, aus Angst, er könnte sich vor seinen Augen in Luft auflösen. Stattdessen suchte er nach einem Orientierungspunkt und fand eine vertraute Gruppe Sterne am Himmel. Erst war ihm, als flackerten sie, dann erkannte er, dass ein Schwarm Schmetterlinge vor ihnen tanzte. Ihre silbrigen Flügel reflektierten das Licht.

Da wurde er gewahr, dass er nicht alleine war. Jemand war neben ihn getreten.

»Sie sind noch da«, sagte Korianthe, den Blick zu den Sternen gewandt. »Selbst wenn niemand sie sieht. Genau wie wir.«

»Das ist Iljudis«, sagte Sarik.

»Natürlich«, sagte sie. »Hier sind wir uns zum ersten Mal begegnet.«

»Was ist geschehen?«, fragte er und wandte ihr das Gesicht zu.

Korianthe war jung, so wie er. Ihr rotes Haar war zu einem Zopf gebunden, der einen Kranz um ihren Kopf bildete. Ihre Züge hatten etwas Mädchenhaftes, doch ihre grünen Augen blieben hart, und ihre Lider blinzelten kein einziges Mal, während sie sprachen. Sarik konnte sich des Gefühls nicht erwehren, dass sie mit einem Blick mehr von ihm erfuhr, als er seit Beginn seiner Reise über sich selbst herausgefunden hatte.

»Wir müssen reden«, sagte sie. »Von Angesicht zu Angesicht. Nicht in einem Traum.«

Sarik nickte; ein Träumer, der seinen Traum erkennt. »Wie kann ich dich finden?«

»Zeona wird dich herbringen. In drei Tagen werde ich hier auf dich warten.«

Die Säulen und Felsen verblassten, die Nacht hellte sich auf, und die Sterne wurden zum Licht vieler kleiner Kerzen, die Zeona entlang der Wände ihrer Hütte entzündet hatte. Sie saßen sich gegenüber und schlugen gleichzeitig die Augen auf. Sarik nahm an, dass sie wusste, welche Träume in ihrem Haus ein und aus gingen, und sie nickte.

»Ich verlange einen Preis dafür, Isikara. Ich tue, was Korianthe von mir will, aber meine Hütte wandert nach ihrem eigenen Willen. Es kostet mich etwas, wenn ich sie für dich bewege.«

»Was kann ich dir geben?«, fragte Sarik. »Was habe ich denn, das für dich von Interesse wäre?«

»Einen Zauber«, sagte Zeona.

»Was für einen Zauber?«

»Einen Zauber«, sagte sie nachdenklich, »der einen zu dem führt, den man liebt. Verzeih, Isikara – aber ich glaube, du kannst ihn entbehren.«

Er stand auf und wandte sich ab. Im Vorbeigehen nahm er eine Perle aus dem Korb im Regal und ließ sie in seiner Hand verschwinden. Dann blickte er aus dem Fenster, das sich mit der Morgenröte zu füllen begann. Er wartete darauf, was er sehen würde.

»Ist das die Zukunft, die du siehst?«, fragte er. »Ich dachte, du glaubst nicht daran.«

»Ich will den Zauber nicht für mich«, sagte Zeona ruhig. »Überleg es dir. Drei Tage – dann musst du gehen.«

Die Sonne des nächsten Tages ging über dem Rücken eines mächtigen Berges auf. Der Boden war warm, und Sarik spürte die Kraft, die den Berg erfüllte wie Wein eine Amphore. Zeonas Hütte stand inmitten eines Steinkreises, den Menschen vor Urzeiten errichtet hatten, dem Berg Opfer darzubringen. Es war aber lange niemand mehr hier gewesen: Die schimmernden Pinien an den Hängen waren alt und ohne Erinnerung an das Feuer seines Zorns, und das Moos auf den Steinen entsann sich nicht mehr daran, je einen anderen Trank als Regen gekostet zu haben.

Sarik aber erinnerte sich. Er kannte diesen Berg – zuletzt hatte er sein Bild im Traum gesehen. Zeonas Hütte kannte ihren Gast offenbar nur zu gut.

Eine Weile wanderte er ziellos umher, richtete eine geknickte Rebe wieder auf, befreite einen Olivenbaum von Ranken, holte Wasser von einem Bach. Er genoss den Duft der Erde, den Himmel, so klar und geschliffen wie Turmalin. Doch das Land schien ebenso vergessen wie er selbst. Niemand war da, die Felder an den Hängen zu bestellen, keine Fealva, die sich in der Wildnis vergnügten.

»Ich war lange nicht mehr im Strahlenden Reich«, sagte er später, als er zurückkam. Zeona saß auf ihrer Schwelle im Sonnenschein und knüpfte einen kleinen Teppich.

»Es strahlt nicht mehr so hell wie einst«, sagte sie, ohne aufzusehen. »Und der Kaiser sucht die Schuld dafür bei den Fealva und allen, die nicht das Haupt vor ihm neigen.«

»Dennoch ist die Welt hier noch heil«, sagte er, stellte den Wassereimer ab und hob seine Fingerspitzen, als hätte er sie in duftendes Öl getaucht. »Ich kann es spüren – es ist fast noch wie früher.«

Zeona schüttelte den Kopf. »Zu den Zeiten, von denen du sprichst, hätte allein der Gedanke an Wasser gereicht, einen Quell aus der Erde springen zu lassen. Pherenaïs, sagte man einst, ist der Geburtsort der Götter.«

»Manche wurden hier begraben.« Sarik richtete den Blick auf den Berg hinter der Hütte und dachte an Borchiak den Großen, der in Ketten gelegt auf das Ende der Zeit wartete. »Dies ist der Berg Cator. Mein alter Feind hatte ihn einst zu seinem Domizil erwählt. Heute ist er sein Gefängnis.«

»Borchiak war nicht mehr und nicht weniger dein Feind als du selbst«, sagte Zeona. Sie legte den Teppich beiseite und studierte einen großen silbrig-weißen Schmetterling gleich denen aus Sariks Traum, der vor ihr in der Luft tanzte.

»Dieses Wesen ist uns gefolgt«, stellte sie fest. »Hier auf der Schwelle oder aus eigener Kraft. Ich sehe, dass es kein Schmetterling ist. Was ist es?«

»Ein Irrlicht«, sagte Sarik. »Es begleitet mich schon lange Zeit.«

»Ein Irrlicht«, lachte Zeona, aber es war kein herzliches Lachen.

»Ich weiß«, sagte Sarik und zuckte die Schultern. »Wahrscheinlich bin ich eine gute Gesellschaft für Irrlichter.«

»Ich möchte nicht, dass es über meine Schwelle tritt«, sagte sie. Der Schmetterling landete auf Sariks Schulter und zitterte. Zeona ließ ihn nicht aus den Augen.

»Hast du dich schon entschieden?«, fragte sie.

Sarik schüttelte den Kopf.

Am nächsten Morgen stand er vor Zeonas Tür am Rand einer Klippe und sah auf eine neblige Bucht hinab. Schiffsmasten ragten aus dem Nebel, und die heiseren Schreie von Möwen geisterten über die Felsen. Es war kalt, und der Wind trug ihm den Atem des Salzwassers in Augen und Haar.

»Wo sind wir?«, fragte Sarik.

»Dûnhlair«, sagte Zeona, die hinter ihm auf der Schwelle stand.

»Es hat sich verändert«, stellte Sarik fest. »Wer baut diese Schiffe?«

»Reisende«, sagte Zeona, »aus einem fernen Land. Sie nennen sich Lagandæer. Unsere Zeit läuft ab, Isikara – einst waren es noch unsere Taten, die zu Legenden wurden, doch bald werden die Menschen sie vergessen und ihre eigenen Legenden haben.«

Er sah sie kurz an, erwiderte aber nichts, sondern richtete den Blick wieder auf die hohen Masten. Das Irrlicht war zurück, flog in Gestalt einer Möwe zu den stolzen Schiffen hinab und ließ sich in der Takelage nieder.

»Die Welt wartet nicht auf uns«, sagte Zeona. »Das hat sie nie.«

»Ich erwarte weder, dass man meiner gedenkt, noch Lieder über mich singt«, sagte Sarik. »Aber wir haben diese Welt einst geformt – wie können sie annehmen, dass ihnen das Gleiche gelingt?«

»Weil wir nicht mehr da sind.«

»Um sie zu leiten.«

»Nein. Um sie aus unseren Fehlern lernen zu lassen.«

»Du hast dich verändert.« Er schüttelte hilflos den Kopf. »Ich beginne jetzt erst zu ahnen, wie viel Zeit tatsächlich verstrichen ist, und ich würde so vieles gerne besser verstehen, bevor ich Korianthe gegenübertrete. Du sagst, man habe mich schlafen gelegt: War sie es? Hat die Herrin meines Ordens einen Schlaf auf mich gelegt?«

»Ja«, sagte Zeona.

Er atmete tief ein. »Und wie lange ist das nun her?«

»Fast achthundert Jahre«, antwortete sie.

Er schwieg eine Weile und blickte auf das Meer hinaus.

»Ich muss eine schwere Schuld auf mich geladen haben«, stellte er fest. »Aber beging ich je einen anderen Fehler, als zu sein, was ich bin? Wollten wir nicht alle immer das Gleiche – sie, du und ich?«

»Vielleicht war das einmal so«, sagte Zeona. »Doch heute bin ich dankbar für das, was mir geblieben ist, und habe gelernt, nicht das zu ersehnen, was ich nicht haben kann. Und da ich aufgegeben habe, was mich nicht glücklich macht, habe ich weniger als jemals zuvor – und das lässt mich hoffen. Es gibt keine Hoffnung, wenn man schon alles besitzt.«

»Aber was für einen Sinn hat es zu hoffen, wenn der Wunsch unerfüllt bleibt?«, fragte er.

»Ich weiß nicht. Was wünschst du, Isikara?«

Er holte die Perle hervor, die er vor zwei Tagen an sich genommen hatte, schloss seine Augen und fügte in seinem Geist stumme Worte zusammen: Worte der Sehnsucht und trostreicher Versprechen, ein kurzes Gedicht, das er nie wieder würde sagen können; und kurz darauf hatte er es auch schon vergessen.

Dann reichte er die Perle Zeona.

»Bring mich zu Korianthe«, sagte Sarik. »Ich will mich ihr stellen.«

Als die Sonne zum dritten Mal auf Zeonas Hütte traf und Sarik vor die Tür trat, sah er, dass sie auf die schneebedeckten Trümmer seines Traumes schien: Die Säulen waren eingestürzt, die Mächte, welche die steinernen Bögen einst hielten, erloschen. Sarik brauchte einen Moment, um zu erkennen, dass die ungewohnten Stiche auf seiner Haut von der Kälte herrührten.

Es war Winter geworden in Iljudis.

»Kommst du nicht mit?«, fragte Sarik, doch Zeona schüttelte den Kopf.

»Ich habe meinen Preis gezahlt«, sagte sie. Da sah Sarik, dass sie älter schien als noch am Tag zuvor – ein Jahr, vielleicht auch zwei –, und nickte.

Er ließ Zeonas Hütte hinter sich und ging los.

Der Palast, in dem er mit Korianthe gesprochen hatte, war nichts als eine Erinnerung. Moos wuchs im gesprungenen Marmor, und von der großen Kuppel im Zentrum war keine Spur mehr geblieben. Die Luft schmeckte wie Eiswasser, das den Gaumen betäubt, und als Sarik den Blick zum Himmel hob, fragte er sich, ob die Sterne, die dort unsichtbar hinter der Sonne warteten, noch dieselben waren. Er hielt nach dem Irrlicht Ausschau, doch es war nirgends zu sehen.

Er musste nicht lange durch die Ruinen wandern, bis er Korianthe entdeckte. Er fand sie in der Öffnung eines großen Fensters sitzen, das auf einen weiten Altan hinausblickte. Sie trug eine grüne Stola, darüber einen pelzbesetzten Mantel, und hatte das rote Haar hochgesteckt. Vor dem Fenster, in den Ruinen, wartete ihre Priesterschaft, zwölf Männer in gelben Roben, die den Blick unter ihren Kapuzen nur hoben, um sicherzugehen, dass ihnen keine Weisung ihrer Herrin entging.

Korianthe sah auf und erhob sich, und einen Moment war es wie damals, wenn er den Audienzsaal betrat und sie die Stufen von ihrem Thron herabstieg, ihn zu empfangen. Sie hatte diesen Ort in Besitz genommen, kaum dass sie wieder den Fuß in ihn gesetzt hatte.

»Wir sind noch hier«, sagte er, als sie nicht das Wort an ihn richtete. Er sagte es wie zur Bestätigung, doch einen Moment glaubte er ein winziges Zittern ihrer Wangen wahrzunehmen. Sie wirkte älter als in seinem Traum – selbst an ihr waren die Jahrhunderte nicht ganz spurlos vorübergegangen. Dann unterwarf sie ihre Züge wieder ihrem eisernen Willen. *Derselbe Wille, der mich schlafen legte,* dachte er.

»Ich hätte es vorgezogen, dich an einem anderen Ort zu treffen«, sagte sie. »Denn ein Blick auf das, was von ihm bleibt, entlarvt die tausend Lügen, die ich dem Gesicht im Spiegel jeden Tag erzähle.« Sie musterte ihn. »Doch er hat noch immer Macht über uns, im Guten wie im Schlechten – und du hast hier von mir geträumt. Also bin ich gekommen.«

»Der Weg mag dir nicht leicht gefallen sein«, sagte Sarik. »Ich entschuldige mich dafür.«

»Er hat mich nicht mehr gekostet als dich«, erwiderte sie. »Glaub mir, ich könnte nicht zählen, wie oft ich bedauert habe, was dir geschah.«

»Ist es wahr, was Zeona sagt?«, fragte Sarik. »Hast du den Schlaf auf mich gelegt?« In seinem Herzen kannte er die Antwort bereits, doch es war der Blick, den Korianthe zu der kleinen Hütte vor den Ruinen warf, der sie verriet.

»Das hat sie gesagt?«, fragte sie. »Und sie tritt nicht vor mich, ihre Worte zu wiederholen?«

»Sagt sie denn nicht die Wahrheit?«

Korianthe wandte den Blick ab. »Niemanden interessiert mehr, was Zeona zu sagen hat. Einst hegte ich große Hoffnung für sie – doch sie hat mit uns abgeschlossen und glaubt, ein neues Kapitel ihrer Geschichte aufschlagen zu können. Keiner von uns kann das.«

»Ich stehe noch am Anfang meiner Geschichte«, überlegte Sarik. »Am Anfang ihres Endes, vielleicht. Doch ich weiß noch nicht, ob es eine glückliche oder eine unglückliche Geschichte werden wird.«

»Ich kann dich auf dieser Reise nicht begleiten.« Korianthe griff in ihr Gewand und holte etwas daraus hervor. »Aber ich möchte dir den Schlüssel reichen, der dir die Pforten zu deiner Bestimmung öffnen kann.«

Und mit diesen Worten reichte sie ihm ein Stück Bernstein, in dem sich, kaum sichtbar, eine feine Locke blonden Haares befand.

Verwundert drehte Sarik das eigenartige Schmuckstück zwischen den Fingern.

»Was ist das?«

»Unsere letzte Hoffnung im bevorstehenden Kampf«, sagte Korianthe und versteifte sich. »Du erinnerst dich doch an den Kampf, den wir fochten? Unser aller Feind? Er wird zurückkehren. Sehr bald schon.«

Sarik wusste, sie meinte nicht Borchiak. Es gab nur einen Namen, vor dem Korianthe Angst haben konnte – denn nichts anderes sah er nun, in ihrer Haltung, ihren Augen –, und er hätte ihn vielleicht ausgesprochen, hätte sie ihm nicht den Finger auf die Lippen gelegt.

Neseja, dachte er. *So nannte er sich doch: Der zweimal Geborene.*

»Wie kann er entkommen sein und jetzt zurückkehren?«, fragte er. »Hast du uns denn nicht in die Verbannung geführt?«

»Ich habe uns vom Licht der Wesenheiten ausgeschlossen, um ihrer Rache zu entgehen, Sarik! Glaubst du, die Entscheidung fiel mir leicht? Ich habe uns alle gerettet.«

»Genauso gut könnte ein Schiffbrüchiger sagen: ›Ich habe die Welt ausgeschlossen.‹ Was bleibt uns hier, auf unserer Insel? Die Sicherheit unseres Gefängnisses?«

»Nicht einmal das«, sagte Korianthe. »Denn *er* ist auch hier. Die ganze Zeit schon. Er war nie fort.«

»Wie kann das sein?«, fragte er abermals.

Sie wandte sich ab und trat einige Schritte auf den Altan hinaus. Ihre Priesterschaft wich wortlos beiseite. Sarik folgte ihr in einigen Schritten Abstand.

»Wir schlugen einen Mächtigen – doch machten uns einen Gott zum Feind. Wollte er das nicht immer sein? Ein Gott?« Sie presste das Wort hervor, als bereitete es ihr Schmerzen. »Zu viele von uns waren geblendet von seiner Macht und wollten daran teilhaben. Wir dachten, wir hätten gesiegt, doch in Wahrheit entkam er. Heute ist er überall – seine Zahl ist Legion.«

»Ich verstehe dich nicht.«

»Wechselbälger, Sarik.« Ihr Gesicht war nun wie aus Stein. »Er hat sich tausend Gestalten gegeben: Vögel, Wölfe und Geister. Er ist der Dämon, von dem sich die Menschen tausend Geschichten erzählen. Du weißt, welches Schicksal das Sommerland befiel? Er hat sich zerschlagen, Sarik, Splitter eines einzigen Bildes, und tief ins Herz des Lebens gebohrt. Er ist die Krankheit, die die Eolyn dahinrafft. Er kennt viele Formen: Zorn und Verzweiflung, Rachsucht und Hass. Nun streben die Splitter nach Vereinigung – was geteilt ist, will wieder eins sein.«

»Der zweimal Geborene?«, murmelte Sarik. »Wieder eins?« Verwirrt drehte er den Bernstein in seiner Hand. »Und wie kann uns das hier dabei helfen?«

»Vor langer Zeit«, sagte Korianthe, »verbarg der, von dem du sprichst, eine Waffe in einem Schloss auf dem Gipfel eines Berges. Ein Schwert, Sarik.«

»Ich weiß, welches Schwert du meinst«, sagte er langsam. »Er hat mir die Geschichte erzählt, kurz bevor er …« *Bevor er verschwand.*

»Er hat dir wohl nicht erzählt, wo man dieses Schloss findet, oder?«

»Nein«, sagte er und konnte sehen, dass sie die Antwort erwartet, aber auf eine andere gehofft hatte. »Irgendwo in den Ländern des Ostens. Wo und auf welchem Berg, kann ich nicht sagen. Ich erinnere mich aber, für wen er dieses Schwert einst schuf, und wen es besiegte; und welchen Preis beide dafür zahlten. Er verbarg das Schwert, um das Unglück zu vergessen, das es ihm gebracht hatte. Wir sollten seine Ruhe nicht stören.«

»Du irrst dich. Dieses Schwert mag das Einzige sein, das uns helfen kann, wenn wir ihm das nächste Mal entgegentreten. Ihm wohnt ein großer Teil seiner Macht inne. Es ist eines der letzten Artefakte aus der Alten Zeit – und noch genauso mächtig wie einst.« Sie schwieg kurz und musterte Sarik. »So wie du.« Sie wandte den Blick ab und ging weiter. »Es gehört zu ihm. Genau wie diese Locke zu seiner Besitzerin.«

»Deshalb hast du mich geweckt?«, fragte Sarik. »Weil du zu schwach geworden bist, das Schwert selbst zu finden?«

Sie blieb unvermittelt stehen, und eine Sekunde lang rechnete er damit, dass sie ihn angreifen würde. »Die Magie, die das Schloss und das Schwert darin verbirgt, ist alt und mächtig«, sagte sie, und nur ein leichtes Beben ihrer Stimme verriet ihre Wut. »Es ist dieselbe Magie, die meinen Orden oder deinen Wald beschützt und Zeonas Hütte über die Welt wandern lässt. Keiner von uns kann diesen Ort finden – selbst *er* kann das nicht mehr, seit er seine alte Existenz hinter sich ließ. Das kann nur eine, der es bestimmt ist – vom Tag ihrer Geburt an.«

»Die Schuld«, sagte Sarik. »Du hast die *Schuld* auf dich geladen?«

»Rede du nicht von Schuld!«, rief Korianthe. »Und es war Zeona, nicht ich, die jenem Mädchen am Tag seiner Geburt diese Locke nahm. Zu unserer Zeit wäre das Kind vielleicht eine von uns geworden. Doch die Welt ist alt und verbraucht und unsere Macht zerrinnt wie der Sand in einem Stundenglas. Wir zahlen einen hohen Preis für die Geburt einer Erleuchteten – und sie mag die letzte Generation sein, die der Welt noch geboren wird.« Sie atmete aus, und einen Moment konnte Sarik den kalten Hauch ihres Atems sehen. »Das Einzige, was Zeona ihr in die Wiege legte, war die Gabe, die Welt mit Augen zu sehen, die noch nicht den trüben Schleier tragen, hinter dem zu leben wir uns gewöhnt haben. Sie sieht die Welt, wie *er* sie einst sah – und damit auch die Leere, die uns heute umgibt und hinter jedem Stein, jedem Tag und jedem Herzen lauert. Für sie muss dieses Schwert wie ein Versprechen sein: ein strahlender Stern am Horizont.«

Wenn Korianthe die Wahrheit sagte, dann empfand Sarik fast Mitleid mit jenem Mädchen. Gleichzeitig fragte er sich, ob er tatsächlich schon so abgestumpft war, dass er von der Armut der Welt nichts als die Taubheit hinter seiner Stirn und das kalte Ziehen in seinen Fingerspitzen bemerkte.

»Wenn dieses Mädchen die Gabe hat zu vollbringen, was selbst uns verwehrt ist … wozu brauchst du dann mich?«

»Weil jemand sie führen muss. Die wenigen von uns, die die alte Zeit noch erlebt haben, sind umnachtet und unberechenbar geworden und wagen es kaum noch, ihre Reiche zu verlassen. Du jedoch hast den Verfall nicht erleben müssen – du bist fast noch so jung und so stark wie damals, als du deine Strafe antratest. Du bist der Letzte der Mächtigen, Sarik.«

Ein seltsamer Ausdruck trat auf ihr Gesicht, als sie das sagte. War es Bewunderung? Neid?

»Wenn ich dir helfe, werde ich dann auch erfahren, wofür ich bestraft wurde? Weshalb ich schlafen musste?«

»Das weißt du nicht mehr?« Sie lächelte erstaunt. »Dann steht dir eine längere Reise bevor, als ich dachte. Doch dir bleibt keine Wahl – es sei denn, du möchtest, dass wir das wenige, das uns geblieben ist, auch noch verlieren. Und das kann ich nicht zulassen. Eher lege ich ein letztes Mal den Bann auf dich. Dein Wort bindet dich, Sarik.«

Sie ließ die Drohung auf ihn wirken, und er dachte an den alten Eid, den er ihr und dem Orden geleistet hatte. Er wusste, sie sagte die Wahrheit.

»Wenn wir nicht handeln, wird sein Hass uns hinwegfegen«, fuhr sie fort. »Einst hatten wir noch eine Chance gegen ihn – doch während wir immer schwächer wurden, hat er Leben auf Leben gestohlen und sich immer weiter bereichert. Es wird uns nicht noch einmal gelingen, ihm die Stirn zu bieten – auch dir nicht. Ohne das Schwert sind wir verloren.«

»Dennoch verlangt es mich nach der Wahrheit«, sagte Sarik. »Der Wahrheit über mich selbst.«

Sie sah ihn an, als wollte sie ergründen, wie viel er wirklich wusste. »Die Wahrheit über dich kannst nur du selbst herausfinden. Doch ich gebe dir mein Wort: Wenn wir unsere letzte Schlacht geschlagen haben, sollst du von deinem Eid entbunden sein. Hilf uns, Sarik, und du bist frei.«

Ihm blieb keine Wahl. Korianthe hatte ihn geweckt, doch die Herrin des Ordens hielt nach wie vor sein Schicksal in Händen.

»Was genau soll ich tun?«, fragte er.

»Finde das Mädchen, und finde das Schwert. Ich ahne, dass sie kurz davor ist, nach ihrem Schicksal zu greifen. Dann bring sie beide zu mir nach Geador. Sein Schwert wird die Waffe sein, die ihn zu Fall bringt – ich glaube nicht, dass irgendetwas sonst ihn besiegen kann.«

Sarik neigte ergeben den Kopf. Verwundert stellte er fest, dass er sich fast darauf freute, ein letztes Mal auf Reisen zu gehen … sich der Vergangenheit zu stellen und zu sehen, wer bestehen würde.

»Ich werde gehen«, sagte er.

»Komme nach Geador«, sagte Korianthe. »Und komme nicht zu spät.«

Sarik umklammerte die Locke in ihrem goldenen Gefängnis, und einen Moment, als er die Augen schloss, glaubte er, ihre Trägerin vor sich zu sehen, weit im Südosten: jung und voller Glauben an ihr Schicksal in einer Welt, die ihr ebenso unbekannt war wie einer Knospe, ehe sie sich öffnet.

Er neigte noch einmal das Haupt vor seiner Herrin, dann ging er durch die Ruinen des Hofs von Iljudis zurück zu Zeonas Hütte.

DIE VERWANDLUNG

Die Südliche See … Jahresbeginn 1593

Die Silhouette Leiengards schält sich aus der Dunkelheit wie ein Traum. Die Festung ist auf einer Vulkaninsel gebaut, und der Hafen und die kleine Stadt, die sich darunter an den Felsen klammern, drohen jeden Moment abzubrechen und in der Brandung zu versinken. Die Insel ist weder Teil des Imperiums, noch zahlt sie Tribut. Sie hat keine Wälder, keine Äcker, bloß einen sauren Wein, der an vom Seewind gebeugten Stöcken auf den schwarzen Steilhängen wächst. Das Einzige, was Leiengard sonst hat, ist Fleisch – Eisen und Fleisch.

Die Insel ist die Heimat der ältesten und am meisten geachteten Kriegerschule der Welt. Sie ist eine Saga, die seit undenklicher Zeit schon erzählt wird, an Lagerfeuern, in Feldlagern, hinter vorgehaltener Hand: eine Saga von Heldenruhm und übermenschlichen Taten, von Männern, die allein ganze Armeen in die Flucht schlagen, von Drachentötern und Riesenschlächtern, Tyrannenmord und Hochverrat und bezwungenen Meistern, die gedemütigt in ihrem Blut liegen. Und immer ist es ein Karsai, ein Träger des Löwen, der als Einziger lebend das Schlachtfeld verlässt, egal, ob Sieger oder Besiegte die Geschichte erzählten; und nichts mehrt den Ruhm der Insel und den Schrecken, den sie verbreitet, glaubhafter als das. Niemand hat es je gewagt, sie anzugreifen.

Jeder darf den Hafen Leiengards anlaufen und um Aufnahme ersuchen. Die Schule lehnt niemanden ab, gleich welcher Herkunft und welchen Standes. Die einzige Bedingung ist die bedingungslose Unterwerfung des Bittstellers: Wer sich Leiengard verschreibt, verschreibt sich mit all seinem Sein und Besitz. So ist es immer schon gewesen, und niemand weiß heute mehr, wie viele Krieger Leiengard in seiner Geschichte hervorgebracht hat. Wie viele davon auf der Insel leben und sie schützen, ist ebenso unbekannt wie die Zahl derer, die den Gürtel insgeheim in Ehren halten. Und wenn es einen oder mehrere Herrscher der Insel gibt, denen man diese Fragen hätte stellen können, so hat niemand sie je zu Gesicht bekommen und davon berichtet.

Manch einer mutmaßt, dass das Netz der Ehemaligen längst die Struktur aller bedeutenden Reiche durchdringt. Wenn die Insel ruft, müssen die Karsai gehorchen – blind, ohne Fragen – und wenn nötig ihre Waffe gegen den eigenen Freund erheben. Und wenn die Insel den Befehl dazu gäbe, würden sie losstürmen, eine geheime Armee, eine Flut unbezwingbarer Krieger, Mörder und Helden, der sich kein Reich der mittleren Welt widersetzen kann.

Einige fragen sich, wieso Leiengard noch nicht das Signal für diesen letzten Sturm gegeben hat. Andere glauben, dass der Tag nicht mehr fern ist, und man dann endlich die wahren Ziele der Schule erfahren wird. Bis dahin aber ist nur sicher, dass, wer immer die Insel angreift, einen Krieg nicht nur im südlichen Meer, sondern seiner eigenen Heimat riskiert – jeder Schlag gegen die unbekannten Herren der Insel ist Selbstmord.

Die Senatorentochter steht am Bug der kleinen Galeere, die seit einem Monat ihr Zuhause ist, und sieht dem schwarzen Eiland entgegen. Der Seewind ist kühl, doch der Sonnenglanz der Wellen sticht ihr in den Augen und ihr Haar ist salzverklebt. Mehr noch als Sonne und Salz aber sticht das Starren des Kapitäns, das ihr schon so vertraut ist wie ein alter Dorn in der Ferse. Ihre Knochen schmerzen vom Schlafen auf Deck. Nachts rauben ihr das Schnarchen und der Gestank der Besatzung den Schlaf, und tagsüber dringt der endlose Takt des Rudermeisters ihr durch Mark und Bein, bis selbst ihr Herz sich daran anzupassen scheint und sie die Schläge kaum noch wahrnimmt.

Sie hätte ein größeres oder komfortableres Schiff nehmen können, oder eines mit einer angenehmeren Mannschaft. Die Sklavenhändler aber waren die Ersten, die bereit waren, sie mitzunehmen, auch wenn sie zuerst den Hafen von Nelgard anliefen, wo sie beinahe zwei Wochen verlor. Wenn sie noch länger in Ptaraon geblieben wäre, hätte Marcia sie jedoch vielleicht aufgespürt. Oder, schlimmer noch, sie wäre von allein umgekehrt und zurück zu Iason gegangen.

Sklavenhandel ist außerhalb von Pherenaïs und der umliegenden Inseln nicht sehr verbreitet, und sie findet das einleuchtend, denn die meisten Sklaven stammen ja vom Festland, vor allem aus Azarien und den südlichen Ländern. Für die Bewohner Leiengards ist der Handel mit menschlicher Ware dagegen ein lukratives Nebengeschäft, und es gibt immer Bedarf an kräftigen Trägern und Kämpfern in der einzigen Stadt der Insel.

Sie sieht die windschiefen Bauten näher kommen und richtet sich auf.

So lange hat sie sich auf diesen Moment vorbereitet, hat mit Reisenden und Seefahrern geredet. Sie weiß: Wer hier lebt, muss ein großes Maß an Verwegenheit und Willensstärke mitbringen. Manch einer hat die Ausbildung zum Krieger gesucht und ist gescheitert, oder ein unglücklicher Hieb hat ihn bis an sein Lebensende verkrüppelt. Andere sind Händler oder geflohene Sträflinge. Die Schule duldet die rauhen Sitten in der Stadt an ihren Klippen, solange sie ihrer Aufgabe nachkommt: Leiengard mit Nahrung, Werkzeug und Waffen zu versorgen. Wer sich nicht bewährt, landet in der ärmlichen Arena, die die einzige Zerstreuung bietet.

Die Senatorentochter hat genau überlegt, wie sie an einem solchen Ort bestehen kann, und sich für die naheliegendste Variante entschieden: Sie hat sich einen Sklaven gekauft. Nichts unterstreicht ihren Stand als pherenidische Patrizierin besser.

Der Mann ist Azare. Er ist gut erzogen und befolgt ihre Anweisungen ohne Zögern. Dafür muss er nicht mit den anderen Sklaven rudern und auf den Bänken schlafen, sondern darf sich tagsüber in ihrer Nähe und unter dem Sonnensegel aufhalten und nachts bei ihr und den Freien auf dem Achterdeck ruhen. Dennoch ist es ein gefährliches Spiel, auf das sie sich einlässt. Was ihn hält, sind vor allem die Rollen, die man ihnen zugedacht hat, erst in zweiter Linie seine Armreife und die Peitschen der Aufseher. Mit ihm allein gelassen sollte sie ihr Glück besser nicht zu lang auf die Probe stellen. Das Schwert, das sie ihm zu tragen gestattet, ist ihr Schutz und die größte Bedrohung für sie zugleich.

Im Hafen liegen Handelsschiffe mit mehreren Masten neben alten imperialen Galeeren, die nun unter der Flagge Leiengards fahren. Sie sieht Lastkräne und muskelbepackte Barbaren, die sich in die Winden stemmen. Statt Karren verstopfen Sänften den Hafen, denn Tiere sind auf Leiengard rar und dienen zum Verzehr – Sklaven dagegen gibt es im Überfluss. Sie entdeckt ein paar Fealva und auch die Katzenwesen aus dem Westen – sie nennen sich Timei –, die sie das erste Mal im Hafen Ptaraons gesehen hat. Die Lagandæer sind also auch hier.

Sie zahlt dem Kapitän den zweiten Teil der für die Passage vereinbarten Summe, und sobald das Schiff vertäut liegt und eine Planke ausgelegt wird, geht sie von Bord.

Auf dem Steg wird ihr einen kurzen Moment schwindlig, und sie muss sich stützen. Zum ersten Mal seit über einer Woche hat sie wieder festen Boden unter den Füßen, und sie ist dankbar dafür. Doch die unbeständige See scheint ihr das Gleichgewicht genommen zu haben. Ihr Sklave wartet geduldig, bis sie sich wieder gefangen hat, und seinem verschlossenen Gesicht ist nicht anzusehen, ob er sie insgeheim verspottet oder überhaupt eine Regung empfindet.

Die Senatorentochter hat nicht vor, länger als nötig in der Stadt zu bleiben. Sie sieht Kranke und Bettler, Menschen in allen Stadien der Verkrüppelung: armlos, beinlos, blind. Sie sieht die neugierigen Blicke, die man ihr zuwirft, hört das Knallen von Peitschen und das Ächzen der Träger, riecht Schweiß und Fisch und verbranntes Fett. Trotz allem hätte sie an einem anderen Ort, zu einer anderen Zeit, vielleicht eine Nacht in einer Taverne verbracht, ein ordentliches Essen, ein weiches Bett gesucht. Doch beim Gedanken an Schlaf oder Essen schlägt ihr das Herz vor Widerwillen bis zum Hals, und alles drängt sie, weiterzugehen, und so frischt sie nur kurz ihre Vorräte auf und füllt ihren Wasserschlauch. Sie ist ihrem Ziel nun so nahe – vier Jahre hat sie auf diesen Tag hingearbeitet und keinen einzigen dieser Tage verschwendet.

Dies ist der letzte Tag ihres alten Lebens.

Da hört sie einen dumpfen Schlag von den schwarzen Klippen hallen, und erst, als ihre Augen und die des Azaren sich treffen, merkt sie, dass sie zusammengezuckt sein muss. Sie reißt sich am Riemen und bedeutet ihm, ihr zu folgen, als der Gong der Kriegerschule ein weiteres Mal ertönt. Niemand in der Stadt scheint sich darum zu kümmern, doch ihr ist er wie ein Ruf, den sie alleine vernimmt, während sie stetig tiefer in die engen Straßen vordringt.

An einer Schmiede stellen sich ihr zwei dürre Männer in den Weg. Sie gibt dem Azaren ein Zeichen, und er tritt vor und greift nach seinem Schwert. Mit erhobenen Händen weichen die beiden Männer in den Eingang der Schmiede zurück. Da spürt sie eine kleine Hand, die sich vergeblich abmüht, den Beutel von ihrem Gürtel zu lösen. Sie blickt hinab in das ungewaschene Gesicht eines Kindes, das ihr ohne jede Verlegenheit mit seinem zahnlosen Mund entgegengrinst. Ruhig löst sie seine Hand von der erhofften Beute. Sie ist selbst zu lange Diebin gewesen, um sich bestehlen zu lassen. Ihr Geld trägt sie sicher versteckt. Der Kleine zuckt die Schultern und trottet davon. Der Azare will ihn aufhalten, doch sie winkt ihn zurück.

Jemand ruft sie. Sie dreht sich um und sieht einen Mann in leichter Rüstung aus der Schmiede treten. Er hält einem der beiden Männer, die sie gerade abgelenkt haben, den Arm auf den Rücken gedreht.

»Man hat Euch gerade zu bestehlen versucht«, sagt er und stößt seinen Gefangenen zu Boden.

Die Senatorentochter mustert ihn näher. Sie sieht, dass die Rüstung ihres Gegenübers wahrscheinlich einmal eine Uniform gewesen ist – und an seinem Gürtel prangt das Zeichen, das sie schon lange nicht mehr gesehen hat: ein Löwenschädel mit einem geöffneten Maul.

»Es ist mir nicht entgangen«, erwidert sie. »Doch es kümmert mich nicht, denn er hatte keinen Erfolg.«

Der Dünnbrüstige vor ihr im Schmutz grinst ihr hilflos entgegen und brabbelt einige Worte in der Händlersprache Bemdali, eine halbgare Entschuldigung.

»Ihr fordert keine Strafe?«, vergewissert sich der Uniformierte und scheint einen Moment zu überlegen. Dann setzt er seinen Absatz auf die Finger des Mannes und tritt zweimal mit voller Kraft zu. Einen Moment sind die Schreie lauter als alles andere: das Klirren der Ketten, das Schlagen der Hämmer, das Möwengekreisch, die Gebote einer nahen Sklavenauktion. Dann hebt er den Fuß, und der Krüppel kriecht davon.

Die Senatorentochter sieht ihm nach, bis er verschwunden ist. Dann fragt sie die Wache nach dem Weg zur Schule.

Der Weg windet sich steil die Flanke des Vulkans empor, und sie sind nicht allein auf ihm. Eine stete Karawane von Trägern befördert Nahrungsmittel und Waffen und Menschen den Berg hinauf und wieder hinab. Der Azare geht vor ihr her, und sie sieht, wie er ein ums andere Mal prüfende Blicke zu den Klippen emporwirft. Vielleicht fragt er sich, ob auch er für die Schule bestimmt ist.

Aus der Höhe kann sie sehen, wie winzig die Küstenstadt tatsächlich ist. Die durcheinandergewürfelten Gebäude, die Türme und Katapulte an der Hafeneinfahrt, all das nimmt sich wie Spielzeug aus, und die Schiffe wirken wie Stöckchen auf der kobaltblauen See, die sich leer und einer Wüste gleich in der Ferne verliert.

Leiengard kennt praktisch keine Jahreszeiten. Es ist immer heiß, und Zikaden singen in den kargen Büschen, die zwischen den Kakteen und scharfkantigen Felsen wachsen. Wo im Schatten ein paar Gräser überlebt hatten, weiden magere Ziegen, und der Geruch wilder Kräuter liegt in der Luft. Ihr Wasservorrat ist schnell zur Neige gegangen. Diesen Berg hinaufzusteigen erscheint ihr auf einmal schwerer als alle anderen Prüfungen auf ihrer Reise. Und immer höher recken sich die Mauern der Schule über ihr, deren Schweigen nur von den Schlägen des Gongs durchbrochen wird, zweimal zu jeder vollen Stunde, einmal zur halben.

Am späten Nachmittag erreichen sie ein Häuschen mit einer Schranke, an der mehrere Uniformierte den Strom der Pilger und Waren überprüfen. Auf einer kargen Koppel stehen ein paar Pferde und Esel reglos im Schatten. Dahinter befindet sich ein alter Wasserturm, ein fensterloses Steinhaus mit einer Palisade und zwei weitere Gebäude – Wachhäuser oder Lager vielleicht.

Über ihr sind die Zinnen der Festung nun deutlich zu sehen. Die Mauer hat eine Seitenlänge von sicherlich einer Meile, und in der Ferne kann man ein Tor erkennen, das hoch über dem Boden liegt. Geschwungene Rampen führen zu ihm hinauf, bewacht von zwei riesenhaften Bronzestatuen schlummernder Löwen. Kaum vorstellbar, wie viel Gold und Blut die Festung gekostet haben muss. Sie wirkt uneinnehmbar, und die Menschen, die ihr entgegenströmen, sehen im Vergleich bedeutungslos wie Ameisen aus. Hinter den Mauern sind Schreie und das Klirren von Metall zu hören.

Sie kreuzt den Strom der Kaufleute und Dolmetscher vor der Schranke und nähert sich dem Häuschen daneben. Zwei dunkelhäutige Männer und ein Fealv mit einer Brust wie eine Tonne treten breitbeinig aus der Tür und blinzeln in die Sonne. Der Fealv hat sich wie viele seines Volkes den Schädel rasiert, und mit all den Narben in seinem Gesicht und den typischen Verwachsungen entlang der Brauen und des Halses, die sich kleinen Kämmen gleich bis auf seine Schultern ziehen, gibt er ein eindrucksvolles

Bild ab. Er und seine Begleiter werfen ihr einen neugierigen Blick zu, dann machen sie Platz.

Sie nickt dem Azaren zu, und sie treten ein.

Der Mann im Inneren nimmt erst keine Notiz von ihr. Er sitzt über einen enormen Schreibtisch gebeugt, über den mehrere Dokumente verteilt liegen. Unter dem Tisch hat er ein Holzbein ausgestreckt. Er stempelt zwei Formulare und lässt sie in einer Schublade verschwinden. Dann blickt er auf, ohne den Kopf zu heben.

»Seht Ihr nicht, dass ich zu tun habe?«

Sie neigt den Kopf. »Ich kann warten.«

Er seufzt und legt den Stempel auf sein Kissen.

»Also schön. Was führt Euch zu mir?«

»Das Schild über dem Eingang.«

»Ah, das Schild. Sehr gut. Und was steht darauf?«

»›Nur für Anwärter‹.«

»Sehr richtig. Nun sagt mir, weshalb meint Ihr wohl, dass es dort hängt?«

»Sagt Ihr es mir.«

Er rutscht auf seinem Stuhl, bis er aufrecht sitzt. Das Holzbein quietscht auf dem Boden.

»Es hängt dort, damit man mich nicht bei der Arbeit stört. Meine Aufgabe ist es, mich um die neuen Anwärter zu kümmern, die von überallher kommen und um Aufnahme in die Schule von Leiengard ersuchen – die berühmteste Kriegerschule der Welt.«

»Deshalb bin ich hier.«

Er sieht sie verärgert an, als weigere sie sich vorsätzlich, seine Sprache zu sprechen. Sein Blick wandert durch den Raum, dann fällt er auf den Azaren. Einen Moment verfinstert sich sein Gesicht, dann huscht die Ahnung eines Lächelns darüber.

»Ich verstehe! Ein weitverbreitetes Missverständnis: Leiengard bildet niemandes Sklaven aus. Wer hierher kommt, muss dies aus freien Stücken tun. Wenn Ihr Söldner oder Leibwächter sucht, kann ich Euch ein paar Namen nennen.«

»Ich bin nicht wegen ihm hier – ich selbst bin es, die um Aufnahme ersucht.«

Er sieht sie einen Moment sprachlos an. Dann bricht sich ein müdes Lachen Bahn aus seiner Brust. Er greift nach seiner Feder, taucht sie glucksend in die Tinte und beginnt zu schreiben. »Das ist gut, sehr gut«, murmelte er.

Geduldig sieht sie ihm zu, bis er fertig ist, und bemerkt den alten Bronzelöwen, den er als Briefbeschwerer gebraucht. Sein linker Fangzahn ist abgebrochen. Der Schreiber greift sich ein neues Blatt.

Sie nimmt den Azaren beiseite und reicht ihm den Schlüssel zu seinen Armreifen. »Du bist frei«, sagt sie. »Geh, wohin du willst.«

Misstrauisch streckt er die Hand nach dem Schlüssel aus. Seine schwarzen Augen bohren sich in ihre, suchen nach einem Hinweis auf eine Falle, doch sie regt keinen Muskel. Dann nimmt er den Schlüssel und stolpert zur Tür hinaus.

Der Schreiber hebt hoffnungsvoll den Blick. Sie ist immer noch da.

»Hörst du schlecht?«, fragt er und legt die Feder beiseite. Alle Höflichkeit ist aus seiner Stimme gewichen.

»Entschuldigt, aber Ihr seid es, der etwas überhört haben muss: Ich bin hier, um mich einzuschreiben. Aus freien Stücken, wie Ihr gesagt habt. Ich habe nie gehört, dass Leiengard einen Anwärter abweist.«

Der Schreiber kämpft sichtlich um seine Beherrschung.

»Das Kriegerhandwerk ist nichts für junge Mädchen. Es ist hart und schmutzig und ihm haftet nicht die geringste Spur von Romantik an. Weißt du, was dich dort oben erwartet? Ich will es dir sagen: Als Erstes werden sie dir das Haar scheren: so kurz. Dann werden sie dich in die Mangel nehmen. Von früh bis spät. Fünf Stunden Schlaf, wenn du Glück hast. Und das Essen, wenn ich das sagen darf, ist miserabel, auch wenn es angeblich sehr gesund sein soll. Sie werden dich leiden lassen. Mehr noch als die anderen.«

»Weil ich eine Frau bin?«

»Stell dich nicht blöd. Natürlich gibt es Frauen in der Schule. Acht im Moment, wenn du's wissen willst – von beinahe vierhundert. Aber von den acht werfen drei im nächsten halben Jahr das Handtuch, und fünfzig von den Männern auch. Sie kamen hierher wie du: Grün hinter den Ohren, aber stolz wie ein Haufen nackte Fealva. Man wird dich nicht leiden lassen, weil du eine Frau bist. Sie werden dich leiden lassen, weil du … na, schau dich doch an!«

Er deutet mit der Hand, als wäre es offensichtlich, was er meint.

»Wie alt bist du? Achtzehn? Im Kaiserreich bist du vielleicht erwachsen. Hier zählt das gar nichts. Und deine Hände … Hast du überhaupt eine Ahnung, wie viel ein Schwert wiegt?«

»Gut und gerne zwei, drei Pfund«, antwortet sie automatisch. »Nicht so viel, wie man glaubt.«

Der Schreiber lässt sich nicht aus dem Konzept bringen.

»Sie werden dich das Zehnfache stemmen lassen, bis dir die Glieder abfallen. Sie werden diesen … ansehnlichen … Körper zerschinden. Sie werden dich verspotten und erniedrigen, weil deine bloße Anwesenheit eine Beleidigung darstellt.«

»Nichts, was Ihr sagt, kann mich aufhalten.«

»Große Worte! Glaub mir, eines Tages wirst du mir danken, für deine Jugend und dein Seelenheil. Nun geh und nimm das nächste Schiff nach Hause.«

»Das könnte sich schwierig gestalten.«

Sie legt ihre Börse und ein paar gefaltete Dokumente auf den Tisch. Daneben stellt sie das Siegel ihres Vaters.

»Mein Zuhause liegt vor Euch. Ich überschreibe der Schule all mein Sein und meinen Besitz, so, wie es sein muss.«

Zum ersten Mal treten Zweifel auf die Züge des Schreibers.

»Mein Name ist Cassiopeia Tial, aus der Provinz Aconia. Ich bin die Letzte meines Hauses – mein Erbe gehört Euch. Nun macht mich zur Kriegerin.«

II

Das Schloss aus Tränen und Kristall

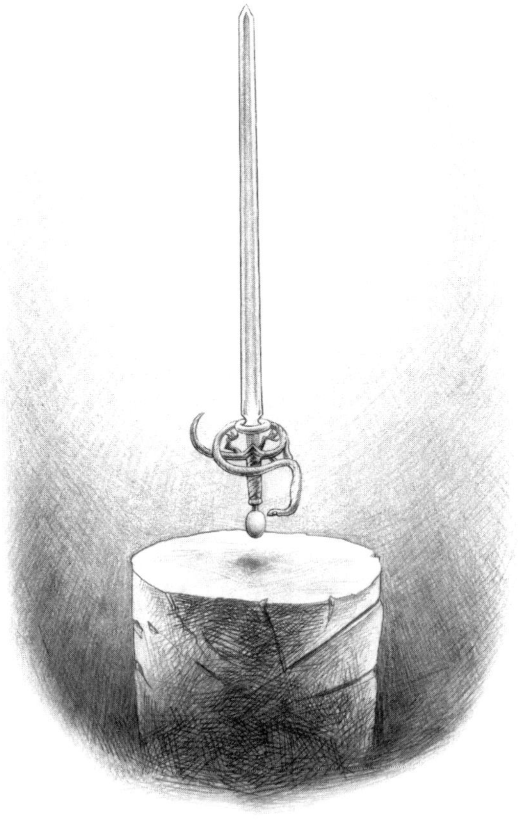

Die Fahrten der ehernen Klinge – Aprils Sonne –
Die Insel der Krieger – Die Geschichte von der Prinzessin,
die töten sollte – Aller Anfang – Sariks Zweifel

DIE FAHRTEN DER EHERNEN KLINGE

Als kleiner Junge wollte ich immer ein Krieger werden. Ein großer Krieger und ein Held, wie mein Vater. Mein Vater war ein reisender Abenteurer, der die Provinzen und das Strahlende Reich durchstreifte. Sein Name war Tausenddorn, und wie er den Präfekten von Gull im Zweikampf besiegte oder die Comtesse von Lantille vor dem Ertrinken bewahrte, ist fast schon legendär. Es würde mich nicht wundern, wenn du schon von ihm gehört hast.

Auf einer seiner Reisen verschlug es meinen Vater ins pherenidische Hinterland. Dort, auf einem großen Gut, wuchs ich auf. Es wäre gelogen, würde ich behaupten, ich hätte keine schöne Kindheit gehabt, aber dennoch war nicht alles eitel Sonnenschein. Fealva leben schon so lange wie Menschen in Pherenaïs, wenn nicht noch länger, doch sie haben es im Strahlenden Reich seit langem nicht mehr leicht, und die letzten Jahre, seit Neoris Rodus den Thron bestiegen hat – unter fragwürdigen Umständen –, ist alles immer schlimmer geworden.

Ich denke, mein Vater mochte die Inseln und die einfachen Leute, denn er kam relativ häufig dorthin in den Jahren vor meiner Geburt. Danach hat meine Mutter ihn nur noch zwei Mal wiedergesehen. Ich weiß, das ist nicht gerade die feine Art, kommt bei uns Fealva aber vor, und wie gesagt, es wurde immer schwieriger für unsereinen, zu reisen und einem ehrlichen Gewerbe nachzugehen.

Meine Mutter war eine menschliche Magd. Eine Leibeigene, wenn du's genau wissen willst, doch früher hatten selbst die noch

Rechte, und ihr Herr wusste noch, was sich geziemte – was man nicht von allen Phereniden behaupten kann. Mein Vater lernte sie während des Maifests kennen; eine der wenigen Gelegenheiten, zu denen Fealva und alle, die daran teilhaben wollen, noch die alten Traditionen pflegen. Er schenkte ihr diese Flöte hier, und wie das so war, führte eines zum anderen, und acht Monate später erblickte ich das Licht der Welt.

Ich weiß, die Phereniden reden nicht gerne darüber, doch viele Menschen und Fealva finden einander verführerisch – und wieso auch nicht? In der Alten Zeit hat es häufig solche Mischehen gegeben. Meistens schlagen die Kinder etwas mehr nach ihrem menschlichen Elternteil, deshalb weiß man heute ohnehin nicht mehr so genau, wer einmal einen Fealv in der Familie hatte. Aber man erwähnt es besser nicht bei seinen Freunden.

Mein Vater reiste damals mit ein paar fahrenden Händlern und Gauklern, die im Frühjahr immer auf Wanderschaft gingen. Er blieb nicht lange, und wie ich schon sagte, war das vielleicht nicht ganz die feine Art, aber den nächsten Frühling war er wieder da, und den darauf auch. Danach kamen er und seine Freunde nicht wieder, und wir haben lange nichts mehr von ihnen gehört, bis dann die Geschichten über seine Heldentaten zu uns drangen. Eine junge Fealva half meiner Mutter, mich großzuziehen, und so hatte ich eine Mutter und eine Tante. An meinen Vater habe ich keine Erinnerung, obwohl ich weiß, dass er mich einige Male im Arm gehalten hat, als er zu Besuch war, und ich denke, dass ich vielleicht seinen Geruch oder seine Stimme erkennen würde, wenn ich ihn treffe.

Als ich etwas jünger war als du, ist etwas Schlimmes passiert. Unser Gut wurde überfallen. Ich habe nie herausgefunden, um was es dabei ging, aber ich vermute, der Herr meiner Mutter hatte Schwierigkeiten von der Art, wie die Menschen in Pherenaïs sie häufiger haben, besonders, wenn sie Senatoren sind. Ich will dir die blutigen Details an dieser Stelle ersparen, aber die meisten Leute, die ich kannte, wurden niedergemacht, und von den anderen habe ich nie wieder jemanden gesehen. Es war schlimm. Überall Tote. Meine Mutter wurde umgebracht. Ich will eigentlich nicht darüber reden. Ich rannte davon.

Ich sehe, was du denkst: Manch einer hätte sich so einem Erlebnis vielleicht … verpflichtet gefühlt. Herausgefordert irgendwie, so wie diese jungen Söhne aus reichen Familien, die ihr Leben lang den Mann mit der Narbe suchen, der ihre Familie auf dem Gewissen hat, um dann langsam und genüsslich Rache an ihm zu nehmen. Doch was dann? Darüber schweigen die meisten Geschichten.

Ich war jedenfalls nicht so. Bin es nie gewesen. Was mich anging, hatte mir dieser eine Tag alle romantischen Vorstellungen, die ich vom Söldnerleben hatte, gründlich ausgetrieben. Ein schnelles Pferd, ein scharfes Schwert und eine Pfanne Bohnen am Lagerfeuer, das ist ja alles gut und schön – aber die Hände voller Blut und tote, nackte Leiber überall, das ist etwas anderes. Vielleicht hatte mein Vater ja die Nerven für so was, aber mir war das eindeutig zu viel. Ich dachte an meine Mutter, und wie ich sie zuletzt gesehen hatte, und ich wollte diesen Anblick nur schnellstmöglich vergessen und ein neues Leben anfangen.

Wieder kann ich mir denken, was dir jetzt auf der Zunge liegt: Weit habe ich es ja nicht gebracht. Ich bin genau das geworden, was ich eben beschrieben habe: Ein Söldner, der die Bilder, die sich ihm eingebrannt haben, nicht mehr vergessen kann. Du willst wahrscheinlich wissen, wie es dazu kommen konnte, und genau das werde ich dir auch erzählen, wenn du dich noch ein wenig geduldest.

Meine Freunde und Familie waren wie gesagt tot oder verschwunden, und ich ganz allein. Das mit dem Kriegerhandwerk hatte sich erledigt. Also bin ich erst mal Richtung Hauptstadt gezogen. Natürlich hätte ich mich auch tiefer ins Hinterland schlagen können, wo noch ein paar Fealva leben, so wie sie es immer getan hatten. Aber das ist nichts für mich, dessen war ich mir damals schon ziemlich sicher. Schafe züchten und nichts besitzen als das, was man am Leib trägt? Ich weiß nicht. Für so ein Leben sind mir ein weiches Bett und gute Stiefel doch zu sehr ans Herz gewachsen. Ich trinke morgens gern meinen Kaffee und abends gerne mal ein Bier, und ich mag die großen Schiffe, die die Menschen bauen, und sogar ihre Städte.

Leider war Ptaraon für mich als junger Hüpfer die falsche Wahl, oder vielleicht waren es auch bloß der Kaiser und seine Gesetze. Es war mir beinahe unmöglich, Arbeit zu finden, und versteh mich nicht falsch, ich scheue ein hartes Leben nicht, wenn es sein muss. Aber ich hatte Besseres vor, als ein Beutelschneider und Straßendieb zu werden. Ich war der Sohn des großen Tausenddorn, der es immer irgendwie geschafft hatte, und je länger ich darüber nachdachte, desto sicherer wurde ich, dass das Schicksal von mir erwartete, meinen Vater zu suchen und zu finden – denn auch, wenn er und ich uns ziemlich lange nicht mehr gesehen hatten, so war er doch nun der Einzige, der mir geblieben war, und vielleicht hatte er ja eine gute Idee, wie man heutzutage in dieser Welt ein ordentliches Leben führen konnte.

Ich hörte mich also eine Weile nach ihm um, doch vergebens. Nach allem, was meine Mutter mir erzählt hatte, nahm ich an, dass er sich in den Provinzen herumtrieb, also begann ich mir das Geld für eine Überfahrt und die weitere Reise zusammenzusparen. Leider war das damals, wie gesagt, schon äußerst schwierig, und so kam ich, wie es so schön heißt, bald mit dem Gesetz in Konflikt, auch wenn das niemals meine Absicht gewesen war. Eine Weile gingen das Gesetz und ich uns auch zu unserer beider Vorteil aus dem Weg, und mehr als ein paar Äpfel und Brote und hin und wieder einen Piaster für die Reisekasse brauchte ich ja auch nicht. Dann tat, wer immer in den Hallen des Schicksals mit mir spielt, einen sehr schlechten Zug, und ich wurde geschnappt. Es ging damals um ein Messer. Kein besonders großes, aber es ist mir noch gut in Erinnerung. Du wirst bald verstehen, warum.

Man fasste mich also und brachte mich weg. Die Kerker von Ptaraon sind riesig, kann ich dir sagen, und kennen weder Ausgang noch Hoffnung. Die meisten, die in ihnen landen, gleich, ob wegen eines Mordes oder eines gestohlenen Messers, sehen das Tageslicht nicht wieder, oder sie landen in der Arena oder werden ins Meer gestoßen. Dass ich nach einem Monat wieder rauskam, grenzte an ein Wunder, auch wenn die Umstände für alle Beteiligten so beschämend waren, dass ich sie uns gerne ersparen möchte.

Ich weiß aber noch, wie ich wieder durch die Straßen lief, halb blind nach so langer Zeit im Dunklen, und wacklig auf den dünnen Beinen. Doch ich war noch jung und bald wieder gesund, und beschloss, aus dieser zweiten Chance, die man mir gegeben hatte, etwas zu machen.

Ich ging in den Hafen, und diesmal fand ich fast auf Anhieb ein Schiff, das mich mitnahm. Nicht als Passagier, sondern als Schiffsjunge. Als Kapitän trat ein alter, bärtiger Pherenide auf, der noch der alten Republik entsprungen schien. Sein Schiff aber, die *Stürzende Schwalbe*, war eine kleine Karavelle, wie man sie im Norden baut, und der wahre Kapitän, wie ich nach dem Auslaufen mit Erstaunen feststellte, war ein Fealv mit den Abzeichen des ersten Maats. Ich staunte nicht schlecht, denn so etwas war ganz und gar unüblich. Die *Schwalbe* war eines der letzten freien Schiffe, die den Hafen von Ptaraon verließen. Bald darauf erließ der Kaiser die neuen Gesetze, und für alle Fremden und Fealva, die die Insel nicht rechtzeitig verließen, brachen dunkle Zeiten an.

Der Name des Kapitäns war Sturmwasser, eigentlich aber hieß er Butterblume. Er segelte unter falschem Namen, wie er mir erklärte, weil sein wahrer Name dazu geeignet war, so viel Furcht in die Herzen seiner Feinde zu säen, dass sie, kaum dass sie ihn hörten, die Flucht ergriffen; und eigentlich wollte er doch ein ehrlicher Händler sein. Nun, ich hatte weder von Kapitän Butterblume noch Kapitän Sturmwasser je etwas gehört, aber ich behalte die Zeit in seinen Diensten in der besten Erinnerung. Gemeinsam durchkreuzten wir gute zwei Jahre das südliche Meer, von Tered Nimley und Salcair Lanlass, wo die Leute ebenso stolz wie mittellos sind und den Zorn des Kaisers nicht fürchten, bis zu den nebligen Klippen Dûnhlairs, wo die Menschen mit den hellen, strahlenfarbenen Augen ihre Häfen bauen. Und natürlich fuhren wie die Häfen der östlichen Provinzen an, die ich bald wie meine Westentasche kannte.

Sturmwasser brachte mir viele nützliche Dinge bei, deren Wert ich im Nachhinein gar nicht hoch genug schätzen kann. Er machte mich trotz meines zarten Alters erst zum Matrosen, dann zum Bootsmann. Er brachte mir bei, wie man die Erwartungen der Leute zu seinem Vorteil einsetzt und in jeder noch so verfahrenen Situation eine Chance sieht. Er schenkte mir dieses Fernrohr, und er versuchte auch, mir die Musik näherzubringen – aber du hast ja gehört, was daraus geworden ist. Wie auch immer, ich weiß nicht, was es war, das er suchte – ich hoffe nur, er hat es heute gefunden. Es war jedoch unausweichlich, dass ich irgendwann mit ihm über meine eigene Suche sprach, und er staunte nicht schlecht, als ich ihm erzählte, dass ich der Sohn des großen Tausenddorn, wie er ihn nannte, war – des einzigen anderen Fealvkapitäns, von dem er je gehört hatte, und sein erklärtes Vorbild.

Ich erwiderte, es wäre mir neu, dass Tausenddorn ein Seefahrer gewesen sei. Ich hatte ihn eher für einen Spielmann oder Abenteurer gehalten. Da schüttelte er entschieden den Kopf, nahm mich mit in seine Kabine, goss mir einen Becher Rum ein und erzählte mir die Geschichte des Renegatenschiffes *Abendrot*, so schnell wie der Wind, so flink wie ein fliegender Fisch, das mit jeder Erzählung stattlicher und imposanter wurde. Mein Vater, ein Pirat?, fragte ich zweifelnd. Er erklärte mir, das sei angesichts der politischen Situation und woher sie rührte und wozu sie noch führen könnte nun eher Ansichtssache, und außerdem sei mein Vater ebenso gut ein Pirat wie ein Spielmann oder ein Schwertmeister oder ein Diplomat, wenn er Lust dazu hatte. Die letzten Jahre sei er sehr aktiv an Land gewesen, und er bereise die Provinzen, um bestimmte Entwicklungen voranzutreiben, die vielleicht oder vielleicht auch nicht noch sehr wichtig werden könnten.

Ich sagte, das klinge alles sehr geheimnisvoll, und er lachte und erwiderte, da sei auch ganz gut so, aber ich könne ihn ja suchen und mir selbst ein Bild machen. Ich sagte, genau das habe ich auch vor, allerdings bräuchte ich dafür wohl ein Pferd und ein paar Sachen mehr. Kapitän Sturmwasser meinte, dafür werde er schon Sorge tragen, erst mal aber sollte ich zum Mann werden, und beides ließe sich am besten in Melnor erledigen, in einem Etablissement, das als »Haus der vier Sünden« bekannt war.

Melnor kennst du ja. Es ist wahrscheinlich die größte Stadt in den Provinzen, und manche behaupten, noch größer als Ptaraon. Viele Leute glauben, Melnor gehöre schon zu Tanbria, oder noch zu Garion – in Wahrheit aber gehört die Stadt zu keiner Provinz, und ihr Rat ist nur dem Kaiser Rechenschaft schuldig. Wer immer Melnor kontrolliert, wäre so reich und mächtig, dass er zu einer Gefahr werden könnte, deshalb kann Neoris es sich gar nicht leisten, die Stadt der Verwaltung eines einzigen Präfekten zu unterstellen. Die politischen Verhältnisse in Melnor sind daher ein einziges Schlangennest.

Für uns Seefahrer war Melnor vor allem der größte Hafen der gesamten Ostküste, eine Stunde die Mündung des Damos hinauf. Die Stadt ist ein Dreckloch, aber was für ein prächtiges! Abgesehen von den Regierungsgebäuden in ihrer Mitte sieht sie so aus, als hätte jeder gebaut, wie er wollte, und die Stadt hat sich von der Insel im Delta, auf der sie ursprünglich mal lag, längst bis auf beide Ufer ausgebreitet. Es gibt Märkte für so ziemlich alles in Melnor, auch für Sklaven – selbst wenn manche Bewohner das für eine überholte imperiale Sitte halten. Bald, da bin ich mir sicher, wird die Mehrzahl von ihnen erkennen, was für Vorteile die Unabhängigkeit vom Reich für sie brächte, und dann sind die Tage des Kaisers gezählt. Die Leute in Melnor verstehen sich auf eins besonders gut, nämlich aufs Geldmachen, und etwas mögen sie überhaupt nicht, und zwar einen Staat, der ihnen in die Tasche greift.

Hier also stattete mich Kapitän Sturmwasser mit allem aus,

was mir für meine weitere Reise dienlich sein mochte, und wünschte mir alles Glück, das ich brauchte. Ich dankte ihm, ging von Bord, und von da an nahm mein Leben eine völlig andere Wendung. Manchmal denke ich, ich hätte Seemann bleiben sollen, denn die See ist gnädig zu uns Suchenden. Sie hat Geduld und misst uns nicht an unseren Erfolgen – nur unseren Träumen. Sie ändert sich ständig und ist mit jedem Morgen jung, so alt sie auch sein mag. Doch ich habe seither nie wieder den Fuß an Bord eines Schiffes gesetzt.

Stattdessen suchte ich mir eine Bleibe und eine Arbeit. Beides fand ich an jener Adresse, die mein Mentor mir ans Herz gelegt hatte, und deren Name ihrem vorzüglichen Ruf und dem Ansehen der dort Beschäftigten, wie er sagte, nicht gerecht wurde. Auch hier musste ich ihm recht geben: Das »Haus der fünf Sünden«, wie es mittlerweile hieß, war ein anständiges Unternehmen, eins der besten in Melnor, und mir bald ein neues Zuhause.

Ich fing als Küchen- und Putzjunge an. Nach einem Jahr bediente ich die Gäste. In meinem zweiten Jahr stand ich hinter der Theke. Ich schnappte in dieser Zeit eine Menge Geschichten auf, wie du dir denken kannst, und auch der Name Tausenddorn war einigen unserer Gäste nicht unbekannt. Er schien jedoch schon lange nicht mehr nach Melnor gekommen zu sein.

Wahrscheinlich fragst du dich, was einen jungen Mann so lange in einem Etablissement wie diesem hielt, wo doch eine große Suche und die ganze Welt auf ihn wartete. Nun, die Antwort darauf ist einfach und wird dich nicht überraschen. Sie hieß Jasmin und war eine Angestellte, die erste freie Fealva, die ich kennenlernte. Leider benutzte sie ihre Freiheit vor allem dazu, andere in ihren Bann zu ziehen, und ich bildete da keine Ausnahme. Sie hatte überall diese kleinen Silberkettchen, und Augen wie ein Kätzchen, besonders, wenn sie etwas von einem wollte. Sie benutzte ein Parfum, das zu ihrem Namen passte und … wir müssen das nicht weiter vertiefen. Ich war jung, und sie hatte mir noch einiges an Erfahrung voraus. Eine Weile glaubte ich, ich hätte ernsthaft Chancen bei ihr, und wenn dem so gewesen wäre, hätte mein Leben sicherlich eine andere Wendung genommen. Ich weiß nicht, ob es eine glückliche Wendung gewesen wäre. Du wirst aber noch sehen, dass meine Bekanntschaft mit Jasmin und mein Sträuben, sie aufzugeben, auch ihr Gutes hatte.

Das Schicksal beschreitet oft seltsame Wege.

»Das glaube ich gern«, sagte April. »Aber den Nutzen dieser Jasmin für die Geschichte kann ich noch nicht erkennen.«

»Ich habe sie nur erwähnt, damit du weißt, weshalb ich eine Weile sesshaft wurde. Ich erwarte ja nicht, dass du verstehst, was ihre besondere … Anziehungskraft ausmachte.«

Er räusperte sich und legte etwas Holz nach. Der Feuerschein tanzte auf seiner Haut und verwandelte sie in eine lebendige Landschaft, herbstlaubfarben, geheimnisvoll.

»Was?«, fragte er, als er sah, wie sie den Blick abwandte.

»Dein Kapitän hatte recht«, sagte sie dann. »Nichts ist so schwierig, wie sich von den Erwartungen anderer Leute zu befreien.«

»Ich erwarte gar nichts«, erklärte er und nahm einen Schluck aus der Flasche. »Nicht mehr, jedenfalls.«

»Ich weiß«, sagte sie. »Deshalb bin ich ja so froh, dass ich dich getroffen habe.«

Eines Tages, im Sommer 1593, kam ein alter Seefahrer zu uns ins »Haus der sechs Sünden«. Ja, es waren sechs inzwischen, aber das ist eine andere Geschichte. Erst saß er immer mittags bei mir an der Bar und erzählte, wie schwierig man es heutzutage hatte, dann verbrachte er auch die Abende bei uns, meistens beim Kartenspiel. Er mochte unseren alten Rum, wenn er ihn sich leisten konnte, die meiste Zeit aber blieb er bei den billigen Marken. Er hatte einen geflochtenen Bart und wilde Tätowierungen überall und schnaubte wie ein großer Wal. Er machte diesen Trick, bei dem er sich ein Stück Seil durch Nase und Ohren zog, und konnte ein ganzes Ei verschlucken, ohne zu kauen. Beides machte ihn bei seinen Mitspielern recht beliebt; vor allem aber schätzten sie, dass er immer verlor. Dann schnaubte er wieder, fuhr sich mit der Hand durch den Bart, als könnte sich darin noch etwas Geld finden, und wenn er alles verloren hatte, kam er zurück an die Bar und klagte mir sein Leid. Die Welt sei einfach kein Ort für alte Seebären mehr. Meistens ließ ich ihn anschreiben, denn er hatte mittlerweile ein Zimmer bei uns und schaffte es immer irgendwie, doch noch an Geld zu kommen. Ich weiß nicht, woher es stammte – hätte er mir von einem vergrabenen Schatz erzählt, ich hätte das ohne zu zögern geglaubt. Ich fragte aber nie, und für meine Diskretion und meine Geduld war er sehr dankbar.

Er sagte, sein Name sei Lucius Vargo, seine Freunde aber nannten ihn Bartelfisch. Ich sagte, dass mir das nur angemessen erscheine, und dass ich selbst zur See gefahren sei und die Probleme, von denen er mir berichtete, gut verstehen könne, das Leben in Melnor aber immer noch besser sei als Schafe zu züchten. Er erwiderte, da sei er sich nicht so sicher, und er trage sich schon lang mit dem Gedanken, nach Ewenland zu gehen und sich ein paar schöne Schafe zuzulegen.

Ich widersprach ihm nicht, weil das als Barmann nicht meine Aufgabe war. Stattdessen sagte ich, ich müsse mir das noch einmal durch den Kopf gehen lassen – erst aber müsse ich ein paar Dinge erledigen. Er fragte mich, welche, und ich antwortete, zunächst einmal Herzensangelegenheiten, und da nickte er ernst. Dann, sagte ich, müsse ich meinen Vater finden. Wieder nickte er und sagte, auch er sei auf der Suche nach jemandem. Er sei nur vorübergehend aufgehalten worden. Ich fragte, wen er denn suche, und er sagte, einen alten Gefährten, mit dem er lange Jahre zur See gefahren sei, ehe sie sich aus den Augen verloren hätten. Er habe noch etwas, das seinem Freund gehöre, und wolle es ihm wiederbringen. Er habe seine Spur bis hierher verfolgt, nur habe sie sich hier verloren, und er wisse nicht mehr ein noch aus deshalb.

Ich goss ihm noch einen Rum ein, den er dankend annahm. Dann fragte er mich, wie das jetzt mit meinem Vater sei.

Ich antwortete, mein Vater sei Tausenddorn, den manche als den »Großen« bezeichneten, oder den »Berüchtigten«, oder einfach nur *den* Tausenddorn, der ein Schwertmeister und ein Pirat und ein fahrender Abenteurer war. Da prustete Bartelfisch so stark, dass der Rum in seinem Bart hängenblieb, haute sein Glas auf die Theke und schaute mich mit großen Augen an.

»Beim Arsch des Geteilten«, rief er aus, »da leck mich doch an meinem alten Hintern! Das ist genau der Kerl, den ich suche! Tausenddorn, mein alter Freund!«

Nun, du kannst dir sicherlich vorstellen, dass ich überrascht war und wir an diesem Abend eine Menge zu besprechen hatten. Sobald mich jemand an der Bar vertreten konnte, setzte ich mich mit Bartelfisch an einen Tisch und hielt ihn so lange mit Rum bei Laune, bis er mir seine ganze Geschichte erzählt hatte. Er erzählte mir Folgendes:

Bartelfisch stammte aus einer alten pherenidischen Familie, hatte das Strahlende Reich aber nie betreten. Natürlich war er kein Patrizier. Sein Vater hatte in den Diensten des Präfekten von Teveral gearbeitet, das bescheidene Vermögen und Ansehen seiner Familie aber recht schnell versoffen. Da er unter seinen eigenen Leuten nicht allzu viele Freunde hatte, verbrachte der junge Lucius die meiste Zeit unter Einheimischen. So ist wohl zu erklären, dass er auch später, als erwachsener Mann, wenig für die imperialen Begehrlichkeiten übrig hatte und sich zu Zeiten der teverischen Revolte auf der Seite der Aufständischen wiederfand.

Dort begab es sich, dass er gegen Ende der Schlacht von Carando um sich schaute und feststellte, dass er fast allein auf weiter Flur war – fast, denn er fand sich, wie er es ausdrückte, Rücken an Rücken mit dem wildesten Faun, der ihm je untergekommen war.

Alle anderen Kämpfer waren tot oder geflohen, und sie standen allein einer Übermacht von gut einem Dutzend pherenidischer Soldaten gegenüber. Der Fealv soll mindestens sechs Fuß groß gewesen sein, braungebrannt, mit Muskeln wie Ankertaue und Kämmen auf den Schultern und dem kahlen Kopf, die er zuerst für eine Rüstung gehalten hatte, bis er begriff, dass sein Gefährte mit nacktem Oberkörper kämpfte. Fealva tun das manchmal, damit sie flinker sind als ihre Gegner, und weil sie sich auf ihre dicke Haut verlassen, die besser schützt als die von Menschen. Normal, sagte Bartelfisch, fand er das trotzdem nicht. Tausenddorn – denn niemand anderes war der fremde Krieger – schien sich aber blendend dabei zu fühlen. In seinen Händen hielt er ein schwarzes Schwert, einen schweren Anderthalbhänder – dieselbe Waffe, die du nun vor dir siehst –, und mit diesem Schwert mähte er die Gegner nieder wie Grashalme.

Bartelfisch, soll heißen Lucius, gab sein Bestes, mit ihm mitzuhalten, und nachdem die letzten Soldaten niedergestreckt vor ihnen lagen oder in die Flucht geschlagen waren, steckte Tausenddorn sein Schwert in die Scheide, die er auf dem Rücken trug, und reichte ihm die Hand.

»Das ist ein feines Schwert, das Ihr da habt«, sagte Lucius.

»Nicht wahr?«, sagte Tausenddorn. »Sein Name ist Banneisen.«

»Ein passender Name. Sein Anblick genügt, und die Gefahr ist gebannt.«

»Mag sein, dass der Name daher rührt«, erwiderte Tausenddorn, doch der Gedanke schien ihm zu missfallen.

»Habe ich etwas Falsches gesagt?«

»Der vorige Besitzer hat mir eine andere Geschichte dazu erzählt. Ich traf ihn in Glaive, in den Diensten einer hohen Dame. Wir tranken abends in einer Taverne im Schatten der Berge und redeten über seine Herrin, die ein paar Tische weiter saß, seine Arbeit für sie und sein Werkzeug bei ebendieser. Ich machte dieselbe lobende Bemerkung wie Ihr gerade, und er sagte, ja, ein Eisen lang und stark wie seins habe bisher jeden stets in seinen

Bann geschlagen. Ich fragte ihn: ›Ach ja?‹, und er nickte in Richtung seiner Herrin und antwortete: ›Sagt sie zumindest.‹«

Lucius sagte, er habe einen Moment verdattert dreingesehen, dann habe er dem Faun auf die Schulter geklopft und gelacht, und von da an seien sie Freunde gewesen.

»Wie kommt es dann, dass dies nun Euer Eisen ist?«, fragte er.

»Er trug es, bis es ihm den Dienst versagte, in einem äußerst kritischen Moment, und ich war zur Stelle, seiner Herrin auszuhelfen«, erklärte mein Vater. »Zum Dank durfte ich es behalten, als ihr Bedarf daran zu schwinden begann.«

»Ihr habt es Euch redlich verdient, will mir scheinen.«

»Das ist wohl wahr, doch ringen wir bis zum heutigen Tag miteinander. Seht Ihr, in der Alten Zeit, da pflegten sich die Krieger nach ihren Waffen zu benennen. Der Tradition nach wäre mein Name also heute Banneisen, doch hieße dies, meinen alten Namen abzulegen, den ich ebenfalls nicht ohne Grund trage. Zwei mächtige Namen, und nur ein Fealv, sie zu tragen – Ihr versteht mein Dilemma?«

»Man sagt, Entscheidungen liegen Eurem Volk so sehr wie Katzen das Wasser«, lachte Lucius.

»Glaubt nicht alles, was man erzählt«, mahnte Tausenddorn und ließ den Blick über das Schlachtfeld schweifen. »Sagt mir lieber, was wir nun tun sollen.«

Lucius und mein Vater berieten sich also eingehend und beschlossen, das Angefangene nicht unvollendet zu lassen. Sie kämpften Seite an Seite in den Schlachten um Tered Nimley und danach Salcair Lanlass, und wenn die Hälfte der Geschichten der Wahrheit entspricht, hatten sie bald den Großteil des Nordens im Alleingang befreit.

Leider stellte sich jedoch heraus, dass der Präfekt von Teveral den Ausgang dieser Schlachten vorhergesehen und sich mitsamt dem Staatsschatz nach Süden abgesetzt hatte. Da man das junge Teveral nicht völlig mittellos seiner Zukunft entgegensehen lassen wollte, war es ein Gebot der Ehre, die Verfolgung aufzunehmen.

Nun, du brauchst dir den Norden heute nur anzuschauen, um zu wissen, dass dieser Suche kein Erfolg beschieden war.

Sie haben sich aber redlich Mühe gegeben: erst zu Land durch die Provinzen, dann zu Schiff bis nach Nelgard und in Verkleidung quer durch das Strahlende Reich. Schließlich fiel ihnen ein kleines, flinkes Schiff in die Hände, dessen Besitzer seine Ansprüche in beispielloser Weise fallenließ, so Bartelfisch, sobald sie ihm ihre Argumente vortrugen. Überhaupt bekehrten sie viele wankelmütige Gesellen zu ihrer gerechten Sache, sodass sie bald eine stattliche Mannschaft beisammen hatten. Aus dieser Zeit hat Bartelfisch auch seinen Namen, und auch die tollen Geschichten über Tausenddorn, den Freibeuter, von denen Kapitän Butterblume mir erzählte, scheinen hier ihren Ursprung zu haben. Sie gerieten ein paarmal hart mit pherenidischen Galeeren aneinander und überlebten die Begegnung wider alle Wahrscheinlichkeit. Angeblich soll Tausenddorn aus einem Depot in Davenport zwei Kanonen gestohlen haben – mächtige Waffen, die Eisenkugeln viele hundert Schritt weit schießen können – und hatte danach nicht nur das Imperium, sondern auch noch die Lagandæer auf dem Hals. Dennoch scheint das Glück ihnen hold gewesen zu sein: Die *Abendrot* versenkte mehr Schiffe, als im Hafen von Melnor vor Anker liegen, und sie raubten eine Garnison nach der anderen aus, von Tanbria die Ostküste hoch bis nach Gull. Den Schatz haben sie trotzdem nicht gefunden.

In Melnor trennten sich ihre Wege dann. Tausenddorn war über ihren jahrelangen Misserfolg verdrossen: Er hatte Schlachten geschlagen und Duelle gefochten, und Männer für eine Revolution um sich geschart, die niemals kam. Das Strahlende Reich harrte aus wie ein geduldiger, aus dem Maul stinkender Riese, und er war nur der kleine Vogel, der zwischen seinen Zähnen herumpickte. Gelegentlich gelang es ihm, den Riesen zu ärgern, doch der brauchte nur zur gähnen, und die Arbeit ging wieder von vorne los. So was frustrierte meinen Vater – er bekam dann immer seinen Schnupfen, sagte Bartelfisch –, und er begann davon zu reden, dass es andere Wege geben müsse, den Kampf fortzuführen.

Hier, sagte Bartelfisch, in genau diesem Haus – das damals noch das Haus der zwei oder drei Sünden war – saßen sie das letzte Mal beisammen. Sie und die Mannschaft feierten ausgiebig an diesem Abend und erzählten sich gegenseitig die Geschichten, die sie alle so gut kannten, denn schließlich waren es ihre Geschichten, und sie hatten sie selbst erlebt. Irgendwann zu später Stunde schlug Bartelfisch mit dem Kopf auf den Tisch und schlief ein. Als er am Morgen wieder zu sich kam, weil er austreten musste, und den Blick über die am Boden schlafenden Gestalten schweifen ließ, stellte er fest, dass mein Vater verschwunden war.

»Zuerst«, sagte Bartelfisch, und die Erinnerung an diesen Morgen stand klar und deutlich in seinen Augen, »zuerst dachte ich, er wäre nur mit einem der Mädchen nach oben verschwunden. Bei so was war dein Vater immer sehr diskret und anständig, mein Junge, das solltest du wissen. Weit konnte er jedenfalls nicht sein, denn seine ganzen Sachen waren noch da, auch sein Schwert. Als ich aber das nächste Mal wach wurde, diesmal durch das Putzmädchen, und immer noch keine Spur von ihm zu entdecken war, machte ich mir doch so meine Gedanken. Oben gab's schon Getrappel, und die meisten anderen von der Crew packten ihre Sachen und kehrten zur *Abendrot* zurück. Wir hatten wichtige Geschäfte im Norden und wollten noch am selben Tag auslaufen.«

»Hast du ihn gefunden?«, fragte ich gebannt. Der alte Bartelfisch war mittlerweile längst ein Held für mich, auch wenn er schon so betrunken war, dass seine Stimme wie eine Drehleier sprang und er komisch aus dem Bart roch.

»Ich hab ihn den ganzen Tag gesucht«, lallte Bartelfisch. »Drei Tage! Drei Tage lagen wir im Hafen und warteten auf ihn. Wir konnten ja schlecht ohne unseren Käpt'n segeln. Schließlich aber mussten wir los, denn es kreuzten immer mehr Soldaten im Hafen auf, und früher oder später hätten sie uns drangekriegt.«

»Also nicht?«

Bartelfisch schüttelte betrübt den Kopf. »Seine Sachen hab ich mitgenommen, damit ich sie ihm geben kann, wenn er wieder auftaucht. Ich hab noch ein paar Jahre weitergemacht, aber es war nicht mehr dasselbe ohne ihn. Irgendwann wurde es Zeit, das Feld für einen Jüngeren zu räumen. Seitdem reise ich durch die Provinzen, und immer wieder mal schaue ich hier vorbei und sehe nach, ob's vielleicht wieder 'ne Sünde mehr geworden ist – denn hier war das letzte Mal, dass wir beisammensaßen.«

Er starrte eine Weile ins Leere. Um ihn aufzumuntern, begann ich, von meiner eigenen Suche zu berichten, auch wenn die nicht halb so abenteuerlich war wie seine. Erst schien er gar nicht richtig hinzuhören, und irgendwann sah ich, wie ihm der Sabber aus dem Mundwinkel tropfte, und dachte schon, er wäre eingeschlafen. Dann aber – ich war gerade bei meiner Zeit auf der *Stürzenden Schwalbe* angekommen – packte er mich auf einmal am Arm und schaute mich mit großen Augen an.

»Du bist ehrlich sein Sohn?«, fragte er.

Geduldig wiederholte ich ihm den Beginn meiner Erzählung, all das, was meine Mutter mir mitgegeben hatte: wie er und das fahrende Volk in den Jahren vor dem Krieg in Teveral immer unser Gut besuchten, und was er ihr zum Maifest außer seiner Flöte noch alles schenkte. Wie ich mit Geschichten über seine jungen Heldentaten groß wurde, die irgendwann abbrachen, aus Gründen, die mir nun bekannt waren, und schließlich mein eigenes Leben gebrochen wurde wie ein dürrer Halm; wie mir Heim und Familie genommen wurden und ich seitdem durch die Lande irrte, im Versuch, den Plan, den das Schicksal für mich bereithielt, zu verstehen. Ich erzählte ihm von der Verkettung unglücklicher Umstände, die mich schließlich erst in die Arme der weiten See und dann in die der schönen Jasmin getrieben hatte, die ungleich grausamer war als die See, obgleich sie doch so viel süßer duftete … Doch da unterbrach er mich wieder und schüttelte den Kopf.

»Du bist ehrlich sein Sohn?«

»Ja«, nickte ich, »ich bin sein Sohn.«

Er grunzte und erhob sich. »Rühr dich nicht vom Fleck, Bürschelchen«, sagte er, und ich tat ihm den Gefallen, obwohl meine Blase heftig zu drücken begann.

Er verschwand auf sein Zimmer. Als er wiederkam, hatte er ein großes in Öltuch eingeschlagenes Bündel unter dem Arm. Er legte es mit einem Rumpeln vor mir auf den Tisch, schlug die Ecken zurück und gab den Blick auf das frei, was darin lag.

Es war dieses Schwert. Banneisen. *Sein* Schwert.

»Jahrelang schlepp ich das Ding nun schon mit mir rum«, sagte Bartelfisch, »und allmählich kommen mir Zweifel, ob mein alter Freund überhaupt noch am Leben ist. Deine Suche nach ihm aber gibt mir neue Hoffnung, denn so lange wie einer sucht, gibt es auch Hoffnung, dass das, was er sucht, noch gefunden wird. Ich habe aber keine Lust mehr zu suchen. Ich bin alt, und wenn ich nicht bald nach Ewenland gehe, verrecke ich unter einem dieser Tische, wie so viele meiner alten Freunde vor mir. Für dieses Schwert habe ich auch gar keine Verwendung, denn es ist mir zu schwer, und es ist *sein* Schwert, das niemand außer ihm tragen sollte. Niemand – außer vielleicht sein Sohn.«

Ich starrte das Schwert sprachlos an. Noch nie hatte ich eine so mächtige Waffe von nahem gesehen. Alles, was ich kannte, waren die einfachen Schwerter der pherenidischen Soldaten und die Fechtwaffen, wie man sie auf Schiffen verwendet. Dieses Schwert aber war geschmiedet worden, um Menschen, Bäume, ganze Häuser zu fällen. Verdammt, wahrscheinlich könnte man es als Anker verwenden. Es war in einwandfreiem Zustand, denn Bartelfisch hatte sich stets gut darum gekümmert. Die Klinge schimmerte nass wie Teer, und der Geruch des Öltuchs und des schwarzen Stahls machten mich auf einen Schlag nüchtern, wie wenn man sich in die Hand schneidet und über den Anblick des eigenen Blutes erschrickt.

Ein anderer an meiner Stelle hätte wahrscheinlich die Hand

danach ausgestreckt und es vom Tisch genommen, denn so, wie es da lag, schien es einfach zu gefährlich – wie eine entkommene Schlange. Alles, woran ich aber denken konnte, war, was Waffen wie diese mit meiner Mutter und den anderen damals in der alten Heimat angerichtet hatten. Ich wollte dieses Schwert nicht. Ganz ehrlich. Aber ich konnte es auch nicht ausschlagen. Es war das Schwert meines Vaters – nach all den Jahren endlich etwas aus seiner Hand –, und ich sah das Leuchten in Bartelfischs Augen, als er das Ende seiner eigenen Suche gekommen sah.

Also nahm ich es an mich.

»Ich danke dir«, sagte ich und schlug es wieder in das Tuch. »Ich werde es in Ehren halten.«

»Ist das alles?«, fragte Bartelfisch.

»Nein. Ich werde lernen, es zu führen – und wenn ich mich seiner als würdig erweise, werde ich seinen Namen tragen, wie es Tradition ist, denn mein Name hat noch kein Gewicht, und alles, was er besagt, ist, dass mein Vater meine Mutter zum Maifest geschwängert und sie mich acht Monate später zur Welt gebracht hat. Ich werde dieses Schwert meinem Vater zurückbringen. Ich werde ihn suchen und finden, und er wird es aus meiner Hand entgegennehmen.«

»So gefällst du mir schon besser«, grunzte Bartelfisch. »Bürschelchen, du glaubst gar nicht, wie froh ich bin, dich gefunden zu haben. Wenn du ihn triffst, sag ihm, dass er mir noch drei Denare schuldet, ja? Ich gehe jetzt schlafen. Morgen früh bin ich weg – und wenn ihr mich sucht, wisst ihr ja, wo ihr mich findet.«

Er schlug mir auf die Schultern, wir nickten uns zu, dann ließ er mich dort sitzen und ging nach oben, ein altes Hirtenlied auf den Lippen.

Vor mir lag das Schwert meines Vaters.

Ich rührte es nicht an. Ich wollte es wirklich nicht. Ich hatte Angst vor seiner kalten, schweren Präzision, vor dem Blut, das damit vergossen worden war, und vor dem, was es aus mir machen würde. Aber ich hatte das mit der Suche und der Tradition und so weiter nicht nur so dahergesagt – Eide sind wichtig, selbst wenn man sie jemandem wie Bartelfisch an einem Ort wie dem »Haus der sechs Sünden« leistet. Ich hatte wirklich vor, es ihm wiederzubringen, sobald ich Jasmin Lebewohl gesagt hatte – und wenn ich mich seiner als würdig erwies, nun, dann …

Doch das Schicksal hatte andere Pläne mit mir.

»Dein Vater scheint ja wirklich eine Menge erlebt zu haben.«

Er nickte bedächtig und spielte mit der Flasche. »Der Befreier des Nordens, so nennt man ihn mittlerweile.«

»Und du glaubst das alles, was dieser Bartelfisch dir erzählt hat?«

Er schaute überrascht drein. Mittlerweile musste er schon ziemlich betrunken sein.

»Was, ist dir nie der Gedanke gekommen? Er könnte sich das alles nur ausgedacht haben!«

»Natürlich«, wehrte er ab. »Aber das ändert doch nichts an der Geschichte, oder?«

Sie schüttelte den Kopf. »Nein, du hast recht. Erzähl weiter.«

Nicht lange nach der Begegnung mit Bartelfisch – das Schwert meines Vaters lag unangetastet auf meinem Zimmer – hörte ich eines Nachts, als ich spät auf dem Heimweg vom Hafen war, Schreie aus einer kleinen Gasse. Wie die meisten Schankleute verbrachte ich meine freien Tage gern bei der Konkurrenz. Ich war ziemlich betrunken und hatte vor allem Jasmin im Kopf, mit der ich in meiner Phantasie hitzige Gespräche führte (dem einzigen Ort, an dem ich diese Diskussionen manchmal gewann) … Eigentlich kannte ich Melnor auch gut genug, um zu wissen, dass ich besser hätte weitergehen sollen. Meine Füße beschlossen aber aus irgendeinem Grund, dem Unglücklichen in dieser Gasse zu Hilfe zu eilen – und ich kam gerade noch rechtzeitig, ihm das Leben zu retten.

Ich habe im Dunkel nicht einmal sein Gesicht gesehen. Erst sehr viel später fand ich heraus, dass er nicht halb so unschuldig war, wie ich damals glaubte. Ich rief »Hey!«, oder etwas ähnlich Heroisches, und die beiden Angreifer ließen einen Moment von ihm ab, um mir zu verstehen zu geben, was sie von meiner Einmischung hielten. Diesen Moment nutzte der Bedrängte, einem von ihnen den Ellbogen in die Magengrube zu rammen, sich zu befreien und davonzurennen – ich sah nur noch seinen Rücken. Der andere heftete sich sofort an seine Fersen, der Geschlagene aber rappelte sich auf und stellte sich mir in den Weg. Ehe ich mich's versah, war ich in einen Kampf verwickelt, und es war ein sehr ungleicher Kampf: Er zog jetzt nämlich ein kleines Schwert, und ich war unbewaffnet. Mein einziger Vorteil, wenn man es so sehen will, waren der Mut und das Glück des Betrunkenen.

Letzteres rettete mir wohl das Leben – und ließ mich doch in jener Nacht im Stich. Ich habe kaum noch Erinnerungen an diese schicksalhaften Sekunden in der Gasse. Mein Gehirn schwamm in einem Nebel aus Alkohol und Angst, gepaart mit Überraschung über meine unverhoffte Heldentat, die sich jeden Moment als Riesendummheit erweisen konnte. Wie ich es schaffte, ihm sein Schwert zu entwinden? Ich weiß es nicht mehr. Wie ich es überhaupt führte, gegen ihn kämpfte, wo ich seit so vielen Jahren keine Waffe mehr angerührt hatte? Ich kann's dir nicht sagen, doch offenbar verlernt man so was nicht. Alles, was ich weiß, ist dies: Zum ersten Mal seit den Heldenspielen meiner Kindheit hatte ich wieder ein Schwert in der Hand – und ich habe diesen Mann damit getötet.

Ganz recht: Das Nächste, was ich weiß, ist, dass er röchelnd vor mir am Boden lag. Von seinem Freund und dem Überfallenen war keine Spur mehr zu sehen.

Auch wenn du dir das vielleicht nicht vorstellen kannst, ich war über meine Tat entsetzt, und ich war noch dabei, mir das Blut von den Händen zu wischen, als unverhoffterweise die Stadtwache, von den Schreien unseres Zweikampfs gelockt, den Weg in die Gasse fand.

Ich wünschte wirklich, sie wären schon ein paar Minuten eher dort vorbeigekommen.

Alle Beteuerungen waren vergebens: Ich war ein Fealv, der Tote ein Mensch, vor mir lag die Tatwaffe, und sein Blut klebte überall an mir. Sie rochen den Alkohol, und wahrscheinlich ergab mein Gestammel wenig Sinn. Ohne lange Umschweife warfen sie mich ins Gefängnis.

Am nächsten Tag wurde ich verlegt. Es mag sein, dass ich irgendwann zwischendurch noch die Bekanntschaft eines Richters machte – die Justiz der Provinzen hält große Stücke auf sich, selbst in Melnor –, aber ich war immer noch außer mir, und mein Kopf fühlte sich an wie ein Ziegelstein, sodass ich es nicht mehr sicher weiß. Als ich wieder zu mir kam, fand ich mich jedenfalls in einer engen Zelle wieder, und auf meinem Arm hatte ich diese Tätowierung hier, siehst du? Das war meine Gefangenennummer. Wahrscheinlich war es mein Glück gewesen, dass der Tote irgendein Nichtsnutz und vor allem kein Pherenide war, sonst hätte ich diese erste Nacht nicht überlebt.

So dauerte diese Nacht bloß sehr, sehr lange. Beinahe zwei Jahre, um genau zu sein.

Natürlich war es nicht wirklich Nacht – die Zellentür war bloß vergittert, auf der anderen Seite hatte ich ein winziges Fenster, und gelegentlich ließ man mich sogar in den Hof und gestattete mir, zusammen mit den anderen Gefangenen im Kreis zu laufen und ein paar Übungen zu machen. Tatsächlich war es verglichen mit den Kerkern von Ptaraon ein recht annehmbares Gefängnis. Doch die Geister von damals holten mich wieder ein. Seit meiner frühen Gefangenschaft reagiere ich nicht sonderlich gut aufs Gefangensein, und im Nachhinein glaube ich, dass ich auch deshalb die Zeit auf der *Stürzenden Schwalbe* so genossen habe: der offene

Himmel, die Luft, die nach dem Salz des Horizonts riecht … du weißt schon. Jetzt abermals gefangen zu sein, brachte die alten Ängste zurück. Die ersten Wochen vergingen wie im Traum – einem Albtraum.

Irgendwann aber meldete sich mein Lebenswille zu Wort. Ich sagte mir, mein Vater hatte Schlimmeres als das überlebt – viel Schlimmeres. Selbst Bartelfisch und viele der Männer, mit denen ich damals auf der *Schwalbe* gedient hatte, hatten schlimmere Geschichten zu erzählen gehabt. Ich brauchte nur durchzuhalten. Bei klarem Verstand bleiben. Mich nicht unterkriegen lassen. Dies war nicht Ptaraon. Ich hatte keine Ahnung, wie hoch mein Strafmaß war, aber immerhin: Es gab einen Ausweg, ich sah ja, wie andere Gefangene entlassen wurden, und irgendwann würde auch ich durch das große Gittertor in die Freiheit schreiten. Wenn ich Glück hatte, war ich dann noch jung genug, um von vorn anzufangen.

Ich dachte an Kapitän Butterblume und an Bartelfisch, und fragte mich, ob er Ewenland wohl erreicht hatte und jetzt wirklich mit einem Stecken auf einem Felsen inmitten einer grünen Wiese saß und Schafe hütete. Ich konnte es mir nicht recht vorstellen. Ich fragte mich, ob mein Arbeitgeber wohl wusste, was mir widerfahren war, und vielleicht ein gutes Wort für mich einlegte, und ob Jasmin wohl an mich dachte. Auch das konnte ich mir nicht recht vorstellen, auch wenn es schmerzte, mir das einzugestehen.

Irgendwann hörte ich auf zu grübeln und übte mich in Geduld. Die meisten Gefangenen lernen das irgendwann, sonst drehen sie durch: Sie ziehen sich einfach in sich selbst zurück. Jeden Morgen steht man auf, wenn die Wärter an die Stäbe schlagen. Dann Zelle putzen, Frühstück, dann herumsitzen, bis man vielleicht zur Arbeit eingeteilt wird oder nachmittags unter den Zypressen im Hof ein paar Schritte tun kann. Dann Abendessen, und wieder Zelle. Ich schlief nicht viel in dieser Zeit. Meistens lag ich nachts bloß wach und sah in den kleinen Ausschnitt Himmel hinter meinem Fenster. Ich freute mich immer, wenn es eine klare Nacht war und ich eine Handvoll Sterne sah. Die Sterne können sie dir nicht nehmen, weißt du. Tagsüber machte ich meine Übungen, oder versuchte mich als Handwerker, mit mäßigem Erfolg. Ich kam an etwas Schilfrohr und stellte im Laufe eines halben Jahres eine Reihe kleiner Flöten daraus her, aber ich hatte nur meine Zähne und eine spitze Tonscherbe als Werkzeug, und meine Versuche mit diesen Flöten machten mich in meinem Trakt nicht beliebter.

Zu den anderen Gefangenen hielt ich nicht mehr Kontakt als nötig, und sie waren auch nicht gerade herzlich zu mir. Ich war für sie nur ein Faun, ein übler Trunkenbold. Die meisten hielten mich für einen Mörder und einen schlechten Musiker, und irgendwie hatten sie ja auch recht damit. Es gab aber auch welche, denen das alles egal war. Wir handelten mit Resten, die wir vom Essen aufgehoben hatten, mit Tabak und Betelnuss. Manchmal spielten wir Schach, ohne Figuren, und tauschten Neuigkeiten aus oder glichen unsere Kalender untereinander ab.

So wusste ich, dass neunzehn Monate, drei Wochen und zwei Tage vergangen waren, als man mich nachts aus meiner Zelle holte, mir einen Satz billiger Kleider hinwarf und befahl, mich fertig zu machen. Zuerst dachte ich, ich würde verlegt, oder doch noch irgendwohin gebracht, wo sie mich verscharren konnten – doch die Kleider machten mich stutzig.

Eine halbe Stunde später setzten sie mich mit einem Fußtritt vor die Tür.

Ich konnte mein Glück gar nicht fassen. Halb rechnete ich damit, dass das alles nur ein grausamer Scherz war und die Wachen mich an der nächsten Ecke wieder einsammeln würden. Doch die Leute starrten mich höchstens deshalb an, weil ich ziemlich ungepflegt aussah und auf dem Platz vor dem Gefängnis lungerte, als bettelte ich um Einlass. Da das aber das Letzte war, was ich mir wünschte, machte ich mich rasch aus dem Staub.

Und wohin anders führten mich meine Schritte als zu meinem alten Zuhause – wohin sonst hätte ich auch gehen sollen? Es hatte sich einiges getan: Das Haus hatte einen neuen Anstrich und einen neuen Besitzer und war zum »Haus der sieben Sünden« aufgestiegen. Freilich interessierte mich zunächst nur zweierlei: Was aus meinen Sachen, und was aus Jasmin geworden war.

Wie du dir vielleicht schon denken kannst, waren beide nicht mehr da. Jasmin hatte Melnor verlassen. Eines der Mädchen, das sie noch gekannt hatte, erzählte, sie habe einen reichen Freier geheiratet und sei mit ihm nach Ewenland gegangen, auch wenn ich mir nicht vorstellen konnte, was sie dort wollte.

Mein altes Zimmer war bald nach meinem Verschwinden aufgelöst worden, und meine Sachen hatte man versetzt, um meine Schulden zu begleichen, hieß es. Dabei konnte ich mich nicht daran erinnern, Schulden gehabt zu haben – ehrlich gesagt war ich der Meinung gewesen, dass man mir noch einen ganzen Monatslohn geschuldet hatte, doch der neue Besitzer wollte nichts davon wissen. Er hatte auch keine Arbeit für mich, zumindest keine bezahlte, gestattete mir aber, einstweilen den Hof zu kehren, im Stall zu schlafen und bei ihm anschreiben zu lassen, bis ich mich etwas gefangen hatte. Ich musste wirklich einen verzweifelten Eindruck gemacht haben.

Meine ersten Tage in Freiheit, wenn ich nicht gerade am Kehren und Ausmisten war, verbrachte ich im Vollrausch an der Theke. Irgendwann gab mir der neue Besitzer ein paar Münzen für meine Dienste, und von da an saß ich am Spieltisch. Auch da war man sehr großzügig zu mir, und am Ende der ersten Woche schuldete ich dem Haus wohl wirklich einen Monatslohn oder zwei. Zwar verwirrte mich die Generosität, mit der man mich bedachte, aber ich konnte keinen klaren Gedanken fassen. Wahrscheinlich, dachte ich, wussten sie einfach, dass ich nicht sehr weit fliehen würde: Ich hatte kein Zuhause, keine Familie und keine Freunde außer meinen Trinkkumpanen. Die Frau, die mich die letzten Jahre vorgeführt hatte, saß jetzt irgendwo im Grünen und vögelte einen anderen. Falls ich jemals in Erwägung gezogen hatte, Bartelfisch auf seine Insel zu folgen, war das Geschichte – Ewenland war für mich gestorben.

Das Schlimmste überhaupt aber war, dass ich das Schwert meines Vaters verloren hatte – dieses verdammte, schwarze Drecksding, meine einzige Fährte zu ihm, die, so dumm es auch klingt, meinem Leben überhaupt so was wie eine Richtung gewiesen hatte. Fort, aus, vorbei. Dabei hatte ich es nicht einmal angerührt. Alle Jungenträume von Heldentum und großen Taten erwiesen sich endgültig als nichts als Spinnerei, und wenn ich mir ansah, in was für Schwierigkeiten mein Kontakt mit Waffen jedweder Art mich bisher gebracht hatte, war ich wahrscheinlich eher zum Stallknecht als zum Krieger geboren.

Doch wieder einmal hatte ich mich gründlich getäuscht.

»Hätte ich dir sagen können, dass das mit Jasmin nichts wird. Das Meer soll ja sehr schön sein – aber besser zu riechen als ein Haufen altes Wasser heißt ja nicht gerade viel.«

Janner grinste schief. »Zu dem Zeitpunkt der Geschichte hätte ich dir wahrscheinlich recht gegeben. Aber vielleicht sträubte auch sie sich nur dagegen, zu tun, was man von ihr erwartete?«

»Vielleicht. Und ich stimme dir ja zu, dass das wichtig ist. Aber glaub mir – als Stallknecht wäre dir auch schnell die Lust vergangen. Alle Stallknechte, die ich kannte, waren genau, wie du erwarten würdest.«

Er schien erst nach einem Gegenbeispiel zu suchen, dann schüttelte er bloß den Kopf. »Es wäre vielleicht trotzdem besser gewesen als das, was stattdessen geschah.«

»Was, du würdest also lieber Ställe ausmisten, als mit mir ins Gebirge zu gehen?«

»So würde ich das nicht sagen …«

Sie lachte hell auf. »Weißt du, ich bin mir gar nicht sicher, ob unser Leben einen Sinn hat oder einem Plan gehorcht. Du glaubst an mehr, als du denkst – mehr als ich jedenfalls. Aber was du über die Sterne gesagt hast …« Ihr Blick ging in die Ferne. »Das war für mich immer die andere Sonne. Sonst hatte ich nie viel.« Sie zuckte die Schultern. »Ich schätze, wenn man etwas wirklich will, muss man es sich nehmen, solange man die Chance dazu hat. Und genau deshalb muss ich zu ihr.«

Janner nickte ernst und nippte an seiner Flasche, die inzwischen jedoch leer war. »Du hast gesagt, dass du alles hören willst – aber der letzte Teil meiner Geschichte wird dir vielleicht nicht gefallen. Möglicherweise überlegst du es dir ja noch mal, ob du mich wirklich dabeihaben willst.«

»Red keinen Unsinn«, sagte sie.

»Was bleibt mir denn sonst?«, erwiderte er und legte die leere Flasche weg.

April sah ihn herausfordernd an. »Na dann los. Wieso bist du kein Stallknecht geworden?«

Eines Abends saß ich an einem der Tische und wartete darauf, dass meine Spielrunde aufkreuzte. Vor mir stand ein Becher Wein, und den drehte und wendete ich wie die Gedanken in meinem Kopf. Ich dachte an Kapitän Sturmwasser und überlegte, wie ich diese Situation wohl als Chance sehen oder zu meinem Vorteil einsetzen könnte, und mir fiel einfach kein geeigneter Weg dazu ein. Da knallte jemand seinen Becher vor mir auf den Tisch, dass der Wein nur so schwappte, zog sich einen Stuhl heran und ließ sich ächzend darauf nieder.

»Was dagegen, wenn ich mich setze?«, fragte eine Stimme, die du mittlerweile auch schon gehört hast.

Ich sah auf, eine spitze Bemerkung über die Wahl des rechten Zeitpunkts auf den Lippen, doch verstummte, als ich den Mann sah. Es war Krayn, und er sah damals schon nicht sehr sympathisch aus. Abgesehen von der Augenklappe hatte er eine geplatzte Lippe und eine frische Narbe auf der Stirn und trug ein Kettenhemd, das um die Taille nur noch aus Fetzen bestand. Seine Stiefel sahen aus, als hätten sie seit Wochen nur Straßenstaub und Pferdeärsche gesehen, und genauso bewegte er sich auch. Er legte die Füße hoch, wobei seine Sporen ein helles Klingeln von sich gaben, zog sich umständlich das Kettenhemd über den Kopf und warf es neben sich. Darunter trug er ein zerknautschtes Wams, und als ich die Ringe an seinen Fingern und die Ketten an seinem Hals bemerkte, wurde mir klar, dass er vielleicht ein sehr beschäftigter und ungewaschener Mann war, aber ganz sicher nicht arm.

»Mein Tisch ist Euer Tisch«, sagte ich deshalb.

Er grinste breit, prostete mir knapp zu und trank einen tiefen Schluck.

»Was führt Euch zu mir?«, fragte ich ihn.

»Zwanzig Denare und achtzehn Piaster«, entgegnete er. »Oder achthundertsechsunddreißig Schilling, wenn Euch das lieber ist.«

»Ein guter Grund«, sagte ich vorsichtig.

»Nicht wahr?«, grinste er. »So viel schuldet Ihr diesem Haus momentan.«

»Eine stattliche Summe. Seid Ihr Euch da auch sicher?«

»Überaus sicher.«

Ich zuckte die Schultern. »Und wenn schon. Was kümmert es Euch?«

»Es kümmert mich eine ganze Menge«, entgegnete er, und da erklärte er mir, dass sein Herr, Antonio Torreno, derjenige war, der dieses schöne Haus kürzlich vor dem Ruin gerettet hatte. Mein neuer Arbeitgeber arbeitete eigentlich für ihn – und all meine Schulden waren damit Schulden, die ich bei Antonio Torreno hatte. Dessen Vater wiederum war der Don von Garonna. Doch, sagte Krayn, solle ich nicht verzagen: Sein Herr habe ein Interesse an meinem Wohlergehen und wolle mir Gelegenheit geben, meine Schulden bei ihm zu begleichen. Um das zu unterstreichen, ließ Krayn eine neue Flasche Wein an unseren Tisch bringen und goss mir nach; meine Kehle war während seiner Ausführungen ziemlich trocken geworden.

»Das ist sehr großzügig«, sagte ich. »Und ich will die Gunst der Stunde nicht auf die Probe stellen. Dennoch beschäftigt mich eines: Sagt, woher rührt dieses Wohlwollen?«

»Ihr habt vor einiger Zeit einen der unsrigen aus einer misslichen Lage befreit«, erläuterte Krayn. »Es wird Euch nicht bewusst gewesen sein, doch für meinen Herrn zählt allein die Tat, nicht die Absicht, und er wüsste Eure Tatkraft gern in seinen Diensten. Es schmerzt uns, dass wir nicht früher über Euren Verbleib informiert wurden, sonst hätten wir Euch eher befreit.«

»Ihr habt meine Entlassung in die Wege geleitet?«, staunte ich.

»Wie gesagt, mein Herr hat viele Freunde«, sagte er und nahm einen tiefen Schluck.

Ich dachte nach, so gründlich dies mit meinem schweren Kopf noch möglich war: Wenn er die Wahrheit sagte, stand ich zweifelsohne in seiner Schuld, weit tiefer als mit zwanzig Denaren. Selbst wenn er log, kam ich aus dieser Nummer so schnell nicht wieder raus, schon gar nicht, wenn der Vater seines Herrn wirklich ein Don war.

Früher – ganz früher – mochten die Dons vielleicht aufrechte Vasallen des Kaisers und seiner Präfekten gewesen sein; Einheimische, die ihm halfen, für Frieden in den Provinzen zu sorgen, was immer man auch davon halten mochte. Längst hatten sie ihre Finger aber in so ziemlich allen Geschäften mit drin, auch solchen, für die unsereiner seine abgeschnitten bekommt. Gerade in Melnor war das durchaus glaubhaft. Und irgendwie hatte ich keine Lust, schon wieder vor einer ganzen Stadt wegzulaufen.

Bevor ich mich auf diesen Handel einließ, wollte ich aber wissen, wie meine Arbeit für ihn aussehen würde, und wieso gerade ich von Interesse für ihn war. Sicher hatte es nicht nur damit zu tun, dass ich vor über einem Jahr irgendeinen Dieb umgebracht hatte, der gerade einen seiner eigenen Diebe hatte umbringen wollen.

Krayn winkte einem Kerl an der Bar, der mir bis dato noch nicht aufgefallen war, und der nickte, verschwand kurz, und kam dann mit einem großen Bündel unter dem Arm zurück, das er vor uns auf den Tisch warf. Etwas an der Szene kam mir schrecklich bekannt vor. Mit einem vielsagenden Lächeln schlug Krayn das Öltuch auseinander.

Vor uns lag Banneisen. Das Schwert meines Vaters.

»Das hier fanden wir in Eurem Zimmer«, sagte Krayn, »zusammen mit Eurem restlichen Kram, den Ihr zurückhaben könnt, wenn Ihr wollt.« Er verfolgte ganz genau meine Reaktion und musterte mich von Kopf bis Fuß. »Eine schöne Waffe. Und es scheint, die Zeit im Gefängnis hat Eurer Kondition nicht geschadet. Jemand, der eine solche Waffe führen kann, sollte seine Zeit nicht damit verbringen, Trübsal zu blasen. Also, was sagt Ihr? Sind wir Partner, oder soll ich meinem Herrn bestellen, dass der Faun, den er aus dem Kerker geangelt hat, ein Säufer und ehrloser Dieb ist, der nicht weiß, was sich gehört?«

Ich grunzte, weil mir nichts Besseres einfiel. Beleidigen konnte er mich nicht – jeder Fealv im Strahlenden Reich ist mit Schlimmerem groß geworden. Die Drohung war auch überflüssig, denn seine Argumente hatten mich bereits überzeugt. Wenn es irgendetwas gab, das mich noch zögern ließ, dann war es dieses Schwert.

Ich hatte ein Messer gestohlen, und man hatte mich in den Kerker geworfen. Ich hatte ein Schwert in einen Mann gestoßen und hatte meine Freiheit, meine Ehre, meine Zukunft verspielt. Und nun lag das alles vor mir auf dem Tisch. Ich brauchte bloß die Hand danach auszustrecken. Irgendwie, fand ich, konnte das alles kein Zufall sein.

»Partner«, sagte ich und griff nach dem Schwert. Es fühlte sich gut an: kalt und zuverlässig. Krayn lachte sein gemeines Lachen – er schaffte es nie, dass es nicht klang, als hätte er gerade einem Kind die Zuckerstange geklaut – und stieß mit mir an.

»Ich bin Krayn«, sagte er.

»Janner«, sagte ich.

»Wir werden eine Menge Spaß miteinander haben«, versprach er. »Warte nur, bis du den kleinen Toni kennenlernst.«

Der kleine Toni, stellte sich heraus, war Antonio Torreno, den die meisten seiner Untergebenen so nannten, wenn er nicht in der Nähe war. Er hieß so, weil sein Vater auch schon Antonio hieß, und deshalb gab es einen großen Toni und einen kleinen Toni. Der große Toni, da hatte Krayn nicht übertrieben, war tatsächlich ein guter Freund des Präfekten, und für den tat er, was der Adel in den Provinzen seit jeher am besten konnte: Er beutete sie aus. Das tat er so gut, dass der Präfekt ihn vor ein paar Wochen in seiner Festung in Damosfels als Don von Garonna bestätigt hatte. Das stellte einen wichtigen Schritt nach vorne für die ganze Familie Torreno und auch für ihre Hauptmänner dar – Krayn zum Beispiel, der deshalb seine kleine Truppe aufstockte.

Ich dachte mir, dass dir das nicht gefällt, aber genau so funktioniert Politik in den Provinzen. Dieses ganze Hoch und Runter mit den Steuern, die Volksfeste, die Verhaftungen, die Scharmützel, die es alle Jahre an den Grenzen gibt, das geschieht alles nur, damit einem nicht langweilig wird. Das ist Tagesgeschäft. In Wahrheit geht es darum, dem Kaiser gerade so viel Gold zukommen zu lassen, dass man sich seiner Gunst gewiss ist, und alles andere zur Ausweitung der eigenen Macht zu verwenden.

Der kleine Toni, Krayns Brötchengeber, war jedoch ein Dilettant. Er war zu dieser Zeit in Melnor daran interessiert gewesen, im Glücksspiel und im Dirnengeschäft Fuß zu fassen, doch ein paar andere Familien waren ihm da zuvorgekommen. Also verlagerte er sein Betätigungsfeld wieder nach Osten, wo er sich im Windschatten seines Vaters an leichteren Zielen versuchen konnte. Die letzten zwei Jahre hat er nicht mal mehr so getan, als ob ihm am Familiengeschäft gelegen wäre. Stattdessen … na ja, du hast ja gesehen, was aus ihm geworden ist.

Mit der Zeit arbeiteten wir also mehr für seinen Vater als für ihn. Don Torreno machte einen durchaus kompetenten Eindruck und geizte nicht mit seiner Gunst, wenn man gute Arbeit leistete.

Bei unserem ersten Treffen – er hat da diese ziemlich schöne Villa bei Garonna, weißt du – wollte er ein wenig mehr über mich erfahren, denn so viele Fealva gibt's ja nun nicht hier im Osten, und wie die meisten nannte er mich immer nur »Faun«. Ich erzählte ihm nur das Nötigste, was aber auch schon eine geraume Zeit in Anspruch nahm, und da kniff er mich in die Wange und lachte. Ich weiß noch genau, was er sagte. Er sagte: »Ich sehe, du bist ein großer Geschichtenerzähler, und wenn du mit dem Schwert genauso gut wie mit der Zunge bist, mache ich dich bald zum Hauptmann.« Ich fand das sehr entgegenkommend von ihm.

Du fragst dich vielleicht, was mich so lang bei solchen Leuten hielt. Keine Sorge, ich komme dir jetzt nicht mit schlechtem Einfluss oder Ehrenworten oder so was. Ehrlich gesagt frage ich es mich heute auch. Anfangs hatte ich noch den Eindruck, dass Krayn und seine Jungs auch keine übleren Burschen waren als die, mit denen ich zur See gefahren war oder im Gefängnis Schach gespielt hatte. Wir haben uns ein paarmal gegenseitig aus der Patsche geholfen, und in ganz Garion gibt es keine Kneipe, in der wir nicht einen bleibenden Eindruck hinterlassen hätten. Ein wenig wie Brüder, beinahe.

Irgendwann aber konnte ich nicht länger ignorieren, dass wir einfach keine normalen Geschäftsleute waren. Wir waren auch keine großen Jungs, die einander das Butterbrot klauten oder mal ein paar Ohrfeigen austeilten. Wir waren gewöhnliche Kriminelle, die komischerweise das Gesetz auf ihrer Seite hatten, und diejenigen, die wir ausnahmen, das waren die normalen Leute, zu denen ich mich eigentlich immer gezählt hatte – auch wenn die meisten der »normalen« Leute hierzulande so was wie mich nur vom Hörensagen kennen und unser Ruf wohl dank mir auf Jahre hin ruiniert ist.

Mein Vater hätte sich mit Grausen abgewandt, hätte er gewusst, was ich mit seiner alten Waffe alles anstellte. Gelegentlich hörte ich auch wieder von ihm; angeblich war er wieder im Norden zugange und hatte sich einer neuen Prophetin namens Seraya angeschlossen, die sich dem gewaltlosen Widerstand verschrieben hatte. Angeblich stand er sogar hoch in ihrer Gunst. Ich fand das alles erst ziemlich verwirrend; dann schossen die ersten ihrer Schreine aus dem Boden, und ich sah die Bilder von ihr.

Da begriff ich dann doch, was er sich von seinem Engagement versprach und weshalb es die letzte Zeit so ruhig um ihn geworden war.

Ich ahnte also, dass meine Zeit im Osten sich dem Ende zuneigte und mein Leben selbst mit der Suche nach einem legendären Vater, den ich nie fand, und dem Glauben an eine mysteriöse Prophetin sinnvoller zugebracht wäre als so. Ich hatte auch schon begonnen, Vorbereitungen für einen geordneten Abgang zu treffen – was schwerer ist, als du dir vielleicht vorstellst, denn das Einzige, was Leute wie Don Torreno noch mehr hassen als ihre Feinde, sind abtrünnige Freunde.

Ich kam jedoch nie dazu, meinen Plan in die Tat umzusetzen, denn wieder einmal kam mir etwas dazwischen – diesmal in Form der schönen Livia, Tonis Schwester – die Tochter des Dons. Auch sie hatte sich in ihrer Lebensplanung verkalkuliert, und statt seiner Schwester beizustehen, trug der kleine Toni noch zu ihrem Unglück bei. Es scheint, dass er, wenn er betrunken war, einige grundlegende Kategorien familiären Umgangs ignorierte – das zumindest erzählte mir Livia in jener Nacht auf dem Balkon, als ich unglückseligerweise von seinen Männern erwischt wurde.

Livia hatte eine Heidenangst vor ihrem Bruder und wusste nicht mehr ein noch aus, sonst hätte sie sich sicher nicht an mich gewandt. Eine große Hilfe war ich ihr nicht, denn man ließ mir keine Gelegenheit, meinen Besuch auf ihrem Balkon zu erklären, und es hätte auch keine Erklärung gegeben, die für sie nicht alles noch viel schlimmer gemacht hätte.

Ich wünschte, sie hätte bei ihrem Vater Hilfe gesucht und nicht bei mir, doch ihr Vater war in geschäftlichen Dingen unterwegs. Ich frage mich, ob er mittlerweile zurück ist, und ob Livia ihm erzählt hat, was vorgefallen ist, und was er wohl davon hält, dass sein missratener Sprössling sein Leben unter einem alten Mühlstein aushauchte. Bei näherer Überlegung will ich es aber vielleicht doch nicht wissen.

Ich wünschte auch, ich hätte das mit Krayn wieder hinbiegen können, doch sei's drum.

Es ist, wie es ist, und egal, was du denkst: Es wird schon alles seinen Sinn haben.

Wäre es anders gekommen, hätte ich vielleicht nie kapiert, was für ein Schwein der kleine Toni wirklich war. Vielleicht hätte ich nie die Kurve gekriegt, mich von ihm und seinen Freunden loszusagen und wieder meinen eigenen Weg zu finden, den ich so lange verloren hatte. Außerdem hätten wir uns sonst wohl nie kennengelernt, du und ich.

Und das wäre wirklich ziemlich schade gewesen …

Weiß du was? Ich glaube, das Schicksal hat noch eine Menge mit uns vor.

Wir stehen erst am Beginn unserer Geschichte.

APRILS SONNE

Der Weg wand sich durch Schnee und Nebel, als hätten die Elemente selbst ihn in die weiße Leere gegraben; eine Wolke aus Wasser, der Kuss kalter Luft und die Ahnung fernen Lichts und festen Bodens unter ihren Füßen. Seit gestern waren sie keiner Menschenseele mehr begegnet. Die letzten Bewohner dieser gespenstischen Welt waren ein blinder Schäfer und seine Frau, die inmitten ihrer Tiere in einer verfallenen Hütte lebten. Janner hatte ihnen anbieten wollen, ein paar frische Bretter auf ihr Dach zu schlagen, wenn sie dafür eine Nacht darunter verbringen durften, aber April war der milchige Blick des Mannes unheimlich gewesen. Daher hatte sie Janner gedrängt, weiterzuziehen und die Nacht im Freien unter dem Stück Segeltuch zu verbringen, so wie die Nächte zuvor.

Am Morgen hatte er dann widerwillig das Pferd an einer Krüppelkiefer festgebunden, denn vor ihnen lagen nur noch Fels und Schnee. Es war ihr nicht entgangen, dass er sie mit der gleichen wachen Sorge im Blick behielt wie sie das alte Schäferpaar, und der Gedanke, dass er vielleicht wirklich Angst vor ihr haben könnte, kam ihr kurz in den Sinn, war aber zu absurd, um festgehalten zu werden.

Tagelang hatte sie ihnen zuvor schon die Richtung gewiesen, durch das nächste Tal, zum nächsten Berg, und er hatte ihnen die passenden Wege gesucht. Sie hatten sich warme Kleider und Decken besorgt, dennoch war seine Stimmung immer finsterer geworden. Vielleicht war es die Erschöpfung – auch wenn April

Schwierigkeiten hatte, sich vorzustellen, dass der Fealv mehr unter Kälte und Müdigkeit litt als sie selbst. Sie hielt ihn für unverwüstlich, mit all seinen Muskeln und seiner stoischen Gelassenheit zu Pferd, wenn sie schon zu schwach war, den Kaffeebecher zu halten oder sich von einer schmerzenden Seite auf die andere zu drehen.

Die andere Sonne schien nun so hell, dass sie nachts im Traum oft meinte, sie habe die Augen geöffnet und der neue Tag sei angebrochen. Manchmal, wenn Janner sie ansprach, schrak sie zusammen und hatte kein Wort von dem verstanden, was er gesagt hatte, weil die andere Sonne all ihre Sinne gefangen nahm.

Sie wusste, dass sie ihrem Ziel nun ganz nahe waren. Sie spürte nicht den Frost, der sich durch ihre Stiefel biss. Sie spürte nicht das Eis in ihrem Haar. Sie wusste nicht mehr, ob das viele Weiß um sie herum sie blendete, oder ob es die andere Sonne war und sie vielleicht schon zu lange ins Licht gestarrt hatte.

Sie traten auf eine offene Fläche hinaus. Es war wie eine Lichtung mit Tannen aus Nebel und Sträuchern aus Schnee; und in ihrer Mitte sah April das Schloss. Sie sah es, wie man einen Abdruck in einem Kissen bemerkt, oder den Zug, der bei einem Spiel den Sieg bringt. Das Schloss war nicht da – aber für April war seine Existenz so offensichtlich, als spielte sie wieder Verstecken mit Todd im Wald.

Janner konnte das Schloss nicht sehen.

»Was ist?«, fragte er, als er sie stehenbleiben und den Kopf in den Nacken legen sah, den Mund weit geöffnet.

»Wir sind da«, keuchte sie. Ihr Herz schlug ihr bis zum Hals, und erst, als er sie packte und festhielt, bemerkte sie, dass sie gerade fast das Bewusstsein verloren hätte.

»Was?«, fragte er. »Was siehst du?«

April sah ein Schloss, so scharfkantig, als wäre es aus einem

Eisblock geschnitten. Es war hell wie der weiße Himmel und strahlte mit dem Licht der anderen Sonne. April war sich nicht sicher, ob sich die Quelle des Lichts im Schimmer seiner Wände selbst oder dahinter, im Inneren verbarg. Sie machte ein paar zaghafte Schritte, und wieder wurde ihr schwindlig, denn es kam ihr so vor, als ob es völlig egal wäre, von welcher Seite man das Schloss sah – es stellte sich ihr immer gleich dar, und es würde immer ein Dahinter geben, das sie niemals erreichen konnte.

Sie wandte den Blick ab und vergrub den Kopf an Janners Schulter.

»Ich sehe ein Schloss«, sagte sie. »Aber niemand auf der Welt könnte so ein Schloss bauen, also ist es vielleicht ein Berg, oder ein Traum … aber ich sehe es, Janner, ich sehe es!«

Er hielt sie fest und führte sie ein paar Schritte zurück, wobei er argwöhnische Blicke erst auf sie, dann auf die Lichtung warf. Sie spürte, wie er sich unter seinem Mantel versteifte, unsicher, was ihm weniger behagte: die Existenz unsichtbarer Schlösser oder ihre Hilflosigkeit.

»Was sollen wir tun? Du hast uns hergebracht. Was nun?«

Sie atmete durch und fällte eine Entscheidung.

»Ich muss hinein. Ich muss zu dem Licht – wartest du hier auf mich?«

Seine Hände verkrampften sich, dann ließ er sie los.

»Bitte beeil dich.«

»Keine Einwände?« Sie versuchte zu lächeln.

Er schüttelte den Kopf. »Du hast gewusst, dass dieses Ding hier ist. Du kannst es sehen – und ich sehe es nicht. Also stimmt entweder mit dir etwas nicht, oder mit mir, oder mit diesem unsichtbaren Ding. Ich war aber immer der Ansicht, dass man sich nicht einmischen sollte, wenn andere auf Du und Du mit ihrem Schicksal stehen.« Er gab sich Mühe, ihr Lächeln zu erwidern, brachte aber nur ein schiefes Grinsen zustande. »Ich hoffe bloß, wir sind nicht in einem der Märchen, die meine Tante mir immer erzählt hat: Ich warte, bis ich alt und grau bin, und hundert Jahre später kommst du zurück und findest nur noch mein rostiges Schwert. Ich will wissen, wie das Märchen ausgeht.«

»Ich beeile mich«, versprach sie.

»Dann geh«, sagte er. »Und nichts essen, wenn man dir was anbietet«, fügte er nach kurzem Zögern hinzu.

»Ich glaube nicht, dass jemand hier lebt«, sagte April. »Das Schloss sieht nicht aus, als ob es je dazu gedacht war.«

Janner zuckte die Schultern und machte unschlüssig ein paar Schritte zurück, bis er in eine Schneewehe trat. Dann vergrub er die Hände in den Manteltaschen, wo er seine Flöte fand. Er zog sie heraus und blies versuchsweise hinein, doch sie machte einen Klang wie ein sterbenskranker Kauz, und er erschrak darüber und steckte sie wieder weg.

April aber wandte sich von ihm ab und suchte in den schimmernden Flächen von Eis und Licht nach einem Eingang. Schließlich fand sie eine Fläche, die wie ein herausgebrochenes Stück Himmel zwischen den milchweißen Splittern klaffte, und lenkte ihre Schritte darauf zu. Wie das Licht vieler Blitze schossen Bilder und Gedanken durch ihren Kopf: Sie dachte daran, dass sie vielleicht, wenn alles anders gekommen wäre, gerade die letzten Schritte zu einem Altar zurückgelegt hätte. Sie sah das Gesicht ihres Vaters vor sich, als er die Treppe im Gasthaus hinabstürzte, und das Lächeln des stummen Fremden auf dem Jahrmarkt, als er sie an der Stirn berührte.

Dann ließ sie all das hinter sich und betrat das Schloss.

Wie sie geahnt hatte, lebte niemand in dem Schloss.

Gang auf Gang und Kammer auf Kammer fand sie gleichermaßen kalt und verlassen vor. Sie glaubte nicht, dass jemand je in diesen Kammern geschlafen, in diesen Hallen getanzt hatte. Es gab keine Betten, keine Schränke, keine Leuchter, keine Fenster, nur eine verwirrende Begegnung eisiger Flächen und Winkel, die vom allgegenwärtigen Licht der anderen Sonne erfüllt waren. Dennoch wehte eine seltsame Einsamkeit durch das Schloss, wie sie nur von einem tiefen Verlust rühren konnte. Jemand *hatte* dieses Schloss zurückgelassen, und seitdem hatte es gewartet, geduldig wie ein Schatz, der weiß, dass er eines Tages gefunden wird.

Sie fragte sich, ob sie es war, auf die das Schloss gewartet, und ob es von ihr gewusst hatte, so wie sie von ihm, doch sie erhielt keine Antwort auf diese Frage.

Wenn das Schloss die Möglichkeit hätte, sich ihrer zu erwehren, dann machte es jedenfalls keine Anstalten dazu. Es lag wachsam wie ein altes Tier und beobachtete das Mädchen, das die Hand in seine Höhle streckte. Noch wusste das Mädchen nicht, was es finden würde.

In den Gängen war es genauso kalt wie draußen, und Aprils Schritte hallten lange in ihnen nach, bis sie zu einem wortlosen Wispern verklangen. Sie wählte ihren Weg nicht bewusst, ahnte aber, dass er sie ins Herz des Schlosses führte.

Sie erreichte eine hohe, runde Halle, deren Decke sie nicht sehen konnte. Der Boden senkte sich leicht ab, und ein Band aus gesponnenem Licht führte von seiner Mitte bis in den weißen Himmel. Dort, im Zentrum der Halle, über einem schimmernden Sockel, schwebte die andere Sonne.

Eine lange Zeit stand April gebannt im Eingang und nahm den Anblick in sich auf. Es machte keinen Unterschied mehr, ob sie die Augen geöffnet oder geschlossen hatte. Das Licht durchfuhr sie wie Wind und Musik, und sie war unfähig, sich zu bewegen.

Dann, als hätte sie sich an das Licht gewöhnt, kam sie wieder zu sich und ging langsam darauf zu.

Sie erkannte nicht, was es war, bis sie direkt davor stand.

Über dem Sockel, der aus einem einzigen Kristall wie dem Stamm eines mächtigen Baumes geschnitten schien, inmitten der hohen Säule aus Licht, schwebte ein Schwert. Sein Heft aus Elfenbein war zierlich und wurde von einem silbrigen Korb geschützt, und seine Klinge schimmerte wie vergossene Milch.

Ein echtes Schwert, dachte April und sah sich unsicher um.

Doch sonst war da gar nichts in der weiten Halle aus Licht und Kristall.

Etwas in ihr zerbrach in diesem Moment.

April stand vor dem Schwert. Sie wollte verstehen, was sie sah, und wie es kam, dass sie in diesem Moment an diesem Ort stand. Sie verstand nicht viel von Schwertern, und alles, was sie darüber hätte sagen können, war, dass es kleiner als Janners war, und sehr schön, und dass es die Quelle der strahlenden Einsamkeit war, die das Schloss füllte wie Tränen ein Auge. Sie fragte sich, weshalb jemand dieses Schwert in diesem Schloss verbergen sollte, wo niemand außer ihr es sehen konnte. Sie hatte Angst, das Falsche zu tun, doch sie wusste nicht mehr, was richtig oder falsch war. Sie wusste nur, dass in diesen Minuten, im Licht der anderen Sonne, nichts existierte als dieses Schwert und sie.

Wieder war ihr, als käme sie gerade erst zu sich. Immer noch war sie allein. Das Schloss wartete darauf, was sie tun würde.

Sie griff nach dem Schwert.

Ihre Hand drang mühelos in das Licht und verwandelte sich darin in Alabaster. Ihre Finger legten sich um das Heft, das ihre Hand zu liebkosen und mit ihr zu verwachsen schien, denn es war so kalt, dass sie nicht mehr spürte, wo ihre Finger endeten und das Schwert begann. Dann zog sie es aus dem Licht.

Es war völlig schwerelos. April pflückte das Schwert so mühelos, wie man ein Blütenblatt von einer Blume zupft. Dann hielt sie es vor ihr Gesicht und staunte, wie bei der geringsten Bewegung das Licht an der Klinge hinauffloss und wieder herabrann, und sie streckte die Hand danach aus, um es zu fangen.

Dabei schnitt sie sich in den Finger; und ein einziger roter Blutstropfen quoll aus ihrer Haut auf die Klinge, wo er einen Moment lang saß, ein samtenes Rosenblatt im Schnee. Dann drang der Tropfen in den Schnee und verschwand.

Und in diesem Moment wurden die Helligkeit der Sonne und die Leere um sie herum etwas weniger schmerzvoll. Ein drittes

Mal war ihr, als wäre sie gerade erwacht; und zum ersten Mal in ihrem Leben begann April die Welt mit denselben Augen zu sehen wie andere Menschen das tun, denn die andere Sonne und sie waren nun eins. Sie war ihr eigenes Licht.

Als sie wieder nach draußen trat, fürchtete sie einen Moment lang, dass sie tatsächlich mehr Zeit als gedacht an diesem magischen Ort verbracht hätte. Der Nebel war noch dichter geworden, und zuerst sah sie nichts als weiße Schwaden und die verlassene, kalte Bergkuppe. Wenn sie sich umdrehte, war das Schloss nur noch eine blasse Ahnung, wie Umrisse auf dem Grund eines sehr tiefen Sees, die mit jeder Sekunde tiefer entschwanden.

Dann erhob sich ein Schatten, den sie kurz darauf als Janner erkannte, von einem Felsen und blickte in ihre Richtung. Sie stolperte durch Nebel und Schnee auf ihn zu, das Schwert von sich gestreckt wie einen nassen Schirm, und kam keuchend vor ihm zu stehen.

Er lächelte sie an und steckte die Flasche weg, die ihm Gesellschaft geleistet hatte.

»Geht es dir gut?«, fragte er.

»Besser denn je«, sagte sie und hob das Schwert. Er blinzelte verblüfft, schien aber nicht die richtigen Worte zu finden.

»Das war im Schloss«, sagte sie.

»Ein Schwert – und was noch?«

»Nur das Schwert.«

Er warf einen misstrauischen Blick darauf. »Ausgerechnet ein Schwert? Das ist mir nicht geheuer.« Er hob eine Braue. »Immerhin sieht es wertvoll aus – wir können versuchen, es zu verkaufen.«

»Nein!«, sagte sie, überrascht von ihrer eigenen Bestimmtheit. »Es gehört mir!«

»Weißt du denn überhaupt, wie man ein Schwert führt? Zeig mal her, was es wiegt …«

Er streckte die Hand danach aus, und auf einmal führte sie einen Streich aus, den sie erst in letzter Sekunde zurückhielt. Erschrocken machte Janner einen Satz zurück.

»He!«

»Tut mir leid!«, rief sie. »Das war das Schwert!«

»Klar. Das Schwert hat nach mir geschlagen.«

»Ich habe wirklich nur kurz daran *gedacht* …« Sie ließ es sinken. »Weißt du, ich glaube, es hat von meinem Blut getrunken. Meinst du, es ist vielleicht verzaubert?«

»Verdammt«, murmelte er. »Mit so was ist nicht zu spaßen. Lass uns verschwinden, und dann finden wir raus, was es mit dem Ding auf sich hat. Wenn nur dieser Nebel nicht wäre …«

»Vielleicht kann ich helfen«, sagte da eine Stimme.

Sie war klar wie eine Brise, doch verloren wie ein Schmetterling darin, und gehörte einem großen Mann in einem dunklen Umhang, der gemessenen Schrittes auf sie zukam. Er konnte sie die ganze Zeit schon belauscht haben – ebenso gut aber konnte er auch eben erst erschienen sein. Er hielt etwas Kleines in der Hand, das er nun, als er näher trat, in einer seiner Taschen verschwinden ließ.

Da erkannte sie ihn – und wusste, dass sie recht gehabt hatte.

Er war tatsächlich schon die ganze Zeit über da gewesen.

Er war der Zauberer im Schnee.

»Du«, flüsterte sie.

Er glättete seinen Umhang und neigte höflich den Kopf, wie ein Fremder, den man auf der Straße anspricht.

»Kennen wir uns?«

»Wer ist der Kerl?«, flüsterte Janner und griff nach dem Schwert auf seinem Rücken.

April aber hatte ihre Waffe gen Boden gerichtet und lächelte. Ein Gefühl des Friedens ergriff Besitz von ihr. Endlich bestand kein Zweifel mehr: Es hatte ihn tatsächlich gegeben. Er war genauso wenig Einbildung gewesen wie die andere Sonne. Ein einziger Blick auf ihn und das leichte Funkeln um seine Erscheinung bewies, wer er war. Während sie nun vom Licht der anderen Sonne erfüllt war, trug er seinen Glanz in seinem Inneren. Sie waren sich ähnlicher denn je. Alles war, wie es immer schon hätte sein sollen – und doch war sie traurig.

»Du bist schon einmal zu mir gekommen«, sagte sie. »Als ich noch ein kleines Mädchen war. Ich hatte Angst, und du hattest deinen Weg verloren. Aber du hast mir einen Regenbogen geschenkt und mir Mut gemacht, dass es mehr gibt als das, was die anderen sehen …« Ihre Stimme war jetzt ganz leise.

»Das ehrt mich«, widersprach er höflich. »Doch glaube mir, ich wüsste, wenn ich einen Regenbogen verschenkt hätte. Ich habe sie alle noch.«

»Vielleicht möchte sich der Herr mit den Regenbögen ja vorstellen?«, meinte Janner, die Hand noch am Schwert.

»Man nennt mich Sarik«, sagte der Fremde. »Und wenn ich auch keine Erklärung dafür habe, weshalb man mich kennt, und ich mich an vieles nicht mehr erinnern kann, so weiß ich doch, weshalb wir heute hier sind.« Sein Blick wanderte umher, als hoffte er, inmitten des Nebels etwas zu erkennen, dann verharrte er auf dem Schwert in Aprils Hand. »Das Schwert hat dich gerufen. Und du hast vollbracht, was viele große Männer und Frauen vergeblich versucht haben: Du hast es gefunden.«

April schüttelte verwirrt den Kopf. Sie fühlte sich noch immer wie berauscht, doch beim Gedanken an das kleine Mädchen, das sich damals über einen Weidenzaun mit diesem Fremden unterhalten hatte, und all die Geschichten, die es sich in den Jahren darauf über den Zauberer und die andere Sonne erzählt hatte, traten ihr Tränen in die Augen.

»Ich habe doch nicht nach einem Schwert gesucht«, flüsterte sie. »Ich wollte doch nur weg … ich wollte zum Licht.«

Sarik streckte vorsichtig die Hand nach ihr aus und strich ihr über die Wange. »Ich weiß«, flüsterte er. »Ich spüre es auch. Die ganze Welt ist ein leerer Ort, den noch die Musik vergangener Tage durchweht. Doch die Musiker sind lange gegangen – und dieses Schwert mag das einzige Instrument sein, das uns geblieben ist.«

»Ein Schwert ist keine Flöte«, widersprach Janner mit aller Selbstsicherheit. »Sie mögen gewisse Ähnlichkeiten aufweisen, doch ich besitze beides und weiß daher: Ein Schwert richtet umso mehr Schaden an, je besser man es beherrscht. Bei einer Flöte verhält es sich genau umgekehrt.«

Sarik warf ihm einen überraschten Blick zu, und April lachte, während sie schluchzte.

»Mir ist kalt«, sagte sie. »Können wir gehen?«

Sarik breitete seinen Umhang um sie aus, und obwohl der Stoff so fein wie Spinnweben war, spendete er eine Wärme, als wäre er gerade aus einem Land gekommen, in dem die Sonne auf duftende Felder schien.

»Wenn ihr es erlaubt, begleite ich euch ein Stück eures Wegs und erzähle euch, so viel ich kann.«

»Von mir aus«, sagte Janner. »Doch wie wollt Ihr in dieser Suppe den Weg finden? Man sieht ja kaum, wo man hintritt.«

Da schloss Sarik die Augen und murmelte einige Worte, und trotz seines jugendlichen Gesichts erinnerte er April in diesem Moment an die alten Männer, die sie auf den Straßen Thains gesehen hatte und die auch zu jemandem oder etwas gesprochen hatten, das nur ihnen Antwort gab. Der Nebel aber wich zurück, wie Dunkelheit vor einer Lampe zurückweicht, und sie fanden sich in einer seltsamen Welt des Zwielichts wieder, einer weiten Glocke mit Wänden aus Nebel und Boden aus Schnee.

Ein kleines, blütenweißes Licht löste sich aus dieser Glocke und schwebte auf sie zu, als wollte es ihnen das Gestirn ihrer unwirklichen Welt sein. April hielt überrascht den Atem an, und Janner sah aus, als wisse er nicht recht, ob er das Licht willkommen heißen oder ein Zeichen gegen böse Geister machen sollte.

»Keine Angst«, sagte Sarik. »Das ist nur ein Irrlicht. Es wird uns den Weg weisen.«

»Das klingt nach einer ausnehmend schlechten Idee«, murmelte Janner und wich etwas zurück, doch April streckte fasziniert die Hand nach dem Licht aus. Das Irrlicht schwebte neugierig näher, zuckte aber immer wieder im letzten Moment vor ihr zurück.

»Ich glaube, es hat Angst vor dem Schwert«, lächelte Sarik und wollte April schon zurückhalten, wie man jemanden daran hindert, nach einem scheuen Tier zu greifen. Zu seiner Überraschung aber legte sie das Schwert auf den Boden und redete beruhigend auf das Irrlicht ein.

»Wie heißt es?«, fragte sie ihn.

»Es ist ein Irrlicht – es hat keinen Namen.«

»Es ist schneeweiß«, sagte April. »Schneeweiß.«

Das Irrlicht schien sich etwas aufzuplustern und kam zögernd näher. Auf seltsame Weise wirkte es heimisch an diesem Ort; kalt und weiß und voll verwirrter Erinnerung.

»Es mag dich«, stellte Sarik fest.

April griff nach dem Licht. Eine Sekunde weiteten sich ihre Augen, dann machte sie einen erschrockenen Satz zurück und hielt sich die Hand.

»Meine Hand!«, rief sie. »Ich spüre meine Hand nicht mehr –«

Sarik griff nach ihrer Hand und massierte sie, und sie spürte das Leben in sie zurückkehren. »Keine Angst«, sagte er wieder. »Das war sicher keine Absicht. Dieses Irrlicht leistet mir schon sehr lange Gesellschaft, und es würde niemandem je ein Haar krümmen, selbst wenn es in seiner Macht stünde.«

»Es war eiskalt«, murmelte April. Das Irrlicht pulsierte aufgeregt und flog einen Bogen um sie, hielt sich nun aber etwas entfernt. Es machte einen besorgten Eindruck, und sein Licht hatte einen rötlichen Ton angenommen.

»Können wir jetzt?«, fragte Janner kopfschüttelnd. April nickte und hob zitternd ihr Schwert auf, dann machten sie sich auf den Weg.

»Erinnerst du dich wirklich nicht an mich?«, fragte sie Sarik im Gehen. »Es war vor zehn Jahren. Dieser Tag war sehr wichtig für mich. Ich habe dir von der anderen Sonne erzählt, und du wusstest genau, was ich meine. Ich glaube, ohne dich wäre mein Leben ganz anders verlaufen. Schlechter noch, wenn das überhaupt möglich ist.«

Doch Sarik schüttelte nur bedauernd den Kopf. »Ich habe leider keine Antwort für dich. Dabei würde ich dir gerne helfen.« Er nahm eine kleine Flasche aus seinem Umhang, entkorkte sie und hielt sie eine Zeitlang vor sich beim Laufen. Ein dünner, fast nicht sichtbarer Nebelfaden strömte aus der Wand der Glocke in die Flasche. Es sah aus, als wickle er ein Wollknäuel auf. Nach einer Weile verschloss Sarik die Flasche und steckte sie ohne ein Wort wieder ein.

Janner schüttelte abermals den Kopf. Es war offensichtlich, dass er den Zauberer und sein Irrlicht für nicht ganz richtig im Oberstübchen hielt.

Je tiefer sie kamen, desto mehr klarte es auf. Es war Nacht geworden, und der Mond schien wie eine große Schwester des Irrlichts vom Himmel. Sie erreichten die Stelle, wo sie das Pferd festgebunden hatten, dann gingen sie noch etwas weiter, bis sie den Schutz eines Wäldchens erreichten. Die Erlebnisse auf dem Gipfel schienen April mittlerweile wie ein ferner Traum – doch da war immer noch das kalte Schwert in ihren Händen. Sie konnte kaum den Blick davon wenden.

»Keine Angst«, meinte Janner, während er Holz für ein Feuer aufschichtete. »Ich nehme es dir schon nicht weg.«

»Du könntest ohnehin nichts damit anfangen«, erwiderte Sarik. »Dieses Schwert kann nur von einer Frau geführt werden – und es ist nun an sie gebunden.«

»Vielleicht sollte es besser gar nicht geführt werden«, entgegnete Janner. Er sah kurz zu April. »Versteh mich nicht falsch. Aber ich bin mir nicht sicher, ob die Welt einen weiteren Schwertkämpfer braucht … und du bist noch ziemlich jung.«

April dachte an die Erfahrungen, die er mit Schwertern gemacht hatte. Sie verstand, dass er sie davor bewahren wollte. Doch was war mit ihr? Man hatte ihr Gewalt angetan, und sie hatte getötet. Die Sonne ihrer Kindheit hatte sich als funkelnde Waffe erwiesen – und diese Waffe hatte ihr Blut gekostet und schien ihre Gedanken zu kennen.

»Stimmt vielleicht«, sagte sie deshalb und legte das Schwert vor sich hin. »Ich habe es mir aber nicht ausgesucht.«

Janner grunzte und entzündete das Feuer.

»Du wurdest mit einer besonderen Gabe geboren«, sagte Sarik. »Ich kann nur ahnen, wie schwer es gewesen sein muss. Du und diese Klinge, ihr seid füreinander bestimmt – und das geschieht nicht mehr häufig in diesen Tagen.«

»Vielleicht sollten wir erst einmal in Ruhe drüber schlafen«, schlug Janner vor.

»Erzähl mir mehr von ihr«, bat April.

In einer seltsamen Nachahmung Janners, der sich die Hände am Feuer wärmte, hielt Sarik seine Handflächen über das kalte Metall, und ein ferner Schimmer trat in seine Augen.

»Ihr Name ist Schneeklinge«, sagte er leise. »Und ihre Geschichte ist eine traurige, die schon lange nicht mehr erzählt worden ist …«

DIE INSEL DER KRIEGER

Der Gong schlägt.

Es ist ihr erster Tag in der Schule.

Noch weiß Cassiopeia nicht, was sie erwartet. Sie hat all ihren Besitz, ihr ganzes bisheriges Leben aufgegeben, um die Schule von Leiengard zu besuchen. Sollte das nicht Zeichen genug sein, dass es ihr ernst ist mit ihrem Entschluss? Andererseits, wer würde je davon erfahren, wenn sie hier verschwände? Was für Handhabe hätte denn irgendwer gegen die Herren der Insel?

Die Schule hat den Ruf, die beste, aber auch härteste der Welt zu sein. Sie hat ein Interesse daran, ihre Schüler auszubilden und in ihrem Dienst zurück in die Welt zu schicken. Gleichzeitig verabscheut man hier nichts so sehr wie Abbrecher. Sie merkt es an der Art, wie die Leute reden und lachen. An der Art, wie man von der Zukunft spricht. In der Halle der Absolventen, einem weiten Arkadengang, durch den man sie am Tag ihrer Ankunft führt, hängen unzählige kleine Bronzeplaketten mit den Namen ehemaliger Schüler, viele aus längst vergangenen Tagen, in einer Schrift, die sie nie gelernt hat zu lesen. Doch sie denkt daran, was man ihr bei ihrer Ankunft gesagt hat, und weiß, dass sich deutlich mehr junge Männer und Frauen der Schule verschreiben, als hier eines Tages ihren Namen wiederfinden werden.

Ich habe den richtigen Platz für mich gefunden, denkt sie, die ihr Leben stets auf diesen Moment ausgerichtet hat, unbeirrbar wie ein Vogel auf seinem Zug, ein Falter auf dem Weg zur Flamme: Wenn es je einen Ort, eine Zeit in meinem Leben gab, da mir gar keine andere Wahl mehr blieb, dann ist es hier, und jetzt.

Sie kann entweder Teil der Schule werden oder untergehen. Und so legt sie ihre Kleider ab und tauscht sie gegen die groben Lumpen, die man ihr reicht, wandert von Zimmer zu Zimmer: ein Arzt, der einen kalten Blick auf sie wirft, ob sie vielleicht versucht, ein Gebrechen oder eine Krankheit zu verbergen, und einer, der ihr das Haar stutzt, bis es ihr nicht mehr über Augen und Ohren hängt. Sie sieht aus wie ein gebrochener Zweig, den das Meer angespült hat.

Ihre Zimmergenossin ist eine sonnenverbrannte Barbarin aus einem Cassiopeia unbekannten Land, zu dem sie ihr nicht den Weg weisen kann. Sie ist größer als die meisten Männer, mit Schultern breit wie ein Pflug. Ihr ganzer Körper ist von Narben übersät, und sie lacht wie eine Löwin, ehe sie ihrer Beute den Kopf abbeißt. Ihr Name ist M'kar, und Cassiopeia weiß nicht, ob sie zu ihrem eigenen Schutz oder zur Strafe das Zimmer mit ihr teilen muss. Acht Frauen gibt es in der Schule, und später wird sie erfahren, dass sie alle das Zimmer mit einer anderen teilen, und M'kar die letzte war, die allein schlief. Jetzt weiß sie nur, dass M'kar sie verachtet und ignoriert, also tut sie ihr Möglichstes, es ihr gleichzutun. In der ersten Nacht findet sie wenig Schlaf, denn M'kars Körper ist ungestüm und rücksichtslos in seinen Äußerungen.

Wie man es ihr aufgetragen hat, kleidet sie sich beim ersten Gongschlag an und tritt auf den großen Platz hinaus, über dem die Sonne noch nicht aufgegangen ist. Wenn die ersten Strahlen auf die Säule in der Mitte des Platzes fallen und der Gong darauf ein zweites Mal schlägt, wird jeder, der zu spät kommt, bestraft. Mit ihr stehen noch eine Handvoll anderer Anwärter da. Sie erkennt sie daran, dass ihre Haut noch frei von Sonnenbrand und Narben ist, und an dem Lächeln auf ihren Gesichtern: mal spöttisch, mal unsicher, doch ganz anders als das Lächeln der älteren Schüler.

Ihr Kerem – ihr Ausbilder – ist ein ergrauter Mann mit fein geschnittenem Gesicht. Er könnte ein Pheremide sein, aber wenn dem so ist, das erfährt sie bald, bringt es ihr keine Vorteile, im Gegenteil. Sein Name ist Dalcaro. Er schreitet die Reihen ab und mustert sie, doch wenn sie erwartet hat, dass er sie oder einen der anderen Neuen aussortiert oder verspottet, hat sie sich getäuscht. Er drückt seinen Schülern Holzschwerter in die Hand – jedem von ihnen – und lässt sie gegeneinander kämpfen. Die Älteren lassen sich nicht anmerken, ob sie die Aufgabe amüsiert oder langweilt. Sie stellen sich auf und warten, dass die Neuen den ersten Schlag führen.

Es ist das erste Mal seit ihren Stunden mit dem Fealv, dass sie ein Schwert in Händen hält, und es dauert nicht lange, da prasseln die Hiebe auf sie ein. Sie hat keine Zeit, nach den anderen zu sehen, aber es dauert unfassbar lange, bis Dalcaro den Kampf unterbricht. Ihr ganzer Körper ist voller Schrammen. Viele Anwärter liegen am Boden. Einer hat sich die Hand verletzt. So endet der erste Tag Kampftraining der Neuen eine Viertelstunde nach Sonnenaufgang: Die meisten lässt er die nächsten Stunden entlang des großen Wehrgangs rennen, weil er ihre Ausdauer bemängelt. Einen lässt er immer wieder einen Parcours schmaler Pfähle überqueren, weil er kein Gleichgewicht besitzt, wie er sagt. Sie schickt er Gewichte heben.

Natürlich geht auch das nicht lange gut. Gegen Mittag sind alle Neuen zusammengebrochen. Man gönnt ihnen eine kurze Pause, dann lernen sie das Essen der Insel kennen: Es besteht aus viel Linsen, manchmal Reis oder einem grünlichen Getreidebrei, manchmal einer ihr fremden Wurzel, die entfernt nach Kartoffeln schmeckt, dazu dem dickflüssigen Saft einer hiesigen Palme; meistens auch Fisch oder mageres Fleisch. Das Essen ist eher süßlich und immer zu scharf – damit sie sich nicht zu sehr vollschlagen und mehr trinken, heißt es. Den Rest des Tages werden sie zur Arbeit eingeteilt: Putzen, Wasser schleppen, die Quartiere ausbessern, die Latrinen leeren, was gerade anfällt. Abends finden sich die meisten Schüler noch für eine Stunde oder zwei in den Zelten an der Mauer ein, wo es süßen Tee und den blutroten Wein gibt, den man auf dem Vulkanstein anbaut und der so trocken ist, dass er einem den Mund zusammenzieht.

Keiner der Neuen hat am ersten Abend mehr die Kraft, dorthin zu gehen.

Am zweiten Tag geht es genauso, und am dritten auch. An den vierten Tag hat sie später keine Erinnerung mehr. Man erzählt ihr hinterher, sie sei zusammengebrochen, kaum dass sie nach Sonnenaufgang unter den Gewichten Platz nahm. Der Arzt stellt einen leichten Sonnenstich fest und gibt ihr etwas gegen die Kopfschmerzen. Ihre ganze Haut brennt, als hätte man sie mit Nesseln abgerieben, ihre Muskeln zittern wie gespannte Bogensehnen, und als sie gehen will, sich zu erleichtern, tragen sie ihre Beine nicht mehr, und alle paar Schritte strauchelt sie und muss wieder aufstehen.

Als Kerem Dalcaro sie am Morgen des fünften Tages kämpfen lässt, missfällt ihm mehr noch als ihre schwächliche Haltung und die wackligen Beine ihre nachlassende Konzentration. Er schickt sie in eine Trainingsmaschine mit rotierenden Balken. Die nächsten Stunden muss sie nicht viel mehr machen, als sich im richtigen Moment zu ducken oder auszuweichen. Unter anderen Umständen wäre sie dankbar für die leichte Übung gewesen. Beim Mittagessen aber zittert sie so sehr, dass sie kaum etwas runterbekommt. Als die Übung fortgesetzt wird, übersieht sie gleich den ersten Balken und verliert abermals die Besinnung.

Am Morgen des sechsten Tages denkt sie über Selbstmord nach. Nicht aus Verzweiflung oder Angst – sondern weil sie, wenn sie ihre Situation kühl und sachlich betrachtet, die Möglichkeit in Betracht ziehen muss, dass sie es einfach nicht schaffen wird. Dalcaros Strategie ist einfach: die Schwächen seiner Schüler der Reihe nach ausmerzen, indem er sie so lange dort angreift, bis sie sie überwinden. Dass ein Großteil seiner Schüler dabei zerbricht, ist ihm egal. Einer der Neuen, ein hohläugiger Mann mit tiefbrauner Haut, scheint die Schikanen des Kerem als Test misszuverstehen. Mit einem plötzlichen Aufschrei greift er ihn an, in der irren Hoffnung, ihn vielleicht zu besiegen und dadurch zu beeindrucken. Er besiegt ihn nicht. Cassiopeia sieht ihn nie wieder.

Erst, als es wieder zum Essen geht, bemerkt sie, dass der Gedanke an ihren Tod, und wie sie ihn möglichst schnell und ohne sich zu entehren herbeiführen könnte, sie über den Vormittag gerettet hat. Als sie am Abend damit beschäftigt ist, die Feuerschalen aufzufüllen, die den Platz bei Nacht erhellen, und sich ein ums andere Mal dabei verbrennt, erkennt sie, dass sie die beste Methode bereits gefunden hat: Sie braucht einfach nur weiterzumachen. Immer weiter und weiter. Sie lebt, oder sie stirbt. In beiden Fällen hat sie gewonnen.

Der Morgen des siebten Tages beginnt mit einer Überraschung: Einer der Schreiber marschiert zusammen mit Dalcaro die Reihen ab und inspiziert die Anwärter. Wie alle Schreiber trägt er eine schlichte Tunika; nur die Ausbilder, die Wachen und andere Ehemalige tragen den Löwen.

Er eröffnet ihnen, dass sie gehen können, hier und jetzt: Sie erhalten ihr Geld zurück, ihren Namen, ihren Besitz, alles, was sie aufgegeben haben, um in die Schule eingelassen zu werden, und niemand wird je davon erfahren. Sie dürfen aber auch niemandem je davon erzählen. Zuerst fragt sich Cassiopeia, ob sie wirklich ein so jämmerliches Bild abgeben, dann wird ihr klar, dass dies Routine sein muss: Trotz der Opfer, die die Schule verlangt, ist sie das Ziel so vieler Pilger, Tag für Tag, dass sie unmöglich alle behalten kann. Sie kann aber auch nicht Hunderte jährlich enteignen, ohne ihrem Auftrag nachzukommen. Leiengard, so heißt es, nimmt jeden, der sich Leiengard mit Leib und Seele verschreibt, und macht aus Männern wie Frauen Krieger – die besten Krieger, die es gibt. Das kann nur funktionieren, wenn man so viele wie möglich gleich zu Beginn wieder nach Hause schickt und dafür sorgt, dass sich die Probezeit, die man ihnen stillschweigend gewährt, nicht herumspricht.

Die meisten Neuen keuchen, als hätte man ihnen einen Pfeil aus der Wunde gerissen. Sie folgen dem Schreiber und verlassen die Schule, ohne ein weiteres Wort. Cassiopeia aber, die gerade erst ihr Schicksal umarmt hat, fühlt sich auf seltsame Weise betrogen, wie eine Verurteilte, deren Hinrichtung unvermittelt ausgesetzt wird. Sie richtet den Blick ins Leere und wartet, bis die anderen gegangen sind. Sie kommt wieder zu sich, als man ihr ein Schwert und ein schweißverklebtes Wams in die Hand drückt. Sie schaut auf und sieht, dass alle anderen Anwärter gegangen sind – alle bis auf sie und einen schwarzhäutigen Mann aus dem tiefen Süden. Sie nicken sich kurz zu, und vielleicht lächeln sie in diesem Moment. Ein Lächeln ohne Hoffnung, ein Lächeln ohne Angst.

Dalcaro will, dass sie gegeneinander kämpfen. Also legen sie die Rüstungen an, grüßen kurz und beginnen; zum ersten Mal nicht mit Holzschwertern, sondern stumpfen Metallwaffen. Zuerst ist es ein krudes Geschäft. Die Trägheit der neuen Waffen ist ungewohnt, und der Schwarzhäutige hat einen eigentümlichen Kampfstil – sie hat Probleme, seine Schläge vorherzusehen, dafür ist sie manchmal etwas schneller als er. Sie rechnet damit, dass Dalcaro sie gleich wieder abkommandiert, um ihre Reflexe, ihre Konzentration, ihre Kraft oder Ausdauer zu trainieren. Doch er lässt sie weitermachen, eine ganze Stunde. Zum ersten Mal widmet er ihnen wirklich Aufmerksamkeit, knurrt Befehle, unterbricht, gibt Hinweise, was sie anders machen müssen. Den Rest des Tages üben sie die uralten Figuren des Handwerks: Schritte und Sprünge, Paraden und Ausfälle. Dalcaro lobt sie nicht, noch schilt er sie dafür, dass sie geblieben sind. Am Abend lässt er sie den Eid schwören, den alle Schüler Leiengards an ihrem siebten Tag leisten müssen. Er scheint weder stolz noch verärgert. Sie gehören jetzt zu seinen Schülern, das ist alles.

Der Gong schlägt.

Es ist ihr vierter Monat in der Schule.

Wenig hat sich verändert, außer vielleicht sie selbst. Noch immer schmerzt ihr Körper, jeden einzelnen Tag. Sie hat mehrere

Prellungen und so viele Schnitte und verstauchte Gelenke, dass sie sie gar nicht mehr einzeln wahrnimmt. Kerem Dalcaro, da ist sie sich inzwischen sicher, zieht eine ungesunde Befriedigung aus den Schmerzen seiner Schüler, auch wenn er es nicht offen zeigt, vor allem nicht, wenn andere Kerem oder einer der Meister in der Nähe sind. Aus Gesprächen beim Essen hat sie erfahren, dass seine Methoden gefürchtet sind und er wenig Freunde innerhalb der Schule hat. Angeblich sind unter ihm schon mehr Schüler gestorben als bei irgendwem sonst. Vor langer Zeit, so heißt es, habe er noch einmal im Jahr seine Schüler in eine Löwengrube gestoßen, aus der nur die Hälfte wieder entkam. Er hielt es für einen rituellen Dienst und eine effektive Methode, die Schülerzahlen niedrig zu halten. Angeblich war er vor seiner Zeit auf der Insel schon Arenenmeister in Ptaraon gewesen und hatte dort Erfahrung mit wilden Tieren gesammelt. Mittlerweile ist ihm diese Praxis verboten worden.

Ihr ist das egal. Sie hat ihren Weg zu überleben gefunden.

In den Morgenstunden wacht sie jetzt manchmal schon eine halbe Stunde früher auf, lauscht auf M'kars Schnarchen und Furzen, und dazwischen das Keuchen und Stöhnen der Krieger aus den umliegenden Quartieren, das langsame Marschieren der Wachen und das Pfeifen des Winds über den Mauern und das ferne Branden des Meers an den Klippen. Sie sieht zu den verblassenden Sternen im Fenster hinauf, doch sie hat aufgehört, über sich und ihre Vergangenheit nachzudenken. Sie lebt nur noch im Hier und Jetzt, konzentriert sich ausschließlich darauf, die nächste Aufgabe zu lösen, die nächste Stunde zu überstehen, den nächsten Tag. Zweimal haben sie in der Zwischenzeit Neue dazubekommen, und beide Male erging es ihnen genau wie ihrer Gruppe: Eine Woche der Qual, nach der die meisten erleichtert die Gelegenheit zu gehen ergriffen. Einmal blieben zwei, das andere Mal kein Einziger.

Einmal die Woche machen die Schüler einen Marsch über die Klippen, zur Abhärtung und um in anderem Gelände als dem Hof zu trainieren. Sie hat begonnen, die rauhe Schönheit der Vulkaninsel zu lieben: die rotbraune Erde, die stacheligen Sträucher zwischen dem dunklen Geröll und die Kakteen mit ihren wunderlichen und monströsen Blüten, die dürren Palmen, zwischen denen winzige, blitzschnelle Vögel umherschießen. Die Steilklippen, die mancherorts mehr als fünfhundert Fuß in die Tiefe abfallen, dahinter die taumelnden Möwen am wolkenlosen Himmel und die Ahnung weißer Segel in der Tiefe.

Mittlerweile hat sie auch die meisten anderen Schüler einmal gesehen, darunter die wenigen Frauen und eine Handvoll Fealva, viele davon aus dem wilden Norden. Manchmal geht sie abends zu den Zelten und trinkt einen Becher Wein, während die Sonne hinter dem Wehrgang verschwindet. Die Sonne geht hier sehr schnell unter, schneller als in Pherenaïs. Den Würfelspielen und Gelagen bleibt sie fern. Sie setzt nie ihre besondere Gabe ein – aber es gelingt ihr auch so, unsichtbar zu bleiben.

Heute jedoch ist ein besonderer Tag: Die große Prüfung steht bevor. Zweimal im Jahr lassen die Kerem und Meister alle Schüler, die sie für würdig erachten, in Zweikämpfen in der Arena gegeneinander antreten. Es zählt in diesen Kämpfen nicht nur, wer gewinnt – sondern auch, wer besser kämpft. Dies ist vielleicht die wichtigste Lektion, die sie immer und immer wieder lernt in ihrer Zeit auf Leiengard. Das soll nicht etwa heißen, dass es besser wäre, ehrenhaft zu unterliegen, als durch einen schmutzigen Trick zu gewinnen, im Gegenteil – die Söldner Leiengards schätzen den Sieg sogar sehr. Manchmal aber *kann* man einen Kampf einfach nicht gewinnen; und mit dieser Gewissheit, und der Aussicht auf Niederlage oder sogar Tod, leben und trainieren die Schüler Tag für Tag. Der bessere Kämpfer ist der, der das Beste aus seiner Lage macht, der nichts unversucht lässt, keine Gelegenheit verschenkt, jede Schwäche erkennt und nie zögert, das Nötige zu tun. Wenn er dennoch unterliegt, weil sein Gegner schlicht der Stärkere oder Glücklichere ist, dann ist dies sein Schicksal. Doch wenn die Meister beschließen, dass er würdig ist, den Gürtel zu tragen, können sie ihn trotzdem in den Kreis der Krieger aufnehmen, zusammen mit oder anstelle des Siegers.

Die Prüfung nicht zu bestehen bedeutet keine Entehrung. Man kann bleiben und weiter trainieren und wird in einem halben Jahr vielleicht erneut aufgefordert, sein Können unter Beweis zu stellen.

Wer sie aber besteht, wird in den Rang eines Karsai erhoben. Er erhält seinen Gürtel und darf fortan im Namen der Insel sprechen, bekommt Kleider und Geld und eine Passage nach wo immer er hin will. Die meisten gehen zurück ins Kaiserreich und seine Kolonien, werden Ausbilder, Leibwächter, Generäle. Einige verwenden ihre neue Macht, um Reichtum anzuhäufen, werden Freibeuter und Kriegsherren – der Insel ist das gleich. Alles, was sie verlangt, ist, dass sie kommen, wenn man sie ruft. Gerät ein Schüler in eine unverschuldete Notlage, oder widerfährt ihm ein Unrecht, kann er seinerseits die Insel um Unterstützung ersuchen. Die Schule wird sich nicht in private Fehden einmischen und bleibt politisch nach außen hin immer neutral. Wenn aber ein Präfekt sich weigert, seine Söldner zu bezahlen, wenn man einen Krieger festsetzt, um die Insel zu erpressen, kurz: wer immer Geschäfte mit ihr macht und versucht, nach seinen eigenen Regeln zu spielen, bekommt ihren Zorn zu spüren. Erhält man den Ruf zu einer solchen Mission, dann muss man ihm folgen. Außerdem lernt jeder Absolvent zwei geheime Worte, die er nie einem Außenstehenden enthüllen darf. Das eine befiehlt seinem Empfänger den Kampf um jeden Preis – das andere bedingungslosen Rückzug.

Sie hat bemerkt, dass M'kar die letzten Nächte sehr nervös war. Den anderen gegenüber zeigt sie es nicht, nachts aber liegt sie wach und starrt die Decke an. »Wirst du kämpfen?«, fragt Cassiopeia, als sie sie zum wiederholten Mal so liegen sieht, doch M'kar blickt sie böse an und dreht ihr den Rücken zu.

Der Tag der Prüfung bedeutet einen tiefen Einschnitt in die Routine der Schule. Cassiopeia kommt es so vor, als hätte man ihr den Boden unter den Füßen weggezogen. Sie muss an die Enttäuschung denken, als man ihr nach ihrer ersten Woche zu gehen freistellte. Diesmal aber ist die Orientierungslosigkeit von einer seltsamen Euphorie begleitet, denn wie alle, die ihn zum ersten Mal erleben, weiß sie nicht, was dieser Tag für sie bereithält. Sie spürt nur, dass alle Schüler ihm entgegenfiebern, so wie die ausgetrocknete Insel den seltenen Regen ersehnt.

Der Morgen beginnt damit, dass Dalcaro ihre Reihen abgeht. Von den etwa zwanzig Schülern, die ihm unterstehen, wählt er vier und lässt sie vortreten. Als er an M'kar vorbeiläuft, sieht Cassiopeia, wie sich die Sehnen an ihrem Kiefer anspannen. Einen Moment sieht es so aus, als würde er M'kar ignorieren. Dann hält er kurz inne und weist sie an, vorzutreten. M'kar tut einen großen, bedächtigen Schritt, und ein Schatten weicht von ihrem Gesicht.

Die anderen Schüler sind diesen und den nächsten Tag vom Training freigestellt. Sie müssen die Feierlichkeiten vorbereiten. Kleine Gruppen werden nach unten in die Stadt gesandt, um Vorräte zu besorgen und den besonderen Tag zu verkünden. Normalerweise sind Schule und Hafen getrennte Welten, doch zweimal im Jahr lässt man die Händler und Seeleute, die Handwerker und Rumtreiber dort unten wissen, wem sie ihre Existenz verdanken. Für viele der Schüler ist es eine willkommene Gelegenheit, die Luft der Freiheit zu schnuppern und über die Stränge zu schlagen. Diese beiden Tage im Jahr sind vielleicht das Einzige, was sie bei Verstand bleiben lässt. Cassiopeia aber verspürt nicht den Wunsch, mit nach unten zu gehen; sie möchte die Schule nicht verlassen, nicht darüber nachdenken, was dort draußen für eine Welt existiert. Also hilft sie bei der Vorbereitung der Arena und des anschließenden Fests am Tempel.

Der Tag der Prüfung geht mit einer Reihe anderer Rituale einher. Die Schüler, die man in die Stadt schickt, bringen auch eine Handvoll Sklaven mit. Diese Sklaven haben sich freiwillig gemeldet, einen Kampf auf Leben und Tod gegen die Krieger der Insel zu führen. Kein Herr darf ihnen diesen Wunsch verwehren. Am

Nachmittag der Prüfung ziehen sie in die Arena ein, und jeder Schüler, gleich in welchem Jahr, kann die Herausforderung annehmen. Gewinnt der Sklave, kann er bleiben und wird ausgebildet. Danach ist er frei. Cassiopeia fragt sich, wer Gefallen an einem solchen Kampf findet, doch zu ihrer Überraschung melden sich sofort mehrere Schüler, die sich einen Gegner unter den Sklaven auswählen. Vielleicht ist es der Nervenkitzel eines Kampfs bis zum Tod, gegen einen Gegner, dessen Fähigkeiten man nicht kennt und der nichts zu verlieren hat. Bei einigen, nimmt sie an, ist es die Enttäuschung, nicht zur Prüfung ausgesucht worden zu sein. Bei den Sklaven ist es vermutlich die reine Verzweiflung. An diesem Tag überlebt keiner der Sklaven.

Im noch blutigen Sand der Arena findet zwei Stunden später die Prüfung statt. Cassiopeia steht in der Menge, gebannt wie alle anderen. Ein paar Schritte weiter steht Loal, der Schwarzhäutige, der mit Cassiopeia zusammen die Ausbildung begann. Sie sieht das Leuchten in seinen Augen, als die Prüflinge vortreten und ihre Schwerter heben. Die meisten Krieger Leiengards bevorzugen das Schwert, auch wenn einige gesondert mit Dolchen, Speeren oder exotischen Waffen trainieren. Am Schwert aber kommt niemand vorbei. Die Logik dahinter ist einfach: Ein Schwert findet sich überall, was aber nützt einem die meisterliche Beherrschung eines Dreizacks? Die Insel hält nicht viel von Waffen, deren Nützlichkeit von den Umständen oder der Bewaffnung des Gegners abhängt. Deshalb lässt man die Schüler sich auch nicht zu lange an nur eine einzige Waffe gewöhnen. Manchmal glaubt Cassiopeia, dass sie in ihrem Leben schon mehr Schwerter als Piaster in der Hand gehabt hat.

Bei der Prüfung dürfen die Kämpfer sich ihre Klingen, nicht aber ihre Gegner aussuchen; die Gruppen werden eingeteilt. M'kar kämpft gegen einen hünenhaften Mann aus einer anderen Gruppe. An Körperkraft sind sie sich ebenbürtig, dennoch ist es der ungleichste Kampf in der Arena, denn M'kars Schwert ist so groß, dass es für die meisten Krieger nur als Zweihandwaffe in

Frage käme, und ihr Gegner kämpft mit einem Schild. Bald stellt sich aber heraus, dass beide das gleiche Problem haben: Sie kommen nicht an ihren Gegner heran. M'kar hat die größere Reichweite, doch ihr Gegner ist mit seinem Schild so unbezwingbar wie eine störrische Schildkröte, und sein Arm scheint unermüdlich, auch wenn sein Schild unter M'kars Schlägen schon zu zerspringen droht.

Die meisten Kämpfe enden nach wenigen Augenblicken. Sie werden nicht bis zum Tod geführt, sondern abgebrochen, wenn eine lebensbedrohliche Situation eintritt, manchmal mehrmals, um beiden Kontrahenten eine Chance zu geben. Dennoch sind alle Kämpfer danach von Wunden übersät und am Ende ihrer Kräfte. Allein M'kar und ihr Gegner schlagen noch nach zehn Minuten aufeinander ein. Der Kampfrichter bricht ab, und man nimmt ihnen ihre Waffen und ihre Schutzkleidung ab, bis sie nur noch in Unterwäsche dort stehen. Beide Leiber sind geschwollen und aufgeplatzt wie reife Tomaten, und beide wissen sichtlich nicht, wie ihnen geschieht. Dann gibt man den Befehl zum Weiterkämpfen. M'kar zögert nur eine Sekunde, dann geht sie auf den Mann los und drischt ihm die Faust ins Gesicht. Der aber wankt nicht unter dem Schlag, mit dem er offenbar gerechnet hat, sondern packt sich die Barbarin und ringt sie in einer einzigen, fließenden Bewegung zu Boden. Der Richter unterbricht abermals, der Kampf ist vorbei.

Cassiopeia hält den Atem an, als die Kontrahenten getrennt werden und M'kar sich bebend aufrichtet und die Füße in den Sand stemmt. Die Niederlage muss eine schreckliche Demütigung für sie sein. Dann ergeht das Urteil: Keiner von beiden hat die Prüfung bestanden. Erheitertes Gemurmel geht durch die Reihen der Zuschauer, denn so etwas kommt selten vor. Die meisten sind aber der Ansicht, dass dies die beste Entscheidung ist. Mit einem Schnauben stapfen die Barbarin und der Hüne davon.

Später am Abend ruft der Gong zum großen Fest zu Ehren Paras Aclions – ein Kult, von dem Cassiopeia schon gehört, den sie aber für ausgestorben gehalten hat. Die meisten Menschen im Kaiserreich, sofern sie überhaupt noch an etwas glauben, verehren einzelne Aspekte des geteilten Gottes: Paras Taur, das Herz, dem die göttliche Kraft innewohnt, Ciran, den Arm, der den Meißel oder das Schwert führt, Almon, seinen unersättlichen Bauch, oder Scul, seinen Anus, je nachdem, welcher Profession der Gläubige angehört oder was gerade sein Anliegen ist. Gelehrte berufen sich auf seinen Verstand, Künstler und Poeten auf seine Augen oder die Zunge, Dirnen auf seine Genitalien. Der Kult des geeinten Gottes aber gilt als maßlos oder gar lästerlich – denn Paras war mächtiger, als Menschen sich erträumen können, und auch wenn er meistens als majestätischer, wohlgebauter Mann gedacht wird, ist er in Wahrheit männlich und weiblich, Riese und Kind, jung und alt zugleich und gab seine Einheit, um das Chaos zu besiegen, das in ihm und überall auf der Welt tobte. Erst durch seinen Tod entstanden die Gegensätze zwischen den Dingen, die klaren Trennungen, und die Ordnung der Welt.

Auf Leiengard aber ist es der einzige Kult, den man respektiert und in dem sich alle gleichermaßen wiederfinden. Die gigantische Statue, die am Abend im Tempel enthüllt wird, scheint denn auch kein Geschlecht und kein Alter zu haben, ja nicht einmal eine klare Form. Sie ist aus einem einzigen Lavablock geschlagen und absichtlich unvollendet gelassen, sodass man sich nicht einmal sicher sein kann, wie viele Arme der Gott über seine Schützlinge ausbreitet. Es scheinen mal zwei, manchmal aber auch vier oder mehr zu sein, je nachdem, aus welchem Blickwinkel man ihn betrachtet.

Niemand wird zur Teilnahme an der Feier gezwungen, aber niemand will ihr an diesem Tag fernbleiben. Es ist die einzige Gelegenheit, zu der man alle Meister zu sehen bekommt – wenn auch nur für wenige Minuten – und sich bedenkenlos gehen lassen kann. Die Krieger, die ihre Prüfung bestanden haben, erhalten vom Paraspriester den bronzenen Löwen, lernen ihre geheimen Worte und erneuern ihren Eid. Die Überlebenden der Sklavenkämpfe feiern ihren Sieg. Und sobald sich Dunkelheit über den Vulkan gelegt hat und nur noch das Flackern der Feuerschalen den Platz vor dem Tempel erhellt, beginnt eine zügellose Orgie, die Cassiopeia mit einer Mischung aus Abscheu und Faszination verfolgt. Sie sieht M'kar, die einen fettigen Braten verschlingt und ihre Niederlage mit Krügen von Wein betäubt. Sie sieht die Schüler in ihrem Erbrochenen liegen und orientierungslos wie Nachtfalter durcheinander taumeln. Die Meister haben die Feier zu diesem Zeitpunkt verlassen, aber zweifellos geschieht alles, was sich zuträgt, mit ihrer Billigung. Man hat einige Dirnen aus der Stadt mitgebracht, darunter auch Knaben, und es haben sich zahlreiche Pärchen gebildet, die schamlos im Feuerschein miteinander kopulieren. Loal taucht aus der Dunkelheit auf und wirft Cassiopeia einen fragenden Blick zu. Sie schüttelt knapp den Kopf, und er lächelt und geht zu einer der Dirnen.

Am nächsten Morgen beginnt das große Aufräumen. Eine Gruppe betrunkener Krieger, die gestern Abend nicht aus der Stadt zurückgekehrt ist und dort offensichtlich eine Menge Unfrieden gestiftet hat, versucht sich zur Mittagszeit in dic Schule zu schleichen. Alle werden für zwei Stunden an den Pranger gekettet. Am Abend sind die Spuren des Vortags beseitigt. Das Blut ist getrocknet und von frischem Sand bedeckt, Paras Aclion in seinem Tempel weitere sechs Monate verhüllt.

Der Gong schlägt.

Es ist ihr zweites Jahr in der Schule.

Cassiopeia gehört nun schon fast zu den Alten, und man hat sich an ihren Anblick gewöhnt – jeder außer ihr selbst. Immer noch erschrickt sie, wenn sie an einem polierten Schild vorbeiläuft oder beim Waschen ins Wasser unter sich sieht und der drahtigen Frau mit dem wilden braunen Haarschopf gewahr wird, deren Körper nur aus dünnen Muskeln und Sehnen zu bestehen scheint und unter der Sonne des Südens die Farbe von Sandelholz angenommen hat. Von dem wütenden, ängstlichen Senatorenkind ist nichts mehr geblieben: Es schlummert unter der Oberfläche, wartet darauf, eines Tages vielleicht wiedergeboren zu werden und dem Körper eine Bestimmung, einen Kurs über das Meer zu weisen. Das Mädchen, das einst über die Dächer Ptaraons kletterte und die Häuser reicher Patrizier und eines lagandæischen Pfandleihers bestahl, war nur ein Mittel zum Zweck, das dieses andere Kind anlegte wie eine Haut und dann wegwarf, als es seinen Schutz nicht mehr brauchte. Auch die Frau, die an diesem Morgen zum vielleicht fünfhundertsten Mal in ihrem Bett erwacht, ist eine solche Haut.

Sie hat die Tage nicht gezählt, aber das Jahr nähert sich abermals einer Prüfung. Diesmal, da ist sie sich sicher, wird M'kar die Prüfung bestehen und sie verlassen. Die letzte, vor einem halben Jahr, hat die Barbarin nicht mitgemacht. Sie ist morgens, als Dalcaro die Kandidaten aussuchte, einfach nicht erschienen, und niemand hat ein Wort darüber verloren. Dafür hat sie das letzte Jahr umso härter trainiert. Sie ist immer noch direkt, sie ist immer noch stark wie ein Ochse und voll unbändiger Gewalt, doch sie hat nun auch gelernt, schnell wie eine Schlange zuzuschlagen, und ihre Finten sind heute schwerer vorherzusehen. Cassiopeia hat inzwischen ein paarmal gegen sie gekämpft, und immer verloren. Eine Weile kann sie M'kars Schlägen einfach ausweichen, aber sie hat nicht die Kraft, die Barbarin mehr als zwei, drei Mal zu parieren oder gar einen Schlag von ihr einzustecken, und sie dringt nicht zu ihr durch; es ist, wie um die Statue von Paras Aclion zu tänzeln, und immer sein Gesicht vor sich zu sehen, immer einen Arm, der einem den Weg versperrt.

Sie fragt sich, was aus ihr werden wird, wenn M'kar sie verlässt. Aktuell sind sie sechs Frauen auf der Insel. Eine hat bei der letzten Prüfung bestanden, eine weitere hatte einen Unfall und schied aus der Schule aus. Wahrscheinlich würde sie nach ihrer Genesung ihr Leben auf der Insel beschließen, vielleicht eine Stelle als Schreiberin annehmen, oder unten in der Stadt eine Taverne eröffnen. Schüler, die während ihrer Ausbildung unverschuldet zum Invaliden werden, erhalten eine großzügige Abfindung. Vielleicht wird Cassiopeia ihre Unterkunft alleine behalten, bis eine Neue zu ihnen stößt. Mittlerweile ist es ihr egal. Sie könnte bei Schlachtenlärm oder im stürmischen Regen schlafen und von einer Sekunde zur anderen erwachen, noch ehe der Gong sie aus ihrem traumlosen Schlaf reißt.

Sie merkt, dass auch M'kar wach ist.

»Sag mir, wie alt«, sagt sie unvermittelt von ihrem Lager aus.

»Was?«, fragt Cassiopeia überrascht, denn Gespräche am frühen Morgen zählen sonst nicht zu M'kars Stärken.

»Wie alt ich bin, Pherenidin. Rate.«

»Ich habe keine Ahnung«, sagt Cassiopeia wahrheitsgemäß, denn sie hat sich die Frage nie gestellt. »Anfang zwanzig?«

»Ich bin siebzehn«, sagt M'kar verärgert.

»Das ist doch gut«, meint sie, um ihre Zimmergefährtin nicht noch weiter aufzubringen. »Ich wünschte, ich wäre mit siebzehn schon so gut gewesen.«

»Unsinn«, sagt M'kar. »Siebzehn ist steinalt. Bald werde ich achtzehn. Wenn ich die nächste Prüfung nicht bestehe und nicht als Kriegerin nach Hause komme, bin ich gar nichts. Mein Leben war verschenkt.«

»Du wirst die Prüfung bestehen«, sagt Cassiopeia. »Du bist gut. Du bist besser als die meisten.«

»Dalcaro kann mich nicht leiden«, erwidert M'kar.

»Dalcaro kann niemanden leiden«, entgegnet sie, »am wenigsten sich selbst.« Für einen Augenblick hört sie ein rauhes Geräusch, das sie nicht recht einordnen kann, dann begreift sie, dass M'kar gelacht hat.

»Dalcaro kann mich nicht leiden«, wiederholt sie, und damit ist das Thema erledigt, und sie ziehen sich an.

Heute sind sie wieder auf den Klippen unterwegs. Sie haben einen Neuen dabei, und Dalcaros Stimmung ist besonders schlecht. Der Neue ist ein etwas dickleibiger Junge aus Melnor.

Cassiopeia sind seine Motive nicht klar, aber er legt eine bemerkenswerte Sturheit an den Tag: Keine Niederlage und keine Strafe kann ihn davon abbringen, ein Krieger werden zu wollen. Cassiopeia fragt sich, ob sie anfangs ähnlich auf die anderen Schüler gewirkt hat. Das Angebot, nach der ersten Woche zu gehen, schlug er ebenso aus wie sie damals. Der Unterschied ist, sie glaubt nicht, dass er es schaffen wird – und wenn sie ihm in die Augen sieht, glaubt sie zu sehen, dass er selbst nicht an sich glaubt. Sie fragt sich, was ihm widerfahren ist, dass ihm keine andere Wahl blieb.

Dalcaro scheint fest entschlossen, den Jungen zu brechen. Er lässt sie heute weiter marschieren als üblich und legt auch zur Mittagszeit keine Rast ein. Zwei Stunden später haben sie fast den ganzen Vulkan umrundet und nähern sich einer von Agaven bewachsenen Klippe im westlichen, dem Hafen abgewandten Teil der Insel. Dalcaro gibt Befehl zum Anhalten, und ein paar Schüler lassen sich ungefragt auf ihren Rucksäcken nieder, was einen von Dalcaros seltenen Wutausbrüchen nach sich zieht. Im Handumdrehen stehen alle wieder auf den Beinen. Dalcaro lässt sie zum Klippenrand treten und hinuntersehen. Die Küste ist hier nicht so hoch wie im Norden, aber es sind immer noch gut hundert, wenn nicht hundertzwanzig Fuß bis zur Brandung, die unter ihnen an den Felsen nagt.

Dalcaro stellt sich vor den Neuen und lässt ihn seinen Eid aufsagen: Ich, Kind dieser Insel, keines Vaters oder Mutter Sohn, keines anderen Herren Diener, gelobe …

Cassiopeia wendet den Blick ab, als der Junge zu weinen beginnt und auf die Knie geht. Jeder weiß, was der Kerem von ihm verlangen wird.

Dalcaro aber wirft einen langen, verächtlichen Blick auf das zitternde Bündel vor ihm auf dem Felsen und wendet sich ab.

Er will ihm beweisen, dass seine Schüler besser sind als das. Er baut sich vor Loal auf.

»Spring«, sagt er.

Loals Nasenflügel weiten sich kurz, ansonsten zeigt er keine Regung.

»Ich kann nicht schwimmen«, sagt er.

»Du kannst nicht schwimmen«, wiederholt Dalcaro.

»Nein«, sagt Loal. »Das kann ich nicht.«

»Er kann nicht schwimmen«, sagt Dalcaro abermals, im Tonfall eines Vaters, dem sein Kind ins Gesicht lügt.

»Ich bin hier, um ein Krieger zu werden«, sagt Loal mit einer kaum merklichen Note von Witz in der Stimme. »Kein Seemann.«

Da täuscht Dalcaro einen Tritt nach seinen Beinen an, und als Loal sich automatisch verteidigen will, stößt er ihn mit der Hand in die Tiefe.

Einen Moment ist da nur der Wind auf den Klippen, das Rauschen der Brandung. Dann ist mit einem Mal alles anders.

Ehe irgendwer sonst reagieren kann, ist M'kar vorgetreten und hat Dalcaro an der Kehle gepackt. Ihre Hand ist so groß, dass sie fast nicht zwischen sein Kinn und sein Schlüsselbein passt, und einen Augenblick sieht der ergraute Kopf des Kerem absurd und winzig aus, eine unanschnliche Frucht im Begriff, geerntet zu werden. Dann sind zwei andere Schüler an M'kars Schultern, und sie lässt los.

Dalcaro macht einen Satz zurück. Ein Schwert, pflegt er zu sagen, erwartet ein Herz, wenn es seine Scheide verlässt – wenn er es zieht, wird er es benutzen müssen.

M'kar regt keinen Finger. Die beiden Schüler stehen immer noch neben ihr, doch ihre Hände ruhen an ihren Gürteln, bei ihren Waffen. Cassiopeia findet sich an ihrer Seite wieder, in Dalcaros totem Winkel. Sie weiß nicht, wie sie dorthin gekommen ist, und sie ist nicht die Einzige. Alle Schüler, sieht sie, mit Ausnahme des Neuen, bilden einen Halbkreis um ihren Kerem, mit M'kar an der Spitze. Alle Augen sind auf Dalcaro gerichtet, doch keiner bewegt sich. Keiner spricht ein Wort.

Eine Möwe hängt unbeweglich in der Luft, so tief, dass man sie mit der Hand beinahe pflücken könnte, und lässt sich von der

Brise tragen. Es ist, als bewege sich nicht die Luft, sondern als rase die Insel wie ein Schiff durch einen Sturm. Dann schlägt der Wind plötzlich um, und die Möwe bricht nach oben aus und verschwindet.

»Wir gehen zurück«, sagt Dalcaro und wendet sich ab, und die Schüler nehmen ihre Rucksäcke und folgen ihm.

Bei Sonnenuntergang kehren sie zur Schule zurück. Die meisten sind so entkräftet, dass sie nach einem knappen Abendessen zu Bett gehen. Der Neue hat einen Sonnenstich und wird ins Lazarett gebracht.

Als sie sich am nächsten Morgen zum zweiten Gong im Hof einfinden, ist Dalcaro nicht da. Stattdessen steht Meister Hyazinth vor ihnen. Hyazinth ist ein untersetzter, kahlköpfiger Fealv mit einem fleischigen Gesicht und ausgefransten Ohren, die wie unförmige Salatblätter an seinen dicken Backen anliegen. Er ist wahrscheinlich das hässlichste Geschöpf, das Cassiopeia jemals gesehen hat. Er trägt ein Schwert auf dem Rücken und stützt sich auf einen Stab, der fast doppelt so groß ist wie er, während er den Blick über sie schweifen lässt.

»Muss mein verdammter Glückstag sein«, meint er. Dann erklärt er ihnen, dass er persönlich von nun an ihre Ausbildung übernehmen wird. Von Dalcaro hören sie nie wieder etwas.

Auch Loals Leiche wird nie gefunden. M'kar besteht die Prüfung und kehrt zurück in ihre Heimat.

Der Neue verlässt die Schule drei Wochen später.

Der Gong schlägt. Es ist der Beginn ihres sechsten Jahrs, und der Tag ihrer Prüfung.

Meister Hyazinth ist trotz seines Alters und seiner Leibesfülle ein besserer Lehrer, als Dalcaro es je war, und er behandelt seine Schüler mit Gleichmut und Respekt. Deshalb wird seine Wahl an diesem Morgen keine Überraschung sein. Er hätte Cassiopeia vielleicht schon vor einem halben Jahr ausgewählt, doch sie ist an diesem Morgen nicht erschienen, so wie M'kar damals nicht erschienen ist. Sie war sich nicht sicher, ob sie gut genug war, und ob sie die Kraft für einen zweiten Versuch gehabt hätte.

Ihr Zimmer teilt sie mittlerweile mit einer schwarzhäutigen Frau, die letztes Jahr zu ihnen gestoßen ist. Anfangs hatte Cassiopeia überlegt, ob sie vielleicht aus derselben Gegend wie Loal stammt, doch die Neue hat nie von ihm gehört. Ihr Name ist Eluaha, und sie ist eine so rücksichtsvolle Zimmergefährtin, dass Cassiopeia das Grunzen M'kars manchmal beinahe vermisst. Wenn sie auf ihrem Lager liegt und zum Fenster hinaussieht, könnte sie beinahe vergessen, dass die andere da ist.

Irgendwann, ein paar Wochen, nachdem Hyazinth ihre Gruppe übernahm, fiel ihr die Ironie ihrer Situation auf – dass ihr nun wieder ein Fealv das Kämpfen beibringt. Erst findet sie nicht viel dabei, in letzter Zeit aber denkt sie wieder häufiger über ihre Herkunft und ihr altes Leben nach, so wie man alte Briefe liest und sich fragt, ob man das wirklich selbst war, der diese Worte einst schrieb. Sie denkt an Marcia und Ptaraon und manchmal fragt sie sich, was aus Iason wurde.

Vor allem aber denkt sie an den Eolyn.

In der Mittagspause und an den Abenden geht sie häufig in die Halle der Absolventen und studiert die Namen, besonders die in unbekannter Schrift. Wie erhofft, erregt sie irgendwann die Aufmerksamkeit eines der Schreiber, deren Aufgabe es ist, die Plaketten zu pflegen und zweimal im Jahr die Namen der neuen Absolventen nachzufügen. Im Laufe mehrerer Wochen freundet sie sich mit ihm an und lässt sich in der Geschichte der Schule unterweisen. Sein Name ist Tuvius, und er ist froh, in ihr eine interessierte Schülerin gefunden zu haben.

»Die meisten Schüler sind nur an ihrer eigenen Geschichte interessiert«, sagt er.

»Ich bin sehr an den Geschichten der anderen Schüler interessiert«, sagt sie.

Und so erfährt sie vom Ruhm und den Skandalen vergangener Tage, von den mächtigsten, gewieftesten und tragischsten Absolventen der Schule. Sie erfährt von Hagne, der ersten Frau, die je die Ausbildung durchstand, und Siroti, dem Ältesten, der es je schaffte. Sie hört von dem kurzen Krieg, den Tered Nimley einst gegen die Insel führte, weil der Sohn des Herzogs auch im zweiten Anlauf die Prüfung nicht bestand, und von Bachfänger, dem Fealv, der sich dreimal unter falschem Namen einschrieb, nur, weil er sehen wollte, ob er es noch einmal schaffen würde – und dem es dreimal gelang.

»Hat es je Eolyn unter den Schülern gegeben?«, fragt sie eines Abends.

»Ja«, sagt Tuvius und deutet die Halle hinab, dorthin, wo die Plaketten beginnen. »Doch dies ist schon viele Jahrhunderte her, und sie sind lange gegangen.«

»Wieso kamen keine mehr?«

»Nun, es heißt, sie wurden krank. Es gibt kaum noch welche.«

»Wann kam der letzte?«

Tuvius runzelt die Stirn. »Auch das ist schon eine Weile her. Vor meiner Geburt. Wieso interessierst du dich für ihn?«

Cassiopeia zögert. Es gilt als unhöflich, Schüler nach ihren Motiven für den Besuch der Schule zu fragen, denn fast alle Motive haben einen schlechten Beigeschmack. Es ist, als wäre das Ideal, dem sich die Schule verschrieben hat, zu groß und makellos, als dass es durch die persönlichen Beweggründe der Schüler beschmutzt werden dürfte.

»Jemand hat mir von ihm erzählt«, sagt sie deshalb nur, und es scheint die richtige Antwort zu sein, denn Tuvius nickt und führt sie den Gang hinab zu einer Plakette, die vor siebzig Jahren angebracht wurde. Die Sonne fällt an dieser Stelle schräg durch die offenen Arkaden, und die Reflexion auf den goldenen Plaketten blendet sie.

»Er nannte sich Dougal«, sagt der Schreiber. »Ungewöhnlicher Name für einen Eolyn, und ein unüblicher Schüler.«

»In welcher Hinsicht?«

»Nun, er war einer unserer tüchtigsten Absolventen. Er legte die Prüfung binnen eines Jahres ab. Das haben außer ihm nur vier oder fünf andere je geschafft.«

Cassiopeia betrachtet staunend die strahlende Plakette, auf der nur der Name und das Jahr seiner Prüfung vermerkt sind. Andere Absolventen lassen noch ihr Heimatland, ihre Abstammung, das Jahr ihres Eintritts oder einen Wahlspruch gravieren. Dieser nicht. Sie fragt sich, wie alt Eolyn werden.

»Es war aber auch besser, dass er ging«, fährt Tuvius fort. »Anscheinend war er nicht sehr … beliebt.«

»Ich hatte bislang nicht den Eindruck, dass das hier einen Unterschied macht.«

»Du verstehst nicht«, sagt Tuvius. »Es heißt, er habe ein sehr einnehmendes Wesen gehabt, und wenn man mit ihm sprach, konnte man ihm schwer etwas abschlagen. Hinter seinem Rücken aber hatten die Schüler Angst vor ihm. Ein paar der Kerem auch. Angeblich war er krank. Die Meister waren sehr besorgt.«

»Die Krankheit, dic alle Eolyn befiel?«

»Wer kann das schon sagen?«, entgegnet Tuvius. »Aber ja, angeblich schon. Es heißt, er brauchte regelmäßig frisches Blut, um bei Kräften zu bleiben.«

»Blut«, wiederholt Cassiopeia, und ihr Blick geht in die Ferne.

»Vielleicht ist das aber auch Unsinn. Jedenfalls war er einer der besten und schnellsten Schüler aller Zeiten. Aber auch das gab den Meistern zu denken.«

»Wieso?«

»Weil er im Ruf stand, ein Schwertmagier zu sein.«

Die Sonne versinkt über dem Wehrgang, und ein paar lachende Männer ziehen zu den Zelten, einen Becher Wein zu trinken. Cassiopeia aber fühlt sich auf einmal sehr allein.

»Davon habe ich noch nie gehört«, sagt sie und fasst Tuvius am Arm. »Wirst du mir mehr erzählen?«

»Es gibt nicht viel zu erzählen«, sagt er, von ihrer Nähe überrascht. »Die Schwertmagie war eines der Geheimnisse, die die Eolyn stets eifersüchtig hüteten und mit sich ins Grab nahmen. Angeblich konnten sie Dinge vollbringen … Ich weiß nicht, ob es nur Legenden sind, und ich kann nicht behaupten, dass ich viel davon verstehe.«

»Hat man denn je gesehen, wie er diese Art von Magie einsetzte?«

»Nein. Aber die Meister glaubten offenbar, dass so etwas wie Schwertmagie existiert, und nahmen den Verdacht sehr ernst. Sie hielten es für Betrug, und schlimmer noch, vielleicht für eine Gefahr für sie. Sie haben ihm dennoch seinen Löwen gegeben, und ihn davongejagt. Er war der letzte Eolyn, der zu uns kam.«

»Wahrscheinlich ist niemand mehr am Leben, der ihn noch gesehen hat, oder?«

»Du könntest Meister Zymrist nach ihm fragen«, überlegt Tuvius. »Aber er empfängt selten Gäste. Und nie einen Schüler.«

»Ich danke dir«, sagt Cassiopeia, und sie nicken sich zu und gehen auseinander.

Das Gespräch mit Tuvius hat viele neue Fragen für sie aufgeworfen: nach dem Schicksal der Eolyn, der Geschichte Dougals, und dem Wesen der Schwertmagie. Sie denkt daran, wie sie ihren Vater in jener Winternacht an der Tränke fand, die Lippen voller Blut, und wie er sich vor ihren Augen in seinen Mörder verwandelte; und zum ersten Mal hat sie einen Hinweis darauf, dass sie sich nicht nur an eine Wahnvorstellung klammert. Nach wie vor hat sie das Gefühl, dass sie ein Phantom jagt, etwas, das nicht dieser Welt aus Licht und Stein entsprungen scheint – doch sie fühlt sich nicht länger hilflos. Sie ist bereit, den Handschuh, den der Eolyn ihr hinwarf, aufzunehmen und ihre Suche zu beginnen. Alles, was sie tun muss, ist, die Prüfung zu bestehen.

Sobald der erste Schlag verhallt ist, steht sie auf und kleidet sich an. Die weißen Augen ihrer Zimmergefährtin studieren sie still. Cassiopeia empfindet keine Scham – sie kennen ihre Narben, ihre verletzlichen Stellen, ihren Geruch. Sie hofft, dass sie einander nie im Kampf begegnen. Sie schnürt ihre Hosen und bindet sich das Haar zurück, das sie die letzten Jahre wieder etwas länger wachsen ließ. Dann gürtet sie ihr Schwert um und tritt nach draußen.

Die Morgen auf Leiengard sind frisch, und an manchen Tagen im Winter hängt leichter Nebel über der Insel. Spätestens um zehn aber ist der Himmel immer blau und die Hitze zurück. Dieser Fels ist jetzt über fünf Jahre ihr Zuhause, und sie hat es nie anders erlebt.

Zusammen mit den anderen stellt sie sich auf. Meister Hyazinth kommt in einer knallgelben Toga herangeschlurft, gestützt auf seinen Stab. Eine Minute steht er da, den Blick zufrieden auf seinen Schülern, dann geht er an ihnen entlang zum Ende der Reihe. Dort dreht er um, als hätte er sich noch nicht recht entschieden, und watschelt abermals vorbei. Mit einer winzigen Bewegung seines Fingers schwingt sein Kampfstab herum und tippt im Vorbeigehen auf den Boden vor ihren Füßen: Marcus, der aus einer reichen Patrizierfamilie stammt und die alten Dichter zitieren kann, aber nur die schmutzigen; Piedro aus dem abtrünnigen Salcair Lanlass; Rafar aus der Provinz Tanbria (auch dort werden gute Kämpfer gebraucht, sagt er); und Cassiopeia. Es ist die Entscheidung, mit der alle gerechnet haben. Die vier Auserwählten treten weg. Nur Eluaha sieht ihnen nach, und da ist Freude in ihrem Blick, und auch ein wenig Wehmut.

Es steht den Prüflingen frei, wie sie ihren großen Tag verbringen. Cassiopeia spaziert über den Wehrgang. Ihr fällt auf, dass sie nie die ganze Anlage umrundet hat: von der Arena am Tempel vorbei über die Halle der Absolventen zu den Unterkünften, den Wirtschafts- und Verwaltungsgebäuden, bis hin zu dem gesperrten Bereich, in dem sich die Quartiere der Meister befinden. Die Wachen ignorieren sie und machen ihr Platz. Eine Weile sieht sie den Schülern bei ihren morgendlichen Übungen zu, lauscht auf den Metallgesang der Schwerter, wie Hagel auf einem Dach, dann richtet sie ihre Aufmerksamkeit auf das karge Land vor der Insel, die Ziegen und wilden Hühner, die Wachhäuser an der Straße zum Hafen. Die Expedition, die Sklaven, Dirnen und Wein für die heutige Feier besorgen soll, bricht gerade auf, begleitet vom Johlen ihrer Kameraden.

Sie nimmt ein knappes Mittagsmahl zu sich, danach macht auch sie ein paar Übungen. Doch sie hat zu häufig erlebt, dass Schüler sich vor der Prüfung verrückt machen, deshalb geht sie zu den Sklavenkämpfen, um sich abzulenken. Als sie ankommt, sieht sie, dass sich unter den Sklaven, die um Einlass in die Schule und um ihre Freiheit kämpfen, auch ein Timei befindet; eines jener fremdartigen Wesen, die die Lagandæer aus dem Westen mitgebracht haben. Sein Körper ist der einer zweibeinigen Katze, nur etwas kleiner als ein Mensch, mit hellem, kurzem Fell. Das Gesicht ist auf den ersten Blick weder Katze noch Mensch und fast unheimlich in seiner Ausdrucksstärke, die Augen aber sind eindeutig die eines Raubtiers.

Der Timei kämpft nicht schlecht. Er ist nur mit einem Rundschild bewaffnet, und bei einem Blick auf seine Hände begreift sie, dass seine Finger zu kurz sind, um ein Schwert oder eine Stangenwaffe zu halten. Doch er ist schnell wie die schnellsten Krieger der Schule, rollt wie ein Ball über den Boden und weicht jedem Schlag seines Gegners, der ihn augenscheinlich unterschätzt hat, aus. Wenn er Krallen hat, dann setzt er sie nicht ein. Stattdessen benutzt er den Rundschild an seinem Unterarm als Waffe, schlägt ihn seitlich in die Knie des Gegners, der zusammenbricht, und dann ist er über und auf ihm und schlägt in schneller Folge auf ihn ein, presst ihm mit dem Schild die Kehle zu. Der Richter bricht den Kampf ab. Der Gegner ist bewusstlos, vielleicht auch tot, der Timei aber hat gesiegt und kann bleiben.

Jemand in der Menge macht einen Witz über das neue Maskottchen der Schule und den armen Kerl, der dagegen verloren hat. Cassiopeia entfernt sich.

Bis zum Abend macht sie weiter ihre Übungen, dann ruft der Gong sie zurück.

Es sind vierunddreißig Prüflinge, die heute gegeneinander antreten. Die Kerem wählen immer eine gerade Zahl und achten darauf, dass keine Schüler aus derselben Gruppe gegeneinander antreten. Cassiopeia kennt sie alle: Mit den meisten hat sie irgendwann die letzten Jahre einmal gekämpft oder getrunken, und sie weiß genau, was sie können. In einer Reihe betreten sie die Waffenkammer und statten sich aus. Cassiopeia behält das Schwert, mit dem sie heute morgen aufgestanden ist, und legt nur einen leichten Lederpanzer an. Dann teilen die Kerem sie ein und rufen sie der Reihe nach in die Arena.

Cassiopeia wartet. Ihr Gegner ist ein kleiner Mann aus dem Süden mit brauner Haut und schwarzen Augen, denen keine Bewegung entgeht. Sie kennt sein Geschick, er ist flink wie ein Wiesel und kann blitzschnell zuschlagen; ein schwieriger Gegner, bei dem sie sich keinen Fehler erlauben darf. Sie mustern sich, und für einen kurzen Moment erinnert er sie an den azarischen Sklaven, den sie damals vor ihrem Eintritt in die Schule freiließ. Sie fragt sich, ob es sein kann, dass sie all die Jahre Seite an Seite mit ihm trainiert hat, ohne ihn zu erkennen. Dann macht sie ihren Geist frei und sieht nur noch den Gegner, den es zu bezwingen gilt. Sie verfolgt noch, wie Marcus und sein Gegner die Arena betreten, und hört den Gong, der jeden Kampf einläutet, doch sie weiß schon fast nicht mehr, wer er ist oder wo sie sich befinden.

Dann ist es auf einmal so weit, man tippt sie an, sie treten in die Arena hinaus. Sie sieht Meister Hyazinth auf den Rängen, in all seiner gelben, fettleibigen Pracht, sein Gesicht ohne jeden Ausdruck. Sie nehmen Haltung an und führen den vorgeschriebenen Gruß aus. Dann schlägt der Gong, und alle Augen ruhen auf ihnen.

Cassiopeia denkt weder an Sieg noch an Niederlage. Die Jahre auf der Insel haben sie gelehrt, sich frei von solchen Gedanken zu machen. War es früher ihr Geist, der ihrem Körper seinen Willen aufzwang, ihn unbarmherzig durch Schmerz und Entbehrung trieb, so hat sie heute gelernt, ihren Willen ihrem Körper unterzuordnen. Ihr Körper weiß, was er zu tun hat, um einen solchen Kampf zu schlagen. Ihr Geist ist ebenso wie ihr Herz und ihre Muskeln nur dazu da, ihm die nötige Kraft zu geben. Sie versinkt in sich selbst und verfolgt das Geschehen. Sieht aus ihren Augen in die ihres Gegners. Sie führen einen seltsamen Tanz auf, wie Schachspieler, deren Fingerspitzen unmerklich über dem Brett zucken, ohne je wirklich eine Figur zu berühren. Jedes Zucken zieht die Vorstellung einer bestimmten Strategie und einer passenden Gegenstrategie nach sich, die mit der Geschwindigkeit von Gedanken entsteht und wieder verworfen wird, nur Bilder im Sand; in dem Moment, in dem einer den ersten Zug tut, wissen beide, wie der Kampf endet, doch nicht früher.

Sie weiß, dass sie sich fortwährend umkreisen und für das Publikum bloß Sekunden vergehen. Ihr aber kommt es so vor, als stünden sie still – viele Stunden lang.

Dann schlägt er zu. Sie weiß, wo er sie treffen will, und was er vorgibt zu tun – und dass er *weiß*, dass sie es weiß, und man deshalb nie wird entscheiden können, was die Finte und was die tatsächliche Absicht ist. Ihr Körper aber handelt.

Sie schnellen vor wie Pfeile von der Sehne, dann erscheint ihr Schwert vor ihr, ein kurzer Blitz, der einen Lidschlag lang Himmel und Erde verbindet, und Metall trifft auf Metall und gleitet ab. Sie schreibt damit ein Rad in die Luft und er einen Kranz, während sie aneinander vorbeitreten und eine Drehung vollführen, und abermals treffen sich ihre Schwerter. Diesmal aber gleiten ihre Klingen aneinander hoch, und er wird diese Bewegung nicht fortführen können. Sie aber schon, weil dies nur die erste Hälfte ihres Angriffs ist, der sich zwischen dieser Sekunde und der nächsten ereignen wird; in einem Moment, den es für ihn nicht gibt und den er deshalb weder vorhersehen noch später erklären kann. Sie trifft ihn am Brustbein, und er erstarrt, als hätte man ihn in Eiswasser getaucht.

Cassiopeia vollendet die Figur und lässt das Schwert sinken. Andere Schüler hätten vielleicht noch einen zweiten und dritten

Schlag angebracht, aber sie wissen beide, dass der Kampf vorbei ist und hier enden muss, egal, wen die Meister zum Sieger erklären. Der Kampf ist Geschichte und kann nicht fortgeschrieben werden. Er geht, wie er ist, in die Annalen der Kriegerschule von Leiengard ein, zusammen mit zehntausend anderen Kämpfen. Sie verneigen sich und verlassen die Arena.

Cassiopeia hat weder gesehen noch gehört, wie die Meister entschieden haben. Alles, was sie hört, ist ihr eigener Herzschlag, der so ruhig und schleppend geht, dass es ihr vorkommt, als müsse sie in den langen Intervallen zwischen den Schlägen nach Luft schnappen, um nicht zu ersticken. Ihr wird schwarz vor Augen. Das Nächste, was sie weiß, ist, dass da überall stinkende Leiber sind, eine jubelnde Menge vor dem Parastempel, Eluaha, die sich an sie presst, und Marcus, der wild lachend einen Weinschlauch über ihr ausgießt. Der Wüstensandgeschmack des Weins sticht wie ein Schwert durch ihre Kehle, und mit einem Mal ist sie hellwach. Eluaha haucht ihr etwas ins Ohr, an das sie sich später nicht mehr erinnern kann. Wein verklebt ihr Haar und läuft in ihre Augen. Ihr ganzer Körper ist über und über mit Rotwein besudelt, doch es macht ihr nichts aus. Sie lacht und erschrickt über den fremden, rauhen Laut.

Dann teilt sich die Menge wie die zurückweichende Flut, und Meister Hyazinth kommt auf sie zugeglitten. Er hat ein buntes Tuch an seinen Stab gebunden und sieht damit ein wenig lächerlich aus, aber falls er zu viel getrunken hat, so merkt man es ihm nicht an.

»Diese Disziplin interessiert mich«, sagt er, als er vor den dreien steht, und Marcus, Eluaha und sie lassen voneinander ab und nehmen Haltung an. »Lasst euch nicht stören«, sagt der Fealv. »Wer gewinnt?«

Die Umstehenden lachen, aber Marcus und Cassiopeia bleibt das Lachen im Hals stecken, weil sie zu ahnen beginnen, was gerade passiert ist.

»Nehmt es euch nicht zu Herzen«, sagt Meister Hyazinth und

greift in seine gelbe Toga. Als er seine dicke Hand wieder herauszieht, liegen darin zwei bronzene Löwenköpfe.

»Es ist nicht das erste Mal, dass meine Schüler die Zeremonie versäumen. Es ist mein Schicksal, und ich habe meinen Ruf schon verloren. Hier, nehmt. Den Eid leistet ihr morgen.«

Er presst Marcus und ihr die Löwen grob an die Brust, wo sie ein paar Momente haften bleiben, und legt ihnen seine Pranken auf die Schultern. Dann zerzaust er ihnen das Haar wie ein stolzer Vater und grinst. Sein Atem stinkt nach Räucherfisch und Rum. »Gut gemacht«, sagt er. »Das war wirklich gut.«

Im Gehen sagt er zu Cassiopeia: »Bevor du morgen deine Sachen packst, kommst du zu mir.«

»Ja«, sagt Cassiopeia. »Natürlich.«

»So natürlich ist das nicht«, meint Hyazinth und entblößt eine Reihe spitzer Zähne.

»Meister Zymrist will dich sehen.«

DIE GESCHICHTE VON DER PRINZESSIN, DIE TÖTEN SOLLTE

Vor langer Zeit, als die Geschicke der Welt noch von jenen geführt wurden, die man heute als Helden und Götter verehrt und vergisst, und das Strahlende Reich noch ein junger Traum in den Herzen einiger Eolyn und Menschen war, da lebte hoch im Norden, im Land Tiraun, das die Eolyn das Sommerland nennen, ein friedfertiges Volk von Sängern und Poeten. Die Welt war damals anders als heute – es war der Geist, der die Wirklichkeit formte, und Männer und Frauen schrieben der Welt noch ihre Geschichten auf. Heute sind selbst die mächtigsten Könige nicht mehr als ein Spielball der Welt.

Deshalb herrschte dort Sommer, wo das Licht hinter der Nacht hinfiel, das die Menschen heute meist nicht mehr sehen. Die Magie war damals noch stark und brachte ihre eigenen Jahreszeiten. Sie kannte viele Erscheinungsformen: Zu den Dichtern kam sie in Form von Worten, zu den Sängern als Melodie, zu den Priestern als Offenbarung; und wer sich ihr mit ganzem Herzen verschrieb, erkannte, dass die Welt, wie man sie mit Augen, Haut und Ohren wahrnimmt, nicht mehr ist als ein Schatten der Phantasie, das Echo eines alten Traums, den die Welt über sich selbst träumt.

Einige Eolyn waren zu dieser Zeit ausgezogen, um das Licht ihres Wissens in jene Teile der Welt zu tragen, die noch kalt und unberührt lagen. Sie gingen in den Süden und fanden ihren Weg bis nach Pherenaïs und errichteten dort ihre Türme aus Alabaster und Elfenbein. Viele jedoch waren im Sommerland geblieben, wo die Lieder von einst noch in den Tälern und Wäldern klangen und sie daran erinnerten, wer sie am Anfang der Zeit in die Welt gerufen hatte.

Der König des Sommerlands war ein großer Dichter, der sein ganzes Leben der Suche nach den rechten Worten gewidmet hatte: der passenden Hebung, dem reinsten Reim, der einem Vers die Anmut fließenden Wassers verleiht. Er hatte sein Volk gut regiert, denn es war seine vornehmliche Aufgabe, es in seiner Suche nach Weisheit und Schönheit zu bestärken; die Härte des täglichen Lebens, wie die Menschen sie heute erfahren, war damals noch unbekannt.

Der König hatte zwei Kinder, einen Jungen und ein Mädchen. Der junge Prinz war ein gefeierter Musiker, der es verstand, auf seiner Harfe Landschaften lebendiger Klänge zu weben, bis man meinte, diese Länder im Geiste bereisen zu können. Die Königstochter aber hatte sich ganz der inneren Reinheit und dem Wohl ihres Volkes verschrieben. Sie war eine Priesterin, die die Lehren der Weisesten ihres Volkes in sich aufsog und an die weitergab, die ihr nachfolgten.

Nun begab es sich, dass ein dunkler Heeresfürst sich anschickte, das Sommerland mit Krieg zu überziehen. Er kam aus dem Norden, aus den Landen, die damals als Santal bekannt waren, heute aber vergessen sind; sein Name war Andelis Derior. Es gehört zu den bitteren Wendungen der Geschichte, dass sein Name noch heute als Schreckgespenst für kleine Kinder und furchtsame Gemüter dient, die Namen der Prinzessin und ihrer Familie jedoch aus dem Gedächtnis der Menschen gelöscht wurden. Genauso wenig entsinnt man sich der Gründe für seinen Feldzug. Die Eolyn sagten später, dass der Krieg für Andelis Derior nicht weniger eine Kunst oder ein Kult war als Dichtung oder Dienst an einem Gott. Und einige von ihnen, aber nicht viele, wussten noch, dass die Invasoren keinesfalls die unheimlichen Wesen waren, als die sie später galten – sondern Eolyn wie sie.

Von Andelis Derior heißt es, dass er sich am Leid seiner Opfer labte. Der Klang ihres Todes soll ihm wie Musik gewesen sein, und man erzählt sich, dass in seinem Reich niemals die Sonne schien und er sich einen Turm der Schmerzen aus den Zähnen seiner Opfer errichtet hatte. Seine Rüstung soll schwarz vom Blut gefällter Riesen gewesen sein, und sein Reittier halb Pferd, halb Dämon aus den Tiefen der Welt. Dieser oder ein ähnlicher Ruf eilte ihm voraus, als er die Hügel an den Grenzen des Sommerlands erklomm und seinen Blick über das Tal unter sich schweifen ließ, die blühenden Obstbäume erblickte und die liebliche Brise roch, die unter ihnen wehte. Den Eolyn des Sommerlandes muss er wie ein böser Traum erschienen sein, als er dort stand, und sie ihm wie Kinder, barfuß, großäugig und waffenlos. Die wenigen Wächter der Grenze hatte er schon hinweggefegt, ohne sie überhaupt zu bemerken. Doch mochte es sein, dass nicht alle Geschichten über ihn der Wahrheit entsprachen, denn er hielt inne und sprach:

»Dies ist ein glückliches Land, und seine Bewohner müssen es sehr lieben. Und obgleich alles hier uns fremd ist wie das Wasser dem Feuer, die Sonne der Nacht, sind wir doch alle aufs Rad des Schicksals geflochten; sind wie Neumond und Vollmond, Ebbe und Flut. Sie haben ebenso ein Recht auf ihr Leben wie wir das Recht haben, es ihnen zu nehmen. Keiner von uns kann darüber entscheiden. Soll das Schicksal über uns richten! Darum sage ich: Wenn ein Mitglied der königlichen Familie mich im Zweikampf besiegt, sollen diese Leute und ihr Land verschont bleiben.«

Die Kunde seiner Worte verbreitete sich rasch wie eine Krankheit, die schließlich auch den königlichen Palast erreichte. Und alle Diener, alle Köche, alle Weberinnen und Gelehrte hielten in ihrer Arbeit inne und sahen auf zu ihrem König. Der ließ ab von dem Gedicht, das er gerade schrieb, und das vielleicht das beste und kunstfertigste Gedicht war, das er je begonnen hatte, und starrte ins Leere, als sähe er den Sand seiner Lebenszeit vor sich verrinnen. Dann erhob er sich, blickte seinem Hofstaat, seinen Freunden und Gefährten in die Augen, und sprach: »So bringt mir mein Schwert.«

Darauf schloss der Haushofmeister die tiefste Kammer des Palasts auf und nahm von einem großen goldbesetzten Sockel das Schwert des Königs, das schon von seinem Vater und dessen Vätern dort verwahrt, doch von keinem je geführt worden war. Der König gürtete es sich um, nickte seinem Hofstaat zu, küsste seine Kinder zum Abschied und verließ den Palast, um sich seinem Schicksal zu stellen.

Seine Feinde erwarteten ihn an der Grenze des Reichs. So groß war ihre Zahl, dass ihr Lager sich von Horizont zu Horizont erstreckte, und es war, als hätten sie alle Wärme aus den Hügeln gesogen und als meide die Sonne ihren Weg. Von der Stelle an, wo sie die erste Fahne gehisst, den ersten Pfahl in die Erde geschlagen hatten, wuchs weder Blume noch Gras, und keines Vogels Lied war zu hören.

Der König achtete nicht auf das gierige Funkeln unter den Helmen der Soldaten. Er ging direkt zum Zelt ihres Herrn, trat vor und rief laut seinen Namen.

Und Andelis Derior trat heraus, nickte ihm zu, und sie kämpften.

Der König des Sommerlands kämpfte tapfer und mit der Liebe zu seinen Untertanen im Herzen. Doch Derior besiegte ihn so mühelos, wie ein Junge einen Wurm auf einen Angelhaken spießt. Das Blut des Königs troff von seiner Klinge und tränkte den Boden, sein Blick brach, und er war tot.

Da erhob sich ein großes Wehklagen im Land, das seinen König und vornehmsten Dichter verloren hatte, und man trauerte – nicht um den Verlust der eigenen Hoffnung, sondern um das Leben, das genommen, und das Gedicht, das nie vollendet worden war.

Andelis Derior hörte das Wehklagen, und obwohl es ihn in seinem Inneren nicht erweichte und nie in seinem Entschluss wanken ließ, so stand er doch zu seinem Wort, das nach wie vor galt. Er sandte Nachricht zum Palast, keine Reiter, bloß Worte, schneller als jedes Pferd und eisern wie sein Schwert: Wenn ein

Mitglied der königlichen Familie ihn im Zweikampf besiege, wolle er ablassen von seinem Feldzug und das Sommerland verschonen.

Nun war nach dem Tod seines Vaters der junge Prinz neuer König. Doch der Tag seiner Krönung war ein furchtbarer Tag. Jeder dachte daran, was seinem Vater widerfahren war, und der Prinz dachte an das schwarze Gespenst auf den Hügeln vor der Stadt, das darauf wartete, nun auch sein Leben zu nehmen. Und er dachte an das Lied, das er gerade auf seiner Harfe schrieb und das ihm das beste und trefflichste Lied zu werden versprach, an dem er je gearbeitet hatte. Dennoch zögerte er nur einen Augenblick. Er ließ sich ein Schwert bringen – irgendeines, denn er hatte nie eines besessen –, betete zu den Göttern und küsste seine Schwester zum Abschied.

Dann zog er hinaus, dem feindlichen Heerlager entgegen, das wie Gewitter über den Hügeln an der Grenze des Sommerlands lag.

Andelis Derior hatte schon gehört, dass auch der junge Prinz seine Herausforderung angenommen hatte, und er achtete seinen Mut. Als der Prinz sein Schwert gegen ihn erhob, machte er nicht einmal einen Schritt zur Seite. Es war, als griffe eine Motte eine Fackel an. Der junge Prinz verging ebenso schnell wie sein Vater, und die Trauer über seinen Verlust und das nie gesungene Lied saß ebenso tief in den Herzen seines Volkes.

Derior aber wollte diesem Land, das so wehrlos war wie ein Neugeborenes und ebenso bedingungslos in seiner Liebe, noch eine letzte Chance geben, und sagte deshalb: »Ich sehe größeren Mut in diesen Kindern als in mancher Armee, die sich mir entgegenstellte. Darum gilt es: Wenn ein Mitglied der königlichen Familie mich im Zweikampf besiegt, wird mein Heer weichen und dieses Land niemals wieder behelligen.«

Diesmal brauchte die Kunde länger, bis sie den Palast erreichte, denn denen, die sie vernahmen, fehlte vor Schmerz fast die Kraft, sie weiterzutragen. Doch wäre dies auch nicht nötig gewesen, denn die Prinzessin ahnte bereits, welches Schicksal das ihre sein sollte.

So beriet sie sich mit ihren Priestern und ihren engsten Vertrauten. Auch sie hegte keinen Zweifel daran, dass es ihre Pflicht war, ihr Leben zu geben, wenn das von ihr verlangt wurde – und nur zu gerne wäre sie Vater und Bruder gefolgt auf ihrem Weg. Doch war ihr jeder Gedanke an Gewalt so fremd wie einem Blinden die Farben des Frühlings. Sie hatte ihren Göttern ein Gelübde abgelegt, ihr Leben dem Erhalt *allen* Lebens zu widmen, und war ihrem Glauben vollends verpflichtet – denn er war ebenso wahr, wie jeder Glaube das ist. Wie also konnte sie ihren Eid halten, ohne ihn gleichsam zu brechen? Andelis Derior glaubte, dass er das Recht besaß, Leben zu nehmen – die Prinzessin glaubte das nicht. Alles Leben war ihr heilig – selbst das Leben Andelis Deriors. Das Leben ihres Volkes aber, das stand außer Frage, war wichtiger als seines, oder ihr eigenes … und vielleicht, eröffnete sie ihren Priestern, auch wichtiger als ihr Glaube. Und doch …

Die Prinzessin war verzweifelt.

Nun war unter ihren Vertrauten ein junger Magier, dessen Rat sie von jeher geschätzt hatte und der eine besondere Stellung bei Hofe einnahm. Er sah und benannte die Dinge stets, wie sie waren, denn seine Sicht auf die Welt war von keinem Gehorsam und keinem anderen Glauben verstellt als dem an sich selbst – und an sie.

Dieser Magier war ein Außenseiter, in mehrerlei Hinsicht. Zum einen war er eine Waise. Sein Vater soll ein Pherenide gewesen sein, ein Mensch also, obgleich von edlem Geblüt, und seine Geburt war von viel Leid und viel Schande begleitet gewesen, woran sich einige der Älteren noch erinnerten. Die Jüngeren ahnten nichts davon, doch mieden ihn dennoch, sodass er weder Familie noch Freunde besaß. Er hatte sein Leben auch nicht der Kunst oder dem Dienst an seiner Heimat verschrieben, denn das Sommerland war nie wirklich seine Heimat gewesen, und die einzige Kunst, die er kannte, war die Gabe, mit der er geboren war und die er für vielerlei Wunder verwandte, die den Eolyn ebenso fremdartig und kalt erschienen wie er. Der einzige andere Antrieb, den er kannte – und der jedem außer der Prinzessin selbst so offensichtlich war wie seine Einsamkeit –, war seine Liebe zu ihr.

»Was soll ich tun?«, fragte sie ihn nun und blickte ihn flehend an. Seine Augen erwiderten ihren Blick und waren kalt und ungerührt wie immer und flößten ihr gleichzeitig Furcht und neuen Mut ein.

»Majestät«, sagte er, »man kann vieles über Andelis Derior sagen, aber nicht, dass er nicht zu seinem Wort stünde. Wenn Ihr Euer Volk also vor Tod und Sklaverei bewahren wollt – und angesichts der Tatsache, dass Euer Land weder über eine Armee noch über mächtige Verbündete verfügt, und Ihr die Letzte der königlichen Familie seid –, so bleibt Euch nichts anderes, als ihn im Zweikampf zu töten.«

»Aber das kann ich nicht.«

»Doch, das könnt Ihr«, widersprach der Magier.

»Ihr versteht nicht«, wiederholte die Prinzessin. »Ich kann das nicht.«

»Ihr seid es, die nicht versteht«, beharrte der Magier und senkte das Haupt. Noch nie hatte er ihr in diesem Ton widersprochen, doch noch nie hatten die Zeiten nach einer Idee, so ungeheuerlich wie dieser, verlangt. »Ihr *könnt* ihn töten. Verlangt eine Woche, um Euch auf den Kampf vorzubereiten. Dann tretet ihm entgegen.«

»Aber wie …«, hob die Prinzessin an, und in ihren Augen stand die Angst vor etwas, für das sie keinen Namen kannte. Als triebe sie auf einen weiten Ozean hinaus, getrennt von allem, was ihr teuer war und das sie zu schützen gelobt hatte.

»Ich werde es Euch lehren«, sagte der Magier und erhob sich. »Ich werde Euch das Töten lehren. Ich werde alles für Euch bereiten; in sieben Nächten kommt zu mir.«

Die Prinzessin willigte ein und teilte Andelis Derior ihre Entscheidung mit.

Die folgenden Tage und Nächte verbrachte sie im Gebet und

in innerer Einkehr. Sie hielt Zwiesprache mit allem, woran sie glaubte, um sich auf eine Tat vorzubereiten, die allem, was sie glaubte, widersprach. Sie drehte und wendete ihre Gedanken wie ein Paar Handschuhe, die nie zu passen schienen, marschierte ruhelos durch die Flure, und stand manchmal stundenlang still am Fenster und folgte dem Wechsel von Sonne und Mond, bis sie, endlich, aus den Tiefen ihres Selbst, eine Antwort erhielt, die sie verstand und die sie annehmen konnte.

Den Magier aber bekam zu dieser Zeit niemand zu sehen. Er verbrachte Nächte und Tage schlaf- und ruhelos in seinem Turm vor der Stadt, wo er seinerseits ungestört Zwiesprache halten konnte, nicht mit Göttern noch Schicksal, sondern seiner Magie. Er sah in diesen Stunden die Gelegenheit gekommen, einen verwegenen Traum zu verwirklichen: eine Waffe, so tödlich und schön wie die Sonne zu schaffen, und so täuschend und wandelbar wie der Mond. Er kannte die alten Legenden der Schwertmagie, die von vielen wundersamen Klingen und den unerreichten Taten ihrer Träger sprachen, und es lag in seiner jugendlichen Natur, keinen Moment daran zu zweifeln, dass er sie alle übertreffen konnte.

Bisher war sein Vorhaben nicht zuletzt an der Magie selbst gescheitert, die sich nur ungern den Begierden maßloser Phantasten andient und es vorzieht, den komplizierteren Weg zu beschreiten, so wie sich eine Katze nie ohne Umschweife ans Ziel begibt. Diesmal aber war sein Ziel nicht der Selbstzweck – er wollte ein Werkzeug erschaffen, das seinen Schöpfer übertraf, und vollbrachte, was ihm verwehrt blieb: aus der Prinzessin des Sommerlands, die er liebte, doch nie hatte besitzen dürfen, etwas zu machen, das sie nicht war und nie hatte sein wollen. Das gefiel der Magie, und so begünstigte sie seinen Plan.

Er erlebte in diesen Nächten etwas, das nur die wenigsten Magier je erfahren: die vollkommene Einheit mit der Quelle seiner Macht. Er hatte damit gerechnet, ein Schwert wie das, das ihm vorschwebte, mit bloßer Hand schmieden und sich in mühseliger

Arbeit die jahrtausendealte Kunst der verschiedensten Traditionen aneignen zu müssen. Stattdessen griff er nach den Fäden der Welt und ordnete sie neu, bis seine Gedanken Gestalt annahmen, sein reiner Wille. Wenn dieses Schwert überhaupt aus etwas anderem bestand als ihm selbst, dann waren es die Geheimnisse von Leben und Tod, wie sie die Welt von Kindheitstagen an durchdringen: so sanft wie Milch und makellos wie Eis, so scharf wie Diamant und leicht wie das Mondlicht.

Als die Prinzessin in der siebten Nacht zu ihm kam, erhobenen Hauptes, doch blass und fern wie eine Tote, fand sie den Magier vor seinem Turm unter dem Sternenzelt sitzen. Vor ihm, auf einem weißen Tuch, das jenen ähnelte, auf die man Neugeborene bettet, lag, noch feucht von Tau, das Schwert Schneeklinge.

Die Prinzessin sah das Schwert lange an, und die weiße Klinge spiegelte sich in ihren Augen. Dieser Anblick war schöner als alles, was der Magier je gesehen hatte; doch alles, was die Prinzessin sah, war ein Werkzeug des Todes.

»Ist es das?«, fragte sie ihn, und er nickte.

»Nehmt es, Majestät«, sagte er. »Es ist für Euch, und nur Ihr werdet es führen können, so lange Ihr lebt.«

»Das mag nicht sehr lange sein«, entgegnete sie. »Sieben Tage waren mir gegeben, und schon morgen bei Sonnenaufgang trifft mich mein Schicksal. Was wollt Ihr mich in dieser einen Nacht noch lehren, was daran irgendetwas ändert?«

»Nehmt Euer Schwert«, sagte der Magier.

Die Prinzessin griff danach, und wie sie es das erste Mal berührte, schnitt sie sich in den Finger, und ein Tropfen ihres Blutes quoll hervor und verschwand in der Klinge, wie eine Blüte, die sich öffnet und wieder vergeht.

»Nun gehört es Euch«, sagte der Magier und erhob sich. »Beginnen wir.«

Und die Prinzessin trat an seine Seite und sah zu, wie er einen Kreis um sie zog und die Mächte heraufbeschwor und aus Raum und Zeit große Krieger zu sich rief, die sie lehren sollten, wie man mit einem Schwert Leben nimmt. Die Prinzessin fürchtete nicht, was er tat; sie fürchtete, was in dieser Nacht aus ihr werden würde. Doch die Liebe zu ihrem Volk war stärker als ihre Furcht, deshalb tat sie, was er von ihr verlangte.

Sieben Krieger kamen zu ihr in jener Nacht.

Der erste war ein junger Recke mit einer Feder am Hut, der der Prinzessin zeigte, wie man eine Waffe hält, und wie sich selbst. Obwohl er es gut mit ihr meinte, konnte die Prinzessin an nichts anderes denken als an gefühllosen Stahl, der lebendiges Fleisch durchschneidet, und der Recke entwaffnete sie mühelos mit dem ersten Schlag und verbeugte sich entschuldigend.

»Es ist vergebens«, sagte die Prinzessin. »Selbst wenn ich in diesen Stunden wünschte, ich wäre mit einem größeren Geschick zum Töten geboren, so bin ich es nicht.«

»Verzagt nicht«, sagte der Magier. »Vertraut mir. Ihr werdet schon sehen.« Und er rief den nächsten Krieger herbei.

Dieser war ein verschlagener Mann mit vielen Narben im Gesicht. Er lehrte die Prinzessin, immer auf der Hut zu sein, und wie man die Absicht seines Gegners errät. Und als er nun versuchte, sie mit einem schnellen Hieb zu überrumpeln, drehte sich das Schwert in ihrer Hand und parierte seinen Angriff. Darauf führte er einen neuen Hieb aus, und als kurz darauf seine Klinge unter ihrer Kehle zitterte, lobte er sie und hob sich hinweg.

»Was war das?«, fragte die Prinzessin. »Was ist geschehen?«

»Euer Schwert hat Euch die Hand geführt«, sagte der Magier. »Und es wird noch mehr lernen als das.«

Der dritte Krieger war ein alter Soldat aus einem Krieg, an den schon lange niemand mehr dachte. Er lehrte die Prinzessin, im Angesicht des Todes weder Angst noch Zweifel zu erliegen. Und als er fand, dass sie beides nicht kannte, und seine Schläge bis zuletzt mit kühler Präzision parierte, neigte er respektvoll das Haupt. Die Prinzessin verzog keine Miene, nur ihr Schwert hob sich knapp zum Gruß, und der Soldat verging wie Rauch.

Der vierte war ein Gladiator und ein Riese von einem Mann.

Er war ungeschlagen in zahllosen Kämpfen, hatte Sehnen und Knochen zerteilt, Herzen und Lebern durchbohrt und seinen Gegnern Köpfe und Glieder genommen. Er lehrte die Prinzessin all die verschiedenen Arten des Todes, die er in seiner Zeit in der Arena gesehen hatte. Und er fand sie so unverwundbar wie seinen eigenen Schatten, und es kostete ihn all seine Kraft, sie in die Knie zu zwingen. Dann ließ er von ihr ab, schlug sich auf die Brust und verschwand.

Als Fünfter kam ein Fealv in prunkvoller Rüstung, zu seiner Zeit der Held vieler Reiche und Favorit zahlloser Damen in tausend Turnieren. Er lehrte sie die hohe Schule des Zweikampfs mit aller Hingabe eines Mannes, der sein ganzes Leben dieser Kunst verschrieben hatte. Doch wenn er die Prinzessin hätte besiegen können, dann zog er es vor, in ihr seine Meisterin zu finden, und nachdem sie die Klingen viele Male gekreuzt und noch immer keinen Sieger gefunden hatten, legte er sein Schwert vor ihr nieder und ergab sich seiner Herrin, die ihn entließ.

Der sechste Mann trug den Löwen von Leiengard. Er wollte die Prinzessin nichts anderes lehren, als zu überleben. Wie ein Raubtier umkreiste er sie, immer wieder schlug er auf sie ein, und immer wieder parierte ihre Klinge und umtanzte ihn wie ein Schmetterling, Parade, Angriff, Gegenangriff, Finte, und es kostete ihn all sein Geschick und einen Schlag, den niemand ihn je gelehrt hatte und den er in diesem Augenblick erst erfand, sie zu besiegen. Sein letzter Schlag ging geradewegs durch sie hindurch, noch während er zu Sternenlicht zerfloss.

Der siebte Krieger schließlich war ein alter Mann in fremder, farbenfroher Tracht. Er trug einen langen Bart, sein Haupt war kahl, doch seine Augen leuchteten so frisch wie die eines Kindes. Er studierte die Prinzessin mit wachem Interesse, seine Hand ruhte am Schwert, doch er rührte nie einen Finger. Ihr war, als blinzelte er lange Zeit nicht einmal. Dann, nach einer Ewigkeit, wie ihr schien, nahm er die Hand vom Schwert, lächelte bescheiden und verbeugte sich vor ihr, denn er sah, dass er sie niemals besiegen konnte. Dann verbeugte er sich auch vor dem, der ihn gerufen hatte, und kehrte zurück in seine Heimat.

Die Prinzessin und der Magier blickten einander an.

»Jetzt«, sagte er, »könnt Ihr ihn töten. Also geht hin, tötet ihn, und rettet Euer Volk.«

Sie nickte, drückte das Schwert an ihr Herz und ging zurück zum Palast.

Dort sprach sie ein letztes Gebet, legte ihre Gewänder ab und kleidete sich in ein weißes Tuch, das jenen ähnelte, in die man Tote hüllt. Dann ging sie, in Begleitung ihrer Diener, sich ihrem Schicksal zu stellen.

Andelis Derior erwartete sie bereits, und seine Männer waren ungeduldig, denn es gelüstete sie, zu morden und zu unterjochen und ein großes Fest zu Ehren ihres finsteren Herrschers abzuhalten. Als sie bei Sonnenaufgang die Gestalt der Prinzessin sahen, ging ein Raunen durch ihre Reihen, denn viele hatten nicht geglaubt, dass sie wirklich kommen würde, und ihre Erscheinung rief Spott und Verblüffung hervor. Doch Andelis Derior hob die Hand, und seine Mannen verstummten. Dann trat er vor.

»Letzte des königlichen Geschlechts«, sprach er. »Herrin des Sommerlands. Es ehrt mich, dass Ihr meiner Einladung gefolgt seid. Hättet Ihr sie ausgeschlagen, hätten meine Männer furchtbare Rache an allen Bewohnern Eures Reiches genommen. Doch da Ihr gekommen seid, mir die Ehre Eures Todes zu erweisen, sollen dieser und der Tod Eures Volkes schnell und ohne Schmerzen sein.«

»So ist es wahr, was man sich von Euch erzählt«, erwiderte die Prinzessin. »Eure Worte sind schön und giftig wie eine Schlange, und keine Seele wohnt in Eurer Brust. Doch obwohl dies so ist, danke ich Euch. Und obwohl ich Euch danke, muss ich Euch töten. Und obwohl ich Euch töten muss, weint mir das Herz.«

Dann hoben sie beide ihre Waffen zum Gruß: Andelis Derior sein Langschwert, mit dem er, wenn die Sagen stimmten, Felsen gespalten und Drachen enthauptet und die Herzen von Kindern und Geliebten durchbohrt hatte, selbst seiner eigenen; und sie das Schwert Schneeklinge, das nicht aus Eisen und Kohle und Silber bestand, sondern dem Können der größten Meister dieser Welt, zusammengehalten von der kalten, fehlgeleiteten Liebe des Magiers.

Derior führte den ersten Schlag, und als die Prinzessin diesen parierte, und den nächsten, und auch den darauf, und nicht die Prinzessin das Schwert, sondern das Schwert die Prinzessin zu führen schien, die wie eine Marionette an ihren Fäden einen unheimlichen Tanz vollführte, ging abermals erstauntes Raunen durch die Reihen, und Derior erkannte, dass er betrogen worden war. Doch sein Wort band ihn, denn sein Wort war das Einzige in dieser und allen Welten, das für ihn Gewicht hatte.

Eine Ewigkeit lang kämpften sie, während die Sonne immer höher stieg. Bald war das Leichentuch der Prinzessin schwarz vor Schmutz, und ihr war, als müsste ihr jeder Knochen im Leib brechen, bei jedem Schlag, den Derior gegen sie führte. Doch das Schwert ließ weder zu, dass ihre Knochen brachen, noch dass es ihrer Hand entglitt. Wie eine flinke Elritze zischte die blitzende Klinge hierhin und dorthin, stach ihren Gegner, biss seine Haut mit Winterkälte und blendete ihn mit ihrem Tanz. Dann begann sich Deriors Körper zu öffnen: Erst war es eine winzige Blutspur, fein wie ein Sprung in einer Schüssel, dann tat sie sich auf, füllte sich, ein purpurner Bach, der zu schwellen begann. Blut schoss ihm aus Mund und Augen, aus Nase und Brust, und bald war offenkundig, dass es nur noch seine dunkle Macht war, die ihn am Leben hielt. Er vergoss sein Leben wie ein Fass, an das man überall die Axt angesetzt hatte. Und schließlich, als er spürte, dass seine Kraft zur Neige ging, warf Andelis Derior sein Schwert von sich, streckte beide Arme aus und hieß ihren letzten Hieb willkommen wie einen wärmenden Sonnenstrahl.

Manche sagen, er habe diesen Augenblick genutzt, sich auf seine Wiederkehr vorzubereiten, und er habe gewusst, dass dies noch nicht das Ende für ihn war. Andere sagen, er sei in dieser

Stunde tatsächlich gestorben, endlich nach einem schrecklich langen, dunklen Leben – und all seine Reinkarnationen, die in den Jahrhunderten darauf den Turm der Schmerzen in Besitz nahmen und sich nicht mehr an sein Wort gebunden fühlten, während sie von Santal den Norden mit Krieg überzogen, seien nichts als die Bastarde seiner Bastarde gewesen. Wieder andere sagen, der Mann, der auf dem Schlachtfeld sein Leben aushauchte, sei von der ersten Stunde an nicht Andelis Derior gewesen, sondern ein dunkler Zwilling oder ein Betrüger. Doch alle sind sich einig, dass jener Mann, der wie eine Katze einer Maus der Prinzessin des Sommerlands ein letztes Spiel anbot, dieses Feld nicht mehr verließ.

Das Schwert der Prinzessin bohrte sich durch seine Rüstung und tief in sein altes Herz, und ein satter Quell schoss aus dem Leib und ergoss sich über die Klinge und die Hand, die sie hielt. Ihre Blicke trafen sich ein letztes Mal. Andelis Derior lächelte sie an, als habe er in seinen letzten Sekunden seinen Triumph erkannt. Dann sank er nach vorn, sodass das Schwert ihn vollends durchstieß, bis es wie ein rubinroter Dorn durch seinen Rückenpanzer drang und sein mächtiger Leib die Prinzessin unter sich begrub.

Schweigen legte sich über das Feld. Die Diener der Prinzessin eilten herbei, sie zu befreien und wegzubringen, ehe die feindliche Armee sich eines anderen besann und über sie herfiel. Doch der Unglaube über den verlorenen Kampf und die Angst vor Deriors Rache noch aus dem Grab heraus lähmten seine Soldaten, und so ließen sie zu, dass die Diener die Prinzessin zum Palast zurückbrachten. Als der Abend hereinbrach, drang die Kunde an den Palast, dass die Armee sich zurückgezogen hatte.

Das Sommerland war gerettet.

Erst wusch sich die Prinzessin das Blut vom Leib und aus den Haaren. Dann kleidete sie sich in die Gewänder einer Priesterin und schritt in ihren Garten hinaus, wo ihre Priester und Minister und der Magier bereits auf sie warteten. Die Priester und Minister verneigten sich vor der Prinzessin und wollten Dankesworte aus dem ganzen Land verlesen, doch ein Wink ihrer Hand brachte sie zum Schweigen.

»Der Dank gebührt Euch«, sagte sie mit Blick auf den Magier. »Denn Ihr habt mich zu dem gemacht, was ich bin, und nur deshalb konnte ich meinen Feind heute töten.«

»Dankt mir nicht«, sagte der Magier. »Denn ich tat nur, was mein Herz mir gebot, und mein Herz gehört Euch.«

»Sagt das nicht«, erwiderte die Prinzessin. »Ihr habt kein Herz, das Ihr verschenken könntet – denn Ihr habt mich zu dem gemacht, was ich bin, und nur deshalb konnte ich meinen Feind heute töten.«

»Ich bin Euer ergebener Diener«, erwiderte der Magier und senkte das Haupt. »Bitte hasst mich nicht für das, was ich tat.«

»Nicht Ihr seid mein Diener«, widersprach die Prinzessin ein drittes Mal. »Denn Ihr habt mich zu dem gemacht, was ich bin – nur deshalb konnte ich meinen Feind heute töten. Nun geht und lasst mich allein, denn ich habe etwas gelobt, das keinen Aufschub duldet.«

Da breitete sich tiefer Kummer unter den Priestern aus, und die Minister erkannten, dass die Prinzessin zwar Dankbarkeit über die Rettung ihres Volkes, aber keine Freude über diesen Tag empfand. Der Magier seinerseits spürte einen tiefen Stich in seinem Herzen, denn trotz allem, was er für die Prinzessin getan hatte, empfand sie keine Liebe für ihn. Den Sinn ihrer Worte aber deutete keiner von ihnen; und so ließen sie die Prinzessin allein.

Die Prinzessin aber sah ihnen nach, bis sie gegangen waren, dann schickte sie ihre Diener, ihr das Schwert Schneeklinge zu bringen, und sie gehorchten.

Dann ging sie tief in ihren Garten, atmete die Gerüche des Lebens und lauschte auf seinen Laut, und kniete vor einem steinernen Altar inmitten des heiligen Hains.

Schließlich nahm sie ein Tuch und legte es um die Klinge, öffnete ihr Gewand, setzte sich das Schwert auf die Brust. Und dann tat sie, was sie in der Nacht, bevor sie zum Turm des Magiers ging, gelobt hatte, und sie stieß sich das Schwert in die Brust und nahm ihr eigenes Leben.

So erlosch die königliche Linie, und das Sommerland wurde forthin von Statthaltern oder den Priestern regiert, die versuchten, das Erbe der Prinzessin lebendig zu halten. Doch das Land hatte an diesem Tag einen Teil seiner Seele verloren. Erstmals wehte eine Ahnung des nahenden Winters durch seine immergrünen Haine und schnürte seinen Bewohnern die Kehlen zu. Die Zeit des Niedergangs hatte begonnen.

Heute ist fast nichts von seinem Glanz geblieben.

Der Magier verzweifelte – über ihren Tod, und ihren Undank. Er konnte nicht bleiben – für die Eolyn des Sommerlands war er tabu, denn er hatte ihrer aller Leben bewahrt und der Prinzessin das ihre genommen, und niemand mochte ihn ansehen oder mit ihm sprechen. Er konnte aber auch nicht zu den Eolyn des Nordens, denn die Truchsesse Santals wussten sehr gut, wer er war – und was er getan hatte.

So entsagte er, der sich ohnehin nie als weniger, sondern immer als mehr als sie erachtet hatte, dem Erbe seiner Mutter und beschloss, fortan unter den Menschen zu leben. Er brachte das Schwert, das er geschaffen hatte und das den Priestern als verflucht galt, in seinen Besitz, brannte seinen Turm nieder, verschloss sein Herz vor der Welt und ging in den Süden, wo er viele Jahre später wieder von sich reden machte.

Schneeklinge aber verwahrte er an einem geheimen Ort fern des Sommerlands, wo niemand sie finden konnte und niemand je hinging, außer seiner Erinnerung an die Prinzessin; an das, was war, und das, was hätte sein können. Es heißt, er baute ein Schloss für das Schwert, ein Schloss aus Tränen und Kristall, und legte das Schwert hinein, und sandte seine Träume dorthin, bis er es im Laufe vieler Leben, die er führte, zu vergessen begann.

ALLER ANFANG

Meister Zymrists Zimmer war ein einziger, offener Raum in der Außenmauer der Festung. Es gab eine Liege und einen Schreibtisch und einen Sessel davor und dahinter, außerdem an der Wand einen Bücherschrank und mehrere Schwerter und Rüstungsteile, die alle so gebraucht aussahen wie die Bücher. Die gesamte Seitenwand war entfernt und bildete ein mehrere Schritt im Quadrat großes Loch in den blauen Himmel von Leiengard.

Es war die am schwersten zugängliche Seite der Insel, und seit vierhundert Jahren hatte niemand mehr versucht, diese Mauern einzunehmen. Dennoch kündete es von einer besonderen Haltung der Herren der Insel, dass die einzigen offenen Stellen in der Befestigung in die Quartiere der Meister führen.

»Wir fallen als Erste«, sagte Meister Zymrist auf Cassiopeias kurzen Blick hin. Er war ein kleiner, breiter Mann mit einem von tiefen Falten gezeichneten Gesicht, das vor langer Zeit einmal schwere Verbrennungen erlitten hatte. Eine Ledermaske bedeckte die rechte Hälfte dieses Gesichts, und es sah nicht so aus, als ob sich darunter noch ein Nasenflügel und ein Ohr befänden. Seine Augen waren beinahe gelb. Er trug eine weiße Toga und bewegte sich ähnlich wie Meister Hyazinth mit einer eigenartigen Geschmeidigkeit, nur dass es nicht seine Leibesfülle, sondern sein Alter war, dem diese Geschmeidigkeit zu trotzen schien, als hätte ein Fluss sich einen neuen Weg um einen Damm gesucht.

»Ihr wolltet mich sehen«, sagte Cassiopeia und nahm Haltung an.

Meister Zymrist aber winkte müde ab. »Wenn du mir jetzt schon ausweichst, wie würdest du dich da erst in einem Kampf mit mir verhalten? Sag mir: Wenn du mich töten wolltest, hier und jetzt, wie würdest du es anstellen?«

Cassiopeia zwang sich, dem Greis ins Gesicht zu sehen.

»Ich würde Eure linke Flanke angreifen.«

»Nicht die rechte?«, vergewisserte sich Zymrist.

»Nein«, sagte sie. »Das ist Eure schwache Seite, deshalb würdet Ihr mit einem solchen Angriff rechnen.«

»Und du glaubst, dass mich ein Angriff von der anderen Seite eher überraschen würde.«

»Nein«, sagte sie. »Ich glaube, dass Ihr dort in Eurer Toga eine Waffe tragt.«

Er gab nicht zu erkennen, was er von dieser Annahme hielt, und trat hinter seinen Tisch. Dort holte er eine Flasche und zwei Gläser heraus und stellte sie auf den Tisch.

»Komm näher und setz dich«, sagte er.

Sie gehorchte, und er goss eine dunkle Flüssigkeit von der Farbe verbrannten Zuckers in die Gläser. Er nickte ihr unmerklich zu, eine Bewegung, die er nur mit den Augenlidern auszuführen schien, nahm sich sein Glas und ließ den Duft in seinen Rachen und seine zerstörte Nase aufsteigen. Cassiopeia tat es ihm gleich und stellte fest, dass das Getränk genauso schmeckte, wie es aussah: nach Feuer und Rauch und nach Karamell. Nach nur einem Schluck glaubte sie sich wieder in der tosenden, schwindelnden Menge des letzten Abends wiederzufinden, und die Kopfschmerzen, die sie den Morgen über begleitet hatten, waren fürs Erste verschwunden.

»Du bist die einunddreißigste Frau in der Geschichte dieser Welt, die den Löwen trägt«, stellte er fest.

Sie erwiderte nichts, denn die Feststellung war zu offensichtlich.

»Und du bist die erste Patrizierin«, fuhr er fort. »Sag, wie war es um das Kaiserreich bestellt, als du es zuletzt gesehen hast?«

»Das Reich ist krank«, sagte sie. Sie schätzte es, dass er sie nicht nach ihren Motiven fragte. »Der Kaiser kümmert sich nicht mehr um die alte Ordnung, und wenn nichts geschieht, wird es untergehen.«

»Dûnhlair hat sich vor drei Jahren für unabhängig erklärt.«

»Das wusste ich nicht.«

»Natürlich nicht«, erwiderte er. »Es hat sich vieles getan. Neoris Rodus betreibt einen Kult um seine eigene Person – die Sonne des Reichs, so nennt sich der Kaiser heute. Er macht Jagd auf die alten Familien, auf Fealva und sogar die Lagandæer – kurz, auf alles, was er nicht kennt und ihm gefährlich werden könnte. Manche sagen, er macht Jagd auf sich selbst. Hältst du es für möglich, dass er selbst nur eine Figur in diesem Spiel ist?«

Sie dachte an Marcia und die vielen kleinen Mosaiksteine ihrer Intrigen.

»Er ist ein schwacher Herrscher. Vielleicht weiß er sogar, dass man ihn dafür hält, doch er kann seine eigene Schwäche nicht sehen. Und das macht ihn gefährlich.«

Meister Zymrist neigte nachdenklich den Kopf. Dann wechselte er das Thema.

»Ich möchte, dass du nach Pherenaïs gehst und dort etwas für uns in Ordnung bringst. Es wird dich nicht lange aufhalten, und ich denke, dass es dir gelegen kommt. Es gibt da ein kleines Problem mit den Ländereien des toten Senators Tial. Ein Mann namens Fulmon macht uns unsere Ansprüche streitig. Tuvius wird dir die Einzelheiten erläutern.«

Sie gab keine Antwort, sondern nickte nur stumm. Es spielte keine Rolle, ob dieser spezielle Auftrag eine Machtdemonstration oder ein Test war, oder ob Meister Zymrist ihr tatsächlich einen Gefallen tun wollte, indem er sie mit der Klärung der Streitigkeiten um ihren eigenen Familienbesitz – ihren *ehemaligen* Besitz – betraute. Wenn ein Meister ihr einen direkten Befehl erteilte, musste sie ihn befolgen, ob sie nun seine erste, letzte oder einzige Wahl dafür war.

Außerdem war ihr der Name Fulmon nicht unbekannt.

»Du hast dich nach einem Eolyn erkundigt«, sagte er dann, und das Wort klang eigenartig aus seinem Mund, wie aus einer anderen Zeit, und flüchtig wie nächtlicher Tau. Eine kurze Brise fuhr durch die Mittagshitze vor der offenen Wand.

»Ein Eolyn mit dem Zeichen von Leiengard«, bestätigte sie. »Mir wurde gesagt, dass Ihr mir mehr über ihn erzählen könnt.«

»Er war hier«, sagte Meister Zymrist und kniff die Augen zusammen. »Sein Name war Dougal. Gesicht wie ein Messer, silberweißes Haar und genauso jung, wie sie immer aussehen. Er zahlte denselben Preis wie alle, bestand die Prüfung und ging. Was sonst möchtest du wissen?«

»Habt Ihr ihn ausgebildet?«

Er deutete ein Kopfschütteln an. »Der Meister, der ihn ausgebildet hat, ist lange tot. Aber ich war bei seiner Prüfung.«

»Er soll sehr gut gewesen sein.«

»Er war bereits ein großer Kämpfer, ehe er nach Leiengard kam. Er kam nicht, um zu lernen, sondern um eine Trophäe zu erringen. Aber wir hinterfragen die Motive unserer Schüler nicht. Wir beurteilen nur ihr Können. Dougal war keine drei Monate Mitglied dieser Schule. Die Richter hatten keine andere Wahl.«

»War er ein Schwertmagier?«

Meister Zymrist schenkte sich ein zweites Glas ein, dann erhob er sich und stellte sich vor die offene Wand, den Rücken zu Cassiopeia.

»Diese Frage …«, sagte er. »Ebenso könntest du einen Seemann fragen, ob er die Form der Welt geschaut hat.«

Er nippte an seinem Glas, und einen absurden Moment lang sah es so aus, als hätte eine Möwe ihn von der See reden hören und setzte nun zur Landung neben ihm an, doch sie überlegte es sich im letzten Moment anders, drehte ab und flog über die Festung davon.

»Wir bringen unseren Schülern die einzigen Wahrheiten bei, die wir kennen«, fuhr er fort: »Leben mit dem Schwert, und Sterben mit dem Schwert. Das, wonach du fragst, hat nichts damit zu tun.«

»Vielleicht gibt es eine dritte Wahrheit«, gab Cassiopeia zu bedenken.

Zymrist schnaubte, aber es war ein gutmütiges Schnauben, wie von alten Leuten, denen man von der Liebe erzählt.

»Schwertmagier, wenn du den Legenden Gehör schenkst, waren in der Lage, jede Rüstung und jeden Schild zu durchdringen. Sie konnten Schläge ausführen, die für andere unmöglich sind, und aus jedem Angriff eine Finte, jeder Finte einen Angriff machen. Angeblich konnten sie sogar die Form ihrer Klinge verändern. Wenn du mich also fragst, ob Dougal ein Schwertmagier war, müsste ich lügen, denn ich habe ihn nie dergleichen tun sehen. Dass etwas mit ihm nicht stimmte, stand aber außer Frage.«

»Er soll krank gewesen sein.«

»Das ist richtig. Aber wir hinterfragen die Motive unserer Schüler nicht.« Er warf ihr einen kurzen Blick über die Schulter zu. »In späteren Jahren kursierten Gerüchte über einen Eolyn mit dem Zeichen von Lciengard, der mit dunklen Mächten im Bund stünde. Auch das war nichts Neues, aber wir ließen ihn dennoch rufen – weil der Verdacht geäußert wurde, dass er sich die Würde mit unlauteren Mitteln erschlichen hatte.«

»Und ist er dem Ruf gefolgt?«

»Nein«, sagte Meister Zymrist. »Er entschied sich dafür, ein Renegat zu sein. Manche Krieger brauchen das – sie suchen den Kitzel des mächtigsten Feinds, den sie finden können. Alle paar Jahre rufen wir die Jagd auf einen wie ihn aus, und es bereitet uns niemals Freude.«

»Aber ihr habt ihn nie erwischt«, stellte sie fest.

Meister Zymrist wandte sich vom Anblick der Unendlichkeit vor seinem Zimmer ab und kam zu seinem Tisch zurück.

»Nein«, sagte er. »Und das sollte dir eine Warnung sein.«

Sie zögerte einen Moment. Fragte sich, wie viel er wusste. »Glaubt mir«, sagte sie dann. »Seine Botschaft ist angekommen.«

Er sah sie lange an, dann nickte er. »Es freut mich, dass es noch immer stimmt, was man sich erzählt.«

»Nämlich?«, fragte Cassiopeia.

»Dass alle großen Geschichten hier ihren Anfang und ihren Abschluss finden.«

»Seine Geschichte mag noch nicht vorbei sein«, gab sie zu bedenken.

»Aber deine nimmt gerade ihren Anfang«, lächelte er. »Nun geh. Tuvius wird dir alles Weitere erklären.«

Cassiopeia verneigte sich knapp und wandte sich zum Gehen.

»Karsai Tial!«, bellte Meister Zymrist. »Hast du nicht etwas vergessen?«

Sie erstarrte.

»Dein Wort des Angriffs und dein Wort des Rückzugs«, sagte er. »Merk sie dir gut. Sie lauten: Garai und Qedavar.«

Leiengard zu verlassen war fast so schwer, wie es zu betreten.

Man gab ihr ein Schwert und neue Kleider und alles, was sie brauchte, und sie ritt hinunter in die Stadt, die sie die letzten Jahre nur aus der Ferne gesehen hatte. Zum ersten Mal wurde ihr bewusst, dass es ein Abschied für sehr lange Zeit, wahrscheinlich für immer, sein würde, und mit Staunen dachte sie an Meister Hyazinth und Eluaha und stellte fest, dass sie sie vermisste – selbst M'kar und die vielen Entbehrungen und Demütigungen ihres ersten Jahrs. Wahrscheinlich konnte man nichts so lange hassen, ohne es nicht auch zu vermissen, wenn es vorbei war.

Auch fiel ihr zum ersten Mal die Ehrerbietung auf, die man ihr entgegenbrachte. Sie trug nun den Löwen und war Teil der Insel und ihres Marks. Sie war eine Kriegerin, ein weiteres Glied in der Kette, an die Leiengard die Welt gelegt hatte, um eines Tages an ihr zu ziehen.

Im Hafen machte man ihr Platz, als reiste eine ganze Geisterschar von Kriegern mit ihr. Sie gab ihr Pferd ab und schickte sich an, das Schiff zu betreten, das sie auf direktem Weg zurück nach Pherenaïs bringen sollte, als über ihr, in der Schule, der Gong geschlagen wurde.

Der Klang hallte weithin hörbar über den Hafen. Einen Moment blieb sie stehen, einen Fuß noch auf dem Steg, den anderen schon auf der Planke, und spürte, wie sich die Härchen auf ihren Armen aufstellten. Die Möwen erhoben sich von den Felsen und stiegen kreischend empor. Ein paar Neuankömmlinge hielten kurz inne und folgten ihnen mit ihren Blicken.

Eine Sekunde später war es, als wäre nur eine Wolke an der Sonne vorbeigezogen, und Leben kehrte in ihre Glieder zurück. Sie bestieg das Schiff.

Zehn Jahre nachdem sie ihre Kindheit an einen abtrünnigen Karsai verloren hatte, fuhr Cassiopeia Tial zurück in ihre Heimat.

SARIKS ZWEIFEL

B*ist du sicher, dass du gehen willst?*, fragte das Irrlicht.

Ich bin mir über gar nichts sicher, antwortete Sarik und starrte in die Glut. Und auch als Erzähler scheine ich nachzulassen.

Das Mädchen und der Fealv waren eingeschlafen, und nur das Irrlicht und ein paar Glühwürmchen leisteten ihm in der letzten Stunde vor Sonnenaufgang Gesellschaft. Einer großen Pusteblume gleich schwebte das weißblaue Licht auf der anderen Seite des Feuers und wetteiferte mit dem honiggelben Schein der Flammen auf Aprils Gesicht.

Sie können noch nicht alles verstehen.

Ich verstehe es ja selbst kaum. Dieses Mädchen … Korianthe hat nicht übertrieben. Sie hätte großes Potential, wäre es nicht so hoffnungslos um die Welt bestellt. Jemand müsste sie ausbilden. Nicht der Fealv – jemand wie wir.

Dann wirst du sie zu ihr bringen, wie sie dir auftrug?

Es wäre vermutlich das Beste. Oder nicht?

Bist du dir sicher?

Sarik schüttelte verwirrt den Kopf. Er fühlte sich sehr einsam, im Stich gelassen von seiner eigenen Vergangenheit. Unwillkürlich griff er nach dem Stückchen Bernstein, das Korianthe ihm gegeben hatte, und studierte nachdenklich die hauchdünne Locke darin.

Ich weiß es nicht. Etwas – der lange Schlaf wahrscheinlich – hat mich durcheinandergebracht. Was genau ist damals geschehen? Ich weiß noch ungefähr, wie alles anfing – die alten Legenden, der Hof von Iljudis, Zeona und Zearis … und dass wir große Schuld auf uns luden. Dann wird alles immer verworrener. Ich glaube – ich fürchte –, dass Zearis und ich zu Feinden wurden und in Ungnade fielen. Er fand den Tod … er kehrte zurück. Danach warten nur noch der Schlaf und die Träume in meinem Wald auf mich.

Quäle dich nicht, dachte das Irrlicht. *Ich spüre doch, wie sehr es dich schmerzt.*

Wie kann ich denn nicht nach der Wahrheit forschen? Korianthe hat mich verurteilt und verlangt meinen Gehorsam – und mein einziger Lohn soll die Verbüßung der Strafe sein, nicht einmal das Wissen um deren Grund?

Das, dachte das Irrlicht verstört, *klingt sehr kompliziert.*

Das ist es wohl auch.

Also wirst du sie doch nicht zu Korianthe bringen?

Ich habe Angst, einen Fehler zu begehen, gestand Sarik, löste sich vom Anblick des Bernsteins und steckte ihn weg. Aprils Augenlider zuckten unruhig; vielleicht träumte sie.

Ich möchte sie nicht in Gefahr bringen. Wenn ich tue, was Korianthe sagt, ist das unausweichlich.

Ich wollte ihr nicht weh tun.

Ich weiß. Ich habe es ihr gesagt. Es war ein Versehen.

Ich wünschte, ich könnte es wiedergutmachen.

Sie ist noch jung und weiß wenig von der Magie. Wie auch? Korianthe zwang Zeona in die Schuld, und Zeona hat diesem Mädchen bei seiner Geburt den Glauben an etwas Wunderbares in die Wiege gelegt. Ihr ganzes Leben hat sie nur für diesen Moment gelebt – und was findet sie? Dieses Schwert, an dem das Blut und die Tränen eines ganzen Volkes kleben. Sie hat Besseres verdient als das.

Einen Regenbogen vielleicht?

Ja, lächelte Sarik. Vielleicht. Aber kein Schwert.

Vielleicht ist es ihr Schicksal.

Wer will das wissen, solange der Zugang zu den Hallen von Navylyn uns verwehrt ist?

Würde es dich glücklich machen, dein Schicksal zu kennen?

Ich weiß es nicht, wiederholte er. Es gab eine Zeit, da hätte ich die Wacht über die Hallen als unser rechtmäßiges Erbe betrachtet. Nun sind wir für immer ausgesperrt und werden wohl nie unseres Schicksals Herr. Nur eine Wesenheit könnte die Hallen wieder öffnen – doch der Weg in die höheren Sphären ist gleichfalls verschlossen, und in einem haben Zeona und Korianthe wohl recht: Ich habe starke Zweifel, dass die Wesenheiten uns noch gewogen sind. Wenn wir aber die Tore zu den höheren Sphären nicht wieder öffnen, wird auch die Magie auf dieser Welt versiegen. Sie ist ja jetzt schon kaum mehr zu spüren.

Und das würde dich unglücklich machen?

Ja, dachte Sarik. Ich glaube, das würde es.

Bist du jetzt unglücklich?

Wieder schüttelte Sarik den Kopf. Nein, dachte er. Vielleicht, weil ich noch nicht weiß, wie es endet. Was sagte Zeona? Es gibt nur Hoffnung, solange man nicht alles besitzt.

Das Irrlicht glomm zuversichtlich.

Mir fehlen noch so viele Antworten. Was genau habe ich mir zuschulden kommen lassen? Und wird Korianthe Wort halten und mich nach meinem Auftrag wirklich von meiner Pflicht entbinden?

Sarik vertiefte sich in den Anblick des schlafenden Mädchens und des zarten Farbenspiels auf ihrem blonden Haar. Er versuchte sich vorzustellen, wie man die Welt sah, wenn man erst siebzehn Jahre gelebt hatte. Er konnte es nicht. Hatte er es früher gekonnt?

Was soll aus ihr werden – und wieso kannte sie mich? Auch das weiß ich nicht. Vielleicht sollte ich erst nach Antworten auf all diese Fragen suchen.

Vielleicht, echote das Irrlicht. *Aber wie?*

Sein Blick wanderte zurück zu den glosenden Ästen. Früher

hatten die Menschen gezögert, zu lange ins Feuer zu starren – sie hatten befürchtet, dass etwas hindurchkommt.

Heute, das wusste er, würde nichts mehr hindurchkommen, und wenn es sich noch so viel Mühe gab. Die Magie war unter die Oberfläche der Dinge getreten, wie sich Pflanzen im Winter ins Erdreich zurückziehen, und ein dicker Eispanzer hatte sich über alles gelegt. Wenn er sich ihr öffnete – um einen Wind zu rufen, der die Glut anfachte; Sternschnuppenschauer, den leeren Himmel über ihren Köpfen zu füllen –, dann war ihm, als durchführe ihn ein eisiger Hauch, bis Rauhreif seine Seele in einen kalten Kokon sperrte.

Selbst der Fealv, der auf der anderen Seite des Feuers schnarchend auf dem Rücken lag wie eine Skulptur aus ungebranntem Lehm, war ein unvollendetes Kind, ein Diamant ohne Feuer, für den das Pherenaïs, das Sarik gekannt hatte, nur ein Wort ohne Bedeutung war. Hätten auf einmal alle Menschen begonnen, eine andere Sprache zu sprechen, sodass ihn niemand mehr verstand, Sarik hätte sich nicht fremder fühlen können.

Einzig das Schwert an Aprils Seite war wirklich. Geschmiedet aus Träumen und Zauber und ausgestattet mit der Macht, beides zu verschmelzen oder zu entzweien; es war eins mit ihr, so wie Sarik und das Irrlicht miteinander eins waren.

War es mächtig genug, einen Gott zu töten?

Korianthe hatte behauptet, die anderen Mächtigen seien unberechenbar und hilflos geworden. Hilfloser als er? Und Zeona hatte ihm schon alles enthüllt, wozu sie bereit gewesen war, und sich ihre Hilfe teuer bezahlen lassen. Er fragte sich, woher ihre Verbitterung rührte – er glaubte, dass sie nicht immer so gewesen war.

Wer sonst aber war noch geblieben? Waren wirklich alle Gefährten von einst gefallen, oder für diese Welt verloren?

Vielleicht gab es noch die, die schon immer verloren waren.

Deren Traum stärker war als die Zeit.

Die Verrückten.

Ich werde nach Ycille und Cenaldi suchen, teilte er dem Irrlicht mit. Früher, da wachten sie über die Insel der Dämmerung. Sie handeln mit den Geistern der Toten, und ihr Reich ist das des Vergessens. Wenn mir überhaupt jemand helfen kann, dann die beiden Herrscher der Reste.

Ist das nicht gefährlich?, fragte das Irrlicht. *Bitte gib auf dich acht.*

Was bin ich denn anderes als ein Geist, ein weiteres Überbleibsel, das der Welt peinlich geworden ist? Vielleicht können sie mir die gleiche Gunst wie all den anderen verirrten Seelen erweisen.

Ich wünschte, du wärst nicht so verzweifelt, dachte das Irrlicht. *Denn das macht auch mich traurig.*

Keine Sorge, dachte Sarik. Ich gebe nicht auf. Aber wenn ich nicht herausfinde, welchen Fehler ich vor achthundert Jahren beging, liefere ich mich ganz der Gnade Korianthes aus. Und wohin hat mich das bisher geführt?

Die Antwort lag vor ihm und schlief.

Unwillkürlich wollte Sarik mit seinem Geist nach dem von April greifen, um sie zu wecken, doch obgleich sie ihn vielleicht in ihren Träumen bemerkte, konnte er keinen echten Kontakt zu ihr herstellen. Nur das Schwert schwang sachte unter seinem Ruf – doch auch ihm konnte er nicht befehlen, denn es war untrennbar mit ihr verbunden.

Zögernd streckte er die Hand aus und berührte sie an der Schulter.

Sie schrak nicht zusammen, sondern schlug einfach die Augen auf, als wäre sie die ganze Zeit schon wach gewesen.

»Du bist noch da«, flüsterte sie.

»Du hast gewusst, dass ich gehen will?«

Sie nickte. »Du musst erst deinen Weg wiederfinden.«

Er nickte nachdenklich. Offenbar waren die Probleme eines Mächtigen manchmal wirklich so einfach, wie ein siebzehn Jahre junges Mädchen sich das vorstellte.

»Ich werde wiederkommen«, versprach er.

»Ich weiß.«

»Woher willst du das wissen?«

»Weil du schon einmal wiedergekommen bist.«

Er schüttelte den Kopf und griff in seinen Umhang, holte die kleine Flasche heraus, in die er den Nebel befohlen hatte.

»Bitte nimm das. Wenn du in große Not gerätst, mach sie auf, oder zerbrich sie.«

»Ist es ein Zauber?«

Er nickte. »Ein Zauber, der dich und die deinen beschützt, aber Furcht in die Herzen deiner Gegner sät.«

Sie stellte es neben sich, dann strich sie mit dem Finger über das Schwert.

»Dann kann mir ja nichts mehr passieren.«

Sarik warf einen skeptischen Blick auf den schnarchenden Fealv.

»Gib auf dich acht«, wiederholte er die Worte des Irrlichts. »Pass auf, wem du traust. Ich hoffe, ich spüre es, wenn du mich brauchst, aber so wenig ist gewiss in diesen Tagen.«

»Sarik«, flüsterte sie. »Wozu ein Schwert? Wieso habe ich immer davon geträumt?«

Er zögerte. »Ich kann dir im Moment nur sagen, dass du dieses Schwert nicht ohne Grund gefunden hast – solche Dinge geschehen nie ohne Grund. Ihr werdet noch gebraucht werden, du und das Schwert – aber ich fürchte, das ist auch das Einzige, worauf du dich einstweilen verlassen kannst.«

»Aber was soll ich damit tun? Ich habe kein Land zu verteidigen, so wie die Prinzessin, und keinen Gegner wie sie.«

Er schüttelte bedauernd den Kopf. »Ich komme so schnell es geht zu dir zurück – und vielleicht weiß ich dann, wie ich dir helfen kann.«

Er erhob sich und strich brüsk seinen Umhang glatt, und kurz sah es aus, als rieselten winzige Sternchen zu Boden. April musste niesen, und Janner wurde kurz wach und wälzte sich auf die andere Seite.

Sie streckte wieder die Hand nach dem Irrlicht aus, das sich vorsichtig näherte und stumm von ihr verabschiedete. »Gib auf ihn acht, Schneeweiß«, sagte sie. Dann schloss sie die Augen und kuschelte sich in ihre Decke.

Wir tun das Richtige, dachte Sarik, als sie das Lager hinter sich gelassen hatten und die ersten Sonnenstrahlen in das Wäldchen fielen. Was für eine Hilfe bin ich ihr denn, solange ich selbst Hilfe brauche? Wir sind keine Gesellschaft für sie.

Du meinst es nur gut, dachte das Irrlicht. *Ich helfe dir. Ich bin bei dir.*

Ich hoffe nur, sie setzt ihre Macht vernünftig ein.

III

Die Ballade von Banneisen und Schneeklinge. Erster Teil

Was andere Leute nicht tun – Zwei Schwerter –
Weites Land – Wagenpanne – Wolf, Fuchs und Spinne – Echte Freiheit –
Worte im Sand – Der Geist im Gefängnis – Fußstapfen

WAS ANDERE LEUTE NICHT TUN

Wir sollten eine Bank überfallen«, sagte April.

»Was?« Janner schaute verdutzt auf. Er war gerade damit beschäftigt, die Vorräte, die sie von ihrem letzten Geld gekauft hatten, auf die Taschen zu verteilen.

»Eine Bank«, sagte April. Sie hielt den Rappen am Zügel und ließ den Blick über den Marktplatz schweifen. Dann grinste sie Janner an und tippte auf die Scheide an ihrer Seite, in der Schneeklinge steckte. Es war nicht ganz einfach gewesen, eine passende Scheide in diesem verschlafenen Nest zu finden, besonders, da sie das Schwert niemandem zeigen wollten. Bei einem mürrischen Händler wurden sie schließlich fündig; die Scheide war zwar abgenutzt und etwas zu groß, erfüllte aber ihren Zweck. Das Griffstück versuchte April unter ihrem Mantel zu verbergen, das funkelnde Silber hätte sonst zu viel Aufmerksamkeit auf sich gezogen. Der Mantel war ihr zu warm, jetzt, da sie das Gebirge verlassen hatten, aber sie hatten kein Geld für neue Kleider. »Diese Waffe macht uns unbesiegbar«, erinnerte sie ihn. »Also können wir alles tun, was wir wollen.«

Janner zurrte den letzten Gurt fest und starrte sie finster an. »Ach ja? Macht sie uns auch unverwundbar? Befreit sie uns, wenn man uns in Ketten legt oder an den nächsten Baum knüpft?«

»Du hast gehört, was Sarik gesagt hat. Dieses Schwert hat eine ganze Armee bezwungen.«

»Alte Eolyn, denen ihr Ehrenwort wichtiger war als ihr Leben. Wenn es sie je gegeben hat, sind sie längst tot. Und egal, was ich davon halte – selbst wenn ich die Geschichte glaube –, die Provinzen funktionieren nicht so. Ipatana schon gar nicht. Hier stechen sie dich von hinten ab, wenn sie können.«

»Ipatana war deine Idee«, erinnerte sie ihn.

»Du wolltest aber ins Gebirge.«

»Und du hast es trotzdem nicht geschafft, mich zu besiegen.«

Sie hatten drei Tage für den Abstieg aus dem Gebirge gebraucht, und natürlich hatte es weniger als drei Tage gebraucht, bis sie versucht hatten, herauszufinden, ob an der Geschichte des Zauberers etwas dran war. Bisher hielt sie jeder Überprüfung stand, und alles, was sie erreicht hatten, war, dass ihnen die Arme weh taten.

Doch das war ein geringer Preis, fand April, und wog lange nicht das neue Gefühl des Glücks auf, mit dem sie jeden Morgen erwachte und an das sie sich schon so gewöhnt hatte, dass sie Angst bekam, es könnte jemals versiegen. Zum ersten Mal in ihrem Leben fühlte sie sich vollständig. Sie bedauerte zwar, dass Sarik sie so bald wieder verlassen hatte – doch sie hatte immer noch Schneeklinge.

Janner grunzte. »Ich habe mir nicht richtig Mühe gegeben.«

April hob eine Augenbraue und ließ die Zügel los. »Ach ja?« Sie strich ihren Mantel zurück und zog das Schwert. »Dann finden wir doch heraus, wie du dich schlägst, wenn es drauf ankommt.« Der unheimliche weiße Stahl der Klinge blitzte wie frisch geschmolzener Schnee in der Mittagssonne.

»Verdammt!«, japste Janner und versuchte, das Pferd zu beruhigen, das erschrocken einen Schritt zurück machte. »Steck das Schwert weg!«

»Erst, wenn wir eine Bank überfallen haben«, lachte April und lief los. Sie meinte es halb im Scherz und hatte nicht vor, jemandem weh zu tun. Gleichzeitig sah sie wenig, was tatsächlich dagegen sprach – höchstens, dass andere Leute es nicht taten.

»Wir brauchen Geld, wenn wir nach Fængos wollen. Richtig? Wir brauchen Geld und können es uns nehmen. Ich dachte, du hast Erfahrung mit so was? Es braucht niemand verletzt zu werden.«

Janner stolperte ihr nach, doch ehe er sie zu fassen bekam, wirbelte sie herum und hielt ihn grinsend auf Abstand. Schneeklinges Spitze wippte nur einen Fingerbreit vor seiner Brust. Die ersten Einkäufer und Händler wurden auf sie aufmerksam. Ein paar lachten, einige aber begannen eilig damit, Decken über ihre Waren zu werfen und ihre Stände zuzuklappen.

Janner fluchte, hob die Hände und rannte, als sie ihn nicht länger in Schach hielt, an ihre Seite. »Du hast ja recht – irgendwie zumindest. Aber wahrscheinlich gibt es nicht mal eine Bank in diesem Kaff!«

Das ließ sie innehalten. »Da könnte was dran sein.« Sie schnappte sich einen dürren Mann mit einer Kiste Kartoffeln, der erschrocken zusammenzuckte. »Entschuldigung. Wo ist bitte die nächste Bank?«

»Die Bank? Wir haben keine Bank«, stotterte er.

»Siehst du?«, sagte Janner zufrieden.

»Dann nehmen wir eben den Händler aus.« Sie zuckte die Schultern. »Er war ohnehin nicht sehr nett. Dich wollte er gar nicht erst bedienen.«

»Warte!«, rief Janner, doch sie war schon auf den Gehweg gesprungen, der sich in einer Reihe schlichter Veranden die gesamte Hauptstraße entlangzog. Ein paar Frauen, die dort Zuflucht vor dem Straßenschlamm gesucht hatten, sprangen ihr erschrocken aus dem Weg, und die Alten, die in Schaukelstühlen vor ihren Türen saßen, warfen ihr neugierige Blicke hinterher. Wenn Janner ihr nachrannte, würde er nur einen noch größeren Aufruhr verursachen. Er pfiff dem Rappen, der zwar den Kopf hob, aber keine Anstalten machte, ihnen zu folgen, fluchte und rannte zurück.

Als er vor dem Laden anlangte, konnte man bereits den Lärm von drinnen hören. Er sprang vom Pferd, zog Banneisen und eilte durch die sperrangelweit geöffnete Tür, die er schnell schloss und verriegelte.

»Wo warst du?«, fragte April vorwurfsvoll. Sie stand breitbeinig in einem Durcheinander aus Werkzeug, Bechern, Kochgeschirr und Satteldecken, die sich aus den umgestürzten Regalen ergossen, und zwang den Händler, einen älteren, rundgesichtigen Mann, Silberbesteck und andere Wertsachen in einem Sack zu verstauen.

Das Gesicht des Mannes, der einen kurzen Moment hoffnungsvoll aufgeblickt hatte, als Janner mit gezogener Waffe hereingestürmt war, verfinsterte sich umso mehr, als er ihn als den Begleiter seiner schwierigen Kundin wiedererkannte. Mit einer trotzigen Bewegung warf er eine letzte Handvoll Gürtelschnallen in den Sack und versteifte sich. »Das war alles«, erklärte er.

Janner ließ langsam das Schwert sinken und warf einen Blick in die Runde: April, die sich an einem aufmunternden Lächeln versuchte; der prall mit Tand gefüllte Sack auf der Theke; der feindselige Blick des alten Mannes. Dann fiel sein Blick auf den Ring, den der Händler am Finger trug, und er seufzte.

»Weißt du«, sagte er, »das wollte ich vorhin schon fragen: Ist das nicht das Siegel des Ashrod-Klans?«

»Was kümmert dich das«, entgegnete der Alte. »Faun.«

Janner hob sein Schwert wieder höher und nickte verständnisvoll. »Mir wären die weißen Kapuzen auch peinlich an deiner Stelle. Hast du seine Kasse?«, fragte er April.

»Ist im Sack«, sagte sie. »War aber nicht viel.«

»Klar«, sagte er. »Wozu sollte einer wie du auch Geld in der Kasse haben?« Er tippte ihm mit der Schwertspitze von unten ans Kinn und zwang seine Aufmerksamkeit auf sich. Vier Fuß geschwärzter Stahl, so breit wie die Straße ins Jenseits, ließen sich schwer ignorieren. »Nicht wahr? Da wird's nur geraubt. Und das wäre doch ärgerlich, wenn man kurz darauf wieder was ankaufen will. Also, wo ist der Rest?«

»Rest?«, erwiderte der Händler, »ihr habt doch schon alles –«, und zuckte zusammen, als Janner ihm mit zwei schnellen Drehungen seines Handgelenks links und rechts eine Ohrfeige mit der flachen Seite seines Schwerts gab. Die letzte fiel etwas hart aus, und die dünne Haut über den Wangenknochen platzte und begann zu bluten.

April kniff die Augen zusammen. »Jetzt hast du Bekanntschaft mit Banneisen gemacht. Sag ihm besser, was er hören will.« Sie hieb drohend mit dem Schwert auf die Theke. Die Klinge glitt mühelos durch ein Stempelkissen und mehrere Bögen Briefpapier und schlug eine Kerbe ins Holz. »Mit Schneeklinge könnte das richtig schmerzhaft werden.«

Der Händler biss die Zähne zusammen und wollte nichts weiter sagen – sein Blick aber verriet ihn. Janner folgte ihm und nickte in Richtung einer alten Landkarte an der Wand. April steckte Schneeklinge weg, kletterte auf einen Hocker und nahm die Karte ab. Darunter kam ein kleiner Wandschrank zum Vorschein.

»Er ist verschlossen!«, rief sie. »Hat er den Schlüssel?«

»Keine Zeit!« Draußen vor dem Fenster wurden die ersten Leute auf sie aufmerksam. »Halt ihn in Schach.« Sie wechselte mit ihm die Position und setzte dem alten Mann die Klinge auf die Brust, während Janner Banneisen mit beiden Händen packte und Spitze voran in den schmalen Spalt zwischen Schränkchen und Wand stieß.

Vier oder fünf Hiebe des mächtigen Schwerts, und er hatte ein ansehnliches Loch in die Wand geschlagen. Der Tresor saß aber immer noch fest.

Jemand rüttelte an der Tür.

»Scheiße, das wird nichts.« Janner sprang zurück zur Theke, boxte dem Händler in rascher Folge zweimal aufs Kinn, dass er zusammenbrach, und warf sich den Sack über die Schulter. »Los!«, rief er April zu. »Verschwinden wir!«

Draußen auf der Veranda hatten sich in der Zwischenzeit mehrere Schaulustige eingefunden. Die meisten sprangen zurück, sobald sie einmal die Klingen um sich kreisen ließen, doch ein paar schienen auf Ärger aus. Ein Messer wurde gezückt, Schneeklinge blitzte kurz auf, und schon hatte sie den Mann entwaffnet. Als Nächstes versperrte ein breitschultriger Kerl ihnen den Weg. Janner warf seinem verdutzten Pferd den Sack zwischen die Beine und schlug dem Mann die Faust ins Gesicht. Dann hieb er mit Banneisen eine Verandastütze um, packte April am Arm und riss sie im letzten Moment mit sich auf die Straße, ehe das Vordach des Ladens zusammenbrach und die restlichen Leute unter sich begrub. Eine Sekunde später hatte er sein Schwert wieder auf dem Rücken und den Sack über der Schulter, schwang sich aufs Pferd und reichte April die freie Hand. »Hoch mit dir!«

Sie sprang vor ihm auf und hieb noch nach zwei Männern, die sie vom Pferd reißen wollten, aber klug genug waren, sich außer Reichweite zu halten. Dann galoppierten sie los und verschwanden gerade noch rechtzeitig außer Sicht, ehe der ansässige Sheriff und seine Männer um die nächste Ecke geritten kamen.

ZWEI SCHWERTER

Hey«, sagte April und setzte sich neben ihn. »Was ist los?« Sie waren den ganzen Tag geritten und hatten ihr Lager in den Hügeln östlich des Dorfs aufgeschlagen. Es war immer noch warm und versprach eine milde Nacht ohne Regen zu werden. Janner hatte sich ein paar Schritte weiter an einen Abhang gesetzt, von dem aus man eine gute Sicht übers Tal hatte. Ipatana war sehr viel trockener als Aprils Heimat. Es wuchsen nur wenige Bäume, und die Büsche und Gräser wirkten ausgezehrt. In der Ferne, zwischen zwei hohen Tafelbergen, zog eine Viehherde vorüber, so langsam wie Wolken. Die Sonne stand tief über dem Horizont.

Hinter ihnen lag die Beute ihres unvollendeten Raubzugs: Tafelsilber, etwas Schmuck und zwei Handvoll Münzen. Lange hatte es nicht gebraucht, sich ein Bild zu machen, während sie ein paar Brote gegessen und die Aufregung des Mittags begossen hatten. Der Weinschlauch war mittlerweile leer, und Janner hielt sich an seinen schwindenden Vorrat von Hochprozentigem.

»Komm schon«, sagte sie und setzte sich neben ihn. »War das nichts? Es hat doch geklappt! Hast du sein Gesicht gesehen? Er dachte erst, endlich kommt jemand zu Hilfe!«

Janner kicherte und nahm einen Schluck aus der Flasche. Dann schaute er sie an. Sie roch den Alkohol in seinem Atem.

»Du bist mir schon eine«, sagte er und studierte ihr Gesicht, als sähe er es zum ersten Mal. »Überfällst einfach einen alten Mann mit deinem Zauberschwert.«

»Hat er nicht zu dieser Bruderschaft gehört? Du hast gesagt, dass sie Fealva …«

Er hob eine Hand. »Leute wie er machen sich nicht viele Freunde, denn sie sind gegen alle, mit denen sie nicht selbst verwandt sind. Halten sich für Freiheitskämpfer und haben irgendwo was falsch verstanden. Vielleicht ist das unser Glück, und man wird nicht nach uns suchen. Das Problem ist aber, du wusstest das nicht – du bist los und hast einfach irgendwen überfallen. Und was hat es uns gebracht?«

Sie nickte über die Schulter, wo ihre Schätze auf dem Boden lagen. »Ist das nichts?«, fragte sie wieder, diesmal bedrückter.

»Es ist mehr als nichts«, nickte er und trank.

»Aber?«

»Wir haben keinen Hehler. Das Geld hilft uns ein bisschen weiter, aber das Besteck und alles, das bringt uns nichts, wenn wir's niemandem verkaufen können. Und das ist gefährlich, für uns und für den, der's uns abnimmt. Man wird uns einen genauso schlechten Preis dafür machen wie für den Plunder aus der Kutsche.«

»Ich habe noch das hier«, sagte sie und holte die Brosche heraus. »Ehrlich gesagt wusste ich selbst nie so genau, was ich eigentlich damit will.«

Er warf einen langen Blick auf den großen Türkis, dann nahm er ihre Hand in seine und schloss sie um den Stein. »Ist dein Glückbringer«, sagte er. »Behalt sie.«

Sie schaute ihn lange an, dann steckte sie die Brosche wieder ein.

Er griff nach der Flasche. Seine Stimme machte ein paar Hüpfer, die sie sonst nicht tat. »Wir sehen einfach nicht aus wie Leute, die mit Schmuck oder feinen Tüchern handeln. Ich sähe nicht mal mit Rüschenhemd und Federhut so aus.« Er trank. »Tut mir echt leid.«

»Mir tut es leid!«, sagte sie und legte die Hand auf seine Schulter. »Ich hätte nicht … nicht einfach so …« Sie strich ihm über das blattförmige Ohr und das struppige Haar, das sich wie trockenes Moos anfühlte, und erstarrte. Er blickte sie an, die Lider mit den langen Wimpern schwer vom Alkohol, die Nasenflügel weit gebläht. Sie sah eine Ader an seiner Stirn schlagen, und auf einmal erkannte sie, was ihm durch den Kopf ging, auch wenn sie diesen Ausdruck noch nicht oft bei einem Mann gesehen hatte.

Er rang einen Moment mit sich, dann beugte er sich zu ihr vor.

»Tut mir leid!«, stieß sie aus und rutschte hastig einen Schritt zurück. Auf einmal tat ihr alles weh, und ihr Herz schlug wie wild. »Es tut mir leid.«

Janner wirkte nicht verletzt. Er schnaubte kurz, dann schüttelte er den Kopf und sah wieder aufs Tal hinaus und trank, während die Sonne langsam unterging. Als er sie aber schluchzen hörte, drehte er sich zu ihr um.

»Hey«, sagte er. »Entschuldige. War nicht ganz bei mir. Komm, ist schon okay.«

Doch sie hielt Abstand. Sie roch den Alkohol und seinen Schweiß, und die glutrote Sonne verwandelte sein Gesicht und seine Arme in ein Farbenspiel aus Erde und Blut.

»Irgendwie hattest du ja recht. Mit der Bank, meine ich. Ich muss mich wohl erst noch dran gewöhnen, dass du jetzt die beste Kriegerin der östlichen Provinzen bist. Oder so. Wie alt bist du noch gleich? Auch egal.«

Er trank. Was eben beinahe passiert wäre, erwähnte er nicht, aber sie konnte es spüren, und es trennte und verband sie zugleich. Da war aber noch etwas anderes: Er wirkte gebrochen, als hätte er heute mehr verloren als in jener Nacht, als sie seinen Boss unter einem Mühlstein zurückließen.

»Was hast du?«, fragte sie vorsichtig. »Was ist das Problem?«

»Unsere Geschichte«, lallte er. »Unsere Namen. Du hast ihm unsere Namen genannt.«

»Unsere Namen? Ich habe doch …«

Er tippte auf sein Schwert, das neben ihm auf dem Fels lag.

»Weißt du noch? In der Alten Zeit, da pflegten sich die Krieger nach ihren Waffen zu benennen. Ich bin Banneisen, und Banneisen ich. Genau, wie du jetzt Schneeklinge bist.«

April dachte an das Blut, das die Klinge getrunken hatte, als sie das Schwert das erste Mal in die Hand nahm – den kleinen Tropfen ihres Bluts, der jetzt tief in dem milchweißen Stahl verborgen war.

»Und Banneisen und Schneeklinge haben heute einen alten Mann ausgeraubt.« Er trank. »Von Janner, dem Faun, hat man so was vielleicht schon gehört. Aber nicht von Banneisen, der einst sein Vater Tausenddorn war, und weiß der Kuckuck wer alles zuvor.«

»Oh«, sagte April, nicht weil ihr nichts anderes einfiel, sondern weil sie erkannte, wie recht er hatte. »Es tut mir leid! Daran hatte ich nicht gedacht.«

»Es war ein schlechter Start für unsere Geschichte«, sagte er und leerte die Flasche. Betrübt drehte er sie um und warf sie hinter sich. »Ein schlechtes Ende für den Tag.«

»Was machen wir also?«, fragte sie. Er stand mit wackligen Beinen auf und wäre fast den Hang hinuntergestürzt.

»Nächstes Mal hinterlassen wir unsere Namen bei etwas, das sich lohnt«, erklärte er. »Du hast genug vom Davonlaufen? Frag mich mal. Du willst reich und berühmt werden? Verdammt, du hast es dir verdient. Aber wenn schon, dann machen wir's richtig – wir sorgen dafür, dass wir nicht nur bis nach Fængos kommen, sondern auch ausgesorgt haben, wenn wir dort sind. Und unsere Väter und Kinder sollen sich eines Tages nicht schämen, wenn sie unsere Geschichte hören.« Er torkelte zu ihrem Lager.

»Unsere Väter?«, zweifelte April. »Unsere Kinder?«

»Du weißt genau, wie ich's meine«, nuschelte Janner und brach auf seiner Decke zusammen. Wenige Sekunden später hörte sie ihn schnarchen.

Sie erhob sich vorsichtig, nahm Banneisen und legte es neben ihn. Schneeklinge legte sie dazu, sodass die beiden Klingen sich überkreuzten, sternenweiß und kohlrabenschwarz. Dann zog sie die Stiefel aus, legte sich ihre Decke und eine Tasche als Kissen zurecht, bettete sich neben die Schwerter und deckte sich mit ihrem Mantel zu. Eine Weile lag sie noch auf dem Rücken, sah zu den funkelnden Sternen hoch und horchte auf sein Schnarchen und die leisen Geräusche des Pferds hinter ihnen. Dann schliefen sie beide, ihre Schwerter zwischen sich.

Am nächsten Morgen war er vor ihr wach und weckte sie mit dem Geruch von Feuer und gebratenem Speck. Wenn er von seinem gestrigen Vollrausch einen Kater davongetragen hatte, so ließ er sich nichts anmerken. Tatsächlich war er schon zum Aufbruch bereit, als sie sich noch den Schlaf aus den Augen rieb und die schmerzenden Glieder streckte. Der Schlüssel zu jedem erfolgreichen Verbrechen, erklärte er ihr, lag in einem guten Plan; für diesen brauchte man Informationen, und um die zu bekommen wiederum ein Pferd.

»Was für Informationen?«, fragte sie und griff nach dem Kaffee. »Was für ein Pferd?«

»Wir müssen zur nächsten Telegraphenstation. Ich habe noch ein paar alte Freunde in der Gegend, die uns vielleicht helfen können, wenn sich die Sache mit Toni noch nicht rumgesprochen hat. Ein paar würden uns vielleicht sogar trotzdem helfen. Für eine Handvoll Schilling erfahren wir vielleicht, wo sich in der Gegend ein gutes Geschäft machen lässt.«

»Ist das nicht etwas … hm, leichtsinnig?«

»Auch nicht mehr, als taub und blind durchs Land zu ziehen.«

»Warte, ich bin gleich so weit …«

Doch er schüttelte den Kopf. »Die nächste Station, von der ich weiß, ist zwei Tagesritte entfernt. Das Pferd ist aber erschöpft, und du brauchst endlich ein eigenes. Also bleibst du besser hier, und ich schaue mich den Vormittag über um, ob ich einen geeigneten Händler finde – oder ob man schon nach uns suchen lässt.«

»Aber das ist doch erst recht –«

»Ich pass schon auf. Und vielleicht haben wir Glück und die Sache von gestern ist schon vergessen. Immerhin wurde niemand verletzt. Wahrscheinlich hängen sie einen Steckbrief aus, und damit hat es sich.«

Sie grinste schelmisch. »Glaubst du, es steht eine Belohnung auf unsere Ergreifung?«

»Vielleicht eine kleine.«

»Ich will nicht, dass du allein gehst!«

»Ich bin bald wieder da.«

»Und wer soll dich beschützen?«

Er erwiderte das Grinsen, war aber nicht von seinem Vorsatz abzubringen; und da ihr von ihrem gestrigen Ritt noch alles weh tat, gab sie schließlich nach. Den Großteil ihrer Beute nahm er mit.

So saß sie bei den Resten ihres kleinen Feuers, trank Kaffee und röstete Pinienkerne, während die Sonne langsam immer höher stieg. Sie fühlte sich winzig in der weiten Landschaft, die sich unter ihr erstreckte wie der Garten eines Riesen, in dem seine Kinder Türme aus Sand gebaut hatten. Der Himmel war wolkenlos, und wenn sie den Schatten verließ, spürte sie nach kurzer Zeit die Sonne auf der Haut.

Sie war sich sicher, Janner würde zurückkommen, doch die Tatenlosigkeit setzte ihr zu. Sie wollte sich nicht mehr vorschreiben lassen, was sie zu tun hatte, auch wenn er es sich nach dem Reinfall von gestern vielleicht verdient hatte, dass sie es nun auf seine Art probierten.

Und tief in ihr war eine böse Stimme, die manchmal wie die Stimme Bruder Titos klang, wenn er den Kindern ihren bescheidenen Platz in der Ordnung der Dinge erklärte, und dass es unrecht war, mehr zu wollen, als einem zustand; und manchmal wie die ihres Vaters, der immer schon gewusst hatte, was man von Fremden zu erwarten hatte.

Sie kannte die Antwort: Sie kamen und machten alles kaputt.

Sie nahmen einem alles weg.

Und wenn man gar nichts mehr hatte, nahmen sie einen selbst.

Sie war sehr dumm gewesen, etwas anderes zu glauben.

Pass auf, wem du traust.

Sie versuchte sich zu sagen, dass Janner nicht so war. Dass er sie schon einmal gerettet hatte, und sie ihn. Dass sie nichts Falsches getan hatte in jener Nacht in der Mühle, oder am Ufer des Sees, oder zuvor.

Unruhig spielten ihre Hände mit dem Schwert, und ihre Gedanken kehrten wieder nach Thain zurück. Die stille Anmut des weißen Manns, das Poltern, mit dem ihr Vater die Treppe hinabstürzte. Zum ersten Mal seit langem fragte sie sich wieder, ob er noch lebte und an sie dachte. Sie fragte sich, ob er sie hasste. Wahrscheinlich schon. Wäre es besser, er wäre tot? Vielleicht hätte es auch für ihn einen Mühlstein gebraucht …

Da schrie sie laut auf und packte die Pfanne und warf sie vor sich auf die Felsen.

Dann weinte sie und sank in sich zusammen und griff abermals nach dem Schwert, denn es stimmte, was Sarik gesagt hatte: Dieses Schwert war momentan das Einzige, dem sie bedingungslos vertraute. Es wurde aus Liebe geschmiedet, mit der stärksten Magie, die es gab; es hatte ihr Blut gekostet und gehörte nur ihr.

Die Sonne stand beinahe senkrecht, als Janner zurückkam. Er trug einen komischen Hut und hatte auch einen zweiten für sie dabei und grinste wieder, doch sie war wütend auf ihn und er verstand es erst nicht. Dann kam er zu ihr und hielt sie einen Moment in den Armen.

»Wir gehen jetzt ein Pferd für dich kaufen«, flüsterte er.

»Geh nicht mehr weg«, sagte sie.

Er stutzte, als er ihre geröteten Augen bemerkte.

»Okay«, sagte er dann. »Ich geh nicht mehr weg.«

WEITES LAND

Die Telegraphenstation lag auf einer steilen Anhöhe, eine Stunde vor der nächsten Ortschaft. Janner führte sein neues Pferd, einen gescheckten Wallach, mit ruhiger Hand den Hügel hinauf und wartete, bis April nachkam. Sie hielt sich nicht schlecht im Sattel, dafür, dass sie schon lange nicht mehr geritten war und die meisten Pferde in Gabors Furt Kaltblüter mit dem Temperament von Ochsen gewesen waren.

Die Tiere hatte Janner für sie ausgesucht. April und er hatten fast den ganzen Tag im Stall und auf der Koppel verbracht, bis er sich ein Urteil gebildet und mit der Züchterin, einer drahtigen, Zigarillo rauchenden Frau, einen zufriedenstellenden Preis für Tiere und Zubehör ausgehandelt hatte. April war wütend geworden, weil sie sich in ein anderes Tier verliebt hatte, und die Falbstute, auf die Janners Wahl gefallen war, ihr farblos, klein und auch ein wenig stumpfsinnig erschien. Janner aber hatte seine So-oder-gar-nicht-Haltung an den Tag gelegt und betont, unter anderen Umständen hätte er sich auch für einen Hengst entschieden; mehr gäbe aber die Kasse nicht her. Die Pferde wären vielleicht nicht hübsch, sagte er, aber ausdauernd; die richtigen Tiere für diese Gegend.

Aus Protest hatte April die Stute Nell genannt.

Mittlerweile, zwei Tage später, begann sie Dankbarkeit für Janners Wahl zu empfinden, denn offenkundig machte sie eine Menge falsch im Sattel – zumindest schloss sie das aus Nells Verhalten. Die Stute befolgte jede ihrer Weisungen mit höflichem Gleichmut, selbst wenn sie genau zu wissen schien, dass April etwas völlig anderes wollte. Bald kam es ihr vor, als stellte sie sich nur deshalb so dumm, damit April lernte, ihr klügere Befehle zu geben, und das war schon ein starkes Stück.

So dauerte es bis zu diesem Moment, in dem Nell beim Aufstieg zur Station unvermittelt in einen kurzen Galopp fiel, dass April aus dem Sattel rutschte. Da war sie dann auch dankbar, dass Nell nur ein kleines Pferd war.

»Wir können das letzte Stück auch zu Fuß gehen«, schlug Janner vor.

»Schlag dir das aus dem Kopf«, ächzte sie und stieg wieder auf. Diesmal schaffte sie es, sitzen zu bleiben.

»Sie hätten das Ding wirklich unten bei der Stadt bauen können«, beschwerte sie sich, als sie wieder im Schritt gingen.

»Hätten sie nicht«, erwiderte Janner und wies auf den Semaphor, der vor ihnen in den Himmel wuchs. »Ipatana ist ein weites Land, und die Türme liegen meist ein gutes Dutzend Meilen auseinander.«

April studierte den rechteckigen Turm mit seinem seltsamen Geäst aus blechernen Winkeln und Armen, die sich wie die Glieder einer fremdartigen Marionette hoben und senkten.

»Ich habe gehört, dass es so was gibt, aber ich glaube nicht, dass ich es schon mal gesehen habe.«

»Garion hat auch Telegraphen«, sagte Janner. »Aber auch mehr Regen, mehr Wälder und größere Städte. Hier draußen ist die Luft klarer, die Sicht besser, das Land dünner besiedelt. Du glaubst vielleicht, Ipatana hat keine vernünftige Regierung, aber ohne diese Stationen sähe es hier noch ganz anders aus.«

»Und jeder kann sie benutzen? Ich dachte immer, so was ist nur für wichtige Nachrichten. Kriege. Das Wetter.«

»Stimmt«, meinte Janner und hielt an. »Meistens sind die Semaphore auch ziemlich überlastet, aber man kann sich immer ein paar Buchstaben kaufen, wenn gerade nichts los ist. Dafür sind die Nachrichten langsam und können von jedem gelesen werden.«

Er kniff die Augen zusammen und folgte kurz dem Spiel der Winkel. »Nicht schlecht also – wenn man was an die große Glocke hängen will.«

»Wollen wir aber nicht«, stellte April fest und hielt neben ihm. »Wir wollen eine vertrauliche Information von diesem Freund von dir. Wenn er denn einer ist.«

»Richtig«, sagte er. »Und das heißt, wir wollen eine sehr spezielle Dienstleistung der freien Gilde in Anspruch nehmen. Die haben die meisten dieser alten Poststationen mittlerweile übernommen.«

»Und was für eine Dienstleistung wäre das?«

»Ein Extra an Diskretion und Geschwindigkeit«, antwortete er. »Verbunden mit einer kleinen Geldanweisung.«

Prüfend ließ er den Blick über die Gebäude neben dem Turm schweifen. Bei einem schien es sich um das Büro zu handeln, das andere war eine einfache Schenke. Etwas abseits stand ein Klohäuschen. Drei Pferde waren vor der Schenke angebunden, und die Bretterwände waren über und über mit Zetteln und Steckbriefen bedeckt. Keine der kruden Zeichnungen aber erinnerte an einen Fealv oder eine Frau. Die meisten zeigten bärtige Männer, und für April glichen sie sich wie ein Ei dem anderen.

»Ich habe das erste Mal in Melnor von der Gilde gehört«, fuhr er fort. »Angeblich ist ihr Hauptsitz in Dûnhlair und gehört den lagandæischen Handelshäusern. Krayn glaubte immer, sie seien eine Art Geheimbund, der für den Kaiser spioniert oder an seinem Sturz arbeitet. Ich für meinen Teil glaube, dass die freie Gilde andere Sorgen hat, aber wenn Krayn recht hat, dann eher Letzteres – denn in Pherenaïs gibt es keine freie Gilde. Der Kaiser duldet sie nicht. Den Dons sind solche Bedenken egal, denn die Gilde ist viel zu praktisch, und ich bin mir ziemlich sicher, dass sie eine Abmachung mit ihr getroffen haben.« Er zuckte die Schultern. »Komischerweise ist sie angeblich noch immer die ›freie‹ Gilde – unabhängig, zuverlässig und unparteiisch. Zumindest, wenn man gut bezahlt. Warte einen Moment. Ich muss das alleine machen.«

»Und wieso?«

»Weil die Unparteiischen sich nicht gerne schmieren lassen, wenn jemand zuschaut«, grinste er. »Sie nennen es Postgeheimnis.«

Er drückte ihr die Zügel in die Hand und verschwand im Inneren des Büros.

April wartete im Schatten unter dem Vordach und blickte zum Horizont, während über ihr die Winkel des Semaphors quietschend die Position änderten, eine beständige Zwiesprache des heißen, rostigen Metalls mit dem Wind und der Steppe. Ein Fensterladen klapperte. Manchmal glaubte sie das Blitzen eines Fernrohrs in der Ferne zu sehen. Sie versuchte sich vorzustellen, wie man aus den Zeichen der Winkel eine Botschaft ablas, aber sie sahen ganz anders aus als die paar Buchstaben, die sie kannte.

Ein unrasierter Mann, der denen auf den Steckbriefen nicht unähnlich sah, verließ das Klohäuschen. Er musterte sie knapp, studierte eine Weile die Aushänge, riss ein paar davon ab und steckte sie ein. Dann lehnte er sich in einigem Abstand zu ihr an die Wand, zog sich den Hut in die Stirn und zündete sich einen Zigarrenstumpen an.

»Hey«, sagte sie irgendwann, weil das Schweigen unangenehm wurde.

»Hey«, sagte er nur und richtete seine stechenden Augen auf sie. Sonst sagte er nichts, aber seine Gesellschaft wurde ihr immer unheimlicher.

Da wurde die Tür des Büros aufgestoßen und Janner kam heraus. Er sah sehr zufrieden aus.

»Haben wir, was wir wollten?«, fragte sie.

»Haben wir«, sagte er und warf dem Mann mit der Zigarre einen fragenden Blick zu. Der reagierte einen langen Moment gar nicht, dann wandte er den Blick ab. Janner schüttelte den Kopf und sprang in den Sattel. Sie tat es ihm gleich, dann schnalzte er zweimal mit der Zunge, und sie ritten los.

»Antwort in ein bis zwei Tagen. Wir reiten schon mal eine Station weiter«, meinte er mit einem Blick zurück. »Wird Zeit, dass wir aus dieser Gegend verschwinden.«

Die Blicke des Mannes bohrten sich noch lange in ihre Rücken.

Die Antwort wartete tatsächlich schon auf sie, als sie die nächste Station betraten. April spürte mittlerweile kaum noch ihren Rücken und bewegte sich wie eine steife Puppe, als sie abstiegen. Das Blitzen der Winkel und Fernrohre hatte sie wie ein Leuchtfeuer geleitet, und die Station war auch größer als die vorherige und schien am Kreuzungspunkt zweier Telegraphenrouten zu liegen. Mehrere schwenkbare Aufbauten wiesen in verschiedene Richtungen ins Land hinaus.

Diesmal nahm Janner sie mit hinein, wo zahlreiche Männer und ein paar Frauen mit Kindern schweigend darauf warteten, dass der Mann am Schalter sie aufrief. Über ihren Köpfen öffnete sich der Turm, in dem sich die Mechanik befand, und April staunte über die komplizierten Ketten und Seile und Flaschenzüge, die den Semaphor steuerten. Die Männer, die ihn bedienten oder auf ihren Beobachtungsposten zum Horizont hinausstarrten, waren irgendwo in dem Wirrwarr verborgen. Nur das rhythmische Quietschen und Rasseln der Konstruktion verriet das beständige Flüstern, das die Provinzen zusammenhielt.

Ein flinker Junge huschte alle paar Minuten die schmale Leiter zum Turm rauf und runter, brachte Kaffee und frische Botschaften und lieferte die eingegangenen hinter dem Schalter ab, wo man sie in Umschläge steckte und in kleine Fächer sortierte. April hatte den Jungen zuerst nicht weiter beachtet, dann aber bemerkte sie den abwesenden Gesichtsausdruck, mit dem Janner ihn verfolgte, als blickte er in eine andere Zeit, und da erst fiel ihr auf, dass der Kleine, der da den vollgestopften Turm wie die Takelage eines Schiffes hinauf- und hinabkletterte, als hätte er sein Leben lang nichts anderes getan, ein Fealv war.

Sie verfolgte das Spiel eine Weile, dann bemerkte sie, dass der Mann am Schalter ihnen winkte, und stupste Janner am Arm.

»Scheint, als hättest du noch Freunde in den Provinzen.«

WAGENPANNE

Sie ritten zwei weitere Tage nach Norden und bezogen Quartier in einem Rasthaus an einer Kreuzung mitten im Nirgendwo, eine Stunde von Conpeccio. Die meisten Männer, die dort abgestiegen waren, trugen staubige Kleidung und tiefe Hüte, und es war ihnen nicht anzusehen, ob sie Kuriere, Händler oder einfach nur Wegelagerer waren. In jedem Fall waren es wortkarge Gesellen, und keiner von ihnen war an Kontakt zu den anderen Gästen interessiert, was ihnen nur recht war. Je tiefer sie nach Ipatana vordrangen, desto eigenbrötlerischer wurden die Leute. Viele sprachen ihre alte Regionalsprache aus den Zeiten vor der Besatzung, und ihr Pherenidisch war schwer zu verstehen.

Die Zimmer säumten einen hufeisenförmigen Hof mit einer Tränke. Am Eingangstor gab es einen winzigen Raum mit einer Theke, wo sie Unterkunft und Futter für die Pferde zahlten und sich eine Flasche Tikai holten, auch wenn April dem hiesigen Getreidebrand wenig abgewinnen konnte. Dann zogen sie sich auf ihr gemeinsames Zimmer zurück und gingen ihren Plan durch. Vor sich auf dem Bett hatte Janner eine Karte ausgebreitet.

»Wir haben früher schon in dieser Gegend gearbeitet«, sagte er und entkorkte die Flasche. »Toni gab uns manchmal solche Aufträge: Über die Grenze gehen, ein wenig Spaß haben, den anderen Dons das Geschäft verderben. Ich hielt das immer für einen Fehler, denn schwache Familien stärken nur den Kaiser, und ein starker Kaiser ist das Letzte, was die Provinzen brauchen. Aber Leute wie Toni denken nicht sehr langfristig, und vielleicht ist das auch gut so, denn zu starke Familien nützen den einfachen Leuten auch nichts. Aber gut.«

Er ließ die Hand über die Karte wandern. »Die meisten Städte hier im Südosten unterstehen der Familie Veretti. Deren Haupteinnahmequelle sind der Viehhandel und das Glücksspiel. Wer in Ipatana eine Spielbank betreiben will, zahlt ihnen Abgaben, sonst dauert es nicht lange, und er bekommt Besuch von ein paar Leuten, die ein ernstes Gespräch mit ihm führen. Eine der lukrativsten Spielbanken der Provinz liegt in Tovigo, drei Tagesreisen östlich von hier. Und die Verettis haben ihren Stammsitz in Alersa, fünf Tage westlich. Einmal im Monat werden die Einnahmen mit einem Wagen nach Alersa gebracht.«

»Glaubst du, sie werden hier Station machen?«

»Nein. Ich glaube, sie werden die Straße durch Stivoli nehmen, nördlich von hier. Beide Straßen aber, unsere und die im Norden, vereinen sich ein paar Stunden westlich von hier, und dort legen wir ihnen einen Hinterhalt – wo wir sie für uns haben und sich niemand sonst einmischt. Wenn mein Kontakt recht behält, sollten sie in etwa vier Tagen dort durchkommen.«

»Erkennst du sie denn, wenn du sie siehst?«

»Wahrscheinlich schon. Und wir haben noch mein Fernrohr.«

»Bleibt die Frage, wie wir sie zum Anhalten bringen.«

»Wir täuschen einen Unfall vor. Du blockierst die Straße mit einem Karren und hast einen Achsenbruch. Wenn sie halten, nähere ich mich von der anderen Seite.«

»Woher willst du wissen, dass sie sich darauf einlassen?«

Er deutete auf sie, als müsste sie sich nur im Spiegel betrachten. »Du bist eine unbewaffnete Frau mitten in der Steppe. Sie werden schon halten.«

Sie studierte ihn kritisch. »Wie meinst du das, ›unbewaffnet‹?«

»Das Schwert lässt du bei mir. Ich nehme euch alle als Geiseln. Dann werfe ich dir Schneeklinge zu, und wir nehmen sie in die Zange.«

»Vergiss es.«

»Vertraust du mir nicht?«

»Ich gebe Schneeklinge nicht her.«

»Ich werde ganz in der Nähe sein. Dir passiert nichts.«

»Ich will nicht unbewaffnet den Lockvogel spielen! Wenn etwas schiefgeht, sind dir weder sie noch ich eine Hilfe. Schneeklinge muss bei mir bleiben.«

Er überlegte. Dann nippte er an seinem Glas und grunzte. »Wir könnten das Schwert hinten auf dem Karren verstecken.«

»Schon besser.«

»Das bedeutet aber, dass du nicht vom Karren weg kannst und unser Bluff schneller auffliegt.«

»Wie lange glaubst du denn, sie allein ›in die Zange‹ nehmen zu können?«

»Nun, sie werden davon ausgehen, dass niemand so dumm ist, sie allein zu überfallen. Also werden sie annehmen, dass noch weitere Männer im Hinterhalt lauern.«

»Deine Phantasie geht mit dir durch.«

»Ach wirklich?«, sagte er und lächelte selbstbewusst. »Ich stelle mir das etwa so vor: Verettis Männer kommen um eine Kurve und sehen, dass ein Karren auf der Straße liegt. Nicht quer, damit es nicht wie eine Sperre wirkt – aber schon so, dass es stört und sie nicht einfach daran vorbeifahren können. Am besten an einer Stelle mit viel Geröll, oder einem Hang, und wo die Straße nach einem Schlenker wieder nach Westen einschwenkt.«

»Wieso –«

»Jetzt lass mich mal. Also: Sie kommen um eine Kurve. Die Sonne scheint ihnen direkt in die Augen, es ist heiß, und sie sind müde. Sie sind zu dritt, damit sie sich abwechseln können, aber schon den ganzen Tag unterwegs, und den zuvor auch. Die Straße ist holprig. Eine Gegend, in der man sich gerne mal einen Achsenbruch holt. Da sehen sie diesen Ochsenkarren – ein Rad ist völlig im Eimer, wahrscheinlich ist es in ein Schlagloch geraten. Neben dem Karren steht eine Frau und winkt um Hilfe. Sie sieht aus wie eine Farmerstochter …«

»Ich sehe nicht –«

»Die Frau trägt ein einfaches, staubiges Kleid und hat die Haare hochgesteckt und sieht aus wie eine typische Farmerstochter«, fiel er ihr ins Wort. »Sie hat ein wenig Werkzeug dabei und versucht, den Karren zu reparieren, aber sie stellt sich nicht sehr geschickt an.«

Er hob abwehrend die Hand. »Natürlich gibt sie sich redlich Mühe, aber mit dem bisschen Werkzeug, das sie hat, wird das nichts. Die Männer halten an, wenigstens, um ihren Karren aus dem Weg zu räumen. Die Frau verwickelt sie in ein Gespräch. Sie liegt schon seit einer Stunde hier und hat kaum noch Wasser und bittet die Männer, sie in die nächste Stadt mitzunehmen. Die Männer sollen aber keine Fremden an ihren Wagen lassen, das hat Don Veretti ausdrücklich gesagt, und es gibt eine Diskussion zwischen denen, die sich noch daran erinnern, und denen, die glauben, dass der Don damit nur Männer, aber keine Frauen gemeint hat. In diesem Moment, in dem alle abgelenkt sind, kommt ein finsterer Fealv um die Ecke. Er trägt ein wirklich großes Schwert auf dem Rücken und sieht ziemlich entschlossen aus. Tatsächlich scheint er so von sich überzeugt zu sein, dass er das Schwert nicht mal ziehen muss. Die Männer weichen eingeschüchtert zurück, und da greift die Frau auf die Ladefläche und hat einen Moment später selbst ein blitzendes Schwert in der Hand. Zum Glück sind die beiden Räuber sehr charmant. Sie wissen genau, was sie wollen, nehmen den Männern die Einnahmen ab, fesseln sie, rufen ihre Pferde und reiten davon.« Er grinste zufrieden.

»Mein Pferd kommt nicht, wenn ich es rufe«, erwiderte April. »Und das ist nicht mal ein Zehntel dessen, was mit diesem Plan nicht stimmt.«

»Es wird funktionieren«, beharrte Janner. »Ich mache so was nicht zum ersten Mal. Klar, manchmal muss man auch improvisieren, doch in groben Zügen ist es ein guter Plan.«

»Wieso besorgen wir uns nicht wenigstens eine Armbrust für dich? Damit könntest du sie besser in Schach halten.«

Janner schaute gekränkt drein. »Weil es um unsere Namen geht. Deshalb machen wir das doch. Es soll hinterher nicht heißen: ›Banneisen hatte so wenig Selbstvertrauen, dass er sich eine Armbrust kaufte.‹«

»Ich würde sagen, es kommt ganz darauf, wie wir die Geschichte erzählen.«

Er lachte. »Du lernst schnell. Und du hättest auch recht – wenn wir die anderen töten würden. Sie sollen aber am Leben bleiben – *sie* sollen die Geschichte erzählen, nicht wir. Verstehst du?«

Sie schüttelte den Kopf. »Die Geschichte. Dreht sich alles nur um die Geschichte?«

»Was sonst wird eines Tages von uns bleiben?«, gab er zurück, und er klang so verwundert, dass sie nicht weiter fragte und in seinen Plan einwilligte.

Vorausgesetzt, sagte sie, dass sie sich nie weiter als eine Armeslänge von ihrem Schwert entfernen musste.

Der Planwagen bog um die Kurve. Die Sonne schien den beiden Männern auf dem Kutschbock in die Augen. Es war heiß, und die Männer waren müde, denn sie waren nur zu zweit und schon den ganzen Tag unterwegs, und den zuvor auch, und hatten seither wenig Schlaf gefunden. Die Straße war ziemlich holprig. Da sahen sie vor sich einen Karren, der mit dem Vorderrad in einem großen Schlagloch feststeckte. Mehrere Speichen waren gebrochen, und der Winkel, in dem das Rad unter dem Wagen hervorstand, ließ auf einen Achsenbruch schließen. Vor dem Karren stand ein graubraunes Pferd, und neben dem Karren stand eine Frau, die so aussah, als ob sie es besser hätte wissen müssen, mit einem solchen Karren alleine eine solche Straße zu nehmen. Sie winkte ihnen zu.

»Diese Farmerstöchter werden auch von Jahr zu Jahr dümmer«, sagte der linke der beiden Männer zu seinem Partner, der vor sich hin döste und gerade erst wieder zu sich kam. Trotz der Hitze hatte er eine Decke über dem Schoß, die voller Staub war. »Jetzt schau dir das an.«

»Bisschen dürr«, meinte der andere und schob seinen Hut hoch. »Und was hat sie mit ihrem Haar gemacht?«

»Ich meine nicht, wie sie *aussieht* – ich meine, dass sie versucht, ein Rad mit einem Hammer zu wechseln. Welcher Arsch schickt seine Tochter denn allein mit einem Karren und 'nem Hammer los?«

»Was kümmert's mich?«

»Ich schau mir das mal näher an.«

»Scheiße, wir sollen nicht rumhängen und quatschen, das weißt du genau.«

»Sie ist nur eine Frau, verdammt.«

»Du hattest genug Weiber in Tovigo.«

»Wir müssen wenigstens den beschissenen Karren aus dem Weg räumen. Ich will nicht selber 'ne Panne riskieren. Und wenn sie sich vielleicht doch erkenntlich zeigt …«

Der zweite Mann grunzte. »Von mir aus.«

Der erste zügelte die Pferde und kam neben dem Karren zum Stehen.

»Hey da«, sagte er und tippte sich an den Hut. »Sieht ganz so aus, als wär das Rad da im Eimer, was?«

»Hey«, sagte sie. »Ich bin ja so froh, dass Ihr haltet. Ich war mir echt nicht sicher, wisst Ihr.«

»Tja, wenn mein Freund hier gefahren wär, hätt' das auch sehr gut passieren können. Aber ich meinte, so geht das doch nicht, wir können doch keinen hier in dieser Einöde links liegen lassen. Oder keine. Oder rechts, wenn Ihr versteht, was ich meine.«

»Da bin ich ja echt froh«, lächelte sie. »Ich lieg jetzt schon seit einer Stunde hier, und Ihr seid die ersten, die vorbeikommen.«

»Ehrlich?«, zweifelte der Mann. »Ich dachte, ich hätt' da die letzte Stunde ständig so 'ne Staubwolke vor uns gesehen. Aber vielleicht wart das ja auch Ihr und Euer Karren.«

»Nein, denn ich lieg ja schon seit einer Stunde hier«, wiederholte die Frau.

»Richtig, das sagtet Ihr ja«, grübelte der Mann und rieb sich den Nacken. »Tja, also, was habt Ihr denn da?« Er schaute neugierig auf die Ladefläche, auf der ein paar Decken und Rüben lagen.

»Red hier nicht dumm rum«, meinte der zweite Mann, der noch immer auf dem Kutschbock saß. »Schaff den Karren von der Straße und komm.«

»Wie wär's, du hilfst mir?«, rief der erste Mann verärgert.

»Ich pass hier auf«, gab der zweite zurück und regte sich nicht.

»Arschloch«, sagte der erste.

»Leck mich.«

»Es wäre wirklich sehr freundlich, wenn Ihr mich mitnehmen könntet«, sagte die Frau. »Nur bis zur nächsten Stadt.«

»Nun, also«, wand sich der erste und warf seinem Partner einen wütenden Blick zu. »Ich fürchte, das wird nichts.«

»Hättet Ihr nicht wenigstens etwas Wasser für mich? Ich habe schrecklichen Durst.«

Statt einer Antwort zog sich der zweite Mann seinen Hut tiefer in die Stirn.

»Ich glaub's ja nicht«, murmelte der erste. »Kurzen Moment, ich bring Euch was. Tut mir echt leid.«

»Danke«, sagte die Frau und schaute zu, wie der Mann zurück auf seinen Wagen kletterte und unter der Plane verschwand, wo er herumwühlte.

»Hey!«, rief da eine Stimme. Der zweite Mann schreckte auf, sie drehten die Köpfe und sahen einen Fealv mit einem ziemlich großen Schwert auf dem Rücken. Er war hinter einem Felsen hervorgetreten und grinste sie an.

»Was zum …« Der Mann, der nach hinten geklettert war, kam wieder heraus. In den Händen hielt er einen Wasserschlauch.

»Das ist ein Überfall«, lächelte der Fealv. Er schien ziemlich von sich überzeugt, denn er zog nicht mal sein Schwert, als er das sagte.

»Soll das ein Witz sein?«, fragte der Mann mit dem Wasserschlauch.

»Keineswegs. Los, runter vom Wagen.«

»Leck mich«, sagte der zweite wieder, warf die Decke von seinem Schoß, hob die Armbrust, die er dort hatte, und schoss.

Es war nur eine kleine Armbrust, die schon ziemlich verzogen war, und der Fealv hätte sich auch fast geduckt, doch sie erwischte ihn noch an der Seite. Da griff die Frau unter die Rüben und das Gerümpel auf der Ladefläche ihres Karrens und hielt im nächsten Moment ein blitzendes Schwert in den Händen. Damit sprang sie ohne Nachzudenken auf den Kutschbock und stach es dem Schützen in die Schulter. Der erste Mann wollte ihm zu Hilfe eilen und griff nach etwas unter dem Sitz, doch der Fealv packte ihn und riss ihn von der Kutsche, zog sein Schwert und hieb ihm den Knauf auf den Schädel. Dann schwang er sich auf den Kutschbock, wo die Frau den Verwundeten in Schach hielt, und trat auch ihn hinab. Die Pferde scheuten und wollten rennen, der Karren aber versperrte ihnen den Weg, und der ganze Wagen kam ins Schwanken und verkeilte sich schließlich doch noch im Karren. Der Fealv sprang wieder herab und sah nach den beiden Männern, doch die kamen gerade erst wieder zu sich und beäugten finster die Klingen, die sie bereits an ihren Kehlen erwarteten.

»Alles in Ordnung?«, fragte der Fealv.

»Alles in Ordnung«, lächelte die Frau; dann bemerkte sie das Blut an seiner Seite. »Beinahe nach Plan.«

Sie ließen die Männer gefesselt im Schatten einer großen Palmlilie sitzen. Ihre Wunden waren nicht lebensbedrohlich, und es war ziemlich wahrscheinlich, dass sie irgendwer im Laufe dieses oder des nächsten Tages finden würde oder sie sich aus eigener Kraft befreiten. Die beiden Pferde ließen sie laufen.

Die Kiste mit dem Geld war im Wagen, und so schwer, dass

April Janner helfen musste, sie auf dem Wallach festzubinden, der hinter den Felsen auf sie wartete. Sie wollten das Geld eigentlich auf die Satteltaschen verteilen, die Kiste war aber verschlossen, und sie fanden keinen Schlüssel dafür. Um sie vor Ort zu knacken fehlte die Zeit: Janner blutete stark, und auch wenn er sich zusammennahm, konnte sie sehen, wie schwer er sich tat, und dass er Ruhe brauchte.

Also stellten sie noch einmal sicher, dass die beiden Männer auch wussten, wer sie überfallen hatte, und ritten dann zurück zum Rasthaus. Janner trank eine Menge Tikai auf dem Weg, und bis sie ankamen, konnte er sich kaum noch im Sattel halten. Sie hätte ihm gerne gesagt, wie sehr ihr sein Plan von vornherein missfallen hatte, aber sie fand, dass es ein schlechter Zeitpunkt dafür war, wo ihre Geschichte doch gerade erst begonnen hatte und sie wahrscheinlich jetzt schon reicher waren als jemals erträumt.

Sie achtete darauf, dass niemand es sah, als sie ihn aufs Zimmer brachte.

»Das hat sich gelohnt«, lallte er, dann brach er auf dem Bett zusammen.

WOLF, FUCHS UND SPINNE

Es war spät in der Nacht, als April von ihrer Mission, wie Janner es nannte, zurückkam. Sie war todmüde; Beine und Rücken taten ihr weh vom vielen Reiten, doch in ihrer Brust hatte sich ein merkwürdiges Hochgefühl breitgemacht, wie sie es vorher noch nie erlebt hatte.

Als Janner sie in aller Frühe losschickte, hatte sie sich zunächst dagegen gesträubt.

»Verschenken?«, hatte sie gesagt. »Du willst, dass ich unser Geld *verschenke*?«

»Nicht alles«, hatte er erwidert und sich ächzend aufgesetzt. Die Blutung war endlich gestillt, doch er war immer noch schwach, und sein Atem roch nach Alkohol. Im Bett, dort, wo er gelegen hatten, war ein roter Fleck ins Laken eingezogen. »Nur die Hälfte. Und es ist nicht unser Geld. Es ist das Geld, das die Dons diesem Land aus der Tasche gezogen haben.«

»Was kümmert es uns?«

»Weil wir hier sind. Damit ist dieses Land Teil unserer Geschichte. Wenn sich jemand an uns erinnern wird, dann hier. Hast du schon vergessen, weshalb wir damit angefangen haben? Du wolltest eine Bank überfallen, einfach, weil du es konntest. Jetzt geben wir den Leuten etwas zurück. Weil wir es können.«

April hatte trotzig mit dem Fuß gescharrt, aber Janners Miene ließ keinen Zweifel, dass es ihm ernst war. »Ich wünschte, du könntest mitkommen«, sagte sie schließlich.

»Ich auch«, hatte er erwidert. »Aber das kann ich nicht. In zwei

Tagen siehst du mich wieder auf einem Pferderücken. Vorher nicht. Und dann will ich nur noch weg. Nach Norden. Nach Fængos. Mit dir. Du schaffst das. Sag den Leuten, wer du bist, damit sie wissen, woher der Segen kommt – ich schätze, es wird ein ziemlich gutes Gefühl sein.«

Also war April den ganzen Tag geritten: erst nach Stivoli, dann nach Solebro, und schließlich noch nach Conpeccio, auch wenn das für ihren Geschmack etwas zu nahe an ihrem Unterschlupf lag. Zuerst hatte sie überlegt, das Geld einfach auf den Marktplatz oder vor das Rathaus zu werfen, aber das hätte nur Aufruhr verursacht und nicht den gewünschten Effekt gebracht. Die Bettler hätten es wohl am nötigsten gehabt, aber auch diese Art der Volksbeschenkung war nicht ohne Tücken.

Schließlich hatte sie sich entschieden, es denen zu geben, die am meisten für ihre Gemeinde taten: Hospitäler, Schulen, eine Armenküche in Stivoli. Eine Weile hielt sie nach einem Tempel Ausschau, doch es schien keinen zu geben. In Conpeccio fand sie zu ihrer Überraschung einen Serayaschrein, und nach einigem Zögern warf sie auch dort ein paar Münzen in den kleinen Opferstock (nicht ohne sich zu fragen, was Janner und sein Vater an der milde lächelnden Erscheinung fanden, deren Bild die rückwärtige Wand überzog).

Meistens aber ritt sie einfach vor eine Tür oder in einen Hof und schlug etwas Lärm, bis jemand kam. Dann sagte sie etwas wie »Hier ist ein kleines Geschenk von Banneisen und Schneeklinge. Teilt es gerecht und lasst es euch nicht wieder abnehmen«, und warf ihnen einen Beutel hin. Dann ritt sie weiter. Die Reaktionen reichten von Unglaube über Dankestränen bis zu Wutausbrüchen (einmal, da traf der Beutel jemanden am Fuß, und sie ritt auch nicht allzu rücksichtsvoll, denn schließlich wollte sie nicht vom Pferd geholt werden), aber schon nach dem zweiten Mal bemerkte sie, wie ihr das Herz bis zur Brust schlug und ein seltsamer Rausch sie befiel, so als hätte sie in einem Zug einen ganzen Weinschlauch geleert.

Sie blieb immer in Bewegung, ritt in jedem Ort zwei bis drei Stationen an und verschwand, ehe ein Sheriff oder ein Hauptmann der Dons von ihr Wind bekam. Als sie abends wieder ihr kleines Rasthaus im Nirgendwo erreichte, hatte sie ein Dutzend großer Beutel verteilt, den ganzen Tag nichts gegessen und trotz ihres Huts einen kleinen Sonnenstich.

Benommen führte sie Nell in den Hof und band sie neben Janners Pferd. Der Wallach hatte nichts mehr zu fressen, und der Boden um ihn war ziemlich schmutzig. Ihr Hochgefühl verflog. Wenn Janner es nicht einmal geschafft hatte, sich um sein Pferd zu kümmern, musste es ihm ziemlich schlecht gehen. Sie warf einen Blick zu ihrem Fenster, aber die Läden waren geschlossen.

An der Tür machte sie das vereinbarte Klopfzeichen. Keine Reaktion. Sie probierte, ob die Tür offen war, aber sie war verschlossen. Sie klopfte abermals, diesmal drängender. Was, wenn sich sein Zustand so verschlechtert hatte, dass er nicht mal mehr aus dem Bett konnte? Was, wenn …

Sie hörte leise Geräusche aus dem Inneren. Dann wurde der Riegel entfernt.

Sie hatte die Hand schon am Türknauf, als ihre Sorge auf einmal in Angst umschlug.

Lauf, sagte eine Stimme in ihr. *Lauf schnell weg.*

Doch woher diese Stimme auch kam, April hörte nicht auf sie. Sie zog Schneeklinge und öffnete die Tür.

Drinnen war es dunkel. »Janner?«, rief sie nervös und machte einen Schritt ins Innere.

Im selben Moment traf sie etwas Hartes am Kopf und zerbrach, und sie schrie und taumelte gegen die Wand. Alles drehte sich, und sie schmeckte Blut auf den Lippen. Einen kurzen Moment geriet sie in Panik. Alles, was sie sah, war ein Schatten, der auf sie zukam, und sie war sich in diesem Moment nicht mehr sicher, wo sie sich befand. Sie wusste nur, dass dieser Schatten über sie herfallen und sich alles nehmen würde, was er wollte – so wie es diese Schatten immer getan hatten.

Dann wurde sie einer kurzen, blitzenden Klinge gewahr, und ihre Hand, die Schneeklinge hielt, zuckte nach vorn und stach zu, so heftig, dass April stolperte. Ihre Knie gaben nach, doch das Schwert hatte seinen eigenen Willen und riss ihren Arm abermals herum. Diesmal traf Metall auf Metall. Sie hörte ein Ächzen, ihre Hand machte eine Drehung, etwas polterte zu Boden, sie spürte warme Feuchtigkeit auf ihrer Haut, und da begriff sie, dass sie den Schatten und alle Schatten ihrer Vergangenheit in tausend Stücke schneiden konnte – einfach nur, indem sie es *wollte*.

April stieß einen wilden Schrei aus und schwang ihre Klinge in die Richtung, in der sie seine Beine vermutete. Sie wollte ihn vernichten, wollte ihn sein Blut schmecken lassen. Sie wusste, sie durfte sich diesem Wahnsinn nicht hingeben, so berauschend er auch war – Schneeklinge aber gehorchte dem Zorn ihrer Trägerin und fand ihr Ziel. Der Schatten schrie auf und ging noch zwei Schritte, dann brach er reglos zusammen.

Benommen taumelte April ins angrenzende Zimmer, aus dem schwache Geräusche drangen. Dabei stolperte sie über den Körper des Fremden. Ihr Kopf schmerzte, und sie glaubte, sie hatte sich die Schulter gezerrt.

Auf dem Bett lag ein weiterer Schatten, Arme und Beine ans Gestell gefesselt. Sie steckte ihr Schwert weg, tastete mit zitternden Fingern nach den Schwefelhölzern und der Lampe auf dem Nachttisch und machte Licht.

Janner sah schlimm aus. Offensichtlich hatte er es dem Fremden nicht leichtgemacht. Die rechte Hälfte seines Gesichts war ein einziger Bluterguss. Sein Auge war so geschwollen, dass er es kaum noch öffnen konnte. Zwischen den Zähnen hatte er einen blutigen Knebel, und die Wunde vom Überfall hatte sich wieder geöffnet. Das ganze Bett war voller Blut. Doch er lebte.

April nahm ihm den Knebel aus dem Mund. »Janner!«, rief sie zwischen Tränen, während sie seine Fesseln durchschnitt. »Janner, hörst du mich?«

Er rang keuchend nach Atem. »Du bist hier«, flüsterte er, wie um sich selbst davon zu überzeugen. »Wir sind noch hier.« Sie hörte ein Stöhnen im Vorzimmer. »Schließ die Tür«, sagte er.

Sie nahm die Lampe und rannte zurück. Der Fremde kam gerade wieder zu sich. Er lag in einer großen Blutlache. Das meiste Blut kam aus seinem Bauch und seinen Beinen. Um ihn verteilt lagen die Trümmer des Stuhls, mit dem er April angegriffen hatte. Dazwischen lagen sein Messer und ein Hut. April trat das Messer weg, dann schloss sie die Eingangstür, die noch immer offen stand, und legte den Riegel vor.

Hinter ihr polterte etwas, und sie zuckte zusammen. Janner stand gebeugt im Türrahmen. Er hatte Banneisen unter dem Arm, als wäre das Schwert eine Krücke. Sein Blick ging zwischen ihr und dem Fremden hin und her. Dann verzog er das Gesicht zu einem Grinsen. »Warte!«, rief sie, eilte zu ihm und half ihm, sich auf den verbleibenden Stuhl zu setzen. Er sank in sich zusammen, einen wachsamen Blick auf den Fremden.

»Das Verbandzeug«, bat er schwach, und sie brachte es ihm.

»Es tut mir so leid!«, sagte sie. »Ich hätte dich nicht allein lassen sollen. Wenn ich beim Überfall schneller gewesen wäre, vielleicht wärst du dann nicht verwundet worden. Ich hätte …« Die Worte sprudelten nur so aus ihr heraus, doch er legte ihr den Finger auf den Mund. »Du hast uns das Leben gerettet.« Dann verfolgte er finster die Versuche des Fremden, den Kopf zu heben und sich aufzurichten. Dem Fremden fehlte jedoch die Kraft dazu, und er verlor mehrfach das Bewusstsein, während April Janners Wunden verband. Janners dicke, ledrige Haut war feucht von Blut und verströmte einen schweren Geruch.

»Er wollte uns beide«, murmelte er. »Deshalb hat er gewartet. Er wollte wissen, ob wir eine Losung vereinbart hatten. Ich habe ihm nichts gesagt. Das hat ihm nicht gefallen.«

»Glaubst du, er ist wegen der Sache bei dem Händler hier?«

»Nein«, sagte Janner. »Für mich sieht er eher aus wie ein Kopfgeldjäger.«

»Glaubst du?«

»Fragen wir ihn«, sagte er grimmig. »Bring doch bitte die Stricke von drüben. Und den Tikai.«

Sie holte die Stricke, mit denen der Fremde Janner ans Bett gefesselt hatte, und gemeinsam brachten sie ihn in eine sitzende Position und banden ihn an zwei Beinen des Tisches fest. Dann durchsuchten sie seine Taschen. Sie fanden etwas Geld und eine halb gerauchte Zigarre, außerdem mehrere zerknüllte Steckbriefe und Zettel, wie die freie Gilde sie an ihre Kunden ausgab. Einer davon erregte Janners Aufmerksamkeit.

> einsatz bestaetigt STOP faun und maedchen STOP transport tovigo nach alersa in sechs tagen

Janner fluchte und trank einen tiefen Schluck. »Scheint, ich habe doch keine Freunde mehr in den Provinzen«, meinte er und starrte ins Leere, und einen Moment sah es so aus, als wüsste er nicht mehr, wo er war und was er hier tat. »Ich war dumm. Tut mir leid.«

»Nein, ist schon gut«, sagte April. »Ich hätte mehr aufpassen müssen. Ich glaube, ich habe ihn schon mal gesehen. Neulich, an der ersten Station.«

»Könntest recht haben. Finden wir's raus.«

Er warf die Nachricht weg und schüttete dem Fremden die Schale mit seinem blutigen Waschwasser ins Gesicht.

Der erwachte prustend und hob den Kopf. Er war unrasiert und hatte sonnengebräunte Haut. In seinem stechenden Blick stand weder Hass noch Furcht, doch er studierte sie beide und seine Fesseln und das Blut, das sich unter ihm sammelte, sehr genau, als schätzte er seine Möglichkeiten ein.

»Ich bin mir ziemlich sicher, dass er's ist«, sagte April.

Keuchend ließ sich Janner wieder auf den Stuhl sinken. »Für wen arbeitest du?«

Der Fremde hustete und spuckte Blut.

»Halt ihn wach«, sagte Janner, und April schlug ihm mit der flachen Hand ins Gesicht.

»Jemand aus der Gegend?«, fragte Janner. »Die Verettis?«

Der Fremde grinste.

»Dann Torreno?«, fragte Janner mit unbewegtem Gesicht. »Es *ist* Don Torreno. Ich weiß es schon, also gib es ruhig zu.«

»Dämlicher Vollidiot«, flüsterte der Fremde.

Janner grunzte befriedigt. »Aber der große Toni würde doch sicher nicht nur so eine halbe Portion wie dich losschicken, oder?«

»Red du nur.« Er verzog das Gesicht. »Ich hätte euch beinah drangekriegt. Dich und das Mädchen … Konnte ja keiner ahnen, was für ein Miststück die Kleine ist.«

April schlug ihm wieder ins Gesicht. »Beantworte die Frage!«

»Ihr bringt mich doch um.« Er zuckte schwach mit der Braue. »Warum sollte ich euch helfen?«

»Noch kannst du was tun für dein Leben.«

»Leck mich.«

»Also schön«, sagte Janner. »Ich sehe, das Reden fällt dir sehr schwer. Vielleicht kann ich dir ja damit helfen, was meinst du? Irgendwie müssen wir schließlich zum Kern der Sache kommen.«

»Du kannst quatschen so viel du willst, Faun.«

Janner nickte erfreut. »Stimmt. Das kann ich allerdings! Und du wirst mir zuhören und mir sagen, ob ich richtig liege. Sind wir uns einig?«

Der Fremde hustete wieder, und April wischte ihm das Blut ab und richtete seinen Kopf wieder auf, damit er auch zuhörte.

»Sind wir uns einig?«, wiederholte Janner.

»Erzähl mir was«, nickte der Fremde. Seine Stimme war kaum zu verstehen.

Janner griff wieder nach dem Schnaps und trank einen Schluck. »Sehr gut«, sagte er und lächelte April kurz zu. »Also. Ich stelle mir das etwa so vor …«

Garonna, Ende letzten Monats. Don Torreno sitzt am Schwimmbecken seiner Villa in der Sonne. Er hat diese große, mehrstöckige

Villa oben auf einem Hügel, mit Zypressen und Oleanderbüschen, einem schattigen Atrium und einem Glockenturm an der Ecke. Früher war die Villa mal eine richtige kleine Festung gewesen, und der Turm ein Signalturm, der die Anwohner vor Feinden warnte. Heute läutet der Don die Glocke manchmal selbst, wenn er betrunken ist und die Frauen zählt, die er der Reihe nach beglückt. Ich denke mir das nicht aus – sein Sohn hat es mir erzählt.

An diesem Tag aber reicht Tonis Glück nicht mal für ihn selbst: Sein einziger Sohn ist gerade getötet worden, von einem seiner eigenen Männer. Demselben Mann, den er im Verdacht hat, seine Tochter verführt zu haben. Natürlich ist an diesem Gerücht nichts dran. Das mit seinem Sohn stimmt aber leider schon. Und obwohl der kleine Toni ein echter Versager war, ein Nichtsnutz und ein Unruhestifter, der es nicht mal hinbekam, die Schutzgelder seiner Gebiete pünktlich einzutreiben, und der außerdem die Schwäche seines Vaters für das schöne Geschlecht zu einer ungesunden Obsession gemacht hatte, der er ohne jede Rücksicht auf die Wünsche der betreffenden Damen nachging … so war er doch sein Sohn, verflucht noch mal! Die Zukunft der Familie steht nun auf dem Spiel, und wer immer den Bengel auf dem Gewissen hat, soll dafür büßen, und zwar lang und ausführlich – und wenn er mit ihm fertig ist, wird Toni einen Tag lang die Glocke in seinem Turm läuten, während die Hunde in seinem Hof die Reste fressen.

Abermals, ich denke mir das nicht bloß aus.

Doch Don Torreno hat ein Problem: Er weiß nicht, wo der Kerl steckt, der den kleinen Toni erledigt hat. Einer seiner Hauptmänner hat ihm erzählt, dass er zusammen mit einem Mädchen geflohen ist, das Toni von seiner unschönen Seite kennengelernt hat. Die beiden haben wahrscheinlich allen Grund, die Gegend so schnell wie möglich zu verlassen. Der Don kann aber nicht so einfach alle seine Männer auf die Suche nach den beiden schicken, schon gar nicht, wenn sie sich mittlerweile in einer anderen Provinz aufhalten. Theoretisch könnte er den Präfekten in Damosfels bitten, ihm ein paar Soldaten abzustellen, aber das wäre ein Eingeständnis seiner Schwäche. Aus demselben Grund hat er auch keine Lust, die verschiedenen Schulzen, Sheriffs und Banditenfänger der Provinzen einzuschalten. Er will sich schließlich nicht zum Gespött machen.

Es müssen ein paar Spezialisten her.

Ich kenne Don Torreno, und ich weiß, dass er bei so was gern auf Nummer Sicher geht. Außerdem ist er abergläubisch. Ich glaube, er hat drei Kopfgeldjäger angeworben, Kerle wie dich. Stimmt's? Das dachte ich mir. Drei Kopfgeldjäger, die seine persönliche Erlaubnis haben, alles zu tun, was nötig ist, die beiden Ausreißer zu schnappen, egal, was irgendwer sonst davon hält. Am besten lebend. Tot, wenn's nicht anders geht. Die in der Lage sind, einer Spur über egal wie viele Grenzen zu folgen. Die ein gut funktionierendes Netzwerk an Informanten und Helfern haben. Die keine Skrupel hätten, sie wenn nötig aus einem Kloster oder dem kaiserlichen Palast zu entführen, und das ohne jede Zeugen. Kurz, Leute, die ihr Handwerk verstehen.

Ich muss sagen, ich bin fast ein wenig enttäuscht, wie unvorsichtig du dich angestellt hast.

Wahrscheinlich hat aber jeder der drei besondere Fähigkeiten, denn der Don will ja auf Nummer Sicher gehen. Ich sehe euch vor ihn treten, da am Schwimmbecken seiner Villa auf der Anhöhe bei Garonna, dich und deine beiden Freunde. Oder eher, deine beiden Konkurrenten – denn natürlich kann nur einer die Belohnung kassieren, oder? Ist ja auch ein schöner Anreiz. Wie viel waren wir ihm übrigens wert? Der große Toni ist ein alter Geizhals, aber das weißt du wahrscheinlich selbst. Ich hoffe, du findest, dass es die Sache wert war.

Wie aber würde der Don nun die drei Männer auswählen? Ich glaube, er würde einen wollen, der geradlinig vorgeht, der die Spur seiner Beute verfolgt, sie hetzt und zur Strecke bringt, der kämpft wie ein Wolf und nie lockerlässt. Der zweite sollte eher jemand sein, der seinen Kopf gebraucht, der listig ist wie ein Fuchs, und zuschlägt, wenn man am wenigsten damit rechnet. Der dritte aber … der dritte Mann stellt eine Falle. Er ist wie eine Spinne im Netz, die sich nicht zu bewegen braucht, bis ihre Opfer von selbst zu ihr kommen. Ja, genau so würde er das machen. Habe ich recht? Ich wusste doch, ich kenne Toni.

Ich glaube, dieser dritte Mann bist du, denn du hast dich weder allzu schlau angestellt, noch warst du sonderlich ausdauernd. Du hast es dir hier schön gemütlich gemacht und gewartet, bis die Fliege nach Hause kommt. Nun, diese Fliege hatte einen Stachel. Es tut mir leid für dich. Aber sicher ist es so besser. Stell dir vor, du hättest mit leeren Händen zurückkehren müssen. Das mag Don Torreno wirklich gar nicht.

Vielleicht würde jetzt schon die Glocke für dich läuten …

»Ich glaube, er hört dich nicht mehr«, flüsterte April. Der Kopf des Mannes war auf seine Brust gesunken, und ein dünnes Rinnsal Blut floss aus seinem Mundwinkel.

»Wenigstens hat er noch bestätigt, dass es sich zugetragen hat, wie ich dachte.«

Sie ging zu ihrem Gefangenen, auf dessen Hose sich ein nasser Fleck gebildet hatte, fasste sein Gesicht, seinen Hals. Er war ganz kalt.

»Er ist tot«, sagte sie. »Wir haben ihn umgebracht.« Sie zitterte.

Janner humpelte zu ihr und schloss sie in die Arme. »Hauptsache, wir sind am Leben.«

»Ich habe Angst«, sagte sie. Auf einmal musste sie schluchzen.

»Du brauchst keine Angst zu haben. Wir haben Geld. Wir haben Pferde. Fængos wartet auf uns. Wir verschwinden. Toni wird uns nicht kriegen.«

Sie nickte, weinte aber dennoch.

»Ist es die Leiche?«, fragte er. »Schau einfach nicht hin.«

Sie schüttelte den Kopf. »Vorhin dachte ich einen Moment, du wärst tot. Ich hatte solche Angst. Angst, dass es hier schon zu Ende sein könnte. Mit uns. Unserer Geschichte.«

Janner legte ihr den Finger auf den Mund und küsste sie auf die Stirn. »Sag das nicht«, sagte er. »Sag das nie wieder. Unsere Geschichte fängt gerade erst an.«

Er zögerte einen Moment, dann löste er sich von ihr, reichte ihr ein Tuch und begann, seine schmutzigen Kleider zusammenzusuchen. »Das Zimmermädchen hat sich ein Trinkgeld verdient«, meinte er. »Und ich brauche wirklich ein Bad.«

April starrte auf das Blut an ihren Händen und wischte es ab, Finger für Finger. Sie dachte an jenen Tag vor vielen Jahren, als eine andere April einen blutigen Stock in den Händen hielt; der Tag, an dem sie Todd im Wald gerettet hatte. Vielleicht, dachte sie später, wurde ihr in diesem Augenblick bewusst, dass diesmal niemand kommen und sie bestrafen würde, oder sie begriff, dass sie nicht mehr jenes Mädchen war und Janner kein Schatten ihrer Kindheit, der früher oder später verschwinden würde. Er hatte recht – sie waren am Leben, und es war noch lange nicht vorbei.

Sie ging zu ihm, legte die Hand auf den Arm, mit dem er gerade sein Schwert gürtete, und küsste ihn auf den Mund. Einen Augenblick stand er festgewurzelt wie eine Eiche, alle Muskeln gespannt, als gälte es, noch einen Kampf zu schlagen. Dann gab er sich hin, Banneisen polterte lautstark zu Boden, sie gingen in die Knie, ihre Hände packten einander; dann lagen sie auf dem Boden, zwischen ihren Schwertern, inmitten des Bluts.

Janner war der Letzte, dem sie je vertraute. Er war ihr Geschöpf, und sie seines, ihre Geschichten nun so untrennbar verbunden wie ihre Schwerter und ihre Körper. Sie atmete tief ein; bei seinem Geruch dachte sie an Erde und das Flussufer an heißen Tagen. Dann wischte sie alle Gedanken beiseite, und sie liebten sich da in diesem Zimmer.

ECHTE FREIHEIT

So begann die Geschichte von Banneisen und Schneeklinge. Sie verließen das Rasthaus noch in dieser Nacht; weil Janner zu schwach zum Reiten war und ihnen zu dieser Stunde niemand einen Wagen verkaufen konnte, stahlen sie einen aus dem Stall. Das Geld dafür legten sie in ihrem Zimmer auf den Tisch, neben das für das Zimmermädchen. Die Leiche ließen sie an den Tisch gefesselt.

»Wenn er uns finden konnte, können die anderen das auch«, überlegte Janner, als sie bei Sonnenaufgang seinen Verband wechselte und er wach wurde. »Wir müssen vorsichtiger sein. Und so schnell wie möglich Land gewinnen.«

»Meinst du, die nächsten haben mehr zu bieten als ihr Freund?«, fragte sie.

Er lachte. »Solange du bei mir bist, bin ich unbesiegbar, Liebling.«

Sie hielt inne, den blutigen Verband in der Hand.

»Da. Du hast es schon wieder getan.«

»Was getan?«

»›Liebling‹. Du hast mich ›Liebling‹ genannt. Das hast du vorhin schon, im Stall.«

»Habe ich?«

Sie nickte.

»Ist das ein Problem?«, fragte er und warf einen verunsicherten Blick auf sie, den Verband und die offene Wunde an seiner Seite.

»Kommt darauf an, ob du's ernst meinst. Ich kann mir das nicht einfach dazudenken, weißt du? Das kann ich nicht.«

»Ich meine es schon so, wie ich's sage«, erwiderte er vorsichtig. »Ich liebe dich.«

»Ehrlich?«

»Ja, ehrlich.« Er zuckte die Schultern. »Könntest du jetzt bitte den Verband draufmachen?«

Sie schrak zusammen und presste eilig den frischen Verband auf die Wunde. Er sog scharf die Luft ein.

»Ich liebe dich auch«, sagte sie.

Er grinste schief. »Schlaf jetzt. Ich fahre weiter bis zum Mittag.«

Sie gab ihm einen Kuss, dann drückte sie ihm die Leine in die Hand.

Die Nacht verbrachten sie in einem Rasthaus hinter Stivoli, wo sie seine Wunden wusch. April hatte Angst, dass sie sich entzünden könnten, und dachte an die gezackten Narben und verstümmelten Leiber der Männer aus dem Dorf, die damals nach Tanbria in den Krieg gezogen waren. Janner aber schien sich keine Sorgen zu machen, und tatsächlich heilten die Verletzungen schneller, als April es für möglich gehalten hätte.

»Ist das so bei Fealva?«, fragte sie und strich fasziniert mit dem Finger seine Brust hinab. Er zuckte leicht zusammen und bekam eine Gänsehaut.

»Schätze, so ist das bei uns«, erwiderte er.

Am nächsten Tag reisten sie weiter nach Norden.

In Carbella blieben sie drei Nächte. Es war die größte Stadt, die sie auf ihrer Reise bisher gesehen hatten, mindestens so groß wie Thain, und allen guten Absichten zum Trotz vergaßen sie ihre Vorsicht eine Weile und genossen die Annehmlichkeiten der Stadt und die Möglichkeiten ihrer prall gefüllten Börsen. Sie aßen und tranken besser, als April je gegessen oder getrunken hatte. Sie schliefen in weichen Betten. Sie kauften sich neue, leichtere Kleider und Stiefel und verspielten eine Menge Geld in einem Etablissement nicht unähnlich dem, aus dem ihr Geld ursprünglich stammte. In den Nächten wurden sie so laut, dass es in der Herberge beinahe zu einer Schlägerei kam.

Sobald es Janner wieder gut genug ging, verkauften sie den Wagen und reisten nur mit ihren Pferden weiter, erst nach Norden und dann dem Verlauf der großen Ebene und ihres Flusses folgend etwas nach Westen. Allmählich spürte April den Sattel nicht mehr und genoss die Bewegung der Stute unter sich, die ihrerseits nicht länger versuchte, sie zu verschaukeln. Sie passierten viele Ortschaften, sahen Farmen und Viehherden, und wenn sie eine Weile galoppierten und sie den warmen Wind im Haar und ihrem Umhang spürte, den Hut im Nacken, die Sonne auf ihrem Gesicht, Janner neben sich und ihr Schwert an der Seite, dann fühlte sie sich wie ein Traum, der seine Träumerin vergessen hat.

Seit sie nicht mehr unter freiem Himmel lagerten, kamen sie besser voran. Die Pferde bekamen gut zu fressen und waren ausgeruhter, und sie schafften häufig mehr als fünfzig Meilen am Tag. Sie vermieden die Telegraphenstationen, aber in den größeren Ortschaften studierte Janner stets die Aushänge der freien Gilde, die an öffentlichen Plätzen Neuigkeiten von allgemeinem Interesse verbreitete: Steckbriefe, Gesuche, neue Gesetze, Meldungen aus dem Kaiserreich, Botschaften, die nicht zugestellt werden konnten und in der Station darauf warteten, dass man sie abholte.

»Ist was über uns dabei?«, fragte April dann, und meistens schüttelte Janner den Kopf, halb erleichtert und halb enttäuscht. Eines Tages aber nahm er ein unscheinbares Blatt von der Wand und reichte es ihr. Sie entzifferte die ersten paar Worte, dann reichte sie es ihm zurück. »Was steht da?«

»Über dich und deinen Ritt durch die Dörfer. Leider haben sie die Namen falsch.«

»Wie falsch?«

Er hob eine Braue. »›Bannschwert und Schneelinge‹. Das mit dem ›linge‹ ist wahrscheinlich nur ein Druckfehler.« Er knüllte das

Papier zusammen und warf es weg. »Nicht entmutigen lassen«, sagte er. »Der Anfang ist immer schwer.«

Auch wenn sie keine Steckbriefe von sich fanden, gingen sie den örtlichen Gesetzeshütern so weit wie möglich aus dem Weg. Einmal mussten sie ein Dorf überstürzt verlassen, weil der Sheriff ein Problem mit dem Anblick einer bewaffneten Frau hatte. April hätte darin gern eine Herausforderung gesehen, aber Janner wirkte beruhigend auf sie ein.

»Nimm's nicht persönlich, Liebling«, erklärte er. »Die Leute im Norden Ipatanas sind einfach etwas rückständiger.«

Sie kamen an ein paar Serayaschreinen vorbei, und April erzählte Janner, dass sie auch in Conpeccio einen gesehen hatte. Janner war sehr aufgeregt, dass die neue Religion sich schon so weit verbreitet hatte.

»Wenn die Prophetin hier war oder zumindest bekannt ist, hat man vielleicht auch von meinem Vater gehört«, sagte er.

»Lass uns doch nach ihm fragen«, schlug April vor. »Wer könnte so was wissen?«

»Nun, sicher ein Fealv«, meinte Janner und klang ein wenig skeptisch, denn es gab nicht viele Fealva in Ipatana, und die meisten sahen nicht sehr freundlich aus.

Schließlich fanden sie einen sehr alten Fealv, der auf einem Feld vor seiner Hütte arbeitete. Er war ein drahtiger Mann, der nur aus Sehnen und Haut zu bestehen schien und April eindrucksvoll vor Augen führte, dass Janners Mutter ein Mensch gewesen war: Denn wo Janners Haut rot und braun war, besaß die Haut des Alten fast die Farbe von Pflaumen; wenn Janners Ohren sie an Feigenblätter denken ließen, dann hatte der Alte an Ohren und Schultern Stacheln und Kämme, die an den Spitzen hell ausliefen und sie an die zerfransten Rückenflossen eines Fischs erinnerten. Er trug eine Latzhose und einen Strohhut als Schutz vor der Sonne. Gerade war er damit beschäftigt, Unkraut aus der trockenen Erde zu reißen, sehr eilig schien er es aber nicht zu haben. Im Schatten vor seiner Hütte lagen eine leere Flasche und ein Banjo.

»Morgen, Bruder«, sagte Janner.

»Tach, Jüngelchen«, sagte der Fealv.

»Sag, wie kommt es, dass man hier so viele Schreine der neuen Religion sieht?«

Der Fealv hielt inne und rieb sich den Rücken. Eine Weile starrte er Janner an, dann starrte er April an, und sie dachte schon, dass er vielleicht nicht ganz richtig im Kopf war und keine Antwort geben würde, aber dann lachte er und machte sich wieder an die Arbeit.

»Was ist denn so komisch?«

»Du bist komisch, Jüngelchen«, meinte der Fealv. »Du und deine Fragen.«

»Hast du keine Antwort für mich?«

»Klar hab ich die.«

»Ich würd' sie gern hören.«

»Ach?« Der Fealv unterbrach seine Arbeit wieder, als ob er nicht damit gerechnet hätte, und blinzelte in die Sonne. »Verdammt heiß heute«, meinte er.

Janner kramte in seiner Satteltasche. April dachte zuerst, er wolle an den Wasserschlauch, doch stattdessen holte er eine angebrochene Flasche Tikai heraus und warf sie ihm zu. Der Alte verfolgte genau, was er tat, und fing die Flasche, ohne den Blick von ihm zu wenden. Er entkorkte sie mit den Zähnen und trank einen tiefen Schluck von der goldenen Flüssigkeit.

»Schätze, der Kaiser hat keinen wie mich«, meinte er dann.

»Was soll das heißen?«

»Nun, Jüngelchen«, meinte der Alte, fummelte nach etwas zwischen seinen Zähnen und spuckte aus, »wenn du dich um deinen Acker nich' kümmerst, wächst irgendwann nur noch Scheißunkraut drauf. Das soll das heißen.«

»Du bist kein Freund der neuen Religion«, stellte Janner fest.

Der Alte trank noch einen Schluck, dann verkorkte er die Flasche und warf sie zurück. »Das hab ich nich' gesagt«, wehrte er ab.

»Es heißt, dass ein Fealv die Prophetin beschützt und mit ihr durch die Lande reist«, sagte Janner. »Als ich das letzte Mal von ihnen gehört habe, waren sie gerade in Teveral.«

»Das mag schon sein«, meinte der Alte. »Aber hier sind sie nich' durchgekommen.«

»Ich suche nach ihnen«, stellte Janner klar. »Der Fealv ist mein Vater.«

»Ach, ehrlich?« Der Alte warf ihm einen skeptischen Blick zu. »Der Boden hier is' schlecht für Religion«, meinte er dann. »Hier wachsen nich' mal die Kartoffeln richtig. Die Leute haben andre Sorgen, als sich mit wem anzulegen. Einfach kein Bedarf. Das is' Ipatana.« Er grinste mitfühlend, als er Janners Enttäuschung bemerkte. »Geh weiter nach Norden, Kleiner. Eccleton is'n gutes Feld für so was.«

Sie beherzigten seinen Rat und setzten ihre Reise fort.

Zwei Wochen nach dem Überfall und ihrer Flucht wurde das Land fruchtbarer und dichter besiedelt. Nadelwälder spendeten etwas Schatten, und auch die Berge im Westen waren wieder näher gerückt und hatten Gesellschaft von einer zweiten Gebirgskette im Osten bekommen, jenseits derer sich das Meer befand, sagte Janner. Sie waren weit vom Gebiet der Familien Veretti oder Torreno entfernt; zum ersten Mal seit ihrer Flucht fühlten sie sich in Sicherheit und schmiedeten Pläne für die Zeit in Fængos und ihre Zukunft.

»Glaubst du, wir haben noch genug Geld, wenn wir dort sind?«, fragte April. Ihre Reisekasse war immer weiter geschrumpft, aber sie hatte Schwierigkeiten, abzuschätzen, wie viel es noch war.

»In Fængos brauchen wir nicht viel«, sagte Janner. »Wir können uns ein bisschen Land suchen, vielleicht in den Wäldern, oder an einem der Seen. Dort könnten wir uns eine Hütte bauen.«

»Einfach so?«

»Es leben vor allem Fealva und Vertriebene dort. Wir werden uns schon arrangieren.«

»Dir fällt doch nach einem Monat in einer Hütte die Decke auf den Kopf.«

»Mit dir?« Er lachte ihr zu. »Glaube ich kaum.«

Sie erwiderte sein Lachen, richtete den Blick aber geradeaus. Eine Weile ritten sie schweigend nebeneinander her.

»Was ist mit dem Krieg?«, fragte sie dann.

»Der wird uns nicht einholen«, sagte er. »Fængos ist dem Imperium lange verloren. Daran wird sich nichts mehr ändern.«

»Und Teveral? Und die restlichen Provinzen?«

Er zuckte die Schultern. »Das wird sich zeigen.«

»Ich hatte gedacht, dass du vielleicht deshalb deinen Vater suchst. Um ihn zu unterstützen, meine ich.«

Er dachte kurz darüber nach. »Ich suche meinen Vater jetzt schon ziemlich lange, und vielleicht werde ich ihn nie finden. Das ist schon in Ordnung.«

»Du willst ihm doch Banneisen zurückgeben.«

»Das war meine Absicht, ja.«

»Weil dir das Schwert so viel Pech gebracht hat.«

»Nicht das Schwert selbst, das würde ich nicht sagen. Das ganze Kriegerhandwerk.«

»Aber du hast auch geschworen, dich seines Namens als würdig zu erweisen.«

»Man tut, was man kann«, wand er sich. »Worauf willst du eigentlich hinaus?«

Sie legte die Hand auf den Schwertknauf. Wie immer schien er kalt wie Eis zu sein.

»Wir können vielleicht mehr bewirken, als dass wir nur die Dons ausrauben. Selbst wenn wir das Geld verschenken, wird sich später niemand erinnern.«

»Ich entdecke eine neue Seite an dir.« Er lachte. »Pass auf! Dieser Weg kann dich um die ganze Welt führen, und du wirst immer nur deinen eigenen Schatten jagen.«

»Wir könnten die Provinzen befreien«, sagte sie. Fast überraschte es sie selbst, diese Worte aus ihrem eigenen Mund zu hören, dann dachte sie darüber nach und fand, dass sie gut klangen. Mehr als gut – irgendwie richtig.

»Ist nicht dein Ernst«, sagte er.

»Die Dons beuten die Leute doch bloß aus. Wenn das jemand weiß, dann wir.«

Er grunzte zustimmend. »Die Dons sind aber nur ein kleiner Teil des Problems. Der Kaiser ist ein ziemlich schlechter Verlierer. Er wird versuchen, die Provinzen zusammenzuhalten, gleich, was es kostet. Echte Freiheit gibt es erst, wenn der Kaiser tot ist.«

»Irgendwo muss man ja anfangen.«

»Auch du kannst nicht allein einen Krieg gewinnen.«

»Ach ja?«, fragte sie und hob herausfordernd das Kinn. »Wer will uns denn aufhalten?«

Er schüttelte den Kopf und sog die frische Waldluft ein.

»Du hast Sariks Geschichte gehört«, setzte sie nach. »Der siebte Krieger wusste, dass er nicht gewinnen kann.«

»Bloß weil irgendein alter Kerl den Schwanz eingekniffen hat, heißt das noch lange nicht, dass du's alleine mit einer ganzen Armee aufnehmen kannst.«

»Ich könnte dem Kaiser einen Zweikampf anbieten.«

»Was, etwa gegen dich?«

»Klar gegen mich.«

»Das wäre nicht fair.«

»Du bist unmöglich!« Sie trat ihr Pferd, um mit ihm Schritt zu halten. »Ich dachte, genau so wurde das früher geklärt? Mit Zweikämpfen, so wie in der Geschichte?«

»Zeiten ändern sich.« Er schaute sie ruhig an und studierte ihr Gesicht. »Du bist vielleicht im Zweikampf unschlagbar. Aber du bist nicht unverwundbar. Und ich will dich nicht verlieren.«

Sie wollte erst widersprechen, doch dann ritt sie näher und streckte die Hand nach ihm aus. Er ergriff sie kurz, dann musste er sein Pferd um einen Felsen lenken.

»Keine Angst«, sagte sie. »Ich habe dich gefunden – und ich gebe dich nicht wieder her.«

WORTE IM SAND

Anfang Juni überquerten sie die Grenze nach Eccleton und erreichten Burrick ein paar Tage später. Eigentlich hatten sie vor, eine Woche oder zwei zu bleiben und dann weiter Richtung Gull zu reiten. Die Hälfte des Weges hatten sie geschafft; von Gull aus könnten sie an der Küste entlang direkt bis nach Fængos ziehen. Also nahmen sie sich ein Zimmer und deckten sich mit Essen und allen Annehmlichkeiten ein, die ihre Herberge zu bieten hatte.

Burrick war die größte Stadt, die April bisher gesehen hatte. Sie lag am Damos, über den man von hier durch Merildon und Garion bis Melnor fahren konnte, und die Schiffe auf dem Fluss erzählten von fernen Häfen und Ländern. Janner fand, es sei kein Vergleich zu Melnor, aber das sei auch ganz gut so. Dennoch sah man ihm an, dass er dankbar war, wieder Stadtluft zu schnuppern, selbst wenn sie seiner feinen Nase an manchen Ecken nicht gerade schmeichelte. Die nächste Woche, erklärte er, werde er vor allem in der Badewanne verbringen; sie könne ihm gern Gesellschaft dabei leisten.

Doch es kam anders.

Sie waren noch nicht lange in der Stadt, als sie eines Tages den Markt überquerten. Vor ihnen lag das Rathaus, dahinter das Hafenviertel mit seinen Tavernen. Der Dunst der Bierstuben und der Geruch von geräuchertem Fisch lagen in der Luft. April aß frische Erdbeeren, während Janner wie üblich die Wand mit den Aushängen der freien Gilde studierte.

Als er wieder zu ihr kam, war sein Gesicht wie versteinert. In der Hand hielt er einen Zettel.

»Was ist?«, fragte sie besorgt.

»Es ist mein Vater«, sagte er. »Man hat ihn verhaftet. In Merildon. Er sitzt im Gefängnis von Trestin und wartet auf seine Hinrichtung.«

»Warte«, rief sie. »Jetzt warte doch mal!« Er lief auf und ab, als wäre er selbst der Verurteilte, und der Henker käme jeden Moment, um ihn abholen. Sein ganzer Körper lag im Kampf mit sich selbst: Sein Kopf wollte ihr zuhören, doch seine Beine konnten nicht stehenbleiben, und seine Hände führten immerzu die Flasche zum Mund, so oft April auch dazwischenging. Sie stolperte neben ihm her und redete auf ihn ein, und er blieb erst stehen, als sie den Hafen erreichten und der Fluss und das Gedränge an seinen Ufern ihnen den Weg versperrten. Sie führte ihn zu ein paar Kisten und drückte ihn sanft hinab, bis sie nebeneinander saßen und den Schiffen zusahen. Doch seine Augen begannen erst allmählich wieder, überhaupt etwas wahrzunehmen, und seine Hände zitterten.

»Was hast du gesagt, Liebling?«, flüsterte sie. »Ich verstehe dich nicht.«

»Nach Norden«, wiederholte er. »Wir wollen doch nach Norden. Nach Fængos.«

Sie schüttelte den Kopf. »Dein Vater ist im Süden«, sagte sie und griff nach dem Zettel in seiner Hand. »Das steht hier doch, hast du gesagt, nicht wahr?«

Er nickte schwach. »Das steht da.«

»Dann ist doch klar, was wir jetzt machen.«

Er sah sie unsicher an. Sein Atem ging schwer und roch nach Alkohol.

»Du musst dich nicht zwischen ihm und mir entscheiden.« Sie strich ihm über den Arm. »Hörst du? Ich komme mit.«

Erst hörte er nicht zu und wollte wieder trinken, doch sie drückte seinen Arm nach unten. »Liebling, bitte«, sagte sie. »Das hat noch nie jemandem geholfen …« Sie nahm ihm die Flasche ab. »Der Norden läuft uns nicht weg. Zuerst helfen wir deinem Vater. Das steht doch außer Frage.«

Er küsste sie und nahm sie in den Arm. Sie konnte aber spüren, wie angespannt – und wie betrunken – er war.

»Das ist es ja gerade«, sagte er. »Die Nachricht lässt mir … uns … keine andere Wahl, als umzukehren. Was treibt er nur in Merildon? Wieso hat er sich verhaften lassen?«

Sie grinste. »Ich könnte mir denken, dass er sich dieselbe Frage stellt.« Dann wurde sie wieder ernst. »Oder meinst du, dass es eine Falle ist?«

Er drehte und wendete die Nachricht zwischen den Fingern wie eine Karte, auf der die Himmelsrichtungen fehlen. »Nein. Das heißt, keine Ahnung. Die Falle war doch schon. Oder? Ich würde die Geschichte gerne so erzählen … Aber sie lassen mich nicht. Ich weiß nicht, was sie jetzt vorhaben. Ich weiß nur, was ich gesehen habe – den ersten Kopfgeldjäger. Der *erste* hat uns die Falle gestellt.«

Sie studierte besorgt sein Gesicht. »Liebling, ich weiß wirklich nicht, ob … Es war doch nur …« *Nur eine Geschichte*, wollte sie sagen, doch sie beendete den Satz nicht. Sie verstand, dass es mehr für ihn war, und konnte die Angst in seinen Augen nicht ertragen. »Wir brauchen auf alle Fälle Gewissheit.«

Er nickte. »Das wäre gut. Gewissheit wäre gut.«

»Können wir vielleicht herausfinden, ob die Nachricht echt ist?«

»Keine Ahnung. Vielleicht.« Er atmete tief durch und wischte sich den Schweiß von der Stirn. »Ich denke, die freie Gilde kann das. Die Nachrichten an der Wand stammen alle von der Gilde. Sie müssen wissen, wer sie geschickt und wer sie bezahlt hat.«

»Prima«, sagte sie. »Dann lass sie uns fragen.«

»Sie werden es uns nicht einfach sagen. So funktioniert das nicht.«

»Ach ja?« Sie strich kurz ihren Umhang zurück, und Schneeklinges Knauf glitzerte im Mittagslicht. »Das werden wir schon sehen.«

Er sah sie mit großen Augen an. Als er bemerkte, dass es ihr ernst war, rappelte er sich auf. »Ich liebe dich. Lass uns gehen.« Er taumelte.

»Ich hatte eigentlich gemeint, sobald du dich ausgeruht hast …«

»Mein Vater soll hingerichtet werden. Wir haben keine Zeit zu verlieren.«

Er stieß an ein paar Fässer, die gefährlich ins Wanken kamen. April sprang auf und stützte ihn, bis er sein Gleichgewicht wiedergefunden hatte.

»Geht es wieder?«

»Danke.«

Sie sah ihn skeptisch an, dann schüttelte sie den Kopf. »Los komm! Wir finden heraus, ob die Nachricht wirklich aus Merildon stammt.«

Es war nur eine Viertelstunde bis zur Poststation. Sie lag am Kreuzungspunkt zweier großer Straßen, die zum Marktplatz und zum Hafen führten, und war von mehreren kleinen Gasthäusern und Geschäften umgeben. Darüber an einem Turm führte der Semaphor seinen fremdartigen Tanz auf, und April wunderte sich, dass man ihn nicht an einem besseren Ort plaziert hatte, denn es gab zwar eine halbwegs freie Sicht nach Westen, auf die andere Seite des Flusses, aber in den anderen Richtungen sah es weit weniger günstig aus. Dafür war es die größte Niederlassung der Gilde, die sie bis jetzt gesehen hatte.

Janner ließ sich von derlei Details nicht beirren. Dankbar für eine Richtung hielten seine Beine auf den Eingang zu, und sie hatte schon fast wieder Mühe, mit ihm Schritt zu halten, auch wenn er auf dem Weg ein paarmal fast in eine Laterne gerannt wäre.

Das Innere bot den gewohnten Anblick wartender Kunden und eiliger Angestellter. Es gab mehrere Schalter für die Annahme und die Ausgabe von Botschaften, und hinter einem feinen Gitter konnte man die Umrisse und die Arbeitsgeräusche einer Druckerpresse ausmachen. Die Wände der Station waren voller Aushänge, und kleinere Zettel zum Mitnehmen stapelten sich auf den Theken. Für April, die in Gabors Furt nie gedruckte Schrift gesehen hatte, sahen die Zettel sich alle sehr ähnlich und waren von dem in Janners Hand kaum zu unterscheiden.

Janner drängte sich unsanft an einer Schlange von Wartenden vorbei an einen Schalter. Es gab vereinzelte Proteste, aber man bemerkte recht schnell sein finsteres Gesicht und das große, schwarze Schwert auf seinem Rücken. April entschuldigte sich ein paarmal freundlich und schob sich an seine Seite.

Der Mann mit dem Zwicker auf der anderen Seite des Gitters sah nicht sehr erfreut aus.

»Ich brauche einen Termin mit dem Leiter dieser Stelle«, sagte Janner und trommelte mit einem goldenen Denar auf die Theke. »Leider bin ich nicht angemeldet. Das ist doch kein Problem, oder?«

Der Angestellte studierte ihn und die Münze, machte aber keine Anstalten, danach zu greifen; die Hände hatte er unter der Theke. Dann gab er einem Jungen hinter sich einen Wink. Der trat durch eine Tür in die Wartehalle hinaus und bedeutete ihnen, ihm zu folgen.

April lächelte dankbar und steckte Janners Denar, den der Angestellte nach wie vor ignorierte, wieder ein. Sie durchquerten die Halle, der Junge klopfte an eine weitere Tür, sie wurde geöffnet, dann ließ er sie eintreten und schloss die Tür hinter ihnen.

Sie standen in einem kurzen Flur mit zwei Türen. Die zu ihrer Rechten war geöffnet, und sie konnten einen blonden Mann sehen, der sich gerade hinter seinem Tisch erhob.

»Was gibt es denn so Dringendes?«, fragte er, als sie eintraten.

»Seine Augen«, flüsterte April, doch Janner schien sich nicht darüber zu wundern: Sie waren gemustert wie die Speichen eines Rads, hellblau und dunkelblau.

»Ich will wissen, woher das hier stammt«, sagte Janner und drückte dem Mann den zerknitterten Aushang in die Hand. »Ist das ein offizieller Aushang der Gilde?«

Dezent legte April den Denar auf den Tisch.

Der Mann hob kurz die Braue und studierte den Zettel. »Der Fealv Tausenddorn«, sagte er. »Nun, das ist eine Überraschung. Ich habe das noch nicht gelesen, denn ich hätte mich sicher daran erinnert. Aber echt ist die Nachricht auf jeden Fall.«

»Woran erkennt man das denn?«, fragte April.

»Am Druckbild«, sagte der Mann. »Und diesen kleinen Zeichen hier unten. Sie stammt aus unserer Druckerpresse, und das heißt, sie kam über den Telegraphen rein. Wir drucken nichts anderes auf dieser Presse.«

»Wirklich nichts anderes?«, hakte sie nach.

»Wenn doch, wäre das entsprechend markiert«, lächelte er und reichte den Zettel an sie zurück. Mit der anderen Hand strich er die Münze vom Tisch und ließ sie in einer Schublade verschwinden. »Ein Mann auf der Straße würde den Unterschied nicht bemerken – ich aber schon.«

Janner schüttelte ungeduldig den Kopf. »Und woher genau stammt sie? Kann man das auch sehen? Wer sie geschickt hat, und von wo?«

»Ich fürchte«, zögerte der Mann, »das lässt sich nicht so einfach sagen.«

»Willst du mehr Geld?« Janner wühlte in seinen Taschen.

Der Mann hob abwehrend die Hände. »Da es sich um einen öffentlichen Aushang handelt, kann ich gerne versuchen, den Weg, den die Nachricht genommen hat, nachzuvollziehen. Das wird aber eine Weile dauern. Man glaubt es vielleicht nicht, aber nichts belastet den Semaphor mehr, als Nachfragen zu Nachrichten, die bereits gesendet wurden.«

»Ich rede nicht vom Semaphor«, sagte Janner.

Der Mann mit den gemusterten Augen lächelte. »Ich fürchte, wir missverstehen uns.« Auch April sah Janner fragend an. Er hatte immer noch Probleme, aufrecht zu stehen, doch sein Blick war wieder klar.

»Ich rede nicht vom Semaphor«, wiederholte er.

Das Lächeln des Mannes gefror.

»Ich weiß, dass die Semaphore nur Schau sind«, fuhr Janner fort. »Natürlich würdet ihr Lagandæer das nie zugeben, aber die Winkel dort oben klappern doch nur das Wetter, oder wenn ein reicher Sack Geburtstag hat. Ich kann die Nachrichten lesen. Die meisten Leute können das nicht, deshalb glauben sie den Mist.«

»Der Semaphorencode ist geheim und wird regelmäßig geändert.«

Janner zuckte die Schultern. »Ich hab genug aufgeschnappt, um zu wissen, wie viel so ein Semaphor bewältigt, und wie viele Botschaften die Gilde in Wahrheit versendet. Keine Ahnung, wie ihr's anstellt, aber ihr habt mehr auf dem Kasten als das.«

»Was soll das?«, fragte der Lagandæer und breitete die Hände aus. »Ihr platzt hier rein, seid betrunken, stört den Betrieb und brüstet euch damit, das Postgeheimnis verletzt zu haben. Was glaubt ihr denn, soll ich jetzt machen? Was wollt ihr von mir?«

»Ich will wissen, wer diese Nachricht gesendet hat!«, rief Janner. »Ich weiß, dass ihr das rausfinden könnt – was immer ihr da hinten in dem anderen Raum auch versteckt.« Er deutete unbestimmt den kurzen Flur hinab. »Ihr könnt das.«

»Tut mir leid«, sagte der Lagandæer und nahm wieder hinter seinem Tisch Platz. »Die Informationen, die ihr wollt, sind geheim. Und damit meine ich nicht ›teuer‹, sondern ›geheim‹. Wenn ihr mich nun wieder an die Arbeit lassen würdet …«

Janner machte keine Anstalten zu gehen. Der Lagandæer versteifte sich und wandte kaum merklich den Kopf. April folgte seinem Blick und entdeckte die Kordel in der Ecke, die wahrscheinlich zu einer Klingel führte.

Dann ging alles ganz schnell. Janner warf sich auf sein Gegenüber, stieß sich aber das Knie am Tisch und stürzte fluchend zu Boden. Der Lagandæer griff nach der Kordel, doch Schneeklinge sprang wie von selbst in Aprils Hand, und sie hüpfte über den Tisch und durchtrennte die Schnur, nur wenige Zoll über der zitternden Hand des Angestellten.

Noch ehe dieser um Hilfe rufen konnte, hatte Janner die Beine seines Stuhls gepackt und umgerissen. Der Mann stürzte zu Boden und versuchte sich wegzurollen.

Im nächsten Moment hatte er zwei zitternde Klingen an seiner Kehle, die eine weiß, die andere schwarz.

»Wir gehen jetzt nach hinten«, keuchte Janner. »Wir gehen durch diese Tür und werfen einen Blick in eure Bücher und was ihr sonst noch dort habt. Und kein Laut!« Seine Knie und seine Arme zitterten, und dem Blick des Lagandæers nach zu urteilen, war diesem klar, dass Janner Probleme hatte, das schwere Schwert stillzuhalten und ihm nicht die Kehle durchzuschneiden.

»Ich hab ihn«, sagte April mit klopfendem Herzen. »Alles in Ordnung.« Die schwarze Klinge zog sich zurück. »Auf, hoch mit dir.«

Einen Moment sah es aus, als spielte der Lagandæer mit dem Gedanken an Gegenwehr, doch dann besann er sich eines Besseren; er war Geschäftsmann, kein Krieger. Langsam stand er auf, die Hände erhoben.

»Und los.«

Janner hinkte voran auf den Flur, und April stieß ihren Gefangenen vor sich her.

»Klopf an«, sagte Janner, als sie die Tür am anderen Ende erreichten. Nach kurzem Zögern gehorchte der Mann. »Beiseite«, raunte Janner, und April zog den Lagandæer weg, um ihm Platz zu machen.

Auf der anderen Seite der Tür wurde ein Riegel umgelegt. Doch kaum dass sie sich einen Spalt breit öffnete, trat Janner sie nach innen auf und stürmte hinein. April folgte in knappem Abstand mit dem Gefangenen.

Drinnen waren zwei Männer. Der Mann, der die Tür geöffnet hatte, taumelte mit blutiger Nase zurück. Ein älterer erhob sich erschrocken von einer komplizierten Konstruktion, die April an einen großen Webstuhl erinnerte, vor dem mehrere aufgeschlagene Bücher lagen. Daneben stand ein hoher Wandschrank.

»Da rüber!«, rief Janner. April stieß ihren Gefangenen vor und verschloss die Tür. Dann trieben sie gemeinsam die drei Männer in der Ecke bei der Apparatur zusammen. Sie waren Landsleute – alle mit den auffallend gemusterten Augen.

»Was ist hier los?«, fragte der Alte und warf dem Blonden einen zornigen Blick zu.

»Er wusste Bescheid«, erwiderte der.

»Ruhe, ihr zwei!«, rief Janner und hob drohend sein Schwert.

April reichte dem Alten den Aushang. »Alles, was wir wollen, ist eine Auskunft.«

»Verdammt richtig«, bekräftigte Janner. »Wer, wann und woher – und zwar etwas plötzlich, wenn ich bitten darf.«

Die Lagandæer tauschten lange Blicke. Janner brummte einen Fluch, packte den Alten und stieß ihn in Richtung der Maschine, an der er gesessen hatte.

»Auf den Boden mit euch«, befahl April den anderen. »Und Arme über den Kopf.« Die Männer gehorchten. Janner widmete sich weiter dem Alten.

»Erzähl mir jetzt nichts von irgendwelchen Problemen oder Geheimnissen – von denen habe ich gerade genug. Sag mir einfach, was ich wissen will, und wir sind hier im Handumdrehen wieder raus, und keinem passiert was.« Kopfschüttelnd studierte er die Apparatur. »Wir erzählen auch keinem, was ihr hier hinten treibt. Wir wollen einfach nur eine Scheißauskunft.«

Der alte Mann nahm seufzend an der Konstruktion Platz, die so groß war, dass er fast dahinter verschwand. April trat um die Gefangenen herum, bis sie alle wieder im Blick hatte; dann betrachtete sie den Apparat genauer.

Von einem mannshohen Gerüst aus polierten Hölzern mit

vielen Messinghebeln, Gelenken und Winden hingen an fast unsichtbaren Fäden mehrere Pendel. Manche Pendel waren groß wie eine Pflaume, andere kirschkernklein, doch alle liefen spitz zu und glänzten wie geschliffene Edelsteine, und alle endeten exakt auf der Arbeitsfläche des Tischs.

Diese Arbeitsfläche aber, sah April, war keine gewöhnliche Arbeitsfläche. Die Tischplatte ruhte auf schweren Walzen, die über eine Reihe von Zahnrädern mit mehreren Pedalen verbunden waren. Vorne auf dem Tisch lagen die Bücher, vor jedem Pendel eins, jedes mit seinem eigenen Tintenfass, die Seiten mit winziger Handschrift beschrieben. Dahinter war eine Vertiefung in die Platte eingelassen, ein flaches Becken, das vollständig mit feinem, weißen Quarzsand gefüllt war.

Und die Pendel *schrieben* darin.

Auch Janner schien den Apparat inzwischen erfasst zu haben. Einige Pendel hingen regungslos, andere kreisten und schrieben mit ihren Spitzen Muster in den Sand, und manchmal, wie von Geisterhand, setzte sich eines plötzlich in Bewegung, und ein anderes hielt an.

Dann legte der alte Mann einen Hebel um, und alle Pendel standen still. Banneisen zuckte kurz, doch der Alte hob beschwichtigend die Hand. »Ich habe es nur abgestellt«, sagte er. »Sonst gehen zu viele Nachrichten verloren.« Ein anderer Hebel, und ein feiner Besen fuhr über den Tisch und löschte die Zeichen im Sand. »Die Bücher, die ihr sucht, stehen hier drüben.« Er wies auf den Schrank.

Janner nickte verwirrt, und der Alte erhob sich, öffnete den Schrank mit einem Schlüssel, den er um den Hals trug, und entnahm ihm nach kurzem Suchen einen von mehreren in Leder gebundenen Folianten. Dann legte er das Buch vor sich hin, setzte sich wieder und begann zu blättern.

»Hier haben wir es ja«, sagte er. »Die Nachricht ging vor einer Woche ein. Der Wortlaut ist derselbe wie im Druck. Der Satz folgte den üblichen Richtlinien.«

»Woher stammt die Nachricht?«, fragte April. Der Alte deutete auf ein violettes Pendel von der Größe einer Pfeilspitze. »Aus Trestin – und zwar dem Stadtrat, nicht der öffentlichen Stelle. Dieser Telegraph steht nur dem Rat zur Verfügung und wird von ihm finanziert. Es ist der übliche Weg für solche Nachrichten: Ein Schreiber oder ein anderer Ratsdiener bringt sie der Gilde, und wir verbreiten sie in der Region – je nachdem, wie wichtig sie ist und was man uns zahlt. Dieses Pendel ist mit gut zwei Dutzend in allen Provinzen synchronisiert: Alersa, Carbella, Garonna, Lantille – aber das wundert mich nicht. Immerhin ist es eine wichtige Nachricht für das Reich.«

»Also stimmt es?«, flüsterte Janner und ließ sein Schwert sinken. »Tausenddorn sitzt in Trestin im Gefängnis?«

»Ich weiß nicht, ob diese Nachricht *wahr* ist«, wehrte der Alte ab. »Aber ja – sie ist echt.«

DER GEIST IM GEFÄNGNIS

Eine Woche ritten sie zurück nach Südosten, so schnell es ihre Pferde und ihre geschundenen Hintern zuließen. Diesmal gingen sie allem aus dem Weg, was ihre Reise hätte verzögern können, und machten nur halt, um zu schlafen und sich und die Pferde zu versorgen. Und bald überquerten sie die Grenze nach Merildon.

Der Sommer hatte das Land gelähmt und alle Farbe und Frische aus den Feldern und den Menschen gesogen. Sie sahen viele Gasthäuser und lernten viele Bewohner dieser Gegend kennen, darunter auch hier und da einen Fealv, aber keiner wusste mehr über das Schicksal von Janners Vater zu berichten als das, was auf dem Aushang stand, den sie auf ihrem Weg noch häufig sahen, hingekleistert an Stadtmauern oder die Stellwände der freien Gilde.

Es war eine Zeit der Ungewissheit, in der der Geist des großen Tausenddorn über ihnen hing und seinen Schatten auf jede Unterhaltung über das Ziel ihrer Reise oder die Zeit danach warf. Und noch ein anderer Schatten lag über dem Land: Im Norden, so hieß es, drohe wieder Krieg, und die wenigen Legionen, die im Süden und Osten noch stationiert waren, setzten sich in Bewegung. Zweimal sahen sie sie von fern: glitzernde Riesen, die schwerfällig durchs Land zogen, den Willen eines fernen Herrn zu befolgen.

Schließlich erreichten sie Trestin. Die Gegend um die Stadt war sumpfig und verlief sich gen Osten in unzähligen Seen, die sich durch das Land wie Blut durch eine Binde pressten und im Winter zu einer einzigen Fläche verschmolzen. Im Sommer senkte sich der Lebenssaft des Landes ab und trocknete die Seen zu schlammigen Löchern aus, in denen sich Giftschlangen und farbenprächtige Frösche zwischen faulem Schilf um Beute stritten. Riesige Mückenschwärme machten das Umland dann für mehrere Wochen fast unbewohnbar. Die Stadt war früher vor allem für ihre Schilfarbeiten und Reisfelder bekannt gewesen und hatte nie darum gebeten, zur Provinzhauptstadt zu werden.

Große Teile der Stadt bestanden noch immer aus dem Holz vor langer Zeit kahlgeschlagener Wälder, das die Straßen im Sommer mit einem betäubenden Geruch nach Harzen und Teer erfüllte. Dazwischen drängten sich einfache Lehmhütten mit schilfgedeckten Dächern. Lediglich die Fundamente des Stadtkerns waren aus Stein und auf Fels gebaut. Die Wege und Gebäude der Außenbezirke aber mussten häufig ausgebessert werden; und immer wieder kam es vor, dass ganze Straßenzüge überschwemmt wurden oder plötzlich absackten. Manche hatte man nie wieder aufgebaut und nutzte sie als Wasserstraßen, sodass die Stadt im sicheren Zentrum immer mehr in die Höhe und an den Rändern immer mehr in die Breite wuchs. Inmitten dieses Wirrwarrs aus schlammigen Sümpfen und bestellten Terrassen, glitzernden Gräben und trüben Kanälen saß die Stadt mit ihren zahllosen Holzbrücken und Treppen und staksigen Türmen wie eine vielgliedrige Riesenspinne, die sich in ihrem eigenen Netz verfangen hatte und nicht mehr aus eigener Kraft erheben konnte.

April und Janner lagen geduckt in ihrem Kanu im Schilf und warteten darauf, dass die Patrouille vorüberfuhr. Ihre Schwerter und etwas Werkzeug lagen zwischen ihnen und klopften leise gegen das Holz, wenn das Kanu ins Schaukeln kam. Der Mond warf mehr Licht als ihnen lieb war in diesen Nächten, und das Boot der Wärter hatte zwei Blendlaternen an Bug und Heck, mit denen es die Umgebung absuchte.

Das Kanu zu kaufen und sich auszurüsten war nicht halb so kompliziert gewesen wie die Suche nach einer sicheren Unterkunft in der Stadt. Wertvolle Tage hatten sie mit dem Einholen von Informationen verloren. Der Gefängnisfelsen inmitten des Sumpfgebiets hinter der Stadt war nicht gerade ein Geheimnis, aber es hatte des Vertrauens mehrerer nicht sehr vertrauenerweckender Bewohner der engen, hölzernen Gassen bedurft, um in Erfahrung zu bringen, wie viel an den Geschichten giftiger Schlangen und ungezählter Fluchtversuche mit tödlichem Ausgang dran war: Sie stimmten alle. Von da ergab sich der Plan fast von selbst, sich der Insel statt schwimmend oder zu Fuß durch den mancherorts nur knietiefen Schlamm lieber doch mit einem Boot zu nähern.

Sie hatten auch eine ungefähre Vorstellung von der Größe und Besatzungsstärke der Insel, und wo sich die wichtigsten Gebäude befanden. Was sie nicht genau wussten, war, was sie erwarten würde, sobald sie dort eindrangen. Das Gefängnis von Trestin beherbergte vor allem Verbrecher aus dem Umland. Ein kleiner Teil waren aber auch Gefangene, die als Gefahr für die herrschende Ordnung der Provinzen galten und die hier ihre langjährigen Haftstrafen verbüßten oder auf ihre Hinrichtung warteten. Unter ihnen musste sich auch der große Tausenddorn befinden – falls der Befreier des Nordens den Dons oder der korrupten Justiz der Provinzen tatsächlich auf den Leim gegangen war.

»Wo legen wir an?«, flüsterte April, und Janner reichte ihr sein Fernrohr.

»Siehst du die Trauerweide zwischen dem Anlegesteg und dem Wachhaus? Daneben ist eine kleine Bucht, in die kaum Licht fällt. Von dort können wir auf die Landzunge hoch.« Die Landzunge am Westende der Insel war der äußerste Punkt des Rundgangs der Wachmannschaft und schien am besten geeignet zu sein, einen oder mehrere Wächter auszuschalten, ohne dass sofort Alarm geschlagen wurde.

»Wo ist der Eingang zum Gefängnis? Ich sehe ihn nicht.«

»Vermutlich auf der Nordseite. Hinter den Felsen.«

Sie nickte und griff nach dem Paddel. »Los geht's.«

Er fasste nach ihrer Hand. »Du bist sicher, dass du das tun willst?«, fragte er nicht zum ersten Mal, doch sie lachte nur leise.

»Das Einzige, was ich mit Sicherheit weiß, ist, dass ich diesen legendären Vater von dir endlich kennenlernen möchte. Ich denke, es macht einen ziemlich guten Eindruck, wenn die Freundin des Sohns ihm beim ersten Treffen gleich die Haut rettet, findest du nicht?«

Er lächelte schwach. »Das ist gut«, sagte er, dann wurde er ernst. »Ohne dich würde ich's nicht schaffen, Liebling.«

Sie küsste ihn und tauchte das Paddel ins Wasser. »Also los.«

Leise glitten sie durch das dickflüssige Wasser. An manchen Stellen war es so zugewuchert, dass sie nicht mehr vorankamen und zurückpaddeln mussten, und mehr als einmal zuckte April angesichts eines glatten, schnell abtauchenden Körpers neben ihrer Hand zusammen. Dann erreichten sie offenere Gewässer und legten wenig später im Schatten der Weide an. Die Patrouille war auf der anderen Seite der Insel und würde erst in ein paar Augenblicken wieder auftauchen.

Sie zogen das Kanu ans Ufer und erklommen die felsige Böschung. Zweimal hielten sie den Atem an, weil sie einen Stein lostraten oder die Werkzeuge in ihren Rucksäcken klapperten. Doch die Geräusche versanken im trägen Lied der Grillen und Frösche und dem gelegentlichen Platschen eines nächtlichen Raubvogels, der im Schilf seine Beute schlug.

Oben angekommen, duckten sie sich ins Gebüsch und beobachteten. Die Insel hatte einen Durchmesser von zwei- bis dreihundert Schritt. Der Hauptkomplex erstreckte sich zu ihrer Rechten. Vor ihnen lagen mehrere Nebengebäude. Wachen gingen allein und zu zweien ihre Wege ab und gaben sich gelegentlich Zeichen mit ihren Laternen. Sie wirkten dabei recht gelassen, und es dauerte nicht lange, bis einer von ihnen seinen Weg verließ und einen Moment in die Büsche trat, um sich zu erleichtern. Janner setzte sich in Bewegung, so unvermittelt und lautlos wie eine Katze auf der Pirsch, die letzten Schritte dann immer schneller, und schlug der Wache die Faust ins Gesicht, gerade, als sie den Kopf in seine Richtung drehte. Mit einem Ächzen brach der Mann zusammen, die Hände vor dem Gesicht. April eilte herbei, und gemeinsam zogen sie den Mann tiefer in die Schatten und nahmen ihm seine Waffen und seinen Schlüsselbund ab.

»Sag uns, wie wir ins Gefängnis kommen«, zischte Janner. Er lag auf ihm und presste ihm die Hand auf den Mund. Mit der anderen drückte er Banneisen an seine Kehle.

Erstaunlicherweise leistete der Wächter mehr Widerstand, als April einem vernunftbegabten Mann mit Frau und Kind zugetraut hätte, und es bedurfte mehrerer harter Hiebe mit dem Schwertknauf gegen seine Rippen, ihn zur Mitarbeit zu bewegen, während sie ein paar Schritte abseits ging und aufpasste, dass niemand sie hörte. Sobald Janner sich zu seiner Zufriedenheit über die Anlagen auf der Insel informiert hatte, schleppte er den Mann zu einem Schuppen, wo er ihn gefesselt und geknebelt zurückließ.

»Er sagt, es gäbe einen großen Abwasserkanal hinter der Wäscherei«, berichtete er, als er zurückkam. »Glaub mir, ein anderer Weg wäre mir lieber gewesen, aber dieser dürfte relativ sicher sein.«

Sie zuckte die Schultern, auch wenn sich alles in ihr bei dem Gedanken sträubte. »Bringen wir's hinter uns.«

Der Kanal verbarg sich hinter mehreren Dornenbüschen und war in etwa so abstoßend, wie April erwartet hatte. Er endete in einem Becken oberhalb des Sumpfs, von wo die Abwässer in dicken Rinnsalen abflossen. Wenigstens schien das Becken auch auf die Sumpfbewohner keine große Anziehungskraft auszuüben. Dennoch rührte Janner die übelriechende Senke gründlich mit dem Schwert durch, ehe er hineinglitt und sich mit den Schlüsseln der Wache an dem rostigen Gitter zu schaffen machte, das den Weg ins Innere versperrte.

»Das wird bestimmt nicht Teil unserer Geschichte«, murmelte

er, dann probierte er den letzten Schlüssel und hieb wütend mit der Faust auf das Gitter ein. »Die verdammten Schlüssel passen nicht!«

»Meinst du, er hat uns absichtlich reingelegt?«, fragte April vorsichtig vom Rand des Beckens.

»Was für ein Arschloch.«

»Kannst du das Gitter nicht aufbrechen?«

»Vielleicht. Gib mir mal die Säge und das Brecheisen.«

Sie reichte ihm die Werkzeuge, und binnen einiger Minuten hatte er das alte Schloss herausgebrochen. Dann warf er ihr einen fragenden Blick zu.

»Ach Scheiße«, murmelte sie und ließ sich angewidert ins Becken rutschen. Janner fing sie und hielt sie einen Moment, in dem sie gegen ihre Übelkeit ankämpfte, dann schoben sie sich durch das Gitter.

Auf der anderen Seite stieg der Boden schnell an, und der Unrat war nur noch wenige Fingerbreit tief, was, fand April, jedoch mehr als genug war. Sie hätte gerne ihre Stiefel kurz ausgezogen, fürchtete aber, dass das nichts besser machen würde. So folgten sie dem Gang, bis sie die erste Luke über sich fanden, und kletterten nach oben.

Die Wäscherei war zu dieser Tageszeit verlassen, und so konnten sie sich den schlimmsten Schmutz mit etwas Bettwäsche abwischen, ehe sie weiter Richtung Hauptgebäude schlichen.

Die nächsten Schlösser ließen sich mit den Schlüsseln öffnen. Sie überquerten einen Hof und betraten das eigentliche Gefängnis und einen spärlich beleuchteten Gang, der, wie sie annahmen, zu den Zellen führte. Dreimal wurden sie von Schritten überrascht und duckten sich mit klopfenden Herzen in die Schatten. Zweimal passierten sie die Schritte in einigem Abstand. Das dritte Mal blieben sie stehen.

»Riechst du das auch?«, fragte eine Stimme. »Irgendwie übel.«

»Moment mal«, flüsterte eine zweite. Die Schritte kamen direkt auf sie zu.

Janner trat aus dem Schatten, Banneisen erhoben, und schlug mit der stumpfen Seite zu. April sprang den anderen Gegner an. Auch Schneeklinge fand ihr Ziel, noch ehe sie einen klaren Gedanken fassen konnte.

Einen Moment später lagen beide Wachen leblos am Boden.

Aprils Herz raste so schnell, dass ihr wieder übel wurde.

»Sind sie tot?«, fragte sie. »Verdammt, ich –«

»Los!«, sagte Janner. »Nimm seine Beine.«

Rasch zogen sie beide Wachen in die Schatten und nahmen auch ihnen die Schlüssel ab. Eine große Blutlache begann sich unter ihnen auszubreiten.

»Ich wollte wirklich nicht …«

»Wir müssen jetzt sehr schnell sein«, unterbrach er sie.

Sie erreichten den Zellentrakt. Vor ihnen lag eine Reihe identisch aussehender Türen mit kleinen Sichtfenstern. Flackernde Laternen sorgten in regelmäßigen Abständen für etwas Licht. Weiter hinten ging der Gang um eine Ecke, an der man den Beginn einer freistehenden Treppe erahnen konnte. Sie hörten das Schnarchen vieler Männer und die Schritte schwerer Stiefel in der Ferne. Sobald die Schritte sich entfernten, huschten sie los.

»Was nun? Wir können nicht alle Zellen absuchen.«

Janner ging zu einer der Zellen und klappte das Fenster in der schweren Tür auf. »He da«, flüsterte er. »Wir hätten da eine Frage.«

»Ich rede nicht mit dir, Faun«, knurrte jemand von drinnen.

»Findest du dein Verhalten nicht etwas kurzsichtig?«

»Ich quatsch nicht mit Fremden«, beharrte der Mann. »Geh und frag Toska.«

Wütend schloss Janner das Fenster und ging zur nächsten Zelle. »He da.«

»Was willst du?«, kam es von drinnen.

»Ich will wissen, ob der Fealv Tausenddorn hier irgendwo ist.«

»Geh und frag Toska«, gähnte der Mann.

»Ich glaube, du hast mich nicht ganz verstanden …«

»Von mir erfährst du gar nichts.«

Janner warf April einen ungläubigen Blick zu. »Und wo finde ich diesen Toska?«, fragte er.

»Zelle 33«, sagte der Mann. »Und jetzt verpiss dich.«

Janner winkte April, und sie schlichen so schnell es ging weiter den Gang hinab. Irgendwo über ihnen wurde eine Tür aufgeschlossen, und sie pressten sich flach an die Wand; dann hallten bedächtige Schritte durch den Gang, eine weitere Tür öffnete sich, und es kehrte wieder Ruhe ein.

»Bist du Toska?«, fragte Janner durch das Fenster von Zelle 33.

Drinnen saß ein kleiner, harmlos wirkender Mann mit hoher Stirn an einem Schreibtisch und studierte ein paar Papiere.

»Wer will das wissen?«, fragte er, ohne aufzusehen.

»Mein Name ist Banneisen.«

»Sagt mir nichts.«

»Ich suche den Fealv Tausenddorn – meinen Vater. Ist er hier?«

Der Mann hob verwundert den Blick. »Eine seltsame Frage.«

»Die Wache«, flüsterte April. Ferne Schritte näherten sich von der Treppe her.

»Ich bin hier, ihn zu befreien«, sagte Janner. »Weißt du, wo er ist?«

»Wieso sollte ich dir helfen?«, fragte Toska.

»Wieso verdammt noch mal denn nicht?«, entgegnete Janner.

»Lass mich frei, dann sage ich dir, was du wissen willst.«

»Wir können dich nicht mitnehmen.«

»Du bist ein schlechter Spieler für einen Faun. Du enttäuschst mich.«

Die Schritte wurden lauter.

»Ich habe jetzt keine Zeit für Spiele!«, zischte Janner.

»Nun, ich habe jede Menge davon«, meinte Toska und breitete die Hände aus. Die Schritte kamen immer näher.

Hastig und unter stillen Flüchen ging Janner die Schlüssel durch. »Was tust du?«, formten Aprils Lippen, doch er ließ sich nicht beirren. Der zweite Schlüssel passte. Er nickte ihr zu, riss die Tür auf, dann glitten sie beide hinein. Schneeklinge hielt Toska in Schach, doch der kleine Mann verfolgte nur amüsiert Janners Versuche, Fenster und Tür von innen wieder zu schließen.

»Kein Schlüsselloch«, sagte er entschuldigend.

»Toska, was zur Hölle quatschst du da drinnen?«, rief eine Wache. Dann erschien ein Gesicht im Fenster. Janner und April sprangen beiseite und pressten sich beiderseits der Tür an die Wand.

»Habe ich was gesagt?«, fragte Toska von seinem Schreibtisch, legte die Feder weg und lächelte entschuldigend. »Wie dumm von mir. Ich muss wohl wieder Selbstgespräche geführt haben.«

»Was zum …«, murmelte die Wache und zog an der Tür, die widerstandslos aufschwang.

April stieß die Tür auf. Janner packte den verdutzten Mann am Kragen und schleuderte ihn Kopf voran in die Zelle. Dort stieß er mit der Stirn gegen die unverputzte Wand und brach zusammen. Toska zuckte kurz mit der Braue und studierte den reglosen Körper vor sich auf dem Boden.

»Wir können dich nicht mitnehmen, weil in unserem Kanu nur zwei Plätze sind«, erklärte Janner.

»Ich lass mir schon was einfallen«, erwiderte Toska. »Und mit seinem Schlüssel könnten ich und meine Leute euch eine schöne Ablenkung bereiten.« Er lächelte sie verschmitzt an. »Kommen wir ins Geschäft?«

April und Janner tauschten kurz Blicke. Dann senkten sie ihre Waffen.

»Sag mir, was du weißt«, nickte Janner.

Toska stand auf und fing an, ein paar Sachen zusammenzusuchen.

»Der Befreier des Nordens ist uns gut bekannt«, meinte er. »Ist er wirklich dein Vater? Wie auch immer, es würde mich sehr wundern, wenn er unser Gast wäre und ich nichts davon gehört hätte. Andererseits …«

»Andererseits?«

»Es war hier die letzte Zeit einiges los.« Er warf seine Habseligkeiten auf sein Betttuch und knotete es zusammen. »Es gibt ein paar Zellen im Obergeschoss für die Ehrengäste. Von dort habe ich ungewöhnlich lange nichts mehr gehört. Viele Gefangene wurden verlegt oder einen Kopf kürzer gemacht. Die Wachen dagegen verbringen seit letztem Monat ganz gern ihre Zeit da oben. Die Sicherheit im Erdgeschoss leidet schon darunter, wie du bemerkt hast.« Er warf sich das Bündel über die Schulter. »Wenn dein Vater wirklich hier ist, dann ist er oben. Aber ganz ehrlich: Wenn du dort hoch gehst, rennst du in deinen Tod.«

»Für einen Mann, der momentan nicht mal weiß, wie er von der Insel kommt, bist du dir deiner Sache ganz schön sicher«, stellte Janner fest.

»Meine Chancen stehen besser als deine«, behauptete Toska.

»Wollen wir wetten?«

»Männer!«, zischte April. »Wir müssen weiter!«

»Na los«, grinste Janner und streckte Toska die Hand hin. »Wir werden schon sehen, wer lebend von hier wegkommt.«

»Du gefällst mir«, sagte Toska und ergriff seine Hand. »Sag mal, kennst du das alte Hünengrab in der Nähe von Nermering?«

»Ich werde es finden.«

»Dann treffen wir uns dort. Ich kenne Leute. Wir haben auch ein paar Waffen. Jemand wie deinen Vater könnten wir gut gebrauchen.«

»Wer sind ›wir‹?«, fragte Janner.

»Wir sind das Volk«, lächelte Toska.

»Und wir seine Freunde.« Sie schüttelten einander die Hand.

»Seid ihr bald fertig?«, fragte April und lugte auf den Flur hinaus. »Noch ist die Luft rein.«

»Nach euch«, sagte Toska. Er wartete, bis sie Platz gemacht hatten, dann schnappte er sich den Schlüsselbund der Wache und eilte in die andere Richtung davon.

Janner und April rannten zur Treppe. Sie hasteten ins Obergeschoss und fanden sich vor einer doppelt verschlossenen Tür wieder, die von zwei weiteren Schlüsseln aus ihrer Sammlung geöffnet wurde. Dahinter war es dunkler als im Erdgeschoss. Nur eine einzelne Laterne hing von der Decke und verbreitete ein trübes Licht. Janner nahm sie ab, drehte die Flamme hoch und leuchtete den Gang hinab.

Zu ihrer Rechten war eine Tür, von innen verriegelt. Links lag ein verlassener Aufenthaltsraum, hinter dem es in eine kleine Küche zu gehen schien. Vor ihnen begannen die Zellen. Die Türen waren eisenbeschlagen, und selbst die Sichtfenster mussten erst entriegelt werden.

Vorsichtig bewegten sie sich von Zelle zu Zelle und warfen in jede einen Blick.

»Niemand drin«, flüsterte Janner bei der ersten.

»Hier auch nicht«, flüsterte April von der zweiten. Eine unheilvolle Ahnung beschlich sie.

Auch die nächsten beiden Zellen standen leer. In der darauffolgenden schlief ein Mann, doch er reagierte nicht auf ihr Flüstern.

Danach erreichten sie eine Biegung, hinter der noch einmal fünf oder sechs Zellen lagen. Ein vergitterter Erker im Knick des Flurs blickte auf den See hinaus, über dem der Mond hinter dichten Schleierwolken hing. Der Anblick erinnerte April an einen dunklen Eintopf, der zu viel Flüssigkeit gezogen hatte, mit einem hellen Schimmelfleck darüber.

Auch die meisten der Zellen in diesem Abschnitt waren leer. In zweien lagen schlafende Gestalten, die sich aber ebenfalls nicht regten, wenn man sie ansprach. Dahinter lag eine letzte Biegung mit einem weiteren Erkerfenster, die den Flur zurück in Richtung des Haupttrakts lenkte.

»Etwas stimmt hier doch nicht«, meinte April leise zu Janner, während sie Seite an Seite, die Schwerter erhoben, den Flur hinabschlichen. Sie hatten gerade die Biegung erreicht, als draußen auf dem Hof Alarm geschlagen wurde. Wie der Ruf eines gespenstischen Kults hallten die Schläge eines Gongs über den Felsen. Dann sahen sie geduckte Gestalten über den Hof zum Ufer rennen. In mehreren Nebengebäuden gingen Lichter an, und Wachen kamen heraus.

»Toska«, sagte April.

»Kein schlechter Zeitpunkt«, meinte Janner, hob die Laterne und beobachtete gespannt beide Seiten des Flurs. Doch es erfolgte keine Reaktion auf den Alarm.

»Etwas stimmt hier ganz und gar nicht«, wiederholte er, schritt zielstrebig zu einer der belegten Zellen und schloss sie auf. Bis April ihm gefolgt war, riss Janner der schlafenden Gestalt schon die Bettdecke weg. Doch unter seinem Griff raschelte bloß Stroh.

»Eine Puppe«, sagte er fassungslos.

»Los, raus hier«, sagte April. »Es ist eine Falle!«

Janners Augen gingen ins Leere. April konnte fast sehen, wie er hinter seiner Stirn die einzelnen Bruchstücke der Geschichte, die er sich und ihr über ihre Flucht und ihre Verfolger erzählt hatte, neu ordnete und nach einem Sinn darin suchte. Dann warf er das Stroh hin und folgte ihr.

»Kein schlechter Zeitpunkt, fürwahr«, sagte der Mann, der ihnen draußen entgegentrat. Er trug ein Kettenhemd und zwei Schwerter, ein gutes Dutzend gerüsteter Wachleute stand hinter ihm, auf der anderen Seite des Flurs ein weiteres Dutzend, und soweit das im Licht des Monds und der Laterne erkennbar war, sahen alle ziemlich zufrieden aus.

Mit ausdrucksloser Miene trat Janner vor und richtete sich an den Anführer. Seine Augen waren vollkommen leer. »Mein Vater war nie hier«, stellte er fest.

»Ihr seid hier«, sagte sein Gegenüber. »Das reicht.«

»Eure Gefangenen brechen gerade aus«, bemerkte April mit einem Nicken zum mondhellen Fenster.

»Ihr seid hier«, wiederholte der Fremde. »Das reicht.«

Da bäumte sich Janner auf und hob sein Schwert. Einen kurzen Moment schien sein Gegner erschrocken, ob über so viel Mut oder so viel Dummheit war nicht zu sagen, dann parierte er im letzten Augenblick, und im nächsten stürzten sich die Wachen auf sie.

Schneeklinge schoss vor wie eine Schlange, zuckte nach links und rechts und riss April hinter sich her, und einer nach dem anderen wurden die Wachen von der milchweißen Klinge niedergestreckt. Doch es tauchten immer mehr von ihnen auf: aus versteckten Türen, von hinter der Biegung, und sie konnte Janner kaum noch sehen, nur den gelegentlichen Schatten seines schwarzen Schwerts, um das sich die Angreifer wie um einen Flaggenmast scharten. Die Laterne zerbrach, das Öl fing Feuer, mehrere Männer schrien auf und sprangen beiseite, und dann sah sie ihn nicht mehr, roch nur noch Rauch und verbranntes Haar.

»Liebling!«, schrie sie und riss Schneeklinge herum. Die Waffe gehorchte und schnitt sich einen neuen Weg durch Leder und Leiber, doch immer noch drangen die Wachen auf sie ein, und es waren einfach zu viele – wenn nicht für sie, dann doch für ihn.

Schneeklinge riss sie herum, sodass sie um die eigene Achse wirbelte, und streckte einen Mann nieder, der sie von hinten hatte angreifen wollen. Dann parierte das Schwert einen Schlag von der Linken, sprang dem Mann in die Brust, fuhr wieder heraus und führte einen Hieb nach rechts, der dem nächsten Angreifer die Hand abtrennte. April schrie – und es waren noch immer zu viele.

Ihr fiel nur ein Ausweg ein.

Sie erreichte Janner, der völlig blutverschmiert war, und stellte sich vor ihn. Noch ehe er reagieren konnte, hatte sie Sariks Flasche gezogen, entkorkte sie mit den Zähnen und warf sie mit aller Kraft auf den Boden, wo sie unter den Füßen der Angreifer zerbrach. Dann fasste sie Janner bei der Hand.

Ein kalter, bleicher Ring von Nebel breitete sich aus, so plötzlich wie die Kreise eines Steins auf dem Wasser, und wo er auf Widerstand traf, stiegen Gesichte und Nachtmahre empor, die mit Geisterhänden und gebleckten Fängen nach den Wachleuten schlugen. Ehe ihre entsetzten Opfer sich's versahen, waren sie von den entfesselten Phantomen umzingelt. Dann erloschen die letzten Flammen, und Kälte und Dunkel breiteten sich aus.

April packte Janner und zog ihn mit sich. Er war so voller Blut, dass er ihr fast entglitt. Sie stießen eine der Wachen beiseite und taumelten den Weg zurück, den sie gekommen waren, während hinter ihnen Schreie den Flur erfüllten. April glaubte nicht, dass sie jemals solche Laute aus menschlichen Kehlen gehört hatte. Sie warf einen kurzen Blick zurück, und im fahlen Mondschein glaubte sie zu sehen, wie der Nebel die Männer vor sich her trieb. Er schlang sich um ihre Beine, setzte sich auf ihre Rücken, legte sich um ihre Hälse und schloss sich mit kalter, feuchter Faust, pfählte ihre Münder und grub sich ihnen in die Brust. Und er breitete sich immer weiter aus. »Bei allen Göttern«, keuchte Janner, der ihrem Blick gefolgt war und stehenblieb.

»Es ist nur Nebel«, sagte sie. »Nebel und Furcht. Es ist nicht echt … nicht echt.«

Dann verstummten die Schreie, und immer noch kroch die weiße Wand auf sie zu.

»Weg hier.« Janner nahm sie bei der Hand, und gemeinsam rannten sie zur Treppe.

Die meisten Türen im Erdgeschoss standen offen. Sie folgten dem Weg, den Toskas Männer genommen hatten, vorbei an mehreren getöteten Wachen.

»Schau!«, rief April, ehe sie den Haupttrakt verließen. Der Nebel quoll unaufhaltsam die Treppe hinab.

»Schnell raus«, sagte Janner, und in seiner Stimme schwang die Angst.

»Was ist mit den übrigen Gefangenen? Sollten wir sie nicht befreien?«

»Keine Zeit.«

Sie rannten nach draußen, über den Hof zu einem aufgebrochenen Tor. Auf dem Hof lagen weitere Tote, Wachen wie Gefangene. Zwei halbbekleidete Männer flohen aus einem Nebenausgang, doch sie beachteten Janner und April nicht. In ihren Gesichtern stand das blanke Grauen. Der Weg führte weiter zum Nordufer, dort, wo sich das Bootshaus befinden musste. Stattdessen rannten sie durch ein Feld mit hohem Schilf zurück zu der

Bucht, wo sie ihr Kanu gelassen hatten. Sie fanden es unbehelligt vor, schoben es aufs Wasser und sprangen hinein. Dann paddelten sie, so schnell sie konnten, bis ihnen auf der Mitte des Sees, durchgefroren und durchnässt, die Kräfte versagten und sie sich treiben ließen.

Hinter ihnen auf der Insel quoll der weiße Schreckensnebel aus dem Gefängnis wie Dampf aus einem Kessel. Er presste sich durch geborstene Fenster, drängte durch die offenen Tore und verbarg bald alle Gebäude. In ihm glaubten sie riesenhafte, vielarmige Wesen zu sehen, die sich um die Türme und Giebel legten und mit langen Fingern in die Fenster griffen wie Bären, die nach Beute angeln. Vereinzelt drangen noch ferne Schreie an ihr Ohr, dann breitete sich endgültig Stille aus, erst auf der Insel, dann auch am Ufer, als der Nebel das Wasser erreichte.

Ein Schwarm Wildenten brach panisch aus dem Schilf und flog aufgeregt schnatternd davon. Ein Platschen wie von tausend Kieselsteinen erklang, als die Frösche Reißaus nahmen. Dann verstummten auch die Grillen und die übrigen Insekten, und Totenstille senkte sich über den Sumpf.

Janner und April packten die Paddel und kämpften sich mit letzter Kraft ans Ufer, kurz bevor der Nebel den gesamten See bedeckte. Dann flohen sie in Richtung der Stadt.

Der Nebel folgte ihnen nicht bis nach Trestin, aber sie fanden keinen Schlaf in den wenigen Stunden, bis die Sonne aufging und enthüllte, was vom Gefängnis geblieben war.

Niemand, der es sah, wollte darüber reden.

FUSSSTAPFEN

Wie vereinbart ritten sie zu dem alten Hünengrab und trafen dort auf Toska und zwei seiner Männer. Er und Janner fielen sich in die Arme und lachten und klopften sich auf die Schulter.

»Ich würde sagen, die Wette habt ihr gewonnen«, sagte Toska und hob eine Braue. »Eine feine Ablenkung, die ihr uns da geboten habt – eigentlich war es ja umgekehrt gedacht.« Sein Blick verriet, dass er gerne mehr darüber erfahren hätte, aber weder Janner noch April gingen weiter darauf ein. Die Bilder des alles verschlingenden Nebels verfolgten sie noch immer. »Du hast recht gehabt«, sagte Janner stattdessen. »Mein Vater war nie in diesem Gefängnis.«

»Das sind doch gute Neuigkeiten«, meinte Toska.

Janner wiegte den Kopf hin und her. »In gewisser Hinsicht, ja. Aber es heißt auch, dass ich unsere Gegner ein weiteres Mal unterschätzt habe: Wenn sie die Mittel haben, ein ganzes Gefängnis zur Falle für uns zu machen …«

»Ich bin froh, dass ich nicht solche Feinde habe«, stimmte Toska zu. »Doch der Neugierde halber, worum geht es dabei?«

»Don Torreno«, sagte April. »Aus Garion. Wir haben seinen Sohn getötet.«

Toska nickte. Er wirkte weder beeindruckt noch überrascht. »Ich habe davon gehört. Don Torreno ist ein einflussreicher Mann. Wenn er um einen Gefallen bittet …«

»Ich hätte es wissen müssen«, bekräftigte Janner. »Einer seiner

Kopfgeldjäger hat uns in Ipatana beinahe erwischt, aber es ging nicht gut für ihn aus. Offenbar war es diesmal bequemer für sie, uns einfach zu sich zu locken.« An seiner Schläfe pochte eine Ader.

April trat an seine Seite und legte ihm die Hand auf den Arm. »Wir sind ihnen entkommen«, sagte sie. »Und wir werden ihnen immer entkommen, hörst du?« Dann warf sie einen Blick auf Toska und seine Leute. »Was werdet ihr jetzt tun?«

»Das kommt ganz darauf an. Eigentlich wollte ich euch fragen, ob wir uns nicht zusammentun wollen. Der Widerstand wäre entzückt.«

»Der Widerstand?«, wiederholte April und legte den Kopf schief.

»Aber sicher doch«, sagte Toska. »Er ist stärker denn je.«

»Ich hoffe mal, dass du damit nicht bloß euch drei meinst«, sagte Janner und warf einen Blick in die grinsende Runde.

»Wieso kommt ihr nicht erst einmal mit?«, schlug Toska vor. »Wir müssten aber noch ein paar Tage nach Süden, wenn es euch keine Umstände macht. Unterwegs lesen wir die anderen auf – und können uns ein bisschen näher kennenlernen.«

April und Janner warfen sich einen kurzen Blick zu. Sie dachte an ihre Unterhaltung auf dem Weg nach Burrick und wusste, er fühlte das Gleiche wie sie: die Unsicherheit, die man empfindet, wenn alle Einsätze auf dem Tisch liegen und die Spieler in ihre Karten schauen. Die Unsicherheit, ehe man eine neue Tür in einem großen Haus auftut. Sie lächelte und nickte ihm zu.

Sie wollte, dass es weiterging.

»Süden liegt auf unserem Weg«, log Janner.

»Es bereitet uns wirklich keine großen Umstände«, bekräftigte April.

»Ausgezeichnet«, freute sich Toska. »Wie heißt ihr zwei eigentlich?«

»Sie ist Schneeklinge«, sagte Janner und schwang sich in den Sattel. »Und ich bin Banneisen.«

»Ist mir eine Freude«, sagte Toska. »Willkommen im Widerstand.«

Sie ritten zügig nach Süden. Toska verfügte über ein beeindruckendes Netzwerk von Sympathisanten, die sie mit frischen Kleidern, Vorräten und Schlafplätzen versorgten. Mehrfach setzte er Botschaften ab, und mittlerweile bestand ihr kleiner Trupp aus acht Reitern und einem Wagen.

»Wir haben viele Freunde in Merildon«, nickte Toska, als Janner eine Bemerkung darüber machte. »Und es ist ja auch kein Wunder. Die Dons regieren unser Land seit zweihundert Jahren und benehmen sich wie junge Könige. Und wieso? Wieso nehmen wir es hin? Haben wir uns so an die Besatzung gewöhnt, dass wir gar nicht mehr anders können? Sind wir etwa Schafe, die gar nicht mehr wissen, was Freiheit bedeutet, selbst wenn nur noch ein zahnkranker Hund zwischen uns und ihr steht? Im Norden liegen die Dinge schon anders, wie du selbst am besten weißt. Die Menschen von Teveral, die Fealva in Fængos – dort traut man sich, seine Stimme zu erheben. Dort haben sie Leute wie deinen Vater und seine Prophetin mit ihrer neuen Religion. Es wird Zeit, dass wir den Leuten im Osten ein ähnliches Symbol geben. Etwas, das sie daran erinnert, dass es eine Zeit vor den Dons und den Präfekten gegeben hat.«

»Denkst du denn, die Leute hier sind bereit dafür?«, fragte April.

»Das sollten sie besser sein«, sagte Toska, »sonst wird der Aufstand bald erstickt werden. Der Kaiser hat gerade noch genug einsatzbereite Armeen, um es mit einem Konfliktherd auf einmal aufzunehmen. Er ist wahnsinnig, seine Generäle korrupt, und viele alte Familien, besonders im Norden, gehen schon auf Abstand zu ihm, weil sie begreifen, dass er das Imperium mit sich in den Abgrund reißen wird, wenn man ihn lässt. Er ist noch immer gefährlich, und so unberechenbar wie krank. Aber wenn wir alle uns vereint erheben, wird er es nicht mit uns aufnehmen können. Teveral und Tered Nimley sind vorangegangen. Gull und die anderen Provinzen werden bald folgen. Nun ist es an uns.«

Sie reisten drei Tage, bis sie auf die waldigen Ausläufer des Gebirges stießen. Janner sprach nicht viel in dieser Zeit und wirkte so ernst, wie April ihn noch nie erlebt hatte. In den Gesprächen mit Toska und seinen Leuten gab er sich gewohnt freundlich und zu Scherzen aufgelegt, doch wenn sie unter sich waren, selbst nachts, wenn sie beieinander lagen, war er in sich gekehrt und grüblerisch. Sie nahm es ihm nicht übel. Sie wusste genau, was in ihm vorging, und spürte es selbst: Hier war die Chance, ihr Schicksal zu ergreifen und ihre Träume in die Tat umzusetzen. Ihre eigene Geschichte zu schreiben.

»Bist du glücklich?«, fragte er sie eines Abends unvermittelt, als sie sich am Feuer niederlegten.

»Ich bin glücklich«, sagte sie. »Aber noch lange nicht müde.«

Er grunzte. »Mag sein, dass du doch noch Gelegenheit erhältst, eine Bank auszurauben«, sagte er. »Ich habe mit Toska geredet: Was die Leute hier vor allem brauchen, ist Geld. Geld für Waffen, für Ausrüstung, Medizin.«

»Da hat er sicher recht«, sagte sie. »Aber das ist nicht alles, was sie brauchen.«

»Was meinst du?«

»Hast du denn nicht gemerkt, wie Toska dich ansieht? Wie er aufschaut zu dir?«

»Er ist einen guten Kopf kleiner als ich.«

»Das meine ich nicht«, sagte sie. »Toska ist ein kluger Mann, der viele Freunde hat und weiß, wie er mit ihnen reden muss. Er ist aber kein Krieger – und die Leute, die er zu Freiheitskämpfern machen will, sind Bauern und Handwerker, die in erster Linie an ihre Familien denken. Sie werden nur kämpfen, solange sie mit eigenen Augen sehen, wofür. Das kann ihnen Toska nicht geben. Du aber schon.«

»Ich?«

»Du bist Tausenddorns Sohn«, nickte sie. »Und selbst wenn sie den Namen noch nie gehört haben, wissen sie doch, was im Norden passiert ist. Die östlichen Provinzen brauchen jemanden wie ihn. Jemand, der den Kampf anführt.«

Er erwiderte nichts und starrte mit halbgeschlossenen Augen ins Feuer. Sie glaubte schon, dass er eingenickt war, als er sich noch einmal räusperte. »Wirst du mir helfen, Liebling?«

»Klar helfe ich dir«, sagte sie, verwundert über die Frage, und da küsste er sie und schlief kurz darauf tief und fest.

Am nächsten Tag zogen sie tiefer in die Wälder zum nächsten Treffpunkt. April hatte ein Lagerfeuer erwartet, vielleicht auch ein paar Zelte, doch was sie vorfanden, war fast eine kleine Siedlung. Überall waren Leute damit beschäftigt, Planen aufzuspannen, Palisaden zu errichten und einfache Möbel zu zimmern. Ein Junge und ein Mädchen kamen angerannt und warfen sich Toska entgegen, gefolgt von einer lächelnden, stämmigen Frau.

»Chiada. Pepe«, grüßte er die Kinder und küsste sie. Dann umarmte er die Frau und hielt sie einen langen Moment. »Sannah. Ich habe neue Freunde mitgebracht.«

Es hatte sich nun eine kleine Menge um sie geschart, und alle schauten sie neugierig an. »Willst du sie uns nicht vorstellen?«, fragte Sannah.

Janner trat einen Schritt vor und reichte ihr die Hand. »Ich bin Banneisen«, sagte er, so laut, dass alle es hören konnten, »Tausenddorns Sohn. Und das hier ist meine Gefährtin Schneeklinge.«

»Ich glaube, ich habe von euch beiden gehört«, meldete sich eine Stimme von weiter hinten. »Habt ihr nicht die Post in Burrick überfallen?«

»Sie haben uns befreit«, fiel ihm Toska ins Wort. »Sie haben zu zweit das Gefängnis von Trestin auseinandergenommen. Sie sind erklärte Feinde der Dons und des Kaisers, so wie wir.«

»Willkommen«, lächelte Sannah und schloss April in die Arme. »Herzlich willkommen.«

IV
Die Enden der Welt

Das wahre Gesicht – Schatten der Legende –
Die Geschichte des Dämons – Der fahle Reiter –
Prinzessin der Schwerter

DAS WAHRE GESICHT

Senator Fulmon zu töten war so einfach, dass Cassiopeia sich fast dafür schämte. Es war das erste Mal, dass sie jemanden tötete, und sie hätte sich gewünscht, dass es schwieriger und vielleicht auch befriedigender gewesen wäre.

Sie war nachts über die Dächer in sein Atrium eingedrungen, wie sie es bei Marcia gelernt hatte. Es war eigenartig, wie vertraut ihr das alles noch war: das schnelle Klettern, das Ausharren und Lauschen, das lautlose Landen nach einem Sprung. Dann hatte sie sich in Schatten verwandelt, um Fulmons Sklaven und Familie zu entgehen; auch das hatte sie so lange nicht mehr getan, dass sie halb erwartete, es sei nur die Phantasie eines jungen Mädchens gewesen – doch alles war genau, wie sie es in Erinnerung hatte.

So hatte sie sich geduldig vorgearbeitet. Sie war schon einmal in diesem Haus gewesen – damals, als sie noch geglaubt hatte, sie könnte Hilfe von Männern wie ihm erwarten. Damals hatte er sie mit Stiefeltritten davonjagen lassen

Schließlich fand sie sein Schlafzimmer. Dort verharrte sie im dunkelsten Winkel des Raums, hinter einer mannshohen Vase, bis der Senator sich zur Nachtruhe begab.

Fulmon war ein beleibter Mann, noch fetter als das letzte Mal, als sie ihn gesehen hatte. Zwei Sklavinnen halfen ihm dabei, seine Toga abzulegen und sich in sein Nachthemd zu kleiden. Die jüngere der beiden wurde sehr anschmiegsam, und der Senator griff nach ihrer Pobacke und begann, sie zu kneten. Sie versuchte, die

Aufmerksamkeit zu erwidern, doch was sie ertastete, erregte offenbar nicht sein Wohlgefallen, denn er schnaubte wütend und verjagte sie.

Gerade setzte er sich auf die Bettkante und wollte die kleine Lampe daneben auspusten, als sie entschied, dass es Zeit war, und aus dem Schatten erschien.

Er schrak zusammen, hatte sich aber erstaunlich schnell wieder im Griff. Er musterte sie kalt. Ihre zweckmäßige schwarze Kleidung und das Schwert auf ihrem Rücken verrieten ihre Absicht. Dann blieb sein Blick an ihrem Gürtel hängen, und er gab ein verächtliches Grunzen von sich.

»So schickt die Insel der Krieger mir also ihre Mörder.«

»Ist das alles, was Ihr seht?«, fragte Cassiopeia, und er kniff die Augen zusammen und studierte sie eingehender.

»Erfahre ich, um was es hier geht? Falls wir uns kennen sollten, so musst du entschuldigen. Mein Gedächtnis ist leider nicht mehr so gut, wie es einmal war.«

»Ich bin Cassiopeia Tial«, sagte sie. »Die Tochter des ermordeten Senators Tial, der einst Euer Freund war, und dessen Ländereien Ihr Euch seit Jahren anzueignen versucht.«

»Tials Tochter«, flüsterte er. »Ist das dein Ernst?«

»Ich habe Euch vor acht Jahren schon einmal besucht«, half sie ihm auf die Sprünge. »Und es war mir sehr ernst. Doch Ihr hattet leider keine Zeit für mich.«

Er grunzte wieder. »Wie bedauerlich. Ich schätze, dann wird es wohl wenig Sinn haben, wenn ich dich bitte, an meine Frau und meine Kinder zu denken?«

Sie zog ihr Schwert und machte einen Schritt auf ihn zu.

»Warte!«, rief er und hob die Hand. »Worum geht es hier? Rache? Dann bist du zum Falschen gekommen. Blasius und Severis waren es, die beschlossen, Tial aus dem Weg zu räumen. Ich war dagegen, aber sie boten mir Geld. Ich hatte Schulden, was sollte ich tun?«

»Diese Männer sind beide lange tot«, sagte sie. Ihr Schwert war auf seine Brust gerichtet. »Habt Ihr sie beseitigt, um Eure Kasse weiter aufzubessern?«

»Was, bloß weil ich jetzt der Letzte bin, der noch übrig ist, soll ich an allem schuld sein?« Er lachte. »Wenn du glaubst, der Kaiser wird dein Erbe anerkennen, hast du dich getäuscht. Er hatte den Besitz deines Vaters schon aufgeteilt, als ich noch um sein Leben flehte. Er aber meinte, es gefiele ihm, wenn der politische Apparat in Bewegung bliebe. Es sind schwere Zeiten für das Reich! Nur die Besten überleben.«

»Der Kaiser war eingeweiht?«, hakte sie nach. Sie hatte es immer vermutet, wollte es aber aus seinem Mund hören.

Fulmon lachte. »Glaubst du etwa, ein Trupp wie der, der euch überfiel, marschiert ungesehen einfach so durchs Reich? Das wagen selbst solche wie du nicht.« Er wandte den Blick von der Schwertspitze an seiner Brust zum Löwen an ihrem Gürtel.

»Dennoch ändert es nichts daran, dass ich die rechtmäßige Erbin meines Vaters bin und dieses Erbe an Leiengard abgetreten habe«, erklärte sie. »Ich bin hier, damit die Verwalter wieder ihre Arbeit tun können und die Erträge nicht in Euren Taschen verschwinden. Wenn dem Kaiser das missfällt, so mag er einen neuen Narren finden, der den Kopf für ihn hinhält, aber der wird ebenso Besuch bekommen wie Ihr.«

»Du bist es, die sich zur Närrin macht«, sagte Fulmon, »und du merkst es nicht einmal. Los, geh doch zum Kaiser. Frag die Sonne des Reichs, wenn du dir deiner Sache so sicher bist.«

»Das werde ich«, sagte Cassiopeia. »Aber heute bin ich zu Euch gekommen.« Er hob den Kopf und schaute ihr trotzig in die Augen.

Sie stieß ihm das Schwert ins Herz, was etwas Kraft erforderte, weil es so tief unter seinem Fett verborgen lag, dann zog sie es wieder heraus. Der Senator brach rücklings auf seinem Bett zusammen, die Augen weit aufgerissen. Das Blut strömte so schnell aus seiner Brust, als gebe es einen Ort, an den es fliehen könne.

Sie wischte die Klinge an seinem Bettzeug ab und wurde wieder zu Schatten. Es hatte nicht viel Lärm gegeben, aber sie wollte das Haus möglichst schnell verlassen, ehe die Sklaven oder die Kinder bemerkten, was geschehen war.

Sie hatte gerade das Dach erreicht, als hinter ihr die Schreie anfingen.

Die darauffolgenden Nächte fand sie nicht viel Schlaf. Nicht, weil sie ihre Tat bedauerte oder Konsequenzen fürchtete. Leiengard wäre auch gedient gewesen, wenn der Senator die nötigen Dokumente unterschrieben und seinen Anspruch aufgegeben hätte, doch für den Verrat an ihrer Familie hätte sie ihn so oder so getötet, und sie glaubte, dass Meister Zymrist sehr genau gewusst hatte, was geschehen würde, als er ihr diesen Auftrag gab.

Sie machte sich aber Gedanken über die Rolle, die die Kriegerschule in der ganzen Intrige spielte. Sie hatte Dougal gesehen, von Angesicht zu Angesicht – und sie glaubte Tuvius und Meister Zymrist, wenn sie sagten, dass er kein normaler Schüler gewesen war, sondern ein Einzelgänger, ein Renegat, der nur eine weitere Auszeichnung gesucht hatte und dann untergetaucht war. Dennoch war sie sich schmerzlich der Tatsache bewusst, dass sie nach Pherenaïs zurückgekehrt war, um Leiengard wiederzubringen, was Leiengard ihr genommen hatte.

So wälzte sie sich stundenlang in dem Bett, das sie sich in einer Hafentaverne genommen hatte. Es war ihr zu weich, gab unter ihr nach wie Treibsand und spendete ihr keine Sicherheit. Schließlich warf sie die Decken auf den Boden und legte sich von da an auf den Stein, lauschte auf das Meer und die Schreie der Möwen, und wenn sie die Augen wieder aufschlug, war der Himmel schon rot und sie hatte wenigstens drei oder vier Stunden Ruhe gefunden.

Einen Tag war sie durch die Straßen von Ptaraon geirrt, die ihr eigenartig fremd erschienen, obwohl sie immer noch genauso laut und prunkvoll waren wie eh und je. Doch die Häuser kamen ihr alt und schmutzig vor, die Gärten aufdringlich in ihrer Üppigkeit. Der Frühjahrshimmel war trübe und wurde dem Strahlenden Reich nicht gerecht.

Da fiel ihr auf, was sich tatsächlich geändert hatte: Sie sah weder Fealva noch andere Nichtphereniden auf den Straßen. Selbst im Hafenviertel fand sie keine der fremden Seeleute aus dem Süden oder von den Inseln, die früher ihre Farbenpracht nach Pherenaïs getragen hatten. Auch die lagandæischen Galeonen mit den Timei in den Masten waren verschwunden. Dafür schienen mehr Soldaten als früher unterwegs zu sein; sie trugen schwarze Uniformen, auf denen eine rote Sonne prangte. Überall waren Statuen des Kaisers in den Himmel geschossen, die ihn mit einem Strahlenkranz um seinen Kopf darstellten. Eine dieser Statuen zeigte ihn über dem zerteilten Leichnam des Paras, das Gottesherz in seinen Händen. Und die Richtstätten waren voller denn je.

Irgendwann hatten sie ihre Schritte in eine Gegend geführt, die ihr bekannt vorkam, und auf einmal fand sie sich vor Iasons altem Laden wieder. Erst war sie so erschrocken, dass sie beinahe ihre Waffe gezogen hätte, und die Menschen in der Nähe zuckten zusammen und gingen der fremdländisch wirkenden Frau aus dem Weg.

Doch der Laden war heute der eines Schneiders, und selbst, wenn Iason noch hier gewesen wäre, war fraglich, ob er sie erkannt hätte, ausgehärtet und sonnengebrannt wie Ton, die Haare zu einem strengen Zopf geflochten. Der neue Inhaber wurde auf sie aufmerksam, und sie rang sich ein Lächeln ab, tat so, als studierte sie die Auslagen, und ging.

Als Nächstes ging sie zu der Adresse, die Tuvius ihr genannt hatte, und fand sich vor einem großen Marmorbau in der Nähe des Paras-Almon-Tempels wieder, dessen Mauern schwarz vom Rauch alter Brandopfer waren. Im Erdgeschoss hatten mehrere Geldwechsler und Kaufleute ihre Räume. Die Verwalter, Racellus und Söhne, teilten sich die Büros im Obergeschoss mit einer kleinen Kanzlei. Es waren typische pherenidische Unternehmer, humorlos, penibel und ohne jeden Skrupel. Wahrscheinlich würden sie noch übrig sein, wenn der Rest des Reichs schon längst untergegangen war.

Cassiopeia händigte ihnen das Schreiben aus, das Tuvius ihr gegeben hatte, um sich auszuweisen, und setzte sie darüber in Kenntnis, dass Senator Fulmon ihnen keine Schwierigkeiten mehr machen würde und man von ihnen erwartete, dass die Erlöse aus den Ländereien nun wieder reibungslos flössen. Diese Erlöse waren, wie sich herausstellte, nicht unbeträchtlich. Irgendwie hatte Cassiopeia erwartet, dass halb Aconia verheert wäre, den Flammen ihrer Erinnerung zum Opfer gefallen. Anscheinend gab es aber immer noch Bauern und sogar Viehhirten, die in den Hügeln ihrer Kindheit lebten, das Land ihres Vaters bestellten und seine Früchte ernteten. Alle Geldeintreiber und Kuriere, die man die letzten Jahre zu ihnen geschickt hatte, waren jedoch ausgeraubt oder ermordet worden.

Als Racellus versprach, er werde alles Nötige veranlassen und einen Boten schicken, der den Bauern die gute Kunde überbringe, hielt sie ihn zurück.

»Ich werde das selbst übernehmen«, sagte sie.

»Wie Ihr meint.« Der Verwalter blätterte durch eine Akte. »Da wäre noch etwas.« Er fand einen versiegelten Umschlag und reichte ihn ihr. »Dieser Brief wurde für Euch abgegeben, vor etwa drei Jahren. Ich war damals nicht hier, aber es steht Euer Name darauf, und man beauftragte uns, ihn Euch zu geben, falls Ihr je den Weg hierher findet.«

»Von wem ist er?«, fragte sie und nahm ihn entgegen. Das Papier fühlte sich frisch an, wie gestern gefaltet.

»Mein Sohn sagte, von einem Lagandæer.«

Sie las den Brief eine Stunde später auf ihrem Zimmer. Sie hatte alles gepackt und war bereit zum Aufbruch. Gerne hätte sie es noch länger hinausgezögert, den Brief zu lesen, doch das hätte es nicht besser gemacht. Vielleicht, dachte sie, als sie das Siegel brach und den Umschlag öffnete, war der Brief nicht von ihm.

Er war von ihm.

C.,

wenn dieser Brief Dich erreicht, bist Du in Deine Heimat zurückgekehrt, ich aber habe Pherenaïs verlassen. Ich wünschte, ich könnte Dich persönlich sprechen, doch die politischen Verhältnisse sind schwierig, und niemand hier scheint mehr Bedarf an den Diensten eines lagandæischen Pfandleihers zu haben. Darum gehe ich nach Davenport.

Ich kann nicht behaupten, dass ich Deine Beweggründe verstehe, und bitte Dich, es mir nachzusehen, dass ich eine Weile versucht habe, die Wahrheit über Dich herauszufinden. Als ich merkte, was Du mitgenommen hast, begann alles Sinn zu ergeben: Ich erfuhr von dem Senator und seiner Tochter, die Deinen Namen trägt und offiziell als tot gilt. Über den alten Besitz Deiner Familie stieß ich auf die Verwalter, denen ich dieses Schreiben nun anvertraue. Sie können oder wollen mir nicht sagen, was aus Dir geworden ist, doch die Urkunden der Kriegerschule, gezeichnet mit dem Siegel Deines Vaters, lassen gewisse Schlüsse zu.

Dabei hätte ich es wahrscheinlich belassen, hätte sich nicht bald darauf etwas ereignet, was mich seither nicht mehr loslässt. Vielleicht hältst Du mich für verrückt. Ich hoffe aber, dass diese Zeilen Dir eine Warnung, vielleicht eine Hilfe sind, und ich Dir, sollten wir uns je wiedersehen, mehr darüber erzählen kann.

Ich habe Besuch von jemandem erhalten, der sich nach Dir erkundigt hat.

Dieser Besucher war kein Mensch.

Er kannte Dich und Deinen Vater – und dessen Mörder. Er hat mir gezeigt, wie er aussieht.

Er sagte: Er hat mir das Gesicht gestohlen.

Ich wünschte wirklich, ich könnte mit Dir persönlich über all das reden …

Lass mich wissen, wie es Dir geht – ich habe ein Postfach bei der freien Gilde, über das Du mir aus jeder größeren Stadt eine Nachricht zukommen lassen kannst. Mein Familienname ist Pitton, das Kennwort lautet ›Tigerauge‹.

I.

Cassiopeia ließ den Brief langsam sinken. Dann hielt sie ihn an die Kerze, schaute zu, wie die Flammen aufzüngelten und ihn verzehrten, und warf ihn in die Wasserschale auf dem Waschtisch. Sie dachte an den Abend des Überfalls, und wie der Silberweiße sie herausgefordert hat. Sie dachte an die Worte Meister Zymrists, die Geschichten über einen Eolyn, der mit dunklen Mächten im Bund stand; und die geheimnisvolle Krankheit, die sein Volk dahingerafft hatte.

Sie dachte an ihren Vater, der aussah wie er.

Er hat mir das Gesicht gestohlen …

Sie erreichte die Grenzen ihrer Ländereien drei Tage später. Ein Wegstein markierte den Beginn, und sie war erstaunt, wie wenig sich geändert hatte: die Felder waren bestellt, die Straßen befestigt. So wie überall auf ihrer Reise aber hatte sie das Gefühl, dass ein Schatten über dem Land lag. Die Gesichter der Menschen waren von Hunger gezeichnet, es schien mehr Frauen und Kinder als Männer zu geben, und die meisten wandten sich von ihr ab und beugten sich über ihre Pflüge, kaum dass sie ihr Pferd erblickten. Der Himmel hatte sich wieder zugezogen, ein leichter Nieselregen ging auf sie nieder, und bald war ihre Kleidung feucht und ihr war kalt.

Sie ritt eine halbe Stunde den Weg entlang; denselben Weg, den sie damals mit Blut an den Füßen und Schrecken im Herzen Richtung Hauptstadt gerannt war, den Namen ihres Vaters und des Fealv und aller, die von ihr gegangen waren, auf den Lippen. Für einen Moment spürte sie eine Ahnung jener Einsamkeit und jener Furcht, die sie damals empfunden hatte. Der Schmerz steckte immer noch so tief wie einst; sie hatte sich bloß so an ihn gewöhnt, dass sie ihn kaum noch wahrnahm, wie einen Splitter, den man zu lange im Fleisch trägt, und dann ist es zu spät, ihn noch zu entfernen, weil der Schmerz sonst zu groß wird.

Sie hielt kurz an, um einen Schluck zu trinken. Vier Reiter kamen ihr entgegen, in lumpiger Soldatentracht, und musterten sie mit zusammengekniffenen Augen.

»He, junges Ding«, rief der erste ihr zu. »Wo, glaubst du, reitest du hin?«

Sein Nebenmann schlug ihn leicht mit dem Handrücken und wies grinsend auf ihr Schwert. Die Reiter schwärmten langsam aus und umstellten sie.

Sie sah den vier Männern ruhig entgegen. Ihrem Alter und Aussehen nach waren es Reservisten, oder ehemalige Söldner, die sich geweigert hatten, ihre Uniformen abzugeben. Es waren Männer wie sie, die das Reich von innen auffraßen, während die Jungen und Gesunden zum Sterben in die Kolonien geschickt wurden.

Sie stieg ab und gab ihrem Pferd einen Klaps. Sie wollte kein Tier töten, wenn es nicht sein musste.

»Wenn es Wegzoll ist, auf den ihr aus seid, bin ich bereit, ihn zu zahlen«, sagte sie und warf eine Handvoll Denare vor sich auf die Straße.

»Was zum …«, setzte der Anführer an, doch seine drei Kameraden waren schon abgesprungen und sammelten die goldenen Münzen ein.

»Dieses Land gehört Leiengard«, sagte sie. »Was habt ihr hier verloren?«

Da hielten die Männer verdutzt inne.

»Da irrst du dich, Mädchen«, sagte der Anführer vom Pferd herab. »Dies ist das Gut von Senator Fulmon. Und Ausländer haben hier gar keine Rechte.«

»Senator Fulmon ist tot.«

»Blödsinn«, meinte einer der anderen. »Er bezahlt uns.«

»Ich habe ihn letzte Woche getötet«, sagte Cassiopeia. »Also sollte ich es wissen.«

»Nehmt sie fest«, sagte der Anführer.

Cassiopeia zog ihr Schwert, und die drei Männer wollten es ihr gleichtun. Wenn sie das Zeichen der Kriegerinsel an ihrem Gürtel erkannt hatten, dann wohl zu spät – sie waren in allem zu spät: Bis sie blankgezogen hatten, war Cassiopeia schon bei ihnen; bis sie ihre Waffen gegen sie richten konnten, hatte sie ihnen ihre schon in den Leib gestoßen. Und ehe sie begriffen, wie ihnen geschah, war der Kampf schon vorbei. Sie brachen zusammen.

»Verschwinde«, sagte Cassiopeia zum letzten, »und sag deinen Freunden, dass ihnen das Gleiche widerfährt, wenn sie uns herausfordern.«

Der Mann gab seinem Pferd verzweifelt die Sporen. Sie steckte ihre Waffe wieder weg und las ihr Geld auf. Dann band sie die drei Pferde an einen Baum, um sie später abzuholen, und lief zu ihrem eigenen, das ein Stückchen weiter am Ackerrand graste.

Sie erreichte ihr Zuhause eine Viertelstunde später.

Der Regen hatte aufgehört, doch die Luft war immer noch diesig, der Himmel über ihr grau. Sie sah mehrere Frauen und ein paar Männer, die ihre Kinder aufhoben oder Schubkarren und Vorräte aus dem Weg räumten, als sie näher kam. Es waren mehrere neue Unterkünfte gebaut worden, seit sie diesen Ort zum letzten Mal gesehen hatte, kleine Hütten, aus denen der Rauch von Herdfeuern stieg, und mehrere Zelte, die sich an ihre Mauern drängten. Der Brunnen wurde wieder benutzt, der Stall hatte wieder ein Dach bekommen. Am Kopfende des weiten Hofs aber ragte nach wie vor das rußgeschwärzte Herrenhaus aus dem Boden wie ein fauler Zahn. Auch hier wurde gebaut, war ausgebessert worden, aber es brauchte nicht viel, um zu erkennen, dass es den Menschen hier an allem fehlte: Steinen, richtigem Werkzeug und Arbeitskraft.

Und doch: Da hinten hatte sie zum ersten Mal die Klingen mit dem Fealv gekreuzt, und dort stand früher schon die Scheune, in der sie ihn mit Païdes erwischt hatte. Sie stieg langsam ab und führte ihr Pferd zu dem Olivenbaum, unter dem Clemeia gestorben war. Einen Moment hielt sie inne, dann band sie es fest und näherte sich dem Herrenhaus.

Noch war ihr niemand entgegengetreten. Die Frauen hatten Angst, die zwei oder drei Männer wussten offenbar noch nicht, was sie von ihr halten sollten. Sie waren schon älter und trugen Bärte, einer hatte nur einen Arm. Es waren viel zu wenige, um ein Gut wie dieses wieder aufzubauen und zu bewirtschaften, und sie empfand Respekt für das, was sie die letzten zehn Jahre geleistet hatten.

Sie schritt durch eine eingestürzte Wand ins Innere. Dort, wo sie nun stand, musste einst die Eingangshalle gewesen sein. Die Trümmer hatte man weggeräumt, dort, wo es noch eine Decke gab, war sie mit schweren Holzbalken abgestützt. Sie ging durch das Zimmer ihrer Mutter, in dem sie ihren Webstuhl gehabt hatte, in Richtung des Atriums. Die Beete waren kahl, den Blauregen an der hinteren Wand hatte man gefällt. Der Brunnen in der Mitte des kleinen Gartens, wo Païdes' Vater seinen letzten Kampf gefochten hatte, war trocken, das Mosaik davor zersprungen.

Ein Teil des hinteren Trakts, wo sich die Küche und die Quartiere der Dienerschaft befunden hatten, schien noch intakt und bewohnt, ebenso der Seitenflügel, in dessen Obergeschoss sich ihr altes Zimmer befunden hatte. Auf der anderen Seite aber klaffte eine tiefe Schneise durch das Haus, sodass sie das Arbeitszimmer ihres Vaters sehen konnte. Es war ausgebrannt und leer und ohne Dach, aber sie wusste noch genau, wo der Tisch gestanden hatte, unter dem sie sich einst versteckt hatte. Und dahinter, jenseits des Hauses, eine Ahnung der Tränke, wo sie ihren Vater, oder das, was aus ihm geworden war, gefunden hatte.

Er brauchte regelmäßig frisches Blut, um bei Kräften zu bleiben.

Sie schauderte.

Du bist wie ich.

Sie wandte den Blick ab.

Aus Richtung des hinteren Trakts näherten sich zwei Frauen. Die eine war jung, blond, mit einem schlafenden Kind auf dem Arm. Ihr Gesicht kam Cassiopeia vage bekannt vor, und sie fragte sich, ob sie vielleicht die Tochter einer der Dienerinnen gewesen war, die sie das letzte Mal mit acht oder zehn Jahren gesehen hatte und die nun zur Frau geworden war. Die andere trug ein Gewand aus grobem Stoff mit einer Kapuze über dem Gesicht. Sie blieben stehen und blickten einander über den versiegten Brunnen hinweg an. Dann kamen sie zaghaft näher, und als sie nur noch ein paar Schritte entfernt waren, lüftete die zweite Frau ihre Kapuze. Darunter kam das faltige Gesicht einer alten Fealva zum Vorschein, die Augen so groß, als sähe sie ein Gespenst.

»Kind«, hauchte die Alte und hob die Hand, wie um ihr Gesicht in der Luft nachzuzeichnen.

»Mirabelle«, sagte Cassiopeia, denn sie erinnerte sich noch an die Magd.

»Bist du es wirklich?«

»Bist du die Einzige, die überlebt hat?«

»Herrin«, sagte die Fealva und beugte ihr altes Knie, senkte den Kopf. Tränen rannen ihr über das Gesicht.

»Steh auf«, sagte Cassiopeia. »Das ist vorbei. Ich bin nicht mehr deine Herrin. Sag mir, wie viele von euch hier noch leben.«

»Nur Lira und ich«, sagte Mirabelle mit einem Blick auf das Mädchen, »und der alte Stetio.« Cassiopeia dachte an den Stallknecht, der sie mehr als einmal beim Kämpfen überrascht hatte. »Die anderen sind erst später zugezogen.«

»Wer sind sie?«, fragte Cassiopeia und musterte das Kind auf Liras Arm. »Entlaufene Sklaven? Deserteure?«

»Freunde, die uns halfen«, sagte Lira und trat einen Schritt näher an Mirabelles Seite. Wenn ein Vorwurf in ihrer Stimme lag, verletzte er Cassiopeia nicht. Nach und nach kamen auch die anderen Bewohner des Guts in das Atrium, verfolgten das Gespräch der Frauen. »Was ist mit dir?«, fragte Lira. »Was willst du hier, wenn du nicht mehr die Herrin bist?«

»Euch darüber in Kenntnis setzen«, murmelte Cassiopeia und vergaß einen Moment, was sie hatte sagen wollen. »Senator Fulmon – er ist tot. Seine Männer werden euch keine Schwierigkeiten mehr machen.«

Freude und Zweifel huschten über die Gesichter der Umstehenden.

»Ihr werdet eure Abgaben von nun an den Gesandten der Verwalter Racellus und Söhne entrichten«, fuhr Cassiopeia tonlos fort. »Das Haus und die umliegenden Ländereien sind rechtmäßiger Besitz der Kriegerschule von Leiengard.«

»Leiengard?«, wiederholte Mirabelle, und Cassiopeia fragte sich, ob sie damals auch den Löwen am Gürtel des Mörders gesehen hatte, und schloss unwillkürlich ihren Umhang.

»Was meint sie damit?«, flüsterte Lira.

»Die Abgabe ist gerecht und wird euch nicht zu sehr belasten«, fuhr Cassiopeia fort. Sie versuchte, nicht den Schmutz in den Gesichtern und die alten Stiefel an den Füßen zu sehen. »Dafür wird man euch Schutz vor weiteren Störungen garantieren. Solange ihr das Land bestellt und euren Anteil zahlt, könnt ihr hier leben, wie es euch beliebt.«

»Wir haben jetzt schon kaum genug für uns«, murrte ein alter Mann und spuckte aus. »Wer ist sie?« Doch Mirabelle hob eine Hand, und der Alte verstummte. Das Kind auf Liras Arm war erwacht und hatte zu schreien begonnen. Lira ging ein wenig abseits, um es zu stillen.

»Kind«, wiederholte Mirabelle. »Was redest du denn da? Komm, gehen wir nach drinnen. Wir wärmen uns am Feuer, und du kannst erzählen, wie es dir ergangen ist.«

Cassiopeia aber rührte sich nicht vom Fleck. »Ich kann nicht bleiben«, sagte sie. »Ich habe noch einen weiten Weg vor mir.«

Da schlug Mirabelles Verwirrung in Angst um, als fürchtete sie, Cassiopeia könnte ebenso schnell wieder verschwinden, wie sie aufgetaucht war. »Sag«, bat sie und trat etwas näher, »hast du ihn je wiedergesehen?«

»Wen meinst du?«, fragte Cassiopeia. Die Nähe der alten Fealva war ihr unangenehm, aber sie wollte es sich nicht anmerken lassen: die ledrige Haut, die leuchtenden Augen, ihr Atem wie scharfer Paprika.

»Meinen Jungen«, sagte Mirabelle. »Ihr wolltet doch immer zusammen weggehen.« Sie lächelte verträumt. »Ich weiß, es ist töricht – doch als ihr beide verschwunden wart nach jener Nacht, da dachte ich …«

»Du meinst Ianus«, sagte Cassiopeia. »Helenas Sohn. Hat sie überlebt?« Sie erinnerte sich noch gut an das innige Verhältnis der beiden Frauen.

Mirabelle schüttelte langsam den Kopf. »Ich bin hiergeblieben. Ich hatte gehofft, er würde zurückkommen. Überall haben sie uns getötet, uns vertrieben, aber ich bin geblieben.«

»Ich habe Ianus nie wiedergesehen«, sagte Cassiopeia. Die Worte fielen ihr schwer. »Ich habe ihn gesucht, aber nie gefunden. Es tut mir leid.«

»Mein Junge«, sagte Mirabelle.

»Er muss dir sehr viel bedeutet haben.«

»Du verstehst nicht«, sagte Mirabelle und streckte abermals die Hand nach ihrem Gesicht aus. Diesmal war sie so nahe, dass sie es berühren würde, und Cassiopeia packte sie und hielt sie fest.

»Herrin«, sagte Mirabelle. »Hast du es denn nicht gewusst?«

»Was gewusst?«

»Ich dachte«, sagte Mirabelle und lächelte hoffnungsvoll, auch wenn Cassiopeias Hand ihr noch immer das Gelenk zuschnürte, »weil ihr euch doch immer so gut verstanden habt … Ihr wart unzertrennlich. Wie ihr gespielt habt – ich dachte, ihr würdet einander helfen. Er hat immer gesagt, eines Tages würdet ihr gemeinsam weggehen.«

»Das reicht«, sagte Cassiopeia. »Hör auf.«

»Ich durfte es ihm doch nicht sagen«, sagte Mirabelle, »sonst hätte er ihn mir ganz genommen. Und Helena hat ihn so geliebt!

Ich wollte nicht, dass sie ihn verliert. Sie war ihm immer eine gute Mutter. Ich wollte nicht, dass das passiert. Trotzdem dachte ich, dass er dir vielleicht …«

»Wovon redest du?«

»Er ist mein Junge«, sagte Mirabelle. »Mein kleiner Junge.«

»Ianus war dein Sohn?« Auf einmal war ihr, als spürte sie das alte Blut, das überall an diesem Ort vergossen wurde, die Böden und die Erde mit seiner Geschichte tränkte. »Aber … wenn du seine Mutter warst – wer war dann der Vater?«

All die Geschichten von umherreisenden Helden, jener übergroße Fealv, von dem er nie müde wurde zu erzählen …

»Herrin …«

Sie stieß ihre Hand weg und schlug ihr übers Gesicht. »Beantworte meine Frage!«

Die umstehenden Männer und Frauen machten einen Schritt auf sie zu.

»O Herrin!«, wiederholte Mirabelle. »Hast du es wirklich nicht gewusst? Herrin. Kind … Wo ist mein Junge?«

Cassiopeia war blass geworden und taumelte zurück. Das Gesicht der Alten war eine Fratze, faltig und tränenfeucht. Ein Fealvgesicht.

Schau ihnen ins Gesicht, und du siehst das Strahlende Reich durch sie scheinen.

»Wir haben es ihm nie gesagt«, weinte Mirabelle, »weil dein Vater ihn uns sonst fortgenommen hätte. Er war nicht mehr derselbe. Er dachte nur noch an seine Frau. Wir hatten alle solche Angst vor ihm. Niemand durfte es erfahren …«

»Das kann nicht sein«, sagte Cassiopeia. »Dieser Tausenddorn mit seiner Flöte …«

»War nie hier«, sagte Mirabelle und lächelte entschuldigend. »Natürlich nicht – jeder hier wusste das. Die Flöte habe ich ihm geschnitzt.« Sie gewann ihre Fassung zurück, und einen Moment sah Cassiopeia den Stolz in ihren Augen, wie sie da neben dem Brunnen stand: ein uralter Baum, der seit Jahrhunderten den Ort seiner Geburt verteidigt; und sie verstand, was ihr Vater gemeint und was er in ihrem Volk gesehen hatte.

Wir sind ein Blut.

»Er ist dein Bruder«, sagte Mirabelle.

Ihre Kehle schnürte sich zusammen. Sie konnte spüren, wie sich ihr Herzschlag verlangsamte.

»Ianus ist dein Bruder. O Herrin«, fuhr Mirabelle fort, »ich bedaure, was ich getan habe, und wenn ich es ungeschehen machen könnte … doch ich sage die Wahrheit. Er sollte doch wissen, dass sein Vater etwas ganz Besonderes war – jemand, zu dem er aufsehen konnte. Er sollte nicht glauben, dass er nur ein einfacher Bastard ist …«

Einen Moment sah sie sich selbst, wie sie ihr Schwert zog und einen Schritt auf die Alte zu tat. Sie sah, wie sie sie fällte, ihr Blut auf die unersättliche Erde vergoss – damit sie endlich schwieg, endlich aufhörte zu reden.

Einen Moment dachte sie, sie hätte es auch getan. Sie wusste nicht mehr, was sie tat oder glaubte zu tun. Was tatsächlich geschehen war, und was sie nur träumte.

Sie musste gehen. Sie sah sich selbst, wie sie sich abwandte und ging.

»Herrin … Kind …«

Sie erwachte aus ihrer Starre. Mirabelle stand noch da, neben dem Brunnen, umringt von den anderen Bewohnern des Hauses.

»Bitte, wenn du ihn findest …«

Ihr Körper gehorchte wieder ihren Befehlen.

»Herrin … Kind …«

Sie wandte sich ab … und sie ging.

SCHATTEN DER LEGENDE

Ende April erreichte sie Fargos und setzte eine Nachricht an Racellus auf, in der sie ihn über den Vollzug ihres Auftrags informierte. Drei Tage blieb sie in der Stadt, unsicher, worauf sie wartete. Der Brief würde frühestens morgen oder übermorgen seinen Adressaten erreichen, und Racellus würde ihn gewissenhaft zu den Akten legen und bei nächster Gelegenheit Leiengard informieren. Sie wusste, dass die Insel über ein effizientes Kommunikationsnetz verfügte, das schneller als der gewöhnliche Schiffsweg funktionierte (sie vermutete, dass sie Vögel einsetzten, doch wahrscheinlich war auch das nur ein Teil der Wahrheit). Dennoch verspürte sie keine große Lust, noch länger herumzusitzen, bloß um herauszufinden, ob es noch mehr Schmutzarbeit für sie zu erledigen gab.

Es war vorbei. Sie war frei. Und, wie Meister Zymrist richtig bemerkt hatte, erst am Beginn ihrer eigentlichen Suche.

Sie sah sich nach einem Schiff nach Davenport um.

Es lagen drei lagandæische Schiffe im Hafen, die in Kürze auslaufen würden, doch sie wählte bewusst ein pherenidisches. Die politische Lage war angespannt, und es brauchte nicht mehr als ihr Wort, das Schiff im Falle eines Angriffs zu verteidigen, um freie Passage und sogar ein geringes Entgelt zu erhalten. Sie würde noch eine Menge Geld brauchen, wenn ihre Suche länger dauerte.

Abgesehen von dem Respekt, den man dem Löwen an ihrem Gürtel entgegenbrachte, war der Empfang gewohnt reserviert. Der Kapitän wies ihr einen winzigen Schlafplatz so weit wie möglich von dem der Männer zu – nicht wegen ihrer, sondern wegen der Sicherheit der Männer, wie er sagte. Diesen Winkel teilte sich Cassiopeia mit einem großen Fass Port für besondere Anlässe, und ihre ungewollte Rolle als Hüterin dieses Fasses senkte ihr Ansehen bei der Mannschaft noch weiter, wenn dies denn überhaupt möglich war.

Dennoch versuchte sie, mit der Besatzung ins Gespräch zu kommen. Mit jeder weiteren Überfahrt wurde ihr nämlich deutlicher, dass sie die Seefahrerei nicht sonderlich schätzte: das Schaukeln und die Launenhaftigkeit des Meers, seine ganze unbeständige Art, die Unmittelbarkeit, mit der man jedem plötzlichen Wetterumschwung ausgesetzt war. Um sich abzulenken, informierte sie sich über das Ziel der Reise – beim Würfelspiel, beim gemeinsamen Trinken, je nachdem, wer gerade wach war und nicht an den Rudern saß.

Dûnhlair war eine der alten Kolonien. Vor fast neunhundert Jahren hatte Kaiser Titian diesen Teil der mittleren Welt bis an die Grenzen des Sommerlands unterworfen und in der Folge eine der ertragreichsten und treuesten Provinzen des Reichs aus Dûnhlair gemacht. Er hatte gewusst, dass jenseits des Gebirges die sagenhaften Lande der Eolyn lagen, die Zugang nicht nur zum nördlichen, sondern auch dem äußeren Meer boten, und lange nach einem Weg dorthin gesucht; doch die Pässe hatten sich als zu schwierig erwiesen. So führte der Weg ins Sommerland weiter durch das nördliche Teveral, und Davenport, der wichtigste Hafen Dûnhlairs, blieb ein Stützpunkt unter vielen, in einem strategisch eher unbedeutenden Winkel der Welt.

Vor gut dreihundert Jahren dann fiel ohne jede Vorwarnung eine große Streitmacht von Schiffen aus dem Westen ein, durchquerte das südliche Meer und landete an der Küste Dûnhlairs. Die Fremden behaupteten von sich, von einem fernen Ort im Westen namens Lagandar zu stammen; ein Name, der in den meisten Sprachen der zivilisierten Welt zu Kopfschütteln und Gelächter führte, denn er war gleichbedeutend mit dem Land der Legenden – einem Ort, der per Definition nicht existierte. Offenkundig aber hatten sie einen Weg durch die für unschiffbar gehaltenen Pforten des Helias gefunden und bereits mehrere Stützpunkte an der Westküste der mittleren Welt, am äußeren Meer, gegründet. Weder dieser Weg noch die Stützpunkte waren jemals entdeckt worden, aber es bestand die Gefahr, dass den Fremden als erster Macht überhaupt der Weg in alle drei Meere offenstand; und man fragte sich, wofür sie diese Macht einsetzen würden.

Die Lagandæer zeigten jedoch wenig Interesse an Eroberungen. Sie schienen vorrangig an Handelsbeziehungen interessiert, gründeten Niederlassungen in allen wichtigen Häfen von Ewenstadt bis Melnor, und kauften sich überall ein. Lange Zeit ließ man sie gewähren, denn sie lieferten stets schnell und zuverlässig, auch wenn man sie immer wieder unlauterer Mittel bezichtigte. Dann, in einer Zeit, in der es dem Reich dank seiner kostspieligen Feldzüge und einiger unerwarteter Missernten nicht gutging, machten sie dem Senat ein Angebot, das ebenso unerhört wie schwer auszuschlagen war: Sie kauften ihm Davenport einfach ab. Die Stadt wurde zum einzigen bekannten Hafen im südlichen Meer, der komplett unter lagandæischer Kontrolle stand, mit klar geregelten Rechten für seine Bewohner und die Phereniden, die nach wie vor das Umland und die restlichen Städte hielten.

Die Männer, mit denen Cassiopeia sich unterhielt, sahen dem Empfang, der am Ende der Überfahrt auf sie wartete, mit gemischten Gefühlen entgegen. Jetzt, da sich Dûnhlair vom Reich losgesagt und der Kaiser die meisten Lagandæer aus Pherenaïs vertrieben hatte, war es wohl nur noch eine Frage der Zeit, bis auch die alten Vereinbarungen mit Davenport hinfällig wurden und offener Krieg zwischen den Völkern herrschen würde. Niemand wusste also, ob die Handelsflagge, unter der sie fuhren, sie zu Freunden oder einer willkommenen Beute machen würde.

Und tatsächlich: Kaum dass die Küste Dûnhlairs in Sicht kam, tauchten auch schon die ersten Segel auf, und nicht lange, da hatten mehrere lagandæische Galeonen sie umringt. Die Schiffe waren größer als ihre Galeere und mit mehreren jener mächtigen Waffen bestückt, mit denen sich die Lagandæer bisher noch aus jedem Kampf herausgeschossen hatten.

Eine Weile lagen die Schiffe nur längsseits, und das Schlagen der Wellen an die Planken schien Cassiopeia wie das Ticken einer Uhr. Dann aber grüßten sie und drehten ab. »Scheint, dass sie doch noch mehr Händler als Piraten sind«, meinte der Kapitän und schloss seinen Wollmantel. Es wehte eine kühle Brise hier im Norden.

Der Hafen von Davenport wurde von einem hohen Leuchtturm auf der einen und einer Festung auf der anderen Seite flankiert und nahm fast so viel Fläche ein wie die auf der steil dahinter ansteigenden Küste erbaute Stadt. Dennoch war er so überfüllt, dass mehrere große Walfänger und Handelsschiffe im Schutz einer weit ins Meer ragenden Mole angelegt hatten. Die Stadt selbst war ein graues Durcheinander unverputzter mehrstöckiger Steinbauten, verbunden durch gewagte Holzkonstruktionen, die Cassiopeia zunächst für Kräne oder Aussichtsplattformen hielt; später würde sie erkennen, dass sie vor allem von Timei genutzt wurden. Das Hinterland war in eine tiefe Regenwolke gehüllt, die sich jeden Moment zu entleeren drohte.

Sobald sie angelegt hatten, verabschiedete sich Cassiopeia vom Kapitän und machte sich auf die Suche nach einer Niederlassung der freien Gilde. Die Stadt verwirrte sie. Viele Häuser waren höher als breit und raubten den Straßen das ohnehin spärliche Licht. Die meisten hatten Glasscheiben, doch abgesehen von den aufwendigen Wappen, die ihre Eingänge verzierten, wirkten sie schmucklos, und Cassiopeia wunderte sich, wie nachlässig man trotz des offenkundigen Reichtums das Moos und den Efeu an den Wänden wachsen ließ. Die Straßen selbst aber waren gut in Schuss, und unter dem Kopfsteinpflaster verlief auch eine Kanalisation.

Die Schneider der Stadt teilten anscheinend den Farbgeschmack der Architekten, und so waren die meisten Einwohner der Stadt in blasses Grau, Braun und Blau gekleidet. Die Gespräche wurden in einem Mischmasch aus Pherenidisch und der breiten, kehligen Sprache Dûnhlairs geführt, mit gelegentlichen Sprenkeln von Bemdali, besonders im Hafenviertel. Untereinander sprachen die Lagandæer, die sich sonst nur durch ihre charakteristisch gemusterten Augen von den Einheimischen unterschieden, ihre eigene Sprache, die für Cassiopeias Ohren unterkühlt und hochnäsig klang. Einige von ihnen trugen Schusswaffen – kleinere Ausführungen der gefürchteten Kanonen, denen sie ihre Überlegenheit verdankten.

Auch gab es viele Timei, und der Anblick einer so großen Zahl der aufrecht gehenden Katzen erstaunte und beunruhigte Cassiopeia. Sie hatte gesehen, was ein einzelner Timei, nur mit einem Schild bewaffnet, anrichten konnte, und wusste nicht, was sie von diesen Wesen zu erwarten hatte, die hier wie selbstverständlich am städtischen Leben teilnahmen. Ihre Stimmen waren seltsam schmeichelnd. Die meisten trugen nur weite Pluderhosen oder gar keine Kleidung, aber Cassiopeia wäre trotzdem nicht in der Lage gewesen, die Geschlechter zu unterscheiden. Die Fellfarbe reichte von blaugrau bis sandfarben, die Augen bernsteingelb und smaragdgrün. Einen sah sie, der eine alte Uniform trug, mit einem Äffchen auf der Schulter.

Die Hauptstelle der freien Gilde glich einer von Flaggenmasten, Wetterfahnen und Winkeltelegraphen überwucherten Festung, deren Wände über und über mit Verlautbarungen tapeziert waren. Die Spur alter Nachrichten und Plakate zog sich bis in die Seitengassen, wo sie zu einem nicht mehr entzifferbaren Schatten auf dem Mauerwerk verblasste, so rauh und grau wie die Flechten. Darunter saßen Wahrsager und Geschichtenerzähler, die Hüte vor sich auf der Straße, als könnten sie allein die Zeichen der Vergangenheit noch deuten.

Im Gedränge einer weiten Halle fand sie einen Schalter und nannte dem Angestellten Iasons Namen und das Kennwort. Der Angestellte bestätigte ihr die Existenz des Postfachs; jedoch weigerte er sich, ihr Iasons Adresse zu nennen. Seinen Namen sprach er nach Art der Provinzen aus, mit einem Zischlaut statt dem I am Anfang.

»Iason Pitton hat darum gebeten, seine persönlichen Daten nicht preiszugeben. Ihr könnt ihm aber eine Nachricht zukommen lassen. Habt Ihr eine Anschrift in der Stadt?«

Cassiopeia seufzte. »Was ist das für ein großer, breiter Turm, den man vom Hafen aus im Norden der Stadt sieht?«

»Ihr meint den Wasserturm«, half er aus.

»Teilt Eurem Kunden mit, dass ich in der Stadt bin und ihn morgen zur Mittagszeit dort erwarte. Mein Name ist Cassiopeia Tial.«

Dann zahlte sie die Gebühr und ging, sich eine Unterkunft zu suchen und wärmere Kleidung zu besorgen.

Am nächsten Tag wanderte sie früh in die Stadt. Der Morgen hatte neblig begonnen, mittlerweile aber war die Feuchtigkeit verdunstet, und die Sonne brach hier und dort durch die dünnen Wolken.

Um den Wasserturm gab es einen kleinen Park und mehrere Geschäfte und Gaststätten. Sie nahm vor einer davon Platz, trank einen säuerlichen Tee und wartete.

Iason kam einige Minuten zu früh. Er trug sein Haar kürzer als früher und wirkte blasser, als sie ihn in Erinnerung hatte. Doch er hatte immer noch dasselbe sanfte Lächeln, dasselbe Leuchten in den grau-grauen Augen, als sie aufstand und er sie entdeckte.

Er kam näher und blieb vor ihr stehen. Einen langen Moment sahen sie sich an.

»Ich hätte nicht gedacht …«, begann er.

»Ich auch nicht«, sagte sie und versuchte zu lächeln. Sie fragte sich, was er sah: die gebräunte Haut, die Narben an ihren Händen, den steifen Zopf, den unruhigen Blick, der ständig hin und her zuckte.

»Du siehst gut aus«, sagte er.

»Du auch.« Seiner Kleidung nach war es ihm wirklich gut ergangen: Er trug einen teuren Mantel und saubere Stiefel, Hosen und Hemd aus einem weichen Stoff. Über der Schulter hatte er eine Tasche.

»Wollen wir zu Mittag essen?«, schlug er vor.

»Gerne«, sagte sie, und er führte sie ein paar Straßen weiter zu einem der hohen Häuser, die den Hafen und die Bucht überblickten. Holzbrücken spannten sich zwischen den Gebäuden, und sie sah flinke Timei, die in schwindelerregender Höhe über sie eilten, einige auf allen vieren.

»Diese Katzen ...«

»Nenn sie nicht so. Das mögen sie nicht.«

Sie schüttelte den Kopf. »Es ist eine bemerkenswerte und wundersame Stadt.«

»Die einzige«, lächelte Iason. »Ich hoffe, du bleibst etwas länger?«

»Das kommt darauf an«, sagte sie. »Ich habe deine Nachricht erhalten.«

Er nickte, und ein Schatten zog über sein Gesicht. »Ich habe mich häufig gefragt, ob sie dich erreicht hat. Es fällt schwer, an Neuigkeiten aus Pherenaïs zu gelangen. Hier hinein.«

Die Taverne nahm mehrere Stockwerke des Hauses ein. Ein großes, grün-blaues Gemälde überzog die rückwärtige Wand des offenen Treppenhauses. Cassiopeia dachte sich erst nichts dabei, dann aber blieb sie stehen, eine Hand am Geländer, und studierte es genauer.

»Was ist das?«

Einen Moment schien Iason nach den passenden Worten zu suchen. »Die Welt«, sagte er dann einfach. »Oder Teile davon.«

»Ich hätte nicht gedacht, dass sie so aussieht«, murmelte Cassiopeia.

Er lächelte entschuldigend. »Manche Küsten stimmen nicht ganz – der Süden sieht eigentlich etwas anders aus. Aber der Eindruck ist im Großen und Ganzen richtig.«

Cassiopeia ließ den Blick über die Ufer ihrer Heimat schweifen, die Küsten ein ausgefranster Teppich, die Berge wie altes Moos auf dem Rücken der gewundenen Landmasse.

»In Pherenaïs habe ich nie eine so detaillierte Karte gesehen«, sagte sie. »Und hier malt man sie an die Wand einer Taverne?«

»Wir sind Seefahrer.« Iason zuckte die Achseln. »Männer wie ich sind die Ausnahme. Diese ganze Stadt ist eine Ausnahme: ein Lagerplatz, ein sicherer Hafen. All unsere großen Handelshäuser haben hier eine Niederlassung. Aber das ist nur Mittel zum Zweck. Glaub mir, könnten sie auf ihre Kontore und die ganze Verwaltung dahinter verzichten, wären die Tage von Landratten wie mir gezählt.« Er versuchte sich an einem Grinsen. So hatte sie ihn nie erlebt; der Iason, den sie ihn Ptaraon kennengelernt hatte, war nur eine Facette dieses Mannes gewesen. »Komm mit«, sagte er und führte sie weiter die Treppe hinauf.

Dort suchte er ihnen einen Tisch in einer sichtgeschützten Nische mit einem hohen, schmalen Fenster, fast einer Schießscharte, die auf den Hafen hinausging.

»Und woher kommen all die Schiffe?«, fragte sie. »Aus dem Westen? So heißt es doch immer. Was liegt im Westen?«

Er schob ihr den Stuhl zurück, dann legte er seine Tasche ab und nahm ihr gegenüber Platz. »Die Schiffe kommen aus dem Westen«, bestätigte Iason. »Aber nicht so weit, wie du vielleicht denkst.«

»Nicht aus Lagandar?«

»Wer weiß schon, ob das existiert?« Er schaute sich kurz um, wie um sicherzugehen, dass niemand zuhörte. »Aber es gibt Werften an der Küste, im Norden, wohin niemand sonst fährt.«

Ein Kellner trat zu ihnen, und Iason bestellte in seiner Muttersprache.

»Ich bin froh«, sagte sie, sobald der Kellner verschwunden war, selbst überrascht über das Eingeständnis. »Ich bin froh, dass wir uns wiedergefunden haben. Ich bin zu deinem Laden gegangen, als ich wieder in Ptaraon war. Du kannst dir vielleicht denken, wie es dort aussieht. Vielleicht ist es die letzten zwei Jahre auch noch schlimmer geworden. Ich war mir erst nicht sicher, was ich wollte … Zuerst dachte ich, zumindest die Sachen bezahlen, die ich damals gestohlen habe.«

Er schüttelte den Kopf. »Das Siegel war immer schon deins. Du hättest mich einfach darum bitten können, weißt du.«

Sie schwieg und betrachtete ihre Hände. »Nein. Dann hätte ich dir erklären müssen, was ich vorhabe.«

»Glaubst du, ich hätte versucht, es dir auszureden? Ich glaube nicht, dass ich das geschafft hätte.«

»Nein«, sagte sie wieder. »Das hättest du nicht. Aber du hättest es versucht – und ich war bereits auf der Flucht vor so vielen Leuten.«

Der Kellner kam mit einer Flasche Wein und zwei Gläsern. Cassiopeia studierte das Etikett und fuhr mit dem Finger über die kleine Karte darauf. »Ewenland?«, lächelte sie.

»Es ist schwer, hier im Norden an guten Wein zu kommen. Die meisten Leute bevorzugen süße, angereicherte Weine, oder gleich einen guten Rum. Aber ich nahm an, dass du jemand bist, der seinem Geschmack treu bleibt.« Sie hoben die Gläser und stießen an.

»Ich bin froh«, sagte sie wieder, nachdem sie einen Schluck getrunken hatten. »Ich bin froh, dass es dir gutgeht. Es war klug von dir, zu gehen.«

»Zuerst tat es weh«, gestand Iason. »Ptaraon war lange meine Heimat. Weißt du, manchmal habe ich dich fast bewundert. Ich weiß, dass du das jetzt nicht hören willst, aber deine Entschlossenheit … dass du nie aufgegeben hast, einfach nie umgekehrt bist …«

»Ich hatte gar keine andere Wahl.«

»Siehst du? Das meine ich – als wäre alles ganz einfach. Das habe ich nie verstanden.«

»Es war niemals einfach«, widersprach sie. »Aber ich hatte wirklich nie eine Wahl.«

»Das dachte ich auch. Ziemlich lange sogar. Ich dachte, ich

muss bleiben. Die Stellung halten. Schließlich hatte ich mir etwas aufgebaut. Ich hatte mein Geschäft, meine Kunden, eine Handvoll Freunde. Aber manchmal im Leben ist es wichtig, einen Neuanfang zu wagen. Und dazu wurde es Zeit.«

Sie nickte, als stimmte sie ihm zu. Wenn er die Lüge durchschaute, ließ er es sie nicht spüren.

»Dann bist du heute also kein Pfandleiher mehr?«

Er schüttelte den Kopf. »Ich bin Buchhalter.«

Da lachte sie, und er zuckte zusammen. »Bitte entschuldige«, sagte sie, doch er breitete einladend die Hände aus.

»Nur zu«, sagte er. »Ich bin das gewohnt. Jeder braucht uns, doch keiner will unsere Arbeit machen.«

»Ich lache, weil du von einem Neuanfang gesprochen hast. Doch das bist du – bist es immer gewesen.«

»Was, ein Buchhalter? Weißt du eigentlich, wie beleidigend das für einen Lagandæer ist?«

»Der Mann, in den ich mich damals …« Sie schlug die Augen nieder. »Wenn ich an damals denke, sehe ich dich immer noch vor mir, wie du bis tief in der Nacht über deinen Büchern sitzt. Du hast immer ausgesehen wie ein Dichter.«

»Ich *habe* dir ein Gedicht geschrieben«, erinnerte er sie. Dann dämmerte ihm, was sie gerade gesagt hatte, und schüttelte den Kopf. »Du hast mich beobachtet, wie ich es schreibe – aber gelesen hast du es nicht?«

»Ich habe es gelesen«, widersprach sie.

»Und doch bist du gegangen.«

»Erzähl mir lieber, wie es dir ergangen ist«, bat sie. »Was ist passiert?«

»Nach dem Essen«, wehrte Iason ab und lenkte das Gespräch auf andere Dinge. Eine Weile sprach er von der See und den Wundern, die sie bereithielt: den Sagen und Ungeheuern, den Untiefen und Stürmen, und dem ewigen Wettstreit der großen Handelshäuser und ihrer Eigner, die die Stützen der lagandæischen Gesellschaft waren. Cassiopeia hörte gut zu, denn er redete von einem Leben, wie er es sich immer erträumt, aber nie selbst geführt hatte, und es war ihm sehr wichtig. So nickte sie höflich, wie jemand, der ein Getränk zu würdigen versucht, das ihm nicht schmeckt.

Ihr Essen kam. Natürlich hatte er Fisch bestellt, doch Fisch oder nicht, ihr fiel auf, wie lange sie kein Gericht mehr gegessen hatte, das seinen Namen verdiente, und fast war es wie damals, in Ptaraon, als sie sich zum ersten Mal trafen.

Dann wurden die Teller abgeräumt, und Iason öffnete das kleine Fenster in der Nische und ließ eine frische Brise herein. Als er sich wieder setzte, war sein Gesicht sehr ernst.

»Nachdem du dann … weg warst, habe ich eine Weile versucht, so viel wie möglich über deine Gründe zu erfahren. Ich stieß auf die Geschichte deiner Familie und des Überfalls vor zehn Jahren …« Er stockte, unsicher, ob er sie verletzte, doch sie fuhr nur aufmerksam mit dem Finger über ihr Glas. »Irgendwann gab man mir zu verstehen, dass bestimmte … Kräfte im Senat … meine Nachforschungen nicht schätzten.«

»Senator Fulmon?«, fragte sie.

»Du hast seine Bekanntschaft gemacht?«

»Nur flüchtig«, wich sie aus.

»Ich war stur«, fuhr er fort. »Und auch etwas naiv. Ich glaubte, dass im Reich gleiches Recht für alle gälte, selbst für jemanden wie mich. Also schrieb ich Briefe, versuchte darauf aufmerksam zu machen, unter welchen Druck man mich setzte, und welches Unrecht dir und deiner Familie widerfahren war. Ein gutes Jahr nachdem du weg warst, erhielt ich Besuch.«

Cassiopeia befeuchtete sich die Lippen. »Von einem Eolyn?«

Iason nickte. »Doch das war nicht die Gestalt, in der er zuerst zu mir kam.«

»Wie … sah er denn aus?«

»Er – sie – kam als Frau zu mir. Sie sah aus wie irgendeine Frau aus den Kolonien, wie hier aus der Gegend. Es fällt schwer, sie zu beschreiben. Sie hatte ein hartes Gesicht, und ihr Haar war ergraut, obwohl sie noch jung wirkte. Sie besuchte mich kurz vor Ladenschluss, in der Dämmerung, und ich weiß nicht recht, wie ich erklären soll, was sie mit mir getan hat …«

»Sie – er – ist nicht wie du und ich«, sagte sie vorsichtig.

Er nickte wieder. »Ich war ihr vollkommen hörig. Versteh mich nicht falsch … aber ich wollte ihr jeden Wunsch von den Lippen ablesen. Ohne lange darüber nachzudenken, hatte ich sie zu mir nach oben eingeladen. Sie blieb zum Essen. Eigentlich aß aber nur ich etwas, sie nicht.«

Cassiopeia wollte etwas einwerfen, doch er hob die Hand. »Mittlerweile verstehe ich vieles besser. Damals fiel mir nur auf, dass sie von Minute zu Minute unruhiger wurde. Sie wirkte, als leide sie Schmerzen, habe sich aber entschieden, sie zu ignorieren. Sie erkundigte sich nach den Gründen für mein Interesse an gewissen Vorfällen.«

»Und hast du …?«

»Es tut mir leid. Ich habe ihr alles erzählt. Ich war wie von Sinnen – ich erzählte ihr, wie ich dich kennenlernte, und wie du mitsamt dem Siegel Senator Tials verschwunden bist, wahrscheinlich nach Leiengard. Von meinem Verdacht, dass der Senator einer Intrige zum Opfer fiel, und meinen Nachforschungen. Sie sagte, bei denen könne sie mir helfen. Und da verwandelte sie sich vor meinen Augen.«

Sie konnte fühlen, wie sich ihr die Härchen auf den Armen stellten.

»In einer Sekunde wurde aus dieser merkwürdigen Frau ein Pherenide. Er sah dir ähnlich. Schmales Gesicht. Braune Augen … und auch er schien große Schmerzen zu leiden.«

Cassiopeia erstarrte, doch Iason nickte abermals, als hätte er mit ihrer Reaktion gerechnet.

»Er sagte: ›So hat das Opfer ausgesehen.‹«

»Mein Vater«, hauchte sie.

»Ich hatte furchtbare Angst. Ich fühlte mich von ihr – ihm – angezogen wie eine Motte vom Mond, gleichzeitig war ich mir sicher, dass ich diese Nacht nicht überleben würde. Wären ihm da Fänge gewachsen, oder ein Fell …« Er winkte ab. »Doch nichts dergleichen. Er – oder sie – wechselte ein weiteres Mal die Erscheinung, und diesmal saß mir der Eolyn gegenüber. Weiße Haare, weiße Haut, Züge wie aus Stein geschlagen. Er sagte: ›Und so der Mörder.‹ Er sagte es mit einem Lächeln, das mich bis heute verfolgt. Diese Haut schien die erste zu sein, in der er sich wohl fühlte. Ich stotterte dummes Zeug und fragte ihn nach seiner wahren Gestalt. Er lachte, als wäre es ein grausamer Scherz – und dann sagte er diese Worte, die ich heute noch manchmal höre. Er sagte: ›Es gibt keine wahre Gestalt – er hat mir das Gesicht gestohlen. Die Leere zu füllen, stehle ich immer neue; doch sie wächst immer weiter.‹«

Iason senkte den Blick, und sie sah erstaunt, dass ihm Tränen in den Augen standen. Dann schob er den Ärmel hoch und zeigte ihr seinen Arm. »Er befahl mir, mich in den Arm zu schneiden. Sammelte mein Blut in einem Becher. Roch daran. Ich dachte schon, er würde … Doch dann lachte er und warf den Becher an die Wand. Ich glaube, er wollte mir nur seine Macht beweisen. Er sagte, er könne mich jetzt töten – einfach so. Oder auch mir das Gesicht stehlen. Dann aber meinte er, dass es schon zu viele von seiner Art gebe. Er sagte, er jage sie. Und dann sagte er etwas über dich …«

»Was hat er gesagt?«, fragte Cassiopeia.

»Dass ihr euch ähnlich wärt: ›Auch sie ist eine Jägerin – so wie ich. Auch sie hat eine Leere zu füllen – so wie ich. Und sein Gesicht verfolgt sie, wohin sie auch geht.‹«

»Sein Gesicht?«, wiederholte sie. »Wessen Gesicht meinte er?«

»Er sagte, die Antwort auf diese Frage läge im Norden. Im Sommerland.« Er biss sich auf die Lippe und schüttelte hilflos den Kopf. »Verstehst du irgendetwas von alledem?«

Sie überlegte fieberhaft, wie viel sie ihm erzählen sollte – oder durfte. »Mir hat er etwas Ähnliches gesagt.«

»Also ist es wahr? Du suchst nach ihm?«

Sie nickte. »Es tut mir so leid. Ich wollte dich nie in diese Sache hineinziehen. Ich hatte damals Angst, dass die Leute, in deren Schuld ich stand, dir etwas antun könnten … aber ich hätte nie gedacht, dass *er* zu dir kommt. Wenn ich gewusst hätte, in was für eine Gefahr ich dich bringe …«

Er winkte ab und trank einen Schluck. »Ich mag ein Buchhalter sein, aber ich bin immer noch Lagandæer. Wir suchen stets die Gefahr – mit großer Sorgfalt sogar.«

»Nein wirklich«, bekräftigte sie. »Sein Besuch bei dir war eine weitere Herausforderung. Ein weiterer Hinweis. Er wusste, wir würden uns wiedersehen, und du würdest mir davon erzählen. Er legt eine Spur für mich – er spielt mit mir.«

»Dann solltest du dich vielleicht nicht darauf einlassen.«

»Was bleibt mir denn anderes übrig?«

»Weißt du denn, mit wem oder was du dich da anlegst?«

»Ich habe mich nie mit irgendwem angelegt. Ich wollte immer nur …« Ihr fehlten die Worte.

»Eine Antwort?«

Sie wiegte nachdenklich den Kopf. »Wenn eine Antwort die Frage heilt wie eine Wunde und ich danach keine Fragen mehr hören muss … dann suche ich vielleicht nach einer Antwort.«

»Nun, auch ich habe nach einer Antwort gesucht«, sagte er da, nahm eine Mappe aus seiner Tasche und legte sie auf den Tisch.

»Was ist das?«

»Nachforschungen«, sagte er ernst. »Natürlich war ich, als er ging, erst froh, noch einmal davongekommen zu sein. Ich versuchte, den Blutfleck an der Wand zu vergessen, und verhielt mich die nächste Zeit so unauffällig wie möglich. Dann aber fingen die anderen Probleme an: die Steuern, die Willkür, die Einbrüche in meinen Laden. Als Dûnhlair sich für unabhängig erklärte, gab man den Lagandæern die Schuld daran. Es wurde immer schlimmer. Die Familie meiner Mutter drängte mich, zu ihnen nach Davenport zu kommen, und ich verließ Pherenaïs noch im selben Jahr. Sie besorgten mir eine Arbeit.«

»Es ist gut, eine Familie zu haben«, stellte sie fest.

»Ich bin ihnen sehr dankbar.« Er trank einen Schluck, die Hand auf der Mappe. »Eine Weile schaffte ich es auch, mich mit anderen Dingen zu beschäftigen. Doch der Eolyn ließ mich nicht los. Es heißt, die Jagd nach Geschichten sei uns Lagandæern ins Blut gelegt – und schließlich haben wir in Davenport eine der besten Bibliotheken der Welt.«

»Iason …«

»Ich möchte dir dies geben.« Er schob die Mappe über den Tisch. »Darin ist alles, was ich über ihn … und Wesen wie ihn … herausfinden konnte. Wenn du wirklich nach ihm suchen willst – dann solltest du das lesen.«

Cassiopeia nahm die Mappe und strich mit der Hand über den Einband. Dann schlug sie sie auf. Darin befanden sich mehrere Bögen Papier, eng mit schwarzer Tinte beschrieben. Die Aufzeichnungen schienen unterschiedlichen Datums zu sein, doch alle waren sie in Iasons säuberlicher Schrift verfasst, an die sie sich noch gut erinnerte. Sie blätterte flüchtig durch die Seiten, dann blieb ihr Blick an der Überschrift eines der obersten Bögen hängen:

Die Legende von Derlmarath und Hatchespurrh

»Davon habe ich nie gehört«, murmelte sie.

»Sie ist nicht sehr bekannt«, sagte er, »und wer weiß, ob sie nicht nur eine weitere Lüge ist; eine weitere Spur. Und doch …. Ich habe Märchenbücher gelesen und Geschichtsbände gewälzt, ich habe versucht, das alles irgendwie zusammenzufügen … und ich kann nicht behaupten, dass es mein Leben einfacher gemacht hätte, oder glücklicher.«

»Du hättest das nicht tun sollen«, sagte sie und durchblätterte den Stapel weiter. Beim Anblick der umfangreichen Abschriften begann ihr Herz vor Aufregung schneller zu schlagen.

Da nahm er ihre Hände, klappte die Mappe vorsichtig zu und legte ihrer beider Hände darauf.

»Ich habe erfahren, was ich wollte«, sagte er, »und nun möchte ich es wieder vergessen. Das hier gehört jetzt dir. Nimm es mit auf deine Reise. Ich hoffe, dass es dir nützt, und dass wir uns vielleicht eines Tages wiedersehen – wenn wir wissen, wie die Geschichte ausging.«

»Iason«, sagte sie, »ich stehe in deiner Schuld. Für alles, was du für mich getan hast … und mehr noch, weil ich nicht lange bleiben kann.«

»Ich verstehe«, sagte er.

»Ich kann einfach nicht … Ich habe so lange hierauf gewartet: Endlich die Chance zu haben, die Wahrheit zu erfahren. Den Dämon von damals ans Licht zu holen. Es hat so lange gedauert, und jetzt ist es so weit. Ich habe die Waffen, die Mittel …« *Ich bin wie er,* wollte sie sagen – und da zog sie die Hände weg, als hätte sie sich an der Mappe verbrannt. Sie dachte daran, wie es für Iason gewesen sein musste, all die Jahre mit diesem Geheimnis zu leben. »Ich muss einfach gehen«, schloss sie.

»Ich habe nichts anderes erwartet.« Er klang weder bitter noch bedauernd, sondern ganz sachlich, beinahe zufrieden, recht behalten zu haben. Zu ihrer Überraschung stellte sie fest, dass sie das ärgerte.

Sie war es gewohnt, auf die Probe gestellt zu werden, doch sie wusste nicht, was von ihr verlangt wurde. Sie hatte nur das Gefühl, nicht bestanden zu haben.

»Andererseits«, sagte sie deshalb, »warte ich jetzt schon so lange. Was sind da ein paar weitere Tage? Ich könnte noch bleiben. Vielleicht könnten wir … an damals anknüpfen. Denkst du nicht auch manchmal an uns zurück, und fragst dich, was …?«

Sie führte den unbeholfenen Satz nicht zu Ende, denn er lächelte und schüttelte den Kopf. »Natürlich denke ich noch an damals – aber solche Fragen stelle ich mir schon lange nicht mehr. Ich freue mich, sehr sogar, dass du zurückgekommen bist, und ich hoffe, dass es auch diesmal kein Abschied für immer sein wird. Bleib, so lange du willst – aber wenn du bereit bist zu gehen, dann gehe. Ich werde dir jede erdenkliche Hilfe zukommen lassen. Ich habe Freunde bei der freien Gilde und kenne viele Kapitäne. Mein Schwager arbeitet bei einer Reederei.«

»Dein Schwager?«, wiederholte sie.

»Es hat sich vieles verändert.« Er lächelte verlegen. »Wie gesagt, ich führe ein neues Leben.«

»Natürlich«, sagte sie und schämte sich für ihre Dummheit. »Es freut mich für dich.«

»Es tut mir leid, wenn ich …«

»Ist schon gut.«

»Ich hätte es dir gleich zu Beginn sagen sollen«, fuhr er fort, doch sie schüttelte den Kopf und rutschte ein wenig zurück. »Ich danke dir«, wiederholte sie. »Für alles.«

Als sie später ihre Rechnung beglichen, bestand er darauf, sie einzuladen. Sie gingen gemeinsam nach unten und traten auf die Straße hinaus. Mittlerweile war es Abend geworden, die Sonne neigte sich einer bleiernen Wolkenbank im Westen entgegen, und der Wind hatte weiter aufgefrischt und fuhr durch die engen, steilen Gassen. Den Bewohnern der Stadt schien das nichts auszumachen; die Straßen waren so voll wie zuvor, wenn nicht noch voller.

Sie vereinbarten einen Treffpunkt am nächsten Tag, um ihr mit Hilfe seiner Familie eine Passage in den Norden zu einem jener geheimen Stützpunkte zu besorgen. Von dort könnte sie weiter ins Sommerland reisen, was immer sie dort auch erwartete.

Dann verabschiedete er sich und verschwand in der Menge.

Sie zögerte kurz, dann folgte sie ihm.

Da er nicht damit rechnete, fiel es ihr nicht schwer, ihn bis zu seinem Haus zu verfolgen. Es war ein vergleichsweise schönes Haus in einem der ruhigeren Viertel im oberen Teil der Stadt, mit einer Fachwerkfassade und einem kleinen Erker und einer Kutsche vor dem Eingang. Ein paar alte Bäume wuchsen auf der Straße, und sie stellte sich hinter einen und beobachtete, wie er die Tür aufschloss. Warmes Licht fiel auf das Kopfsteinpflaster, und noch ehe er die Tür hinter sich zuzog, traten eine hochgewachsene blonde Frau und zwei kleine Kinder in den Türrahmen. Sie umarmten sich und tauschten einen flüchtigen Kuss, dann nahm er eines der Kinder auf den Arm und trat ein. Die Frau stand am Eingang und warf noch einen kurzen Blick auf die Straße, dann schloss sie die Tür.

Es war fast Mitternacht, als sie zur ihrer Unterkunft zurückkehrte. Sie erinnerte sich nicht mehr genau, wo sie überall gewesen war; nur dass sie lange ziellos durch die Straßen geirrt war, ohne Hunger, Müdigkeit oder ein anderes Verlangen zu spüren, das sie hätte bezeichnen können. Irgendwann, ohne es zu bemerken, hatte sie sich unsichtbar gemacht, und als sie vor der Scheibe einer Hafentaverne in den Lichtkegel einer Laterne trat und ihr Spiegelbild suchte, schrak sie zusammen: denn was sie sah, war nur ein aufrechter Schatten, doch ohne die Frau, die ihn warf. Der Schatten verschlang das Licht wie der Mond, wenn er sich vor die Sonne schob.

Sie hatte Albträume in dieser Nacht, und Angst vor einer weiteren Fahrt über das Meer.

DIE GESCHICHTE DES DÄMONS

Die Wellen schlugen hoch gegen den Bug des Schiffes, so hoch, dass sie fast die schweren Regenwolken zu berühren schienen, und überspülten ein ums andere Mal das Deck. Die ganze Welt war ein bleigrauer Wirbel, mit dem Schiff als dem einzigen festen Boden darin, auch wenn es sich aufbäumte und die Mannschaft herumwarf wie ein bockiges Pferd.

Die aber schien ihren Spaß zu haben. Sie segelten hart am Wind und mussten achtgeben, dass die schweren Brecher das stolze Schiff, das sich winzig in diesem Wettstreit der Elemente ausnahm, nicht umwarfen. Die Timei schossen in der Takelage umher wie Eichhörnchen zwischen kahlen Bäumen; dass ihr Pelz völlig durchnässt war, schien ihnen nicht viel mehr auszumachen als ihren lagandæischen Kameraden, denen das Salzwasser trotz ihrer ölimprägnierten Uniformen auch vom Haar bis in die Socken rann. Sie lachten und fluchten und schrien sich über den Sturm hinweg Anweisungen zu: die Lagandæer auf ihre steife, hochgestochene Art, die Stimmen der Timei scharf und sonor wie singendes Glas. Beide Völker sprachen ihre eigene Sprache, wurden aber vom anderen verstanden und ersparten sich so wohl die Peinlichkeit, einander nachzuäffen.

Wenn die Lagandæer mit ihr redeten, befleißigten sie sich eines einwandfreien, leicht altertümlichen Pherenidisch, wie um ihren Anspruch zu unterstreichen, dass sie keineswegs nur Besucher oder gar Invasoren waren, sondern die nach langer Suchfahrt heimgekehrten Söhne der Legende. Doch es hatte wenig Sinn, sie danach zu fragen. Die meisten Lagandæer schienen selbst nicht zu wissen, ob Lagandar existierte, oder versunken war, oder eine gute Geschichte, um andere Völker zu beeindrucken. Je länger Cassiopeia sie kannte, desto mehr erinnerten sie sie an das fahrende Volk, das früher durch Pherenaïs gereist war – die Fealva und buntgekleideten Menschen, die auch nirgendwo hingehörten und nirgendwo herkamen und doch überall zu Hause sein, sich jede noch so fremde Sitte zu eigen machen konnten, und in einem Zustand ewiger Gegenwart lebten. In jedem Fall war die Mannschaft stets höflich zu ihr, und nur, wenn Cassiopeia begann, sich zu sehr für ihre Waffen oder die Ausrüstung zu interessieren, ließ man sie spüren, dass sie der Gast war – und nicht umgekehrt.

Dann meldete der junge Ausguck Land, und bald darauf konnte auch sie die dunklen Felstürme entdecken, die wie Baumstämme aus dem schäumenden Meer wuchsen, die Kronen wilde Gewitterwolken. Da wusste sie, dass sie die Pforten des Helias erreicht hatten – jene Meerenge, die den alten Phereniden mit ihren Galeeren als unschiffbar galt und die Grenze der bekannten Welt markierte. Wenn die Form der Welt tatsächlich einem Plan gehorchte, dann war dies eine offene Wunde, die man ihr mit einem göttlichen Schwert in die Flanke geschlagen hatte. Überall ragten die schroffen Klippen aus dem Meer, und dazwischen lag ein Trümmerfeld aus Basalt, mal sichtbar in einem Wellental, dann wieder verborgen, und die Strömungen zogen in alle Richtungen am Rumpf wie kleine Kinder am Rock ihrer Mutter. Man riet ihr, sich unter Deck zu begeben, und prompt spülte ein weiterer Brecher über das Schiff, als es abrupt auf den anderen Bug ging.

Was immer der Kapitän und seine Mannschaft gegen die drohende Zerstörung des Schiffes zu unternehmen gedachten, sie fügte sich der Einsicht, dass es nicht viel half, sie dabei zu beobachten – und dass von dreißig lagandæischen Karavellen, die diese Fahrt laut Iason jedes Jahr unternahmen, nur drei oder vier wirklich Schiffbruch erlitten, während die anderen mit nicht mehr als ein paar Schrammen am Rumpf die Klippen passierten und sicher das äußere Meer erreichten. Sie hoffte nur, dass es schnell ging. Alles war besser als dieses Geschaukel.

Sie betrat vorsichtig die Messe, immer nur einen oder zwei Schritte auf einmal, eine Hand stets an den allgegenwärtigen Geländern und Stricken. Die Lampe über dem Esstisch schwankte bedrohlich, doch die beiden erschöpften Männer und den Timei, die dort saßen, schien das nicht weiter zu stören.

»Ist das Wetter hier immer so?«, fragte Cassiopeia. Selbst unter Deck musste sie fast schreien, um sich verständlich zu machen.

»Meistens«, rief einer der Männer zurück, und der Timei stieß einen klagenden Laut aus.

»Meine Rede«, grinste der zweite, und sie lachten.

Cassiopeia ging weiter in ihre Kajüte, die sie sich mit einem großäugigen Schiffsjungen und einer jungen Matrosin teilte. Beide waren nicht da, waren wahrscheinlich irgendwo draußen im Sturm, und Cassiopeia warf sich in ihre Hängematte und schloss einen Moment die Augen, was die Übelkeit aber noch schlimmer machte. Sie richtete sich auf und nahm zum wiederholten Mal Iasons Papiere zur Hand, doch auch an Lesen war nicht zu denken. Also steckte sie sie ein und ging zurück in die Messe, um sich zu den anderen in die Ecke zu setzen und das Ende des Sturms abzuwarten.

Es dauerte noch gute zwei Stunden, bis das Schaukeln endlich nachließ und sie sich wieder auf die umfangreichen Abschriften konzentrieren konnte; zwei Stunden, in denen sie mehrmals das Scharren von Fels an den Planken hörte, ein Raubtier, das um Einlass bittet. Sie reiste zum ersten Mal auf einem Segelschiff, und trotz des enormen Komforts, den die Räumlichkeiten unter Deck verglichen mit den Zuständen auf einer Galeere ihr boten, fühlte sie sich doch darin gefangen und war es nicht gewohnt, der See, die sie zunehmend als ihre Feindin betrachtete, nicht ins Gesicht zu blicken.

Für die Lagandæer war die See der Ort ihrer Verwirklichung. Cassiopeia wünschte, sie könnte jenen sagenhaften Ruf hören, von dem sie immer sprachen. Sie wünschte, sie könnte jene Traumküsten erahnen, die sie nach dem Horizont lockten, immer einem anderen Leben, einer neuen Bestimmung entgegen.

Doch sie konnte es nicht. Nicht nur, dass sie während der Fahrt – ihrer längsten bisher – zur Untätigkeit verdammt war; wenn sie gewollt hätte, hätte sie sicher das eine oder andere über die Seefahrerei lernen können.

Die See war tückisch und launenhaft und hatte ihr nie eine klare Antwort gegeben.

Vor langer Zeit, so heißt es, soll es einen Krieg zwischen den Göttern dieser Welt gegeben haben, an dessen Ende ein Gott getötet und zerrissen wurde. So berichten es die Sagen des Nordens und auch die pherenidischen Geschichtsschreiber.

So verortet der Schreiber Velior jenen Krieg in die Zeit vor Beginn der zweiten Republik, in der auch der Paraskult zu voller Blüte gelangte und die bis dahin herrschenden Naturgötter verdrängte, deren heute nur noch die Fealva gedenken. Dieser Kult ist sicher die bekannteste Variante der Sage, aber auch die, die am meisten aus dem Rahmen fällt, denn Paras war kein Ausgestoßener unter seinesgleichen, sondern der mächtigste aller Götter, der dem Chaos entgegentrat und seine eigene Einheit opferte, um der Welt Ordnung zu bringen. Sein Tod war also notwendig, und der Kult des Paras Aclion wird von den meisten Priestern des Strahlenden Reichs als Ketzerei betrachtet.

Natürlich gibt es viele Gründe für den Aufstieg einer neuen Religion: harte Winter, Missernten, Kriege … Und ebenso, wie manche Kulte nicht mehr als eine phantasievolle Erfindung sein mögen, fußen andere auf wahren Begebenheiten. Tatsächlich waren die letzten Jahre der ersten Kaiserzeit eine Zeit des Unglücks, in der das Strahlende Reich von Erdbeben und Springfluten heimgesucht wurde, und der Berg Cator spuckte Feuer und Rauch.

Falls in den Geschichten eines göttlichen Kriegs also ein Funken Wahrheit steckt, dann muss sich, was immer geschehen ist, vor etwa acht- bis neunhundert Jahren zugetragen haben – lange vor unserer Zeit. Zwar kennen auch wir solche Gottessturz- oder Gottestodgeschichten, doch ist die lagandæische Sagenwelt keine große Hilfe, denn wir führen zwar einen Kalender, aber unsere Geschichtsschreibung ist sehr, sehr ungenau: Alles, was geschehen ist, ist – alles, was sich ereignet, wird sein.

In den meisten Versionen der Geschichte heißt es jedenfalls, dass ein Gott in der Schlacht unterlag und auf der Flucht vor dem Zorn der Sieger in die Welt der Sterblichen herabstieg. Man verfolgte ihn jedoch auch hier, und so nahm er Zuflucht zu einem verzweifelten Plan: Er zerschlug seine bisherige Existenz, um eine neue Form anzunehmen.

Dieser Teil findet sich in fast allen Quellen: Mal heißt es, er warf sich über die Klippen der Welt und zerschellte auf den Gestaden des Abgrunds; dann wieder, wilde Bestien hätten ihn zerrissen oder ein Blitz ihn in Brand gesteckt und der Wind seine Asche zerstreut. In den Sagas des Tormlands versteckt sich der Gott Udur im Eis seines Palasts, und Barmir, der Held jener Saga, sieht sein Spiegelbild im Eis und zerschlägt es mit seiner Axt, so machtvoll, dass die Splitter sich über die ganze Welt verteilen. Paras Aclion, sagen seine Priester, wurde von einem Schwert aus seinen eigenen Gebeinen zerteilt.

Manchmal aber heißt es auch, dass seine Seele, oder das, was von ihm geblieben war – sein göttliches Wesen, oder eine dämonische Kraft –, in die Leiber verschiedener Kreaturen einfuhr. Der Eolyn Londras nennt die Vögel des Himmels; in den Sagas dagegen sind es Bären und Wölfe, von Wahnsinn und Blutgier befallen. Der Fealv Weidenwind spricht von bleichen Geistern, die sich in den Wäldern verbergen und an bestimmten Nächten des Jahres erheben und auf die Jagd gehen. Häufig sind es zwölf Geschöpfe: zwölf Splitter der göttlichen Seele, die sich in der Welt verstecken – verbreiten – und warten.

Denn die anderen Götter suchten noch immer, und der Gefallene konnte nur sicher vor Entdeckung sein, indem er sich immer weiter teilte und verwandelte. So schlug er seine Wurzeln tief in das Leben, streute seine Saat in die Welt hinaus, und mit jeder neuen Teilung gab er ein Stückchen seiner selbst weiter; manchmal über einen Biss, dann wieder einen Kuss, oder aber seine Kinder. Und es heißt weiter, dass die Gestalt, in der ein Opfer den Fluch empfängt, stirbt, und zu der Tageszeit seines Todes durch die Gestalt seines Mörders ersetzt wird, sodass jede Gestalt nur entweder tags oder nachts existieren kann.

Wenn man einmal anfängt, nach Teilen dieser Geschichte zu suchen, findet man bald immer mehr, und das Bild, das sich zusammenfügt wie der Leib jenes zerstückelten Gottes, ist so beängstigend wie widersprüchlich. Es scheint, dass all die Geschichten und Volksmärchen über Gestaltwandler, Wiedergänger und Doppelgänger hier ihren Ursprung nehmen.

Von diesen Wesen – ich nenne sie in der Folge Wechselbälger – heißt es nun, sie seien unsterblich, oder dass sie das Blut oder Fleisch der Lebenden begehren, um ihr eigenes Leben zu verlängern; manchmal aber auch, dass das Blut sie an ihre verlorene Sterblichkeit erinnert und ihre größte, vielleicht einzige Schwäche ist. Häufig ist die Rede davon, dass sie eine große Anziehungskraft auf ihre Artgenossen ausüben – ein Mensch unter seinesgleichen, ein Wolf auf sein Rudel –, man sie aber an ihrem Spiegelbild erkennt (oder aber, dass sie keines besitzen). Angeblich auch an ihrer Farbe – denn sie werden immer bleicher, je älter sie werden, so heißt es (die Worte in den Quellen reichen von »strahlend hell« über »weiß« bis »blass« oder »fahl«).

Silber und andere magische Mittel sollen gegen sie schützen. Bestimmte heilige Waffen und Feuer, so sagt man, können sie vernichten. Dem gegenüber steht die Behauptung, nur ein Wechselbalg könne einen anderen Wechselbalg töten. Angeblich erhält er dann die Gaben des Getöteten – und alle Formen, die dieser besaß. Dies, sagt man, ist ihre größte Gier; man nennt sie auch Jäger der eigenen Art.

In fast allen Geschichten aber heißt es, dass es eine ursprüngliche Gestalt gibt – die des gefallenen Gottes oder Dämons, der mit seinen Häschern Katz und Maus spielt und heimlich, unbemerkt, danach strebt, sich eines Tages wieder mit sich selbst zu vereinen.

Die See hatte sich beruhigt, und immer mehr erschöpfte Matrosen kamen unter Deck gepoltert, um ihre nassen Sachen auszuziehen und sich bis zur nächsten Wache in ihre Hängematten zu werfen. Cassiopeia unterbrach ihre Lektüre, um vor Einbruch der Dunkelheit noch einmal nach draußen zu kommen. Sie fühlte sich eingesperrt in dieser engen Welt aus Holz ohne Himmel, ohne jede Richtung, ohne einen Fluchtpunkt.

Voller Sehnsucht dachte sie an die Felder ihrer Kindheit, die Dächer Ptaraons, die langen Märsche über die Insel der Krieger.

»Sind wir auf Kurs?«, fragte sie den Rudergänger, der ihr einen unzufriedenen Eindruck machte. Es war ein zerzauster blonder Mann mit einem täuschend echten Holzfuß; sie hatte die Prothese erst am Ende ihrer ersten Woche auf See bemerkt.

»Wir sind im äußeren Meer«, bestätigte er und nahm eine erloschene Zigarre aus dem Mund. »Sagt, Ihr könntet mir wohl kaum Feuer besorgen?«

Cassiopeia zuckte die Schultern und ging ein paar Schwefelhölzer holen. Zwar brannte eine kleine Laterne nur ein paar Schritte weiter, aber sie hatte bereits festgestellt, dass die Lagandæer sehr eigen damit waren, woran sie sich etwas ansteckten und woran nicht. Tatsächlich waren die pherenidischen Matrosen, mit denen sie bislang gereist war und die ihr damals wie ein Ausbund an Aberglauben erschienen waren, im Vergleich höchst vernünftige Leute.

»Ihr lasst Euch von einer Frau Feuer geben?«, hakte sie nach, als sie zurückkam. Der Mann hob nur die Braue, hielt die Zigarre an die Flamme und sog gierig daran.

»Wenn es nicht heißt, dass ich Euch jetzt heiraten muss«, erwiderte er vorsichtig.

»Die meisten Phereniden hätten das meiner Anwesenheit auf einem ihrer Schiffe vorgezogen«, erwiderte sie trocken.

»Seht Ihr, da liegt der Unterschied«, sagte er zufrieden und setzte wieder seinen verkniffenen Gesichtsausdruck auf, als sähe er irgendwas am dunklen Horizont, das ihr entging. »Wir haben nichts gegen weibliche Gesellschaft, aber die meisten unserer Frauen verdienen ihr Geld lieber an Land. Könnte damit zu tun haben, dass ihnen auch die meisten unserer Handelshäuser gehören.« Einer späten Eingebung folgend streckte er ihr die Hand hin. »Ich weiß nicht, ob wir schon das Vergnügen hatten«, sagte er. »Ihr wart bisher nicht sehr gesprächig. Ich bin Conald.«

Sie schüttelten sich die Hände.

Ein großer Timei mit dichtem, rötlichem Fell gesellte sich zu ihnen. Er murmelte etwas, ein merkwürdiger Singsang, und der Rudergänger knuffte ihn kurz, und sie lachten.

Es war ihr schon aufgefallen, dass die meisten Timei auf eine einzelne menschliche Bezugsperson fixiert waren und die Lagandæer gerne in Zweiergruppen mit ihnen arbeiteten. Wie die meisten Timei trug dieser nichts als ein Paar weite Hosen, hatte aber einen alten Dreispitz an einer Kordel um den Hals hängen, und in seine langen Backenhaare waren rote Schleifen gebunden. Aufgrund der wenigen Gelegenheiten, zu denen Cassiopeia den meist erfolglosen Umgang von Timei mit Knöpfen oder Essbesteck hatte verfolgen können, bezweifelte sie stark, dass er sie selbst geschnürt hatte, geschweige denn, ohne fremde Hilfe wieder herausbekam.

Er brummte etwas in seiner Kehle, und Conald nickte, diesmal ernster, und erwiderte etwas auf Lagandæisch. Darauf angelte der Timei ungeschickt in seiner Hosentasche, bis er etwas zutage förderte, das Cassiopeia für Schnupftabak hielt. Er rieb sich eine große Prise auf die Nase, wobei er das ganze Gesicht verzog, und spuckte über die Reling.

»Karsai Tial, dieser Flohsack ohne Manieren hier ist Percill«, stellte der Rudergänger sie vor. »Und auch er bräuchte Feuer, denn er hat sich gerade freiwillig gemeldet, die Positionslichter zu entzünden.«

»Wie will er denn ein Schwefelholz anzünden?«

Conald klappte ein verschrammtes Etui auf, entnahm ihm eine frische Zigarre und legte seine eigene kurz beiseite. Sie wies ihn nicht darauf hin, dass er sie auch selbst hätte anstecken können, sondern gab ihm abermals Feuer, worauf er die frische Zigarre dem Timei reichte und wieder seine eigene nahm.

»Das war das zweite Mal, dass ich Euch Feuer gegeben habe«, mahnte sie ihn, und er warf ihr einen verunsicherten Blick zu.

»Ihr habt meine Frage nach der Hochzeit vorhin nicht beantwortet«, stellte er fest.

Sie zuckte die Schultern. »Aller guten Dinge sind drei.«

Percill hatte sich derweil darangemacht, einige große Blendlaternen an Deck zu entzünden. Trotz seiner Masse bewegte er sich sehr geschickt, und bald griffen mehrere goldene Lichtfinger in die junge Nacht hinaus. Wo sie das Meer berührten, hinterließen sie eine grünliche Spur auf dem Wasser, die einige Sekunden nachglomm. Fasziniert verfolgte Cassiopeia das Schauspiel.

»Das ist ganz normal«, merkte Conald an. »Und ein gutes Zeichen. Das leuchtende Meer schützt vor Schiffbruch und dem Ertrinken, und sogar vor Dorag Durdh.«

»Ist das eine dieser Seefahrerseuchen?«

»Ein Ungeheuer«, sagte er ernst. »Das schlimmste von allen.«

Sie verfolgte das Thema nicht weiter und schaute Percill zu, wie er die Laternen justierte und zurückkehrte.

»Wozu die Lichter? Ich dachte, hier draußen segelt niemand außer euch.«

»Das ist ja das Problem – ich frage mich, wo sie stecken.«

Tatsächlich dauerte es nicht lange, bis der Ausguck rief und drei große Schatten langsam in Sicht kamen. Das Leuchten im Wasser erlosch, und einen Moment wirkte es wirklich, als pirschten sich drei riesenhafte Monstren an sie heran. Dann glitten die Laternen über Schiffswände, so hoch wie Häuser, mit Kanonen in jedem einzelnen Fenster, und drei turmhohe Masten mit ihrem Spinnennetz aus Tauwerk dazwischen. Es waren Galeonen, doch größer als alle, die sie je gesehen hatte.

»Da lauern sie«, knurrte Conald und kurbelte am Ruder. Der erste Offizier bellte in rascher Folge Befehle, und kurz kam es Cassiopeia so vor, als bereiteten sie sich auf ein Gefecht vor, bis sie schließlich längsseits lagen und der Kapitän mit grimmigem Gesicht zur Reling geschritten kam. Er trug eine weitere Laterne bei sich, die er mehrfach auf- und abblendete, und es entspann sich eine rasche und hektische Zwiesprache mit dem größten der Schiffe. Die Mannschaft war neben ihren Kapitän getreten, und mehr als eine Hand ging zu den Pistolen an ihren Gürteln.

Cassiopeia musste an die Begegnung vor der Küste Dûnhlairs denken. »Ich dachte, ihr seid euch einig hier draußen.«

Conald grinste abschätzig. »Keine zwei lagandæischen Häuser sind sich jemals einig«, knurrte er. »Verdammte Hennysons. Der Rat der Eigner hat sie dieses Jahr mit dem Schutz der Passage betraut, und sie lassen sich das gut bezahlen.«

»Schutz?«, lachte sie. »Ihr meint, falls die Westpassage sich eines Tages als nicht ganz so unschiffbar herausstellt, wie man im Reich glaubt?«

»Noch ist niemand, der aufbrach, wieder zurückgekehrt.«

»Sie scheinen ihren Auftrag sehr ernst zu nehmen.« Sie ärgerte sich weniger über diesen weiteren Beweis, dass die Zeiten des Strahlenden Reichs sich dem Ende zuneigten, als darüber, dass sie erst in die Mündungen von ein paar Dutzend Kanonen blicken musste, um das herauszufinden.

»Keine Sorge«, meinte Conald. »Sie werden uns nicht einfach zusammenschießen. Unser Handelsrecht kennt da klare Richtlinien. Aber wenn sie eine Delegation an Bord schicken und Ärger machen, müsst Ihr Euch vielleicht verteidigen.« Er hob eine Braue. »Ich würde Euch ja ausnahmsweise eine Pistole borgen, aber etwas sagt mir, dass Ihr keine wollt.«

»Wie soll ich mich mit einer Pistole verteidigen?«, fragte sie. »Schusswaffen sind etwas für Leute, die ihren Gegner töten wollen, ohne gegen ihn kämpfen zu müssen. Man kann mit einer solchen Waffe nie siegen. Man kann seinen Gegner bloß schneller umbringen, als er einen selbst.«

»Ihr habt ja recht«, sagte Conald. »Deshalb ist unsere bevorzugte Waffe auch das Gold; doch es ist eine ehrlose Welt.«

Angespannt verfolgten sie den weiteren Austausch von, wie Conald ihr versicherte, höflichen Feindseligkeiten, bis die anderen Schiffe schließlich den Weg freigaben und sie ihren Kurs fortsetzen konnten. Bald darauf kamen die ersten Sterne hinter den Wolken hervor.

»Ihr scheint die Sterne zu mögen«, stellte Conald fest, nachdem sie eine Weile nichts mehr gesagt hatten. »Das ist gut. Aus Euch wird noch was.«

»Es gibt nicht viel, was einem niemand nehmen kann«, entgegnete sie und riss sich los. Im selben Moment wurde eine Glocke geschlagen.

»Abendessen«, sagte Conald. »Werdet Ihr mir später wieder Gesellschaft leisten?«

»Ich habe zu lesen«, wehrte sie ab. »Und eine Menge, über das ich nachdenken muss.«

Er zuckte die Schultern. »Dann bis morgen, Karsai Tial. Ich wünsche eine angenehme Nacht.«

Die Legende von Derlmarath und Hatchespurrh ist eine alte Erzählung, die nur in einer seltenen Übersetzung des Sommerlands erhalten blieb, und die, so heißt es, aus dem tiefen Süden stammen soll, als Teil des verschollenen Rai-Alimaar – des »Buchs der Labyrinthe« –, der vielleicht umfangreichsten Sammlung okkulter Geheimnisse des alten Azarien. Wie sie ihren Weg in die Bibliothek von Davenport fand, ist eine Geschichte für sich. Ich habe sie so gut es ging für Dich übersetzt, da sie trotz einiger interessanter Widersprüche zu den erwähnten Legenden geeignet sein mag, Dir das Wesen der Wechselbälger und des Fluchs, der auf ihnen lastet, mit all seinen Konsequenzen vor Augen zu führen.

Die Geschichte lautet wie folgt:

Es lebten einst zwei Freunde, die waren wie Brüder. Sie kannten einander von Kindheit an, und jeder in ihrem Dorf wusste, wie unzertrennlich sie waren, sodass man, traf man einen von ihnen, sich häufig nach dem

Befinden des anderen erkundigte, als wären sie tatsächlich eine Familie. Ihre Namen waren Derlmarath und Hatchespurrh.

Derlmarath war ein schöner junger Mann mit blondem Haar und hellem Blick. Er war der lebhaftere der beiden und hatte ein frohes und gewinnendes Wesen. Hatchespurrh war besonnener und gemächlich in seiner Art, mit dunklem Haar und leiser Stimme. Beide hatten sie in jungen Jahren ihre Eltern verloren und waren von Zieheltern großgezogen worden. Während Derlmarath in der Obhut eines reichen Kaufmanns lebte, lernte Hatchespurrh das Gewerbe eines einfachen Schreiners. Doch trotz der Unterschiede in ihrem Stand und ihrer Kleidung, oder gerade deswegen, und weil ihre tragische Geschichte sie verband, verbrachten sie fast jede freie Minute miteinander und erzählten einander ihre Sorgen und Nöte. Die Freunde hatten gelobt, immer füreinander da zu sein – was für eine Wendung es mit ihren Leben auch nehmen sollte.

Eines Tages wanderten sie abseits des Dorfs. Derlmarath erzählte von einem Ausflug, den er mit seinem Ziehvater in die große Stadt gemacht hatte, und von den Wundern des Königspalasts und der umliegenden Gärten, und Hatchespurrh lauschte verzückt. Er dachte, dass er die goldenen Mauern und duftenden Wege, von denen Derlmarath erzählte, nie mit eigenen Augen sehen würde; doch es war einerlei, solange Derlmaraths Worte sie für ihn lebendig machten.

Da brach auf einmal der Boden unter Derlmarath ein, und mit einem Aufschrei stürzte er in eine tiefe, dunkle Grube. Hatchespurrh zögerte nicht, sondern eilte, um ein Seil zu holen und seinen Freund zu befreien. Als er ihn schließlich herauszog, waren dessen Augen glasig, und er phantasierte. Eine Schlange hatte ihn gebissen, und er war blass und litt große Schmerzen.

Außer sich vor Sorge brachte Hatchespurrh ihn nach Hause. Derlmaraths Familie schickte nach einem Heiler und versprach, ihn zu unterrichten, sobald sich an seinem Zustand etwas änderte.

Doch es verging Tag auf Tag, und Hatchespurrh erhielt keine Kunde und rechnete mit dem Schlimmsten. Dann kam eines Tages der Kaufmann an seine Tür und brachte Nachricht, dass Derlmarath sie verlassen habe.

Da wurde Hatchespurrh sehr bleich, denn er glaubte, Derlmarath sei gestorben. Der Kaufmann aber sah, wie das Leben aus dem Jungen zu wei-

chen schien, und erklärte ihm, dass Derlmarath nicht tot, sondern nur fortgegangen sei.

»Was soll das heißen?«, fragte Hatchespurrh. Hatten sie denn nicht gelobt, immer füreinander da zu sein? Hatte er ihm nicht gerade erst das Leben gerettet?

»Er ist genesen, doch hat sich ein Schatten über seine Seele gelegt«, sagte der Kaufmann, und Hatchespurrh konnte sehen, dass er seit vielen Tagen nicht mehr geschlafen hatte und ebenfalls unter dem Verschwinden seines Sohnes litt, den er wie sein eigen Fleisch und Blut geliebt hatte. »Er ist in die große Stadt gegangen, um dort sein Glück zu suchen. Ich konnte ihn nicht hindern.«

Diese Nachricht betrübte und verwirrte Hatchespurrh, und nicht lange, da packte er sein Bündel und nahm das wenige Geld, das er hatte, und ging in die große Stadt, nach seinem Freund zu suchen. Sicher hatte das Fieber seinen Verstand verwirrt; und vielleicht brauchte er Hilfe. Er suchte viele Tage, denn die Stadt war groß und so prächtig, wie sein Freund ihm beschrieben hatte. Hatchespurrh hatte noch nie so viele Menschen gesehen.

Als er Derlmarath schließlich fand, erkannte er ihn fast nicht wieder. Die kurze Zeit seit dem Unglück hatte ihn völlig verändert. War er früher zuvorkommend und mitfühlend gewesen, so war er nun fordernd, fast boshaft. Er lebte in der Gesellschaft reicher Leute, die gute Kontakte zum Hof unterhielten und deren Gespräche sich nur um Macht und um Reichtum zu drehen schienen. Er trank große Mengen Wein und ging achtlos mit sich um, und war blass wie an dem Tag, als Hatchespurrh ihn aus der Grube zog. Seine neuen Freunde aber schienen ihn zu lieben, obwohl er sie kalt und rücksichtslos behandelte, und sie lasen ihm jeden Wunsch von den Lippen ab. In seinem ersten Monat in der Stadt hatte er bereits ein großes Haus für sich erstanden, in dem es jeden Tag ein Fest gab, und alle waren sich einig, dass aus ihm noch etwas Großes werden würde.

»Keiner ist ihm an Verstand und Geschick überlegen«, sagten sie. »Männer wie ihn braucht das Reich.«

Hatchespurrh aber gab nicht auf, denn er verstand den seltsamen Wandel nicht, der sich mit Derlmarath vollzogen hatte. Mehrmals versuchte er *vergeblich, mit ihm zu reden, doch Derlmarath verspottete ihn und führte ihn bei seinen neuen Freunden vor. Fast schien es, als schämte er sich für ihn und seine Armut und als demütigte er ihn mit voller Absicht, damit Hatchespurrh ihn schnell wieder verließ.*

»Was willst du von mir?«, fragte Derlmarath. »Reichen dir die Jahre, die ich dir schenkte, noch nicht? Ich denke, du neidest mir meinen Erfolg und meinen Reichtum und das neue Leben, das ich nun führe.«

Als Hatchespurrh begriff, dass der Freund, den er sein Leben lang gekannt hatte, nun wie ein Fremder für ihn war, legte sich eine große Traurigkeit auf sein Herz, und er kehrte zurück in sein Dorf und führte das Leben eines Schreiners. Sein alter Freund war für ihn gestorben, und mit ihm ein Teil seiner selbst. Mit der Zeit schaffte er es, seltener an ihn zu denken. Er nahm sich eine Frau, arbeitete hart und haderte nicht länger mit der Vergangenheit.

Zwei Tage später kamen sie in eine Flaute.

Die See lag so ruhig wie ein kleines Kind, dem man nie von seiner Macht erzählt hatte, Planken zu brechen und Schiffe zu versenken. Die Segel hingen schlaff an den Masten, der Himmel war bedeckt und ohne jede Kontur, der Horizont eine kaum zu erratende Linie, wo sich das Grau der lichtlosen Tiefe langsam dem helleren Grau der verschleierten Sonne entgegenhob. Eine unwirkliche Stille lag über dem Schiff, und die meisten Männer und Frauen an Bord waren schlecht gelaunt.

Cassiopeia ging zum Ruder und fand dort Percill, der es lässig mit einer Hand hielt. Sein buschiger Schwanz zuckte mal hierhin, mal dorthin, und wenn seine Körpersprache der einer Katze entsprach, war er wohl genauso gereizt wie seine Kameraden.

»Sprecht ihn besser nicht an«, sagte eine Stimme, und sie entdeckte Conald, der es sich hinter ihm gemütlich gemacht hatte, die Arme hinter dem Kopf verschränkt, einen alten Hut im Gesicht. Er hatte seinen Holzfuß abgenommen und die Beine übereinandergeschlagen.

Der Timei gab einen mauligen Laut von sich, und Conald antwortete knapp.

»Die Flaute passt ihm wohl nicht.«

»Das ist es nicht«, sagte Conald. »Flauten sind bloß Pech, auch wenn diese hier schon ziemlich komisch ist. Was ihn ärgert, ist der Vogel da oben.«

Cassiopeia schirmte die Augen mit der Hand ab und suchte den blendend grauen Himmel nach einer Unregelmäßigkeit ab, bis sie schließlich fündig wurde: ein kleiner, weißer Fleck, der über ihnen seine Kreise zog. Wenn er an Höhe verlor, flatterte er eine Weile, dann hing er wieder scheinbar regungslos in der Luft. Er war aber kein guter Segler.

»Was ist das?«, fragte Cassiopeia. »Eine Möwe?«

»Nein«, knurrte Conald. »Und auch kein verdammter Albatros. Es ist ein Landvogel.«

»Ist das nicht gut?«, fragte Cassiopeia.

»Nicht, wenn man auf offener See ist.«

»Ich dachte, wir fahren an der Küste entlang.«

»Sehen wir aus wie Küstenpiraten?«

»Nun, offensichtlich sind wir aber nicht weit genug entfernt«, murmelte Cassiopeia und beobachtete den Vogel. Es mochte eine Taube sein, oder eine Krähe, weiß wie Schnee, und je länger sie ihn studierte, desto mehr musste sie Conald recht geben: Der Vogel hatte hier draußen rein gar nichts verloren.

»Er hält seine Position, als verfolge er uns. Landen will er aber auch nicht.«

»Ist auch besser so«, sagte Conald. »Der Kapitän hat schon einen Preis auf ihn ausgesetzt.«

Percill knurrte, als hätte er ihr Gesprächsthema erraten, und Conald grunzte zustimmend.

Cassiopeia warf einen nachdenklichen Blick zum Himmel, dann ging sie wieder unter Deck.

Jahre später erreichte das Dorf die Kunde von einem jungen Feldherrn namens Keleru, der das Reich beim Krieg gegen seine Nachbarn geführt und ihm viele neue Ländereien und Sklaven gebracht hatte. Und es traf sich, dass Hatchespurrh an jenem Tag, da ein Triumphzug zu Ehren Kelerus ausgerichtet werden sollte, in der großen Stadt weilte.

Erstaunen und Entsetzen ergriff sein Herz, wie er in der jubelnden Menge stand – denn der Feldherr war niemand anders als sein alter Freund Derlmarath, in eine strahlende Rüstung gekleidet und mit einem Lorbeerkranz im blonden Haar. Er schien nicht älter als an dem Tag, da Hatchespurrh ihn das letzte Mal gesehen hatte, und das Volk liebte ihn und jubelte ihm zu und wünschte sich schon neue Kriege und neuen Triumph.

Wie, dachte Hatchespurrh, konnte das sein? Wie hatte er es geschafft, von einem trinksüchtigen, verwirrten Jüngling zu einem strahlenden Feldherrn zu werden? Sein alter Freund war ungestüm, doch niemals ein Krieger gewesen. Und wie konnte es sein, dass er um keinen Tag älter wirkte, während Hatchespurrh deutlich die Jahre in seinen Knochen spürte?

Er kehrte zurück in sein Dorf zu seiner Frau, doch er schüttete sein Herz nicht bei ihr aus. Und je länger er darüber nachdachte, desto gewisser wurde er, dass die unheimliche Veränderung, die sich mit seinem Freund vollzogen hatte, etwas mit dem zu tun haben musste, was ihm an jenem Tag in der Grube vor dem Dorf widerfahren war.

So ging Hatchespurrh hinaus zu der Grube und nahm sich ein Seil und einen Stock und ließ sich hinab in die Dunkelheit, um ihr Geheimnis zu ergründen. Bald stand er in einer Höhle, in der kaltes Wasser von den Wänden rann und Fels gleich Bäumen aus dem Boden wuchs und Früchte aus Kalk und Edelstein gebar. Und sobald seine Augen sich an das Dunkel gewöhnt hatten, wurde er einer großen Schlange gewahr, die dort lebte und ihn mit funkelnden Augen studierte.

»Ist es diese Schlange, die mir meinen Freund Derlmarath nahm?«, fragte Hatchespurrh und hob seinen Stock. »Vielleicht erlischt der Bann, wenn ich sie töte.«

»Dein Stock kann mich nicht töten«, zischte die Schlange, »und dein Freund gehört mir. Der Bann kann nicht gebrochen werden.«

Da erkannte Hatchespurrh, dass er mit einem sehr alten Dämon sprach, und spürte große Verzweiflung; nicht seinetwegen, sondern um seinen Freund Derlmarath, denn die Macht eines solchen Dämons war sicherlich größer als alles, was ein einzelner Mann mit einem Stock ausrichten konnte.

»Dann gibt es keine Hoffnung und keine Erlösung für meinen Freund?«, fragte er.

»Nur seinesgleichen könnte ihn erlösen«, sagte die Schlange. »Ich selbst könnte es, und werde es tun, wenn es Zeit ist, doch noch nicht jetzt; ich und jedes meiner Kinder.«

»Wenn das so ist«, sprach Hatchespurrh beherzt und entblößte seine Brust, »dann mach auch mich zu einem der Euren, damit ich meinem Freund Einhalt gebieten kann – ehe die Dunkelheit in seinem Herzen ihn völlig verschlingt und seine Gier das Reich in großes Unglück stürzt.«

Da funkelten die Augen der Schlange wie die ersten Sterne, wenn sie über den Horizont treten, und schnell wie der Blitz schoss sie vor und biss Hatchespurrh in die Brust.

Vor Schmerz verlor Hatchespurrh die Besinnung, und als er wieder erwachte, fühlte er sich krank und brauchte seine letzte Kraft, um aus der Höhle zu entkommen und sich nach Hause zu schleppen, wo er mehrere Tage im Fieber lag. Seine Frau pflegte ihn, und als er wieder zu Kräften kam und sich erheben konnte, dachte sie, dass er geheilt wäre, trotz der Blässe seiner Haut und der plötzlichen Vorsicht, mit der er ihr begegnete und ihre Berührung vermied.

Hatchespurrh aber wusste, dass nichts mehr so sein würde wie bisher. Er war in jener Höhle gestorben; anders konnte man es nicht erklären, wenn einem das Herz nicht mehr schlug und das Blut nicht mehr rauschte und der Körper weder Wärme noch Freude empfand. Er war wie eine Statue, nur das Bild eines Menschen, und unter der Oberfläche lebte die Dunkelheit, die immerzu danach trachtete, ihn zu beherrschen. Die Versuchungen waren mannigfaltig: Er spürte seine neue Macht, fühlte sich kräftig und unverwundbar. Er brauchte weder Essen noch Schlaf, und wenn er die Menschen anlächelte und um etwas bat, folgten sie seiner Bitte wie dem Befehl eines Königs. Es war eine schreckliche Macht für einen einfachen Schreiner, und es kostete ihn all seine Kraft, sie nicht zu benutzen.

Schnell wurde aber klar, dass sein neues Leben, wollte man es so nennen, auch von Schwächen gezeichnet war. Die Nähe manch kalter Metalle und die Überquerung fließenden Wassers bereiteten ihm Unbehagen. Spiegel oder helles Licht verrieten ihn, denn er warf weder ein Spiegelbild noch einen Schatten. Bei Dunkelheit aber wurde ihm seine Haut zur Qual, und er verspürte den innigen Wunsch, sie abzustreifen, wie eine Schlange das tut, und als Schlange am Boden zu kriechen und im Schutze des Dunkels zu leben.

Am schlimmsten jedoch war, dass er bald eine unbändige Gier nach Leben verspürte und danach, Leben zu nehmen; weniger einen Blutdurst, auch wenn er fand, dass Blut das Verlangen eine Weile milderte, als einen Durst nach dem Leben selbst – danach, das Wesen eines Menschen zu trinken und sich zu eigen zu machen, wie Liebende das zu tun glauben, oder Maler vielleicht, oder vielleicht sogar Mörder.

Hatchespurrh ging in die große Stadt und suchte nach dem Haus des Feldherrn Keleru. Dort gab er seinem Wunsch nach, streifte seine Haut ab und glitt als Schlange in den Garten und bis unter sein Fenster. Dann nahm er wieder seine menschliche Gestalt an und rief nach seinem Freund.

»Wer ruft dort in meinem Garten?«, antwortete Derlmaraths Stimme, und dann trat er auf den Balkon hinaus, blondhaarig, helläugig und jung wie eh und je.

»Ich bin es, dein Freund Hatchespurrh«, erwiderte Hatchespurrh und trat hervor, dass man ihn sehen konnte. »Erkennst du mich nicht?«

»Nein, und ich kenne auch keinen Mann dieses Namens«, erwiderte der Feldherr. »Wer bist du, dass du es wagst, hier einzudringen und mich zu stören?«

»Ich bin gekommen, um den Bann von dir zu nehmen, der deine Sinne verwirrt und dich das Reich und dich selbst in großes Unglück stürzen lässt«, sagte Hatchespurrh. »Denn ich bin dein Freund, und wir haben einst gelobt, immer füreinander da zu sein.«

»Du redest irre«, befand der andere, »denn ich kenne dich nicht und habe nie dergleichen gelobt. Ich bin Keleru, Günstling des Königs und oberster Feldherr des Reichs.«

»Du bist es, der irrt«, sagte Hatchespurrh, »denn du bist niemand an-

deres als Derlmarath, ein Kaufmannssohn aus einem kleinen Dorf, der in eine Grube fiel und vom Dunkel berührt wurde.«

Da sprang Derlmarath vom Balkon und stürzte sich mit bloßen Händen auf Hatchespurrh, der sich zur Wehr setzte, wie das Dunkel es ihn gelehrt hatte; und so rangen sie miteinander, ohne Waffen und ohne einen Laut, und trachteten danach, einander zu trinken. Derlmarath kämpfte mit dem Zorn eines Feldherrn; Hatchespurrh aber wurde von der Liebe zu seinem Freund getrieben.

Schließlich sank Derlmarath zu Boden. Welche Form von Leben auch immer sein Körper gekannt hatte, verging, und mit ihm verging auch seine Gestalt, löste sich auf wie eine Wolke sich auflöst, und was darunter zum Vorschein kam, war ein kleiner Mann mit dunklem Haar und spitzem Gesicht, den Hatchespurrh noch nie gesehen hatte. Da begriff er, dass er sich getäuscht hatte: Denn dies war tatsächlich nicht sein Freund Derlmarath, sondern der Feldherr Keleru, der seinerseits vom Dunkel berührt worden und seinerseits aus seiner Haut geschlüpft war. Alles, was an oder in Keleru sein Freund Derlmarath gewesen war, hatte Hatchespurrh getrunken. Er spürte, dass er jenen Teil seines Freundes nun in sich trug, und mit ihm auch einen Teil des Feldherrn Keleru. Dann zerfiel der Leichnam zu Staub.

Bestürzt und berauscht kehrte Hatchespurrh zurück zu seiner Frau und versuchte, sein altes Leben wiederaufzunehmen. Doch die Arbeit ging ihm schwer von der Hand, und seine Frau ängstigte sich und misstraute ihm, und seine Freunde gingen ihm aus dem Weg und sagten, dass er sich verändert habe.

Nicht lange, da erreichte ihn die Kunde, dass der Kriegsminister des Reichs verschieden sei und der König den Feldherrn Keleru zum neuen Minister gemacht habe, trotz seiner Jugend. Zunächst wollte Hatchespurrh der Botschaft nicht glauben und hielt sie für einen Irrtum oder eine grausame Lüge, denn er hatte Keleru doch getötet und gesehen, wie sein Leichnam zu Staub zerfallen war. Doch die Nachrichten waren eindeutig, und so verließ er abermals sein Dorf und seine Frau, um der geheimnisvollen Spur zu folgen.

Er suchte nach dem Haus des Ministers und drang in seinen Garten ein, wie er es zuvor getan hatte, und rief nach ihm. Und als der Minister heraustrat, sah Hatchespurrh, dass die Geschichten stimmten: Der ihm da gegenüberstand, war abermals sein alter Freund Derlmarath, oder der Feldherr Keleru, oder welchen anderen Namen auch immer er führte.

»Wer bist du, und was willst du von mir zu dieser Stunde, da wichtige Geschäfte meine Aufmerksamkeit verlangen?«, fragte der Minister.

»Ich bin dein alter Freund, der gekommen ist, den Bann von dir zu nehmen, der deine Seele verfinstert«, sprach Hatchespurrh. Da erkannte sein Gegenüber, was er war, und stürzte sich auf ihn.

Abermals rang Freund mit Freund, Dunkel mit Dunkel, und abermals obsiegte die Kraft der Liebe oder Hatchespurrhs Glauben daran, das Richtige zu tun, und er trank einen weiteren Teil Derlmaraths – und des Ministers. Wieder zerfiel der Leichnam zu Staub, und wieder sah Hatchespurrh, dass er seinem Ziel nur ein kleines Stück näher gekommen war, denn der Minister war einst ein anderer Mann als der Feldherr Keleru gewesen, ehe ihn das Dunkel berührt hatte und er begann, jene Haut zu tragen, die einmal die Haut Derlmaraths gewesen war.

Diesmal ging er nicht nach Hause zurück, denn seine Verwirrung und seine Schuld begleiteten ihn auf Schritt und Tritt, wie sein Schatten ihm einst gefolgt war, und er konnte nicht länger so tun, als wäre er noch ein Mensch und kein Mörder, der seine Seele freiwillig dem Dunkel gegeben hatte, auch wenn er es aus Liebe zu seinem Freund getan hatte.

So irrte er durch die Straßen der Stadt. Da er weder Essen noch Schlaf brauchte und jedem normalen Menschen überlegen war, litt er keine Not außer der in seinem Herzen und dem drängenden Durst nach neuem Leben.

Da wurde verkündet, dass der Prinz des Reichs einem tragischen Unfall zum Opfer gefallen war, und der König, da er alt und krank war und das Reich nach seinem Tod nicht zerfallen sollte, den Minister Keleru zu seinem Erben erklärt hatte; eine Entscheidung, die er schweren Herzens und doch voller Zuversicht, so sagte er, getroffen habe, und die aufgrund der großen Beliebtheit des Ministers von niemandem in Frage gestellt wurde. Binnen eines Mondes war der alte König tot und Keleru der neue König – und noch immer trug er das Gesicht Derlmaraths.

Da ging Hatchespurrh ein letztes Mal, seinen Freund zu stellen. Es ging ihm nicht mehr um das Wohl des Reichs, das bereits einem neuen

Feldzug und neuen Gesetzen und einem neuen Glauben den Weg bereitete; auch nicht um den Eid, den er seinem Freund einst geleistet und um dessentwillen er sein altes Leben, seine Frau und seine Menschlichkeit geopfert hatte. Es ging ihm nur noch darum, den grausamen Spuk zu beenden.

So betrat er die Gärten des Palasts und rief nach dem König, wie er es zuvor getan hatte.

»Wer geht da nachts in meinem Garten?«, fragte der König.

»Es ist Hatchespurrh, der seinen alten Freund Derlmarath sucht, um das Dunkel von ihm zu nehmen«, erwiderte er.

Der König trat heraus und stellte sich ihm, und sie rangen miteinander; und wie schon zuvor siegte Hatchespurrh und trank einen weiteren Teil Derlmaraths, und auch einen Teil des Königs, welcher nie der Minister Keleru gewesen war.

Dann, nachdem der Leichnam des Königs zu Asche zerfallen war, verließ Hatchespurrh die Gärten des Palasts und wanderte lange durch die Stadt und bis vor ihre Tore, wo er schließlich an einer Wegkreuzung zusammensank. Sein Schmerz und sein Kummer und seine Verbitterung waren zu mächtig. All die Geister, die er getrunken hatte, rangen in ihm und wollten herausgelassen werden – und er wurde jeder und war doch keiner von ihnen. Weder hatte er den Kaufmannssohn Derlmarath gefunden, noch konnte er je den Schreiner Hatchespurrh wiederfinden, und bald empfand er nur noch große Einsamkeit.

Da wurde er auf einmal einer großen Schlange gewahr, die vor ihm im Staub lag und ihn mit funkelnden Augen studierte; und in ihren Augen erblickte er seinen Freund Derlmarath, der mit dem Gesicht in den Händen einsam an einer Wegkreuzung saß. Und er erkannte, dass er sein eigenes Spiegelbild sah, das er schon so lange nicht mehr gesehen hatte.

»Wer bist du?«, fragte er die Schlange, und die Schlange erwiderte: »Ich bin es, dein Freund Derlmarath, der damals in eine Grube fiel und danach nie mehr der Alte war. Der in die große Stadt ging und viele törichte Dinge tat, um seine Qual zu betäuben. Der seinen einzigen Freund verriet und verletzte, damit er von ihm ließ und nicht mit ihm in das Dunkel gezogen wurde, das er in einem unbedachten Moment weitergab, so sehr er auch dagegen kämpfte, denn Dunkel gebiert Dunkel; und der heute nur noch eine

Schlange am Wegrand ist, denn so kann er am wenigsten Unheil in der Welt der Menschen anrichten. Wer aber bist du?«

Und Hatchespurrh antwortete: »Ich bin es, dein Freund Hatchespurrh, der dich aus der Grube zog und der nicht begreifen wollte, was aus dir wurde, und der in dasselbe Dunkel ging, das auch du gekannt hast, und seitdem viel Unheil in der Welt der Menschen anrichtete, denn Dunkel gebiert Dunkel. Und ich bin der Feldherr Keleru, der den Fluch von dir erhielt und ihn weitergab an einen Minister, dessen Namen ich nicht kenne; obgleich ich auch jener Minister bin, der seinen Tod vortäuschte, um als Keleru weiterzuleben und schließlich das Herz und die Seele des jungen Königs für sich zu gewinnen, welcher darauf seinen Platz einnahm – und auch dieser König bin ich. Sie alle trugen dein Gesicht. Sie alle starben, als das Dunkel, das du aus jener Grube befreit hast, ihr Innerstes erfüllte. Und sie trugen dein Gesicht, damit niemand die Wahrheit erfuhr: dass nämlich ein Dämon sich das Reich untertan machte, mit deinem Gesicht. Und nun trage ich dein Gesicht und bin sie alle. Ich habe großes Leid über uns und das Reich gebracht und bitte dich um Verzeihung, denn ich habe immer geglaubt, es für dich zu tun. Doch Dunkel gebiert Dunkel.«

Die Krähe, wenn es denn eine war, verfolgte sie noch mehrere Tage. Nie sah man sie sich niederlassen oder fressen oder schlafen, und sie ließ erst von ihnen ab, als mehrere Männer die Nerven verloren und anfingen, mit Gewehren auf sie zu schießen.

Die Wolken rissen endlich auf und enthüllten eine ungewohnt kühle Sonne. Ein frischer Wind blähte die Segel und trug das Schiff seinem Ziel entgegen. Bald konnten sie mit bloßem Auge die Küstengebirge erkennen, in deren tiefen Buchten die Lagandæer ihre geheimen Werften hatten. Dahinter wartete das Sommerland.

An einem kalten Morgen Anfang Juni erreichten sie den Hafen von Llæryness. Nebel hing in der verwinkelten Bucht, und die tannenbestandenen Berge dahinter ragten bis in die tief ziehenden

Wolken hinein. Eine Garnison schützte den Hafen und die Werften, doch das Städtchen selbst machte einen verschlafenen Eindruck und bestand vor allem aus Lagerhallen und einigen Blockhütten. Conald überließ dem Timei das Steuer und humpelte zum Bug, um mit dem Rest der Besatzung auf die gelungene Reise anzustoßen. Er winkte Cassiopeia zu sich, während sie langsam in den Hafen einliefen.

»Da wären wir«, stellte er fest. »Zufrieden?«

»Ich hoffe, es beleidigt Euch nicht – doch offen gesagt bin ich froh, bald wieder festen Boden unter den Füßen zu haben.«

»Empfehlt uns weiter«, scherzte der Kapitän und hob sein Glas. »Wer weiß, was aus dem Passagiergeschäft noch wird?«

»Ich wüsste ja schon gerne, was Euch hierher treibt«, sagte Conald. »Doch keine Sorge, ich werde nicht danach fragen.«

»Falls es für Euch ein Trost ist, ich weiß es selbst nicht genau«, gab sie zu. Was tat sie hier, am Ende der Welt, weiter, als die meisten Menschen je gereist waren? Und für wen tat sie es?

»Percill hält Euch für eine große Mörderin«, sagte Conald.

»Sagt ihm, dass ich ihn für eine große Katze halte«, erwiderte sie.

»Aus seinem Mund ist das ein Kompliment«, grinste er. »Wenn die großen Handelshäuser einen mächtigen Gegner ausschalten wollen, schicken sie einen Timei.«

»Ich muss Euch enttäuschen«, sagte sie. »Llæryness ist nur eine Station auf meinem Weg. Gibt es einen Pferdehändler im Ort? Ich muss bald weiter.«

»Ich weiß da jemanden«, sagte der Kapitän. »Wird aber nicht billig.«

»Das macht nichts.« Sie hatte noch etwas Geld, und wenn sich ihre Vermutung – ihre Hoffnung, ihre Furcht – bewahrheitete, würde sie bald keins mehr brauchen. »Danke für alles. Und günstige Winde.«

Sie verließ das Schiff und ging zu der Adresse, die man ihr genannt hatte. Dann kaufte sie sich ein Pferd und ein paar Vorräte und schlief noch eine Nacht in einer Schenke. Am nächsten Morgen machte sie sich auf und ritt nach Nordosten, ihrem ungewissen Ziel entgegen.

Auf ihrem Weg sah sie mehrmals zum Himmel, denn sie war sich nicht sicher, ob unter den Möwen dort oben nicht auch eine weiße Krähe war.

Sie werden bleicher, je älter sie werden.

Man nennt sie auch Jäger der eigenen Art.

DER FAHLE REITER

Der Wolf brach ohne Warnung aus dem Dickicht. Er setzte über Cassiopeias niedergebranntes Feuer hinweg, landete zielsicher auf allen vieren und wirbelte knurrend herum – ein prächtiges Tier mit grauweißem Fell und smaragdhellen Augen, in denen sich die Glut spiegelte.

Cassiopeia warf die Decke von sich und griff nach ihrem Schwert. Der Wolf ging in Angriffsstellung, die Zähne gebleckt, das Nackenfell gesträubt, alle Muskeln bereit zum Sprung. Doch in der Sekunde, in der sie aufstand und die Waffe zog, verwandelte er sich.

Wochenlang war sie durch die Hochlande des Sommerlands gereist, ein Land, das seinen Namen so wenig verdient hatte wie kaum ein anderes, denn es war kalt und regnerisch und, abgesehen von seinen dichten Birkenwäldern, fast bar jeden Lebens. Sie hatte mit Städten gerechnet, denen noch der Glanz einer alten Zeit anhaftete, mit Eolyn, doch alles, was sie vorfand, waren die Ruinen verfallener Türme und verängstigte Nomaden und Bauern, die ihre Türen vor ihr zuschlugen und die Gesichter von ihr abwandten. Nur manchmal glaubte sie in ihnen noch den Schimmer des alten Bluts zu erkennen, das der Legende nach auch durch ihre Adern floss; die verblasste Schrift eines uralten Pergaments. Es waren die kürzesten Nächte des Jahres, und bald war sie geschwächt von wenig Schlaf und schlechtem Essen. Ihr Pferd verletzte sich den Fuß und lahmte, und nur derselbe alte Wille, der sie schon seit so vielen Jahren aufrecht hielt, und das unbestimmte

Gefühl einer Präsenz, die unter den Bäumen und hinter den Hügeln verborgen den Blick auf ihr ruhen ließ, trieben sie voran.

So war sie in jenen Sekunden nach dem Erwachen kurz nicht ganz sicher, ob sie ihren Augen trauen durfte, als der Wolf emporwuchs, sein Fell verschwand, und an seiner Stelle eine blasse, nackte Frau vor ihr stand. Obgleich ihr langes Haar dieselbe graue Farbe wie das Wolfsfell hatte, war es kein Altersgrau, denn ihr Körper war noch jung. Unschuldig lächelte sie Cassiopeia über das Feuer hinweg an, wie einer jener verführerischen Waldgeister, von denen die Fealva gerne erzählten. Dann hob sie die Hand, als bitte sie die Pherenidin um etwas, und sagte ein paar Worte in einer Sprache, die sie nicht verstand.

Cassiopeia aber war, als begänne bei ihrem Klang eine gespannte Saite in ihr zu schwingen. Das Gefühl füllte sie aus, und auf einmal bemerkte sie, dass sie wieder zu Schatten geworden war, unwillkürlich, ohne darüber nachzudenken. Befremdet, und auch ein wenig beschämt, als wäre sie und nicht ihr lächelndes Gegenüber die Nackte, riss sie sich aus ihrer Starre und brachte den dunklen Widerhall in sich zum Verstummen. Die Nackte schaute enttäuscht, als sie wieder sichtbar wurde. Einen Moment dachte Cassiopeia, sie würde sich ein weiteres Mal verwandeln, denn sie hob die Arme, als wollte sie sich in die Luft schwingen.

Da aber schlug die dünne, geflammte Klinge eines Schwerts durch ihre Brust, blitzschnell und gierig wie ein Drachenzahn, und die Frau bäumte sich auf und Blut spritzte aus ihrem Leib. Es geschah alles so schnell, dass Cassiopeia die genaue Abfolge entging. Hätte der Angriff ihr gegolten, hätte sie vielleicht dennoch reagiert, doch ihr Auge und ihr Verstand waren sich uneins: *Zuerst* war da das Schwert, *dann* die Hand, die es führte, und schließlich der Mann, zu dem sie gehörte, und der kein Mensch war, sondern ein Eolyn – *der* Eolyn, der nun die Hand dorthin hob, wo sein Schwert im selben Moment noch erschien, und es herabschwang und der Frau, die keine Frau mehr sein wollte, den Kopf abschlug. Alles in der kurzen Zeit, die ein Holzscheit im Feuer zum Knacken und Cassiopeias Herz für einen einzigen Schlag benötigte.

Ein Funke stieg vom geborstenen Scheit auf und erlosch die Sekunde darauf.

Cassiopeias Herz tat einen zweiten Schlag.

Sie standen sich über der Leiche gegenüber, er und sie – beide mit gezogenen Waffen, nur drei Schritte voneinander entfernt, und musterten einander.

Er sah genauso aus, wie sie ihn in Erinnerung hatte – auch wenn er ihr an jenem Tag, als sie sich unter dem Tisch versteckte und mit ansah, wie er ihren Vater tötete, noch größer erschienen war, wie es bei Kindheitserinnerungen häufig der Fall ist. Dennoch war er größer als sie, schlank wie eine Frau und so weiß wie der Tod; sein Haar ein langer Schopf von Schnee, Nase und Mund dünn wie Messer. Es war dasselbe Bild, das sich in ihren kindlichen Verstand eingebrannt und das sie Jahr um Jahr erneuert hatte wie die Schreiber im Tempel ihre heiligen Schriften. Einen furchtbaren Moment lang hatte sie es spiegelgleich vor sich gesehen, als ihr Vater an jenem Tag seine Gestalt angenommen und sich ihm ergeben hatte.

Er trug eine knappe, fremdartige Rüstung, die von den langen Spitzen an den Schultern bis zur Brustplatte so nahtlos und aus einem Guss wie ein Insektenpanzer schien, dazu Lederhosen, Handschuhe, graue Stiefel und einen alten Umhang; Söldnerkleidung, doch ohne den Löwen an seinem Gürtel. Da lächelte er, überrascht und auch ein wenig ratlos; das Lächeln eines greisen Dichters, der zum ersten Mal seit langer Zeit ein neues Wort hört.

Es war nicht der, den sie suchte.

Das erkannte sie wie eine Liebende, die die Antwort des Geliebten kennt, noch ehe er die Worte spricht.

Und doch *war* er die Antwort – auf eine andere Frage.

Er hat mir das Gesicht gestohlen. Die Leere zu füllen, stehle ich immer neue …

Die enthauptete Leiche zu seinen Füßen begann zu zucken.

Seine Linke fuhr herab, einen Lidschlag, ehe das Schwert aus seiner Rechten in ihr erschien und den Leichnam pfählte. In einer zärtlichen, fast kummervollen Geste kniete er sich neben die widerspenstige Tote und legte ihr die Hand auf eine Stelle unterhalb des Halsansatzes, worauf sie sich zu winden und mit den bloßen Füßen zu treten begann. Mit der anderen Hand (das geflammte Schwert steckte wieder in der Scheide auf seinem Rücken) fasste er in den offenen Halsstumpf, führte die behandschuhte Hand an die blassen Lippen und benetzte sie mit ihrem Blut. Keinen Moment ließ er Cassiopeia dabei aus den Augen. Sie glaubte nicht, dass er einen Angriff fürchtete. Er wollte bloß, dass sie alles ganz genau verfolgte.

Die Leiche verwandelte sich ein letztes Mal, wurde zum Kadaver eines weißen Wolfs, dann verging sie wie die Erinnerung an Schnee im Frühjahr.

Der Eolyn erhob sich und schaute Cassiopeia herausfordernd an. Das Lächeln war aus seinem Gesicht gewichen.

»Ich bin Cassiopeia Tial«, sagte sie, »Karsai der Insel der Krieger. Tochter von Latian Tial, Senator des Strahlenden Reichs, getötet von einem Eolyn deines Gesichts.«

Er neigte leicht den Kopf, schien zu warten, dass sie noch mehr sagte.

»Mein Vater trug ebenfalls dein Gesicht«, sagte sie, und da nickte er wissend, gab aber immer noch keine Antwort.

»Was ist?«, rief sie. »Rede mit mir!«

Er öffnete langsam den nackten, leeren Mund.

Noch in derselben Sekunde, in der sie ihr Schwert erhoben und sein eigenes wie von Geisterhand in seiner Hand erschienen war, streckte er warnend die andere Hand aus. Fast sah es aus, als wollte er sie schützen – und in dieser einen Sekunde wurde all die Wut, die sie seit nunmehr zehn Jahren im Herzen trug, so übermächtig wie ein Feuer, das unbemerkt hinter einer geschlossenen Tür gebrannt hatte, und ihr Zorn loderte hoch. Sie schrie wie ein Tier und rammte ihr Schwert in die Feuerstelle.

»Er ist stumm!«, schrie sie. »Ich finde den Dämon, der einzig die Wahrheit kennt, und er kann sie mir nicht sagen, weil er ein Krüppel ist!«

Dann ließ sie sich erschöpft auf den Stamm einer toten Birke sinken und sah kopfschüttelnd zu ihm auf. Sein Schwert war verschwunden, sein Blick bedauernd, fast mitfühlend, auch wenn sie nicht glaubte, dass er Mitgefühl empfinden konnte.

»Welcher Gott auch mit mir spielt, ich verfluche ihn«, sagte sie, »und dich, und wenn du der letzte Eolyn auf der Welt wärst, und mich, und alle Fehler, die ich beging und die mich bis an diesen Ort geführt haben. Wenn du nicht reden kannst, dann töte mich. Oder kannst du auch das nicht?«

Er lachte bitter, das erste Geräusch, das er von sich gab. Es klang wie eine Handvoll Kiesel, die man in einen Teich wirft.

Dann streckte er ihr die Hand hin.

»Was?«, fragte sie, »mit dir?«, und warf den Kopf in den Nacken, doch sie hatte keine Kraft mehr und kein Laut drang aus ihrer Kehle. Er wartete geduldig, bis sie sich wieder unter Kontrolle hatte, und streckte abermals die Hand aus.

Sie fasste nach der Hand, Leder so kalt wie die Nacht. Mühelos zog er sie auf die Beine. Dann musterte er sie mit einer Spur von Tadel und schaute sich um.

»Mein Pferd ist dort drüben«, sagte sie. »Aber es hat sich verletzt. Es wird nicht mehr lange leben.«

Er neigte das Kinn, als wisse er diese Auskunft zu schätzen, auch wenn sie nicht neu für ihn war, und ging voran.

Sie holten ihr Pferd und er führte sie tiefer in den Wald hinein. Der volle Mond schien durch die Bäume und erhellte ihren Weg, und die ersten Minuten kämpfte sie gegen den ebenso irrationalen wie nutzlosen Impuls an, den Eolyn entweder anzugreifen oder zu fliehen.

Sie hatte immer gewusst, dass ihre Suche sie in die Arme einer Macht führen würde, die nicht von dieser Welt war und mit den Sterblichen spielte wie der Wind, oder die Götter in ihren Hallen. Und obwohl sie ihrem Ziel jetzt ganz nahe war, hatte sie es immer noch nicht erreicht: Der Eolyn, der im Mondschein majestätisch wie ein Reiher vor ihr her schritt und sich dabei keine Sekunde vor ihr zu ängstigen schien, war nicht der, den sie suchte. Dessen war sie sich so gut wie sicher.

Nicht nur, weil er stumm war und der Mörder ihres Vaters gesprochen hatte. Nicht nur, weil es womöglich Dutzende, Hunderte Eolyn mit seinem Gesicht gab, mehr vielleicht als alle übrigen, die sich irgendwo in den fernen Winkeln der Welt noch versteckten. Nein – ein Teil des Schreckens, den der Mörder ihres Vaters damals in ihr Herz gesät hatte, als er sie durchschaut und seine Herausforderung ausgesprochen hatte, hatte immer daher gerührt, dass sie tief in ihrer jungen Seele geglaubt hatte, dass er *recht* hatte. Sie *war* wie er – zumindest in gewisser Weise; und sie hatte immer erwartet, dass sie, wenn sie ihm wieder entgegentrat, diese Verbindung deutlich spüren würde.

Doch ihre Gefühle verwirrten sie. Sie wusste nur, dass der Versuch, den Einzigen, der ihr bei ihrer Suche jetzt noch helfen könnte, zu töten, mehr als dumm wäre – und wahrscheinlich sogar zum Scheitern verurteilt. Sie hatte gesehen, wozu er imstande war, und hegte starke Zweifel, dass sie es mit ihm aufnehmen konnte – und das war, so hatte sie ihre Ausbildung gelehrt, meist schon der Weg zur Niederlage.

Wenn dieser Mann aber wirklich ein Schwertmagier war – und was sonst als Schwertmagie hatte er da eben vollbracht – müsste er dann nicht derselbe Eolyn sein, der vor siebzig Jahren nach Leiengard ging? Betrog er sie also doch? Hatte er den Gürtel abgelegt und ein neues Leben begonnen? Sie fragte sich, wie viele Gesichter er besaß. Oder hatte ein anderer Doppelgänger Meister Zymrist getäuscht? Gab es vielleicht mehr als einen Schwertmagier?

Er könnte ihr diese Fragen nur freiwillig beantworten. Doch er konnte nicht reden. Ihr blieb keine Wahl – sie musste das Vertrauen dieses Wechselbalgs gewinnen.

Nach einer Weile kamen sie an einen Bach, und der Eolyn sah sich um und stieß einen schrillen Pfiff aus. Sie hörte ein Rascheln im Unterholz, dann trat ein Hengst hervor, wie sie noch keinen gesehen hatte. Er war ein Schimmel, so grazil, dass er fast unbeholfen wirkte, so wie ein Rehkitz immer etwas erschrocken über seine eigenen Beine scheint. Doch er bewegte sich mit der Anmut von Wasser und näherte sich ohne Angst. Er war gesattelt und gegurtet, aber der Eolyn legte ihm nur kurz den Arm um den Hals und drückte ihn zur Begrüßung.

»Dein Pferd«, fragte sie mit Blick auf das weiße Fell. »Ist es wie du?«

Er schien über die Frage kurz nachzudenken, dann schüttelte er den Kopf. Mit einem fragenden Blick auf ihr eigenes Pferd wies er den Bachlauf entlang.

»Besser, wir gehen zu Fuß.«

Er neigte nur unmerklich den Kopf und marschierte weiter, den weißen Hengst am Zügel. Sie dachte an die Geschichten von Eolynpferden, die sie als kleines Mädchen gehört hatte: sagenhafte Tiere, schnell wie der Wind, und von unheimlicher Klugheit. Dennoch wunderte es sie, dass der Hengst keine Angst vor seinem Herrn hatte.

Sie liefen etwa eine Stunde. Der Morgen dämmerte herauf, aber sie hatte sich schon damit abgefunden, keinen Schlaf mehr zu finden. Sie erreichten eine Lichtung zwischen alten Weiden, in deren Mitte ein kleiner See lag, versteckt unter Seerosen und dichtem Schilf. Gespeist wurde er von einer Quelle, am anderen Ende verließ ihn der Bach, dem sie gefolgt waren. Bei der Quelle befanden sich moosbewachsene Ruinen. Sie erinnerten Cassiopeia an die Heiligtümer der Fealva in den Wäldern des Strahlenden Reichs, wo sie zu dieser Jahreszeit ihre Feste feierten. Diese Bauten waren aber einmal sehr viel aufwendiger gewesen; stilisierte Ranken und

Schriftzeichen überzogen die Steine wie die Seiten eines kunstvoll illuminierten Buchs.

Der Eolyn wies ihr mit der Hand einen Platz bei den Steinen.

Cassiopeia setzte sich und legte ihr Schwert in Reichweite neben sich auf einen Stein. Der Eolyn musterte sie erst interessiert, dann aber schweifte sein Blick ab, als ob alles eins für ihn wäre: die junge Frau, der Löwenkopf an ihrem Gürtel, ihr Schwert, die alte Geschichte, die die Steine erzählten, das Plätschern der Quelle, die Seerosen auf dem kalten Wasser, der Mond, der hinter den Trauerweiden zu versinken begann.

»Wie ist dein Name?«, fragte Cassiopeia und begann, eine kleine Fläche für ein Feuer zu bereiten. »Lautet er Dougal?« Der Eolyn erstarrte und richtete seine Aufmerksamkeit wieder auf sie, und sie unterbrach gleichsam die Arbeit, die Hand reglos in der Luft zwischen Reisig und Schwertknauf. Da spürte sie eine leichte Vibration, wie von einem leisen, sehr hohen Ton, und ihr Schwert auf dem Stein begann zu zittern. Dann wandte er sich von ihr ab.

»Wenn du nicht mit mir reden willst, wieso hast du mich dann hergebracht?«, reizte sie ihn. »Der Name gefällt dir wohl nicht. Sag – hat er dir das Gesicht gestohlen, oder war es umgekehrt?«

Er fuhr herum und streckte die Hand aus, ihre eigene zuckte zum Schwert, doch da hatte er es schon in der Hand, fünf Schritt von ihr entfernt. Mit einer verächtlichen Geste warf er ihr Schwert in den See.

Dann drehte er sich um und ging davon.

»Großartig«, murmelte Cassiopeia und ließ sich zurücksinken. »Einfach toll.«

Der Eolyn kam bis Sonnenaufgang nicht wieder, und Cassiopeia hielt es für keine gute Idee, ihm zu folgen. Sein Hengst war aber noch da, also kochte sie Wasser und wartete auf seine Rückkehr.

Sie hatte noch ein paar Blätter Tee, aber nichts mehr zu essen, und ihr war schwindlig vor Hunger. Die Luft war kalt, und über dem See hatte sich etwas Nebel gebildet. Um sich zu wärmen und zu beschäftigen, ging sie eine Weile am Ufer auf und ab und schaute, ob sie eine Spur ihres Schwerts entdeckte, aber er hatte es ziemlich weit geworfen, und das Wasser war so voller Pflanzen, dass man darin nichts erkennen konnte.

»Er hat seine Launen, was?«, fragte sie den Hengst, der ihre Bemühungen mit Gleichmut verfolgte. »Wie hältst du es mit ihm aus?« Sie näherte sich vorsichtig, streckte die Hand aus und strich ihm übers weiße Fell. Sein Körper war warm. Er war ein Wesen aus Fleisch und Blut. Ihr eigenes Pferd aber ging ihm aus dem Weg, hinkte am Ufer entlang und rupfte Gras. Vermutlich, überlegte sie, sprachen sie einfach nicht dieselbe Sprache.

»Sprechen«, murmelte sie. »Vielleicht sollten wir es lieber mit Schreiben versuchen.« Sie hatte aber weder Tinte noch Papier.

Da hielt sie inne, sah seine Satteltasche. »Sei's drum«, sagte sie und begann sie zu durchsuchen.

Die Taschen waren überraschend leer. In einer befand sich nichts außer einem Striegel, einer Bürste, Fett und etwas Werkzeug, offensichtlich für die Pflege des Pferds und des Sattel- und Zaumzeugs. In der anderen fand sie einen Dolch, einen Kompass, ein altes Kartenspiel und einen schweren, in schwarzes Tuch geschlagenen Gegenstand. Doch keine Spur dessen, was ein normaler Reisender dabeigehabt hätte: keine Lebensmittel, keine Decken, kein Geld; nichts, was für den persönlichen Gebrauch oder Komfort bestimmt gewesen wäre.

Sie nahm das Tuch mit dem schweren Gewicht heraus und schlug es auf. Darin lag eine Kristallkugel, apfelsinengroß, vollkommen rund und klar wie das Quellwasser. Ratlos und fasziniert drehte Cassiopeia den Ball in der Hand. Er war so glatt, dass er ihr fast durch die Finger glitt, und das Licht darin zog ihren Blick auf sich wie tanzendes Feuer.

Sie sah ein Bild in dem Kristall entstehen. Vielleicht hätte sie die Augen schließen sollen, statt sich vom Blendwerk eines Eolyn, und ganz besonders dieses Eolyn, die Sinne verwirren zu lassen; doch da war es schon zu spät.

Da ist eine Wiese in dem Kristall, dachte sie, *eine blühende Wiese im Sonnenschein,* und fast konnte sie den Duft der Blumen riechen, das Zwitschern von Vögeln hören.

Eine Frau in Reiterkleidung läuft über die Wiese. Sie lacht, und sie ist sehr schön, doch für einen Menschen ist alles an ihr zu geschmeidig, und doch zu scharf, wie mit einem warmen Messer aus Schnee geschnitten. Sie dreht sich um und läuft ein paar Schritte rückwärts, ruft jemandem hinter sich etwas zu.

Da tut sich der Boden unter ihr auf, und sie stürzt in eine Grube. Das Bild fliegt heran und scheint auf dem Ast einer Hasel zu landen. Ein Mann eilt herbei, am Rand der Grube aber macht er abrupt halt. Es ist der Eolyn, keinen Tag jünger als heute – nur trägt er keine Rüstung, bloß Reiterhosen und ein Hemd.

Die Augen, mit denen sie sieht, heben sich in die Luft. Verfolgen, was geschieht.

Die Frau sitzt in der Grube – und überall um sie herum sind Schlangen. Sie hat sich verletzt und kann nicht mehr aufstehen. Die Schlangen kriechen auf sie zu. Und obwohl es unmöglich scheint, dass sie nicht in helle Panik gerät, sind ihre Augen nur auf den Eolyn gerichtet. Sie ruft nach ihm, streckt flehentlich die Hand aus.

Er steht am Rand der Grube und rührt keinen Muskel …

Ein Schrei riss Cassiopeia ans Seeufer zurück. Die Kugel fiel ihr zu Füßen ins Gras. Es war der Ruf einer Krähe – *der* Krähe. Sie saß ihr gegenüber in einer Weide und studierte sie aus alten, reglosen Augen.

Cassiopeia fluchte, dann beruhigte sie sich wieder.

Die Frau im Kristall aber schrie noch lange ihren stummen Schrei.

Sie musste doch eingeschlafen sein, denn er überraschte sie, wie sie noch zitternd auf dem kalten Boden der Ruine lag, eine Sekunde lang blind und verwirrt in der späten Abenddämmerung. Er kam auf sie zu, schnell und lautlos, warf ihr zornig seine Satteltasche vor die Füße, und im nächsten Moment spürte sie schon die Zacken seines geflammten Schwerts an ihrem Hals.

Sie reagierte, ehe sie richtig wach war, wurde zu Schatten und rollte zur Seite. Er hieb nach ihr, doch sie hatte den Angriff vorhergesehen und verschmolz mit der Dunkelheit hinter einer Säule. Sein Schwert schlug blaue Funken aus dem Stein und steckte fest, dann packte er es, zog es heraus und schaute sich suchend um. Es war gespenstisch, all das Leben in seinen wachen Augen zu sehen, doch keine Ader pochte an seinem Hals, kein Atem weitete seine Nase, und seine Finger zitterten kein einziges Mal.

Cassiopeia dämmerte aus den Schatten und wurde wieder sichtbar.

Einen langen Moment standen sie sich gegenüber und funkelten sich an. Dann steckte er beiläufig sein Schwert in die Scheide auf seinem Rücken und wies mit der Hand auf den Boden.

»Es tut mir leid, dass ich an deinen Sachen war«, sagte sie. »Ich habe nach etwas zu schreiben gesucht.«

Er schnaubte, schob seine Tasche mit dem Fuß beiseite, deutete wieder, diesmal bestimmter, auf den Boden vor einem Stein von der Form eines kleinen Tischs. Dann zog er seine Handschuhe aus und warf sie auf den Stein.

»Schön, setzen wir uns.« Sie trat langsam näher, bereit, wenn nötig sofort wieder in die Schatten zu fliehen. Er aber machte einen betont rücksichtsvollen Schritt zurück, dann nahmen sie einander gegenüber Platz, sie auf den Knien, er im Schneidersitz. Er wischte die Handschuhe weg, griff nach seiner Tasche und legte nacheinander den Dolch, die Spielkarten und die verhüllte Kristallkugel auf den steinernen Tisch.

Dann strich er sich den linken Ärmel hoch und entblößte seinen Arm, der schlank und silbern wie ein Fischbauch im Mondlicht schimmerte. Er legte ihn auf den Tisch. Dann richtete er den

Blick auf sie, bis er sich ihrer Aufmerksamkeit gewiss war, nahm den Dolch mit zwei Fingern an seiner Spitze und schnitt mit ruhiger Hand die Lettern LESARDRE in sein weißes Fleisch. Er schrieb sie spiegelverkehrt und auf dem Kopf, damit sie sie besser lesen konnte, und wandte keine Sekunde den Blick von ihr ab. Fasziniert sah sie zu, wie schwarzes Blut wie dicker Sirup die Schnitte füllte. Er reckte den Arm, wie um ihr zu drohen, und schlug sich einmal auf die gepanzerte Brust, dann schlossen sich die Schnitte.

»Du hast deinen Punkt klargemacht«, sagte Cassiopeia.

Er nickte und rammte den Dolch neben sich in den Boden. Dann nahm er die Karten zur Hand.

»Was hast du vor?«, fragte sie, einfach, um zu reden, auch wenn das genauso war, wie mit sich selbst zu reden, oder mit den Pferden, oder der Nacht.

Er durchsuchte den Stapel und sie sah, dass es ein Satz Tarotkarten war, wie das fahrende Volk oder Wahrsager sie benutzten. Er trennte die großen Arkana von den übrigen Karten, dann legte er zwei Karten vor ihr auf den Tisch:

DIE SONNE

DER MOND

»Die Gestirne. Tag und Nacht.« Er nickte, drehte die Sonne aufs Gesicht und schob den Mond näher zu ihr. Seine bleichen Hände waren flink wie Vögel.

»Ich habe die Nacht. Ich bin die Nacht«, sagte sie, und er nickte.

»Ich bin so geboren«, sagte sie und zögerte. Dann gab sie sich einen Ruck und redete weiter. »Mein Vater war Pherenide. Er starb, als ich dreizehn Jahre alt war. In seinen letzten Momenten sah er aus wie du. Auch sein Mörder sah aus wie du.«

Er nahm die Karten, mischte sie wieder in den Stapel und wartete, dass sie fortfuhr.

»Er trug das Zeichen Leiengards. So wie ich. Auf der Insel der Krieger sagte man mir, ein Mann namens Dougal sei der letzte Eolyn gewesen, der zu ihnen kam.«

DER NARR

»Wie du meinst«, murmelte Cassiopeia. »Ich fand seine Art nicht sehr erheiternd.«

Lesardre lachte trocken.

»Auf der Insel glaubte man, er sei vielleicht ein Schwertmagier gewesen.«

Er schüttelte den Kopf und nahm die Karte wieder auf.

»Er ist kein Schwertmagier?«

Er schüttelte den Kopf.

»Aber du bist es, nicht wahr? Ein Schwertmagier?«

Er nickte.

»Bist du auch die weiße Krähe? Dann hast du gewusst, dass ich komme. Ich habe dich vom Schiff aus gesehen.«

Er nickte wieder.

»Dougal scheint sich einen Spaß daraus zu machen, mir eine Spur zu legen. Sie hat mich bis zu dir geführt – offenbar wollte er, dass ich dich finde.« Seine Augen blieben ruhig auf die ihrigen gerichtet. »Wieso?«, rief sie. »Wieso tut er das?«

DER NARR

»Das hatten wir schon. Aber was will er von dir?«

Lesardre suchte eine andere Karte aus dem Spiel und legte sie in die Mitte des Tischs.

DIE KRAFT

»Die Schwertmagie? Ist es das?«

Er wiegte den Kopf hin und her, als wäre er sich selbst nicht ganz sicher.

»So kommen wir nicht weiter«, erklärte sie ungeduldig. »Ich habe dir gesagt, wer ich bin – von dir weiß ich bisher nur deinen Namen. Sag mir, wer du bist.«

Er zögerte. Sein Blick fiel auf die Kristallkugel in dem schwarzen Tuch.

»Als ich heute Mittag in die Kugel geschaut habe, habe ich etwas gesehen. Eine Frau, und einen Mann, der wie du aussah.«

DIE LIEBENDEN

»Die Frau fiel in eine Grube. In der Grube waren Schlangen.«

DER TOD

»Die Krähe hat es beobachtet, richtig? Sie … oder du … ihr habt es mich sehen lassen. Das ist es doch, was die Kugel tut, oder? Ideen oder Erinnerungen zu Bildern werden lassen.«

Er zeigte keine Reaktion.

»Die Krähe war damals dort und hat alles gesehen.«

DER DÄMON

»Die Krähe ist der Dämon? Trägt sie ihn in sich?«

Er legte den Tod auf die Liebenden, dann drehte er beide aufs Gesicht. Dann legte er den Eremiten daneben.

»Nur der Mann ist übrig geblieben. Er ist allein. Der Mann bist du.«

Er legte den Dämon neben den Mann.

»Du hast deine Frau nicht gerettet«, stellte sie fest. »Weil der Dämon dich in Besitz nahm?«

Erst zeigte er keine Regung. Dann fuhr er mit der Hand über die vier Karten, richtete sie auf, wie Wind, der durch Weizen fährt, und legte sie wieder aus, spiegelgleich in die andere Richtung.

»Es war umgekehrt … war es umgekehrt?«

Er nickte, und sie verstand: Er hatte seine Frau nicht gerettet. Aus was für Gründen auch immer, er hatte es nicht getan – und die Krähe hatte es gesehen. Sie, oder der Dämon in ihr, riss ihn weg aus dieser Welt und machte ihn zu einem der ihren.

Der Eolyn zeigte weder Wut, noch Scham, noch Bedauern, doch Cassiopeia hatte nun schon zweimal erlebt, wie schnell seine Stimmungen umschlagen konnten, und hielt sich mit weiteren Fragen zurück.

Er legte wieder Sonne und Mond auf den Tisch. Unter die Sonne legte er den Dämon, den Eremiten legte er unter den Mond.

»Tagsüber die Krähe. Nachts du.« Er nickte. »Erzähl mir von dem Dämon. Ist es so wie in den Legenden? Gab es eine ursprüngliche Form? Einen Gott, der zerteilt wurde?«

Nachdenklich nahm er die Karten wieder auf und legte ein

paar neue Bilder auf den Tisch. In die Mitte legte er den Magier. Zur Linken und Rechten des Magiers, etwas tiefer, legte er Hohepriesterin und -priester, und darunter den Turm; darüber, wie das Himmelszelt, Kaiser und Kaiserin, und in deren Mitte, ins Zenit, das Rad des Schicksals. Dann starrte er das Bild nachdenklich an, als ob es ihm nicht recht gefiel, nahm die Karten wieder auf, mischte sie und vollführte schulterzuckend ein paar Kartentricks. Er legte sie noch mehrmals auf den Tisch: Mal war der Turm in der Mitte, mal das Rad des Schicksals, das generelle Bild aber blieb mehr oder minder dasselbe. Schließlich warf er fast gelangweilt wieder den Dämon auf den Magier, zuckte die Schultern und nahm die Karten vom Tisch.

»Und jetzt?«, fragte sie leise.

Er legte keine neuen Karten. Stattdessen wanderte sein Blick zurück zur Kristallkugel. Unschlüssig, widerstrebend, fast als hätte er Angst.

»Zeig es mir«, flüsterte sie und öffnete die Hände. »Vertrau mir … Ich bin wie du.«

Langsam griff er nach dem schwarzen Tuch und faltete es auseinander, bis die Kugel wie ein perfekter Tropfen auf einem samtenen Blatt zwischen ihnen ruhte. Dann legte er die Hände auf den Tisch, die Handflächen nach oben, und schaute sie auffordernd an. Vorsichtig legte sie ihre Hände in seine. Sie waren so kalt wie der Stein. *Der Kristall ist ein nach innen gekehrtes Auge,* dachte sie. Abermals ließ sie zu, dass ihr Blick in die schimmernde Kugel gezogen wurde. *Er zeigt die Bilder der Vergangenheit und die Traumbilder der Phantasie.* Und das dunkle Wesen in ihr, das mit Lesardres Dunkelheit verwandt war, regte sich unter seinem Ruf.

Cassiopeia ließ sich in das kalte Labyrinth des Kristalls führen, den Irrgarten der Erinnerung, bis ihre Geister einander berührten wie ihre Hände und ihre Blicke zu einem einzigen wurden.

Lesardre irrt durch das Sommerland. Er ist allein. Er entstammt einer alten Familie, doch er hat alle verlassen, die ihm etwas bedeuteten, denn er will nicht, dass sie sein Leid teilen und daran zugrunde gehen. Sie haben schon zu viel durchgemacht – es ist nicht das erste Mal, dass sein Haus eines seiner Kinder verliert. Die Geschichte wiederholt sich.

Er will sich betäuben, nimmt Zuflucht im Wein und dem Staub des Vergessens, doch alle Drogen sind ohne Wirkung bei ihm. Er gerät außer sich, tobt und versucht sich das Leben zu nehmen, oder wenigstens einen Teil davon: ein Auge, einen Finger, einen Arm – doch der Dämon ist schon zu stark, und alles, was Lesardre erreicht – oder was man ihm gestattet? – ist, sich die Zunge herauszureißen.

Um sich nicht mehr dieselben Fragen zu stellen. (Es waren die Schlangen, er wurde bestraft, weil seine Angst stärker als seine Liebe war.)

Um nicht mehr Antwort geben zu müssen. (Nicht bestraft: erwählt.)

Nie wieder ihren Namen zu schreien.

Die Sonne geht auf, wieder und wieder, und er leidet immer stärkere Schmerzen, bis er aufgibt, verschwindet wie eine Handvoll Sand, die man in die Luft wirft. Alles, was bleibt, ist die Krähe. Anfangs kämpft er noch gegen sie an, dann ergibt er sich seiner neuen Gestalt, nimmt Zuflucht in der Einsamkeit von Turmspitzen und Wind, lässt sein altes Leben unter sich zurück. Die Verwandlung bringt ihm den Gleichmut, den er ersehnt hat.

Dann beginnt ein anderer Kampf. Er steht über einer Leiche, wieder ist er wie gelähmt und kann doch nicht anders, als dem Tod Tür und Tor zu öffnen. Er hinterlässt Tod, wohin er auch geht, nur er selbst kann nicht sterben; Werkzeug einer Rache, die er nicht versteht. So flieht er hinaus in die Wildnis, um das Verderben von seiner Heimat fernzuhalten. Doch die unheimlichen Kräfte, die in ihm wirken, werden sie sehr bald schon einholen; das Sommerland wird in einen langen, qualvollen Herbst fallen.

All das ist nun schon so lange her ….

Wie ein Tier haust er in den Wäldern. Nachts verborgen im Unterholz, tags in den Wipfeln. Er muss nicht schlafen, er muss weder essen noch trinken. Er leidet keine Kälte und keinen Schmerz. Doch gegen das eine Verlangen kommt er nicht an: die Gier nach Leben. Früher oder später wird es sich ihn untertan machen. Die Krähe weiß das; sie ist geduldig. Der Eolyn aber hat Angst, dass es ihn zurück in die Städte seines Volkes treiben wird. Schließlich fällt er einen Hirsch an, ein schönes, stolzes Tier, das vor Leben nur so strotzt, doch er stellt sich so ungeschickt an, dass der Hirsch sich mit letzter Kraft losreißt und entkommt.

Die Krähe weiß, was nun geschieht. Der Eolyn aber flieht immer weiter. Er verliert sich im Strom der Jahrzehnte, oder sind es Jahrhunderte? Er sieht dasselbe Schicksal, das ihn befiel, sein Volk hinwegraffen. Wen es verschont, der stirbt vor Kummer oder von eigener Hand, sodass der Tod eines Einzelnen ganze Familien mit in den Abgrund reißt.

Der weiße Tod wütet im Sommerland, dann breitet er sich aus, bis er die Länder der Menschen und Fealva erreicht. Er kennt nun viele Gesichter, und seine Gestalt ist bald Legion: Männer und Frauen, Katzen und Wölfe, Füchse und Falken, und irgendwo dort draußen gibt es einen Hirsch, der sein Gesicht in sich trägt.

Nie sieht er eine andere Krähe – es ist, als wäre er ihre erste und einzige Wahl gewesen. Auch er verstreut nie wieder seine Saat. Wenn er anderen wie sich begegnet, vernichtet er sie; aber nicht, weil er an ihrer Macht interessiert wäre. Er lernt, dass ihr Blut ihm dabei hilft, der Verlockung nach letzter Einheit zu widerstehen. Er trinkt ihre Seele, doch klammert sich an sein Fleisch – um den Preis, seiner alten Qual nie zu entkommen.

Das Blut kann ihn nicht mehr zu dem machen, der er einmal war, doch es erinnert ihn daran – und an sie – und lässt ihn fast wieder empfinden wie einst …

Ohne das Blut ist jeder Tag wie der Staub des Vergessens.

Nie nimmt er die Gestalt eines seiner Opfer an. Vielleicht ist es Stolz – seine Stummheit ist sein letzter Triumph. Die einzige andere Gestalt, der er sich nie wird verweigern können, die einzige Stimme, die er besitzt, ist die der Krähe. Sie teilen sich ihr Leben. Bald sind sie einander so ähnlich, dass er vergisst, ob er ein Mann ist, der zu einer Krähe wird, oder eine Krähe, die zu einem Mann wird.

Doch all das ist nun schon so lange her.

So viele Leben. So viele Tode.

Er reitet in Kriege, deren Grund er nicht kennt, denn dort ist es einfacher, das Leben zu rauben, nach dem ihn verlangt, und seine Opfer kennen *nicht mehr Respekt vor dem Leben als er. Die Sprache des Schwerts ist bald die einzige, die er noch versteht, und seine Poesie eine simple und eindeutige in einer Welt des Wahnsinns und tausendgesichtiger Vielfalt.*

Er geht auf die Suche nach dem uralten Geheimnis der Schwertmagie, erforscht alte Türme und Grüfte und schmiedet sich Waffen, mit denen er in der Einsamkeit spricht, bis sie auf seinen Ruf zu antworten beginnen.

Und all das ist nun schon so lange her …

Einen Augenblick kamen sie wieder zu sich. Sie wusste nicht, wie viel Zeit vergangen war, aber der Nebel war dichter geworden.

Cassiopeia verstand nun, weshalb es ihm widerstrebt hatte, diese Verbindung mit ihr einzugehen. Es war verstörend – wie sich selbst im Traum zu sehen. Wahrscheinlich ging es den Wechselbälgern die ganze Zeit so, wenn sie einander begegneten; so vertraut, und doch so fremd. Noch immer spürte sie seinen Unwillen, doch sie hatte noch nicht ihre Antworten erhalten.

»Was ist mit Dougal?«, fragte sie. »Zeig es mir.«

Die Krähe weiß, was nun geschieht …

Ein junger Jäger geht auf die Jagd. Er trägt kein Gesicht in dieser Geschichte, denn niemand weiß mehr, wie er einmal aussah, er selbst vielleicht am allerwenigsten. Angeblich soll er aus Dûnhlair stammen – doch auch das ist nicht gewiss.

Sein Herz aber ist von einem einzigen Wunsch beseelt: Er will der größte Krieger der Welt werden. Deshalb ist er in den Norden gegangen, ins Sommerland, denn man erzählt sich, dass in der Wildnis dieses verwunschenen Landes ein alter Meister lebt, ein Hexer, der die mystischen Geheimnisse seines Volkes hütet und eine Klinge führt, der niemand widerstehen kann. Sein Name, weiß der junge Jäger, soll Lesardre sein, und er weiß auch, wie er aussieht – lang und scharf wie seine Klinge, und weiß wie ein Geist. Man erzählt sich viele unheimliche Geschichten über ihn: Er habe seine Seele für die Geheimnisse des Schwerts getauscht, sagen manche; er trinke das Blut der Besiegten, sagen andere. Dougal aber kennt keine Angst und sucht geduldig und ohne Unterlass.

Jetzt aber hat er es auf einen Hirsch abgesehen, ein stolzes Tier mit mächtigem Geweih und einem Fell, beinahe weiß. Er hat ihn einen ganzen Tag lang gejagt, bis er ihn bei Dämmerung endlich stellt. Er legt mit seinem Bogen auf ihn an und schießt einen perfekten Pfeil, der mit der Macht eines Hammerschlags durch das Auge des Hirschs und in sein Gehirn fährt. Das Tier bricht zusammen. Der Jäger tritt aus seinem Versteck und nähert sich vorsichtig seiner Beute. Die Sonne hinter den Bäumen berührt gerade den Horizont.

Da fährt der Hirsch auf einmal hoch und ist kein Hirsch mehr, sondern ein kreideweißer, nackter Mann, ein Sohn des Alten Volkes, den Pfeil noch in seinem Auge. Der Wahnsinn steht ihm ins Gesicht geschrieben, und wie eine Bestie schlägt er dem Jäger die Zähne in den Hals. Entsetzt taumelt dieser zurück und presst sich die Hand auf die Wunde, sticht mit seinem Messer nach dem Angreifer. Blutüberströmt flieht der Nackte von der Lichtung. Erst in diesem Moment erkennt Dougal, dass der andere der ist, den er gesucht hat – doch seine Angst ist zu groß, und seine Wunde zu schwer, um die Verfolgung aufzunehmen.

Nicht lange, da befällt ihn ein Fieber, und die nächsten Tage vollzieht sich eine Verwandlung, die ihn fast den Verstand kostet und niemals ihr Ende findet: Mal ist er er selbst, dann wieder, wenn er seine Haut nicht mehr erträgt, wird er zu dem bleichen Monster, dem Eolyn, der ihn gemordet hat und dessen Gesicht sich über seines legt wie eine Totenmaske und ihm aus dem Spiegel höhnisch entgegenblickt, bis sein Spiegelbild zu verblassen beginnt und er es schließlich ganz verliert.

Er muss sein altes Leben aufgeben und macht die gleichen Erfahrungen wie jeder Träger des Fluchs, nur leidet er ununterbrochen Schmerzen – denn er ist in der Dämmerung geboren, und jede Gestalt ist ihm eine Qual. Nur wenn er das Blut lebender Wesen trinkt, kann er die Schmerzen erträglich machen und für wenige Minuten etwas von seiner Menschlichkeit zurückgewinnen. Die Zahl seiner Opfer ist groß in dieser ersten Zeit.

Sein altes Ziel aber gibt er nicht auf: Er sucht nach der Quelle seines Fluchs, dem Schwertmagier Lesardre. Er jagt ihn wie eine enttäuschte Geliebte, doch sein Verlangen ist in einen Hass umgeschlagen, der sich genauso gegen ihn wie gegen sich selbst richtet – denn wer weiß noch, wo Lesardre endet und Dougal beginnt?

Lange Zeit führt ihn die Suche im Kreis, denn es gibt nicht mehr nur einen unheimlichen Zwilling: Er sieht sein Spiegelbild in Menschen und Tieren, überall in den Ländern des Nordens – er selbst oder der andere muss es verbreitet haben. Es ist, wie gegen eine Kaninchenplage zu kämpfen, doch im Gegensatz zu dem, der am Anfang und Ende seiner Suche steht, geht Dougal der letzten Einheit mit sich selbst nie aus dem Weg. Als es ihm zum ersten Mal gelingt, einen anderen Wechselbalg zu töten, und dessen Macht auf ihn übergeht, gewinnt er auch dessen Gestalten – und endlich erfährt er Erlösung. Er tötet noch einen, dann noch einen, und bald hat er Häute und Gesichter für jede Tageszeit, so viele, dass er nie wieder er selbst sein muss.

Durch ihn wendet sich der Fluch gegen sich selbst – seine Krankheit wird ihre eigene Heilung. Dougal merzt die Wechselbälger aus, wo immer er kann, und mit jedem, mit dem er sich vereint, gewinnt er ein neues Gesicht. Bald ist er alles, was er sein will, ist Männer und Frauen, kennt die Wälder und Himmel und Städte der Welt, wie nur ihre Bewohner sie kennen, erlangt Ansehen und Macht unter Menschen wie Eolyn – doch es bedeutet ihm nichts, und das Gesicht, das er am häufigsten trägt, ist das seines Mörders, mit dem seine Suche begann.

Dann, eines Nachts, nach vielen, vielen Jahren, endet die Suche. Dougal und sein Schöpfer stehen einander gegenüber. Der eine ein Meister des Todes, der sich lange schon nicht mehr für die Geschicke der Lebenden interessiert; der andere ein Meister der Täuschung, der das Leben in all seinen Formen kennt, aber immer noch seine Trophäe begehrt: das Geheimnis, dessentwegen er einst auszog.

Lesardre aber verweigert sich ihm. Er erkennt Dougal, gleich, wie er aussieht. Es war immer nur eine Frage der Zeit, bis sein alter Fehler ihn wieder einholen würde. Er sieht in ihm nicht mehr als einen Beweis seines Scheiterns, der von ihm das Letzte verlangt, was noch zwischen ihm und dem Wahnsinn steht, alles, was ihn von der Flut der anderen unterschiedet: das Geheimnis der Schwertmagie – und dann, vielleicht, wenn er auch das geteilt hat, die Gestalt der weißen Krähe. Er hat aber keine Verwendung für einen Schüler, und ganz besonders nicht für diesen. Wenn er ihn ansieht, sieht er sich selbst, und empfindet nichts als Ekel.

Hätten sie da die Klingen gekreuzt, wäre Dougal vielleicht unterlegen. Oder wenn Lesardre sich auf einen Kampf unter Wechselbälgern eingelassen hätte, seine Macht gegen die seines Kindes, dann hätte vielleicht er seinen Meister gefunden. Aber keiner von beiden ist dazu bereit; vielleicht ist es ein Zweikampf des Stolzes, den sie in diesen Minuten fechten.

Doch all dies war vor langer Zeit, und niemanden kümmert es mehr, wer mehr Schuld auf sich lud als der andere.

»Niemand außer Dougal«, sagte Cassiopeia. »Er ging andere Trophäen sammeln und andere Leben führen. Er trägt noch immer dein Gesicht. Vielleicht ist es ihm angenehm – oder will er dich vielleicht provozieren? Verhöhnt er dich auf diese Art?

Vor siebzig Jahren, da ging er nach Leiengard. Ich weiß nicht, ob er der größte Krieger der Welt wurde, aber er ist sicher einer der Besten. Doch auch das wurde ihm langweilig. Irgendwann reiste er nach Pherenaïs. Dort gab er den Fluch an meinen Vater weiter, auch wenn ich den Grund dafür noch nicht verstehe. Vielleicht gab es auch erst keinen Grund. Vielleicht war es nicht einmal er, sondern eins seiner Kinder. Doch er *kannte* mich. Vor zehn Jahren kam er dann, seine Schöpfung ungeschehen zu machen – und mich zu sich zu rufen.

Könnt ihr nicht anders, als einander auszulöschen? Nennt man euch nicht Jäger der eigenen Art? Hast du deshalb den Wolf verfolgt – und zuvor mich?«

Lesardre schüttelte den Kopf und packte ihre Hände noch fester, zwang ihren Blick wieder in den Kristall, doch jetzt war sie es, die sich sträubte.

»Ich kann dir nicht sagen, was ich bin!«, rief sie. Die Antwort auf diese Frage lag tief in ihr verborgen, auf eine Weise, die sie selbst nicht verstand. Doch solange der Kristall ihre Geister vereinte, konnte er in ihrer Erinnerung forschen wie in einem alten Haus, und seine Schlüsse daraus ziehen und mit ihr teilen.

Schließlich ergab sie sich seinem Drängen und öffnete sich ihm, wie er sich zuvor ihr geöffnet hatte.

Senator Tial stirbt bei Nacht, und der Mörder ersetzt seine Gestalt mit der eigenen. Bei Tag ist er derselbe Mann wie immer – nachts verwandelt er sich in den weißen Tod.

Er versucht, es geheim zu halten. Er sagt, er sei krank, und nach Sonnenuntergang versteckt er sich, selbst vor seiner Frau. Er möchte nicht, dass sie Verdacht schöpft, doch er kann nicht mehr das Bett mir ihr teilen … und er ist unfruchtbar, wie alle magischen Wesen.

Nur in ihren Opfern finden Wechselbälger ihre Kinder.

»Aber er hat Kinder gezeugt … zwei sogar.«

Mirabelle in den Ruinen, im Atrium ihres Hauses, und die Angst in ihren Augen, als sie sagt: Er war nicht mehr derselbe. Er dachte nur noch an seine Frau.

»Mein Bruder ist älter. Er ist nicht wie ich – zumindest glaube ich das. Mein Vater muss ihn gezeugt haben, ehe der Wechselbalg … ehe er starb.«

Es ist der Abend mit dem Schnee hinter den Stallungen. Ihr Vater sitzt vor der Tränke, die tote, zerrissene Ziege vor ihm auf dem weißen Boden, Blut überall um seinen Mund.

Das Blut verleiht Leben.

Das Blut ist die Antwort: Es lässt ihn auch nachts seine Gestalt wahren und endlich wieder fühlen wie ein Mensch.

Das Blut lässt ihn zu seiner Frau gehen und ein Kind mit ihr zeugen. Ein besonderes Kind – ein echtes Wunder.

»Meine Gabe …«

Ein solches Wunder ist kein Geschenk: Der Preis für die Gabe ist das Leben der Mutter. Die Magier unter den Eolyn nannten es die Schuld. Sie waren sich immer bewusst, was sie taten … Doch es hinderte sie nicht.

»Seine Frau … Meine Mutter …«

Wer immer die Schuld auf sich lädt, muss bei der Geburt zugegen sein. Er vererbt auch die Natur der Gabe, so wie sich Augen und Haut eines Kindes nach seinen Eltern richten.

»Ich bin nur im Fleische meines Vaters Kind«, flüsterte sie. »Im Geiste bin ich *seins* …«

Und Dunkel gebiert Dunkel.

Sie riss sich los und wollte mit der Hand nach dem Kristall schlagen, er aber schnappte nach der Kugel und hielt sie schützend umklammert. Ihre Fingernägel zogen blutige Spuren auf seiner Haut – doch er zeigte keine Regung außer einer seltsamen Angst; ein Kind, das sein Spielzeug verteidigt.

Sie schlug die Hände vors Gesicht, doch alles, was sie vor ihrem geistigen Auge sah, war Ianus' Grinsen, als er ihr davon erzählte, dass er ein großer Krieger werden wollte, ganz wie sein Vater, ihr als Mädchen aber ein anderes Leben bestimmt war.

Als sie die Augen wieder öffnete, war Lesardre immer noch da. Er hatte die Kugel vom Tisch genommen und wieder die Karten in der Hand. Etwas an der Art, wie er sie anschaute, war aber anders.

Lautlos mischte er die Karten und legte den Eremit vor sich auf den Tisch. Zu seiner Seite, wie für einen dritten Gast, der noch auf sich warten lässt, plazierte er den Narren; vor Cassiopeia legte er den Gehängten.

»Verspottest nun auch du mich?«, fragte sie. »Ist das alles, was ich von der Welt erwarten kann?«

Er hob die Brauen und warf ihr mit einer beiläufigen Bewegung des Handgelenks eine weitere Karte zu. Sie traf sie an der Brust und kam wie Herbstlaub vor ihr auf dem Tisch zu liegen.

GERECHTIGKEIT

Unbeeindruckt breitete er weitere Karten zwischen ihnen aus. Seine Hände huschten über die Bilder, geschickt wie die eines Marionettenspielers, und ließen sie lebendig werden und ihre Geschichte erzählen. Cassiopeia unterdrückte ihren Schmerz und sah aufmerksam zu. Sie versuchte, der Erzählung zu folgen, während der Nebel wie Geister an ihnen vorbeizog und Quelle und Schilf leise raunten.

»Das letzte Gericht – der Weltenbrand.

Du, Dougal, alle Kinder des Dämons. Sie finden zusammen. Eine große Vereinigung. Sie werden zu – was? Der Magier. Die ursprüngliche Gestalt?

Nein, er kümmert dich nicht, ich weiß. Aber Dougal. Du bist der Eremit. Und die Krähe. Dougal ist … Legion. Ein Wettstreit?

Ihr jagt euresgleichen. Du nimmst Dougal die restlichen Gestalten – du stiehlst sie dem Magier.

Du willst Dougal. Du willst den Magier.

Du willst den Tod? Ist es das, was du sagen willst?«

Die Nebel rissen auf, sodass sich der Mond in seinem weißen Haar fing.

»Du tötest Dougal. Dann töte ich dich.«

Er streckte die Hand aus, und sie ergriff sie.

»Ich töte dich. Ich kann dich nicht töten.«

Er streckte die andere Hand in Richtung des Sees aus, und sie spürte seine Kraft ihr zu Kopf steigen wie starker Wein, und wie etwas von dieser Kraft auf sie übergriff und eine Glocke in ihr anschlug. Auch aus Richtung des Sees erklang eine Antwort: ein Murmeln im Wasser und Rascheln im Schilf, dann erhob sich ein Wind, und ihr Schwert stieg aus dem Wasser auf und flog langsam auf sie zu. Tropfend, voller Schlingpflanzen, kam es neben ihr zu liegen.

DIE KRAFT

»Selbst wenn du mich die Geheimnisse der Schwertmagie lehrst … Glaubst du wirklich, dass du Dougal besiegen kannst?

Und wie könnte ich dann euch beide besiegen? Ich bin eine Karsai – aber nur eine Sterbliche. Ihr seid mir hundert oder tausend Jahre voraus. Und wie kann ich dir das Leben nehmen, wo du tausend Leben in dir trägst und doch schon lange tot bist?«

Er griff nach den restlichen Karten, die er vorhin beiseite gelegt hatte.

DAS ASS DER SCHWERTER

Cassiopeias Herz begann aufgeregt zu schlagen, als hätte es endlich wieder einen Anreiz zu leben. »Erzähl mir davon.«

Wieder legte er die Karten für sie.

»Der Magier. Der Magier hat das Ass der Schwerter geschmiedet.

Die Liebenden – er hat geliebt, doch die Liebe verging; die Liebe starb. Das Schwert ist die Liebe?

Die Liebenden sind Mann und Frau. Der Magier hat das Schwert geschmiedet … für die Frau. Das Schwert ist die Frau?

Das Schwert ist … die Richtung der Sonne. Ihre Quelle, im Osten. Es wurde bewegt? Der Schwert ist … Wasser? Stahl? Warte!«

Er hatte schon wieder ungeduldig die Hand am Dolch, doch sie nahm die Karten und legte Kelche und Schwerter in einem Kreis in der Reihenfolge ihrer Zahlenwerte aus.

»Das pherenidische Alphabet hat zwanzig Buchstaben«, sagte sie. »Schreib, was du sagen willst.«

Also legte er den Dolch in die Mitte des Kartenkreises und seine Hände schützend daneben. Ohne dass er ihn berührte, begann der Dolch sich zu drehen wie eine Kompassnadel, schnell und präzise mal nach links, mal nach rechts, sodass seine funkelnde Spitze abwechselnd vor verschiedenen Karten zur Ruhe kam. Gebannt folgte sie dem gespenstischen Spiel.

»Der … Name … des … Schwerts«, las sie:

SCHNEEKLINGE

Dann lag der Dolch still.

Erschöpft ließ sich Cassiopeia zurücksinken. Seine Augen schwebten wie Sterne über dem Tisch in der Dunkelheit, warteten darauf, dass sie etwas sagte.

»Wir haben eine Abmachung«, sagte sie. »Wir suchen das Schwert. Dann stellen wir Dougal, und du tust mit ihm, was du willst. Dann töte ich dich.«

Er nickte. Dann deutete er auf ihr Schwert.

»Die Nacht ist fast vorbei. Morgen. Morgen Nacht fangen wir an.«

Einen Moment dachte sie, er würde ihr keine Ruhe gönnen, dann nickte er wieder, packte seine Sachen und erhob sich.

Wenige Minuten später war sie eingeschlafen.

Als sie am nächsten Tag erwachte, sah sie, dass er ihr eine Karte dagelassen hatte. Es war eine der Hofkarten – die Prinzessin der Schwerter.

Fast glaubte sie, das Rauschen des Meers und das Schlagen eines schweren Gongs in der Ferne zu hören.

PRINZESSIN DER SCHWERTER

Bei Tag ritt sie allein auf ihrem Pferd, und sein weißer Hengst folgte ihr. Die Gegend wurde immer unwirtlicher, die Wälder dünnten sich aus, und schließlich wichen die letzten Bäume einer weiten Ebene, die nur von Heidekraut und blassen Farnen bedeckt war. Die Nächte waren sternenklar und zogen jede Wärme aus dem Boden, und häufig bildete sich Nebel in den Senken. Mehr als einmal fühlte sie sich beobachtet, auch wenn das Land wie ausgestorben schien.

Manchmal sah sie ihn als Krähe, doch meistens flog er voraus, um den Weg zu erkunden. Sie hatte nicht die Zeit, um Fallen auszulegen oder auch nur ein Kaninchen zu jagen, und sie wusste, er würde ihr auch nichts bringen. Also unterdrückte sie ihren Hunger mit Beeren und Wurzeln. Wahrscheinlich, dachte sie, ging es ihm selbst nicht viel besser.

Tagsüber die Krähe, nachts der Silberweiße. Schlief er wirklich nie? Wie schaffte er es, sich mitsamt Schwert und Rüstung zu verwandeln, statt nackt vor ihr zu stehen? Er gab ihr zahllose Rätsel auf.

Was sie verstand, war sein Verlangen nach einem Ende, und mit der Zeit erschloss sich ihr auch die Rolle besser, die er ihr dabei zugedacht hatte. Das Schwert, das sie suchten, hatte dem Ersten gehört (so nannte sie ihn mittlerweile, denn sie wusste nicht, ob er nun Magier, Gott oder Dämon gewesen war, und wenn Lesardre seinen Namen kannte, verriet er ihn nicht). Und das Schwert war das Einzige auf der Welt, was in der Lage war, den Ersten zu töten, wenn seine letzten Splitter sich wieder zusammenfügten. Nur eine Frau konnte es führen – denn er hatte, wie Lesardre sich ausdrückte, seine Liebe in dieses Schwert gelegt, und durch seine Liebe sollte er auch sterben.

Das schrieb er ihr in einem knappen Brief, den sie eines Morgens nach dem Aufwachen fand. Seine Schrift und Sprache waren sehr angenehm, doch etwas an der ganzen Situation war so absurd, dass sie den Brief nach dem Lesen verbrannte (sie dachte dabei an Iason und sein Gedicht).

Es schien ihn nicht zu verletzen.

Cassiopeia wusste nicht, ob er in diesem Tod durch ihre Hand eine Art höherer Gerechtigkeit sah, sie konnte sich aber des Eindrucks nicht erwehren, dass er eine fast kindliche Freude bei der Aussicht empfand, seinen Doppelgänger endlich auszulöschen und die alte Geschichte von Schuld und Vergeltung ein für alle Mal zu beenden. Und war das nicht auch, was Dougal wollte? Reiste er nicht deshalb seit Jahrzehnten in seiner Verkleidung durch die Lande? War dies nicht Grund seiner ständigen Herausforderung – an ihn, sie, die Welt?

Cassiopeia war kein Wechselbalg, doch auch sie trug einen Splitter des Dunkels in sich – seit dem Tag ihrer Geburt, als der Dämon in ihrem Vater seiner Frau im Kindbett das Leben nahm.

Hatte ihr Vater gewusst, was er tat? Hatte er sie gezeugt, damit er neben seinem Bastard noch einen legitimen Erben besaß? Hatte er vielleicht geglaubt, seiner Frau einen Gefallen zu tun, indem er Tiere riss und sich mit Blut vollsog, um noch einen letzten Tropfen Leben aus seinen Lenden zu pressen? Hatte er in Kauf genommen, seine Frau zu töten? Oder war all dies der Dämon in ihm gewesen?

Verglichen mit dem wahren Gesicht des Lebens waren die schwarzen, seelenlosen Augen der Krähe seltsam trostreich.

Bei Nacht ritt sie mit ihm auf seinem fahlen Geisterpferd, an seine Rüstung gelehnt, und die kalten Arme des weißen Todes hielten sie umklammert. Bis er ein Einsehen mit den Pferden hatte;

war sie meist schon am Rande ihrer Kräfte, aber genau in diesem Zustand schien er sie für am aufnahmefähigsten zu halten.

Sie trainierten nicht, wie sie auf Leiengard trainiert hatte. Es hatte eher etwas davon, einen Zustand gemeinsamen Träumens zu erreichen, in dem sie zu verstehen begann, worin der Unterschied zwischen der festen, unverrückbaren Wirklichkeit eines Schwerts und dem Fluss seiner *Möglichkeiten* lag – und wie sie dieses Verhältnis umkehren, den Stahl zum Abbild seiner eigenen Idee machen konnte.

Sie würde niemals so tief in diese Geheimnisse vordringen wie er, gleich, wie viel von seiner kalten Seele er in diesen Nächten in sie strömen ließ. Sie war ausgezehrt und schwach, mehr als einmal verletzte sie sich, und in einer dieser Nächte starrte er so gebannt auf ihre Wunde, dass sie ihre Finger mit ihrem Blut benetzte und ihm darbot wie eine süße Frucht – sollte wenigstens einer von ihnen bekommen, was er wollte. Das Angebot schien ihn zu reizen, doch er ging nicht darauf ein.

Umso größeren Wert legte er darauf, dass sie lernte.

»Wieso ist das so wichtig?«, fragte sie. »Ich muss nicht ihn töten – sondern dich. Ein Kind könnte dich töten, wenn du dich nicht wehrst.«

Er wirkte nicht beleidigt, sondern schaute wie ein Lehrer, der darauf wartet, dass die Schülerin selbst ihren Irrtum erkennt. Sie begriff ihn eines Nachts, als sie ihn über seine Kristallkugel gebeugt fand wie eine Katze vor dem Mauseloch. Sie wusste, die Kugel hatte keine hellseherischen Kräfte; sie zeigte nur, was Lesardre sie zeigen ließ, aber dennoch kehrte er immer wieder zu ihr zurück, so wie man sein eigenes Tagebuch liest, in der Hoffnung, sich etwas lange Vergessenes wieder ins Gedächtnis zu rufen. In jener Nacht zeigte die Kugel nur Schemen, Erinnerungen an Gespräche über Erinnerungen. Doch immer wieder blitzte ein Schwert durch diese Bilder, hell wie Frühlingstau, und manchmal eine schlanke Hand, die es führte, und ein Turm oder ein Schloss.

Nicht zum ersten Mal zeichnete Cassiopeia eine Karte auf den Boden, eine krude Karikatur des Wandgemäldes aus Davenport. »Das Schwert ist nicht mehr, wo es all die Jahre lag, richtig?«

Er nickte und berührte sich kurz an der Stirn – sein Zeichen dafür, dass er etwas wusste, es ihr aber nicht besser erklären konnte oder wollte.

»Jemand hat es gefunden. Eine Frau. Deshalb bildest du mich aus: Nicht, um gegen dich zu kämpfen – sondern gegen diejenige, die heute das Schwert Schneeklinge trägt.«

Er nickte abermals.

Bald darauf knickte ihr Pferd ein und stand nicht wieder auf. Es geschah bei Tag, in den endlosen Weiten von Heidekraut, und nur die weiße Krähe und sein Hengst waren Zeugen und schienen Cassiopeia abwartend anzusehen.

So nahm sie ihr Schwert und erlöste ihr Pferd. Dann wandte sie sich ab und wollte zu seinem Hengst, doch der wich vor ihr zurück – und als sie ihm wütend nachlief, stolperte sie selbst und verstauchte sich den Knöchel.

Sie hatte fast nicht mehr die Kraft, wieder aufzustehen. Eine halbe Stunde lag sie und wog ihre Möglichkeiten ab, dann rappelte sie sich fluchend auf, hinkte zurück und schlachtete ihr Pferd.

Sie reiste an diesem Tag nicht weiter.

Später, unter dem Sternenzelt, kam Lesardre zu ihr ans Feuer, so wie jeden Abend. Diesmal trainierte er sie aber nicht, sondern ließ sie ruhen. Am nächsten Tag ließ sein Hengst sie bei sich aufsteigen.

Sie überquerten einen Gebirgszug auf einem engen, nebelverhangenen Pass, den sie ohne die Hilfe der Krähe nicht gefunden hätte. Dahinter lag Teveral, und nach wenigen Tagen erreichten sie die ersten Siedlungen.

Die Menschen waren misstrauisch, der Bürgerkrieg hatte ihnen fast alles genommen, und es war schwer zu sagen, was ihnen mehr Angst einjagte: der Anblick des bleichen Eolyn oder der einer bewaffneten Pherenidin. Immerhin schaffte sie es, sich etwas Essen und ein paar neue Kleider zu besorgen. Das Geld dafür, pherenidische Piaster und Bronzestücke, auf denen der strahlenumkränzte Kaiserkopf von einem vorigen Besitzer mit großer Hingabe zerschnitten worden war, hatte Lesardre ihr eines Nachts hingeworfen. Sie hatte nicht gefragt, woher es stammte.

Sie wollte so schnell wie möglich nach Südosten, wo es Städte und größere Straßen gab. Immer öfter begegneten sie Bürgerwehren, und einmal, als sie ihnen nicht schell genug auswich und die Männer sich als besonders uneinsichtig erwiesen, endete die Begegnung für die Bürgerwehr tödlich. Sie dachte an den Zwischenfall in Pherenaïs; die Loyalitäten mochten hier anders liegen, doch der Krieg machte die Menschen überall gleich. Immerhin hatte sie nun wieder ein eigenes Pferd.

Danach schloss sie sich eine Weile einem Pilgerzug an, der auf dem Rückweg aus dem hohen Norden war. Lesardre folgte ihr nachts, hielt sich von den Menschen aber fern. Die Pilger waren naive Menschen, deren Herzen ganz für ihre neue Prophetin entflammt waren und die so ausgiebig und unermüdlich vom Anbeginn der neuen Zeit erzählten, dass Cassiopeia nach dem ersten Tag keine Schwierigkeiten hatte, als eine der ihren durchzugehen – einfach, indem sie das Gehörte nachplapperte und mit einer rührenden, persönlichen Note über ihre eigene Bekehrung würzte. Dass eine Pherenidin ihrem Glauben abschwor und sich ihrer Sache anschloss, gab den Menschen Mut.

»Sie erzählen sich dieselben Geschichten wie immer«, sagte sie kopfschüttelnd, als Lesardre das nächste Mal zu ihr kam. »Dieselben Wunder und Abenteuer, bloß in anderem Gewand.« Er reagierte nicht darauf, und sie konnte nur ahnen, dass auch diese Einsicht für ihn nichts Neues war.

Sie folgten einem breiten Fluss und erreichten schließlich Merestan, eine junge Stadt an der Küste, die einen Hafen und eine Niederlassung der freien Gilde besaß. Cassiopeia telegraphierte Iason, dass sie wohlauf war, und fragte ihn, ob er oder seine Kontakte etwas über ein Schwert oder die Legende eines Schwerts namens Schneeklinge in Erfahrung bringen könnten. Dann aß sie sich satt, nahm ein Bad und schlief zum ersten Mal seit Wochen wieder in einem Bett.

Schon wenige Tage später lag eine Antwort vor. Sie lautete:

vor 4 wochen ueberfall auf telegraphenamt in burrick STOP
vor 2 wochen auf gefaengnis in trestin STOP frau und fealv
namen schneeklinge und banneisen tausenddorns sohn STOP
kopfgeld 100 denare STOP guenstige winde

Es war dunkel, als sie ihre Herberge betrat. Lesardre wartete in ihrem Zimmer auf sie.

Mit klopfendem Herzen reichte sie ihm den Zettel.

»Wir haben ein Ziel.«

V
Nicht Zeit noch Ort

Von Iladas, dem Phereniden, und dem Fall der Eolyn Lyora – Sariks Reise – Sariks Versuchung

VON ILADAS, DEM PHERENIDEN, UND DEM FALL DER EOLYN LYORA

In der Alten Zeit, als die Eolyn ihre Türme aus Alabaster und Elfenbein gen Himmel bauten und noch Friede zwischen allen Völkern im Reich bestand, da lebte in Pherenaïs ein Mann namens Iladas, der Handel mit den Kindern des Sommerlands trieb, die im Norden der Insel eine Stadt und einen Hafen besaßen.

Nicht viele seines Volkes gingen nach Serinar, so der Name der Stadt, und von den wenigen, die es taten, schafften es die meisten nicht, ihre Unsicherheit oder ihr Unverständnis vor den Fremden zu verbergen. Die Eolyn hatten den Ruf, ein stolzes und leicht zu kränkendes Volk zu sein, dem die Magie leicht von der Hand ging, sodass es einfacher war, ihren Zorn und ihre Verzauberungen auf sich zu ziehen, als ihre Herzen zu gewinnen. Was die Menschen nicht wussten, war, dass man sie ihrerseits für gierige Wesen hielt, deren Kunst auf Eolyn so plump wie ihre Sitten verroht wirkten. Tatsächlich galten die Eolyn, die freiwillig an ihren Küsten lebten, als die Wagemutigsten und Tapfersten ihres Volkes, und waren schon deshalb in die Fremde gegangen, um ein Vordringen der Menschen in ihre nördlichen Stammlande zu verhindern.

Iladas aber war ein gern gesehener Gast in ihren Straßen, denn er verstand es, sich den Erwartungen seiner Gastgeber anzupassen und kein Missfallen zu erregen. Er war der Letzte einer angesehenen Familie, die den Eolyn bereits seit vielen Generationen bekannt war, und hatte ein einnehmendes Wesen. Vor allem aber drängte er sich seinen Gastgebern nicht auf, wie es die kurzlebigen Völker sonst häufig tun, selbst wenn sie es nicht bemerken.

So kam es, dass er eines Abends, nach einem Besuch im Theater, die Bekanntschaft der Eolyn Lyora Anan machte. Lyora war in jungen Jahren verwitwet, was eine seltene Tragödie unter Eolyn ist, die häufig zum Tode beider Liebenden führt: Denn die Bindung zwischen zwei Eolyn ist so tief, dass sie sogar ihre Träume teilen, und wenn einer von beiden stirbt, ist es, als reiße man dem anderen einen Teil seiner selbst aus der Seele. Der Staub einer bestimmten Blüte hilft, den Schmerz zu betäuben – birgt jedoch die Gefahr eines Lebens in Abhängigkeit.

Nun war die Ehe zwischen Lyora und ihrem Mann keine glückliche gewesen; das war beiden Familien bewusst. Doch Lyora hatte nach seinem Tod lange krank gelegen, und auch nach ihrer Genesung gab ihr Zustand Anlass zur Sorge. Man befürchtete also – auch wenn niemand das aussprach –, dass sie versuchen könnte, sich das Leben zu nehmen, und gab sich Mühe, Messer und spitze Gegenstände von ihr fernzuhalten.

An diesem Abend war sie das erste Mal seit Monaten wieder aus dem Haus, auf dass die frische Meerluft und etwas Zerstreuung ihr Befinden bessern mochten. Was sie und Iladas ineinander gesehen haben, als sie sich da trafen, kann man nur raten: er ein früh ergrauter Mann nahe der Jahre, die die Menschen als die besten bezeichnen und die für Eolynaugen bereits ein Hauch des Todes umweht, doch von fast kindlicher Ruhe und Zuversicht; sie eine schwarzhaarige Schönheit, noch jung für die Begriffe ihres Volkes, doch gerade erst dem dunklen Sog entronnen, der sie zu verschlingen gedroht hatte, und wahrscheinlich sehr viel verzweifelter als geheimnisvoll.

Vielleicht war es zunächst nicht mehr als das harmlose Aufeinandertreffen zweier einsamer Seelen, die sich hinter dem Lächeln, das ihre Familien und Geschäftsfreunde von ihnen erwarteten, nach einem Vertrauten sehnten. Lange Zeit – Menschen würden wohl sagen, sehr lange Zeit – geschah nichts weiter, als dass sie gemeinsam Schauspiele besuchten oder lange Spaziergänge an der Küste unternahmen. Sie besuchten Dichter und Barden und schrieben sich lange Briefe, und wenn ihre Vertrautheit irgendjemandem auffiel, dann dachte er sich nichts dabei, und jede Andeutung, dass es sich um mehr als eine unwahrscheinliche und seltene Freundschaft unter zwei Außenseitern handeln könnte, hätte auf beiden Seiten für Spott gesorgt.

Und doch war dies wahrscheinlich die Zeit, in der Lyora und Iladas gemeinsam zu träumen begannen; erst voneinander, dann miteinander. Natürlich sprach Lyora mit niemandem darüber. Alles, was man bemerkte, war, dass es ihr besser zu gehen begann. Man sah sie wieder lächeln, schüchtern erst, dann immer offener, und ein lange verschwundenes Leuchten kehrte in ihre Augen zurück. Ihre Gesundheit besserte sich, und sie begann wieder freudig von der Zukunft zu sprechen und Wünsche und Pläne zu hegen.

Für ihre Familie waren dies gute Nachrichten, und obgleich niemand den Grund für das Wunder durchschaute, freute man sich doch für sie und bestätigte sie, und so verging Jahr um Jahr.

Einzig die Familie ihres toten Mannes verfolgte Lyoras Entwicklung mit Argwohn. Das Haus Tyalid war seit jeher in den magischen Künsten bewandert, seine Wurzeln verfolgte es bis nach Santal, und daher waren die Tyalid gleichermaßen geachtet wie gefürchtet. Denn die Eolyn Santals waren anders als ihre Brüder und Schwestern aus Tiraun. Sie galten als herzlos, im Norden der Welt drohten immer wieder Konflikte mit ihnen, und wahrscheinlich legte sich in diesen Jahren schon der dunkle Schatten über sie, der sich Jahre später in Gestalt jenes berüchtigten Heerführers offenbaren würde, der einst durch die Hand einer jungen Prinzessin sein Leben verlieren sollte.

In Serinar wusste man damals nichts von diesem Schatten – oder man wollte es einfach nicht wahrhaben.

Tatsächlich war die Verbindung zwischen Tyalid und Anan, einer der angesehensten Familien der Stadt, von langer Hand und mit großer Sorgfalt geplant gewesen und hätte beiden Seiten zu sehr viel Einfluss und Ehre verholfen. Darüber hinaus hatte ein

Orakel Tyalid prophezeit, dass die Kinder Lyoras dem Ruf der Magie folgen und zu ihrer Zeit Großes vollbringen würden.

So aber hatte das Haus Tyalid nicht nur den Verlust eines Sohnes, sondern auch einen herben politischen Rückschlag zu verschmerzen, während Anan eine Tochter behalten und einen Brautpreis gewonnen hatte. Tyalids Missgunst erreichte ein Ausmaß, dass nur die reine Höflichkeit noch dem Verdacht entgegenstand, sie hätten es vorgezogen, wenn Lyora das Schicksal ihres Gatten ohne Zaudern geteilt hätte.

»Die Wälder sind voll finsterer Blicke«, sagte Iladas eines Tages zu Lyora, was in Pherenaïs eine alte Warnung ist. »Die Zukunft scheint mir nicht mehr klar, und wenn ich dieser Tage den Himmel in deinen Augen schaue, sehe ich dunkle Wolken an ihm aufziehen.«

»Du täuschst dich«, sagte Lyora. »Keiner versteht mich so wie du, und keine Wolke kann das Licht verdunkeln, das aus mir für dich scheint.«

Iladas' Sorge war jedoch berechtigt, denn Tyalid hatte eine List ersonnen, die Tochter des Hauses Anan doch noch an sich zu binden: Unter einem Vorwand lösten sie die Verlobung ihres jüngeren Sohnes mit einem noch minderjährigen Mädchen aus anderem Hause und drängten Anan, ihm stattdessen abermals die Hand Lyoras zu versprechen. Solche Ehen mit dem Bruder oder der Schwester eines verschiedenen Partners waren ein oft genutzter Ausweg, offene Ansprüche aus der vorigen Ehe zu kompensieren – und Tyalid gab sich alle Mühe, dass diese Ansprüche so umfassend wie möglich ausfielen.

Die Hochzeit wurde auf den Tag genau in einem Jahr festgesetzt.

»Meine Familie will, dass ich wieder heirate«, sagte Lyora, als sie und Iladas sich bald darauf wieder sahen. »Den Bruder jenes schrecklichen Mannes, der mir damals schon jede Lebensfreude raubte! Habe ich denn noch nicht genug für den Frieden zwischen ihrer und unserer Heimat getan?« Sie war in Aufruhr, und

Tränen standen in ihren Augen, auch wenn sie nach wie vor für Iladas erstrahlten, so wie sie es versprochen hatte.

»Was will dein Herz?«, entgegnete er. »Was immer es dir rät, ich will glauben, dass es das Beste für dich ist – auch wenn meines auf ewig nur dir gehört.«

»Mein Herz glaubt an uns«, sagte Lyora. »Und daran, dass unsere Liebe stärker ist als die Ränke zweier alter Familien.«

»Denk daran, was auf dem Spiel steht«, mahnte Iladas, denn noch nie war es vorgekommen, dass eine Eolyn ihr Volk verließ, um mit einem Menschen zu leben. »Deine Familie, deine Heimat, deine Ehre …«

»Und was ist mit deiner Familie, deinem Reichtum, deinem Leben, das du dir aufgebaut hast?«, erwiderte Lyora. »Wir riskieren beide das Gleiche – alles, was wir haben. Doch was nützt mir eine Heimat, die du nie betreten kannst? Was nützen Ehre oder Geld, wenn sie unserem Glück im Wege stehen?«

Doch den letzten Schritt – Serinar zu verlassen und ein neues Leben zu beginnen – taten sie nicht; es mochte sein, dass sie beide darauf warteten, dass der andere ihn zuerst tat. Sie fuhren fort, sich heimlich zu treffen, obwohl es immer schwieriger wurde. Die Hochzeitsvorbereitungen wurden fortgesetzt, ihr letztes Jahr zerrann ihnen zwischen den Fingern, und die Blicke in den Wäldern wurden finsterer. Doch über nichts von alledem sprachen sie, denn es ist die Art der Liebenden, in einer anderen Zeit und einer anderen Welt zu leben als die um sie herum.

Eines Tages rief Lyoras Vater Iladas zu sich, um ein erfolgreiches Geschäft zu besiegeln. Die ganze Familie lag zu Tisch, und Lyora und Iladas taten, als wäre alles wie immer und sie nicht mehr als gute Freunde, auch wenn ihnen bei jeder Lüge ein Stich ins Herz fuhr.

Nach dem Essen wollte sich Iladas verabschieden, doch Lyoras Vater nahm ihn beiseite.

»Seit langer Zeit nun sind wir schon Freunde«, sagte der alte Eolyn zu dem Phereniden, »und du verstehst unsere Sitten und

Gebräuche besser als die meisten Menschen. Doch glaube nicht, dass du uns kennst, oder uns täuschen kannst. Der Weg unseres Volkes ist ein alter und manchmal schmerzvoller Weg, und wir gehen ihn von jeher alleine. Versuche nicht, uns darauf zu folgen oder ihn gar zu versperren.«

»Ich habe nie etwas anderes als Freundschaft für das Haus Anan empfunden«, entgegnete Iladas, »und will euch auch in Zukunft auf eurem Weg Hilfe, nicht Hindernis sein.«

Lyoras Vater musterte ihn lange und eindringlich und nickte schließlich. »Dann gehe in Frieden, und besuche uns bald wieder.«

So ging Iladas; doch Lyoras Vater und auch Lyoras Mutter und Bruder sahen ihm noch lange nach auf seinem Weg nach draußen.

Iladas und Lyora fuhren fort, sich heimlich zu treffen, noch vorsichtiger als zuvor. Zwar sprachen sie nun auch vom Fortgehen, doch nicht im Ernst – und der Tag der Hochzeit war nicht mehr fern.

Dann berichtete eine Dienerin Lyoras einem Spion des Hauses Tyalid, der ihr einen hohen Preis gezahlt hatte, dass ihre Herrin sich des Nachts oft davonschlich und sie gewisse Anzeichen an ihr festgestellt habe, die unzweifelhaft darauf schließen ließen, dass Lyora ein Kind unter dem Herzen trug. Der Spion heftete sich an Lyoras Fersen, und es dauerte nicht lange, da beobachtete er sie, wie sie zum Haus des Phereniden Iladas ging und fast die ganze Nacht dort verbrachte.

Noch am selben Morgen sandte das Haus Tyalid einen Boten zu Anan, und nur der Treue einer zweiten Dienerin, die seine Ankunft beobachtete, verdankte es Lyora, dass sie wenige Minuten, ehe ihr Vater wutentbrannt in ihre Gemächer stürmte, von dem Verrat erfuhr.

Sie floh, mehr aus Scham denn aus Furcht und mit nichts als den Kleidern, die sie am Leib trug, zu Iladas, der die Gefahr sogleich erkannte. Sie verließen die Stadt, nur mit dem Nötigsten, noch ehe die Gefolgschaft beider Familien sich vor Iladas' Tür einfand. Und so ließen sie Serinar und das Leben, das sie dort besessen hatten, hinter sich zurück.

Iladas erwarb ein kleines Haus im Westen der Insel, wo er und Lyora ein einfaches Leben führten. Sie wussten genau: Was sie die ganze Zeit über befürchtet hatten, was sie all die Monate des Versteckspiels nicht hatten wahrhaben wollen, war nun eingetreten – Lyora war entehrt und konnte niemals mehr heimkehren, nicht nach Serinar und nicht ins Land Tiraun; und Iladas hatte sein Vermögen verloren und war bettelarm.

»Doch wir haben noch uns«, sagten sie, »und müssen uns endlich nicht mehr verstellen.«

Dennoch sorgten sie sich um ihr Kind – denn es gab zwar Geschichten über Kinder von Eolyn und Menschen, doch waren solche Kinder da noch seltene Gespenster, über die nur hinter vorgehaltener Hand gesprochen wurde und die meist ein Leben in Einsamkeit oder hinter Tempelmauern fristeten.

»Wo soll unser Kind leben?«, fragte Iladas. »Was soll einmal aus ihm werden, wenn das Haus Anan ihm nicht offensteht?«

»Wir selbst wollen es lehren und großziehen und es lieben und ihm ein gutes Zuhause bieten«, sagte Lyora, »und es wird uns haben, so wie wir einander haben.«

Insgeheim aber schrieb sie einen Brief an ihren Bruder, in dem sie ihn um Hilfe bat.

Was sie nicht ahnte, war, dass das Haus Tyalid, immer schon mehr an den Prophezeiungen des Orakels und seinem eigenen Wohl als dem Lyora Anans interessiert, unterdessen Satisfaktion gefordert hatte. Anan, beschämt und entehrt, erstattete den erhaltenen Brautpreis zurück und hüllte sich in Trauer, wie man es nach einem Todesfall tut – als Zeichen, dass es keine Tochter mehr hatte. Die Familie nahm Zuflucht im Staub des Vergessens.

In der Nacht, in der Lyora niederkam, fanden die Schergen Tyalids den Weg an ihre Tür. Bei ihnen war Lyoras Bruder, vom Staub betäubt und ohne Liebe in seinem Herzen. Sie stürmten ihr Heim und ermordeten Iladas, der ihnen bis zuletzt Widerstand leistete. Dann luden die Priester Tyalids die älteste Schuld auf sich, zu der die Magie ihre Diener versucht: Sie opferten Lyoras Leben, um all ihre Kraft auf ihr neugeborenes Kind zu übertragen, auf dass die Prophezeiung des Orakels sich erfüllte – denn dies war alles, was sie je gewollt hatten.

Lyora aber gebar in jener Nacht Zwillinge, einen Jungen und ein Mädchen, und mit ihrem letzten Atemzug nannte sie die Kinder Cearis und Ceona. Dann starb sie, unter den kalten Blicken ihres Bruders, und die Kinder wurden nach Serinar gebracht.

Doch weder Haus Tyalid noch Haus Anan bekamen die Kinder je wieder zu sehen.

Beschämt von der Herzlosigkeit ihrer Herren, ließ dieselbe Dienerin, die schon zuvor zu Lyora gehalten hatte, die Kinder verstecken, was eine lange und blutige Fehde zwischen beiden Häusern nach sich zog, die in den folgenden Jahren noch viele Eolyn das Leben kostete. Bald darauf kamen der Krieg und die Zeiten des Niedergangs.

Die Geschwister aber wurden getrennt und in den Norden gebracht, wo nur wenige die Wahrheit über ihre Herkunft kannten: Cearis wurde im Sommerland großgezogen, wenige Jahre vor dessen Fall, von dem eine andere Geschichte erzählt; und Ceona von den Menschen in Teveral.

Heute gibt es kein Haus Anan und kein Haus Tyalid mehr.

Geister und Dämonen, heißt es, haben sie gestraft.

Doch wer kann das wissen?

All dies geschah vor sehr langer Zeit …

SARIKS REISE

Ich glaube, sie sind eingeschlafen, dachte das Irrlicht.

Mag sein, dass du recht hast, antwortete Sarik.

Die drei Männer in dem kleinen Raum waren über ihren Bieren zusammengesackt, die bärtigen Köpfe auf dem Tisch. Mehrere leere Krüge drängten sich darauf und drohten mit jedem Schnarchen, über die Kante zu stürzen. Die Glut in der kleinen Feuerstelle war fast erloschen, und die Reste in dem Topf darüber rochen schwer und angebrannt.

Wo sind wir hier?, fragte Sarik.

Du hast sie nicht danach gefragt, stellte das Irrlicht fest.

Sarik seufzte und erhob sich. Dann strich er sich seinen Umhang glatt, suchte seinen Hut, setzte ihn auf und verließ die winzige Taverne.

Draußen war es noch dunkel. Er verharrte kurz an der Wegkreuzung und studierte die Straßen, als wartete er darauf, dass sich noch eine weitere Richtung auftat, dann setzte er sich wieder in Bewegung.

Für die Toten führten viele Wege in Cenaldis Reich, dachte Sarik, und das Irrlicht zog sich sorgenvoll zusammen. Doch für die Lebenden ist der Eingang schwerer zu finden. Ich weiß, dass es einen alten Zugang in den Minen von Dene Bigedaris gab – aber ich weiß nicht, was die Eolyn damit getan haben. Angeblich gibt es weitere Zugänge in den Schluchten Teverals und im Hinterland des Strahlenden Reichs, und auch in den Nekropolen von Buz Naïl.

Das klingt alles sehr gefährlich. Und wahrscheinlich ist es ziemlich weit entfernt.

Die Tore befinden sich tief unter der Erde, wo Menschen nicht hingehen. Es gibt aber noch einen anderen Weg – leichter, wenn man weiß, wie man ihn findet. Er wird dir aber nicht gefallen.

Wo befindet sich dieser Weg?

In der Kanalisation von Melnor, dachte Sarik.

Das ist kein Ort für Irrlichter, gab das Irrlicht zu bedenken.

Vor achthundert Jahren sagten viele, Melnor sei kein Ort für Menschen. Ich bin gespannt, was aus der Stadt geworden ist.

Die Sonne ging auf, und sie wanderten eine Zeitlang an bestellten Feldern entlang. Das Irrlicht spielte mit verschiedenen Formen, war mal eine weiße Ziege, mal eine Gans, doch Sarik war es am liebsten, wenn es sich versteckt hielt oder ihm als Schmetterling oder Feldmaus folgte – denn gleich, welche Gestalt es sich gab, es erregte Aufmerksamkeit, zumindest unter seinesgleichen, und Sarik legte keinen Wert darauf, von einer ganzen Gänseschar verfolgt zu werden. Die Schmetterlingsschwärme waren schlimm genug.

Andererseits verhielt es sich mit ihm nicht viel besser: Allen Bedenken des Irrlichts zum Trotz weigerte sich Sarik, den Menschen aus dem Weg zu gehen oder sich wenigstens unauffälligere Kleidung zu besorgen. Zwar kam er auch lange ohne Rast oder Essen aus, doch dadurch, so sagte er, entfremde er sich den Menschen nur noch mehr, und war die Magie einst nicht für die Menschen da gewesen? Zumindest hatten das einige von ihnen, wie Zeona, immer geglaubt.

Er dachte viel über die anderen nach während seiner Reise.

Eines Tages, es hatte heftig zu regnen begonnen, riss ihn das Klappern eines Ochsenkarrens aus seinen Gedanken. Er musste eine Weile zu gehen vergessen haben, denn der Karren kam immer näher, und als Sarik sich wieder in Bewegung setzte, fand er, dass der Boden schon so aufgeweicht war, dass seine Stiefel immer wieder festzustecken drohten.

Eine halbe Stunde klapperte der Karren hinter ihm her, dann hatte er ihn schließlich eingeholt. Auf dem Kutschbock saß ein kleiner Mann unter einem Stück Segeltuch und musterte Sarik neugierig.

»Ziemlich nass da bei dir, was?«, fragte er. »Für 'nen Schilling lass ich dich bei mir mitfahr'n.«

»Ich habe kein Geld«, entschuldigte sich Sarik.

Der kleine Mann rümpfte die Nase. »Feine Kleider haste aber, dafür, dass du kein Geld hast. Vielleicht kannste ja was Praktisches. Bist'n Schneider, was?«

»Ich danke Euch für Euer Angebot«, sagte Sarik, »aber ich komme zurecht. Seht Ihr, mein Hut hält mich leidlich trocken, doch ich schätze den Regen. Wenn ich wollte, könnte ich ihn bitten, mich zu meiden. Ich könnte dem Wind befehlen, mir ein Dach zu sein, oder der Sonne, mich zu wärmen. Aber das wäre Verschwendung – denn seht Ihr, es ist nur ein kühler Frühlingsregen, so alt und vertraut wie die Berge oder der Mond.«

Er lächelte ermutigend, der Mann auf dem Kutschbock aber brach in schallendes Gelächter aus, und erst, als das Irrlicht in Gestalt eines weißen Hunds gerannt kam und ihn und seinen Ochsen wütend ankläffte, hörte er damit auf. Sarik blieb eine Weile stehen, bis das Irrlicht sich beruhigt hatte und der Karren außer Sicht war.

Er hielt mich wohl für verrückt, überlegte er.

Er hätte dich ausrauben können, mahnte das Irrlicht. *Ich weiß, dass so was passiert.*

Es gab Zeiten, da waren Zauberer geachtet, ja gefürchtet – doch die Menschen haben viel vergessen: erst die Wesenheiten, dann uns. Ob achthundert Jahre genug dafür sind?

Das Irrlicht wusste keine Antwort darauf.

Sarik hüllte sich wieder in Schweigen und versuchte die kommenden Tage erneut, die verwirrenden Bilder seiner Erinnerung zu ordnen. Er benutzte die Techniken und Übungen, die er in seinem langen Leben gelernt hatte, und schaffte es, zumindest einzelne Inseln der Vergangenheit aus der Tiefe des Vergessens emporzurufen. Der Horizont dieses weiten Meers aber war nach wie vor in Nebel getaucht, in welche Richtung er auch blickte.

Er folgte eine Weile der Straße, dann einem Nebenlauf des Damos. Es war Mitte Mai, und das Wetter besserte sich, je näher er der Küste kam. Manchmal kehrte er in Rasthäuser ein oder besuchte einen Bauernmarkt und bot den Leuten seine Hilfe oder Erfahrung an, aber die wenigsten ließen sich darauf ein. Die Dörfer machten einen ausgepressten Eindruck, und außer wässrigem, nicht ganz reifem Gemüse und zähem Fleisch hatten die Händler nicht viel anzubieten. Viele wollten selbst nach Melnor, in der Hoffnung auf Arbeit oder reichere Kunden.

An der Grenze des Stadtstaates, der fast die ganze Deltaregion einnahm, wurden er und die anderen Reisenden auf der Straße von Soldaten aufgehalten. Sie trugen Rüstungen mit dem Sonnenzeichen des Kaisers und standen an einem befestigten Grenzstreifen, jenseits dessen die ersten Zelte und Krämerstände aufgebaut waren. Eine Ahnung von Salz lag in der Luft, und in der Ferne, hinter der Armensiedlung, konnte man die Mauern und Türme der eigentlichen Stadt erkennen. Es dauerte aber fast eine Stunde, die letzten Schritte bis zur Grenze zurückzulegen, denn die Soldaten kontrollierten jeden einzelnen Wagen und jeden Mann und jede Frau; alle, die nach Melnor wollten.

»Ich habe weder Waren noch Geld«, sagte Sarik, als die Reihe an ihm war.

»Was willst du dann in der Stadt?«, fragte der Soldat und betatschte Sariks Umhang. »Wie ein Bettler siehst du nicht aus.«

»Ich bin ein Zauberer«, sagte Sarik und versuchte, die Hände des Soldaten abzustreifen, der aber packte ihn noch gröber.

»Wenn das so ist«, forderte er ihn mit gebleckten Zähnen heraus, »wieso hast du dann kein Geld? Meine Mutter hat immer gesagt, ein echter Zauberer kann Scheiße in Gold verwandeln.«

Nicht, dachte das Irrlicht, das irgendwo über ihm kreiste.

Sarik aber reckte die Brust und rief die Sonne hinter den Wolken hervor, bat sie, ihm einen letzten jener Strahlen zu schenken, die er sich in der Alten Zeit oft geliehen hatte, und sei es nur zum Zeitvertreib, denn sie waren damals noch so zahllos und unerschöpflich wie der Weizen auf den Feldern gewesen. Und kaum dass die anderen Soldaten auf das Problem mit dem seltsamen Fremden aufmerksam wurden, begann auf einmal alles Metall und alles Wasser, jede glänzende Oberfläche der Umgebung und alles, was die Fähigkeit zu glänzen einst besessen, aber lange verlernt hatte, in hellem, goldenem Licht zu erstrahlen, als hätte sich tatsächlich jeder Schwertknauf, jeder Ring an jedem Finger, jede Pfütze auf dem Acker in pures, flüssiges Gold verwandelt.

Als der Aufruhr sich wieder gelegt hatte, war Sarik bereits zwischen den ärmlichen Behausungen verschwunden. Der Ruf, den er zur Sonne gesandt hatte, verklang, und er konnte sich in der Folge nicht mehr an ihn erinnern.

Er ist noch ein Niemand, als er Zearis zum ersten Mal begegnet; einer unter vielen auf den Straßen der Welt, ein unbedeutender Tropfen im weiten Ozean der Magie. Er ist auf der Suche nach der sagenumwobenen Stadt Emanor. Er ist damals immer auf der Suche nach irgendetwas, und sein Weg hat ihn nun bis in die heiße Einsamkeit der azarischen Wüste geführt.

Da flimmert die Luft vor ihm, ein Spalt tut sich auf, ein Spalt geradewegs ins Nichts, und heraus stolpert ein junger Mann mit weißer Haut und weißen Haaren, der nur Fetzen am Leib trägt. Seine Fingerspitzen bluten, als hätte er die Welt gerade mit bloßen Händen zerteilt, und trotz seines mitgenommenen Zustands scheint er ganz Herr der Lage. Hinter ihm, in der Dunkelheit des Spalts, der zwei Fuß über dem Wüstensand schwebt, hört Sarik Schreie und Waffengeklirr. Der junge Mann dreht sich um und greift nach dem Spalt – doch statt ihn zu schließen, wie man einen Vorhang schließt, reißt er ihn auseinander, und die Reste verwehen und lösen sich auf.

Sarik erschauert: Wer immer versucht hat, durch den Spalt zu folgen, ist für immer in der alleräußersten Leere verloren. Alles, was bleibt, sind ein paar Blutstropfen, ein feiner Sprühregen, der im Wüstensand verdampft, kaum dass er ihn berührt.

Da lächelt der Fremde, und Sarik staunt, was für eine kalte Selbstsicherheit er ausstrahlt, auch wenn er gerade nur mit knapper Not dem Tode entronnen ist. Auf den zweiten Blick sieht man deutlich die Zeichen einer langen Gefangenschaft: Er ist ausgezehrt, und den alten Wunden auf seiner Brust nach ist er misshandelt worden. Auch was sein Alter angeht, hat Sarik sich wohl getäuscht – seine Züge sind die eines Jünglings, doch seine Augen sind hart wie Edelstein, und da begreift Sarik, dass er keinen Menschen vor sich hat. In den Adern dieses Manns fließt das Blut des Alten Volkes.

Dann wendet er sich Sarik zu und vollführt eine höfliche Verbeugung.

»Wohin des Weges, Freund?«, fragt er, als ob Sarik, und nicht er, gerade aus dem Nichts erschienen wäre, und benutzt Actardaskh, die Sprache der Zauberer, als wäre es die selbstverständlichste Sache der Welt.

»Nach Emanor«, antwortet Sarik.

»Ach, die Stadt liegt in der Nähe? Wo befinden wir uns?«

»Azarien, gut hundert Meilen westlich von Jagrei Dar. Dies ist die Wüste Haveth.«

»Ich sehe, es besteht nach wie vor Verlass darauf, an den interessantesten Enden der Welt zu stranden, wenn man nur dem Ruf der Magie folgt.«

Sarik ist sich nicht sicher, ob die Bemerkung freundlich oder spöttisch gemeint ist, und ruft eine kurze Brise, die ihm den Wüstensand vom Umhang bläst, während der Fremde seine zerrissenen Taschen durchsucht und einen funkelnden Stein herausholt, ihn in die Sonne hält und einen langen, prüfenden Blick hineinwirft. Dann steckt er ihn wieder weg.

Offenbar ist er zu einem Entschluss gelangt, denn er tritt nun auf ihn zu, wobei er das eine Bein etwas nachzieht, und streckt Sarik die Hand hin – eine unerwartete und verwirrend menschliche Geste.

»Erlaubt, dass ich mich Euch anschließe. Man nennt mich Zearis. Ihr werdet nicht von mir gehört haben.«

»Sarik«, sagt Sarik und ergreift die dargebotene Hand. Sie ist kühl und fest und zierlich wie die einer Frau.

»So lasst uns nach Eurer sagenumwobenen Stadt suchen. Ihr müsst mir mehr davon erzählen.«

»Aber nein«, widerspricht Sarik. »Ihr müsst mir einiges erzählen. Vor wem oder was seid Ihr da gerade geflohen?«

Zearis verzieht das Gesicht.

»Es wäre den Herren Santals zu viel der Ehre, ihre Gastlichkeit zum Gegenstand unserer Unterhaltung zu machen. Üble Sitten.«

Er lächelt ein Lächeln, bei dem Sarik eine Ahnung von schwarzem Meer und Mondschein über bleichen Türmen befällt, und er fragt nicht weiter. Eine Weile gehen sie schweigend durch die Wüste. Zearis' Wunden beginnen sich zu schließen, doch es gelingt ihm nicht ganz, sein Hinken zu verbergen. Schließlich bleibt er stehen.

»Im Ernst, Sarik, das ist keine Art zu reisen – lasst mich uns ein Reittier rufen.«

Er hebt die Arme und haspelt ein paar Worte in der Hohen Sprache der Eolyn, die seltsam deplaziert an diesem Ort klingt. Ein Zittern läuft durch den Boden, dann bricht in einer Fontäne aus Sand das gehörnte Haupt eines Wesens wie aus einem Albtraum aus dem Boden, gefolgt von mehreren vielgliedrigen Beinen. Zearis verzieht das Gesicht und beordert es zurück.

»Wir sollten wirklich zu Fuß weiterreisen«, merkt Sarik entschuldigend an. »Die Wüste Haveth ist nicht der rechte Ort für solche Beschwörungen. Glaubt mir, selbst Wind und Wasser haben Zähne hier. Ihr müsst Euch in Zurückhaltung üben.«

»Nicht der rechte Ort«, wiederholt Zearis. »Zurückhaltung.« Und einen Moment scheint es in ihm zu brodeln, als hätte ihn die Wüste persönlich beleidigt. Dann gewinnt er seine Selbstbeherrschung zurück und nickt.

»Ein Ort für Sandmahre und Wüstenvölker also. Wäre ich hier geboren, würde ich wohl einen Turban tragen und weiße Gewänder. Ich würde Tee trinken und Tabak rauchen und den Wesenheiten Dank für ihren Schatten zollen.«

Wieder ist da eine schwer zu deutende Bitternis in seiner Stimme. Dennoch trägt er im nächsten Moment ebendie Gewänder, von denen er sprach, und hält eine langgezogene Pfeife in der Hand. »Ihr habt sicher Feuer für mich?«, fragt er Sarik.

Es ist nur eine Illusion, doch Sarik ruft vorsichtig einen Sonnenstrahl, *der die Idee seiner Pfeife entzündet, und Zearis atmet tief ein. Dann löst sich alles in Rauch auf.*

So zieht sich ihre Reise hin: mit Rätseln und Andeutungen und mehr oder minder geistreichen Scherzen, immer in dem Versuch, den anderen zu beeindrucken und ihm ein bisschen mehr zu entlocken, als man selbst von sich preisgibt. Sarik kommt zu dem Schluss, dass Zearis weit älter ist, als er zugibt, und mehr erlebt hat, als er verrät. Etwas aber hat ihn gezwungen, von vorn zu beginnen, und Sarik respektiert ihn dafür. Eolyn sind wie Ideen, hat ein alter Meister ihm einmal gesagt: schwer totzukriegen, aber noch schwerer zu ändern. Eher wird eine Idee vergessen und eine neue Idee entsteht, als dass die Idee sich selbst neu erfindet.

»Es freut mich wirklich sehr, dass ich Euch kennenlernen durfte«, sagt Zearis später. »Und etwas sagt mir, dass uns noch einiges bevorsteht.«

»Das Gefühl habe ich auch.« Sarik lächelt, und Zearis fasst ihn in einer kameradschaftlichen Geste am Arm.

»Sehr gut«, sagt er. »Denn wisst Ihr, der Beginn einer Reise ist immer am schönsten.«

Sie finden die versunkene Stadt Emanor, doch sie ist schon lange verlassen und ausgeplündert. Dennoch verweilen sie eine Zeitlang in den Tempeln vergessener Herrscher und entschließen sich bald, nach dem Schatz der Feden zu suchen, den sie aber nie zu Gesicht bekommen.

So vergehen viele Jahre der Wanderschaft, in denen sie einander zwar oft aus dem Blick verlieren, doch immer wieder kreuzen sich ihre Wege – bis sie eines Tages den Ruf erhalten, auf den sie beide schon lange gewartet haben.

Fast ohne es zu bemerken, hatte Sarik Melnor durch das Osttor betreten. Schon seit einer Meile glaubte er, eine riesige, außer Kontrolle geratene Stadt zu durchwandern. Die kleinen Lehm- und Holzhütten standen dicht an dicht, und davor saßen ihre Bewohner vor einfachen Tischen, auf denen sie altes Essen und billige Waren anboten. Am Straßenrand hockten oder lagen Menschen und ein paar Fealva, alte Männer zumeist, betrunken oder anderweitig berauscht; bei einigen der in der Sonne liegenden Leiber war sich Sarik nicht sicher, ob sie noch lebten.

Dann trat er in den Schatten des großen Tores in der mehrere Schritt durchmessenden Mauer, deren Innenseite Steinmetze mit Szenen siegreicher Schlachten längst toter Kaiser verziert hatten. Doch auch hier hatten Fackelrauch, Bratenfett und Straßenstaub alles mit einer dicken Schmutzschicht überzogen, und das Geschrei und Gejammer der Geldwechsler und Bettler war ohrenbetäubend. Als Sarik mit dem Strom der Reisenden den Schatten wieder verließ, bot sich ihm der gleiche Anblick wie zuvor – nur dass die Häuser nun steinerne Fundamente hatten und noch mehr Reisende als draußen gegen sie anbrandeten, wenn dies überhaupt noch möglich war.

Noch nie zuvor hatte Sarik so viele Menschen gesehen. Städte dieser Größe hatte es früher einfach nicht gegeben. Er war wie betäubt und beachtete eine Weile weder die heiße Maisonne noch das Gedränge, noch die zahlreichen Versuche, ihn zu bestehlen, die allesamt an seinen ohnehin leeren Taschen scheiterten. Über eine steinerne Brücke, breit genug für vier Wagen, ging es über den Fluss. Vor ihm wuchs die Altstadt empor, in deren ferner Mitte sich der Ratspalast und hohe Prunkbauten erhoben, von deren Dächern wiederum die riesenhaften Statuen lange vergessener Götter und Helden ihre Hände gen Himmel reckten. Dahinter, im Westen, erstreckte sich das unendliche Feld von Schiffsmasten, wo sich der Hafen befand. Auf der Brücke saßen in Lumpen gekleidete Maler über ihren Leinwänden, und dazwischen boten grell geschminkte Frauen ihre Körper feil, bewacht von jungen Männern mit den Gesichtern von Greisen, Lippen und Zähne rot von Betelnuss. Dahinter drängten sich die Massen auf einem gigantischen Platz.

Es war Markt in Melnor, wie jeden Tag.

Allerorten wurde gehämmert, geschliffen oder gehackt, und die Gerüche wechselten unentwegt, als wollten sie den Menschen die Mägen umdrehen: Pfeffer, Weihrauch und parfümierte Seife,

Holzfirnis, Zucker und gebratenes Fett, Kohlefeuer und Kot. Es gab azarischen Kaffee und Tabak aus Tanbria, Gemüse und Obst aus aller Herren Länder, Fisch und Fleisch, auf tausend Arten zubereitet. Kälber und Lämmer drehten sich auf Spießen, und lebendes Vieh quiekte, schnatterte und blökte in seinen Ställen.

Auf Kisten in der Menge und den Stufen eines großen Brunnens drängten sich Jongleure, Weissager und lebende Werbetafeln. Sarik sah Barbiere und Wunderheiler und Händler, exotische Talismane und Drogen aus getrockneten Pilzen und Knollen, Körperteile in Gläsern. Festgenagelt an einem hohen, blutbeflecktem Pfahl prangten mehrere abgehackte Hände in verschiedenen Stadien der Verwesung; einige davon hatte man einbalsamiert und als Wegweiser benutzt, zum Hafenviertel oder dem Sklavenmarkt. Eine Gruppe Fealva spielte auf Trommeln und Schalmeien, und auch wenn Sarik nicht verstand, was sie über den Lärm des Markts und ihrer eigenen Instrumente hinweg schrien, hörte er doch das freudige Johlen des Publikums, dem der infernalische Krach offenbar zusagte.

Sarik taumelte voran, versuchte, dem Durcheinander zu entkommen, doch es war so gut wie unmöglich, sich aus dem Gedränge zu befreien. Geduldig wie ein Lavastrom schoben sich die Leute von Stand zu Stand, von Ecke zu Ecke, immer weiter, auf einen hohen, rußgeschwärzten Tempel am anderen Ende des Platzes zu. Dort wurden alle Güter, lebendig wie tot, die keinen Abnehmer mehr fanden oder bereits zu schadhaft und faulig waren, in einen riesigen eisernen Schlund von der Form eines aufgerissenen Mauls gestoßen, wo sie in den Kohlefeuern vergingen und durch die Schlote des Tempels als Opferrauch zu Paras Almon aufstiegen. Krüppel und Lumpensammler drängten sich gefährlich nah am Rand des Schlunds und versuchten, aus den verschwendeten Abfällen noch etwas zu bergen, was ihnen nützlich erschien, und es schien fast unglaublich, dass sie in dem allgemeinen Chaos nicht selbst in die Feuer stürzten.

Es war mehr, als Sarik ertragen konnte. Mit letzter Kraft flüchtete er sich auf die Stufen des Tempels, wo die Straßenhändler ihre Decken mit billigem Schmuck und wertlosen Fruchtbarkeitszaubern ausgebreitet hatten, und ließ sich hustend zu Boden sinken. Ein Hund kläffte ihn an und schnappte nach seinem Umhang, noch bevor sein Besitzer ihn zurückriss und fluchend über Sariks Beine stieg. Er war zu schwach, etwas zu erwidern. Im Geiste rief er nach dem Irrlicht, doch es schwebte hoch über der Stadt, und er konnte seine Stimme über dem Geschrei der Menschen und der Möwen kaum hören.

Es tut mir leid, dass wir hergekommen sind, dachte er immer wieder und wieder.

Ich hatte ja keine Ahnung.

Iljudis, der Palast Nerians – der Nabel aller Magie, das Auge der Welt, das in die Leere hinausstarrt. Nur zum Teil liegt der Palast in dieser Welt: Am zwielichtgrauen Himmel über der zentralen Kuppel schweben fremdartige Sternennebel, und in seinen Gärten herrscht ewiger Frühling. Ein Sturm von Schmetterlingen tanzt über den Blüten im Schnee.

An Nerians Hof treffen sich die Mächtigen und ihre Verbündeten – eine Einladung hierher ist die höchste Ehre, die einem Magier zuteilwerden kann. Von hier aus werden die Geschicke der Welt gelenkt: Nur die Mächtigen kennen den Weg nach Navylyn, und wer die Gunst der Wesenheiten erringt, dem senden diese Träume und gestatten ihm, Zeuge ihres ewigen Spiels in den Hallen des Schicksals zu werden. Manche munkeln, die Wesenheiten selbst mischten sich manchmal unter die arabeske Schar an Nerians Hof – oder er sei gar selbst eine von ihnen.

Sarik weiß nicht, ob diese Geschichten stimmen, doch Nerian empfängt einen jeden in seiner wahren Gestalt – oder der, die ihm zusagt –, und so haben seine Gäste jede erdenkliche Größe und Form, atmen Feuer und Wasser und Rauch. Sarik beobachtet mehrere blauhäutige Fremde in leuchtenden Roben, ein hageres, facettenäugiges Wesen, gekleidet in eine dünne Spirale aus Nacht, kleine, fettleibige Kreaturen, die sich von ihren ausdruckslos starrenden menschlichen Dienern Kelche mit dampfendem Inhalt reichen lassen, und eine Gruppe azarischer Zauberinnen, die sich einem gefährlich verführerischen Tanz hingeben.

Sarik versucht, sich auf den Gesang der Magie zu konzentrieren, der allgegenwärtig ist an diesem Ort, und es raubt ihm fast den Verstand, als er zu ahnen beginnt, mit welchen Sinnen all die Fremden ihre Umgebung wahrnehmen.

Hier erblickt er auch zum ersten Mal Borchiak, der seinen kolossalen, schuppigen Leib in einem Bett scharfer Edelsteine wälzt, gehüllt in den betäubenden Geruch einer Wasserpfeife. Seine starren, lidlosen Augen scheinen Sarik überallhin zu folgen, und später wird es ihm scheinen, als wären diese Augen von der ersten Stunde an voll Neid gewesen, auch wenn er nie verstehen wird, auf was.

Er trifft den Herrn und die Herrin der Dämmerung. Einst waren sie Eolyn, doch sie haben ihre Körper verwandelt und sind heute Wesen aus einem selbstgeschaffenen Traum. Cenaldi trägt eine schwarze Robe, Ycille ein mondgraues Gewand aus Spinnweben, das kaum die schillernden Flügel auf ihrem Rücken verbirgt. Von ihm erzählten sich die alten Phereniden, er sei der Fährmann, der die Seelen der Toten über den unterirdischen See zur Insel der Dämmerung bringt, wo sie von aller Qual geheilt werden. Seiner Herrin sagen die Fealva nach, dass sie die Seelen in die Erde pflanzt, damit sie zu neuem Leben erblühen. Manche halten sie damals schon für verrückt.

Nerian durchschreitet feierlich die Reihen. Er hat die Gestalt eines hünenhaften, bärtigen Mannes in weißer Toga, wie die ersten Führer des Strahlenden Reichs sie einst trugen, und es geschieht aus Achtung vor ihm, dass seine Gäste in Frieden in seinem Palast zusammenkommen, selbst wenn sie außerhalb erbitterte Feinde sind. Man stellt Sarik und Zearis der Gesellschaft vor. Schon bald können sie sich vor Angeboten gar nicht mehr retten, die Besucher auf ihren Reisen zu begleiten und zu lernen und die Wunder fremder Horizonte zu entdecken. Sie sind wie berauscht, und Sarik glaubt die Rastlosigkeit seines Freundes nun weit besser zu verstehen. Er versucht, sich alle Möglichkeiten offenzuhalten, bis er den Preis erfährt, den er für sie zu zahlen hat.

Später sitzt er in einer der kristallenen Nischen auf einem Kissenlager und lauscht den Weisen unbekannter Instrumente. Er hat Freundschaft mit einer Menge neuer Getränke geschlossen und blickt schwermütig auf die Vielfalt fremder Sterne am Himmel hinaus. Er ist ganz im Bann dieses neuen Lebens – doch der Weg, der sich hier vor ihm auftut, ist so lang. Zu lang für ihn, zu lang für irgendwen. Zwar hat er wie die meisten Magier Mittel und Wege gefunden, sein Leben hier und da zu verlängern; doch erscheinen ihm diese Tricks nun wie das billige Flickwerk eines Schusters, eine größenwahnsinnige Spielerei. Er fühlt sich diesem Weg nicht gewachsen. Er wird ihn nie aus eigener Kraft zu Ende gehen können.

Da wird er im Spiegel der großen Kristallscheibe einer Erscheinung am anderen Ende der Halle gewahr. Gerade hat sie sich von Borchiak gelöst und blickt in seine Richtung. Ihr Körper ist schlank, die Figur eher weiblich, die Brust aber schmal wie die eines Knaben. Sie hat kreideweiße Haut, einen Kopf, klein und haarlos, und zwei große mandelförmige Augen von der Farbe flüssigen Goldes, die ihm entgegenleuchten. Ihr glitzerndes Gewand ist helles Blut, ein Stehkragen rahmt den langen Hals – und sie lächelt.

Sarik wendet den Kopf, doch er kann sie im Treiben nicht finden. Dafür entdeckt ihn Zearis, der nun zu ihm kommt, in Begleitung einer Frau, die ihm trotz ihres wilden, rabenschwarzen Haars auffallend ähnelt: die gleichen hohen Wangen, die gleiche schmale Nase und die scharf geschwungenen Brauen. Allein ihre haselnussbraunen Augen scheinen auf den ersten Blick sanfter als seine.

»Das ist meine Schwester«, sagt er.

»Du hast mir nie von ihr erzählt«, stellt Sarik fest.

»Sie steht schon länger in der Gunst der hohen Herren und Damen, denn ihr Leben hat weniger Irrwege genommen als meines. Vielleicht, weil sie sich nie vom Glanz der Eolyn blenden ließ, wie ich das viel zu lange tat. Sie ist eine große Seherin.«

»Womöglich war dein Weg bloß länger, weil du zu sehr von deinem eigenen Glanz geblendet warst«, entgegnet sie ruhig und richtet den Blick auf Sarik. »Doch besteht vielleicht noch Hoffnung für meinen Bruder, wenn er beginnt, Freundschaften zu schließen.«

So lernt Sarik Zeona kennen.

Später nimmt er Zearis beiseite und fragt ihn nach der Goldäugigen.

»Ich weiß, wen du meinst«, antwortet er, »aber ich kenne ihren Namen nicht. Zeona glaubt, sie sei eine Sendbotin der Fünften – vielleicht gar sie selbst. Und sie traut ihr nicht.«

»Sie ist eine der Wesenheiten?«, flüstert Sarik ehrfürchtig.

»Wer will das wissen? Früher wäre ich vielleicht vor sie hingetreten und hätte sie gefragt. Heute glaube ich, dass meine Schwester gute Gründe hat, wenn sie vor jemandem warnt, denn sie hat mich lange vor mir selbst gewarnt und ich habe nie auf sie gehört. An deiner Stelle würde ich mich in acht nehmen.«

Das Fest dauert drei Tage, abzulesen nur an der ruhigen Rotation des Firmaments, denn es wird weder heller noch dunkler in Nerians Reich.

Sarik wandert ruhelos durch den weiten Garten mit seinen duftenden Blumen und Schmetterlingsschwärmen. Er geht tief in Gedanken, und nicht lange, da hat er sich verlaufen.

Was für ein Zauberer, denkt er. So viele Wege wurden ihm die letzten Tage schon aufgetan, so viele davon wünscht er zu gehen, und am Ende aller Wege warten die Hallen des Schicksals auf ihn. Er aber schafft es nicht einmal, den Weg durch Nerians Gärten zu finden!

Dennoch geht er immer weiter, bis er einen Brunnen erreicht und darin eine Bewegung bemerkt.

Er blickt hinein.

Es ist die Goldäugige – ihr Spiegelbild schwebt auf dem dunklen Wasser, und sie lächelt.

Was wünschst du?, *fragt sie ihn.*

Und Sarik begeht den größten Fehler seines jungen Lebens.

Was ist es, das du wünschst?, *erwidert er.*

Am nächsten Tag ruft Nerian ihn und Zearis zu sich.

Sie durchqueren die weiten Hallen und treten vor seinen schimmernden Thron, der aus einer einzigen Perle geschnitzt ist. Erhöbe sich Nerian, würde er sie um zwei Köpfe überragen. Jetzt sitzt er reglos, wach, doch in sich selbst versunken, so wie alle Mächtigen mit der Zeit werden.

Auf einem Thron zu seiner Rechten sitzt Korianthe, Hüterin des Ordens von Geador, den sie selbst gegründet haben soll. Die Mauern dieser Festung, heißt es, haben schon gestanden, ehe Eolyn oder Phereniden erst-

mals Fuß nach Teveral setzten; dabei ist Korianthe verglichen mit Nerian fast noch ein Kind. Jedoch, kein Kind hat je so streng geblickt wie sie; ihr Haar leuchtet rot wie Weizen am Abend und Äpfel im Herbst und wird von feinen Silberschnüren gehalten; ihr Gewand ist grün wie ihre Augen.

»Es freut mich, dass ihr heute vor mich tretet«, sagt sie. Ihr Blick ruht erst auf Zearis, dann auf ihm. »Ich biete euch die Gunst meines Ordens.«

Sarik zögert. Er weiß, wenn er dieser Frau Treue gelobt, wird er ein großes Stück seiner Freiheit opfern. Doch er weiß auch, ohne die Weisung von einer wie ihr wird er niemals mehr werden als das, was er ist. Nur eine Mächtige wie sie kann ihn seinem Ziel näher bringen. Der Orden vermittelt zwischen dieser Welt und den höheren Sphären. Der Weg zu den Hallen des Schicksals und dem Geheimnis der Wesenheiten führt allein über sie – oder nicht …?

Sie knien nieder, und Korianthe hält ihnen die Hand hin.

Sarik küsst sie und leistet seinen Eid; und Zearis, nach kurzem Zögern, tut es ihm gleich. Später nimmt er ihn beiseite und fasst ihn am Arm.

»Ich wollte nur …«

»Ja?«, fragt Sarik überrascht.

»Es stimmt, was meine Schwester sagt: Dass wir uns kennenlernten, hat mir Hoffnung gegeben.«

Sarik weiß nicht, was er darauf erwidern soll.

Korianthes Augen sind nicht die einzigen, die ihn die nächsten Jahre verfolgen.

Sarik schleppte sich tiefer in die Stadt, in Richtung der ältesten Bauten im Zentrum. Er hielt sich auf den großen Straßen, auf denen ihm viele Reiter, Kutschen und immer wieder Soldaten entgegenkamen. Die pherenidischen Wurzeln der Stadt waren hier deutlicher. Er passierte das Theater und mehrere Tempel für verschiedene Aspekte der geteilten Gottheit.

Sie verehren uns, oder das, was von uns geblieben ist, dachte er. Aber sie würden mich ohne zu zögern ausrauben oder totschlagen, wenn ich nur einen Denar in der Tasche hätte.

Sobald das Gedränge etwas nachließ, kam auch das Irrlicht zurück. Es hatte, nicht ohne Vorwurf, die Gestalt einer weißen Ratte angenommen. Kaum dass er seinen Arm ausstreckte, lief es an ihm hoch und verkroch sich in seinem Umhang.

Die Straße führte nun leicht bergauf. Vor den Thermen versuchte ein dicker, nach Seife riechender Fealv Sarik zu einem Besuch zu überreden, doch nach einem zweiten Blick trat er entschuldigend beiseite, wobei sein Grinsen einen Goldzahn entblößte.

Vermutlich, überlegte Sarik, gebe ich ein erbarmungswürdiges Bild ab. Der Saum seines Umhangs hing in Fetzen, wo der Hund an ihm gerissen hatte, und seine Stiefel sahen aus, als wäre er durch Morast gewatet. Einen Moment blieb er stehen und studierte die Bettler am Straßenrand: die dürren Hände und blinden Augen zum Himmel gerichtet, die zahnlosen Münder unablässig in Bewegung, eine endlose Litanei von Bitte und Dank.

Ich frage mich, was sie sehen, dachte er. Ich frage mich, was sie zu erzählen hätten. *Du solltest nicht hier sein,* dachte das Irrlicht und kuschelte sich an seinen Hals.

Er wanderte weiter, folgte der Straße nach oben.

Schließlich näherte er sich dem Ratspalast, und die überlebensgroßen Statuen auf dem Dach verschwammen in der Mittagshitze vor seinem Auge.

Die linke, dachte er, sieht aus wie Nerian.

Ich weiß nicht, ob die Menschen ihn gekannt haben. Oder ob sie je an dasselbe glaubten wie du.

Woran glaube ich denn? Woran glaubst du?

Ich glaube an dich, dachte das Irrlicht. *Du strebst nicht danach, dort oben zu stehen.*

Unter den misstrauischen Blicken einiger Stadtwachen umkreiste Sarik den Palast, bis er einen bronzenen Kanaldeckel fand, auf dem ein altes imperiales Wappen prangte.

Auf diesen Hügeln bauten die alten Phereniden vor gut tausend Jahren ihre Häuser. Die Sümpfe legten sie trocken, und das erste Kulturgut, das sie dem Festland brachten, war die Kanalisation, die die Abwässer der Patrizierhäuser bis zum Hafen schwemmte.

Er entdeckte einen weiteren Deckel und folgte der Spur in eine Nebenstraße, die entlang prunkvoller Villen die Nordseite des Hügels hinablief. Er begann die Deckel zu zählen, und die Berechnungen, die er in seinem Kopf anstellte, verwirrten selbst das Irrlicht.

Schließlich bog er scharf ab in eine schmale Gasse, die kaum mehr als der ungenutzte Raum zwischen zwei Grundstücken war. Pinien in den Gärten warfen Schatten über die Gasse, und an ihrem Ende gluckerte ein kleiner, versteckter Brunnen. Das Wasser strömte aus dem aufgesperrten Maul eines Flussgeists, dessen Züge Sarik an einen Fealv erinnerten, in einen steinernen Trog und versickerte dann in einem Gitter im Boden.

Das ist es, dachte Sarik, und das Irrlicht kletterte aufgeregt sein Bein hinan und lugte durch das dunkle Gitter.

Bist du sicher?

Ja – der Zugang zu Cenaldis Reich ist irgendwo dort unten. Er wird nicht leicht zu finden sein, und in noch einmal hundert Jahren ist er vielleicht verschwunden, aber er ist noch da. Ich spüre es.

Sarik packte das Gitter. Es war zu schwer für ihn, und er musste das Wasser zu Hilfe rufen: Es strömte in die Fugen und Schrammen der alten Stäbe und gefror mit hellem Klang zu Eis. Mehrere Stäbe zersprangen.

Komm, dachte Sarik. Wir gehen nach unten. Gibst du mir etwas Licht?

Am Ende einer Reihe rostiger Sprossen trat Sarik in ein geziegeltes Gewölbe, dessen Wände glitschig und von Algen und Moos bewachsen waren. Einige Wurzeln waren durch die Decke gebrochen und hatten sich zu dem trüben Becken vorgetastet, in dem das Brunnenwasser sich sammelte und abfloss. Es roch nach Fäulnis und Moder.

Das Irrlicht hatte wieder seine alte Form angenommen und flog in Kopfhöhe voraus. Ein breiter Gang führte aus der Kammer, mit dem dunklen Bach in seiner Mitte. Es war kalt in dem Gang.

Sarik schlang seinen Umhang fest um sich, betrat das Labyrinth der Kanalisation und suchte nach dem Zugang zu Cenaldis Reich.

SARIKS VERSUCHUNG

Sie stehen in den Ruinen von Tunar. Ein vergessenes Reich, von Geistern und Urwald bewacht. Ist es nicht seltsam, lächelt Zearis, als er zurückbleibt, um seinem Freund den Rücken freizuhalten. Nach all der langen Zeit sind wir immer noch nicht mehr als Grabräuber.

Sie fassen sich kurz an den Armen, dann eilt Sarik weiter, ins Allerheiligste. Er hat recht, denkt er – nur sind wir heute im Auftrag unserer Herrin hier und wären ohne die Hilfe des Ordens auch nie so weit gekommen. Das Leben ist komplizierter geworden – und die Welt voller Neider.

Der Stein, der in der Kammer auf seinem Podest ruht, sieht aus wie ein großes, goldgesprenkeltes Ei, doch für Sariks Sinne pulst er wie ein feuriges Herz. Kein Wunder, denkt er, dass auch Borchiak ihn gerne in seinem Besitz hätte. Er streckt schon die Hände danach aus, als die Oberfläche des Eis zu zerfließen beginnt, zu einem See geschmolzenen Goldes – dem Gold ihrer Augen.

Ich wünsche mir den Stein, sagt ihre Stimme. Gib ihn mir. Und sie sagt ihm genau, was er tun muss.

Nur eine Sekunde fragt er sich, was eine wie sie wohl mit dem Artefakt vorhat, und wieso sie einen Helfer wie ihn dazu braucht. Dann gehorcht er.

»Der Stein ist nicht hier«, sagt er, als er aus dem Allerheiligsten zurückkehrt.

»Wie kann das sein?«, erwidert Zearis, und Sarik sieht deutlich den Zorn und die Enttäuschung in seinen Augen.

»Ich weiß es nicht, doch du kannst es mir glauben: Er war nicht hier. Jemand muss uns zuvorgekommen sein – und ich könnte mir auch denken, wer.«

Zearis wirft ihm einen langen und prüfenden Blick zu, den Sarik ohne zu blinzeln erwidert, dann flucht er.

»Die Herrin wird nicht erfreut sein.«

Sie verlassen den Tempel, und einen Augenblick ist es Sarik, als sähe er den schuppigen Leib einer großen Echse zwischen den Bäumen verschwinden – und er fragt sich, ob in seiner Lüge vielleicht mehr Wahrheit lag, als er ahnte.

Korianthe ist alles andere als erfreut. Lange Jahre haben Sarik und Zearis gute Arbeit für den Orden geleistet, und man hat sie reich entlohnt und große Hoffnung in sie gesetzt. In letzter Zeit aber hat sich das Blatt gewendet: So viele Aufträge schlugen fehl, so viele Rituale zeitigten keinen Erfolg.

Dabei beweist gerade Sarik großes Potential: Er befiehlt Luft und Wasser und Licht, und die Winde und die Gestirne antworten seinem Ruf. Während Zearis in seinem Innersten zerrissen und unberechenbar ist, zeigt Sarik die nötige Geduld und Ergebenheit. Wahrscheinlich träumt er schon von Navylyn, und es ist nur noch eine Frage der Zeit, bis man ihm den Weg dorthin weisen und sein Schicksal offenbaren wird.

Korianthe ahnt nicht, dass es die Gunstbeweise einer anderen Herrin sind, mit denen Sarik sich schmückt.

Sie gibt ihm und seinem Freund eine letzte Chance, sich zu beweisen, doch mehr aus Not denn aus Vertrauen, denn es sind schwierige Zeiten. Großteile des Ordens sind gelähmt von alten Intrigen, und einem der wichtigsten Zentren ihrer Macht droht die Vernichtung.

Sie beordert Zearis und ihn zum Palast der Spiegel.

Der Palast ist ein wichtiger Drehpunkt für Reisende aus aller Welt – und, so heißt es, nicht nur aus dieser. Man erzählt sich, sein Architekt habe sich damit gebrüstet, dass selbst die Wesenheiten diesen Ort zur Kenntnis nehmen müssten – doch ob sie je zu ihm sprachen, ist nicht bekannt, denn bald darauf verlor er den Verstand, und seine Arbeit blieb unvollendet: Tausende verzauberte Spiegel säumen aufgereiht wie Soldaten die Wände des Palasts und blicken einander ins Gesicht. Sie durchstoßen das Gefüge der Welt und nähen es zugleich zusammen. Manche Bereiche galten von jeher als unberechenbar und gefährlich, und eine eigens aufgestellte Pries-

terschaft erhielt den Auftrag, das Durchdringen unerwünschter Besucher zu verhindern.

Jetzt aber ist etwas mit den Spiegeln geschehen: Erst erblindeten sie, dann verfinsterten sie sich und zwangen die Spiegelpriester, einen ihrer Schützlinge nach dem anderen aus dem Netz zu lösen. Der Palast liegt still, keiner kann ihn mehr nutzen. Und mittlerweile hat die Finsternis die Grenzen des Glases verlassen und sich ausgebreitet, sodass nun eine schwarze Leere im Herzen des Palastes kreist und gierig immer neue Teile davon verschlingt.

Sarik und Zearis stellen sich der Gefahr, nehmen den Kampf auf gegen den Strudel ins Nichts, während die letzten Priester versuchen, wenigstens einige Spiegel zu retten. Doch der dunkle Schlund scheint direkt in die alleräußerste Leere zu führen, und Sarik hat starke Zweifel, ob ihre Hilfe nicht schon zu spät kommt. Zearis aber ist fest entschlossen, alles auf eine Karte zu setzen. Er hat es immer schon gehasst, zu verlieren.

Sarik sieht die Schweißperlen auf der Stirn seines Freundes, als er die Arme hebt und mit geschlossenen Augen der kreisenden Leere Einhalt zu gebieten versucht. Dann schließt er sich ihm an, öffnet seine Sinne dem Nichts und sucht nach einem Hebel, einem Knoten, einem Muster, irgendetwas, nach dem er greifen, das er begreifen *kann; und auf einmal ist da etwas in der Leere, ein fernes Funkeln in der Nacht: zwei goldene, mandelförmige Augen, die ihn ansehen.*

Ich wünsche mir den Palast, *sagt ihre Stimme.* Gib ihn mir.

Sarik wirft einen unsicheren Blick zu Zearis, doch offenbar kann nur er die Wesenheit sehen, wie sie über dem Abgrund schwebt. Es ist etwas anderes, denkt er, den Verrat vor seinen Augen zu begehen; und er fragt sich, welche Entscheidung Zearis an seiner statt treffen würde.

Ihre goldenen Augen flammen noch drängender, drohen ihn zu verbrennen. Da findet sein forschender Geist den Angriffspunkt, nach dem er gesucht hat, als hätte das Nichts sich plötzlich eine Form gegeben – und Sarik beginnt, gegen seinen Freund zu arbeiten: Statt die Wunde inmitten der Wirklichkeit zu schließen, stemmt er sie noch weiter auf. Gleichzeitig versucht er, sein Tun zu vertuschen.

»Es ist zu stark«, ruft er. »Wir müssen fliehen!«

Doch Zearis gibt nicht auf. Er will nicht ein weiteres Mal vor Korianthe treten und ein Scheitern eingestehen.

»Es gibt da einen Widerstand«, sagt Zearis kühl und tritt auf den Wirbel zu. »Ich muss den Spalt von innen heraus schließen – ich muss tiefer in die Leere vordringen.«

»Es ist zu gefährlich! Das kannst du nicht tun!«

»Doch, das kann ich«, lächelt er. »Hab Vertrauen.«

»Zearis!«, schreit Sarik. »Geh nicht!«

Doch es ist schon zu spät: Zearis ist verschwunden. Sarik tritt selbst so weit vor, wie er es wagt. Zuerst ist da nur kreisende Schwärze überall, die ihn in alle Richtungen zieht. Er versucht, sie zurückzudrängen, seinen Fehler ungeschehen zu machen – doch das Nichts hat seine Form verloren, ist abermals nicht Wasser noch Äther noch Luft, und gehorcht nicht seinen Befehlen. Der Wirbel wächst nun mit jeder Sekunde.

Gerade, als Sarik aufgeben und fliehen will, glaubt er, in der Leere etwas zu entdecken, und seine Hand – oder deren Idee – trifft auf die seines Freundes. Mit letzter Kraft reißt er ihn zurück, und sie taumeln auf den Boden des Palasts. Zearis ist nicht bei Bewusstsein. Sarik ist übel, sein Herz rast vor menschlicher Furcht, wie er sie schon lange nicht mehr gespürt hat. Er beugt sich über seinen Freund und ruft ihn, doch er ist wie tot, und die Leere kommt ihnen immer näher. Sarik wirft sich Zearis über die Schulter und schleppt ihn davon.

Eine Sekunde noch glaubt er das Starren eines lidlosen Auges aus einem der Spiegel zu sehen, ehe der Spiegel erblindet, und ein Gedanke rollt wie Donnergrollen durch die Hallen:

Das habe ich gesehen, Zauberer.

Mit den letzten Priestern stolpert Sarik aus dem Palast. Dann bricht er zusammen und verliert das Bewusstsein.

Als Sarik die Augen wieder aufschlug, glaubte er zunächst, ihm wäre ein schrecklicher Fehler unterlaufen, denn er war in einem weißen Gespinst gefangen, das ihn wie ein mannsgroßer Kokon umschloss. Er konnte zwar Arme und Kopf etwas bewegen, nicht aber die Beine, was weniger an der klebrigen Substanz selbst als an den Zaubern in ihnen lag, die ihn umso mehr Kraft kosteten, je stärker er sich gegen sie zur Wehr setzte. Neben ihm hing das Irrlicht, kläglich wie ein kleiner Stern, der einer Riesenspinne ins Netz gegangen war.

Wieder einmal fühlte sich Sarik daran erinnert, dass es ein großes Risiko war, Mächtige in ihrem eigenen Reich zu besuchen, insbesondere ohne Einladung. Die Domäne eines Mächtigen gehorchte seinen eigenen Gesetzen, war eine Erweiterung seiner selbst. Deshalb bewegte sich Zeonas Hütte jeden Tag, deshalb hatte Sarik im Blauen Wald nichts vom Versiegen der Magie gespürt.

Hier hingegen war er hilflos, bis der Herr dieses Reichs sich entschloss, ihn zu befreien. Er versuchte zu ergründen, was genau geschehen war, und erinnerte sich, wie er unbestimmte Zeit durch die übelriechenden Gänge gewandert und dabei mehreren Abzweigungen gefolgt war, bis er schließlich eine Richtung fand, die weder Nord, noch Süd, noch Ost, noch West war. Diese Richtung hatte er eingeschlagen, dann hatte er im Schein des Irrlichts die nötigen Symbole an eine hohe Wand gemalt, zwischen Rinnsalen von der Farbe alten Blutes. Es war kein Zauber im eigentlichen Sinn, eher wie einen Schlüssel im Schloss zu drehen – wenn man wusste, wo man ihn anzusetzen hatte.

Dann war er durch die Wand getreten und hatte für einen kurzen Moment die Besinnung verloren, ehe er sich in diesem Kokon wiederfand.

Sarik sandte seine Sinne aus, so weit es ging. Er glaubte nicht, dass beim Übergang selbst etwas schiefgegangen war. Gewiss befand er sich nicht länger unter der Stadt Melnor, und alles an diesem Ort schrie den Namen seines Herrn. Wahrscheinlich wünschte Cenaldi einfach keine Besucher in seinem Reich und hatte deshalb diese Fallen aufgestellt – oder etwas hier war außer Kontrolle geraten.

Er empfand eine drängende Welle der Angst seitens des Irrlichts und versuchte, es so gut es ging zu beruhigen.

Er wird sicher bald kommen, dachte er. Kämpfe nicht, das macht es nur schlimmer.

Es tut weh, dachte das Irrlicht.

Nach einiger Zeit hörte Sarik dumpfe Geräusche: Das Schlagen von Holz auf Holz, dann schlurfende Schritte auf einem hallenden Boden. Schließlich stach eine kurze, silberne Klinge durch die milchige Wand vor seinem Gesicht und schlitzte sie auf. Kühle Luft drang von draußen herein, und Sarik sah eine Gestalt in einem schwarzen Umhang, die ihn nachdenklich aus der Dunkelheit unter ihrer Kapuze zu mustern schien. Sie trug Klingen an jedem Finger ihrer Hand, und nach kurzem Zögern schnitt sie ihn damit frei.

»Ich habe Besuch erwartet«, stellte eine tiefe, schnarrende Stimme unter der Kapuze fest. »Aber nicht dich.«

»Cenaldi«, grüßte Sarik und strich sich die verbliebenen Fäden vom Umhang. Er sah nun, dass er sich in einer Höhle befand. Jenseits des Eingangs erstreckte sich eine dunkle Landschaft.

Da entdeckte sein Gegenüber das Irrlicht, und der Kopf unter der Kapuze fuhr herum. »Was ist das? Was für ein Wesen bringst du mit dir?«

»Es ist ein Irrlicht«, sagte Sarik. »Es gehört zu mir.«

Cenaldi stand starr wie ein witterndes Tier, und einen unheimlichen Moment lang glaubte Sarik, tatsächlich ein Schnüffeln unter der Kapuze wahrzunehmen.

»Was willst du?«, fragte er dann.

»Ich erbitte deine und deiner Herrin Hilfe«, sagte Sarik. »Mein Geist lag im Schlaf, und ein Teil von ihm tut es noch. Ich hoffe, dass die Herrin der Dämmerung mich wecken und heilen kann.«

»Du begehrst Einlass in das Labyrinth unseres Wahns, um deinem eigenen zu entkommen?«, fragte Cenaldi, und obwohl die Worte wie Hohn oder Abweisung klangen, erkannte Sarik sie als die formelle Einladung unter Mächtigen; oder das, was Cenaldi dafür hielt. Das Gebot der Gastfreundschaft war ein zerbrechliches, aber wertvolles Gut.

»So ist es«, erwiderte er deshalb.

Cenaldi zeigte erst keine Reaktion, dann wandte er sich ab. »Dann folge mir«, sagte er. »Ich werde dich mitnehmen – auf dem gleichen Weg wie alle, die zu mir kommen.«

Sarik folgte ihm aus der Höhle und sah, dass sie sich am Rande eines weiten, dunklen Sees befanden, an dessen Ufern alte Weiden ihre Äste hängen ließen. Vor ihnen lag ein Steg, an dem ein Ruderboot festgemacht hatte.

In der Mitte des Sees erhob sich eine überwucherte Insel, und der Himmel über ihr war dunkel und von violetten Streifen überzogen, als ob eine Sonne, die nur in Cenaldis Phantasie existierte, gerade auf- oder unterging. Es mochte aber auch sein, dass es nur Farbenspiele an der Decke einer zweiten, größeren Höhle waren. Woher das schwache Licht wirklich kam, war nicht zu bestimmen.

Abermals bedrängten ihn Zweifel, ob es klug gewesen war, hierher zu kommen. Außer den seltenen Gelegenheiten, zu denen Cenaldi und seine Herrin dem Ruf an Nerians Hof gefolgt waren, hatte er nie etwas mit ihnen zu schaffen gehabt. Er wusste weder, was ihn hier erwartete, noch welche Spuren die letzten achthundert Jahre an diesem Ort hinterlassen hatten.

»Finden denn noch viele Seelen den Weg zu dir?«, fragte Sarik.

»Mein Reich hat sich weit von der Welt der Sterblichen entfernt, wie du bemerkt hast.« Cenaldi lief über den Steg, kletterte ins Boot und bedeutete Sarik, es ihm gleichzutun.

Er stieg in das schwankende Boot und nahm Platz. Cenaldi nahm die Riemen auf und ruderte sie mit langen Zügen auf den See hinaus. Sie saßen sich jetzt direkt gegenüber, doch immer noch hatte er nichts vom Gesicht seines Gastgebers gesehen.

»Es ist schlecht bestellt um die Welt«, sagte Sarik.

»So muss es wohl sein, denn du bist erwacht«, erwiderte Cenaldi, und seine tiefe Stimme und das Platschen der Riemen hallten über das dunkle Wasser.

»Dann weißt du also von dem Bann, der auf mir lag?«

»Wurde er nicht für dieselbe Dauer wie Borchiaks verhängt? Ist der Große ebenfalls erwacht?«

Sarik dachte an die Visionen, die er im Blauen Wald gehabt hatte, und erschauderte. »Sein Schlaf dauert an, und seine Wiederkehr würde Krieg bedeuten. Die Gefahr, die uns droht, ist jedoch eine noch größere.«

»Krieg«, wiederholte Cenaldi, »Gefahr«, und es klang, als spräche ein alter Mann die Namen seiner Kindheitsfreunde.

»Korianthe sagt, der zweimal Geborene kehrt zurück.«

»Der zweimal Geborene ist auch zweimal gestorben«, sinnierte Cenaldi. »Mag sein, dass seine dritte Wiederkehr das Ende bedeutet. Zuvor aber wird er zu uns kommen – und das ist er noch nicht.«

»Ist er es, mit dem du gerechnet hast? Glaubst du wirklich, deine Falle würde ihn aufhalten?«

»Ich tue alles für meine Herrin«, erwiderte Cenaldi ungerührt. »Sie ist mein Leben.«

Sarik blickte zu der kleinen Insel, die langsam näher kam. Es war schwer zu sagen im Zwielicht, doch sie schien ihm sehr trostlos und von Dornen überwachsen. Eine Gruppe grauer Schwäne zog lautlos am Ufer entlang.

»Was ist aus euch geworden?«, fragte er. »Sollte Ycilles Reich nicht ein Hort des Lebens sein? Wieso ist alles dunkel, wieso höre ich keine Vögel singen?«

Cenaldi lachte leise.

»Wieso alles dunkel ist, möchtest du wissen?« Und mit diesen Worten strich er sich die Kapuze zurück, und Sarik sah sein entstelltes Gesicht.

Cenaldis Züge kündeten noch von seiner Abstammung; sie waren immer schon spitz und etwas knöchern gewesen, seine Haut bleich wie Gebein. Wo aber seine Augen gewesen waren, klafften nur noch zwei dunkle Höhlen. »Es ist wahr«, fuhr er fort. »Meine Herrin liebte das Leben – und ich brachte ihr Seelen, damit sie in ihrem Garten aufs Neue gedeihen konnten. Den Tod liebte ich nie – nur das, was sie daraus erschuf. Heute jedoch weiß ich nicht mehr, was sie liebt oder ob sie dazu überhaupt noch fähig ist. Sie hat den … Blick auf die Dinge verloren. Darum gab ich ihr meine Augen. Doch es hat nichts geändert.«

Einen Moment schwieg Sarik betroffen.

»Was ist ihr denn widerfahren?«

»Wir waren dabei«, sagte Cenaldi. »Als der zweimal Geborene ein zweites Mal starb. Ycille verschmolz ihre Seele mit seiner.«

»Ihr wolltet seine Macht?«, fragte Sarik fassungslos. Der Versuch, die Seele eines anderen Mächtigen in sich aufzunehmen, war ein schweres Verbrechen.

»Was wäre es denn für eine Verschwendung, einen Gott zu töten und seine Kraft einfach versiegen zu lassen?«, erwiderte Cenaldi. »Wir wollten ihm dieselbe Ehre erweisen wie jeder anderen Seele. Doch seine Macht war zu groß. Sie konnte sie nicht beherrschen.«

»Das heißt, als Neseja zerbrach und sich über die Welt zerstreute …«

»… zerbrach auch Ycille«, schloss Cenaldi.

Sie hatten die Insel erreicht, und er holte die Riemen ein und wartete, bis das Boot ruhig am Ufer lag, machte aber keine Anstalten, sich zu erheben. »Ich betrete ihre Insel nur noch selten. Du musst vorsichtig sein, wenn du dich ihr näherst.«

Sarik sah nach dem Irrlicht, das in großem Abstand über dem Wasser schwebte, seine Spiegelung unter sich, und spürte einen Hauch von Trauer, und Zuversicht. »Vielleicht kann ich ihr helfen«, sagte er. »So, wie sie mir.«

»Das würde sie glücklich machen«, sagte Cenaldi. »Mehr als alles andere. Und das Glück meiner Herrin ist auch meines. Sag, Sarik: Bist du je geliebt worden? Und hast du jemals geliebt?«

Sarik warf einen langen Blick in das Dornendickicht, das ihn erwartete.

»Ja«, antwortete er. »Ich habe es nur nie erkannt.«

Als er wieder zu sich kommt, ist Zeona da. Er liegt auf dem Rücken, sie beugt sich über ihn, ihre Hände streichen sanft über seine Stirn. Zeona pflegt ihn gesund.

»Zearis«, flüstert er.

»Ich weiß, Isikara. Du hast gesprochen im Schlaf.«

Er blickt auf, in die braunen Augen unter dem Gewölk schwarzen Haars, und fragt sich, wie viel sie weiß.

»Ich habe versucht, ihn zu retten …«

»Du hast seinen Körper gerettet«, sagt sie, und Tränen schimmern in ihren Augen. »Aber sein Geist ist noch immer irgendwo dort draußen.«

Sie lässt die Hände sinken und legt sie in den Schoß.

»Ich habe meinen Bruder verloren – aber dich habe ich wiederbekommen.«

»Hasst du mich denn nicht dafür?«

»Ich hasse uns alle. Dafür, dass wir aufgehört haben, zu lieben, und nur noch dem Locken immer neuer, größerer Macht folgen. Zearis liebte schon lange nicht mehr, weil er glaubte, dass es nur Schmerzen bringt – ihm und denen, die ihm teuer sind.«

Sarik will etwas erwidern, doch sie beginnt zu weinen, und es bricht nur so aus ihr heraus.

»Er hat es nie verstanden«, sagt sie. »Wir wurden geboren aus denselben Fehlern und waren nie bestimmt für dieses Leben. Ich wusste, eines Tages wird es ihn verschlingen.«

Und sie erzählt ihm die Geschichte von Iladas, dem Phereniden, und dem Fall der Eolyn Lyora.

»Das sind wir«, sagt sie – »die Kinder von Hochmut und feigem Verrat. Er hat immer mehr darunter gelitten als ich. Du weißt wahrscheinlich, was im Sommerland passiert ist. Ich hatte es leichter. Ich musste mich nie beweisen wie er … Auch wenn Korianthe wahrscheinlich gewollt hätte, dass ich Teil ihres Ordens werde. Wir haben nirgendwo je dazugehört.«

Sarik ist lange still, und sie sitzt reglos an seiner Seite und hält seine Hand.

»Was ist mit dir?«, fragt er schließlich. »Und mir? Wird es auch uns verschlingen?«

Sie schüttelt den Kopf, doch da ist keine Zuversicht in ihrem Blick – nur Trauer.

»Siehst du denn nicht die Zukunft, Zeona?«

»Ich sehe keine Zukunft, die ihren Namen verdient hätte«, sagt sie. »Für keinen für uns.«

»Und wenn wir uns ändern? Es ist nie zu spät, umzukehren.«

Sie gibt keine Antwort. Doch zwischen dem Schmerz und den Zweifeln findet er seine Antwort in ihrem Lächeln.

Sobald Sarik wieder genesen ist, wünscht die Herrin des Ordens ihn zu sehen.

Korianthe wirkt älter als bei ihrem letzten Treffen, auch wenn Sarik weiß, dass das kaum möglich ist; Korianthe altert ebenso wenig wie Nerian oder Borchiak oder die anderen Mächtigen.

»Sarik«, sagt sie. »Was ist nur geschehen?«

Und er sieht ihr an, dass sie nicht nur die Geschehnisse im Palast meint. Da schmerzt es ihn, sie enttäuscht zu haben, und beinahe hätte er ihr alles erzählt.

»Es war ein Unfall«, sagt er.

»Du wirst vor Gericht gestellt«, sagt Korianthe. »Man klagt dich an, einen Pakt mit einer der Wesenheiten geschlossen und den Orden hintergangen zu haben.«

»Wer klagt mich an?«, fragt er – doch er kennt die Antwort. Er sagt: »Borchiak hat mir meinen Aufstieg vom ersten Tag an geneidet.« Er sagt: »Er wäre der Erste, der versuchen würde, einen solchen Pakt zu schließen, wenn es ihm nützt.«

»Borchiak ist schon lange einer der Mächtigen und hat mir nie einen Eid geleistet«, erwidert Korianthe. »Er kann tun und lassen, was er will. Du aber bist Teil meines Ordens und weißt, dass es dir noch verboten ist, Handel mit den Wesen von jenseits der Nacht zu treiben. Ihr Licht soll nur durch die Meister deines Ordens auf dich scheinen. Geh jetzt, und bereite dich vor.«

Bei der Verhandlung führen Nerian und zahlreiche Großmeister den

Vorsitz. Wahrscheinlich könnten sie ihn brechen und zwingen, die Wahrheit zu sagen, doch die Wahrheit ist ein wandelbares Gut für einen Magier – das gesprochene Wort hingegen hat Macht, deshalb wollen sie ihn anhören. Dennoch hat Sarik sich fast damit abgefunden, dass es vorbei ist. Er hat einen schweren Fehler begangen und würde es vielleicht wieder tun. Als die Wesenheit zum ersten Mal das Wort an ihn richtete, ist er der ältesten Versuchung überhaupt erlegen: der schmeichelhaften Vorstellung, etwas Besonderes zu sein.

Borchiak, der auf einer riesigen Sänfte ruht und Juwelen wie brennende Kohlen auf seinen Hörnern trägt, sagt aus, wie er die Wesenheit an Nerians Hof bedeutungsvolle Blicke mit Sarik tauschen sah. Weiter sagt er, dass niemand außer einer Wesenheit den Stein von Tunar ungesehen aus dem Tempel hätte entfernen können, und er ihre Anwesenheit abermals im Palast der Spiegel gespürt habe. Er sagt, der Verlust des Palasts sei ebenso wenig ein Zufall wie all die anderen Begebenheiten, bei denen Sarik das verbindende Element war.

Doch wenn Sarik geglaubt hat, dass sein Schicksal nunmehr besiegelt sei, hat er sich getäuscht. Korianthe selbst nimmt ihn in Schutz. Sie sagt, die Wesenheit, die Borchiak meine, sei bekannt dafür, sich in die Angelegenheiten der Mächtigen, ja selbst der Sterblichen zu mischen. Sie sagt, die Meister ihres Ordens glaubten, dass sie unter ihresgleichen nur ein Kind sei, das die alten Regeln nicht respektiere und nicht verstehe, welche Auswirkungen ihr Handeln auf ihrer aller Leben hat. Alles, was Borchiak sage, deute zwar darauf hin, dass diese Wesenheit ihre Finger im Spiel habe – beweise aber nicht, dass Sarik gegen seinen Orden handelte.

Sie gibt Sarik Gelegenheit, sich zu verteidigen. Er zögert kurz, dann ergreift er das Wort. Zwar quält es ihn, dass Zearis für seinen Fehler bezahlen musste – doch dass Borchiak nun Vorteil oder Genugtuung aus seinem Fall ziehen will, missfällt ihm noch mehr.

Er bestätigt also, die Wesenheit in Iljudis gesehen zu haben. Weiter gibt er an, auch Borchiak bei dieser und den anderen beiden Gelegenheiten gesehen zu haben. Er erinnert daran, dass die Politik des Ordens Borchiak früher schon ein Dorn im Auge war, und beteuert, dass er, Sarik, den Weisungen Korianthes immer nach bestem Wissen und Gewissen folgte.

Damit steht Aussage gegen Aussage. Borchiak funkelt Sarik an, als wollte er ihn auf der Stelle verschlingen, und Korianthe und Nerian werfen sich betrübte Blicke zu. Kläger oder Angeklagter, einer von beiden muss ein Lügner sein. Sie haben eine schwere Entscheidung zu treffen.

Da betritt Zeona den Saal, mit Tränen auf den Wangen. Sie bittet darum, gehört zu werden, und Korianthe erteilt ihr das Wort.

Zeona sagt, ihr Bruder sei in dieser Stunde gestorben. Kurz vor seinem Tod aber habe er noch einmal das Bewusstsein erlangt und ihr gesagt, dass ihm vor dem Unglück Borchiak in der Leere begegnet sei: Borchiak, so Zearis, sei derjenige gewesen, der den Palast in den Untergang riss.

Zeona blickt Sarik an und sagt, sie wisse, wie sehr Sarik unter dem Verlust ihres Bruders leide. So leide nur jemand, der ohne Schuld ist.

Die Verhandlung endet in Tumult, und nur Nerians Eingreifen verhindert einen tödlichen Kampf. Borchiak spuckt Rauch und Feuer und bezichtigt sie alle der Konspiration. Nerian und die anderen Meister ziehen sich zur Beratung zurück. Dann fällen sie ihr Urteil:

Borchiak wird für schuldig befunden, mit der Wesenheit paktiert und den Palast der Spiegel vernichtet zu haben. Er allein habe Zearis' Tod zu verantworten; anschließend habe er versucht, Sarik die Schuld dafür zu geben.

Zur Strafe wird er in Ketten gelegt und unter dem Berg Cator gefangen gesetzt, für eine Dauer von eintausend Jahren.

Sarik kämpfte sich durch das Dickicht der Insel der Dämmerung. Mehrfach zwangen ihn die Dornenranken, eine andere Richtung einzuschlagen, und mehr als einmal konnte er beobachten, wie Ranken dicken Schlangen gleich krochen, um ihm den Weg zu versperren. Ohne das Irrlicht, das ihn leitete, wäre er in Ycilles Labyrinth verloren gewesen. Er sagte das dem Irrlicht, und es leuchtete darauf ein wenig heller.

Ich tue nur, was ich an ihrer Stelle täte – bloß umgekehrt, dachte es, und Sarik musste kurz über die Logik seines leuchtenden Begleiters nachdenken.

Glaubst du wirklich, dass du Ycille helfen kannst?, fragte er, denn es war die Idee des Irrlichts gewesen, nicht Sariks, Cenaldi Hoffnung zu machen.

Vielleicht, vielleicht nicht. Wenn ihr Licht dem meinen ähnelt vielleicht …?

Sie kamen an verdorrten Blumen vorbei, größer als er selbst, die eine Ahnung daran wachriefen, wie es hier einst gewesen sein musste. In der Alten Zeit sollte die Insel der Dämmerung ein Ort unbeschreiblicher Schönheit gewesen sein, ein Spiegel ihrer Herrin; und die Seelen, die hier zu neuem und seltsamem Leben erwachten, kannten nichts als den Duft und das Rauschen der Wiesen und den Flügelschlag der Gestalt gewordenen Träume Ycilles und lebten in einem Zustand ewiger Glückseligkeit.

Heute aber waren von den Blumen nur noch groteske Stengel geblieben, und der einzige Flügelschlag kam von den schwarzen Käfern, die das letzte Leben aus dem Boden fraßen, und ein paar Staren, die sich auf den kahlen Bäumen hielten und sorgsam darauf achteten, den Dornenranken nicht zu nahe zu kommen.

Sie erreichten eine kleine Lichtung nahe dem Herzen der Insel, die von beständigem Rascheln und Raunen erfüllt war. Über ihnen erstreckte sich der unwirkliche Himmel, der weder Tag noch Nacht war, und einige Pflanzen waren an diesem Ort noch lebendig, sodass Sarik jeden Moment damit rechnete, der Herrin der Dämmerung gewahr zu werden. Nichts aber hätte ihn auf den Anblick vorbereiten können, der sich ihm tatsächlich bot, und selbst das Irrlicht stieß einen klagenden Laut aus, der in Sariks Geist noch lange nachhallte.

Auf der Lichtung wuchsen mehrere große Schoten. In ihnen regte sich etwas, und zahlreiche von ihnen waren bereits aufgeplatzt und hatten ihre Fracht auf den Boden gespuckt: weibliche Körper mit zart schimmernden Flügeln, nackt und in verschiedenen Stadien ihrer Entwicklung. Doch davon abgesehen glichen sie einander wie ein Ei dem anderen.

Die meisten waren tot. Dornenranken waren über den bleichen Haufen gewuchert und hielten Arme und Beine gepackt, manche Körper hatten sie zerrissen. Manche jedoch zuckten noch in dem verzweifelten Versuch, sich zu befreien; und einige krümmten und streckten sich, verkrampften die Hände und verzerrten das Gesicht, als versuchten sie, ihrer eigenen Gestalt zu entkommen. Sie schienen jedoch weder sehen noch schreien zu können, und so wälzte sich der stumme, blinde Haufen Leiber wie Schlangen in einer Grube, und wenn sie sich fanden, packten sie einander, wie die Ranken sie packten, und taten sich ebensolche Gewalt an.

Hier!, rief das Irrlicht.

Am anderen Ende der Lichtung lag ein weiterer Körper im undurchdringlichen Dickicht gefangen. Zuerst konnte Sarik nicht entscheiden, um was es sich handelte, denn das Wesen schien sich selbst nicht entscheiden zu können: Mal wuchsen ihm Federn, mal Fell, mal hatte es Hände, mal wurden die Hände zu Klauen. Sein Mund jedoch, gleich welcher Form, stieß ein erbärmliches Wimmern aus, und es war klar, dass das Wesen sehr große Schmerzen litt.

Da begriff Sarik: Es war ein Wechselbalg. Zwar hatte er noch nie seinesgleichen gesehen, doch es gab keine andere Möglichkeit. Er dachte daran, was Korianthe gesagt hatte – dass in jedem dieser Wesen ein Splitter des Zweimalgeborenen fortlebte und auf seine letzte Wiederkehr hoffte –, und erschauderte. Dieser Wechselbalg war das Herzstück des unheimlichen Pflanzengeflechts, das ihn tastend erforschte und durchdrang, vielleicht auch am Leben erhielt, und mit den anderen Körpern verband – wie Nerven oder Nabelschnüre.

»Wieso tut sie das?«, flüsterte Sarik. Doch die Gedanken des Irrlichts waren so in Aufruhr, dass er keinen Sinn darin erkennen konnte.

Mit einer Mischung aus Grauen und Faszination trat er näher an das gefangene Wesen heran, das ihn nun bemerkt hatte und flehentlich anblickte. Es sah aus, als wollte es etwas sagen, doch es war fast schon zu schwach dafür. Dann schob sich eine neue Ranke heran und drang in seinen Mund, sodass es nur noch einen erstickten Laut von sich gab.

Sarik streckte die Hand nach ihm aus.

Da glitten mehrere Ranken aus dem Unterholz und legten sich um seine Knöchel. Zwei weitere reckten sich wie Fühler über ihm empor, und er konnte sehen, dass sie in zwei blutigen Augäpfeln mündeten, die ihn mit kühler Verwunderung anglotzten.

Die Herrin der Dämmerung trat aus dem Dickicht hervor.

Verglichen mit den makellosen Leichen ihrer Schwestern wirkte sie verbraucht und gebrechlich. Ihre zarten Flügel waren knittrig wie altes Pergament, ihr Gewand aus Spinnweben zerrissen.

»Was hat er mir gebracht?«, flüsterte sie in verwirrtem Singsang. »Was? Was hat er mir gebracht?«

Und überall um Sarik öffneten orchideenartige Gewächse ihre klebrigen Münder.

Das Irrlicht schoss heran, direkt vor ihr Gesicht, als wollte es sie blenden. Dann drehte es sich mit bedrohlicher Langsamkeit vor ihr und pulsierte, schlug Wellen wie Wasser in einer Schale, wenn ein Tropfen hineinfällt. Verzaubert wie ein kleines Kind erstarrte Ycille und bestaunte das hypnotische Licht vor ihren Augen, veilchenblau und fuchsienrot.

»Ycille«, sagte Sarik. »Ich bin es, Sarik. Erkennst du mich?«

Die Lippen bebten, und Tränen traten in ihre Augen.

»Ich erkenne dich«, flüsterte sie. »Ich sehe dich, wie ich dich nie gesehen habe …«

Still rief Sarik nach dem Irrlicht, doch es war zu beschäftigt, Ycille in seinem Bann zu halten.

»Was ist dir geschehen?«, fragte Sarik.

Ycilles Blick wanderte über das Schlachtfeld ihrer traumgeborenen Zwillinge und schluchzte. Im selben Moment begannen die Dornenranken zu knospen und Blüten zu treiben, und Sekunden später hatten sie die grausige Szenerie unter einer blühenden

Woge begraben. Von dort breiteten sie sich aus: Weidenkätzchen wuchsen auf den Zweigen, frische Triebe reckten ihre Köpfe aus der Erde, Lilien öffneten sich zum silbergrauen Himmel.

»Der Dämon«, flüsterte Ycille, und das Farbenspiel des Irrlichts warf glitzernde Sterne auf ihre Stirn. »Der Geist, mit dessen Sinnen ich sehe …«

Und da verstand Sarik, oder glaubte es doch: Ycille sah und fühlte dasselbe wie die unsichtbare Macht, die einst Neseja gewesen war und tausendfach in den Wechselbälgern überall auf der Welt überdauert hatte: mannigfaltig gebrochen wie die Facetten eines Bildes in einem geborstenen Spiegel; unstet und wandelbar wie Quecksilber, das man in verschiedene Gefäße gießt, ohne Form und eigene Gestalt – ein qualvoll isolierter Lebensfunke, immer auf der Suche nach seinesgleichen, einem größeren Gefäß, bis aus der silbernen Vielfalt das ursprüngliche Bild wieder erstehen kann.

Der Wahnsinn, überall und nirgends zu sein, alles und doch nichts, und in jedem neuen Splitter sich selbst zu begegnen, hatte ihre Insel zum Abbild ihres Albtraums gemacht.

Rasch, blitzte die Stimme des Irrlichts durch Sariks Geist. *Bald habe ich sie wieder verloren.*

Sarik griff nach Ycilles Arm. Ihre Haut fühlte sich glatt und kalt an, wie Steine in einem Flussbett. Normalerweise hätte er es nicht gewagt, eine Mächtige auf diese Weise zu berühren, doch etwas an ihrer Hilflosigkeit rührte ihn an.

»Ich bitte dich«, sagte er. »Du musst etwas für mich tun.«

Sie nickte stumm. Er musste sie nicht daran erinnern, dass sie in diesem Augenblick in seiner Schuld stand.

»Korianthe hat einen Bann auf mich gelegt, der mich die letzten Jahrhunderte schlafen ließ. Seitdem liegt ein Schleier auf meinem Geist … und ich habe meinen Weg verloren.«

Sie streckte die Hand nach ihm aus und berührte ihn an der Wange. In ihren Augen schimmerten Blau und Türkis wie in einem hellen Teich. »Dein Weg hat dich zu mir geführt«, stellte sie fest. »Und ich danke für die Liebe, die du mir bringst. Ich will versuchen, dich zu heilen …«

Er neigte den Kopf. »Ich erinnere mich nur an Geschichten«, murmelte er. »Doch welche Rolle spiele ich darin? Wenn ich wirklich tat, was ich ahne, war meine Strafe gerecht – oder nicht?« Ihre Hand fuhr ihm durchs Haar und hielt ihn fest. Das Irrlicht stieg etwas höher und schien auf sie beide herab. »Ich erinnere mich«, fuhr er noch leiser fort, »dass mein Freund, den ich verriet, als Gott wiederkam … und der Orden sich gegen ihn stellte. Cenaldi sagte mir, dass ihr dabei wart …«

Sie senkte ihre Stirn gegen seine und schloss die Augen, und er tat es ihr gleich. Und wie sie da standen inmitten der neu erblühten Insel der Dämmerung, spürte er, wie sie in ihn eindrang: Er fühlte die Insel und das Leben auf ihr, selbst den gefangenen Wechselbalg, der mit Ycilles Geist verbunden war, und das Irrlicht, das über allem schwebte; und alles war ihm seltsam vertraut in diesem Moment. Dann spürte er, wie eine unsichtbare Hand durch das Dickicht in seinem Verstand griff und die lange vergessene Saat darunter zu keimen begann – und er konnte sich wieder an alles erinnern.

Niemand hat je die alleräußerste Leere bereist und ist wieder zurückgekehrt. Es heißt, dass sie diese und alle anderen Welten umgebe. An manchen Stellen, wo die Welten sich berühren, ist sie nur eine hauchdünne Membran, wie die Farben auf schillerndem Seifenschaum, andernorts ist sie tief und unergründlich, und wenn sie ein Zentrum oder eine Grenze hat, so sind diese nicht bekannt. Auch weiß man nicht, ob Zeit in der Leere vergeht, und ob sie den bekannten Gesetzen gehorcht. Menschen wie Mächtigen sei nicht möglich, zu verstehen, was in der Leere geschieht, so sagt man. Nur die Wesenheiten gehen dort um.

Zearis' Geist oder Seele kehrt ein Jahr nach seinem Tod aus der Leere zurück.

Er nennt sich nicht mehr Zearis, sondern Neseja, was »der zweimal Ge-

borene« in der Hohen Sprache heißt. Und er ist weder Mensch noch Eolyn und hat auch keinen Körper mehr wie die anderen Mächtigen. Er sagt, er sei nun eine der Wesenheiten und erwarte den gebührenden Respekt vom Orden. Gleichzeitig bittet er um den Beistand der Mächtigen. Im Gegenzug wolle er sie viele Geheimnisse lehren, die er in seiner Zeit in der alleräußersten Leere gelernt hat.

Bald wird auch klar, wieso er diesen Beistand nötig hat. Es wird Korianthe offenbar, dass Nesejas Macht nicht von ungefähr rührt: Es scheint, dass er in der Leere auf die Wesenheit traf, von der Borchiak und Sarik erzählten, und in seinem verzweifelten Kampf gegen das Abgleiten und Vergehen wagte, was kein Mächtiger vor ihm je gewagt hat: Er packte nach ihr und griff sie an.

Sie rangen einen Tag oder ein Jahr oder tausend in der Dunkelheit. Dann gelang es ihm, sie zu töten und ihre Kraft in sich aufzunehmen.

Die Mächtigen sprechen von Glück, von Lüge und Frevel, doch insgeheim bewundern ihn nicht wenige für das, was er gewagt hat. Einer der ihren, eine Wesenheit! Es bieten sich schier unglaubliche Perspektiven für sie, ja die gesamte Welt. Endlich wären sie kein Spielball höherer Mächte mehr. Was immer die Wesenheiten in Navylyn tun – Neseja könnte es ungeschehen machen. Vielleicht kann er den anderen Wesenheiten gar den Zutritt zu den Hallen des Schicksals verwehren, und die Mächtigen lehren, ihre eigenen Züge zu tun.

Sie wären ihr eigener Herr. Niemand außer ihnen selbst würde fortan über ihr Schicksal bestimmen. Vielleicht, sagen die Wagemutigsten, können eines Tages alle Menschen, Fealva und Eolyn ewig leben und unter der Weisung der Mächtigen ihrer Göttlichkeit entgegengehen.

Dann jedoch öffnen sich die Pforten in die höheren Sphären, die Wesenheiten steigen herab und fordern die Herausgabe des Usurpators.

Die meisten Mächtigen sind im ersten Moment einfach zu benommen. Viele haben nie zuvor eine Wesenheit von nahem gesehen, und manche wünschen bei ihrem Anblick erst recht, in ihren Rang aufzusteigen und die alten Götter vom Thron zu stoßen.

Sarik lebt zu dieser Zeit mit Zeona fern des Ordens. Sie sind mehr als nur Freunde, doch er kennt kein Wort für das, was sie ist: Ihr verdankt er sein Leben. Nun fürchtet er, dass seine Lügen auffliegen werden und Zeona ihn hasst, wenn sie erfährt, was er ersehnt und ihr Bruder vollbracht hat.

Zeona ihrerseits ist zerrissen zwischen Freude, Fassungslosigkeit und Angst – nicht um ihren Bruder, sondern vor dem, was er noch anrichten wird.

Korianthe bittet die Wesenheiten um Vergebung, doch ihre Bitte bleibt unerhört.

Um ihren Forderungen Nachdruck zu verleihen, vernichten die Wesenheiten Iljudis. Nerian und viele der Mächtigen finden den Tod. Der unsichtbare Krieg schlägt Wellen bis in die Welt der Sterblichen, deren Städte Beben und Fluten zum Opfer fallen. Die alte Ordnung versinkt im Chaos, dem sich nur der Orden von Geador noch entgegenstellt. Korianthe trifft die schwerste Entscheidung ihres Lebens: Mit der Hilfe ihrer Priesterschaft und eines alten Artefakts in den Tiefen ihrer Festung, des sagenhaften Calabar Yauri, schließt sie die Pforten in die höheren Sphären und riegelt die gesamte Welt vor dem Zugriff der Wesenheiten ab.

Es ist, als lasse man das Wasser aus dem Ozean ab.

Die Wesenheiten werden hinweggespült.

Den Mächtigen bleibt im wahrsten Sinn die Luft zum Atmen weg.

Magie ist auf einmal ein endliches Gut geworden – keine neue Kraft strömt mehr in die Welt, um die erschöpften Ressourcen zu ersetzen.

Dann schart Korianthe die letzten verbliebenen Mächtigen um sich und ruft zur Jagd auf Neseja. Allein Sarik und Zeona verweigern sich dieser Jagd.

Sie können sie aber auch nicht verhindern.

Mit vereinter Kraft wird Neseja zur Strecke gebracht. Die letzte Schlacht findet vor den Toren Geadors statt und schlägt einen tiefen Krater in die teverische Steppe. Ein klaffender Spalt fährt in die Grundmauern der Festung, doch Geador trotzt der Vernichtung. Dann, in einem letzten Aufgebot der Kräfte, findet der junge Gott den Tod.

Zumindest ist es das, was man lange Zeit glauben wird.

Es folgt der lange Winter der Welt.

Geador wird unter Korianthes Führung zum Hof des letzten Ordens ausgebaut. Doch die Mächtigen sind nur noch ein Abglanz ihrer selbst. Die wenigen Überlebenden geizen mit ihrer Macht, denn jeder noch so kleine Zau-

ber ist nun wertvoll und flüchtig wie ein Sonnenstrahl in dunkler Höhle, ein Samen im Wind, der, einmal verloren, nie mehr ersetzt wird. Die Hallen des Schicksals sind unerreichbar fern. Die Mächtigen, ihres liebsten Zeitvertreibs beraubt, müssen sich fragen, welchen Sinn all ihr Trachten noch hat.

Zwar bewahren sie sich ihre Unsterblichkeit, doch nur in ihren Refugien: verzauberte Wälder, Hütten, die um die Welt wandern … So werden sie immer mehr zu Sklaven ihrer Existenz, wie Gazellen, die den langsam versiegenden Quellen nachziehen. Eines Tages werden sie sich ganz in ihre geheimen Reiche zurückziehen, und die Menschen werden vergessen, dass es sie gibt.

Fast noch schlimmer aber ist die Vorstellung, dass sie ohne die Kräfte der höheren Sphären die letzte Generation von Mächtigen sein werden: Weder können sie selbst Kinder bekommen, noch werden der Welt neue Magier geboren – es sei denn, man stiehlt die Macht vom Leben selbst.

Niemand gibt zu, woher man das weiß. Es ist eine alte Blutmagie – manche sagen, aus Santal.

Dies ist die größte Schmach von allen.

Von nun an bedeutet die Geburt jedes Kindes mit der Gabe den Tod der Mutter im Kindbett.

»Anfangs werden sie sich dagegen sträuben«, sagt Zeona, und Sarik spürt die alte Bitterkeit, die sie beim Gedanken an ihre eigene Geburt umweht, und sie in diesen Momenten ihrem Bruder ähnlicher macht als irgend sonst.

»Sie werden vorgeben, das Leben zu ehren, und daran erinnern, dass sie selbst einmal Sterbliche waren. Bald schon aber wird sich das ändern – ihre Diener werden sie langweilen, und sie werden ihre eigenen, immergleichen Gesichter nicht mehr ertragen können. Nichts mehr übrig, das es zu erforschen gilt. Ein Kind mit der Gabe, einer unerwarteten vielleicht, ist die einzige Aussicht für sie, noch etwas Neues zu sehen in ihrem endlosen, erschöpften Leben.«

»Es ist eine schreckliche Welt«, erwidert Sarik. »Und allein meine Schuld.«

Zeona schaut ihn fragend an. Sie haben nie darüber geredet, was damals im Palast der Spiegel wirklich geschah, und Sarik weiß nicht, wie viel davon sie ahnt oder gesehen hat.

»Nicht du hast Zearis getötet«, sagt sie. »Er hat sein Schicksal selbst über sich gebracht.«

»Durch meine Machtgier aber ist es erst so weit gekommen. Und ich frage mich …«

»Ja?«

»Ich frage mich, weshalb er nicht zu mir kam, als er wiederkehrte. Weshalb er sich nicht rächte. Oder mich nicht verriet.«

»Weil«, flüstert Zeona mit Tränen in den Augen, »er dein Freund war, und dich liebte.«

Und sie greift nach seiner Hand und will ihn festhalten.

»Vielleicht habe ich mich in ihm getäuscht«, sagt sie – »doch nicht in dir!«

»Ich bin es, der sich getäuscht hat«, erwidert er. »Es war schon zu spät, noch umzukehren – und ich kann nicht mehr länger davonlaufen.«

Sarik geht zu Korianthe und gesteht seine Schuld: dass er damals im Auftrag der getöteten Wesenheit handelte, deren Motive nun auf ewig verhüllt bleiben werden; dass er Zearis und den Orden hinterging und billigte, dass Borchiak an seiner statt bestraft wurde.

Korianthe lauscht seiner Beichte mit steinerner Miene.

»Wir Mächtige töten einander nicht«, sagt sie dann. »Und es sind schwere Zeiten – zu schwer, als dass wir unsereiner leichtfertig opfern dürften. Du kannst aber gewiss sein: Wenn ich glaubte, dass dein Tod die Wesenheiten versöhnen könnte – ich würde keinen Augenblick zögern.«

»Es wäre nur recht«, antwortet Sarik. »Und ich würde es nicht bedauern, diese Welt nicht länger ertragen zu müssen, denn sie ist nicht mehr lebenswert.«

»Vielleicht mögen die Wesenheiten eines Tages über dich richten«, sagt Korianthe. »Ich bete darum – denn du hast dich an ihnen und deinem Freund versündigt. Nun aber sind wir von ihnen getrennt, sodass du dich alleine deinem Gewissen verantworten musst. Allerdings hast du auch mich hintergangen, deinen Eid gebrochen und den Orden verraten – und das kann und will ich nicht vergessen.«

»Ich unterwerfe mich deinem Urteil, Herrin«, sagt Sarik und senkt den Kopf.

»Ich kann Borchiaks Strafe nicht ungeschehen machen«, sagt Korianthe – »aber ich kann sie dich teilen lassen.«

Und sie legt einen langen und tiefen Schlaf auf ihn. Dann bringt man ihn in die Wildnis und überlässt ihn seinem Schicksal, mit nichts als seiner eigenen Magie zum Schutz.

Langsam dämmert er hinweg, ein verblassendes Licht, und die Wälder verbergen ihn, bis er in seinem Traum verschwindet und die Welt ihn vergisst. Der Blaue Wald wächst und beschützt ihn wie eine Muschel die Perle.

Zeona aber, die nun alles verloren hat und Korianthes Zorn fürchtet, flieht in die Welt hinaus. Bald ist ihr nur noch das kleine Reich ihrer wandernden Hütte geblieben.

Zeonas Gefängnis ist das kleinste von allen.

»Ich danke dir«, flüsterte Sarik, als sie die Augen aufschlugen und das Band zwischen ihnen erlosch. »Ich danke dir von ganzem Herzen.«

Sie standen sich noch eine Weile gegenüber: Er die Hand an ihrem Arm, sie die ihre an seiner Schläfe. Das Irrlicht schwebte still über ihnen.

»Danke mir nicht«, flüsterte sie. »Du hast ein vergiftetes Geschenk erhalten, denn nun weißt du wieder, dass du diese Welt einst verlassen wolltest, und musst abermals mit der Verzweiflung ringen. Wenn du nicht achtgibst, wird sich die Geschichte wiederholen. Ich wünschte, ich könnte mehr für dich tun.«

»Gift oder Geschenk, wer kann das sagen«, erwiderte er. »Was ist besser? Seiner Fehlbarkeit ins Gesicht zu blicken oder sie nur zu erahnen, wie ein Mal auf der Stirn, das man spürt, aber nie sieht?« Er senkte den Blick. »Es ist richtig, ich hatte meinen Lebenswillen verloren, und alles schien mir unabänderlich. Doch ich habe gelernt, dass die Welt sich ändern kann; also kann vielleicht auch ich mich ändern. Ich muss weder denselben Weg gehen wie Zearis, noch den der anderen. Ich kann einfach nur sein, was ich bin.«

Ycille aber schüttelte bedauernd den Kopf. »Ich habe gesehen, wohin du selbst niemals sahst«, sagte sie. »Ich kenne dich nun, Sarik Isikara Kisikiras. Und ich weiß, dass du niemals nur du selbst sein wolltest.«

Das Irrlicht glühte in trübem Orange, und Sarik spürte, wie erschöpft und niedergeschlagen es war.

»Verzeih, Herrin«, sagte Sarik. »Wir müssen nun gehen. Gewähre uns nur eine letzte Bitte.«

Fragend schaute sie erst ihn an, dann das Irrlicht.

»Lass den Wechselbalg, den ihr gefangen habt, frei – er kann dir nicht helfen, seinesgleichen zu verstehen, denn er versteht sich ja selbst nicht. Selbst wenn es euch gelingt, mehr wie ihn anzulocken, wird es euch keine Heilung bringen. Du kannst und darfst nicht werden wie sie, Herrin, sondern musst dein Schicksal ertragen. Nicht mehr lange, und es wird einen letzten Kampf geben – doch er wird nicht hier geschlagen werden. Ihr müsst noch geduldig sein.«

»Wenn die alte Welt vergeht, vergehen wir mit ihr«, hauchte Ycille. »Wir werden davontreiben, und man wird uns vergessen. Ist das die einzige Hoffnung, die uns noch bleibt?«

»Die Hoffnung ist immer ein einsames Gut«, sagte Sarik.

Ycille stieß ein Seufzen aus, und die Gewächse der Insel antworteten ihrem Ruf. Mit sanftem Rascheln ließen sie den Gefangenen frei. Kaum hatten sich die letzten Ranken zurückgezogen, da verwandelte er sich in einen Star und stieg in den Himmel auf. Die anderen Stare folgten ihm; und einen Moment kündete nichts mehr von der Düsternis, die Sarik bei seinen ersten Schritten auf der Insel angetroffen hatte.

»Werdet auch ihr euren Weg aus meinem Reich finden?«, fragte Ycille.

»Die Wege werden weniger«, sagte Sarik. »Doch Cenaldi wacht noch über sie. Er wird uns zurückbringen.«

»Ihr müsst ihm sagen, dass ich ihn liebe«, flüsterte Ycille. »Auch wenn der Wahnsinn mich wieder befällt. Er ist mein Leben.« Und sie griff nach einer blühenden Ranke, die sich ihr entgegenreckte, und pflückte zwei Blüten von ihr.

»Bringt ihm diese von mir«, bat sie.

Sarik versprach es.

Dann ließen sie einander los, das Irrlicht flog traurig empor, und kaum dass sein Licht nicht mehr auf Ycilles Augen fiel, begann sich ein Schatten wellenförmig von ihr auszubreiten. Die Blumen begannen wieder zu welken, die Blätter färbten sich gelb, und die Dornenranken packten einander wieder wie eine Schlange, die sich selbst zu verschlingen sucht.

Ycille sank zitternd in die Knie. »Geht«, sagte sie. »Ich kann mich nicht mehr lange zusammenhalten.«

Sarik und das Irrlicht verließen die Lichtung und kämpften sich durch das Dickicht, das einer neuen langen Dunkelheit entgegendämmerte. Bis sie das Ufer erreichten, war die Insel schon wieder ein ebenso finsterer, schmerzensreicher Ort wie bei ihrer Ankunft. Nur die Blüten in Sariks Hand waren noch lebendig wie in dem Moment, da er sie aus Ycilles Hand empfangen hatte.

Am Ufer wartete Cenaldi auf sie. Er stand aufrecht in seinem Boot, den Kopf zur Insel gewandt, und hatte die Kapuze zurückgeschlagen. Blutige Tränen rannen aus den dunklen Höhlen seiner Augen.

Sarik sagte ihm, was Ycille ihm aufgetragen hatte, und reichte ihm die beiden Blüten. Zuerst erwiderte der Fährmann nichts, dann nahm er sie wortlos entgegen. Einen langen Moment schien er sie zu betrachten, dann ließ er sie in seinem Umhang verschwinden.

Mit einem letzten leeren Blick zurück zur Insel nahm er Platz, dann setzten sie über.

Ich wünschte, wir wären nicht hergekommen, dachte das Irrlicht. *Wir stehen dem Ende nun näher als dem Beginn.*

VI

Die Ballade von Banneisen und Schneeklinge. Zweiter Teil

Tot oder lebend – Seemannsgarn – Reiche Ernte – Offene Rechnungen – Janner trifft den Fuchs – Sariks Handel – Rückkehr nach Gabors Furt – Sturm auf Damosfels: Ouvertüre, Intermezzo, Coda – Die Karsai und der Kaiser

TOT ODER LEBEND

Das Depot ist ausgezeichnet gesichert«, sagte Toska und wies mit dem Stock auf die Skizze, die er vor sich auf dem Tisch entrollt hatte. »Wir werden mehrere Gruppen brauchen, um reinzukommen: Eine kümmert sich um die Wachen am Seiteneingang, die größere fährt mit dem Wagen ans Tor. Außerdem gibt es eine Ablenkung hier hinten an einem der Türme. Wir nehmen sie in die Zange und bieten ihnen an, dass sie gehen können, wenn sie ihre Waffen niederlegen.«

»Ist das denn notwendig?«, fragte eine Stimme. »Darauf gehen sie doch sowieso nicht ein.«

Toska warf Janner einen fragenden Blick zu. Sie hatten den vergangenen Monat immer wieder versucht, die Neuen in ihrer Gruppe an diesen »fairen« Stil des Kampfes, wie er es nannte, zu gewöhnen, doch mit wenig Erfolg. Tatsächlich wurde es immer schwieriger, es den Männern begreiflich zu machen, je mehr Blut in den Provinzen vergossen wurde.

»Ja«, sagte Janner und blickte dem Fragesteller in die Augen. »Das ist notwendig.« Dann nippte er an seinem Kaffee, als Zeichen, dass die Diskussion beendet war. Der Neue zuckte die Schultern und widmete sich wieder dem Plan. »Wie kommen wir durch die Tore? Die werden kaum offen stehen.«

»Wir haben da was … Spezielles«, sagte Toska. »Ihr werdet schon noch instruiert. Sagen wir einfach, die Tore sind kein Problem.«

»Ihr habt einen Schlüssel?«, fragte jemand.

»Einen echt großen Rammbock«, witzelte ein anderer.

»Wir haben drei Fässer lagandæisches Kanonenpulver«, seufzte Janner mit einem entschuldigenden Blick zu Toska. Er wusste, dass er seine zahlreichen Kontakte nicht gern verriet. »Zufrieden?«

Die Männer im Zelt verstummten. »Das ist ganz schön teuer«, meinte dann einer.

»Und verflucht gefährlich«, murmelte ein weiterer.

»Gibt's das denn wirklich?«, fragte ein dritter.

»Belassen wir es dabei«, unterbrach Janner die Gespräche. »Wie Toska schon sagte, wir zeigen euch, was ihr zu tun habt, wenn es so weit ist. Wenn ihr euch daran haltet, ist das Pulver euer Freund.«

»Ich dachte immer, die Lagandæer töten alle, die ihnen ihre Geheimnisse stehlen«, warf jemand kleinlaut ein. »Das sind doch Piraten, oder nicht?«

Toska lachte. »Und was seid ihr? Leute, ihr redet hier mit dem Mann, der sich gewaltsam Zugang zu den Hinterzimmern der freien Gilde verschafft hat. Und er lebt noch, oder?«

Janner hob beschwichtigend die Hände. »Nachher teilen wir die Gruppen ein. Freiwillige sind willkommen. Schaut euch in Ruhe den Plan an und meldet euch dann. Wer hierbleiben möchte, passt auf das Lager auf und hält sich bereit. Es kann sein, dass wir bald umziehen müssen.«

»Was passiert mit der Beute?«, fragte einer der Männer.

»Den Teil werdet ihr lieben«, sagte Janner. »Wer mitkommt, kann behalten, was er will und verwenden kann. Den Rest geben wir weg. An die anderen Zellen. Wer immer es braucht.« Er senkte die Stimme, und die Männer schauten ihn mit großen Augen an. »In diesem Depot sind mehr Waffen und Geld, als ihr tragen könnt! Und wisst ihr, warum? Weil es die verdammte Kriegskasse des Kaisers ist, darum. In jeder Provinz gibt es ein solches Depot: Von hier kommt der Sold, damit statten sie ihre Soldaten aus. Die Präfekten trauen den Dons und ihren Banken schon lange nicht mehr. Ohne diese Depots ist das Imperium auf dem Festland Geschichte – versteht ihr?«

»Wann schlagen wir zu?«

»Übermorgen werden sie frisch aufgestockt, und es gibt einen großen Wachwechsel. Die meisten der stationierten Soldaten reisen mit den leeren Wagen zur Küste zurück, und die neuen bleiben bis zum nächsten Wechsel.«

»Das heißt«, fuhr Toska fort, dass sie noch nicht aufeinander eingespielt sind. Sie sind müde von der Reise und werden eine Weile feiern und sich kennenlernen wollen, statt zu exerzieren und das Lager aufzuräumen. Sie werden unvorbereitet sein.«

»Sie sind immer noch pherenidische Soldaten«, gab einer der Männer zu bedenken. »Wir sollten sie nicht unterschätzen.«

»Wir sollten sie aber auch nicht überschätzen«, sagte Janner und beugte sich vor, die Hände auf die Tischplatte gestützt. »Es wird allerhöchste Zeit, dass wir beginnen, an uns selbst zu glauben! Wir brauchen keine Dons und ganz sicher keine Präfekten, um unsere Felder zu bestellen und unsere Kinder großzuziehen. Wir sind groß genug, auf uns selbst achtzugeben!«

Die Männer murmelten zustimmend. »Also«, schloss Janner, »in zwei Tagen. Jetzt schaut euch den Plan an, erzählt es den anderen, und bereitet euch vor.«

Er und Toska verließen das Zelt und gingen ein wenig abseits in Richtung des Waldrands.

»Du redest die letzte Zeit ziemlich häufig von Kindern«, stellte Toska fest und hob eine Braue. »Sollte ich etwas wissen?«

»Toska«, lächelte Janner, »wenn ich deinen Rat als Familienvater benötige, wirst du es schon früh genug erfahren. Wie geht es Chiada und Pepe?«

Der kleine Mann zuckte die Schultern. »Gut, würde ich sagen. Sie haben wieder einen Vater und dafür keine Schule mehr.«

»Klingt nach einem fairen Handel.«

»Ich belästige dich ja ungern damit«, sagte Toska und kramte durch seine Taschen. »Aber es hat wieder neue Steckbriefe gegeben. Ich fand, das solltest du wissen.«

Janner entfaltete das Stück Papier und studierte den Aushang.

»Vom Präfekten Merildons persönlich«, sagte Toska und zeigte auf die Unterschrift. »Zweihundert Denare.«

»Sie überbieten sich«, staunte Janner. »In Eccleton waren es noch um die sechzig. Na ja.« Grinsend zerriss er das Papier. »Ich fühle mich erst in einer Provinz zu Hause, wenn es einen ordentlichen Steckbrief von mir gibt. Immerhin schreiben sie inzwischen die Namen richtig. Dafür ist die Summe leider nicht mehr gestaffelt.«

»Tot bringt ihr genauso viel wie lebend«, nickte Toska. »Deshalb wollte ich es dir zeigen.«

»Wie steht dein Kurs zur Zeit?«

Toska schaute unschuldig drein und wippte auf den Fersen. »Ich glaube, vier Denare lebend und einen warmen Händedruck tot.«

Janner klopfte ihm auf die Schulter. »Aus dir wird noch was!«

»Ehrlich gesagt macht es mir ein wenig Sorgen. Nicht wegen mir – aber wegen Sannah und den Kindern.«

»Du hast Zweifel?«

»Manchmal schon«, gab er zu. »Im Gegensatz zu dir hatte ich nie so große Ziele. Die wenigsten hier hatten die. Ich war bloß ein Kaufmann – alles, was ich wollte, war meiner Familie ein gutes Leben ermöglichen. Oder nimm Horb, der ist Tischler. Horb macht verdammt gute Tische – mit vier Beinen und einer Platte obendrauf für Brot und Wein. Dann haben plötzlich ein Haufen rülpsender, furzender Soldaten an seinem Tisch Platz genommen.«

»Phereniden furzen nicht«, sagte Janner. »Glaub mir. Ich bin drüben aufgewachsen.«

Toska studierte ihn aufmerksam. »Hast du denn keine Zweifel? Dass es sich lohnt, was du tust, meine ich?«

»Es lohnt sich, solange das Volk auf unserer Seite steht«, sagte Janner. »Solange sie uns unterstützen, mache ich weiter.«

Der kleine Mann hielt Janner grinsend die Hand hin, und er schlug ein und sie klopften sich auf die Schulter.

»Gibt es sonst noch was?«

Toska strich sich durchs schüttere Haar. »Odwyn macht mir etwas Sorgen. Jeder hält ihn für einen netten Kerl, ich glaube aber, er trinkt zu viel, auch wenn ich ihn noch nicht dabei erwischt habe. Gestern saß er wieder den ganzen Tag herum und hat vor sich hin gestarrt.«

Janner zuckte die Achseln. »Er wäre nicht der Erste. Solange wir im Kampf auf ihn zählen können …«

»Ich setze Leuten ja nicht gern einen Floh ins Ohr«, sagte Toska. »Aber mir kam es so vor, als ob er deine Frau angestarrt hat.«

»Auch da wäre er nicht der Erste«, wehrte er ab, aber seine Hände verkrampften sich einen Moment. Dann nickte er. »Danke. Was noch?«

»Niesel und Farnstein waren wieder in Holferton unterwegs. Sie haben sich mit ein paar Mädchen und mehreren Flaschen Wein vergnügt und sind dann verduftet, ohne zu zahlen. Sannah hat es beim Einkaufen gehört.«

»Ich rede mal ein Wörtchen mit den beiden«, sagte Janner.

»Wenn wir so weitermachen, kann sich bald niemand von uns mehr irgendwo blicken lassen.«

»Streich ihnen auf jeden Fall was vom Anteil und gib es dem Wirt.«

»Ist schon geschehen«, sagte Toska.

»War das alles?«

Toska zögerte, dann schüttelte er den Kopf. »Nein. Komm am besten mal mit.«

Er führte Janner tiefer in den Wald. Sie passierten zwei ihrer Wachtposten und den Bach, der um ihr Lager floss, und standen schließlich in einem dichten Lorbeergehölz. Vor ihnen lag ein ausgeweideter Kadaver, umgeben von Fell- und Knochenfetzen.

Janner kauerte sich hin, nahm einen Stock und untersuchte das Tier. »Das ist ein Wolf, richtig? Oder was davon übrig ist.«

Toska nickte. »Es ist nicht das erste Mal, dass wir einen Kadaver in der Nähe des Lagers finden. Hasen, manchmal ein Marder, ich hab mir nicht viel dabei gedacht. Aber ein Wolf, so nah am Lager, und in dem Zustand? Was reißt denn bitte einen Wolf?«

»Was immer es war, es hatte keinen großen Hunger«, stellte Janner fest. Angewidert stocherte er in dem Kadaver herum. »Aber das Blut fehlt. Es ist kaum noch Blut da.«

»Das ist mir auch schon aufgefallen.«

»Was stellt so was an und kommt ungeschoren davon, ohne dass das Rudel es zur Strecke bringt?«, überlegte Janner. »Und wo wir vom Davonkommen sprechen …« Er stand auf und bedeutete Toska, beiseite zu treten. Dann sah er sich den Boden um den Kadaver herum an. »Viel ist da nicht«, murmelte er. »Hier sind nur ein paar Wolfsspuren …« Er ging vorsichtig ein paar Schritte weiter und verharrte an einer Stelle, wo der Boden weicher und frei von Moosen war.

»Was hast du gefunden?«, fragte Toska, und Janner winkte ihn herbei.

»Wir sind nicht die Ersten, die hier waren.«

Toska trat neben ihn und studierte die Spuren. »Ich frage mich ja, weshalb er keine Schuhe anhatte.«

»Und weshalb die Spuren nur wegführen«, fügte Janner hinzu.

Sie sahen sich lange an.

»Wir verstärken die Wachen«, sagte Janner. »Wenn jemand nach dem Grund fragt, sind die neuen Steckbriefe und unsere beiden Zechpreller dran schuld. Am besten lässt du sie gleich heute Abend antanzen, zusammen mit Odwyn. Das wird sie beschäftigen. Alle Ausflüge sind bis zum Einsatz gestrichen. Niemand verlässt das Lager mehr ohne unsere Erlaubnis. Das Letzte, was wir jetzt gebrauchen können, sind verängstigte Männer und noch mehr Probleme.«

»Vielleicht sollten wir früher als geplant ins Ausweichlager wechseln.«

Janner zögerte. »Gut, wir ändern den Plan. Morgen ziehen wir um. Die, die nichts zu tun haben, können schon mal mit Packen anfangen. Und wenn dir jemand dumm kommt, schickst du ihn zu mir.«

Toska nickte erleichtert. »Du machst dich gut.«

»Findest du?«

»Die Männer lieben dich.«

»Dann mach ich was falsch«, grinste Janner, und sie gingen zurück.

Als er wiederkam, saß April mit einer Tasse Ingwertee vor ihrem Zelt. Die Augustsonne wärmte die Lichtung und glänzte in ihrem zerzausten, strohblonden Haar. Sie trug ihr einfaches Leinenkleid und, da war sich Janner ziemlich sicher, nichts darunter. Sie war drahtiger geworden, stellte er fest, und sie sah glücklich aus. Manchmal schien sie ihm mehr für dieses Leben gemacht als er – als wäre ein geheimes Lager im Wald alles, was sie vom Leben je gewollt hatte.

Er nahm aber an, dass mehr dahinter steckte. Sie redete immer noch nicht gern über die Zeit, bevor sie von zu Hause weglief, doch er ahnte, dass der Kaiser nicht der einzige Feind war, gegen den sie kämpfte.

»Wie geht es dir?«, fragte er und setzte sich neben sie.

»Gut.« Sie lächelte und streckte ihm die nackten Füße hin. »Du hast die Besprechung überlebt, wie ich sehe?«

Janner nickte und streichelte kurz ihren Knöchel. Es hatte sich bewährt, besagte Treffen im kleinen Kreis früh morgens durchzuführen, bevor alle wach waren. So gab es weniger Diskussionen, und die Leute, die solche Diskussionen mit Vorliebe führten, konnten ausschlafen.

»Alles so, wie wir's verabredet hatten.«

»Schon eine Idee, wie wir die Gruppen einteilen?«

»Nein.« Er nahm sich Brot und Salami und schnitt sich mehrere Scheiben ab. »Darüber wollte ich erst mit dir reden.«

Sie zuckte die Schultern. »Mir ist es gleich. Natürlich macht es mehr Spaß zu zweit.«

»Ehrlich gesagt gibt es aber nicht viele, denen ich die zweite Gruppe anvertrauen würde.«

»Was ist mit Toska? Wird er mitgehen?«

»Wahrscheinlich nicht«, sagte Janner. »Aber das ist schon in Ordnung. Er ist ein schlauer Stratege und kann gut mit Leuten, aber …«

»Er ist kein Krieger.«

Er nickte und spielte nachdenklich mit dem Messer in seiner Hand.

»Edric vielleicht?«

Er verzog das Gesicht.

»Du kannst ihn nicht leiden«, stellte sie fest.

»Glaubst du, mir ist nicht aufgefallen, wie er dich ansieht?«

Kurz verschlug es ihr die Sprache. Dann kniff sie die Augen zusammen. »Wie er mich *ansieht*? So wie Lysle *dich* vielleicht? Der Junge sollte sich was schämen – er ist kaum älter als ich!«

Er wandte den Blick ab, und sie musste lachen.

»Vergiss es einfach«, winkte er ab. »Können wir zurück zum Thema, bitte? Ich hätte Edric gern bei der Gruppe am Haupttor dabei. Dafür kriegst du auch Lysle, wenn du willst.«

»Okay«, lachte sie. »Machen wir's so.«

Er zögerte. »Was hältst du von Odwyn?«

»Der mit Wybart kam? Der Stille, Bärtige?«

Janner nickte.

»Schwer zu sagen … bisher fand ich ihn ganz nett.«

»Genau das sagen alle. Ich wüsste aber gern, ob wir ihm trauen können.«

»Gib ihm eine Chance, dann weißt du's.«

Janner grunzte. »Dann übernimmt Odwyn die Ablenkung.« Er klappte sein viel zu dick belegtes Brot zusammen und biss hinein. April verfolgte sein Frühstück mit einer Mischung aus Ekel und Neid.

»Was?«, fragte Janner und kaute.

»War das alles, worüber du reden wolltest?«

»Kommt drauf an«, meinte Janner und schluckte. »Gibt es denn etwas, was du mir sagen möchtest?«

Sie hob die Brauen und schlug die Beine übereinander. »Ich weiß nicht.«

»Hat es was damit zu tun, dass du in letzter Zeit morgens nichts mehr essen willst und nur dieses üble Gebräu trinkst?«, fragte Janner und deutete auf ihre Tasse.

»Das ist dir aufgefallen?«

»Du würdest dich wundern, was mir alles auffällt.«

»Ich bin mir nicht sicher.«

»Nicht sicher?«

»Aber ich glaube schon.«

»Du glaubst?«

Sie nickte. »Vielleicht.«

Janner legte das Brot weg und fasste sie bei den Händen. »Willst du denn daran glauben?«

Sie sah ihm in die Augen. Sie nickte wieder.

»Dann wird es so sein«, sagte er, und sie fielen sich in die Arme und küssten sich. Ein höfliches Räuspern unterbrach sie. Toska stand hinter ihnen.

»Da ist jemand, der dich sehen möchte«, sagte er.

Den Juli über war ihre Bande beständig gewachsen. Lange schon hatten Armut und Willkür im Land selbst einfache Bürger gegen die Obrigkeit aufgebracht, und es schien, als hätte Merildon nur auf jemanden gewartet, der den Mut hatte, sich dem Präfekten und den Dons entgegenzustellen.

Edric und Estermond stammten aus Nermering, genau wie Toska, und waren wie er wegen Verrat und Aufwiegelei verurteilt. Edric hatte schon mit jungen Jahren für den letzten Schulzen gearbeitet, es sich aber mit dessen Nachfolger verdorben, was eines Tages in einer unglücklichen Auseinandersetzung auf dem Dorfplatz endete. Estermond war eigentlich Lehrer, aber der Familie Parciole, die den örtlichen Don stellte, schon lange ein Dorn im Auge gewesen. Schließlich bekam er Besuch von ein paar Spezialisten, die ihm die Vorzüge der pherenidischen Fremdherrschaft näherbringen sollten. Ihre Argumente waren schlagkräftig, ihre Sichtweise jedoch lief derart an den historischen Fakten vorbei, dass der ältere Mann sich gezwungen sah, seinen Standpunkt in roter Farbe am Rathaus zu verewigen.

Toska wiederum hatte den Fehler gemacht, seine beiden Freunde öffentlich zu verteidigen. Als das nichts nützte, bestach er die Büttel, damit man sie gehen ließ. Es hätte auch beinahe funktioniert, wäre einer der Büttel nicht der Sohn eines Händlers gewesen, den Toskas Vater vor Jahren aus dem Geschäft gedrängt hatte.

In Trestin lernten sie dann Masciano und Ropkin kennen. Masciano kam eigentlich aus Tanbria und hatte dort bereits im Bürgerkrieg gekämpft (April fragte sich, ob ein paar der Narben ihres Vaters von ihm stammten). Danach hatte er eine Weile Kisten im Hafen von Melnor geschleppt, bis das Waffen- und Schnapsgeschäft ihn immer weiter ins Inland lockte. Ropkin hatte als Rausschmeißer gearbeitet, bis er eines Tages den falschen Phereniden Kopf voran in den Schmutz warf. In der Nacht, als der Nebel das Gefängnis verschlang, waren sie geflohen.

Andere, wie Wybart und Odwyn, waren gewöhnliche Räuber gewesen, denen aufgrund von Janners und Toskas Erfolgen der Umsatz in der Gegend wegbrach. Vor die Alternative gestellt, einem ehrlichen Beruf nachzugehen oder sich der größeren Gruppe anzuschließen, hatten sie nicht lange überlegen müssen.

»Es sind nicht die besten Motive«, hatte Janner eingeräumt, »aber sie wissen, wie man kämpft« – ein Argument, dem Toska nicht nur zustimmte, sondern das ihn dazu brachte, nach weiteren Kandidaten zu suchen.

Es brauchte nicht lange, bis sie fündig wurden.

Die Fealva Niesel und Farnstein, deren einzige Vergehen sich, so Janner, auf schlechte Manieren und eine noch schlechtere Körperpflege beliefen, hatten ebenfalls nach Trestin verlegt werden sollen, ehe sich herumsprach, dass das Gefängnis mit ernsten Problemen zu kämpfen hatte. Kurz vor Holferton war ihr Transport umgedreht, hatte sein neues Ziel aber nie erreicht.

»Ihr könnt entweder abhauen«, hatte Janner erklärt, als sie den erbeuteten Wagen aufbrachen und sechs unrasierte Gesichter ihnen entgegenblickten. »Oder ihr schließt euch uns an und nehmt euch zurück, was euch gehört.«

Die Fealva hatten nicht lange gezögert. Auch Lysle und Fleik waren geblieben; einfache Strauchdiebe, aber mit einem bemerkenswerten Gerechtigkeitssinn für solche, fand Janner.

Derril und seine Familie waren zu ihnen gestoßen, nachdem Toska begonnen hatte in den umliegenden Ortschaften um Unterstützung zu werben. Mit ihnen kam auch Horb, der große Stücke auf die Prophetin hielt, und auch die Geschichten über Janners Vater kannte. Derril verriet Janner nie, was er angestellt hatte, aber die Angst stand ihm ins Gesicht geschrieben, und nach längerer Beratung hatte Horb Janner beiseite genommen und sich für Derril verbürgt – offenbar hatte er den Ehrgeiz, ihn auf den rechten Weg zu bringen.

Mit Derrils Frau Claire stieg die Zahl der Frauen zwar auf drei; doch abgesehen von den Kindern war April nach wie vor die Jüngste im Lager, und es brauchte eine Weile, bis die Männer sie nicht mehr wie Luft behandelten, wenn es Schwierigkeiten gab.

Janner hatte eher das umgekehrte Problem – im Guten wie im Schlechten.

»Wieso soll ich von dir eigentlich Befehle entgegennehmen?«, hatte Wybart irgendwann gefragt und sich breitbeinig vor ihm aufgebaut. »Der Faun möchte wohl von mir bedient werden.«

Janner ballte die Fäuste, und Toska und Masciano wollten schon eingreifen, doch April legte Janner die Hand auf die Schulter und trat vor. Dann nahm sie Schneeklinges Scheide vom Gürtel und hielt das Schwert Wybart entgegen.

»Zieh«, forderte sie ihn auf. »Na los doch.«

Einen Moment hatte der bärenstarke Mann gezögert, dann hatte er den Kopf geschüttelt, das schlanke weiße Heft gepackt und daran gezogen.

April taumelte zwar einen Schritt nach vorn, die Klinge selbst aber rührte sich keinen Zoll aus der Scheide.

Wybart riss noch einige Male daran, dann schnaubte er und stieß das Schwert von sich. »Ist das ein Trick?«

»Kein Trick«, sagte April und schaute auffordernd in die grinsende Menge. »Noch wer?«

Farnstein versuchte sein Glück, und nachdem er gescheitert war, wollte Niesel es auch probieren, die anderen aber, die schon länger dabei waren und die unheimlichen Eigenschaften des Schwertes erlebt hatten, lehnten dankend ab.

Dann streckte April Janner das Schwert hin.

»Jetzt du«, sagte sie.

Er sah sie fragend an, doch sie nickte ihm zu, und er trat näher und schloss zögernd die Hand um das Heft. April aber hielt Schneeklinge noch mit zwei Fingern am Korb, sodass die anderen es nicht sahen, und zog mit der Linken die Scheide ab.

Dann ließ sie los. Einen Moment hielt Janner ihr Schwert in der Hand. Es war ein seltsames Gefühl; als hielte er ihren abgetrennten Arm, und Schneeklinge sah schlaff und nutzlos aus in diesen Sekunden.

»Gib sie mir wieder«, sagte sie, und als er Schneeklinge in die Scheide steckte, küsste sie ihn, sodass alle es sahen.

Die Männer brummten verwirrt, nur Toska lächelte still. Er war der Einzige, der ihren Trick durchschaut hatte.

»Hier ist es egal, ob einer Fealv oder Mensch ist, Mann oder Frau, woran er glaubt oder woher sie stammt«, hatte April erklärt. »Es kommt nicht auf den Einzelnen an, sondern die Sache.«

Zustimmendes Gemurmel machte die Runde.

»Da aber Janner das bessere Händchen hat … tust du besser, was er sagt.«

»Du könntest dich zum Beispiel um die Kartoffeln kümmern«, schloss Janner, die Männer lachten, und damit war das Thema erledigt und kam nicht mehr zur Sprache.

Ein gutes Dutzend weitere Männer war gefolgt, und die meisten von ihnen waren geblieben. Manche waren Gesetzlose oder Vagabunden, andere Patrioten, manche bloß Bauern, die die Steuerlast nicht mehr stemmen konnten. Bald war es wie in einem kleinen wandernden Dorf zu leben, inklusive eines tragbaren Serayaschreins, eines Schießstands, selbstgebackenen Fladenbroten, Arbeitsteilung fürs Kleiderwaschen und die Jagd, und abendlicher Unterhaltung. (Wie Janner es ausdrückte: Jeder, der besser musizieren konnte als er, durfte es auch. Leider hatte bislang niemand ein annehmbares Lied über ihre Taten geschrieben.)

Sie hatten also schon eine Menge erlebt und eine Menge gesehen. Nichts aber hätte sie – und insbesondere Janner – auf den Besucher vorbereiten können, der an diesem Tag auf sie wartete.

SEEMANNSGARN

Am anderen Ende des Lagers hatte sich eine kleine Menge zusammengefunden, und Janner drängte sich durch, um zu sehen, wer da solches Aufsehen erregte.

Er erstarrte.

Vor ihm stand eine Frau in schwarzer Lederkleidung mit kastanienbraunem Haar, das sie zu einem starren Zopf geflochten hatte. Sie war eine Pherenidin. Ihr Teint war ungewöhnlich dunkel, ihre Züge aber makellos und hart wie die einer Statue, so wie es bei den Bewohnern des Strahlenden Reiches häufig der Fall ist. Sie hielt ein schönes braunes Pferd am Zügel, trug ein Schwert an der Seite, und an ihrem Gürtel prangte der Bronzelöwe von Leiengard.

»Bist du der Fealv, den sie Banneisen nennen?«, fragte sie.

»Wer will das wissen?«, erwiderte Janner.

Sie musterte ihn. Sehr lange, wie es ihm schien. Er wandte den Blick erst ab, dann aber wurde er sich der neugierigen Blicke seiner Männer bewusst und fixierte sie wieder. »Nun?«

»Cassiopeia Tial«, sagte Cassiopeia.

Janner öffnete den Mund, dann schloss er ihn wieder, als wäre seine Kehle auf einmal zu trocken. »Was willst du von ihm?«, fragte er dann. »Du siehst nicht aus wie eine Kopfgeldjägerin.« Die Bemerkung war als Scherz gedacht, doch niemand lachte.

»Mich ihm anschließen«, erwiderte sie kalt.

»Du? Eine Pherenidin?«

»Der Kaiser hat meine Familie verraten«, sagte Cassiopeia. »Ich bin die letzte Überlebende meines Hauses. Ich habe Pherenaïs verlassen, um mich dem Widerstand anzuschließen.«

»Also von mir aus kann sie bleiben«, meinte Ropkin. Cassiopeia schoss ihm einen kurzen Blick zu, und er verstummte.

»Diese Frau«, sann Janner mit Blick auf ihren Gürtel, »trägt das Zeichen von Leiengard. Sie könnte es mit jedem von euch aufnehmen. Wählt eure Worte mit Bedacht.« Ein Raunen ging durch die Menge.

»Du kennst die Schule gut«, stellte sie fest. »Du warst aber nie dort.«

»Nein«, sagte Janner. »Ich war nie dort.«

»Was ist das für eine Schule?«, fragte April und trat neben Janner, worauf er kurz zusammenzuckte.

»Eine alte und angesehene Schule«, sagte Cassiopeia.

»Die allerbeste«, murmelte Janner.

»Ich sehe, du trägst ebenfalls ein Schwert«, sagte Cassiopeia zu April. »Du musst Schneeklinge sein.« Ihr Blick wanderte wieder zu Janner. »Dann bist du also Banneisen – Tausenddorns Sohn.«

»Hast du gehört?«, fragte April und drückte sich an ihn. »Wir sind berühmt.«

Janner versuchte zu grinsen. Dann warf er einen Blick in die Runde. Toska schaute ihn besorgt an. Janner breitete die Hände aus. »Es wäre unhöflich, dich abzuweisen, wo du diesen weiten Weg auf dich genommen hast. Und es kommt nicht alle Tage vor, dass ein Träger des Löwen einem Hilfe anbietet. Wieso kommst du nicht erst einmal an und nimmst dir vorne in der Küche was zu essen? Wir reden später. Toska?« Mit einem knappen Blick zu April zog er den kleineren Mann mit sich.

»Du musst dich für mich darum kümmern, in Ordnung?«, flüsterte er, sobald sie außer Hörweite waren.

»Was ist los mit dir?«, fragte Toska und legte den Kopf schief. »Kennst du diese Frau?«

»Nein. Das heißt, ich bin mir nicht sicher. Aber wenn sie wirklich den Löwen trägt …«

»Für mich sah es ganz danach aus.«

Janner verzog das Gesicht.

»Was? Glaubst du, sie ist eine Betrügerin? Niemand wäre *so* dreist«, sagte Toska. »Oder doch?«

»Du hast recht«, sagte Janner. »Dem letzten, den sie bei so was erwischten, haben sie die Haut abgezogen.«

Toska gluckste. »Klingt nach einem guten Stück Seemannsgarn.«

»Du bist unmöglich. Diese Frau stellt eine echte Gefahr für uns dar. Niemand hier kann ihr das Wasser reichen.«

»Auch nicht Schneeklinge?«

»Gut, Schneeklinge vielleicht.« Er schüttelte den Kopf. »Das Problem ist, wir *können* sie gar nicht wegschicken. Aber wenn sie uns wirklich hilft, haben wir einen mächtigen Trumpf im Ärmel.«

»Dann willst du sie in unseren Plan einweihen?«

Janner schaute sich um, als hätte er aus den Augenwinkeln etwas bemerkt. »Entscheide du. Ich muss mich jetzt um Niesel und seinen Kumpel und einen Haufen andere Sachen kümmern.«

»Ich finde wirklich, du solltest diese Entscheidung treffen. Sie hat nach dir gesucht – sie kommt aus deiner Heimat. Hast du von ihrer Familie schon mal gehört?«

»Kann sein«, sagte Janner. »Aber du musst dich darum kümmern. Hörst du, Toska? Kümmere dich bitte darum.« Dann wandte er sich ab und eilte davon.

»Hey«, sagte April, als Janner später am Tag zu ihr kam. Sie saß auf einem Stein am Bach, ein gutes Stück abseits der Stelle, wo sie sonst zum Waschen hingingen, und sah nachdenklich aus. »Wo hast du gesteckt?«

»Bitte entschuldige«, sagte Janner, beugte sich zu ihr herab und küsste sie. »Viel zu tun. Wir bauen das Lager ab.«

»Jetzt schon?« Sie erwiderte den Kuss, dann hielt sie inne. »Hast du getrunken?«

»Kann sein«, wich er aus. »Tut mir leid.«

»Das braucht es nicht. Aber vielleicht sollten wir die nächsten Tage einen kühlen Kopf bewahren.« Sie ließ ihn los und spähte ins Unterholz auf der anderen Seite des Bachs.

»Was machst du hier?«, fragte er.

»Ich habe mich etwas umgesehen. Ich dachte … Ich hatte einfach ein komisches Gefühl.«

»Was ist da?« Er reckte den Hals und versuchte, ihrem Blick zu folgen.

»Ich glaube, eine Krähe. Sie ist aber ganz weiß.«

Er gab auf und ließ sich müde neben sie sinken. »Albinos galten in Pherenaïs nicht gerade als Glücksbringer.«

»Liebling«, sagte April und wandte sich ihm wieder zu. »Was ist los?«

»Es ist der Überfall«, sagte er. »Das ist die größte Sache, die wir bislang gemacht haben. Größer noch als das Gefängnis.«

»Ist es wirklich nur das?«

»Was meinst du damit?«

»Es hat doch nichts damit zu tun … was ich dir heute früh erzählt habe?«

Er legte den Arm um sie. »Nein. Wirklich nicht. Ich bin sehr glücklich, und daran kann nichts und niemand etwas ändern.«

»Was ist es dann?« Sie schaute ihn an, doch er wich ihrem Blick aus. »Ist es die Neue? Etwas an ihr war merkwürdig. Habt ihr euch schon mal getroffen?«

»Ich kenne diese Frau nicht«, sagte Janner. »Ich weiß nicht, wer sie ist.«

Sie strich ihm über die Wange. »Es wird alles gut«, sagte sie. »Wir sind unbesiegbar, du und ich.«

»Ja«, sagte er. »Ich weiß.«

»Gehen wir zurück zu den anderen.« Sie küsste ihn. Dann stand sie auf und zog ihn auf die Beine.

Sie warf noch einen letzten Blick auf die andere Seite des Bachs, ehe sie gingen. Aber sie konnte die Krähe nicht mehr entdecken.

Spät in der Nacht konnte er nicht schlafen, also legte er sein Schwert an, warf sich seinen Rucksack über die Schulter und machte einen Spaziergang. Er nickte Odwyn und den beiden Fealva zu, die in Sichtweite des Feuers patrouillierten, dann ging er tiefer in den Wald, aber nicht so tief, dass er auf einen ihrer Außenposten stoßen würde. Eine Weile folgte er dem Verlauf des Bachs, dann entdeckte er eine kleine Wiese, auf der wilde Mirabellenbäume wuchsen. Er strich mit den Fingern über die Blätter, pflückte eine Frucht und aß sie. Dann holte er seine Flöte heraus, setzte sich unter einen Baum und spielte ein paar leise Töne, doch die Melodie brach ihm weg wie eine alte Brücke.

»Ianus«, sagte Cassiopeia. Sie schien geradewegs aus dem Nichts aufzutauchen. Er zuckte zusammen, seine Hand ließ die Flöte fallen und fuhr zum Schwert. Sie lächelte. »Gute Reflexe«, sagte sie. »Aus dir hätte ein großer Krieger werden können – wie dein Vater.«

»Du kennst mich also noch«, sagte er und hob die Flöte auf. Da lachte sie, doch es war kein schönes Lachen. Möwen lachen so, wenn ein Fisch vom Meer ans Land geworfen wird.

»Ich hatte immer gedacht, dass das meine Zeile sein würde.«

»Das ist kein Schauspiel.«

»Nein? Ich dachte, alles ist eine einzige Geschichte. Ein großes Drama – eine Komödie. Etwa nicht?«

»Ich war mir nicht sicher, ob du's wirklich bist. Bei den Göttern, wie lang ist es nun her? Zwölf Jahre?«

»Zehn«, sagte sie und trat einen Schritt näher. »Fast auf den Tag. Darf ich mich setzen?«

Er nickte, und sie nahm neben ihm Platz. Der schmale Mond und ein paar Sterne erhellten ihr Gesicht gerade genug, dass er für eine Sekunde das Mädchen vor sich zu sehen glaubte, dem er zuletzt in einem anderen Land begegnet war, in einem anderen Leben, von dem er nie erwartet hätte, dass es ihn noch einmal einholen würde.

»Wie hast du mich gefunden?«, fragte er.

»Der Ruf des großen Banneisen eilt ihm voraus.« Sie lächelte schwach. »So viel hast du erreicht. Glaub mir, ich habe auch nicht schlecht gestaunt, als ich von dir hörte. Dein Vater könnte stolz auf dich sein.«

Er erwiderte ihr Lächeln, sagte aber nichts dazu.

»Also?«, fragte sie.

»Also was?«

»Wie ist es dir ergangen?«

Er grunzte. »Ich saß im Gefängnis. Ich fuhr zur See. Ich suchte meinen Vater. Ich lernte ein Mädchen kennen.«

»Das ist alles?«

»Bei den Göttern«, flüsterte er wieder. »Warst du wirklich auf Leiengard?«

»Glaubst du, ich würde den Löwen tragen, wenn ich ihn mir nicht verdient hätte?«

Er schüttelte den Kopf. »Wenn du ihn trägst, dann hast du ihn dir auch verdient.«

Sie nickte.

»Es muss … du musst sehr viel auf dich genommen haben.«

Sie nickte wieder.

»Wieso?«, fragte er.

Sie schaute verständnislos drein. »Wieso? Du fragst mich, *wieso?*«

Er zuckte verlegen die Schultern.

»Sie haben mein – *unser* – Zuhause überfallen. Jemand – ihr Anführer – hat meinen Vater getötet. Ich hatte solche Angst …«

Er nickte.

»Und du warst nicht da.«

Er wandte den Blick ab.

»Wo warst du?«

Er schaute zu Boden und drehte die Flöte in den Fingern.

»Ianus?«

»Ich hatte auch Angst.«

»Du warst nicht da.«

»Wie gesagt – ich hatte Angst.«

»Du bist weggelaufen.«

»Ich bin weggelaufen.«

»Ich habe in Ptaraon auf dich gewartet«, sagte sie. »Am Leuchtturm, wie du gesagt hast. Ich habe gesucht, und gewartet. Ich sagte mir, er wird kommen und mich mitnehmen. Er hat es versprochen.«

»Ich bin weggelaufen.«

»Du hast es *versprochen*.«

»Ich weiß.« Er sah auf. »Ich dachte, du bist tot.«

»Sie haben mich verschont.«

Er blickte sie fragend an.

»Ich suche ihren Anführer«, sagte sie. »Mittlerweile weiß ich, was alles dahintersteckt. Du würdest mir nicht glauben … Ich kann es dir erzählen, wenn du willst. Die Geschichte ist noch nicht vorbei – unsere Geschichte.«

»Unsere …« Er stockte. »Ich würde dir wirklich gerne helfen. Aber ich habe jetzt meine eigene Geschichte, weißt du. Ich habe eine wirklich schwere Zeit hinter mir. In Ptaraon wollten sie mich umbringen, und in Melnor auch. Ich habe ein paar ziemlich dumme Sachen gemacht, und jetzt bin ich hier. Zum ersten Mal hat mein Leben eine Richtung. Ich habe eine Aufgabe. Ich habe ein Mädchen.«

Sie lächelte. »Wie wahrscheinlich ist es denn«, fragte sie, »dass wir uns nach so langer Zeit hier wiederfinden? Unsere Geschichten sind *eins* – erkennst du das nicht? Auch ich war in Ptaraon. Bin zur See gefahren. Ich habe die halbe Welt bereist … und schreckliche Dinge erlebt. Und doch bin ich jetzt hier. Habe auch eine Richtung. Eine Aufgabe.« Sie fuhr ihm durchs Haar, und er zuckte zurück. »Du hast es versprochen!«, erinnerte sie ihn.

Er stand auf und wandte ihr den Rücken zu. »Ich habe mein Versprechen gebrochen«, sagte er. »Ich hatte Angst, und ich bin weggelaufen. Zehn Jahre ist das nun her. Was willst du von mir?«

»Nimm mich mit«, sagte sie. »Wie du gesagt hast. Das bist du mir schuldig.«

Er grunzte. »Gut.«

Sie lachte wieder. »Mache ich dich etwa nervös?«

Er blickte zum Wald. »Was glaubst du denn? Du tauchst hier auf wie ein Gespenst … Tut mir leid. Du hast recht – ich bin dir was schuldig.«

Sie lächelte erfreut.

»Können wir später weiterreden?«, bat er. »Es wird bald hell, und morgen ziehen wir um. Du willst bei uns mitmachen? Du wärst uns eine große Hilfe. Eine sehr große sogar – verdammt, du wärst ein Symbol.« Er versuchte zu grinsen. »Willkommen im Widerstand.«

Sie stand auf und trat zu ihm. »Gut«, sagte sie. »Das freut mich. Sehr sogar.«

Er hob hilflos die Hände. »Was hast du erwartet? Ich meine, wenn das wirklich alles ist, was du willst … wie gesagt. Es ist uns eine Ehre, sei unser Gast. Cassiopeia! Bei den Göttern.«

Sie zuckte zusammen, als er ihren Namen sagte. Dann wandte sie sich ab. »Wir reden später.«

Er kehrte zur Lichtung zurück. Die Wachen hatten in der Zwischenzeit gewechselt; Horb und Edric saßen würfelspielend am Feuer und nickten ihm zu. Er erwiderte den Gruß und ging weiter zu seinem und Aprils Zelt. Da glaubte er einen Moment eine Bewegung zu sehen, direkt hinter dem Zelt in den Schatten. Er schrie, packte Banneisen und rannte los, doch im nächsten Moment war, was immer er gesehen hatte, verschwunden.

Horb und Edric kamen herbeigerannt und brachten Fackeln. »Was ist los?«

»Nichts«, sagte Janner und nahm Edric die Fackel ab. »Wahrscheinlich nichts.« Er ging um das Zelt herum und schob mit den Füßen das Unkraut beiseite. Das Zelt öffnete sich und April schaute heraus, Schneeklinge in der Hand. »Alles klar?« Sie trug keine Kleider. Edric errötete; Horb grüßte nervös und wandte den Blick ab.

»Ja«, sagte Janner. »Ich dachte, ich hätte was gesehen. Es ist nichts. Ich bin bloß nervös.«

»Wo warst du überhaupt?«, wollte sie wissen.

»Wir geh'n dann mal wieder«, sagte Horb und zog den jüngeren Mann mit sich. Janner nickte knapp. »Ich musste mal raus«, sagte er.

»Mit Schwert und Rucksack?«

»Ich konnte nicht schlafen«, sagte er. »Wie gesagt: Ich bin etwas nervös.«

»Komm wieder rein«, sagte sie, und er nickte und kam zu ihr. Dann zog er die Stiefel aus, und mit einem letzten Blick hinter das Zelt, wo er die Wolfsspuren gesehen hatte, duckte er sich und trat ein.

April war besorgt und auch etwas misstrauisch. Sie fragte ihn wieder, ob es ihm auch gutging, und ob es etwas mit heute früh zu tun hatte, und er sagte ja, und er sagte nein. Bald war sie wieder eingeschlafen, er aber tat auch den Rest der Nacht kein Auge zu.

REICHE ERNTE

Bei Einbruch der Dunkelheit hatte Aprils Gruppe Position in dem Wald um das Depot bezogen. Sie trugen dunkle Kleidung, die dichten Pinien spendeten Schutz, und der Boden, auf dem sie lagen, war noch warm vom Sonnenschein. Der Mond stand tief am Himmel.

Das Depot war quadratisch und mit dem Rücken an eine Felswand gebaut. An seiner linken Seite war die Klippe am höchsten und überragte es um gut zweihundert Fuß. Zwei Wachtürme begrenzten diese Seite an beiden Ecken, einer hinten an der Wand und einer an der Vorderfront. Am hinteren dieser beiden Türme sollten Odwyn und Fleik ihr Ablenkungsmanöver beginnen.

Der Haupteingang des Forts lag an der Vorderseite, in der Mitte des Palisadenzauns. Zu beiden Seiten des Tors hing das schwarzrote Sonnenbanner des Kaisers. Ein breiter Weg, von Feuerschalen erhellt, führte vom Tor über eine weite, gerodete Lichtung und dann in den Wald, wo Janners Gruppe wahrscheinlich schon auf Position war. Rechter Hand des Tors, an der nächsten Ecke, befand sich ein dritter Wachturm.

An der hinteren Wand der rechten Seite aber stand kein Turm, weil dort ein Wasserfall in ein Becken stürzte, aus dem ein kleiner Bach entsprang. Der Palisadenzaun wich am Becken einem hohen Zaun aus spitzen, schmiedeeisernen Stäben, sodass das Becken sich bis ins Innere des Lagers erstreckte und es so mit Wasser versorgte. Am Ufer lag der Seiteneingang, der das Ziel von Aprils Gruppe war.

Bei ihr waren Horb, Derril, Lysle und vier weitere Männer. Janners Gruppe bildete die zwölfköpfige Hauptstreitmacht. Dabei war auch die Pherenidin, weil er sie, wie er sagte, im Auge behalten wollte – was April mehr missfiel, als sie sich eingestehen wollte. Toska und Estermond, der Älteste, waren wie erwartet mit den Frauen und Kindern im Ausweichlager geblieben. Auch Farnstein war nicht mitgekommen, was Janner enttäuscht hatte; anscheinend war er zu betrunken gewesen.

Die Späher hatten schon in den frühen Morgenstunden auf ihren Beobachtungsposten gelegen und bestätigt, dass mehrere Wagen mit Soldaten das Depot verlassen hatten. Zur Mittagszeit schien sich eine große Trägheit im Inneren auszubreiten, und erst gegen Abend hatte man wieder Zeichen von Aktivität gehört. Zu jeder vollen Stunde verließ eine Patrouille von zwei Reitern das Lager durch den Seitenausgang, ritt ein Stückchen in den Wald und dann in weitem Bogen bis zur anderen Seite, wo sie kehrtmachten. Davon abgesehen aber wirkte das Lager wie ausgestorben.

Jede Gruppe verfügte über eine Uhr und ein Fässchen Kanonenpulver. Beides stammte von Toskas lagandæischen Freunden, die anscheinend ein heimliches Interesse an der Unterstützung des Widerstands besaßen. Uhren waren teuer und selten – in ihrer ganzen Kindheit hatte April nur eine einzige gesehen, und die hatte Bruder Tito gehört und war ein schweres Ungetüm gewesen, das immerzu nachging. Diese Uhr hier dagegen war zierlich, leicht, aus schimmerndem Messing und in ein Kästchen aus poliertem Walnussholz gebettet.

Der Plan sah vor, dass Janners Gruppe die beiden Reiter ausschaltete und dann bis zum Waldrand vorrückte. Sie hätten Zeit bis kurz vor elf, ehe ihr Verschwinden im Lager jemandem auffiele. Odwyn und Fleik würden in der Zwischenzeit im Schutz der Klippe zum hinteren der beiden Türme schleichen, Öl an der Palisade verschütten und ihre Sprengladung anbringen. Punkt halb elf sollten sie zünden und fliehen. Sobald die Explosion die Aufmerksamkeit der Wachen auf der Palisade gebunden hatte, sollten April und ihre Männer sich von der anderen Seite nähern, einen Weg durch den Seiteneingang sprengen, einen kurzen, heftigen Schlag führen und sich zurückziehen. Dies gab Janners Gruppe genug Zeit, mit dem Wagen den Wald zu verlassen und das Haupttor zu erreichen. Sobald auch dieses zerstört war und den Soldaten klar wurde, von wo der eigentliche Angriff kam, konnte April wieder vorrücken und sie von hinten in die Zange nehmen.

Es war ein komplizierter Plan, bei dem jedes Rädchen ins andere greifen musste, und jede Gruppe die nötige Ablenkung für die nächste lieferte. Toska hatte ihn entwickelt, um ihre Chancen gegen die gut gerüsteten Soldaten zu erhöhen und Verluste möglichst gering zu halten. Sie mussten die Soldaten in Panik versetzen, hatte er gesagt, und immer einen Schritt voraus sein.

»Warum brauchen sie nur so lang?«, flüsterte April mit Blick auf die Uhr. Sie waren schon zehn Minuten über der Zeit. Odwyn hätte längst zünden sollen. Im Fort sattelte die nächste Patrouille wahrscheinlich schon ihre Pferde, und in spätestens zwanzig Minuten würde eine Sanduhr auslaufen und das Verschwinden ihrer Vorgänger bemerkt werden.

»Vielleicht gab es ein Problem mit der Patrouille?«, meinte Horb.

»Nein«, widersprach sie. »Banneisen hat genug Leute. Keine Chance, dass die beiden Reiter ihnen entwischt sind. Es muss ein Problem bei Odwyn gegeben haben.«

Sie studierte die Wehrgänge. Im Feuerschein zeichneten sich schwach die Umrisse der Soldaten ab, doch die Klippe warf einen breiten Schatten über das Gelände.

»Wir rücken vor«, beschloss April.

»Bist du sicher?«, fragte Lysle.

»Banneisen wird den Einsatz auf keinen Fall abblasen. Wenn wir es schaffen, unbemerkt bis zum Zaun vorzudringen, haben wir die Überraschung noch auf unserer Seite.«

Lysle nickte und gab den Befehl im Flüsterton weiter. Sie ließen, was sie entbehren konnten, zurück, verließen die Deckung und huschten geduckt am Ufer des Bachs entlang. Horb, der der kräftigste von ihnen war, trug das Fässchen.

Die Entscheidung war riskant, denn außer der sanften Böschung und gelegentlichen Sträuchern bot das Gelände kaum Deckung, und April rechnete jeden Augenblick mit einem Alarmsignal und dem darauf folgenden Pfeilregen, dem sie kaum etwas entgegenzusetzen hätten. Einmal glaubten sie das Blitzen einer Laterne auf dem Wehrgang zu sehen, warfen sich bäuchlings hin und verharrten einige atemlose Sekunden. Dann rappelten sie sich auf und huschten weiter.

Sie erreichten die Palisade. Sofern keine Wache direkt senkrecht nach unten sah, waren sie vor Entdeckung geschützt; sie standen im Schatten am Ufer des kleinen Sees, und der Wasserfall überdeckte die meisten Geräusche. Ein Stück neben ihnen befand sich der Seiteneingang. Aprils Herz schlug ihr bis zum Hals.

Sie bedeutete Horb, sich bereit zu machen. Mit einer Körperbeherrschung, die man dem großen Mann nicht zugetraut hätte, schlich der Tischler an der Wand entlang und stellte das kleine Pulverfass sanft neben die Tür. Dann entrollte er die Zündschnur, befestigte sie, wie Toska es ihm gezeigt hatte, und zückte ein Schwefelholz. Mit großen Augen schaute er April an.

Sie bedeutete ihm, noch zu warten.

Vergeblich versuchte sie, ihre Aufregung niederzukämpfen und sich zu konzentrieren. Ihre Gedanken jagten einander: Was würde Janner tun? Würde er abbrechen, wenn er bemerkte, dass Odwyn gescheitert war? Nein – denn er würde genau wie sie davon ausgehen, dass die anderen auch nicht abbrachen. Also würde er weiter bis zum Waldrand vorrücken und auf die nötige Ablenkung warten, um mit dem Wagen das offene Feld zu überqueren.

Mittlerweile war es kurz vor elf. Sie hob die Hand, um Horb ein Zeichen zu geben.

Da erschütterte auf einmal eine gewaltige Explosion das Fort. Eine Feuersäule stieg auf der fernen Seite des Depots auf, Donner rollte an der Felswand entlang und brachte den Geruch von Pulver mit sich.

Odwyn musste doch noch Erfolg gehabt haben.

Sie nickte Horb zu, er entfachte die Lunte, und sie eilten geduckt zum Rand des kleinen Sees und warfen sich zu Boden. April bedeutete den Männern, sich die Ohren zuzuhalten und den Kopf unten zu halten.

Sie zählte bis fünf. Bis zehn.

Dann schoss eine Wolke heißer Luft über sie hinweg. Der Lärm war so ohrenbetäubend, dass April erst gar nicht begriff, was die Schmerzen verursachte. Trümmer des Eingangs flogen über sie hinweg und regneten in den See. Sie hob den Arm und rief etwas, das sie selbst nicht verstand, doch die Männer sprangen schon auf, und dann stürmten sie, April voraus, durch das offene Tor. Der Rauch nahm ihr die Sicht, doch Schneeklinge fand ihre Gegner auch so, stach und schnitt sich ihren Weg frei, traf auf Klingen, Rüstung, Leder, Fleisch – und dann stand sie auf einmal im Inneren des Lagers, ihre Männer hinter sich, und von überallher stürmten Soldaten auf sie ein.

»Zurück!«, schrie sie.

Sie bildeten einen Halbkreis, um das Loch, das sie in die Palisade gesprengt hatten, zu verteidigen. Es schien ihr eine kleine Ewigkeit zu dauern. Dann zogen sie sich zurück, Schritt für Schritt. Schneeklinge hielt ihnen den Rücken frei; die Spitze des Schwerts zuckte umher wie die Nadel eines Schneiders und stach ein Flickwerk blutender Körper vor ihr auf den Boden. Sie bemerkte kaum, was sie tat. Wenn überhaupt Geräusche das hohe Singen in ihrem Ohr durchdrangen, dann nahm sie sie nicht wahr.

Schließlich erkannte sie, dass die Stellung nicht länger zu halten war. Hinter der Reihe von Schwertkämpfern, die vor ihr zusammenbrach, eilten Soldaten mit Armbrüsten heran. April drehte sich um und rannte, so schnell sie nur konnte.

Jetzt, dachte sie. *Bitte, jetzt!*

Ihre Männer sprangen in den kleinen See, um sich aus der Schusslinie in den Schutz der dunklen Felswand zu flüchten. April wollte ihnen folgen, doch am Ufer blieb sie wie erstarrt stehen, mitten in der Gischt des Wasserfalls. Eine ungebetene Erinnerung lähmte sie – der Gedanke an einen anderen Fluss, vor langer Zeit, in dem sie beinahe ertrunken wäre, hielt sie fest. Sie schaute zurück.

Die Soldaten standen noch im zerstörten Eingang und folgten ihr nicht. Vermuteten sie eine Falle? Sie sahen nicht einmal in ihre Richtung. Ein einzelner Bolzen wurde vom Wehrgang geschossen, ging aber fehl.

Da wurde in ein lautes Horn gestoßen, die Soldaten ließen fallen, was sie gerade in Händen hielten, und rannten davon. Chaos brach aus – Panik und Chaos.

Liebling!, dachte sie, und dann gab es eine weitere Explosion, gewaltiger als alle zuvor, und April duckte sich und schloss einen Moment die Augen. Sie stellte sich Janner vor, und wie das gewaltige Tor aus den Angeln gehoben wurde und davonflog, sodass das Depot nun nackt und schutzlos vor ihm lag.

Lächelnd öffnete sie wieder die Augen, dann hob sie den Arm. Ihr Haar hing ihr wild in die Stirn.

»Los!«, schrie sie, und ihre Männer, nass bis auf die Knochen, kamen zurück und folgten ihr.

Die Patrouille zu überwältigen hatte keine größeren Probleme bereitet. Die beiden Soldaten waren überrascht und wohl auch ein wenig betrunken gewesen. Einer von ihnen fand einen schnellen Tod, der andere hatte sich ergeben und saß nun gefesselt und geknebelt an einen Baum gelehnt. Dann waren sie vorgerückt und hatten auf die erste Sprengung gewartet. Am Waldrand lagen sie auf dem Bauch und verfolgten mit Janners Fernrohr das träge Auf und Ab der Soldaten auf dem Wehrgang.

»Etwas ist schiefgegangen«, flüsterte Masciano, als kurz nach halb elf noch nichts passiert war.

Janner nickte düster. Er hatte einen leichten Kater und insgesamt ein schlechtes Gefühl bei der Sache. »Warten wir noch ein paar Minuten«, sagte er.

»Er hat eine Uhr und weiß genau, wann er zu sprengen hat.«

»Ich weiß. Wir warten trotzdem – vielleicht gibt es ein Problem mit der Zündschnur.«

Masciano warf ihm einen zweifelnden Blick zu, sagte aber nichts weiter.

»Ohne Ablenkung übers offene Feld wird's nicht leicht«, sagte Edric. »Entweder sie nehmen uns vom Wehrgang aus unter Beschuss, oder sie rücken aus und stellen uns vor dem Tor.«

Janner grunzte. »Es wird eine Ablenkung geben.«

»Du glaubst, Schneeklinge wird auf eigene Faust vorrücken?«

»Sie sind weniger und können sich zur Not im Schatten verstecken. Sie können es schaffen.«

»Ihre Chancen stünden trotzdem besser, wenn die Leute im Fort beschäftigt wären.«

»Ich mache es«, sagte Cassiopeia und robbte näher.

»Du machst was?«, fragte Janner.

»Ich gehe Odwyn und Fleik suchen und bringe ihren Auftrag zu Ende.«

»Das dauert zu lang. Bis du bei ihnen bist, haben sie ihre Leute schon vermisst und schlagen Alarm.«

»Nicht, wenn ich den direkten Weg über die Lichtung nehme.«

»Sie werden dich sehen.«

»Ich garantiere dir, dass sie das nicht werden«, flüsterte sie. »Vertrau mir.«

»Und dann? Vielleicht haben wir irgendwen übersehen. Oder das Pulver macht Schwierigkeiten.«

»Ich komme schon klar«, beharrte sie. »Und ich kenne mich aus mit Pulver. Ich lasse mir was einfallen.«

Janner und Masciano tauschten kurz Blicke, dann nickte er.

»Also schön«, sagte Janner. »Aber sei vorsichtig, und beeil dich. Fünf vor elf ziehen wir los, egal was.«

Sie nickte und robbte zurück. Janner warf einen weiteren Blick durch das Fernrohr. Die Wachen machten nicht den Eindruck, als ob ihnen irgendwas aufgefallen wäre. Als er das Rohr wieder absetzte und den Blick über das Feld schweifen ließ, war Cassiopeia nirgendwo zu entdecken.

»Wo ist sie hin?«, fragte er.

Edric schüttelte den Kopf. »Sie ist da vorn um den kleinen Busch gebogen und einfach nicht mehr aufgetaucht.«

»Ich habe kein gutes Gefühl bei der Sache«, murmelte Janner.

Sie warteten ungeduldig bis beinahe fünf vor elf, als endlich die Sprengung zu hören war. Janner konnte durch sein Fernrohr sehen, wie der hintere Turm des Lagers Schlagseite bekam und einknickte. Felsbrocken lösten sich von der Steilwand und stürzten zu Tal. Die Soldaten auf den Wehrgängen rannten, um sich ein Bild von der Lage zu machen.

»Warten«, sagte Janner und hielt seine unruhigen Männer zurück. »Das war noch nicht alles!«

Wenige Sekunden später folgte die zweite Explosion am Seiteneingang. »Wusste ich's doch«, grinste Janner. »Los geht's!«

Sie schoben den Wagen aus dem Wald und trieben die Pferde an. So schnell wie möglich ratterten sie über den erleuchteten Feldweg zum Tor. Die meisten Männer hielten sich in der Deckung des Wagens, doch noch hatte sie niemand bemerkt. Aus Richtung des Seiteneingangs konnten sie Schlachtenlärm hören.

Zieh dich zurück, dachte Janner. *Nun zieh dich zurück!*

Sie erreichten das Tor. Die ersten Wachen hatten sie entdeckt und nahmen sie vom Wehrgang aus unter Beschuss. Masciano lud mit Janners Hilfe das Pulverfass ab, dann plazierte er es vor dem Tor und machte es bereit. Eins der Pferde wurde von einem Pfeil getroffen und stürzte. Das andere Pferd geriet in Panik. Niesel sprang auf den Wagen und griff nach der Leine, doch ein weiterer Pfeil traf ihn in die Brust. Der Wagen kippte und begrub den

Fealv unter sich. Die restlichen Männer sprangen dahinter in Deckung.

Janner und Masciano drückten sich flach an die Palisade; sie warteten auf die Explosion.

Sie war gewaltiger, als Janner erwartet hatte. Toska hatte nicht übertrieben, als er sie vor der Sprengkraft der Fässer gewarnt hatte. Um ein Haar hätte es ihn von den Beinen gerissen. Mehrere Männer bekamen Splitter ab. Dann stürmten sie vor – durch den Rauch, in die schreiende Menge. Einfach nur vor.

Jetzt, dachte Janner. *Jetzt zählt es.*

April und ihre Leute kämpften sich ins Innere des Lagers. Dort herrschte solches Chaos, dass sie weder Freund noch Feind erkannte, doch für Schneeklinge machte es keinen Unterschied. Jede ihrer Bewegungen kam automatisch wie bei einer Tänzerin. Jede Sehne ihres Körpers war zum Zerreißen gespannt, ihre Haut von Ruß und Blut ganz verklebt, doch sie wusste nicht, wessen Blut. Das blütenweiße Metall schrieb seine Gedichte vor ihr in die Nacht, sprach tödliche Verwünschungen, die ihre Gegner auf einen Wink ihres Arms hin fällten, und erst fiel April gar nicht auf, dass es nicht weniger, sondern immer mehr wurden.

Zu ihrer Linken sah sie Janner durch das Tor stoßen und immer tiefer in das Lager eindringen. Ihre Gruppen waren noch gut fünfzig Schritt auseinander, doch schafften sie es mit vereinten Kräften, die Gegner zurückzudrängen. Trotzdem kämpften sie wie gegen eine starke Strömung an, und die Wogen türmten sich immer weiter auf.

Janner hielt Banneisen mit beiden Händen gepackt und legte einen Kreis der Vernichtung um sich. Auch die übrigen Männer suchten sich ihre Gegner. Doch es wurden immer mehr Soldaten, und sie gaben nicht auf.

»Eine Falle!«, rief da jemand neben ihr. »Es ist eine Falle!«

Sie sah die Pherenidin, weit vor sich in der Menge, die flink wie ein Weberschiffchen zwischen den Gegnern hindurchtauchte, und die Spur, die sie zog, war aus Leichen. April begriff, was sie vorhatte: Sie wollte sich einen Weg bis zu den hinteren Gebäuden bahnen. Dort, tief in der Felswand, befand sich aller Voraussicht nach die Schatzkammer.

Kurz erwog April, umzukehren. Doch es war schon zu spät – ein geordneter Rückzug war nicht mehr möglich. Weder konnte sie sich in dem Geschrei und Stahlgeklirr verständlich machen, noch in der rauchverhangenen Luft orientieren und sehen, wie viele ihrer Leute noch lebten und wo sie sich befanden. Sie kämpfte fast blind, immer weiter.

Es hieß alles oder nichts.

Mit einem zornigen Aufschrei drang sie weiter vor. Schneeklinge bahnte ihr den Weg zum Hauptgebäude, und dann sah sie in der Menge auf einmal eine Gestalt auftauchen, die nicht hätte da sein sollen. Sie sah sie mit schrecklicher Klarheit: weiß und fremdartig wie ein geflügeltes Pferd, nur dass es kein Pferd war, das diese Mähne aus Licht hinter sich herzog, in einem Harnisch aus gebürstetem Stahl, die Arme ausgebreitet wie Schwingen; in den Händen ein geflammtes Schwert, mal links, mal rechts, die Klinge wie aus einem Blitz geschnitten, die Augen dahinter zwei geisterhafte Scheiben, in denen sich die Feuer spiegelten.

Es war ein Eolyn. Es war *der* Eolyn – der Fremde vom Jahrmarkt – und er lächelte ihr zu, während er mühelos durch die Reihen der Gegner schritt und Männer auf seine gleißende Klinge spießte wie Trauben. Er *erntete* sie. Zurück blieb nur ein blutiger Pfad, von verstümmelten Leibern gesäumt; geknickte Reben in einem Weinberg.

April sah es, und glaubte es doch nicht; zwei Sekunden, drei vielleicht, in denen Schneeklinge ihr mehrfach das Leben rettete. Der Rauch zog sich zusammen, sie konnte einen Moment nichts mehr sehen und bekam Angst, und dann verzog sich der Rauch wieder und der Spuk war vorbei.

Vereinzelt hörte sie noch das Klirren von Schwertern. Dann parierte sie einen Schlag und fällte den letzten Gegner – und als sie das nächste Mal den Blick umherschweifen ließ, war niemand mehr da, gegen den sie noch hätte kämpfen können.

OFFENE RECHNUNGEN

Außer Niesel hatten sie noch neun weitere Männer verloren. Von insgesamt zweiundzwanzig hatten nur zwölf den Angriff auf das Lager überlebt, und die Hälfte derer war so schwer verwundet, dass sie sich nicht mehr auf den Beinen halten konnten.

Von der pherenidischen Besatzung war niemand mehr übrig. Falls Soldaten versucht hatten, sich zu ergeben, waren sie in dem allgemeinen Wahnsinn nicht gehört worden, oder aber sie hatten gezögert, bis es zu spät für sie war.

Das Lager war ein einziges Leichenfeld. Sie hatten mit einer Besatzung von um die zwanzig Mann gerechnet, doch es waren sicher mehr als fünfzig gewesen. Sie hatten einen fairen Kampf liefern wollen, stattdessen hatten sie alle umgebracht. Janners Hände schmerzten, als hätte er den ganzen Tag Hammer und Meißel geschwungen, und Banneisen schien zu glühen wie ein dunkelroter Lavastrom.

Sie hatten eine furchtbare Tat begangen, sagte eine Stimme aus seiner Kindheit in ihm. Es war ein Scheißsieg, sagte eine andere, die entfernt nach Lucius Vargo klang. Er hätte gerne die Stimme seines Vaters gehört, doch er konnte sie sich nicht recht vorstellen. Sein Schädel pochte, und seine Kehle war wie zusammengeschnürt.

Er sah April, besudelt und abgerissen wie eine Aussätzige; seine verbliebenen Männer, hinkend, spuckend und gebrochen, als hätte man ein paar Folteropfer in letzter Sekunde wieder vom

Rad genommen. Cassiopeia und Masciano durchkämmten das Lager nach Beute.

Der schwerste Kampf, den er in dieser Nacht schlug, war, sich zu sagen, dass sie gewonnen hatten.

»Bringt den Wagen rein und sucht frische Pferde!«, wies er Wybart und Edric an. »Und dann räumt das Depot aus!«

April kam auf ihn zugetorkelt, und sie fielen sich in die Arme.

»Sie wussten, dass wir kommen«, krächzte Horb. »Der Abzug heute früh war eine Finte. Wir haben die Wagen gesehen und die Eskorte – doch die Wagen waren leer. Oder die Soldaten waren keine Soldaten.«

»Sie haben die Mannschaft heimlich verstärkt und auf uns gewartet«, nickte Janner. »Es war eine Falle.«

Sie ließen den Blick umherschweifen und wussten, dass sie alle das Gleiche dachten: Es hatte den Phereniden nichts genutzt. Aber niemand wollte diesen schalen Triumph für sich beanspruchen.

»Waren das wirklich wir?«, flüsterte Janner.

»Wie Reben«, murmelte April, doch Janner war nicht sicher, was sie damit meinte. Er drückte sie an sich. »Geht es dir gut?«, fragte er, doch sie gab keine Antwort.

»Aber wieso das alles?«, fragte Horb. »War das Depot denn wirklich so wichtig?«

Janner schüttelte den Kopf. »*Wir* sind es. Wir sind wichtig – und wir sind genau da, wo sie uns haben wollten.«

Seine Augen wurden größer, als er erkannte, wie recht er damit hatte. Er packte April bei den Schultern. »Kannst du reiten?«

Sie war immer noch verstört und hatte Schwierigkeiten, Worte zu formen, doch sie nickte.

»Horb, du gehst mit ihr. Ihr müsst zum Lager zurück, und zwar so schnell wie möglich. Hörst du? Reitet zurück! Ihr müsst Toska warnen. Wenn sie von unserem Plan wussten, kennen sie vielleicht auch das Ausweichlager. Hast du verstanden?«

»Toska warnen«, wiederholte sie.

»Wir dachten, wir stellen ihnen eine Falle – doch vielleicht war unser Plan nur die Ablenkung für ihren?« Er fluchte. »Wir haben uns ihnen in die Hände gespielt.«

»Glaubst du, es gibt einen Verräter?«, fragte Horb.

»Dieses Wort nehme ich erst in den Mund, wenn ich Beweise dafür habe«, flüsterte Janner.

Sie brachten zwei Pferde, und April und Horb stiegen auf.

»Ist alles in Ordnung?«, fragte er sie noch einmal. »Schaffst du das?«

Sie hob das Kinn. »Klar. Wo treffen wir uns?«

»Östlich des Ausweichlagers gibt es eine Bachgabel«, sagte Janner. »Das Lager müsst ihr aufgeben. Was ihr nicht unbedingt braucht, lasst zurück. Sollen sie ruhig glauben, wir wären alle tot oder geflohen – und seid vorsichtig! Vielleicht ist es schon zu spät. Und vielleicht …« Er schüttelte den Kopf.

»Gut«, sagte April, und Horb nickte. »Was geschieht mit den Verwundeten?«

»Wir bringen sie nach Berency«, sagte Janner. »Dann kommen wir so schnell wie möglich nach.«

Sie warf noch einen Blick in die Runde. Cassiopeia kam vom anderen Ende des Lagers zurück. Sie schaute ausdruckslos, wie eine Adlige, die mit dem gemeinen Volk eine Vorstellung verlässt. Die beiden Frauen musterten sich kurz, dann schnalzte April mit der Zunge und ritt los.

»Wir haben Waffen«, sagte Cassiopeia. »Und Gold.«

»Gut«, sagte Janner. »Ladet so viel auf die Pferde wie möglich. Die Verwundeten auf den Wagen.« Sie wandte sich ab, doch er griff sie noch einmal am Arm. »Odwyn und Fleik?«, fragte er.

»Tot«, sagte sie. »Ich erzähl es dir später.«

In Berency erwartete man sie bereits, was Janner angesichts der Uhrzeit kein gutes Zeichen zu sein schien. Sie waren am Ende ihrer Kräfte, und die Verwundeten brauchten dringend einen

Arzt. Derril hatte vor einer halben Stunde das Bewusstsein verloren.

Die Männer des kleinen Ortes empfingen sie auf dem Marktplatz. Sie hatten Fackeln und Mistgabeln dabei. Fast musste Janner darüber lächeln, doch er wusste selbst nicht recht, wieso, und er war sich nicht einmal sicher, ob er es momentan noch mit einer Mistgabel aufnehmen konnte. Sein ganzer Körper fühlte sich an, als hätte man ihn hinter einen Wagen gebunden und über ein Schotterfeld geschleift. Er verspürte den starken Wunsch, etwas zu trinken, fürchtete aber, dass er dann aus dem Sattel fallen und nicht wieder aufsteigen würde.

Er ritt noch ein paar Schritte vor, dann gab er das Zeichen zum Halten. Etwa zwanzig Männer umringten sie und schauten sie misstrauisch an. So, wie er und seine Leute aussahen, konnte er es ihnen nicht verübeln. Allein Cassiopeia hielt sich im Sattel wie immer und ignorierte die Blicke, so als ginge sie das alles nichts an.

Das ist alles so falsch, dachte er. Er fragte sich, was er erwartet hatte. Keine Dankbarkeit, bestimmt nicht – doch Mitgefühl vielleicht. Die Gesichter der Männer von Berency aber zeigten nichts als Furcht.

»Ich bin Banneisen«, sagte er.

»Wir wissen ganz gut, wer ihr seid«, sagte ein dürrer Mann mit spitzem Bart. »Und wir können euch nicht helfen.«

»Aber wir haben Verwundete«, sagte Edric und wies auf den Wagen. »Wenn ihr uns nicht helft, werden sie sterben.«

»Das liegt nicht an uns«, erwiderte der Mann. »Ihr müsst gehen.«

»Wir haben das kaiserliche Depot überfallen«, rief Wybart. »Wir haben Waffen und Geld! Wir zahlen euch, was ihr wollt.«

Ein kurzes Murmeln lief durch die Menge, doch ein altes Weib trat vor und spuckte aus. »Was sollen wir mit eurem Geld, wenn wir kein Dorf mehr haben?«, keifte sie. »Macht, dass ihr wegkommt!«

»Vor wem habt ihr Angst?«, fragte Janner. »Wer sollte euch denn Probleme machen? Die Soldaten bestimmt nicht, das kann ich euch versprechen.«

»Das nützt uns nichts«, meinte der Dürre. »Verschwindet einfach, und nehmt euer Geld und eure Waffen mit.«

Janner hob hilflos die Hände. »Ich verstehe nicht …«

Ein alter, grauhaariger Mann in einem derben Umhang trat vor. »Bist du wirklich so schwer von Begriff, Banneisen, Tausenddorns Sohn? Auf deinen Kopf steht ein Preis. Du bist mehr wert als dieses ganze Dorf. Und die Dons werden unser Dorf eher niederbrennen als zulassen, dass wir euch Unterschlupf geben.«

»Euer *Dorf?*«, wiederholte Janner. »Niederbrennen?«

Der Alte nickte. »Don Parcioles Männer waren hier. Sie haben nach dir gefragt. Wir sagten, dass du in der Gegend bist, wir aber nicht wüssten, wo genau. Da haben sie gesagt, wenn wir euch auch nur ein Glas Wasser geben, kommen sie und brennen unsere Felder und Häuser nieder. Sie haben uns auch gesagt, was sie mit unseren Frauen und Kindern machen.«

»Haben sie gesagt, ob ihr nur *mir* nicht helfen dürft, oder uns allen?«

Der Spitzbärtige wollte sich einmischen, doch der Alte hielt ihn zurück. »Sie waren eindeutig: Keine Unterstützung für irgendeinen von euch, solange du am Leben und in Freiheit bist. Den Dons ist egal, ob das Kaiserreich seine Provinzen verliert. Wenn es nach ihnen geht, kann Pherenaïs im Meer versinken. Aber mit dir haben sie noch ein Hühnchen zu rupfen. Es tut mir leid.«

Er trat noch weiter vor und griff in seinen Umhang. Wybarts Hand zuckte zum Schwert, aber Janner hielt ihn zurück. »Einer von ihnen gab mir das hier«, sagte der Alte und reichte Janner einen versiegelten Umschlag. »Er meinte, falls du auftauchst, soll ich es dir geben.« Er trat wieder zurück. »Und das ist alles, was ihr von uns bekommen werdet.«

»Ihr dreckigen Verräter!«, schrie Ropkin vom Wagen. »Wir riskieren unser Leben für euch, und ihr überlasst uns einfach unserem Schicksal!« Er hustete Blut, und Masciano legte ihm die Hand auf die Schulter und versuchte ihn zu beruhigen.

»Pass auf, wen du einen Verräter nennst!«, erwiderte der Spitzbärtige. »Kehr lieber vor deiner eigenen Tür!«

»Aufhören!«, bellte Janner. »Schluss jetzt! Es wird kein Blut mehr vergossen. Und du da, warte, verdammt! Was soll das heißen? Was meinst du damit, ›eigene Tür‹?«

Der Spitzbärtige aber vergrub die Fersen im Boden und gab keine Antwort.

»Ihr wurdet verraten«, sagte der Alte. »Von einem Fealv, heißt es. So wie du. Soll in Holferton eine ordentliche Rechnung versoffen haben. Vielleicht bekommt ihr ja dort noch Hilfe? Holferton ist größer und reicher als unser Dorf – und vielleicht haben sie jetzt ja was gut beim Don.«

Janner kam gegen Morgen am Treffpunkt an, mit ihm Cassiopeia, Wybart und Edric und der Wagen mit den Waffen und dem Gold. April warf sich ihm entgegen, und er nahm sie einen Moment in die Arme, schloss die Augen und atmete tief durch. Er hatte seit drei Nächten nicht mehr richtig geschlafen, und mehr als einmal hatten sie auf ihrem Weg Patrouillen umgehen müssen.

Außer ihr waren da noch Toska und die Frauen und Kinder, außerdem Farnstein, Estermond und Horb. Farnstein saß apathisch auf einem Felsen und blinzelte in die ersten Sonnenstrahlen, eine halbleere Flasche in der Hand. Janner betrachtete ihn eine Weile. Prägte sich sein Bild genau ein.

»Wo ist der Rest?«, flüsterte Claire und drückte ihre kleine Tochter an sich. »Wo ist Derril?«

Janner erwachte aus seiner Starre, schüttelte den Kopf und wandte den Blick ab. Claire begann zu schreien, und auf einen Wink Toskas nahm Estermond sie in die Arme und führte sie fort. Betroffen schaute Horb ihr nach.

»Toska«, flüsterte Janner. »Bring Sannah und die Kinder weg.«

Sie tauschten einen kurzen Blick. Dann nickte der kleine Mann und ließ sie allein.

Janner nahm Banneisen vom Rücken und ging schweren Schrittes zu Farnstein, der sich ihm erst im letzten Moment zuwandte, eine Mischung aus Schrecken und Begreifen in seinem Blick.

Janner hieb dem anderen Fealv den Kopf ab. Es ging so schnell, dass er nicht einmal mehr schrie. Die Flasche fiel ihm aus der Hand und zerbrach. Dann sackte sein Leichnam in sich zusammen.

Die Männer zuckten zusammen. »Was ist in dich gefahren?«, rief April.

»Er hat uns verraten«, sagte Janner. Wybart und Edric nickten ernst. »Der Wirt in Holferton hat es bestätigt. Der Idiot war so besoffen, dass er es vielleicht nicht mal bemerkt hat.«

Betretenes Schweigen breitete sich aus.

Horb schluckte. »Was ist mit den anderen?«

»Masciano ist bei den Verwundeten geblieben«, sagte Janner leise. »Lysle und Derril sind tot, weil sie nicht schnell genug Hilfe bekamen … die anderen werden wahrscheinlich wieder.«

»Kommen sie denn nach?«

Janner schüttelte den Kopf. »Masciano sagte etwas in der Art, dass sich unser Geschäft wohl fürs Erste erledigt hätte. Wir haben sie ausgezahlt.«

»Das heißt, wir sind alle, die übrig sind?«, fragte April und warf einen langen Blick in die Runde.

»Ja«, sagte Janner. »Wir sind alle.«

»Was wird jetzt?«, fragte Edric kleinlaut.

»Darüber müssen wir reden«, sage Janner. »Aber nicht hier. Bald wimmelt es überall von Soldaten. Wir müssen weiter.«

Toska kam zurück und versuchte, den blutüberströmten Leichnam nicht anzusehen.

»Wir sind bereit«, sagte er.

Sie fuhren noch bis zum späten Abend, dann machten sie in einem Waldstück Rast und schlugen ihre Zelte auf. Auch wenn sie jeder im Wechsel ein paar Stunden geschlafen hatten, waren sie doch zu Tode erschöpft, und die meiste Zeit kam es Janner so vor, als wäre nicht er es, der die Schlacht um das Depot und die darauffolgende Flucht erlebt hatte, sondern irgendein Fremder – ein Fremder, der sehr gerne etwas getrunken hätte.

Sie wuschen sich an einem Bach, machten Essen und versammelten sich ums Feuer. Da sie nur noch so wenige waren, hatten geheime Absprachen keinen Sinn mehr, also berieten sie ihre Zukunft im großen Kreis. Es war schon eine Leistung, bemerkte Toska, während sie auf durchgeweichtem Brot und hartem Käse kauten, dass sie einen Wagen voller Gold besaßen, aber nicht mal etwas Ordentliches zu essen.

»Wir sind am Ende«, sagte Janner schließlich. Er klang ruhig und sachlich, doch April merkte genau, wie es ihm ging. »Ohne die Unterstützung der einfachen Leute sind wir nichts. Die Frage ist, was machen wir nun? Wir haben genug Geld, uns eine kleine Stadt davon zu kaufen, und mehr Schwerter als Männer, die sie führen könnten.«

Eine Weile herrschte Schweigen. Keiner wollte ihn ansehen.

»Wir gehen in den Norden«, sagte Toska schließlich.

Janner nickte. Es war die logische Entscheidung. »Gull steht kurz vor der Unabhängigkeit. Die drei Dons, die das Gebiet unter sich aufteilen, haben sich auf die Seite des Widerstands gestellt, um ihre Macht zu bewahren. Sie waren ohnehin nie gut auf die Familien im Süden zu sprechen. Die nächsten Wochen werden die Entscheidung bringen … Auch in Teveral wird man sich über etwas Unterstützung sicher freuen.«

Er blickte in die Runde. Keiner hatte etwas hinzuzufügen. April griff nach seiner Hand und drückte sie stumm.

»Gut«, sagte Janner. »Dann ist es beschlossen.« Er sah Cassiopeia an. »Was ist mit dir? Sicher hast du dir deine Zeit bei uns anders vorgestellt.«

»Mir ist egal, wo wir den Kampf fortführen«, sagte sie. »Das Ziel bleibt das gleiche.«

»Dein Schutz wäre uns willkommen«, entgegnete Toska vorsichtig.

»Du hast uns noch nicht erzählt, was mit Odwyn passiert ist«, meldete sich Wybart zu Wort.

»Er war krank«, sagte sie.

»Krank?«, lachte Wybart. »Hatte er einen schlimmen Husten, oder –«

»Er war ein Wechselbalg.«

Wybart verstummte. »Willst du mich vielleicht –«

Janner hob die Hand.

»Moment mal. Er war … du meinst, wie in den Geschichten? Die man sich in Pherenaïs von Eolyn erzählt?«

Cassiopeia nickte. »Als ich zu ihm kam, hatte er gerade Fleik getötet. Seine Lippen waren voller Blut. Wechselbälger brauchen fremdes Leben. Die Gier muss ihn übermannt haben.«

»Ein sehr schlechter Zeitpunkt«, merkte April an.

Cassiopeia hob eine Braue. »Ich weiß nicht, ob sie das kontrollieren können. Weißt du es? Vielleicht hat er lange nichts mehr gehabt. Habt ihr in letzter Zeit nichts Ungewöhnliches bemerkt? Ist vielleicht jemand verschwunden, oder gab es tote Tiere in der Nähe des Lagers?«

Janner dachte an die Spuren im Wald und tauschte einen kurzen Blick mit Toska.

»Was hast du mit ihm gemacht?«, fragte er.

»Ich habe ihn getötet«, sagte Cassiopeia.

»Wie?«

»Ich habe ihm den Kopf abgeschlagen.«

Er grunzte.

»Das gefällt mir nicht«, knurrte Wybart. »Ausgerechnet Odwyn? Er hatte nicht mal zusammengewachsene Brauen. Da ist doch was faul! Ich kannte ihn. Er war ein guter Mann. Irgendwer erzählt hier nicht die Wahrheit.«

April und Janner schauten sich an. Sie wussten beide, Misstrauen war der Anfang vom Ende. Vielleicht das Ende von allem.

»Es muss nichts zu bedeuten haben«, sagte April. »Wir haben alle eine Menge hinter uns. Ich habe auch …« Sie rang nach Worten.

»Was?«, fragte Edric.

»Ich dachte, ich hätte während der Schlacht etwas gesehen. Zuerst hatte ich Angst – ich dachte, es wäre ein Geist … aber ich habe es mir wohl nur eingebildet.« Sie hob die Stimme. »Wir haben alle unsere Geister. Und wenn schon.« Trotzig ließ sie den Blick umherschweifen, sah erst Cassiopeia, dann die anderen an. »Es ist nichts«, sagte sie. »Es ist gar nichts. Wir gehen in den Norden und fangen noch einmal von vorn an.«

In dieser Nacht fand April lange keine Ruhe. Das Erlebte ließ sie nicht los, und sie wollte Janner noch so vieles erzählen: darüber, was sie im Kampfgetümmel gesehen hatte. Über die Sorgen, die sie sich gemacht hatte, bis er und die Verwundeten endlich eintrafen. Wie leid ihr alles tat. Doch sie fand nicht die richtigen Worte.

Janners Brust hob und senkte sich in unruhigem Schlaf, während sie noch darüber grübelte, was wohl nun aus ihnen und ihrer Geschichte würde, und wie es eigentlich sein konnte, dass sie gar nicht mehr wusste, ob sie nun Banneisen und Schneeklinge waren, die Freunde des einfachen Volkes, oder bloß zwei Mörder unter vielen.

Sie sah ihren Vater vor sich, wie er mit verdutztem Gesicht ins Leere fiel und unten aufschlug, an seinen zuckenden Fuß dort am Ende der Treppe. Sie dachte an den kleinen Toni und sein schwarzes Blut, das sich mit dem Mehl des Mühlsteins zu einer unappetitlichen Suppe mischte. Den leblosen Fremden von der Telegraphenstation, gefesselt an einen Tisch in dem Rasthaus bei Conpeccio; die Wachen im Gefängnis von Trestin.

»Es tut mir leid«, sagte sie irgendwann, zu ihnen, zu Janner und ihrem ungeborenen Kind, und meinte damit einfach alles, angefangen bei ihrem Wunsch, nach der anderen Sonne zu suchen, aufgehört bei jenem Einfall, der ihr jetzt so kindisch erschien, ein magisches Schwert für etwas wie Ruhm oder Reichtum verwenden zu wollen. Und was hatte es aus ihr gemacht? Sie wünschte, Sarik wäre da und könnte ihr das Schwert wieder abnehmen, oder ihr wenigstens sagen, was sie tun konnte, um das wenige, das ihr geblieben war, nicht auch noch zu verlieren.

Doch wenn sie jetzt aufgaben, hätten dann nicht die anderen gewonnen? Die Präfekten, die Dons, ihre Soldaten und Söhne – all die falschen Väter und Brüder dieser Welt? War dieser Kampf nicht ebenso wichtig wie der, den die Prinzessin aus Sariks Geschichte einst schlug? Sie wusste es nicht mehr. Das wahre Leben war so viel komplizierter als eine Geschichte – sie glaubte nicht, dass sich Prinzessinnen eine Vorstellung davon machen konnten.

In den frühen Morgenstunden schlief sie endlich ein. Ihr Schlaf war kurz und traumlos, und als sie erwachte, war Janner verschwunden, und an seiner Stelle lag ein Brief an ihrer Seite.

Daneben lagen seine Flöte und sein Fernrohr.

»Nein«, flüsterte sie und begann zu weinen. »Nein!«, rief sie aus und schrie, und drückte das Stück Papier, das sie nicht lesen konnte, an ihre Brust.

Auch Cassiopeia fand keinen Schlaf, und so schlich sie um die Zelte und wanderte in den Wald hinein. Sie hatte ihre erste Schlacht geschlagen, und es hatte sie in einer Weise aufgewühlt, von der sie nicht wusste, ob sie gut oder schlecht war. Sie fand keinen Gefallen am Töten. Sie konnte es sich aber auch nicht leisten, ein schlechtes Gewissen zu haben.

Nach einer Weile hörte sie vertrautes Pferdeschnauben, und sie lenkte ihre Schritte in diese Richtung. Dort, auf einer kleinen Wiese, fand sie Lesardre.

Er striegelte seinen Hengst und fuhr ihm zärtlich über den Hals, zwei weiße Geister unter dem Sternenzelt. Sie hatte ihn noch nie einem lebenden Wesen so viel Zuwendung schenken sehen und ließ das Bild kurz auf sich wirken. Da fuhr er plötzlich herum und sah sie an.

Während der Wochen, die sie gemeinsam durch die Provinzen gereist und den Geschichten zweier Vogelfreier namens Banneisen und Schneeklinge gefolgt waren, hatte sie gelernt, sich mittels Gesten mit ihm zu verständigen. Auch wenn sie nie so geschickt werden würde wie er, war es einfacher als das geschriebene Wort und weniger verstörend als das gemeinsame Träumen mittels seiner Kristallkugel.

»War die Jagd erfolgreich?«, fragte sie ihn. Er schüttelte den Kopf.

Da er nicht schlief und sie vereinbart hatten, dass er Abstand zur Gruppe hielt, nutzte er seine Zeit, um nach anderen Wechselbälgern zu jagen – eine Aufgabe, der er mit rücksichtsloser Gründlichkeit nachging. Tatsächlich war Odwyn schon das vierte Opfer, das er seit ihrem Treffen im Sommerland zur Strecke gebracht hatte. Sie glaubte, dass er auf diese Art Kraft für den bevorstehenden Kampf gegen Dougal sammelte, auch wenn es ihm nach wie vor widerstrebte, seine Gegner – sofern dies das richtige Wort dafür war – zu trinken; denn er wollte nicht, dass sie Macht über ihn erlangten.

»Ich habe ihnen erzählt, was mit Odwyn war«, sagte sie. Er zeigte keine Reaktion.

»Sie glauben, ich habe ihn getötet.« Da verzog er amüsiert den Mundwinkel.

»Du hättest ihren Plan fast zum Scheitern gebracht«, rügte sie ihn. »Und du hättest nicht in den Kampf eingreifen sollen. Wie viele Leute hast du allein umgebracht? Zehn? Zwanzig?«

Statt einer Antwort beendete er die Pflege seines Pferdes und verstaute Striegel und Bürste wieder in der Satteltasche.

»Es interessiert dich nicht einmal«, stellte sie fest.

Er nickte herausfordernd in ihre Richtung. *Und du?*

Dann machte er eine Geste, die sie als *Plan* oder *Absicht* verstand.

»Ich weiß.« Sie senkte den Blick. »Wir sind spät dran. Aber ich bin noch nicht so weit.«

Da deutete er einen Ausfall an, und sie reagierte, ehe sie darüber nachdachte. Aber er hatte seine Waffe nicht gezogen, sondern lachte nur sein stilles Lachen. Dann erstarrte er, als hätte er etwas in den Wäldern gehört, und sie spürte fast körperlich, wie er sie vergaß und von einem Moment auf den nächsten seine Aufmerksamkeit auf einen weit entfernten Ort richtete.

Nicht zum ersten Mal fragte sie sich, wie sich ihm die Welt darstellte. Manchmal glaubte sie, er wusste Dinge, die nur Dougal wissen konnte, oder jemand anderes: die Macht, die hinter ihnen beiden und all ihren Brüdern und Schwestern stand.

»Ich könnte mir das Schwert mit Gewalt nehmen«, sagte sie, »aber ich will nicht. Ich glaube, ich kann Ianus vielleicht überzeugen. Einen Handel mit ihm schließen.«

Er wandte kurz den Kopf, als merkte er eben erst, dass sie immer noch da war.

»Ich weiß, du kannst das nicht verstehen. Er ist mir aber wichtig. Lass mich noch einmal mit ihm reden.«

Er machte ein anderes Zeichen, das sie sehr gut kannte. Er hatte es ihr mit Hilfe des Tarots beigebracht: Es war der Turm. Der Turm, hatte sie begriffen, war der Ort, an dem der Erste, von dem alle Wechselbälger abstammten, vor vielen hundert, wenn nicht tausend Jahren sein Leben ließ. Und aller Voraussicht nach war es auch der Ort, an dem die Vereinigung vollzogen werden sollte; das letzte Gericht.

Sie wusste mittlerweile, dass dieser Ort in Teveral zu finden war und unter dem Namen Geador bekannt war. Was sie nicht wusste, war, weshalb er eine solche Anziehungskraft auf die Wechselbälger ausübte. Anscheinend war er noch heute in der Hand jenes Ordens, der den Ersten damals hinterging und bezwang – der Hohepriesterin und ihres Hofstaats. Doch Dougal – oder der Geist, der ihn antrieb – brauchte ihn für die Vollendung seines Plans.

»Ich habe schon verstanden«, sagte sie. »Ich brauche das Schwert, bevor es zu spät ist.«

Er zeigte zu den Sternen und ließ seinen Finger kreisen. *Nicht mehr lange.*

»Ich weiß«, sagte sie noch einmal.

Er nickte knapp, fast spöttisch; ein Ritter, der dem Befehl seiner Dame folgt. Dann schwang er sich in den Sattel und ritt davon – vielleicht auf der Suche nach einem neuen Opfer.

JANNER TRIFFT DEN FUCHS

Die Mittagssonne brannte auf die kleine Ortschaft, als wollte sie den letzten Rest Feuchtigkeit aus ihr herausbacken. Das Gras auf den Weiden war gelb und brüchig wie altes Haar, und das warme Wasser im Brunnen und der algigen Tränke stand so tief, dass es nur noch Fliegen anzog.

Janner schmerzte der Kopf, als er die Kreuzung oberhalb der Handvoll Häuser erreichte. Der Schlafmangel der letzten Nächte ließ ihm mehrmals die Augen zufallen, während er da auf seinem Wallach in der Sonne saß, die Hände im Schoß, und wartete.

Der andere Reiter kam gemächlich den Weg herauf. Zwei ärmliche Höfe mit Hühnern und mageren Kühen, ein Rasthaus wie so viele, mit schlechtem Kaffee und noch schlechterem Tikai, vor dem mehrere Pferde standen, daneben ein Hufschmied und ein kleiner Laden – mehr gab es hier nicht. Janner fragte sich, weshalb sie sich ausgerechnet hier trafen. Vielleicht, überlegte er, war das einfach alles, was ihm geblieben war: ein trockenes, blutleeres Nichts.

Der andere Reiter blieb vor ihm stehen, in einem Abstand von etwa sechs Schritt – weit genug für den Anlass, doch nahe genug, dass selbst ein einäugiger Schütze kaum sein Ziel verfehlen konnte –, und schob seinen Hut hoch. Es war ein teurer Hut, der dem Reiter nicht stand, und er war das Sauberste an ihm.

»Feiner Hut«, sagte Janner, ohne mit der Wimper zu zucken. »Hat die alte Dame ihn dir freiwillig überlassen, oder musstest du sie erst vor eine Kutsche stoßen?«

»Deine Mutter sagt, sie will nicht, dass du ihren Preis kennst«, lachte Krayn. Es war kein schönes Lachen, sondern klang wie ein Fuchs mit einem Husten. Janner musste daran denken, wie April Krayn im Fieber für einen Fuchs gehalten hatte, und lächelte still.

»Komm ruhig näher«, sagte er. »Dann muss ich nicht so schreien.«

Krayn ließ sein Pferd lässig ein paar Schritte auf ihn zu machen und hielt dann neben ihm an. Sie hätten sich nun mit ausgestreckter Hand berühren können. Janner musterte ihn von Kopf bis Fuß: die Augenklappe, der kahle Schädel, das löchrige Kettenhemd wie eine mottenzerfressene Weste, das alte Schwert an der Seite – etwas kürzer als Banneisen, doch genauso erprobt –, die abgelaufenen Stiefel und das lange Messer, das die Bäuche von Fischen, Pferden und Menschen von innen gesehen hatte.

»Freut mich, dass du meiner Einladung gefolgt bist«, sagte Krayn.

»Denk ich mir, dass dich das freut«, sagte Janner. »Denn gekriegt hättest du mich nicht – das wollen wir doch festhalten.«

Krayn zuckte die Schultern. »Vielleicht, vielleicht nicht. Wahrscheinlich nicht lebend, nein.«

»Ich hätte mir denken können, dass du früher oder später bei der großen Jagd mitmischst.«

»Früher oder später?« Krayn runzelte die Stirn und grunzte. »Ich jage dich vom ersten Tag an, alter Freund. Seit der kleine Toni unter diesem Mühlstein starb. Eine Weile bist du uns entwischt. Dann hast du mit unseren alten Freunden Kontakt aufgenommen.«

»Das war ein Fehler«, gab Janner zu.

»Mir war ja klar, dass du es nicht lange schaffst, die Füße stillzuhalten. Ich meine, du spielst einfach zu gern den Draufgänger, und verlässt dich auf dein Glück, selbst wenn alle Trümpfe gegen dich stehen. Und du hast ja jetzt ein Mädchen.«

»Das habe ich.«

»Dem muss man was bieten.«

»Wie man so sagt.«

»Wie alt ist sie denn? Sechzehn?«

»Siebzehn.«

Krayn schüttelte den Kopf. »Du hättest wirklich früher kommen sollen, wenn dir an ihrer Sicherheit was liegt.«

»Sie kann ganz gut auf sich achtgeben, weißt du.«

»Bislang schon.« Krayn musterte ihn, und einen Moment glaubte Janner so etwas wie Respekt in seinem Blick zu sehen. Der alte Neid, wie zwischen Brüdern, den er früher schon gespürt hatte, wenn sie für Don Torreno Geschäfte gemacht oder Geld eingetrieben hatten. Krayn hatte immer versucht, der Ältere und Vernünftigere zu sein, doch Janner hatte stets das Gefühl gehabt, dass er dem alten Starrkopf überlegen war. Bis heute.

»In Ipatana habt ihr den armen Petro erledigt. Gar nicht schön, was ihr da in eurem Zimmer hinterlassen habt.«

»Du warst dort?«

»Zwei Tage später, ja. Er war wohl zu gierig. Hat sich die Veretti-Kutsche denn gelohnt?«

Janner nickte, und Krayn grinste versonnen. »Ein Mann und eine Frau überfallen eine Kutsche … Wagenpanne?«

»Natürlich Wagenpanne.«

»Darauf sind sie reingefallen?« Krayn lachte, dann wurde er wieder ernst. »Wieso seid ihr dann nicht einfach verschwunden? Das wüsste ich gern.«

Janner zuckte die Achseln. »Es wäre zu einfach gewesen, schätze ich.«

Krayn nickte. »Richtig. Bei dir muss ja selbst ein Kutschenraub noch einem höheren Zweck dienen.«

»Du weißt, wie ich dazu stehe. Im Gegensatz zu dir trage ich mein Schwert nicht nur, um Leuten die Börsen abzuschneiden.«

»Klar«, meinte Krayn. »Du bist ein verdammter Poet, und dein Vater vögelt die Verkünderin der neuen Zeit. Das ist eine verflucht schwere Bürde.«

»Ich würde es zu schätzen wissen, wenn du meinen Vater aus dem Spiel ließest.«

»Er war immer schon dein schwacher Punkt«, sagte Krayn. »Ich kann Witze über deine Mutter reißen, die sich wahrscheinlich den Allerwertesten für dich aufgerissen hat – aber wehe, ich sage ein Wort über diesen Kerl, den du nie gesehen hast. Nur deshalb sind wir jetzt alle hier. Das weißt du doch, oder?«

Janner schwieg eine Weile. Betrachtete die Häuser unter ihnen, die in der Hitze glühten. Die Fliegen auf seinem dunklen Arm. Krayn.

»Die Falle im Gefängnis«, sagte er dann. »Das warst auch du?«

Krayn nickte. »Ich weiß nicht, was ihr in der Nacht dort abgezogen habt, aber das hätte eigentlich das Ende sein sollen.«

»Und das Depot?«

Krayn hob kurz die Hände. »Janner, ich kann den Präfekten und ihren Soldaten nicht vorschreiben, was sie zu tun oder zu lassen haben. Nicht mal die Dons können das. Aber sie können Angebote machen. Sie können um einen Gefallen bitten. Seien wir mal ehrlich, der Kaiser ist nicht ganz richtig im Kopf. Die Provinzen am Laufen zu halten ist harte Arbeit für uns alle. Und wenn ein Don nun seinen Sohn, egal, was für ein Arschloch er war, durch einen Kerl verliert, der gerade zum größten Unruhestifter zwischen hier und Teveral wird …« Krayn zuckte die Achseln, dann nickte er. »Ich jage dich vom ersten Tag an, alter Freund.«

»Die ganze Zeit über du.« Janner schüttelte den Kopf wie jemand, der endlich einen sehr alten Witz versteht. »Verdammt – sie hatte recht. Du warst der Fuchs! Die ganze Zeit warst du der Fuchs. Ich habe die Geschichte falsch erzählt.«

Krayn schaute irritiert. »Sagen wir, ich habe die vereinten Bemühungen unserer verschiedenen Freunde koordiniert.«

»Und jetzt?«, fragte Janner und riss sich aus seinen Gedanken. »Bist du stolz?«

Krayn spuckte aus. »Glaub nicht, dass mir das Spaß macht,

und tu nicht dümmer oder selbstgerechter, als du bist. Wir wissen beide, warum du gekommen bist.«

»Und warum?«, flüsterte Janner.

»Weil du noch einen Funken Ehre in dir hast«, sagte Krayn.

»Ehre«, wiederholte Janner.

»Ich weiß genau, dass du dieses kindische Spiel noch ewig spielen würdest, wenn's nur um dich dabei ginge. Tut's aber nicht. Dein Mädchen führt vielleicht die heißeste Klinge in drei Provinzen – aber kein Schwert, kein Nebel oder sonstwelche Tricks können verhindern, dass man ihr eines Nachts, wenn ihr nackt und besoffen in euren Decken liegt, die Kehle durchschneidet. Oder einen Bolzen in den Rücken schießt. Dein Vater hat nicht funktioniert, also muss jetzt dein Mädchen ran. Ich wollte sie ja raushalten, aber der große Toni war anderer Meinung. Schließlich war sie's ja auch, die seinen Sohn mit dem Mühlstein erledigt hat.«

»*Ich* habe ihn umgebracht«, sagte Janner. »Du warst dabei.«

»Glaub mir«, sagte Krayn, »es ist mir scheißegal, wer von euch beiden den kleinen Toni fertiggemacht hat. Unter uns, ich finde, dass er's nicht besser verdient hat. Aber sein Vater ist immer noch mein Boss. Und mein Boss will dich. Und wenn er dich nicht kriegen kann, will er dein Mädchen. Er hat schon eine ziemlich klare Vorstellung davon, was er mit ihr machen wird. Deshalb hat er die Belohnung für sie noch mal verdoppelt. Und er wird nicht lockerlassen, bis er sie hat – egal, wo sie sich versteckt.«

»Ich habe immer gedacht, selbst du würdest nur bis zu einem bestimmten Punkt sinken«, sagte Janner. »Ich stelle fest, ich habe mich getäuscht.«

»Ich bin hier, weil ich dir einen Ausweg anbiete«, sagte Krayn. »Und wenn du noch ein wenig Mumm in den Knochen hast, wählst du ihn.«

»Wie genau sieht dieses Angebot aus?«, fragte Janner.

»Du kommst mit und lieferst dich aus«, sagte Krayn. »Und dein Mädchen kommt noch mal davon.«

Janner biss sich auf die Lippen. »Hast du dir das ausgedacht?«

»Ehrlich gesagt war es Livias Idee.«

Janner lächelte einen Moment beim Gedanken an die Tochter des Dons. »Wie geht es ihr?«

»Den Umständen entsprechend. Sie hat mir erzählt, was damals wirklich gelaufen ist – mit dir auf dem Balkon und Tonino, meine ich.« Er überlegte. »Lass dir das nicht zu Kopf steigen, aber vielleicht hattest du damals recht. Und ich unrecht.«

Janner nickte, empfand aber keine Befriedigung. Müde nahm er die Zügel in die andere Hand. »Der Plan wird aber nicht funktionieren. Du hast gesagt, du kannst für ihre Sicherheit garantieren – doch selbst Livia hat nicht genug Einfluss auf ihren Vater, dass er die Kopfgeldjäger zurückpfeift.«

»Du hast völlig recht«, sagte Krayn und wendete langsam sein Pferd. »Deshalb wollte ich auch, dass du herkommst. Komm, reiten wir runter ins Dorf.«

Janner zuckte die Schultern und folgte Krayn den Hügel hinab. Sie passierten schweigend den ersten Hof, dann den schlammigen Brunnen, und hielten auf dem kleinen Platz zwischen Hufschmiede, Laden und Rasthaus. Außer den Hühnern war niemand auf der Straße. Aus dem Rasthaus drangen leise Stimmen.

»Also?«

»Dreh dich nicht um«, sagte Krayn.

»Wieso?«, fragte Janner, dessen Rücken zu kribbeln begann.

»Da im Rasthaus sitzen meine Leute«, sagte Krayn. »Alle, die ich in letzter Zeit so aufgelesen habe. Die übelsten Kopfgeldjäger der ganzen Gegend. Die finstersten und versoffensten Gestalten, die du finden kannst.«

Janner grinste. »Es gab Zeiten, da ich das als Herausforderung aufgefasst hätte.«

»So ist es auch gemeint«, erwiderte Krayn, ohne mit der Wimper zu zucken.

Janner musterte ihn überrascht. »Was – ich gegen deine Leute? Weißt du, mein Rücken macht mir etwas Probleme zur Zeit … Ich weiß ehrlich nicht, ob das so eine gute Idee ist.«

Krayn schüttelte den Kopf. »Allein hast du keine Chance. Meine Männer sind gut, selbst wenn sie betrunken sind. Deshalb werde ich dir helfen.«

Janner musterte Krayns einziges Auge. Seine spröden Lippen, seine krumme Nase. Er entdeckte keine Anzeichen dafür, dass er einen Scherz gemacht hatte.

»Du und ich«, sagte er.

»Du und ich«, sagte Krayn.

»Bringen gemeinsam deine Leute um«, sagte Janner.

Krayn winkte ab. »Die meisten davon kenne ich erst seit ein paar Wochen.«

»Wird das nicht ein ziemlich schlechtes Licht auf dich werfen?«

»Wir schieben's deinem Mädchen in die Schuhe und sagen, dass sie dabei draufgegangen ist«, sagte er. »Das erzählen wir allen, die uns nach ihr fragen. Hier in der Gegend wird ihr eine Weile niemand gefährlich werden. Die meisten wissen ja nicht mal, wie sie aussieht, nur, dass sie gerne eine dicke Lippe riskiert und mit einem Faun um die Häuser zieht, der eine noch größere Klappe hat als sie. Wenn sie schlau ist, haut sie einfach ab. Ist sie schlau?«

»Schlauer als ich«, sagte Janner.

»Das will nicht viel heißen«, meinte Krayn.

»Ich habe ihr einen Brief geschrieben. Ich hab ihr gesagt, dass sie gehen soll.«

»Das war ziemlich schlau«, nickte Krayn. »Bleib dabei. Tu das Richtige.«

Janner sah sich um, als hoffte er darauf, sich von einem Moment auf den nächsten an einem anderen Ort wiederzufinden; doch sie standen noch immer auf dem sonnentrockenen Platz vor dem Rasthaus mit den Pferden davor, aus dem müdes Gläserklirren und Rülpsen drang.

»Und dann?«, fragte Janner. »Legst du mich um?«

Krayn schüttelte den Kopf. »Tut mir leid, mein Freund. Aber das wird der große Toni persönlich übernehmen wollen.«

Janner rieb sich den Nacken. »Das könnte eine Weile dauern«, stellte er fest.

»Livia und ich sorgen dafür, dass es nicht zu lang gehen wird. Und dein Mädchen ist weg. Und in Sicherheit.«

Janner dachte darüber nach.

»Versprochen?«

Krayn nickte. »Großes Ehrenwort.«

Eine Weile schauten sie sich an, drei Augen, die ineinander starrten, als ob sie darauf warteten, wer von ihnen zuerst blinzeln würde.

»Verdammt!«, rief Krayn. »Soll ich mir jetzt in die Hand spucken, oder was erwartest du? Soll ich auf meine Mutter schwören, oder auf den Arsch des Kaisers?«

Janner grunzte, schwang sein Bein über den Rücken des Wallachs und stieg ab.

»Bringen wir's hinter uns.«

Krayn stieg ebenfalls ab. Er zog sein Kettenhemd zurecht, trat neben Janner und musterte ihn anerkennend. »Manchmal staune ich doch noch über dich.« Er griff in seine Hose und förderte einen Flachmann zutage. Er schraubte ihn auf, trank und bot ihn Janner an.

Der zögerte kurz, dann grunzte er. »Soll das letzte Mal sein«, meinte er, trank und spuckte aus. Dann gab er die Flasche zurück, ließ die Finger krachen, lockerte den Nacken und trat neben das Fenster. »Wie viele?«, fragte er und spähte hinein.

»Drei an der Theke, vier am Tisch, als ich ging«, sagte Krayn und steckte den Flachmann weg. »Kann sein, dass Rod gerade pissen ist. Er hat eine schwache Blase, weißt du.«

»Davon können wir ihn heilen«, sagte Janner und griff nach Banneisen. Die schwarze Klinge glitt mit leisem Zischen aus der Scheide auf seinem Rücken. »Bewaffnet?«

»Schwerter, wie wir. Carlos hat ein paar Wurfmesser. Gib auf deinen Rücken acht.«

»Und sie sind alle betrunken, sagst du?«

»Ich habe ihnen heute morgen freigegeben und gesagt, dass sie gefälligst auf mich warten sollen«, nickte Krayn. »Was werden sie hier schon getan haben, außer saufen?« Er zog seine Klinge. »Bis du bereit?« Janner nickte.

»Und auf geht's«, sagte er und trat die Tür ein.

SARIKS HANDEL

Er ist weg!«, schrie April und schlug mit den Fäusten nach Toska, der den Hieben so gut es ging auswich. »Er ist einfach gegangen, und alles, was er mir dalässt, ist dieser beschissene Brief!«

Dann warf sie sich ihm in die Arme und weinte. Der kleine Mann hielt sie fest und warf den anderen einen hilfesuchenden Blick zu. Der zerknitterte Brief fiel aus seinen Händen zu Boden.

»Es tut mir leid«, sagte er. »Ich hätte es kommen sehen sollen.«

»Ich!«, rief April zwischen den Schluchzern. »Ich hätte es kommen sehen sollen! Er und sein verdammtes Ehrgefühl!«

Die Männer und Frauen auf der Lichtung tauschten betroffene Blicke. Jeder dachte das Gleiche, aber es gab nichts, was man jemandem zum Trost sagen konnte, für den ein anderer gerade sein Leben gegeben hatte.

»Ich werde ihn rausholen«, sagte April.

»Was?«, fragte Horb überrascht.

»Ich werde ihn rausholen!«, rief sie, lauter. »Ich gehe zurück nach Garion. Wo immer Don Torreno ihn versteckt, ich hole ihn raus, bevor es zu spät ist.«

»Das wird vielleicht schwieriger, als du denkst«, sagte Toska. »Es gibt da Gerüchte …« Er warf einen Blick zu Cassiopeia.

»Es heißt, der Kaiser sei auf dem Weg in die Provinzen«, sagte sie unbewegt. »Deshalb sind auch so viele Soldaten unterwegs.«

»Ja und?«, fragte April.

»Ob an den Gerüchten was dran ist oder nicht«, sagte Toska,

»die Präfekten und Dons finden sich bald zusammen, um über die Zukunft des Reichs zu beraten. Janner und du, ihr seid zu einem Symbol des Widerstands geworden. Wenn Banneisen sich nun wirklich in die Gewalt Don Torrenos begeben hat …«

»… wird er ihn zu seinem Präfekten bringen. Vielleicht sogar bis zum Kaiser«, schloss Cassiopeia.

»Umso besser«, sagte April trotzig. »Den wollte ich schon lange einmal kennenlernen.«

»April«, sagte Estermond mitfühlend. »Sein Brief war ziemlich eindeutig: Er will, dass wir gehen und dich mitnehmen. Er will, dass du in Sicherheit bist – nur deshalb hat er das getan. Du solltest seinen Wunsch respektieren, sonst war sein Opfer vergebens.«

»Ich scheiß auf seinen Wunsch!«, rief April. »Hörst du? *Wir können ihn retten.* Es ist noch nicht zu spät …«

»April«, sagte Toska. »Manche Kämpfe kannst auch du nicht gewinnen.«

»Nenn mich nicht so«, sagte sie. »Ich bin Schneeklinge.«

Toska tauschte abermals Blicke mit den letzten ihrer Bande und strich ihr durchs Haar. »Banneisen und Schneeklinge«, sagte er. »Das ist vorbei. Du solltest nun in die Zukunft sehen.«

Etwas an seinem Blick ließ sie zögern. Hatte Janner mit ihm geredet? Sie dachte an das Kind in ihrem Leib. Wahrscheinlich hatte Toska recht – ob er nun davon wusste oder nicht. Besser, das Kind wuchs ohne Vater auf, als dass es beim Versuch, ihn zu retten, den Tod fand.

Es wäre nur vernünftig, auf ihn zu hören.

»Scheiß auf vorbei«, erwiderte sie und befreite sich aus seinem Griff. »Ich werde gehen. Wer kommt mit mir? Wer will nachher sagen können, ›ich war dabei‹?«

Betretenes Schweigen breitete sich aus.

»Niemand?«, hauchte sie fassungslos.

»Wir gehen nach Teveral«, sagte Toska mit Blick auf Sannah, Claire und die Kinder. »Dann vielleicht weiter nach Fængos. Nimm dir, was du für die Reise brauchst. Das restliche Gold und die Waffen bringen wir dem Widerstand. Dann fangen wir ein neues Leben an.«

»Tut mir leid«, sagte Estermond. »Ich bin einfach zu alt.«

»Wybart?«

Der einstige Räuber senkte den Kopf. »Weißt du noch? ›Es kommt nicht auf den Einzelnen an, sondern die Sache.‹ Deine Worte! Und Banneisen hat uns aufgegeben.«

April nickte und starrte ins Leere. Eine Träne lief ihr über die Wange.

»Ich komme mit dir«, sagte Cassiopeia da und trat neben sie.

»Du?«, staunte April.

»Ich komme auch mit«, sagte Edric, und da lächelte April.

»Und ich«, sagte Horb zur allgemeinen Überraschung.

»Es tut mir leid«, sagte er mit Blick auf Claire. »Ich hätte besser auf ihn achtgeben sollen.« Er und Estermond tauschten kurz Blicke, und der ältere Mann nickte ihm zu. »Möge die Prophetin dich beschützen, Horb.«

Eine Weile standen die beiden Gruppen einander gegenüber und musterten sich. Alle wussten, sie würden sich nach diesem Tag vielleicht nie wieder begegnen.

»Gut«, sagte Toska. »Dann soll es so sein. Ich wünsche euch von Herzen alles Gute.«

»In einer Stunde brechen wir auf«, sagte April.

Cassiopeia beobachtete, wie sie wegging, und entschloss sich, als sie nach einer Weile nicht wiederkam, nach ihr zu sehen, während die anderen sich zum Aufbruch bereit machten. Sie fand April nicht weit von der Lichtung auf einem umgestürzten Baumstamm, das Gesicht in den Händen. Ihr Schwert steckte vor ihr im Boden wie eine seltsame, weißstielige Blume. Ein Schmetterling hatte sich auf dem silbernen Kelch niedergelassen und flog eilig davon, als die schwarzgewandete Frau nähertrat.

»Lass mich«, sagte April. »Ich brauche nur einen Moment.«

»Du hast keine Ahnung, wie du es anstellen sollst«, stellte Cassiopeia fest.

Zu ihrer Überraschung nickte April. »Wie kommt es nur, dass die Schwierigkeiten immer mehr werden, je weiter man kommt? Vor gar nicht langer Zeit, da wollten wir einfach bloß nach Fængos. Und vor einem Jahr war mir mein Ziel ganz egal – Hauptsache weg.« Sie musste lächeln. »Die Zahl der Leute, die mir ans Leben wollten, war mal ganz überschaubar, weißt du? Jetzt sind da die Dons, und die Präfekten, es gibt vielleicht Krieg, und Banneisen ist gefangen … Aber keine Angst.« Sie schluckte und mühte sich um Zuversicht. »Er wird uns nicht aufgeben. Das ist ein Versprechen.«

»Er?«, fragte Cassiopeia. »*Uns* aufgeben?«

Doch April nickte nur und gab keine Antwort.

»Ich habe keine Angst«, sagte Cassiopeia und studierte das Schwert. »Doch was Versprechen angeht … Ich habe gelernt, dass eine Klinge stärker ist als Worte.«

»Glaubst du?« April griff nach Schneeklinge und nahm sie wieder an sich. Cassiopeia ließ sie nicht aus den Augen. »Du solltest diese Klinge nicht in den Boden stoßen«, murmelte sie. »Manche Schwerter erwarten ein Herz, wenn sie ihre Scheide verlassen. Nichts anderes ist gut genug für sie.«

»Glaub mir«, sagte April, »dieses Schwert kennt mein Herz nur zu gut.«

»Worauf immer du wartest, warte besser nicht zu lange.« Cassiopeia wandte sich zum Gehen. »Meine Entscheidung, dich zu begleiten, steht – doch die anderen zwei haben Angst.«

»Zu zweit oder zu viert – macht das denn einen Unterschied?«

»Nein«, sagte Cassiopeia. »Und wenn du ein Herz hast, wie du sagst, lässt du sie gehen.«

»Wir werden sehen«, erwiderte April.

April hielt ihr Schwert ausgestreckt von sich. Die Sonne spiegelte sich im Eis der Klinge und warf einen hellen Lichtfleck auf die nahen Bäume. Sie legte den Kopf schief, drehte ihre Hand ein paar Zoll, und der Lichtfleck zuckte flimmernd über die Stämme. Das Spiel hatte eine seltsam beruhigende Wirkung auf sie. Schließlich aber gab sie es auf.

Das Licht kam tief im Wald zur Ruhe.

April erhob sich und steckte das Schwert weg.

Das Licht war noch da.

April machte einen Schritt darauf zu.

Das Licht wanderte, nur ein paar Handbreit, und leuchtete dann noch klarer als zuvor.

Ihr Herz tat einen Sprung.

Er ist zurück!

April folgte dem Licht in den Wald.

Eine Weile schien es nicht näherzukommen, wie das Leuchtfeuer einer fernen Küste, die man niemals erreicht, doch je tiefer April in den Wald ging, desto kühler wurde es. Die Bäume wurden höher und dunkler, ihre Blätter nahmen einen tiefblauen Schimmer an, und April war sich nicht mehr sicher, wo sie sich befand.

Schließlich hatte sie das Licht eingeholt. Es hing wie eine große, strahlende Flocke vor ihr in der Luft.

»Schneeweiß«, sagte sie. »Ich wusste, ihr würdet mich nicht im Stich lassen.« Sie hob die Hand, doch das Irrlicht wich achtsam zurück.

»Ist schon gut«, sagte sie. »Keine Angst – ich fasse dich nicht wieder an.«

Das Irrlicht pulsierte sanft und hielt seinen Abstand.

April spähte in die samtblaue Finsternis des Waldes und lächelte, als sie eine vertraute Gestalt darin entdeckte. »Du bist wiedergekommen«, sagte sie. »Wie du es versprochen hast.«

»Danke mir nicht«, sagte Sarik und trat hinter einem Baum hervor. »Denn diesmal hat meine Hilfe einen Preis.«

»Was immer du willst«, sagte April. Dreimal war er nun zu ihr gekommen, und hatte ihr immer Hoffnung gebracht.

Dann erstarrte sie, und ihr Atem ging flach.

»Soll das heißen«, flüsterte sie, »dass dies das Ende ist?«

»Niemand weiß, wann unser Ende naht«, erwiderte Sarik, »denn die Hallen des Schicksals sind uns verschlossen. Aber sicher weißt du noch, wie ich sagte, dass ihr noch gebraucht werden würdet – du und das Schwert. Diese Zeit ist jetzt da. Wenn ich deinen Wunsch erfüllt habe, musst du mit mir kommen.«

Da lächelte April, und das Blut schoss ihr in die Wangen, als ihr Herz wieder zu schlagen anfing. Dankbar warf sie sich ihm entgegen und schloss ihn in die Arme. Sarik aber stand unbeweglich wie eine Statue.

Sie merkte, dass etwas nicht stimmte, und löste sich von ihm.

»Hast du deinen Weg wiedergefunden?«, fragte sie vorsichtig.

Er nickte knapp. »Mir scheint aber, du hast deinen verloren.«

»Ich bin dem Licht gefolgt …«

»Ich meine nicht den Wald.« Er deutete auf Schneeklinge. »Du bist sehr arglos gewesen, das Schwert und seinen Namen so verschwenderisch einzusetzen. Was, wenn der, der es einst schuf, davon hörte?«

»Er ist noch am Leben?« Sie erbleichte. »Ich dachte, nach so vielen Jahren …«

»Jahre spielen für ihn keine Rolle. Und wir müssen uns eher darum sorgen, ob er *wieder* am Leben ist – er darf uns keinesfalls zuvorkommen.« Er schüttelte den Kopf. »Glaub mir, ich wünschte, ich müsste dich nicht in diese Sache verwickeln. Doch uns bleibt wahrscheinlich kaum noch Zeit.«

»Wirst du mir helfen, Janner zu befreien? Sie haben ihn gefangen, und sie wollen ihn töten. Vermutlich haben sie ihn nach Garion gebracht.«

Sie sah, wie der Zauberer mit sich rang. »Wirst du mich danach in den Norden begleiten? Nach Teveral? Der Orden von Geador braucht deine Hilfe. *Ich* brauche deine Hilfe.«

»Ich verspreche es«, sagte April.

Sarik lächelte. Nur einen Moment versuchte sie sich vorzustellen, was geschähe, wenn dieses Lächeln, das sie seit den Tagen ihrer Kindheit in sich trug, eines Tages erlöschen würde.

»Keine Angst«, sagte er dann. »Du sollst Janner wiedersehen.«

RÜCKKEHR NACH GABORS FURT

Sie reisten nach Südwesten, und sie waren spät. Es hatte sie mehrere Tage gekostet, Janners Aufenthaltsort in Erfahrung zu bringen, und nach wie vor war die Gegend voller Soldaten, die nach den Verantwortlichen für das Gemetzel suchten.

Schließlich bestätigten sich die Gerüchte: Der Präfekt Garions hatte die Getreuen des Reichs zu sich nach Damosfels geladen, und der Rebell Banneisen, so hieß es aus anderer Quelle, war in seiner Gewalt. Der Kaiser seinerseits war nach Melnor aufgebrochen, von wo er mit seinem Schiff den Fluss bis zur Festung hinauffahren würde. Man konnte nur hoffen, dass der Präfekt die Hinrichtung seines Gefangenen bis dahin aufschob.

Sarik hatte sie erst nicht begleitet. Er hatte gesagt, die Wege, auf denen er reiste, ließen das nicht zu. Bald darauf aber traf sie ihn wieder, wieder in einem Wald, und wieder war es das Irrlicht, das sie zu ihm führte. Sie berichtete, was sie herausgefunden hatten, und er versprach, seine Vorbereitungen zu treffen und sie bei der Festung zu erwarten.

April war enttäuscht, denn sie hatte gehofft, dass er sie begleiten und ihre Reise womöglich beschleunigen könnte; andererseits war es so vielleicht besser, auch wenn es sie ärgerte, dass Edric und Horb ihr erst nicht glaubten, als sie ihnen vom Angebot des Zauberers erzählte.

»Ich glaube dir«, sagte Cassiopeia eines Abends, als sie gemeinsam am Feuer saßen. Horb döste schon, und Edric hatte die Arme um die Knie geschlungen, starrte in die Flammen und versuchte, ihnen nicht zu offensichtlich zu lauschen. »Woher kennst du ihn?«

»Das ist eine lange Geschichte«, wich April aus.

»Es hat mit dem Schwert zu tun, richtig?« Die Frage klang beiläufig, doch wie immer, wenn die beiden Frauen sich unterhielten, hatte April das Gefühl, dass die Pherenidin ihr etwas Wichtiges vorenthielt.

»Dann glaubst du also an Magie?«, erwiderte sie.

»Ich habe es nie so genannt«, sagte Cassiopeia. »Aber sie war immer ein Teil von mir. Als kleines Mädchen habe ich mich versteckt, und niemand konnte mich finden.«

»Ich wünschte, ich hätte diese Gabe besessen«, sagte April. Edric hatte ihr berichtet, was Cassiopeia am Depot getan hatte.

»Heute glaube ich hieran«, sagte Cassiopeia und deutete auf Schneeklinge. »Und du machst dem Schwert alle Ehre. Was wirst du tun, wenn wir diese Sache ausgestanden haben? Weiterkämpfen?«

Es entging ihr nicht, dass Edric da den Kopf hob.

»Ich wünschte, ich könnte«, sagte April, »und mit niemandem lieber als mit euch. Aber ich habe Sarik ein Versprechen gegeben.«

»Du willst uns verlassen?«, fragte Edric.

»Nein«, sagte April, zu ihm gewandt. »Aber ich muss etwas für ihn tun. Er sagt, Freunde in Teveral bräuchten mich – und das Schwert, nehme ich an.«

»Dann können wir vielleicht gemeinsam reisen«, sagte Edric. »Weißt du denn, worum es geht?«

»Nein.« Sie lächelte. »Zaubererprobleme, nehme ich an. Ich weiß nur, dass er mich zu einer Art Orden bringen will – ich fürchte, er möchte nicht, dass ich darüber rede.«

»Was? Will er dich etwa zu einer Priesterin machen? O nein!«

April warf mit einem Zweig nach ihm, er lachte, und Horb wälzte sich murrend auf die andere Seite.

»Was ist mit Banneisen?«, fragte Edric, diesmal ernsthaft.

»Wir wollten immer nach Fængos«, sagte sie.

Edric nickte und fragte nicht weiter. April nahm sich eine Decke, machte es sich bequem und blickte zum Himmel über ihr. Es war eine sternklare Nacht. Nach einer Weile begann erst Horb zu schnarchen, dann Edric. Das Feuer war fast niedergebrannt.

»Was tust du?«, fragte Cassiopeia da, und April zuckte zusammen und wandte überrascht den Blick.

»Tut mir leid«, sagte sie. »Ich wusste nicht, dass du noch wach bist.«

»Du hast dir die Sterne angeschaut, richtig?«

Aus irgendeinem Grund fühlte April sich ertappt.

»Ich habe mich nur gefragt, ob er … Vielleicht sieht er sie auch gerade an. Wo immer er ist. Was meinst du?«

Cassiopeias Gesicht war in der Dunkelheit nicht zu deuten.

»Da bin ich mir sogar ganz sicher«, sagte sie.

»Glaubst du wirklich?«

»Was sonst soll er tun, wenn er in einer Zelle sitzt?«, fragte sie. »Vorausgesetzt natürlich, dass sie ein Fenster hat.«

Ende August erreichten sie den Grenzfluss. Vor ihnen, auf der anderen Seite des Flusses, lag Garion – das Land, das sie nie wieder zu sehen geglaubt hatte. Jeder Schritt, den sie tat, schien sie weiter zurück denn voran zu führen, jede Pause, die sie machen mussten, war ihr zuwider, und ihre Hilflosigkeit lastete so schwer wie die Hitze des Sommers auf ihren verbrannten Schultern.

»Mit Brücken haben sie's hier nicht so, was?«, scherzte Edric, nachdem sie dem Fluss schon eine ganze Weile gefolgt waren, denn er führte zwar nicht sehr viel Wasser, doch er war ziemlich breit, und die Felsen in ihm wirkten tückisch. »Schätze, man legt keinen Wert auf unseren Besuch.«

»Es gibt eine Furt weiter stromabwärts«, sagte April, die die letzten Tage wie im Traum geritten war. »Dort kommen wir auf die andere Seite.«

Sie erreichten sie am späten Nachmittag, und dahinter lag das Dorf, genau, wie April es in Erinnerung hatte. Ein paar Kinder spielten am Fluss, und der Weizen auf den Feldern stand kurz vor der Ernte. Es schien ein guter Sommer gewesen zu sein.

April hielt an.

»Was ist?«, fragte Cassiopeia. »Kennst du dieses Dorf?«

»Hier bin ich aufgewachsen«, murmelte April, und mit einem Mal schien die Vergangenheit zum Leben zu erwachen, und sie konnte den Blick nirgendwohin richten, ohne sich selbst zu sehen: wie sie in den Fluss gestoßen wurde, gerade dort, wo nun die anderen Kinder spielten, und Todd sie rettete. Wie die Soldaten die Furt überquerten und ihren Vater mitnahmen und wiederbrachten. Wie sie Todd gefesselt im Wald fand und den Kaufmannssohn fast umgebracht hätte. Sie sah das alte Gerberhaus, wo sie einen Sommer lang gewohnt hatte, und weiter hinten die Dächer der größeren Häuser am Dorfplatz.

»Ich will kurz durchs Dorf reiten«, sagte sie, »aber allein. Dort hinten am Waldrand liegt eine Wiese mit einem alten Zaun – da treffen wir uns. Ich brauche nicht lang.«

Mit diesen Worten lenkte sie ihre Stute – Nell, dachte sie, *Nell* – ins aufspritzende Wasser, stellte sie in die Strömung und durchquerte den Fluss. Cassiopeia und die Männer warfen sich einen knappen Blick zu, dann folgten sie in gemessenem Abstand.

April ritt vorbei an den staunenden Kindern und auf die ersten Häuser zu. Die Straßen wirkten seltsam vom Rücken eines Pferdes; Hühner wichen gackernd zur Seite, der Hund des Müllers bellte sie erst an und zog sich dann verunsichert in den Schutz des Brunnens zurück.

Die ersten Menschen wurden auf sie aufmerksam und starrten sie an. Sie sah den alten Stellmacher und seine Frau, und Maisies Mutter, und da hinten stand Gus, doch keiner sprach ein Wort. Sie verfolgten bloß ihren Weg, großäugig und scheu, Eltern wie Kinder.

Sie erkennen mich nicht, dachte April. *Sie fragen sich, wer die junge*

Frau auf dem Pferd wohl sein mag, Schwert an der Seite, Kleider und Haar wie ein Mann.

Dann sah sie ihre Cousine Nell, die einen Korb voll Wäsche unter dem Arm trug. Erst schaute sie nur irritiert, dann weiteten sich ihre Augen voll Unglauben, und sie blieb stehen.

April empfand keine Regung, weder Befriedigung noch Angst. Es war, wie eine Rolle zu spielen, die sie vor vielen Jahren jemandem versprochen hatte, auch wenn sie nicht mehr wusste, wem und wieso. Janner und die Gefahr, in der er schwebte, alles, was sie die letzten Monate erlebt hatte, schmolz dahin in diesem Moment. Allein der Gedanke an Sarik fühlte sich an diesem Ort so vertraut an wie immer.

Unwillkürlich hielt sie auf ihr altes Zuhause zu. Vor der schmalen, baufälligen Veranda hielt sie an. Das Haus sah noch schlechter aus, als sie es in Erinnerung hatte, und kleiner. Die Läden waren geschlossen, doch aus dem Schornstein stieg Rauch auf. Erst da gestattete sie sich, an ihren Vater zu denken. Sie fragte sich, wie sie hier je hatte leben können, Seite an Seite mit einem Menschen, der sie nie gewollt und dem sie den Tod gewünscht hatte; der mehr als einmal versucht hatte, Hand an sie zu legen, aus Gründen, die niemand außer ihm je verstehen würde.

April stieg ab und band ihre Stute fest. Sie war sich der Blicke der Menschen bewusst, doch sie achtete nicht darauf, sondern konzentrierte sich auf das vertraute Gewicht Schneeklinges an ihrer Hüfte, das Knarren der Stufen unter ihren Stiefeln. Sie streckte die Hand nach der Tür aus und öffnete sie.

Sie fragte sich, wer heute hier wohnte.

Drinnen war es dunkel, und es roch nach Sellerie und Rüben und Selbstgebranntem und Schweiß. Sie machte zwei Schritte in den Raum und blieb stehen, denn die Dunkelheit im Inneren barg zu viele Geister. Sie wartete, bis ihre Augen sich an das Zwielicht gewöhnt hatten, dann ging sie zum nächsten Fenster und stieß es auf. Der Raum hellte sich auf, und die Geister hoben sich hinweg.

Alle bis auf einen.

Ihr Vater saß vor dem Kamin in seinem Sessel. Neben ihm auf einem Schemel stand ein halbleerer Topf mit Essen, und zu seinen Füßen standen und lagen mehrere Tonflaschen. Sein Hemd war fleckig und seine Hosen sahen aus, als hätte er sie schon länger nicht mehr gewechselt. Er saß merkwürdig schlaff. Seine Augen starrten ins Leere.

»Wer ist da?«, rief er. »Rosi? Bist du's?«

April blieb stehen, so weit von ihm entfernt, wie das kleine Zimmer nur zuließ. Ihr wurde schwindlig. Ihre Hand fand den Esstisch, und einen Moment war alles wie damals, in der Nacht, als er sich auf sie warf.

Rosi, dachte sie. *Rosi ist die Tochter des Stellmachers. Wieso glaubt er, ich wäre sie?*

Sie schaute ihn an, wie er da saß und sich nicht regte und an ihr vorbeisah, und dachte: *Er glaubt es, weil sie ihm das Essen gekocht hat, denn er kocht sich nie selbst und könnte es auch nicht mehr – weil ich ihn die Treppe hinabgestoßen habe.*

Sie dachte: *Deshalb sitzt er da in seinem Sessel. Er kann gar nichts anderes mehr tun als das – und trinken.*

Er trinkt seinen Schnaps, von morgens bis abends, weil er nicht mehr aufstehen kann.

All das ging ihr durch den Kopf, doch weder sie noch er regte sich in diesen Sekunden. Ihr Vater richtete nicht einmal den Blick auf sie, auch wenn er ein paarmal den Kopf wandte, und erst Angst, dann Wut auf seinen Zügen spielten.

»Wer zum Henker ist da?«, polterte er, und diesmal konnte sie deutlich hören, wie betrunken er war. »He da! Rosi, verdammt, mach die Tür zu! Steh hier nicht rum! Machst du dich vielleicht über mich lustig?« Er sah sie an, und doch sah er sie nicht.

Er ist blind, dachte April. *Er ist verkrüppelt und blind.*

Ihre Hand ging in den Beutel an ihrer Seite und schloss sich unwillkürlich um die alte Brosche, die sie noch immer darin trug. Sie nahm sie heraus und legte sie auf den Esstisch, säuberlich, wie man ein Gedeck herrichtet.

»Wer ist da?«, schrie ihr Vater. »Ist da ein Fremder?« Da zuckte sie zusammen und erwachte aus ihrer Trance. Was immer sie geglaubt hatte, hier zu finden, es war nicht mehr da. War es nie gewesen.

April löste sich vom Tisch und ging zur Tür, ganz langsam, wie man sich vom Ort eines Verbrechens entfernt.

Draußen standen Bruder Tito und mehrere Männer im Halbkreis und zeigten mit dem Finger auf sie.

»Das ist sie«, sagte Maisies Mutter und spuckte aus.

»Sie sollte sich was schämen!«, rief der alte Stellmacher.

Bruder Tito musterte sie kalt. »Sie ist eine Schande für uns alle. Schaut sie euch an! Ihrem eigenen Vater so etwas anzutun. Schande über sie!«

April stieg auf ihr Pferd. Rosi kam gerannt, mit wehendem Rock, und rauschte an ihr vorbei ins Haus, um ihren tobenden Vater zu beruhigen.

Einen Moment sah es so aus, als wollten die Männer ihr den Weg verstellen, doch niemand griff ein, als April die Zügel aufnahm und ihr Pferd wendete. »Na los, Nelly«, murmelte sie und ritt los.

Stumm wichen die Dörfler beiseite, dann schlossen sich die Reihen wieder.

So blieben die Geister ihrer Kindheit hinter ihr zurück, und sie drehte sich nicht mehr nach ihnen um. Nur einmal glaubte sie eine kleine graue Katze zwischen den Häusern herumstreifen zu sehen.

Sie wünschte, sie hätte sie mitnehmen können.

Sie wünschte es wirklich.

STURM AUF DAMOSFELS

Ouvertüre

Die Zinnen der Festung Damosfels zeichneten sich aschgrau vor dem Firmament ab, ungeheure Fänge, hungrig in den finsteren Himmel geschlagen. Wo dieser sich dahinter auf die Welt hinabsenkte, glaubte man eine Ahnung des bleichen Lichts zu erkennen, das die Morgendämmerung vor sich her trieb, wie Wellen Schaum vor sich her treiben. Derselbe Schimmer lastete auf dem bleiernen Fluss, an dessen Ufern die Schiffe des Kaisers vor Anker lagen; und davor, zertrümmerte Muscheln am Strand, die dunklen Zelte seiner Armee, zwischen denen Soldaten gepanzerten Krebsen gleich hin und her eilten.

»Ich gehe rein«, sagte Cassiopeia und überprüfte den Sitz ihres Schwerts und ihrer schwarzen Kleidung.

»Es sind so viele«, flüsterte April und zog sich mit ihr vom Grat des Hügels zurück. »Wie willst du das schaffen? Warte auf uns. Sarik wird in einer Stunde oder zweien fertig sein.«

»Ich mache dasselbe wie am Depot. Ich kann das Lager durchqueren und in die Burg eindringen, ohne dass mich irgendwer sieht. Aber dafür brauche ich etwas Zeit und den Schutz der Dunkelheit. In einer guten Stunde geht die Sonne auf, dann ist es zu spät. Und verzeih, wenn ich meinen eigenen Fähigkeiten mehr traue als denen deines Zauberers.«

»Wenn sie dich erwischen …«

»Keine Angst.« Sie legte den Kopf schief. »Ich trage den Löwen von Leiengard. Niemand wird mich mit euch in Verbindung bringen. Eher halten sie mich für eine bezahlte Mörderin. Außerdem hat mich noch nie jemand gesehen, wenn ich das nicht wollte.«

Die Dunkelheit umschmeichelte so liebevoll ihre Züge, dass April nicht sah, ob die Pherenidin lächelte oder einfach nur ihre Angst verbarg. Wenn sie Angst hatte, dann aber sicher nicht vor der kaiserlichen Armee. »Ich gehe rein und tue, was ich kann, sie abzulenken«, fuhr sie fort. »Wenn ich für den Rückzug Hilfe brauche, werde ich euch schon finden.«

»Ich glaube nicht, dass Sariks Fluggerät uns alle tragen kann«, gab April zu bedenken.

»Siehst du? Also nehmt ihr den Apparat, und ich gehe zu Fuß. Los jetzt! Geh zurück. Edric und Horb verlieren sonst noch die Nerven. Und falls ich Janner zuerst finde, bestelle ich Grüße. Wir sehen uns wieder, wenn alles vorbei ist.«

Mit diesen Worten huschte sie in eine Senke, in der die Dunkelheit wie schwarzes Wasser stand, und verschwand. Es war, als werfe man ein Zuckerstück in eine Tasse Kaffee, und April blinzelte verblüfft. Sie hasste es, dass diese Frau nie auf sie hörte, und fragte sich nicht zum ersten Mal, ob sie und Janner nicht mehr verband, als sie zugaben.

Sie starrte ihr noch eine Sekunde lang nach, dann zog sie sich leise fluchend in den Schutz der Bäume zurück und wanderte so schnell es ging wieder den Berg hinauf.

Das Irrlicht kreiste unstet über der Wiese, als wäre der Morgenstern vom Himmel gefallen und suchte nach einem Ausweg. Ein paar Glühwürmchen waren unter seinem schwachblauen Licht erwacht und zogen schläfrig ihre Kreise um den großen Findling, auf dem Sarik seine Pläne ausgebreitet hatte, beschwert von einem Winkel und Janners Fernrohr. In seinem Umhang, mit seinem Dreispitz und mehreren Rollen Pergament unter dem Arm, wirkte er wie ein verlorener Kartograph am Strand seiner Insel, der den Weg nach Hause zu bestimmen sucht.

Edric und Horb, denen ihre Nervosität deutlich anzusehen war, gaben derweil ihr Möglichstes, mit Messern und Stricken seine

Anweisungen umzusetzen, hier eine Strebe zu kürzen und dort eine weitere anzubringen.

April hatte keine Ahnung, woher Sarik seine Pläne und all die Tücher und Stangen genommen hatte. Vor zwei Tagen war er plötzlich aufgetaucht, diesmal auf dem Rücken einer großen, grauen Stute, und hatte sie zu dieser hochgelegenen Wiese geführt. Dann war er abermals kurz fort gewesen, als hätte er nur gerade etwas im Keller vergessen, und mit einem ganzen Wagen voll Hölzern und Tuch zurückgekehrt. April hatte keine Erklärung dafür; sie konnte nur vermuten, dass die Wirklichkeit sich einem Zauberer grundlegend anders darstellte, so wie nur ein Steinschleifer ahnt, wie er einen rohen Edelstein zum Strahlen bringen kann.

Andächtig bestaunte sie die Konstruktion, die sich ihrer Vollendung näherte. Mittlerweile sah sie nicht länger nur wie ein Gerippe aus, sondern ähnelte einem großen, scharfkantigen Stoffvogel, der mit ausgebreiteten Schwingen auf seinem Nest saß und mit einer seltsamen Mischung aus Gleichmut und Zuversicht in den Himmel starrte.

»Das sieht gut aus«, sagte sie und strich vorsichtig mit dem Finger eine der Streben entlang. Der starre Vogel zuckte weder zurück, noch schmiegte er sich an sie. Bloß das Irrlicht kam näher und pulsierte hell. Durch irgendeinen Trick strahlte sein Licht nur auf die Wiese, genug, damit die Menschen dort arbeiten konnten, verblasste aber Richtung Tal hin. April glaubte nicht, dass irgendwer in der Burg sehen konnte, was sie hier oben taten.

»Das will ich auch hoffen«, meinte Horb in Antwort auf ihre Bemerkung und zurrte ein weiteres Seil fest. »Wenn ich mich schon mit finsteren Mächten einlasse …«

»Finster?«, grinste April und schnippte im Spaß nach dem Irrlicht, das ihr flink auswich.

»Tu's für Banneisen«, meinte Edric vom anderen Ende des Apparats. »Ich meine, wenn das funktioniert …«

»Das wird es«, sagte April und schaute zu Sarik.

Sarik nickte beruhigend und begutachtete schweigend die Konstruktion, wie ein Künstler völlig in sein Werk vertieft. Dann wies er Horb eine Strebe, die ihm nicht gefiel, und der Tischler knurrte und befestigte sie neu. »Für ihn und die Prophetin«, murmelte er.

»Die Prophetin?«, fragte Edric zweifelnd.

»Wenn's stimmt, was er erzählt, ist er praktisch ihr Stiefsohn, oder nicht?«

Edric lachte. »Weiß sie schon von ihrem Glück?«

»Er ist wunderschön«, sagte April und strich über das Gestänge und den straff gespannten Stoff.

»Danke«, sagte Sarik. »Es freut mich selbst, ihn so zu sehen. Ich hatte ihn schon lange einmal bauen wollen.«

»Wird der Vogel uns wirklich bis auf die Zinnen tragen?«, zweifelte Horb.

»Mich schon«, sagte Edric und zog den schmalen Bauch ein. »Dich dagegen …«

»Vertraut mir«, sagte Sarik. »Der Apparat ist stark genug. Ihr müsst euch nur festhalten. Ich werde einen Wind herbeirufen, der euch sicher an euer Ziel tragen wird.«

»Einen Wind«, wiederholte Horb.

»Er wird euch schützen – und eure Feinde zurückschlagen.«

»Glaubt ihm«, sagte April und dachte an den Nebel, der das Gefängnis von Trestin verschlungen hatte. »Er übertreibt nicht.«

»Wo steckt die Pherenidin?«, fragte Edric.

»Sie ist alleine vor«, sagte April. »Frag nicht – mir gefällt es genauso wenig wie dir. Aber wenn sie sich wirklich unsichtbar machen kann, nun, dann braucht sie uns nicht.«

»Finstere Mächte«, wiederholte Horb halb im Scherz, halb in Sorge. »Wenn meine arme Frau Mutter das wüsste.«

»Jetzt stell dich nicht an!«, sagte Edric. »Ich wüsste nur gern, was wir machen, wenn wir Banneisen haben? Kommen wir auf demselben Weg auch wieder raus?«

»Ich hoffe, dass wir nicht getrennt werden«, sagte April. »Aber wenn ihr es schafft, ihn zum Vogel zu bringen, dann wartet nicht auf mich. Ich komme auch alleine klar.«

»Wir lassen dich doch nicht im Stich«, sagte Edric.

»Was sie sagen will, ist, nur drei Leute fliegen mit dem Ding zurück«, sagte Horb. »Wer stellt sich jetzt an?«

»Danke«, sagte Edric. »Jetzt geht's mir gleich schon viel besser.«

»Fertig«, sagte Horb und zurrte das letzte Seil fest. »Oder? Meister Sarik?«

Sarik, der sich nicht im mindesten am spöttelnden Unterton des Tischlers zu stören schien, legte seine Pläne beiseite und spazierte um das Gestell. Er inspizierte es lange und gründlich und griff immer wieder fest nach einer Strebe, liebkoste einen Flügel mit der Fingerspitze. Das Irrlicht kam näher und schüttete sein Licht über ihn aus. Dann nickte der Zauberer und trat einen Schritt zurück.

»Es ist bereit«, sagte er.

»Was ist mit dem Wind?«, fragte April.

»Ich rufe den Wind wie ein Harfner seine Musik«, sagte Sarik. »Es braucht nur einen Fingerzeig; einen Gedanken, den ich noch nicht gedacht habe.«

»Ich danke dir«, sagte sie, und er nickte ihr zu. Dann wandte sie sich an die beiden Männer. »Und euch auch. Ich bin euch so dankbar. Habe ich euch das schon gesagt?« Sie zögerte. »Ihr müsst das nicht tun, wenn ihr nicht wollt.« Doch Edric und Horb scharrten ungemütlich mit den Füßen und winkten ab. April schüttelte den Kopf und schloss sie kurz in die Arme. »Also los!«, rief sie dann. »Gehen wir rein.«

Sie stellten sich unter den Vogel und befestigten die Lederschlaufen dort an ihren Armen und Hüften, sodass sie sich wie die Beine dieses seltsamen, hockenden Geschöpfs vorkamen. April wollte Sarik ein Zeichen geben, doch er stand schon wie im Gebet versunken, die Augen geschlossen, und seine Lippen formten Worte, die sie nicht verstand. Etwas an der Luft um sie änderte sich, so wie sich aufziehender Regen durch seinen Geruch ankündigt.

Dann öffneten sich seine Augen weit, und er hob beide Hände.

»Los!«, rief April, und sie begannen zu laufen. Zuerst war es anstrengend, die Konstruktion zu tragen, die trunken mal hierhin, mal dorthin zu kippen drohte. Dann ergriff eine leichte Brise die Schwingen und stabilisierte sie, die Flügel blähten sich wie Segel, und sie wurden so schnell, dass sie Schwierigkeiten hatten, noch Schritt zu halten.

»Passt auf!«, schrie Edric, und sie sah, dass sie in der Dunkelheit auf den Abgrund zurannten, der schon ganz nahe war. Falls die Männer ihren Entschluss bereuten, war es nun aber zu spät. Sie erreichten den Abgrund, und es blieb ihnen gar nichts anderes übrig als die Füße einzuziehen und zu hoffen; und dann schwang sich der hölzerne Vogel majestätisch empor.

Aprils Herz raste. Sie fühlte sich hochgehoben wie von einer riesigen Hand, alle Segel schlugen im Wind, und das Gerippe des Vogels ächzte und knarrte. Der Berghang blieb hinter ihnen zurück, sie glitten über das Tal hinaus, und tief unten konnte sie Felder und Bäche und schließlich die hingestreuten Zelte der Armee erkennen. Dann flogen sie eine sanfte Kurve, und sie wünschte, sie wüsste, ob man den Vogel auch irgendwie lenken konnte.

Sie sackten durch. Edric schrie wieder, doch man hörte ihn kaum. Horb hatte die Augen zusammengekniffen und die Zähne aufeinandergebissen, doch fast schien er den Flug zu genießen. Dann frischte Sariks Wind wieder auf, trug sie empor und wieder auf Kurs.

Die ersten Sonnenstrahlen hatten inzwischen die Burgmauern und die Spitzen der vordersten Zelte berührt und verwandelten den Sandstein in Rosenquarz, die Zelte in blutigen Samt. Der Himmel vor ihnen war wolkenlos und leer, die letzten Sterne verblassten, doch von Süden, getragen vom selben Wind wie sie, zogen schwere, dunkle Wolken auf, sodass sie sich wie die Speerspitze eines himmlischen Heers fühlten, das in einen Krieg der Elemente gegen die steinerne Festung zog. April jauchzte, und einen Moment stellte sie sich vor, wie es wäre, die Lederriemen zu lösen und aus eigener Kraft zu fliegen, immer weiter – bis zum Horizont.

Die Burg kam immer näher, und die ersten Soldaten hatten sie entdeckt. April glaubte, dass sie immer noch gut hundert Fuß über den höchsten Zinnen dahinsegelten und dank des Winds kaum zu treffen waren; doch die Männer dort unten hatten ohnehin noch nicht begriffen, was sie da sahen, und standen mit offenen Mündern und schlaffen Armen. Einen kurzen Moment, als der Wind plötzlich umschlug und sie abbremste, hörte sie Horb und Edric neben sich, doch sie war sich nicht sicher, ob sie lachten oder schrien.

Die Burgmauern bildeten ein unregelmäßiges Vieleck mit mehreren ungleichen Türmen. Die Gebäude im Inneren waren über Brücken miteinander verbunden. Im Hof standen noch mehr Zelte, und überall wehten die schwarzroten Banner und Wimpel. Vor ihnen lag der Gefängnisturm, in dem sich laut Sarik Janners Zelle befand, irgendwo in den oberen Stockwerken. Sie wusste nicht, woher er es wusste; vielleicht hatte er das Irrlicht geschickt. Wenn sie es nicht zu dritt mit mehreren Hundertschaften aufnehmen wollten, mussten sie möglichst nahe an diesen Turm herankommen. Am besten wäre es, wenn es gelänge, direkt auf dem Wehrgang zu landen, der an einigen Stellen die Breite einer kleinen Straße besaß. Sarik schien dasselbe vorzuhaben, denn der Vogel beschrieb eine letzte Kurve über den Burggraben, schlug einen Kurs parallel zur Mauer ein und näherte sich ihr in flachem Winkel. Die Böen wurden immer heftiger.

Eine Salve von Bolzen flog durch die Luft, doch der Wind, auf dem sie ritten, trieb sie auseinander wie einen Mückenschwarm. Die Wolken über ihnen hatten sie nun eingeholt und überzogen das Lager vor den Mauern mit Dunkelheit. Ein Grollen rollte durchs Tal, als ginge fern im Osten nicht die Sonne auf, sondern ein vorzeitliches Untier, das seine Schwingen über die Welt breitete.

Der Vogel sackte ein weiteres Stück ab, dann rasten sie direkt über den Zinnen dahin. Erst jetzt begriff April, wie schnell sie waren, und auch Horb und Edric schien zu dämmern, dass sie ihren Himmelswagen so niemals würden landen können, ohne dass er dabei zu Bruch ging. Sie schrien aus Leibeskräften. Mehrere Soldaten warfen sich der Länge nach hin; zwei wurden von einer Sturmböe erfasst und kopfüber von der Mauer geweht.

Da schlug der Wind auf einmal um. Mit einem Ruck, bei dem April alle Luft aus den Lungen gedrückt wurde, kam der Vogel zum Stillstand und wurde nach oben gerissen. Einen kurzen Moment schienen sie sich im Auge eines wütenden kleinen Wirbelwinds zu befinden. Zwei Sekunden standen sie beinahe still und drehten sich nur ein paar Handbreit – dann fielen sie und schlugen auf den Wehrgang, der an dieser Stelle einen Knick beschrieb und sich zu einer Plattform verbreiterte.

»Schnell!«, schrie April und gurtete sich los. Sie kämpften sich frei und zogen ihre Waffen. Fast augenblicklich waren sie von Wachen umzingelt. Weitere Soldaten scharten sich unter ihnen im Hof zusammen und versuchten zu verstehen, was geschah, und wie es sein konnte, dass der Himmel selbst sie angriff.

Denn kaum dass April, Horb und Edric den Kampf gegen die Soldaten aufnahmen, fuhr ein Blitz aus den schwarzen Wolken und traf den nächstgelegenen Wehrturm. Ohrenbetäubender Donner folgte, und Trümmer regneten auf die Wachen herab. Der Wehrgang hinter ihnen war nun blockiert, und sie schafften es, die verbliebenen Soldaten vor sich zurückzudrängen. Die tiefstehende Sonne beschien die Bäuche der Wolken und spiegelte sich auf den Schwertern und Rüstungen. Einen Augenblick waren sie in eine glitzernde Welt goldener Strahlen und zuckender bläulicher Blitze getaucht, dann zog das unnatürliche, regenlose Gewitter weiter zum nächsten Turm. Der Sturm wehte die Soldaten zu Dutzenden von den Mauern. Unten im Hof wurde Alarm geblasen.

April stellte sich vor die beiden Männer und kämpfte ihnen mit Schneeklinge den Weg frei. Dann versperrten ihr mehrere

Soldaten den Weg, und sie sprang auf die Zinnen. Sie fühlte sich völlig sicher und so leicht wie Löwenzahn, während sie im Licht der aufgehenden Sonne von Zinne zu Zinne sprang. Tief unter sich sah sie den Burggraben und die Truppen des Kaisers, die zu ihr aufschauten wie Kinder. Dann sprang sie wieder auf den Wehrgang, Schneeklinge schnitt durch die Luft und fiel den Soldaten in den Rücken. Sie streckte die Männer der Reihe nach nieder, dann schlossen Horb und Edric zu ihr auf, und sie rannten weiter Richtung Gefängnisturm.

Da prasselte eine Bolzensalve auf sie nieder, abgeschossen von der Mauer jenseits des Turms. Horb schrie auf und ging zu Boden. Fast gleichzeitig traf ein Blitz die Mauer und sprengte ein großes Loch in die Reihen der Schützen. Edric rannte zu seinem am Boden liegenden Freund. Das Tosen der Blitze und das Schmettern der Hörner unten im Hof waren so laut, dass er und April sich nur mit Blicken verständigen konnten – doch die Tränen in seinen Augen sagten ihr alles, was sie wissen musste.

April erreichte den Schutz des Gefängnisturms. Die Tür zum Wehrgang war nicht verschlossen, und mehrere Soldaten versuchten gerade, vom Abschnitt dahinter durch den Turm zu ihr zu gelangen. *Sie ahnen nicht, dass der Turm unser Ziel ist,* dachte April. *Sie denken, wir greifen die Burg an. Sie schützen den Kaiser.* Schneeklinge schlug sie zurück und fällte alle, die ihrem tödlichen Zauber zu nahe kamen. In wenigen Augenblicken hatte sie das ganze Stockwerk des Turms unter Kontrolle. Dann verbarrikadierte sie den hinteren Eingang.

»Los, komm!«, schrie sie Edric zu, und er schloss geduckt zu ihr auf. Gemeinsam schoben sie eine schwere Truhe auf die Luke, unter der sich die Treppe nach unten befand. Eine zweite Treppe führte nach oben.

»Ich komme, Liebling«, flüsterte April.

STURM AUF DAMOSFELS

Intermezzo

Cassiopeia kam als Erste zu ihm.

Sie war sein erster Besuch überhaupt; außer den Wachen natürlich, die ihm das Essen brachten, und den Stunden, in denen Don Torreno zu ihm kam.

Diese Visiten waren das, was ihm die Warterei auf seine Hinrichtung wirklich verleidete, denn sie störten seine Versuche, seinen Frieden mit sich, der Welt und der Tatsache zu machen, dass er es nie geschafft hatte, seinen Vater zu finden.

Die Zelle selbst war nicht schlimmer als die Zellen, die er in Ptaraon oder Melnor kennengelernt hatte. Tatsächlich war es eine vergleichsweise helle Zelle mit viel frischer Luft, die durch das hohe, vergitterte Fenster kam. Es gab ein langes Brett an der Wand, an die man ihn gekettet hatte, auf dem er sitzen und manchmal sogar etwas schlafen konnte. Es gab einen Eimer, der meistens in Reichweite war – je nachdem, wie viel Spiel man der Kette gerade ließ, die durch Ösen an seinen Gelenken und Hals zu einem Ring in der Wand lief –, und genug Stroh auf dem Boden, dass es an den anderen Tagen nicht allzu schlimm war; zumindest nicht, wenn man Ptaraon überlebt hatte. Ein bisschen war Janner enttäuscht, am Ende seines Lebens zu all den kleinen Demütigungen, all dem Schmutz zurückkehren zu müssen. Irgendwie hatte er erwartet, dass diese Zeiten ein für alle Mal vorbei waren. Vielleicht, dachte er mit Blick auf die alte Tätowierung auf seinem Arm, war es aber auch ganz passend.

Am ersten Tag seiner Gefangenschaft betraten nach dem Essen

zwei Wachen seine Zelle und zurrten seine Kette so fest, dass er mit ausgestreckten Armen eng an die Wand gedrückt saß und fast keine Luft mehr bekam. Dann stellten sie einen Schemel in drei Schritt Abstand zu ihm auf den Boden und verließen den Raum. Kurz darauf öffnete sich die Tür erneut, und Don Torreno trat ein.

Don Torreno war nie gerade das gewesen, was man als rank und schlank bezeichnen würde, doch der Mann, der da zu ihm kam, war regelrecht fett und schien alle Kraft und allen Willen verloren zu haben, die einen Mann normalerweise aufrecht halten. Er ging vornübergebeugt und ließ sich schlaff auf den Schemel sinken, und als Janner die dunklen Ringe unter seinen Augen studierte und die schütteren, grauen Haare am Ansatz der hohen Stirn, fühlte er sich einen seltsamen Moment lang sehr viel lebendiger als sein alter Arbeitgeber.

Dann wartete er darauf, dass Don Torreno irgendwas sagte, doch der alte Mann saß nur da und schaute ihn nachdenklich an. Hinterher fiel Janner eine Menge ein, was er in diesem Moment hätte sagen können, aber er tat es nicht, und so verging eine durchweg unangenehme Stunde, in der sein Besucher und er einander nur anschauten, bis Janner jede Linie in dem breiten Gesicht vertrauter war als sein eigenes. Schließlich erhob sich der Don, ging zur Tür, klopfte und wurde hinausgelassen. Ein paar Stunden später kamen die Wachen noch einmal, um den Schemel zu holen und seine Ketten zu lockern, sodass er den Eimer benutzen konnte.

Am nächsten Tag kam der Don abermals zu Besuch, diesmal in Begleitung eines Mannes, den Janner nicht kannte. Seinen schmalen Zügen nach zu schließen war er Pheremide und gehörte wahrscheinlich zur Besatzung der Burg. Halb rechnete Janner damit, dass sich der Ablauf des Vortages wiederholen würde, und setzte gerade an, dem Don eine besonders gewitzte Begrüßung zuteilwerden zu lassen, als der zu seiner Überraschung zu ihm hintrat und mit einem Kohlestift eine scheinbar wahllose Stelle auf seinem Arm markierte.

Dann nickte er seinem Begleiter zu und nahm auf dem Schemel Platz. Von dort verfolgte er, wie der Pherenide mit Hilfe eines gebogenen Küchenutensils, dessen Name Janner sich nie hatte merken können, die markierte Stelle aus seinem Arm schälte.

Da sagte Janner dem Don dann doch ein paar der Dinge, die er sich überlegt hatte, auch wenn es wahrscheinlich nicht allzu klug war. Der Don aber achtete gar nicht weiter darauf. Eine Weile schien er völlig damit zufrieden, ihm beim Bluten zuzusehen. Dann begann er mit ruhiger Stimme, ihm von seinem Sohn zu erzählen; Anekdoten, wie alte Männer sie auf der Parkbank austauschen, den Blick verträumt in die Ferne gerichtet. Nach einer Stunde verließ er ihn, sichtlich gelöst und in Begleitung seines enttäuschten Folterknechts, der ihm wohl gerne noch weitere seiner Gerätschaften gezeigt hätte. Der Don aber hatte sich schon immer gern Zeit gelassen, wenn eine Beziehung langsam persönlich wurde.

Von da an folgten die Besuche in schöner Regelmäßigkeit, immer zur selben Stunde, nach dem Mittagessen, das bald seinen letzten Reiz für Janner verloren hatte. Der Don markierte eine Stelle, nahm Platz, sah zu, wie sie herausgeschnitten wurde, und erzählte eine Episode aus dem Leben seines nichtsnutzigen Sohns: wie er als kleiner Junge vom Apfelbaum gefallen war, obwohl er ihm das Klettern doch verboten hatte; wie er sein erstes eigenes Geld nach Hause brachte, und wie stolz er seinen Vater gemacht hatte.

Janner hielt mit der Episode dagegen, als der kleine Toni so betrunken gewesen war, dass die Betreiberin eines angesehenen Etablissements ihn eigenhändig vor die Tür warf, nackt; doch Antonio Torreno hörte ihn gar nicht und nickte nur gutmütig. Am nächsten Tag dann pickte er sich eine große Stelle nahe des Schlüsselbeins heraus.

Nach einer Woche war Janners ganzer Oberkörper von kleinen Wunden in verschiedenen Stadien der Verkrustung und Vereiterung übersät, er hatte starke Schmerzen und musste immer wieder an einen Seemann denken, den er in jungen Jahren einmal gesehen hatte, und der beim Anlegen an einer felsigen Küste in ein Feld giftiger Seeigel gefallen war. Drei Tage und drei Nächte hatte er im Fieber getobt und geschrien, dass es ihn auffraß, dann war er gestorben.

Nun hatte Janner nicht den Ehrgeiz, sein Leiden möglichst unangenehm zu gestalten, aber irgendwie wollte er dem Don auch nicht den Gefallen tun, sich wie dieser Seemann aufzuführen. So wurde es einer dieser lästigen Wettstreite, bei denen derjenige verlor, der als Erster auf das Gesprächsangebot des anderen einging, wie unvernünftig es auch sein mochte.

Eine Weile erwog er, ihm von Tonino und Livia zu erzählen; doch wenn Livia das noch nicht getan hatte, würde er die Tochter des Dons nur in Schwierigkeiten damit bringen.

»Dein Sohn war ein Arschloch«, sagte er schließlich, in der Hoffnung, so schneller einen Konsens herbeizuführen. »Er hat gekriegt, was er verdient hat, und ich würde es wieder tun. Ich scheiße auf sein Grab und das seiner Mutter.«

Der Don hob entschuldigend die Hand zum Ohr, als hätte er Probleme, ihn zu verstehen, und dann tat er etwas, womit Janner nicht gerechnet hatte: Er ließ den Phereniden seine Ketten festziehen, trat ganz nahe heran und fuhr zum Abschied mit seinem Stift über sein Gesicht. Einen Moment wusste er gar nicht, wie ihm geschah, dann begriff er, dass der Don einen Kreis um seine Nase gezogen hatte.

»Siehst du, Janner«, sagte der Don, »ich habe ein Problem: Ich schätze es einfach zu sehr, mit dir über Tonino zu reden. Du bist ein großer Geschichtenerzähler, und ein noch besserer Zuhörer. Deshalb möchte ich dir weder Ohren noch Zunge nehmen. Ich könnte dir Hände und Füße abschlagen, aber das würdest du wohl nicht überleben, und den Spaß darf ich dem Kaiser nicht verderben. Außerdem schätze ich, wie ich schon sagte, unser Gespräch einfach zu sehr – so sehr, dass ich beim Präfekten einen Aufschub erwirkt habe, damit wir noch ein paar Tage reden können. Ich könnte auch mit deinen Fingern und Zehen beginnen, doch wenn ich ehrlich bin – du entschuldigst doch meine Offenheit? Was mir immer schon an dir missfiel, war diese große Nase, die du da hast. Bis morgen, mein Freund.«

Die Erwähnung des Kaisers und insbesondere des versprochenen Aufschubs verunsicherten Janner, und so versuchte er im Lauf des Nachmittags und Abends, von den Wachen zu erfahren, wie lang das Spiel des Dons wohl noch gehen würde – doch sie zeigten sich wenig kooperativ. Es entging ihm aber nicht, dass unten im Hof eine Menge Unruhe herrschte, und vielleicht nicht zum ersten Mal hörte er auch Fanfaren, die ihn an seine Zeit in Ptaraon erinnerten. Wenn er damals ihren Klang gehört hatte, war es das Zeichen gewesen, möglichst schnell um die nächste Ecke zu verschwinden. Bisher hatte er sie auf die Wahnvorstellungen geschoben, die sich nun immer häufiger einstellten; nun aber begannen sie, ein Maß an Wirklichkeit zu beanspruchen, das Janner missfiel.

Er versuchte zu schlafen, weil er dann manchmal träumte, dass er und April es geschafft hatten und in einer Hütte in den weiten Wäldern von Fængos lebten. Manchmal kamen sein Vater und die Prophetin zu Besuch, und die Prophetin machte einen ausgezeichneten Kirschkuchen in diesen Träumen.

Diese Nacht aber fand er wenig Ruhe; und ein helles Licht, das verschwunden war, sobald er die Augen aufschlug, störte seinen Schlaf.

So war er zuerst recht verwirrt, als es früh am Morgen an seine Tür klopfte. Müde zog er an seinen Ketten und versuchte, einen klaren Gedanken zu fassen. Sein Mund schmeckte nach faulen Eiern, und er hatte die Befürchtung, dass es der Geruch seiner Wunden war, der ihm am Gaumen hing. Unwillkürlich schielte er nach seiner Nase, doch offenbar war sie noch da.

»Janner«, sagte eine Stimme vor der Tür. Es war die Stimme einer Frau. Sie schien aus einer anderen Zeit, einem anderen Leben zu stammen, und er brauchte einen Moment, um sie einzuordnen, da ihr Besuch ihm zu dieser Stunde ebenso absurd erschien, wie es der eines Bauchladenverkäufers gewesen wäre.

»Cassiopeia? Du?«

»Ich«, flüsterte die Stimme. Es fiel genug Licht durch das Fenster über ihm, dass er die Tür gut erkennen konnte. Auf Augenhöhe gab es eine vergitterte Öffnung darin, doch dahinter lag nichts als Dunkelheit.

»Das ist ja eine Überraschung«, sagte er. »Wie kommst du denn hier rein?«

»Die Frage muss lauten, wie kriegen wir dich hier raus«, erwiderte die Stimme, und er glaubte die Andeutung eines Lächelns darin zu hören. Oder war es Spott?

»Ich bin sicher, die Wachen hätten da einen Vorschlag«, meinte er. »Und die nötigen Schlüssel.«

»April und die anderen kommen bald nach.«

»April ist hier?«, stieß er aus. »Die anderen?« Und insgeheim fragte er sich, was ihm an der Art, wie sie ihm auswich, missfiel.

»Edric und Horb«, führte die Stimme aus.

»Nur drei«, sagte er und zählte sie nicht mit, um ihre Reaktion zu testen. »Drei Leute, um die ganze Festung einzunehmen! Das ist doch Wahnsinn.«

Die Stimme erhob keinen Widerspruch. »Sie ließ sich nicht davon abbringen.«

»Das ist mein Mädchen«, kicherte Janner. »So ein ungezogenes Ding.«

»Sie hat noch ihren Zauberer. Diesen Sarik.«

»Dachte ich mir, dass wir ihm nicht zum letzten Mal begegnet sind«, murmelte Janner, doch die Neuigkeit behagte ihm nicht. »Was hat er vor?« Da Cassiopeia es mit seiner Rettung nicht allzu eilig zu haben schien, fand er besser heraus, was sie wusste.

»Ich glaube, sie haben eine Art Handel abgeschlossen.«

»Was für einen Handel?«

»Er hilft ihr, dich rauszuholen, dann will sie mit ihm nach Teveral.«

»Nach Teveral! Mit ihm? Wieso das denn?«

»Würden wir das nicht alle gerne wissen?«

»Bitte, keine Versteckspiele«, sagte er. »Du glaubst es vielleicht nicht, aber meine Tage sind voll rhetorischer Fragen.«

»Wieso bist du damals gegangen?«, fragte die Stimme.

Er stockte. »Das ist jetzt nicht dein Ernst.« Doch der Schatten vor der Zelle schwieg geduldig. »Ich habe es dir erklärt«, sagte er. »Ich hatte Angst.«

»So wie jetzt?«, fragte die Stimme.

»Schlimmer«, sagte er.

»Und in Ptaraon?«

»Auch das habe ich dir erklärt«, sagte er. »Dort saß ich im Gefängnis.«

»So wie jetzt?«

»Ähnlich«, räumte er ein.

»Gab es dort auch ein Fenster?«

»Was soll das jetzt wieder heißen?«

Der Schatten schwieg, anklagend in seiner Schwärze.

»Sag, bist du nur deshalb zu mir gekommen? Hast mich durch die Provinzen verfolgt, einen Haufen Leute umgebracht und dich in mein Gefängnis geschlichen – bloß, um mein schlechtes Gewissen zu sein?«

»Nein«, sagte der Schatten.

»Was willst du dann?«

»Ich will Schneeklinge.«

»Wie war das?«

»Das Schwert«, sagte der Schatten. »Nicht dein Mädchen. Ich brauche das Schwert Schneeklinge.«

Nun war es an Janner, zu schweigen. Zu viel ging ihm durch den Kopf: wie selbstsüchtig dieser Wunsch schien, und wie unbedeutend. Was April wohl davon hielte, und wie sehr er es bisher vermieden hatte, sich ein Urteil über den Umstand zu bilden, dass sie einen solchen Schatz überhaupt in ihrem Besitz hatte. Dass das Schwert ihr Blut getrunken hatte und angeblich uralt war.

Dass es Kriege entschieden und einem Eolyn gehört hatte, dem es nur Unglück gebracht hatte. Er fragte sich, was aus ihm geworden war.

»Das Schwert gehört April«, sagte er vorsichtig. »Und wie du vielleicht siehst, habe ich es gerade nicht bei mir. Hier drinnen gibt es nur diese Bank, meinen Eimer und mich.« Er spähte abermals Richtung Tür. »Wo steckst du überhaupt? Ich kann dich nicht sehen.«

»Du kannst sie überzeugen«, fuhr die Stimme ungerührt fort. »Sag ihr, dass sie es ablegen soll, und fangt ein neues Leben an. Der Kampf in den Provinzen geht auch ohne euch weiter. Oder macht euch dieses Leben etwa Spaß? Hier geht es um etwas Größeres, und Sarik weiß das. April und du, ihr seid doch nur Spielsteine für ihn! Gebt mir das Schwert und dann geht nach Fængos oder wohin immer ihr wollt. Erst dann werdet ihr wirklich frei sein. Und das ist es doch, was du immer wolltest, nicht? Frei sein.«

»Freiheit ist ein hohes Gut«, gab er zu und rasselte mit seinen Ketten.

»Hilf mir, und ich helfe dir.«

»Jetzt kommen wir also zum Geschäftlichen. Ich fragte mich schon, wie lange es dauern würde.«

»Verdammt noch mal!«, zischte der Schatten. »Ist sie dir wirklich so wichtig? Mehr als *das* hier?«

Er fand nicht, dass sie eine Antwort darauf verdient hatte, und grunzte. Seine Nase juckte, und er versuchte, sie mit der Schulter zu kratzen, was nicht so leicht war, weil man ihm die Ketten letzten Abend nicht gelockert hatte.

»Hasst du mich denn so sehr?«, fragte der Schatten. »Du bist mir was schuldig, Ianus.«

»Wieso muss ich es eigentlich immer allen recht machen?«, rief er aus, und es war ihm egal, wer ihn hörte – wahrscheinlich waren die Wachen schon tot, sonst wären sie längst hier. »Ich wollte immer bloß zur See fahren und meinen Vater finden, der Welt ins Gesicht schauen und sehen, ob es stimmt, was man sich erzählt.

Doch die Welt steckte mich in ihre Kerker, man drückte mir Waffen, die ich nie wollte, in die Hand, und wohin ich auch ging, stand ich auf einmal in jemandes Schuld: Krayn überredet mich, für einen Irren zu arbeiten, der sich als Schwesternschänder und Vergewaltiger entpuppt. Ich helfe also seiner Schwester, und ich helfe April. Sie findet selbst ein Schwert, einmal will man was Sinnvolles damit tun, und heraus kommt nur Ärger – bis Krayn wieder auftaucht und mich überredet, mich ein zweites Mal der Gnade eines Irren auszuliefern. Und dann kommst du daher und redest von einem neuen Leben. Ausgerechnet du! Verdammt, ich sollte dir ein paar meiner Leben abgeben. Glaub mir, ich hatte genug davon. Dabei wollte ich immer bloß der Welt ins Gesicht schauen, meinen Vater finden und sehen, ob es stimmt, was man sich erzählt.«

»Lass den Unsinn«, sagte der Schatten. »Er ist nicht dein Vater.«

»Was?«, fragte er.

»Er ist nicht dein Vater. Der Fealv Tausenddorn ist nicht dein Vater.«

Auf einmal fiel ihm auf, wie leer es doch in seiner Zelle war, und wie dunkel, trotz der Sterne und des ersten Morgenlichts vor seinem Fenster. Die Wände schienen sich zurückzuziehen, die Ketten an seinen Muskeln zu zerren. Zum ersten Mal fürchtete er, dass er das alles nicht länger ertragen konnte: diese Unterhaltung, und die mit Don Torreno. Er hatte damit gerechnet, sein Leben in diesen Mauern zu verlieren – aber nicht sich selbst.

»Woher willst du das wissen?«

»Weil ich deine Schwester bin«, sagte Cassiopeias Stimme in der Dunkelheit. »Deine Halbschwester. Mein Vater war auch deiner. Deine Mutter hat es mir erzählt. Deine richtige Mutter, nicht Helena, die nur deine Amme war. ›Er sollte nicht glauben, dass er nur ein einfacher Bastard ist‹. Das waren ihre Worte. Also hat sie sich eine Geschichte ausgedacht. Für dich und, denke ich, auch für sich selbst.«

»Was redest du da?«

»Mirabelle war deine Mutter. Dein Vater war der Senator Latian Tial – so wie meiner.«

»Tante Mirabelle«, hauchte Janner. »Und *dein Vater?*«

Der Schatten schwieg, doch diesmal lag keine Anklage in dieser Stille, auch kein Triumph.

»Ich glaube dir nicht«, sagte Janner.

»Es ist die Wahrheit«, sagte der Schatten.

»Nein«, sagte Janner. »Denn wie du sicherlich weißt, ist mein Vater der große Tausenddorn, der in der Schlacht von Caranando kämpfte und das Schwert Banneisen führte; der Befreier des Nordens, und, wie viele sagen, Günstling der Prophetin. Davon musst du einfach gehört haben.«

»Dein Vater, oder was von ihm noch blieb, wurde damals in Pherenaïs getötet«, widersprach der Schatten, »von demselben Dämon, der kurz nach deiner Geburt Besitz von ihm ergriff und mich zeugte. Er hat unser beider Familie abgeschlachtet und uns alles genommen. Ich suche ihn, mein ganzes Leben schon, und brauche deine Hilfe, um ihn zur Strecke zu bringen. Hilf mir, mein Bruder.«

Janner rang nach Worten, aber all seine Worte waren nicht da. »Versteh doch …«, hob er schließlich an.

»Du willst mir nicht zuhören«, sagte der Schatten. »Nun gut.«

»Es tut mir leid!«, rief er da, und das tat es ihm wirklich. »Es tut mir leid, dass ich nicht für dich da war und dich im Stich ließ. Ich wollte das nie. Ich habe immer gehofft, dass du davongekommen bist und ein glückliches Leben führst, auf einem schönen Stück Land, irgendwo im Strahlenden Reich. Du warst immer wie eine kleine Schwester für mich. Das weißt du doch, oder?«

»Ich *bin* deine Schwester.«

Doch Janner schüttelte den Kopf. »Das hätte niemals passieren dürfen«, sagte er. »Dein Leben hätte deines bleiben sollen, und mein Leben meines. Du solltest nicht hier sein, und ich kann dir nicht helfen, denn wie du siehst, brauche ich selbst dringend Hilfe.«

»Wie ich schon sagte«, wiederholte der Schatten, und einen Moment glaubte er eine Bewegung vor seiner Tür auszumachen. »April und die anderen werden bald hier sein.«

Dann spürte er einen leisen Lufthauch, und der Schatten ging, wie der Wind.

STURM AUF DAMOSFELS

Coda

Jemand war vor uns hier«, sagte April und wies Edric die toten Soldaten auf dem Boden der Wachstube. Sie sahen fast friedlich aus, als wären sie sehr schnell gestorben. Vor dem Fenster flackerte das blaue Leuchten des Gewitters, und sie hörten nun auch das Prasseln von Hagelkörnern.

»Fang«, rief Edric, nahm einem der Soldaten den Schlüsselbund ab und warf ihn ihr zu. Damit rannten sie zu den Zellen und befreiten ein paar bedauernswerte Gestalten, ohne sie eines zweiten Blickes zu würdigen. Schließlich standen sie vor der letzten Zelle.

»Bist du das, Liebling?«, fragte Janners Stimme von drinnen.

»Liebling!«, antwortete sie und schaute kurz durch das kleine Fenster, während sie mit den Schlüsseln hantierte. Auf einmal zitterten ihre Hände so sehr, dass sie eher einen Knoten in den Bund gemacht hätte, als das Schloss aufzukriegen. Dann beherrschte sie sich wieder und öffnete die Tür.

Der Anblick im Inneren zerriss ihr das Herz. Janner hing an die rückwärtige Wand gekettet. Sein ganzer Oberkörper war eine einzige Masse offener Wunden und schwärender Narben, und er war ausgemergelt und kaum bei Bewusstsein. Es roch erbärmlich.

»Schnell, bring den Krug mit Wasser aus der Wachstube«, rief sie Edric zu und machte sich daran, Janners Ketten zu lösen. »O Liebling«, murmelte sie, »was haben sie nur mit dir getan!«

»Ich möchte lieber nicht darüber reden«, lallte Janner. »Und angesichts meiner Lage wäre es wohl auch nicht sehr höflich, dich für den Angriff auf diese Burg zu tadeln. Dennoch frage ich dich: Was verdammt hast du dir eigentlich dabei gedacht?«

»Dasselbe könnte ich dich fragen!«, fuhr sie ihn an, und er kniff erschrocken die Augen zusammen. Dann nestelte sie wieder an seinen Ketten.

»O Liebling«, flüsterte sie abermals, dann sprangen die Ketten auf, und sie fielen sich in die Arme, was sehr schmerzhaft für ihn war, aber sie taten es dennoch.

»Wir müssen fliehen«, sagte sie, und er nickte. Edric kam mit dem Wasser, und Janner trank in vollen Zügen. Darauf übergab er sich erst, dann trank er weiter. Flüchtig säuberte sie seine Wunden, doch er zuckte zurück.

»Dafür ist später noch Zeit«, sagte er. »Wie sieht der Plan aus?«

»Wir fliegen«, sagte April.

»Was, wie ein Vogel?«

»Sarik hat uns einen Vogel aus Stangen und Segeln gebaut«, sagte sie. »Von ihm ist auch das Gewitter.«

»Ich fragte mich schon, ob es echt ist«, murmelte er.

»Du hast da was«, meinte April und wies auf seine Nase.

»Einen Moment.« Er rieb sich die Nase so heftig, als gälte es, Silberbesteck zu polieren, dann zog er sie hoch, spuckte aus und grunzte vernehmlich. »Bitte entschuldige.«

»Ist schon gut, Liebling.«

»Verschwinden wir. Hey, Edric.« Sie gaben sich kurz die Hand, dann rannten sie gemeinsam nach draußen.

Der Wehrgang vor dem Gefängnisturm lag in Trümmern. Nur ein schmaler, von Eiskörnern gespickter Grat war geblieben, über den sie wie die Gämsen klettern mussten, während unter ihnen im Hof blanke Panik herrschte und um sie herum die Elemente verrückt spielten. Der Wind blies mal hierhin, mal dorthin und wechselte abrupt die Richtung, an allen Fahnenmasten knisterte Elmsfeuer, und die dunklen Wolken, die sich über den Türmen sammelten, hatten die trockene Lebendigkeit von Rauch, oder eines Sandsturms, und änderten ihre Erscheinung schneller, als man zuschauen konnte.

Allein Sariks Riesenvogel stand noch unbeschadet an seinem Platz. Sie eilten hoffnungsvoll darauf zu, als sich dahinter, in dem zerstörten Wehrturm, eine Tür öffnete, und sich mehrere Gestalten durch die Trümmer kämpften.

Es waren aber keine Soldaten.

»Verdammt«, keuchte Janner, als er sie sah. »Torreno – und Krayn.« Mit ihnen näherten sich vier weitere Männer.

»Janner!«, schrie Don Torreno. »Verflucht sollst du sein!«

»Sie wollen den Vogel zerstören«, rief April. »Schnell!« Sie und Edric rannten vor, um Sariks Wundermaschine zu schützen. Sie kreuzten die Klingen mit den Angreifern und stachen sie nieder, einen nach dem anderen. Edric ging dabei zu Boden, doch April stellte sich schützend vor den Verwundeten. Janner kam an ihre Seite gehumpelt und hob Edrics Schwert auf. Vor ihnen, in gemessenem Abstand, standen der Don und Krayn.

»Das also ist das Mädchen, von dem man sich so viel erzählt«, staunte der Don. In seinen Augen flackerten Unglaube und Hass, so wild wie das Elmsfeuer an den Masten. »Na los!«, rief er Krayn zu, seinem letzten verbliebenen Mann. »Worauf wartest du noch? Töte sie!«

Krayn zögerte, dann trat er langsam vor und hob sein Schwert; und da erst sah April, dass es Banneisen war, das er in Händen hielt. Er ließ sie keinen Moment aus den Augen.

»Hallo, Krayn«, sagte sie und hob Schneeklinge.

»Nicht!«, rief Janner und wollte dazwischentreten.

Da packte Krayn das große schwarze Schwert mit beiden Händen, eine am Heft, eine an der Fehlschärfe, drehte es in einer knappen Bewegung und stieß es nach hinten, mitten in den großen Bauch Don Torrenos.

Verdutzt brach Antonio Torreno zusammen. Blut sprudelte über seine Lippen. »Du verdammtes Schwein«, brachte er hervor.

Krayn zog das Schwert wieder heraus, ohne sich umzudrehen.

Dann stürzte der Don der Länge nach hin. Krayn hob Banneisen und warf das Schwert vor sich zu Boden. Es traf den Stein laut wie ein Hammer den Amboss.

April richtete Schneeklinge auf ihn. »Warte«, sagte Janner und legte ihr die Hand auf den Arm. Dann hob er seine Waffe auf.

Er und Krayn musterten sich.

»Großes Ehrenwort«, sagte Krayn und tippte sich an die Augenklappe.

»Ich bin überrascht«, gestand Janner. Dann nickte er in Richtung des Toten. »Er sicher auch.«

Krayn zuckte die Schultern. »Er wusste nie, wann es genug ist.«

»Und nun? Wie geht es weiter?«

»Banneisen hat Don Torreno getötet. Das werde ich allen sagen.«

Janner wiegte nachdenklich den Kopf. »Das war das letzte Mal, dass wir uns treffen.«

Der kahlköpfige Mann nickte knapp. Einen Moment noch schauten sie sich an. Dann wandte Krayn sich ab, stieg über die Leiche zu seinen Füßen und lief zurück zum Turm.

April half Edric, aufzustehen. Er hatte eine tiefe Wunde am Bein, die sie notdürftig mit seinem Gürtel abband.

»Sind wir vollzählig?«, fragte Janner. »Ich hörte von drei tapferen Kriegern, die Damosfels angriffen.«

»Horb liegt da hinten, zwischen den Trümmern«, sagte April leise. »Wer hat dir das erzählt?«

»Cassiopeia kam zu mir«, sagte Janner. »Ein oder zwei Stunden vor dir.«

»Und wo steckt sie? Kommt sie noch?«

»Nein«, sagte Janner. »Ich denke nicht.«

»Fliegen wir!«, sagte April und zeigte ihm, wie er sich festschnallen musste. Mühsam schleppten sie den Vogel zu einer Stelle der Mauer, wo die Blitze die Zinnen vollständig weggesprengt hatten. In der Tiefe unter ihnen gähnte der Burggraben.

»Findest du wirklich?«, fragte Janner. »Denn wenn du dir nicht ganz sicher bist …«

Der Wind schlug plötzlich um und traf sie von hinten.

»Ich bin sicher!«, schrie April. »Haltet euch fest!«

Mit einem lauten Schrei stürzten sie sich von der Mauer.

Sarik stand auf der Anhöhe, die Arme erhoben, und dachte an Musik. Zu seiner Zeit hatten die Eolyn komplexe, mehrstimmige Kompositionen für viele Instrumente erdacht; die Art von Musik, für die man einen Dirigenten brauchte. Der Dirigent spielte die Musiker – sie alle waren seine Instrumente. Sariks Instrumente waren Wolken und Regen in tausend Variationen, der Wind, der in kurzen heftigen Böen und langen, getragenen Brisen wehte und die Wolken vor sich her trieb, der tiefe, furchterregende Trommelwirbel des Donners, das helle Stakkato von Hagel und Blitz. Er dachte daran, wie er diese Musik das erste Mal gehört hatte, vor langer Zeit, am Hof von Iljudis, und er fragte sich, ob die letzten Eolyn noch heute solche Musik komponierten.

Im Gegensatz zu April stand für ihn nur der Vogel im Vordergrund – das Lied seines Flugs. Das Thema wurde vorgestellt, durchgeführt und fand mit dem Absturz auf der Mauer einen dramatischen Höhepunkt. Es bereitete Sarik einiges Kopfzerbrechen, wie er es am Ende seiner Symphonie wieder aufgreifen sollte, und so umspielte er die Idee erst nur zögerlich und beschäftigte sich in den folgenden Sätzen vornehmlich mit dem Wechselspiel von Feuer und Eis auf den Mauern im Sonnenaufgang, während April zu Janners Rettung eilte. Zum Glück war sie rechtzeitig wieder zurück, als die Stimmung schon zum Zerreißen gespannt war und gelöst werden musste. Er wusste wirklich nicht, was er getan hätte, wenn sie den letzten Satz versäumt hätte.

Der Vogel schwang sich ein letztes Mal in den Himmel. Eine letzte Salve von Armbrustbolzen wurde fortgespült vom glitzernden Regen, und die Festung verklang in einer majestätischen Coda, bis wieder allein der Flug durch die Lüfte blieb. Dann endete auch dieser, der Vogel setzte zur Landung an; ein letzter Schlag, und es war vorbei. Glücklich und müde ließ Sarik die Hände sinken.

April kam erschöpft auf ihn zugetorkelt. Bei sich hatte sie ihren Geliebten und einen der beiden Männer, die mit ihr gestartet waren. Alle sahen reichlich mitgenommen aus. Nun, er hatte Musiker gesehen, denen es nach ihrer Darbietung nicht besser ging. Auch Sarik fühlte sich ausgelaugt wie nach einem langen Fest. Einen Moment stach es ihm ins Herz, dass er diese Musik nie wieder so würde spielen können. Doch dies war kein Moment der Trauer.

»Ich danke dir«, sagte April und drückte ihn an sich. »Es war ein herrliches Gewitter.«

»Ein solches Gewitter half der Legende nach dem Helden Thybalt, seine Gemahlin aus der Burg des Drachen Gorogrindh zu befreien«, murmelte Sarik und entzog sich ihrer Umarmung. »Ich hätte nicht gedacht, dass es in der Aufführung so gewinnt. Ich fürchte jedoch, es war das letzte seiner Art.«

»Ich störe euch nur ungern«, bemerkte Janner. »Aber die Erinnerung an dieses Gewitter wird uns ins Grab begleiten, wenn wir uns nicht bald aus dem Staub machen. Die Armee hat gesehen, wohin wir geflogen sind; und ich werde, denke ich, in nächster Zeit das Bewusstsein verlieren.«

»Schafft ihr es noch bis zu den Pferden?«, fragte Sarik.

»Keine Angst«, sagte April zu Janner. »Wir haben einen Wagen in der Nähe.«

»Mit dir«, grinste Janner und gab April einen blutverschmierten Kuss, »schaffe ich es überallhin. Ich verspreche, in Zukunft werde ich öfter auf dich hören! Wie ist der Plan? Abgesehen von waschen. Wo steckt der Rest der Bande?«

April und Sarik tauschten kurz Blicke.

»Das erkläre ich dir später«, sagte sie und packte ihn unterm Arm. Mit dem anderen hakte er sich bei Edric ein. »Jetzt bringen wir dich erst mal hier weg.«

DIE KARSAI UND DER KAISER

Cassiopeia verfolgte das Gewitter, das die Burgmauer in Stücke sprengte, wie sie als junges Mädchen den Lichterfesten in den Gärten Ptaraons zugeschaut hatte: fasziniert von seiner Schönheit, aber teilnahmslos, weil es nicht zu ihrem Leben gehörte. Sie saß als Schatten in einem Winkel des Burghofs, wo sie sicher vor dem Hagel, den Trümmern und den aufgescheuchten Soldaten war, und hätte man sie danach gefragt, dann hätte sie nicht sagen können, wie sie hierhergekommen war oder was sie hier tat.

Bald würde die Sonne über die Mauern steigen und auch diesen Winkel des Hofs erhellen. Dann würde sie sich entscheiden müssen.

Sie hatte versagt. Oder nicht? Sie hatte wertvolle Zeit mit der Suche nach Ianus verschwendet, und weil sie das Schwert gerne kampflos in ihren Besitz gebracht hätte. Dabei empfand sie wenig Sympathien für April, die in ihren Augen kaum mehr als ein unberechenbares Kind war. Aber war das genug, um sie zu töten? Ianus' Gefühle für sie waren eindeutig. War das genug, um sie nicht zu töten? Sie wusste es nicht.

Die Krähe landete vor ihr auf einer Regentonne. Mittlerweile hatte Cassiopeia gelernt, ihre Mimik, die der Lesardres eigentlich sehr ähnlich war, zu deuten, und sie sah weder Vorwurf noch Verachtung in ihren Augen, bloß Neugierde.

Sie wusste, die Zeit lief ihnen davon. Noch waren vielleicht einige wenige Wechselbälger übrig, versprengte Kinder wie Odwyn, sich des Spiels, in dem sie die Figuren waren, nicht bewusst. Doch nicht mehr lange, da würden sie alle ihrem letzten Ziel entgegenstreben, und die Mächtigsten unter ihnen würden ihre Ernte einfahren – und dann bräuchte sie das Schwert.

Nur einen Moment stellte sie sich die Frage nach dem *Warum*, während sie staunend verfolgte, wie Soldaten von der Mauer regneten wie Tropfen, die der Sturm von den Blättern bläst, und Janner und April ihren Flugapparat bestiegen und fortflogen. Warum war sie hier, und nicht dort oben bei ihrem Bruder?

Um es ihm heimzuzahlen – oder um einen Vater zu rächen, den er nicht einmal anerkannte, und der zeit ihres Lebens Opfer des Fluchs gewesen war?

Um den Trumpf in einem Krieg zwischen Geistern zu spielen; ihr Versprechen gegenüber einem alten, lebensmüden Eolyn zu halten?

Das Tor wurde geöffnet, und mehrere Soldaten ritten zum Lager vor der Festung hinaus. Die Gewitterwolken verzogen sich ebenso plötzlich, wie sie gekommen waren, und die verängstigte Dienerschaft machte sich ans Aufräumen. Es wurde Zeit.

Sie stellte sich vor, das Leben einer Söldnerin zu führen, wie M'kar oder Eluaha, und das Handwerk auszuüben, das sie gelernt hatte. Oder sie könnte wie Iason eine Familie gründen, ein Geschäft führen vielleicht. Sie könnte zur See fahren, wie Conald, bis die See ihr erst einen Fuß nahm, dann nach und nach auch den Rest. All das könnte sie tun. Sie fragte sich, was Ianus und sein Mädchen im Norden zu finden hofften. Sie hatte den Norden gesehen – aber vielleicht fanden sie ja etwas, das ihr entgangen war.

Da stieß die Krähe einen lauten Schrei aus und flatterte davon, und im nächsten Moment bog ein Mann um die Ecke. Er wollte in die Richtung des Hauptgebäudes, doch beim Anblick der Krähe begann er zu rennen, und fast sah es so aus, als wollte er ihr folgen, einfach in die Luft springen und sie jagen, erlegen. Im letzten Moment jedoch besann er sich eines Besseren. Er blickte ihr nach.

Dann wandte er suchend den Kopf und drehte sich um.

Er war ihr Vater.

Nein, sagte sie sich. Natürlich war er nicht Senator Tial. Er war ein Wechselbalg. Wenn er aber ihres Vaters Gesicht besaß …

Er war *der* Wechselbalg – Dougal. Sie merkte es an der Art, wie er in ihre Richtung sah, und duckte sich tief hinter ihre Mauer, hoffte, dass es noch nicht zu spät war. Mit klopfendem Herzen harrte sie aus. Auf einmal war sie wieder das zitternde Mädchen von damals, und dann ließ sie ihre Tarnung fallen, weil sie wusste, dass sie nicht gegen ihn half. Sie konnte sich nicht vor ihm verstecken, indem sie zu ihm wurde. Es war *seine* Gabe, sein Geschenk; ebenso gut hätte sie sich unter einem Betttuch verstecken können.

Eine Weile war da nur der Lärm der Soldaten, das Pfeifen des Windes in der Mauer. Dann hörte sie, wie sich seine Schritte entfernten. Langsam, wie man vor einem verschreckten Tier zurückweicht.

Vielleicht wusste er, dass sie von selbst kommen würde.

Denn wenn *er* hier war, als Senator Tial … dann wurde es Zeit, den Mann kennenzulernen, in dessen Diensten zu stehen er vorgab.

Ianus tat, als hätte er der Welt ins Gesicht gesehen und ihre Form geschaut. Er glaubte vielleicht, Cassiopeia wisse nicht, was es hieß, von vorn zu beginnen.

Nun, er täuschte sich. Sie *würde* noch einmal von vorne beginnen – doch die Welt würde eine andere sein, wenn es so weit war.

Sie erhob sich. Schaute sich um. Klopfte sich den Staub vom Umhang und zog ihre Lederrüstung und den Gürtel mit dem Löwen zurecht. Dann legte sie die Hand auf das Schwert und ging ruhigen Schrittes Richtung Thronsaal.

Die Zeit des Versteckspiels war vorbei.

Fackeln erhellten den großen Saal, und der Geruch nach Eiern und Speck lag in der Luft. Die Wachen waren erst nicht sehr kooperativ gewesen, doch Cassiopeias Gürtel verschaffte ihr Gehör. Die Angst auf den Gesichtern der Männer rührte aber sicher nicht nur daher.

Neoris Rodus saß in blutroten Gewändern unter einem Baldachin auf einem schlichten Thron, der wahrscheinlich sonst seinem Gastgeber gehörte. Er war jünger, als sie ihn sich vorgestellt hatte, eigentlich zu jung für einen Kaiser – seine Augenlider aber hingen schlaff herab wie bei einem alten Mann, und eine seiner Hände zitterte wie die eines Trinkers in den Gassen von Ptaraon.

Der Kaiser war jedoch nicht betrunken.

Er frühstückte.

Vor ihm auf einem schmalen Tisch standen eine Schale mit Eiern, daneben ein Tablett mit einem Rest von blutigem Speck, außerdem ein Krug und ein Becher. Das Besteck war aus Gold, doch verglichen mit dem Luxus, den Cassiopeia in ihrer Jugend erlebt hatte, mutete das Mahl seltsam schlicht an.

Umringt war er von seinen engsten Beratern und den Kommandanten seiner Leibwache, zwei muskulösen Männern mit nacktem Oberkörper, die beide den Löwen trugen. Zu seiner Rechten standen ein herrschaftlich gewandeter Mann, den sie für den Präfekten Garions, den Herrn dieser Festung hielt – und ihr Vater. Dougal. Zu beiden Seiten der Halle warteten die Gäste des Präfekten und die Generäle des Kaisers ungeduldig darauf, dass er sein Mahl beendete und ihnen Gehör schenkte, und hinter dem Thron standen mehrere kahlgeschorene Priester mit dem Sonnenzeichen auf der Stirn.

Der Blickfang im Raum aber waren die beiden blutigen Gerüste in seiner Mitte. Sie erinnerten Cassiopeia an eiserne Schaukelstühle, bloß dass die zugespitzten Rückenlehnen längs, nicht quer standen und direkt durch die beiden Männer führten, die man nackt und in kniender Haltung darauf festgekettet hatte. Sie waren kahl und trugen dieselben Zeichen auf der Stirn wie die Priester, und dem gelegentlichen Tropfen ihres Bluts nach zu schließen waren sie noch nicht lange tot. Die meisten Menschen im Saal gaben sich alle Mühe, sie nicht zu beachten, und Cassiopeia tat es ihnen nach einem kurzen Blick auf die Unglücklichen gleich.

Der Kaiser tupfte sich den Mund ab, und eine Sklavin reichte ihm eine Schüssel mit Wasser, in das er kurz seine Hände tauchte. Es war jedoch der Präfekt, der zuerst das Wort an sie richtete.

»Wer bist du, Karsai, und was willst du ausgerechnet zu dieser Stunde von uns?«

Cassiopeia verneigte sich, weil das, wie sie annahm, die Art war, wie man mit dem Kaiser Geschäfte machte.

»Mein Gebieter«, sprach sie ihn an und ignorierte das wütende Gesicht des Präfekten, »mein Name ist Cassiopeia Tial, Tochter von Senator Latian Tial – Eurem ergebenen Diener –, und ich bringe Euch wichtige Kunde.« Sie wollte den Wechselbalg nicht ansehen – konnte es nicht –, aber aus den Augenwinkeln bemerkte sie, wie er amüsiert die Braue hob. Ihr Vater hatte immer so geschaut, wenn sie ihm erklärt hatte, dass sie einmal Volkstribunin werden wollte; oder den Fealva das Wäldchen am Rand ihres Besitzes schenken; oder fortgehen, Abenteuer erleben.

»Rede gefälligst mit mir«, schnappte der Präfekt. »Die Sonne des Reichs wird schon entscheiden, ob deine Worte ihr Interesse wecken … oder nicht.«

Abermals glaubte sie das Tropfen von Blut auf dem Marmor zu hören, doch sie ließ sich nicht davon beirren.

»Ich weiß, wer hinter dem Angriff steckt«, sagte sie zum Kaiser. »Ich weiß, wie sie es anstellten, wohin sie geflohen sind, und was sie nun vorhaben.«

Der Präfekt wollte sie maßregeln, doch die schlaffe Hand des Kaisers gebot ihm, zu schweigen.

»Sag, mein Freund«, wandte er sich an den Wechselbalg, »wie kommt es, dass ich deine reizende Tochter erst jetzt kennenlerne? Ich muss sagen, eine gelungene Überraschung an diesem ereignisreichen Morgen.«

»Ich wollte sie Euch schon lange vorstellen«, lächelte der Senator und neigte den Kopf. »Doch erst heute ist sie meiner Einladung gefolgt. Ist das nicht faszinierend? Sie hat ihren eigenen Willen.« Sein Lächeln richtete sich auf sie, und sie spürte dieselbe Macht, die der weibliche Wechselbalg in den Wäldern Tirauns auf sie angewandt hatte, und versteifte sich. »Ist es nicht so, meine Tochter?«

»Es gab gewisse Widerstände im Senat«, zwang sie sich zu sagen. »Widerstände, die ich erst überwinden musste. Eine alte Geschichte. Ihr werdet vielleicht davon gehört haben.«

»Ausgezeichnet!« Der Kaiser nickte erfreut. »Dann hast du den fetten Fulmon aufgeschlitzt? Ich habe es immer gesagt – wer mit den Wölfen rennt, muss in Form bleiben.«

»Oder den Löwen«, merkte Dougal an, und der Druck der unsichtbaren Hand, in der er sie alle hielt, lockerte sich etwas.

»Den Löwen!«, lachte Neoris Rodus. »Tial, das ist ein wirklich gelungenes Wiedersehen.«

»Meine Sonne«, schaltete der Präfekt sich ein, doch der Kaiser winkte ab und beugte sich vor, als verfolgte er mit seinen müden Augen einen Gladiatorenkampf. »Sag mir, was du weißt, Mädchen, und wenn es etwas ist, das uns diesen Morgen vergessen lässt, sollen du und dein Haus reich entlohnt werden.«

Einen Moment lang verschlug es Cassiopeia die Sprache. Da saß der mächtigste Mann der Welt, der den Mord an ihrer Familie wahrscheinlich aus einer reinen Laune heraus gebilligt hatte, beim Frühstück, tauschte einen Senator gegen einen anderen, eine alte Idee gegen eine neue, und bat sie, seinen Horizont zu erweitern. Sie wusste kaum, wo sie beginnen sollte.

»Ziel des Angriffs war die Befreiung des Renegaten Banneisen …«

»Ein schlimmer Aufwiegler, der unseren Vasallen im Osten viel Ärger bereitet hat«, mischte der Präfekt sich abermals ein. »Er hätte zum Abschluss der Gespräche hingerichtet werden sollen.«

Cassiopeia fiel dem Präfekten ins Wort. »Was er getan hat, ist völlig egal – worum es geht ist, wer er *ist*.«

»Und wer könnte er wohl sein?«, fragte der Kaiser, griff nach dem goldenen Becher und dem Krug und goss sich ein. Der Inhalt war weiß; Cassiopeia hielt es für Milch.

»Der Sohn des Fealv Tausenddorn«, sagte sie. »Er und die Ketzerin Seraya verkünden im Norden die neue Religion. Ihre Jünger haben ihn gerettet. Dieselben Leute, die seit Jahren Eure Vasallen gegen Euch aufwiegeln.«

Da zuckten die Lider des Kaisers, und zum ersten Mal hatte sie den Eindruck, dass er wirklich wach war. Die Iris seiner Augen war beinahe schwarz.

»Es geht um diesen neuen Kult, sagst du?«

»Ja, doch so neu ist er nicht. Zwar predigen sie vom Anbeginn einer neuen Zeit – in Wahrheit aber handelt es sich um die älteste Religion überhaupt: den Kult des ungeteilten Gottes, Paras Aclion, und seiner Wiederkehr.« Bei diesen Worten nickte sie in Richtung seiner Garde. »Fragt eure Leibwächter – die wissen, wovon ich rede.«

Die beiden Karsai traten ungemütlich von einem Bein aufs andere.

»Deshalb sind sie auch so mächtig«, setzte sie nach. »Deshalb konnte keiner Eurer Heerführer des Problems bislang Herr werden. Und so konnten sie auch den Winden und Wolken gebieten.«

»Sie wollen den einen Gott wiedereinsetzen?«, murmelte der Kaiser fasziniert und ließ den Becher sinken. »*Den* Gott? Wie wollen sie das anstellen?«

»Sie haben die Waffe, mit der er zerteilt wurde«, sagte Cassiopeia und versuchte sich nicht anmerken zu lassen, wie sehr sie die Leichtigkeit ihrer eigenen Lügen überraschte. Doch es war, wie sie erwartet hatte: Wenn der Kaiser je an Paras oder einen der minderen Götter geglaubt hatte, so betrachtete er sich längst als ihren rechtmäßigen Erben; und seine Eifersucht und seine Gier waren ihre Verbündeten.

»Das Schwert aus Gebein? Was haben sie damit vor?«

»Genau weiß ich das nicht«, sagte sie, »denn ich bin keine Ketzerin wie sie – und ich spiele nicht das Spiel der Götter, so wie Ihr. Alles, was ich weiß, ist, dass es im Norden einen Ort gibt, an dem alte Magie und neues Leben existieren. Einen Ort«, fuhr sie mit Blick auf den lächelnden Wechselbalg fort, »an dem Götter starben und geboren werden und sich die Zukunft des Strahlenden Reiches entscheiden mag. Dorthin gehen sie nun, um zu tun, was immer das Schicksal ihnen vorsieht.«

»Das Schicksal«, erklärte der Kaiser, »ist eine alte Hure, die mich längst nicht mehr reizt. Mögen kleinere Geister als ich sie beglücken.« Dabei warf er einen kurzen Seitenblick zu Tial, der ihm unmerklich zunickte, wie eine Mutter, die ihrem Kind eine Süßigkeit gestattet. Es war beängstigend, wie sehr er den Kaiser in seiner Gewalt hatte.

Der Narr, dachte sie. Genoss er sein Spiel? Und würde er die Herausforderung annehmen?

Sie hoffte, sie hatte sich nicht in ihm getäuscht.

»Wo liegt dieser Ort?«, herrschte der Kaiser sie an. »Wo liegt diese Quelle göttlicher Macht?«

»Meine Sonne«, gelang es dem Präfekten einzuwenden, »der Gefangene war nur ein gewöhnlicher Mörder und ein Dieb, und wenn es Bestrebungen dieser Art in irgendeiner der Provinzen gäbe, hätten wir sicher schon davon –«

»Schweig still!«, schnappte der Kaiser. »Wenn er nur ein einfacher Mann ist – wie ist er dir dann entkommen? Wir haben gesehen, über welche Macht er und seine Leute gebieten – über mehr als meine jämmerliche Priesterschaft.« Er warf seinen Goldbecher nach den Leichen auf den spitzen Gerüsten. Der Inhalt malte für wenige Augenblicke einen Schweif weißer Tropfen in die Luft und fiel klappernd zu Boden; Milch vermischte sich mit Blut. »Oder willst du allen Ernstes behaupten, ein gewöhnliches Gewitter hätte diese Mauern dem Erdboden gleichgemacht? Hat vielleicht schlechtes Wetter die Soldaten in die Flucht geschlagen?«

Der Präfekt senkte demütig den Blick, und die Priester auf ihren Gerüsten tropften mit Nachdruck.

»Also, Cassiopeia Tial«, funkelte der Kaiser. »Wohin wollen sie?«

»Der Name des Ortes«, sagte sie und spürte das Feuer, das sie in ihm entfacht hatte, und die Augen des Wechselbalgs, die nun ganz auf ihr ruhten, »ist Geador.«

»Geador«, wiederholte der Kaiser das Wort, als wäre es eine Rebsorte, oder der Name einer neuen Sklavin, die sein Gefallen erregt hatte. »Tial? Hast du je von einem Ort dieses Namens gehört?«

»Meine Sonne«, sagte der falsche Senator demütig, »das habe ich in der Tat. Es handelt sich um einen alten Orden im teverischen Brachland. Ich sehe keinen Anlass, an den Worten meiner Tochter zu zweifeln.«

Ein Raunen ging durch den Saal, und einen Moment erwartete Cassiopeia, dass der Präfekt oder einer seiner Gäste den Senator zur Rede stellen würde.

Der Kaiser jedoch sank mit einem tiefen Seufzen in seinen Thron zurück.

»Macht mein Schiff bereit.«

Der Wechselbalg lächelte zufrieden.

VII
Das Licht hinter den Wolken

Geador – Das Calabar Yauri – Das letzte Zeichen – Der Zorn der Wesenheiten – In Flammen – Die Duelle – Neseja – Die Befreiung des Nordens – Am Rande des Meers – Sariks Stern – An der Wegkreuzung – Wie alles endet

GEADOR

Im Spätsommer des Jahres 1598 alter Zeitrechnung stand das pherenidische Imperium vor dem Fall. Gull hatte sich für unabhängig erklärt, und auch wenn die Präfekten der Nachbarprovinzen aus der Sicherheit ihrer Festungen zum Krieg gegen die Abtrünnigen riefen, zögerten die Dons, Geld und Leben in einen Kampf zu investieren, der ihnen nicht profitabel erschien. Das wiederum machte die Präfekten nervös, und so zögerten auch sie, zu viele ihrer Truppen aus dem eigenen Gebiet abzuziehen.

Dennoch schafften es die Herren von Garion, Eccleton und Glaive, trotz ihres misslichen Treffens in Damosfels eine beeindruckende Streitmacht zusammenzustellen, die in den ersten Septembertagen mit höchst einfach gehaltenen Befehlen die Grenze überquerte, um Gull entweder umzustimmen oder abzustrafen.

Die Soldaten aber waren verunsichert, und viele nutzten die Gelegenheit, sich selbst zu bereichern oder zu desertieren; denn das Herz des Imperiums war erkrankt.

Alles war so anders gekommen, als April es sich ausgemalt hatte. Weder hatten sie Zeit zum Ausruhen, noch Anlass zum Feiern.

Edric war in Garion in der Obhut eines Heilers geblieben. Sobald er wieder gesund wäre, sagte er ihr zum Abschied, wollte er nachkommen und in Teveral nach ihnen suchen; aber wie er sie ansah, wussten sie beide, dass es dazu nicht kommen würde.

Janners Verletzungen heilten wie üblich deutlich rascher. Nach einer Woche mit dem Wagen saß er wieder mit ihnen im Sattel, seine Stimmung aber verschlechterte sich zusehends, je näher sie der Grenze kamen, und das bedrückte sie.

»Danke, Liebling«, sagte sie eines Abends, als sie unter sich waren. »Dass du mich begleitest, meine ich.«

Er schüttelte verwundert den Kopf. »Das steht doch außer Frage. Du hast es Sarik versprochen.«

»Ich weiß, dass du ihm nicht traust.«

»Es ist nur das Irrlicht«, wehrte er ab. »Meine Tante hat mich immer vor ihnen gewarnt, wenn wir zum Pilzesammeln in den Wald gingen.«

Sie lachte und nahm seine Hand. Der wahre Grund für seine Verstimmung, das ahnte sie, war ein anderer.

All ihren Siegen zum Trotz waren sie gescheitert. Die Geschichte von Banneisen und Schneeklinge war erzählt und vergangen wie der Sommer; die Welt hatte ein neues Kapitel aufgeschlagen, und keiner wusste, wie es heißen würde.

Die Lage in Gull war schlimmer, als sie erwartet hatten. Die zwischen zwei Küsten gelegene Provinz mit dem hinterwäldlerischen Ruf bot sich ihnen als einziger Flächenbrand dar: kaum ein Dorf, kaum ein Gehöft, das nicht in Trümmern lag; überall mordeten und brandschatzten die imperialen Truppen. So ritten sie eine längere Strecke ausschließlich bei Nacht und vermieden es, irgendwem zu begegnen, oder führten allzu Neugierige an der Nase herum, wobei ihnen das Irrlicht trotz Janners Vorbehalten gute Dienste leistete.

Mehr als einmal bat April den Zauberer, ob er nicht etwas tun könnte, das Leid, das sie sahen, zu lindern: die Feuer mit einem Regen löschen, ein Dorf einfach im Nebel verbergen; doch der Zauberer hüllte sich in höfliche Andeutungen, dass dies nicht mehr die Zeit für ihn sei, sich in die Geschicke der Menschen zu mischen, und drängte zur Eile.

April vermutete, dass er beim Anblick des tausendfachen Unglücks genauso überfordert war wie sie. Nur einmal, als eine große Reiterschar sich einen Spaß daraus machte, sie wie die Meute das Wild zu hetzen, und April und Janner schon umdrehen und sich der Übermacht stellen wollten, ließ Sarik den seichten Fluss, den die Soldaten gerade durchquerten, zu Eis erstarren. Die Schreie der Pferde und ihrer Reiter waren so grauenhaft, dass April Sarik nicht noch einmal bat, sie zu schützen.

Manchmal versprachen sie ein paar Bauern eine Nacht ihren Schutz für ein paar alte Kartoffeln und ein Lager aus Stroh. Es war in einer dieser Scheunen, dass April glaubte, zum ersten Mal das Kind in ihrem Bauch zu spüren, und es machte ihr Angst. Sie hatte keine Erfahrung mit dem Kinderkriegen und wusste nicht genau, wann Janner es in sie gepflanzt hatte. Sie hoffte nur, dass es nicht die erste Nacht in Ipatana mit all dem Blut gewesen war, sondern irgendwann später.

Freilich gab es noch eine ganz andere Möglichkeit – doch an die wollte sie gar nicht denken.

Vielleicht hätte Sarik es ihr sagen können. Oft lehnte er im Schneidersitz an einer Wand und schien weder zu schlafen noch zu wachen, die Augen halb geschlossen, das Irrlicht in seinem Schoß. Sie glaubte, dass er von ihrer Schwangerschaft wusste, und gab sich auch keine Mühe, es vor ihm zu verbergen; doch sie hatte Angst, ihn nach dem Kind zu fragen. Sie wollte nicht wissen, ob es ein Junge oder ein Mädchen war, oder schon gar nicht, wie seine Zukunft aussah.

Janner lag in diesen Nächten auf dem Rücken und starrte zur Decke, Feuerschein auf seiner vernarbten Brust und seinem Gesicht. Seit seiner Gefangenschaft hatte er nicht mehr getrunken und Schwierigkeiten mit dem Einschlafen. Sie wusste, die vielen ausgebrannten Höfe erinnerten ihn an das, was ihm in seiner Jugend passiert war, und wie er seine Mutter verlor. Dieselbe Tragödie vollzog sich in Gull jeden Tag, immer und immer wieder. Und wenn sie den Gesprächen der Bauern lauschten, oder denen der Patrouillen, wenn sie sich an ihnen vorbeischlichen, dann wurde klar, dass niemand, weder Besatzer noch Aufständische, eigentlich wusste, wann und wieso die Welt so aus dem Ruder gelaufen war.

Und sie alle, ob mit Angst oder mit Hass im Bauch, fragten sich, was der Kaiser nun tun würde: Würde er bis zum letzten Mann weiterkämpfen? Würde er das Festland seinem Schicksal überlassen und sich nach Pherenaïs zurückziehen? Kümmerte es ihn überhaupt, was hier geschah?

Der Kaiser aber schwieg; und keiner, selbst die Präfekten nicht, wusste, wo er sich gerade befand.

»Ich fasse es nicht«, sagte Janner, als sie Ende September das Ziel ihrer Reise erreichten. »Der Kaiser ist hier.«

Die Grenze nach Teveral war in Nebel gehüllt gewesen (mit dem, sagte Sarik, er nicht das Geringste zu tun hatte). Immer wieder hatte eine Ahnung von Salz in der Luft gelegen; das Meer konnte nicht fern sein, und April hätte es gerne gesehen, doch Sarik hatte sie abseits der großen Straßen nach Westen geführt, hinaus in die teverische Steppe, die sich bald von Horizont zu Horizont erstreckte. Inmitten eines flachen Ringgebirges, das, so Sarik, vor langer Zeit entstand, als Erde und Himmel sich auftaten und sich in Feuer und Rauch für einen Augenblick vereinten, erstreckte sich eine unwirtliche Ebene, in der alle Formen seltsam glatt und geschmolzen wirkten und die nur von ein paar Flechten und trockenen Gräsern bewachsen war. Und in deren Mitte, Iris im Auge, die Feste Geador: fünfeckig und fremd, aus einem schmutzig-hellen Stein geschlagen.

Rings um die Festung lagerte die Armee.

Der Kaiser war schneller gewesen als sie.

»Es sind nicht einfach bloß seine Soldaten«, murmelte Janner von ihrem Versteck aus. »Ich glaube, es sind dieselben verdammten *Kohorten* – oder nicht? Kannst du die Banner erkennen?« Er reichte April sein Fernrohr.

Sarik hatte sie gegen Abend zu den Resten eines alten Steinkreises gebracht, der auf einem sanften Hügel etwa zwei Meilen vor der Festung lag. Die meisten der Steine waren umgestürzt und zersprungen, manche aber hatten das Verhängnis, das sich hier in der Ebene einst zutrug, überstanden. Von dort überschauten sie nun ihre Lage. Gut tausend Soldaten zwischen ihnen und den hohen Mauern des Ordens machten Geador zu einer uneinnehmbaren Insel, nur dass es diesmal weder Boote noch Flugmaschinen gab, die ihnen helfen konnten.

»Ich fasse es nicht«, wiederholte Janner, während April angestrengt die Augen zusammenkniff und das Fernrohr schärfer stellte. »Kaum holt ihr mich aus meinem Kerker, da erwartet er mich auch schon wieder.«

»Keiner geht mehr in irgendwelche Kerker«, widersprach sie. »Das da drüben in der Festung sind Freunde von uns. Ist es nicht so, Sarik?«

Sarik gab erst keine Antwort und ließ seinen Blick über das Lager schweifen. Leises Hämmern drang an ihre Ohren. »Es sind dieselben Truppen«, bestätigte er dann, ohne auf Aprils Frage einzugehen. »Zumindest ein Teil. Der Rest könnte aus Melnor stammen. Sie müssen mit Schiffen an der Küste gelandet sein. Ich frage mich, was sie vorhaben – sie sollten von diesem Ort gar nicht wissen.«

»Das ist fast eine Legion«, keuchte April und gab Janner das Fernrohr zurück. »Was machen wir jetzt?«

»Du hast recht«, sagte Janner da, und ein seltsamer Schimmer trat in seine Augen. »Es ist *nur eine Legion*. Und nicht einmal eine ganze.«

»Erklär mir bitte, was dich daran freut.«

Er rang nach Worten. »Ich meine, aus welchem verrückten Grund auch immer der Kaiser uns gefolgt ist, oder uns erwartet … Er ist hier – mitten in Teveral … mit kaum einer Legion, ohne Reiter, ohne Hilfstruppen, ohne Kriegsmaschinen … nur mit dem Nötigsten … verstehst du?«

»Dann muss er ganz schön wütend auf uns sein.«

Janner grinste. »Gut möglich. Und zu zweit möchte ich es auch nicht mit ihm aufnehmen.« Er warf Sarik einen prüfenden Blick zu, doch der Zauberer schien sich nur am Rande für den Verlauf des Gesprächs zu interessieren und hatte begonnen, die alten Menhire im Schein des Irrlichts einer gründlichen Inspektion zu unterziehen. Die Pferde, die sich mittlerweile an die fliegende Lichtquelle gewöhnt hatten, gingen ihnen gelassen aus dem Weg.

»Teveral hat noch keine richtigen Streitkräfte«, fuhr Janner fort. »Aber eine sehr schlagkräftige Miliz. Wenn es gelänge, alle Einheiten der Region hier zusammenzuziehen …«

»… könnten wir es mit den Soldaten da unten aufnehmen«, beendete sie lächelnd den Satz.

Janner nickte entschlossen. »Es wäre eine einmalige Gelegenheit: Der Kaiser tot, das Imperium erst einmal mit sich selbst beschäftigt … Neoris Rodus hat stets darauf geachtet, dass keiner seiner Senatoren und Generäle zu mächtig wird, und er hat keine Kinder. In der Hauptstadt bräche Chaos aus, und wahrscheinlich würde sich das Militär erst einmal zurückziehen. Es wäre genau die Art von Atempause, die Gull und die Provinzen brauchen.«

»Es wäre die Freiheit«, sagte April, und der Gedanke ließ sie neuen Mut fassen.

»Es wäre die Freiheit«, nickte Janner. »Für alle.«

»Aber woher sollen wir die Hilfe bekommen?«

»Die nächste Stadt mit einer Telegraphenstation ist mindestens einen Tagesritt entfernt«, überlegte Janner mit Blick auf die Pferde. »Vielleicht auch zwei. Aber ich könnte es schaffen. Ich könnte die Nachricht überall verbreiten … Ich bin sicher, sie würden sofort reagieren. In vier bis fünf Tagen könnten wir eine kleine Armee hier versammelt haben.«

»Wenn die Festung der Belagerung denn so lange standhält.«

»Darum würde ich mir keine Sorgen machen«, sagte Sarik da und kehrte zu ihnen zurück. »Seht euch doch um.« Er deutete in die baumlose Ebene. »Es gibt hier nichts, aus dem man Belagerungsmaschinen bauen könnte. Mir scheint, sie haben schon ihre eigenen Schiffe zerlegt, so verzweifelt sind sie. Sie könnten den Orden ein ganzes Jahr lang belagern, es würde ihn nicht kümmern. Und die Zeit in der Festung vergeht nicht unbedingt so schnell wie draußen.« Er legte den Kopf schief, als lauschte er. »Die Frage ist, ob ihr es in vier bis fünf Tagen nicht mit mehr als nur einer Legion zu tun habt. Wahrscheinlich haben sie Verstärkung angefordert, bevor sie in See stachen.«

»Und dennoch«, sagte Janner und senkte den Blick, als schämte er sich dafür, wie ein kleines Kind zu klingen. »Dennoch …«

»Janner hat recht«, sagte April. »Wir müssen die Gelegenheit ergreifen. Du hast selbst gesagt, dass die Zeiten sich ändern. Dies ist die Chance, dass die neuen Zeiten auch gute werden.«

Sarik sah sie verwundert an, als spräche sie eine Sprache, die er nicht verstand.

»Du hast versprochen, mich in den Orden zu begleiten.«

»Das steht völlig außer Frage«, mischte Janner sich ein. »Wenn der Orden ein Jahr Belagerung aushalten kann, soll er sich noch ein paar Tage gedulden. Bis dahin sprechen gut tausend Gründe dagegen, da reinzugehen.«

»Es ist wichtig, dass wir den Orden bald aufsuchen«, widersprach Sarik. »Es hat bereits zu viele Verzögerungen gegeben. Der letzten davon verdankst du dein Leben.« Trotzig erwiderte Janner seinen Blick. »Außerdem gibt es einen sicheren Weg hinein«, schloss der Zauberer. »Ich habe euch nicht ohne Grund in diesen Steinkreis geführt.«

»Ach ja?« Janner ließ verwirrt den Blick über die mannsgroßen Menhire schweifen. »Und wo ist er? Ich kann ihn nicht sehen.«

»Ich glaube, er beginnt in diesem Stein dort«, sagte Sarik. »Aber ich kann erst sicher sein, wenn der Mond aufgeht.«

Argwöhnisch klopfte Janner mit der Faust auf den moosbewachsenen Fels, was nicht einmal ein Geräusch verursachte. »So eine Art magisches Portal vielleicht?«

»Nein«, lächelte Sarik entschuldigend. »Ein hundsgewöhnlicher

Geheimgang, wie du sagen würdest, zwei Meilen bis in die Keller des Ordens. Bloß der Mechanismus funktioniert nur bei Mondlicht.«

Hilfesuchend schaute Janner zu April.

»Ich muss mit ihm gehen«, sagte sie leise. »Ich habe es ihm versprochen.«

»Ich lasse dich nicht im Stich«, sagte er. »Nicht noch einmal.«

»Du musst aber«, sagte sie und warf einen Blick zu Sarik, der ihren Streit ungerührt verfolgte. »Ich will es so.«

»Du willst es so«, wiederholte Janner.

»Wir haben wirklich keine Wahl«, beharrte sie. »Die Gelegenheit ist zu gut, sie nicht zu nutzen. Reite los und nimm die anderen Pferde mit. Schlage Alarm! Ruf alle, die dich hören können. Sag ihnen«, und sie lächelte, »sag ihnen, dass Banneisen und Schneeklinge den Kaiser in die Falle gelockt haben und ihre Hilfe brauchen. Ich muss aber mit Sarik gehen – ich habe ihm mein Wort gegeben.«

Als sie den Zauberer ansah, standen Wehmut und Hoffnung in ihrem Blick. »Vielleicht erfahre ich dann endlich, wieso ich dich seit meiner Kindheit kenne?« Sie löste Schneeklinges Scheide von ihrem Gürtel. »Oder warum ich vom Tag meiner Geburt an von Schneeklinge geträumt habe und seitdem an das Schwert gebunden bin.«

Sie streckte es Janner hin. »Zieh«, sagte sie, so wie damals, als sie Wybart an der Nase herumführten; nur diesmal hielt sie das Schwert nicht mit den Fingern. »Na los doch.«

Janner fluchte und schüttelte den Kopf. Dann machte er zwei schnelle Schritte auf sie zu, stieß das Schwert beiseite, packte und küsste sie.

»Ich will mit dir nach Fængos«, sagte er. »Ich will uns ein Haus bauen, mit einem Garten für unser Kind. Ich will das nicht aufs Spiel setzen.«

»Ihr wird im Orden nichts passieren«, sagte Sarik. »Ich gebe dir mein Wort darauf.«

April lächelte dem Zauberer dankbar zu, dann strich sie Janner über die Wange und küsste ihn. »Ich liebe dich«, sagte sie.

»Ich liebe dich auch«, sagte er und drückte sie noch einmal fest an sich. »Und ich bin so schnell ich kann wieder zurück.«

Dann löste er sich von ihr, ging raschen Schrittes zu seinem Pferd und band Nell und Sariks Stute daran fest. Dann schwang er sich in den Sattel. »Wenn ihr etwas zustößt, dann töte ich dich«, drohte er Sarik mit ausgestrecktem Finger. Sarik neigte den Kopf, als hätte er nichts anderes erwartet. Dann wandte Janner sich ab und ritt davon.

Eine Weile sagte niemand ein Wort. April lächelte verlegen und schlang die Arme um sich.

»Wann geht der Mond denn auf?«, fragte sie.

Doch Sarik hatte sich schon wieder den Steinen gewidmet und war damit beschäftigt, ein paar alte Schriftzeichen unter dem Moos freizulegen.

Eine knappe Stunde, nachdem Janner aufgebrochen war, rief er sie zu sich.

»Es ist so weit«, sagte er. »Wir können jetzt gehen.«

»Es scheint aber kein Mond.«

Sarik schloss kurz die Augen. »Das sind nur die Wolken«, sagte er, und in diesem Moment rissen sie auf und ein heller, silberner Strahl brach hindurch und traf auf den Stein. Sariks Finger glitten über die Symbole, folgten dem Strahl, und drückten dann zu. Drei Zeichen, die in einem ungefähren Dreieck angeordnet waren, versanken im Stein, und ein schmaler Spalt tat sich auf, gerade groß genug, um hindurchzutreten. Drinnen herrschte rabenschwarze Nacht.

»Komm«, sagte er und streckte April die Hand hin.

Sie folgte ihm zwei Schritte in die Dunkelheit, dann drehte sie sich zum Irrlicht um, das stumm vor dem Ausgang schwebte und keine Anstalten machte, ihnen zu folgen.

»Kommt Schneeweiß denn nicht mit?«, fragte sie.

»Nein«, sagte Sarik, hob eine Laterne vom Boden auf und entzündete sie. »Es will lieber hier auf uns warten. Und wenn ich eins in meiner Zeit mit Irrlichtern gelernt habe, dann, dass man nicht mit ihnen diskutieren darf.« Lächelnd hob er die Laterne und leuchtete damit den Gang hinab. »Jetzt komm.«

»Auf Wiedersehen«, sagte April zum Irrlicht.

Sarik nickte ihm noch einmal zu. Dann berührte er eine Stelle an der Wand, und die Öffnung schloss sich hinter ihnen.

DAS CALABAR YAURI

Danke«, sagte Sarik zu Korianthe, »dass ich es endlich sehen durfte.«

Sie standen im tiefsten Gewölbe der fünfeckigen Festung, einer hellen, unterirdischen Marmorhalle, die den größten Schatz des Ordens barg – das Calabar Yauri. Die Halle war fast so groß wie ein Palast. Die Decke wurde von mehreren riesenhaften Säulen getragen, die jede aus einem ganzen Bündel kleinerer Säulen bestanden, welche sich zur Decke hin zu einem kunstvollen Fächergewölbe verzweigten. Es war eine schlichte, aber feingliedrige Architektur, die man nicht hinter den massiven Kalksteinquadern der Festung vermutet hätte, und die aus einer anderen Zeit, einer anderen Welt zu stammen schien – was in gewisser Weise auch so war.

Erhellt wurde der Raum von großen Kristallgloben, die an den Wänden oder von der Decke hingen, und die ein warmes, gelbes Licht verströmten. Sarik wusste, dass es auch einen zentralen Schacht gab, der Tageslicht bis ins Gewölbe transportieren konnte und sich unter ihnen noch bis in große Tiefen fortsetzte. Doch der Schacht war geschlossen, wahrscheinlich seit sehr langer Zeit schon, und das Calabar Yauri stand still.

Das Artefakt war eine perfekte Repräsentation der Welt – und mehr. Seine messinggefassten Kugeln und viele Schritt durchmessenden Ringe beschrieben die Körper des Himmels und die Strukturen der Elemente und bildeten die Kräfte des Kosmos im Großen wie im Kleinen ab. Doch es handelte sich keineswegs nur um eine kunstvolle Skulptur. Erfüllt von den alten thaumaturgischen Kräften des Ordens, fand die ganze Welt in den verschlungenen Formen ihren Widerhall und konnte umgekehrt auch von ihr gelenkt werden. Es war eine ähnliche, aber ungleich mächtigere Magie als die auf primitive Weise ineinander verschränkten Pendel, mit denen die Menschen zu kommunizieren gelernt hatten: eine alte Magie, die außerhalb der Ordensmauern lange versiegt war.

Von hier aus hatte Korianthe vor über achthundert Jahren den Zugang zu den höheren Sphären verschlossen. Und wenn es stimmte, was sie sagte, hatte ihr Orden gerade genug Macht über die Jahrhunderte gerettet, um das Artefakt noch ein weiteres, letztes Mal zu benutzen. Ein Schauder befiel Sarik bei dem Gedanken, dass es in der Lage sein könnte, ein neues Goldenes Zeitalter einzuleiten – oder die Hoffnung darauf ein für alle Mal zu vernichten.

»Es ist unsere Bürde«, sagte Korianthe, »und es hat uns gerettet. Dabei hätte niemand je damit gerechnet.« Langsam trat sie unter einem der ruhenden Globen hindurch. Sie trug ihr gelbes Ordensgewand und bewegte sich mit großer Sicherheit. Fast wirkte es, als hätte sie jeden ihrer Schritte, ja ihr ganzes Treffen mit Sarik seit Monaten einstudiert.

»War es nicht einst eine Versicherung für den Fall, dass etwas den Strom der Magie unterbräche – ein Schlüssel, falls wir uns je von ihr ausschlössen? So wie es dann auch geschehen ist?«

Korianthe lächelte milde. »Der alte Sarik, noch immer der Träumer, und doch so pragmatisch. Doch hast du recht – es begann als bescheidenes Kunstwerk und endete als das machtvollste Instrument, das uns seit dem Verlust Navylyns geblieben ist.«

Sarik blickte nach dem hell funkelnden Ball, der die Hallen des Schicksals repräsentierte und sich vom Zentrum des Artefakts aus in derselben Sphäre wie der Mond befand. Darunter lag ihre eigene Sphäre, stilllebengleich als ein kunstvolles Mosaik, das die Form der Welt aufzeigte, mit Teveral und Geador in seiner Mitte und den Reichen der Mächtigen in einem Spinnennetzmuster ringsum. Unter dem Mosaik begann der Schacht in die Tiefe.

Jenseits Navylyns, in den translunaren Sphären, lagen die höheren Ebenen, Quell aller Magie, in denen die Wesenheiten lebten: verwirrende, strahlende Welten, zu denen die Weisesten des Ordens in der Alten Zeit mit ihrem Geist reisten. Und dahinter lag die alleräußerste Leere, in der Zearis sein Schicksal fand und aus der er als Einziger jemals zurückgekehrt war. Nach dem Krieg gegen ihn hatte Korianthe alle Ebenen jenseits Navylyns von ihnen getrennt. Es war ihrer aller Hoffnung gewesen, dass es ihnen gelingen würde, die Kammern aus Porzellan zu halten und ihrer eigenen Schicksale Herr zu werden. Doch bald hatte sich gezeigt, dass dies nicht möglich war. Die Tore der Hallen öffneten sich nicht für die Mächtigen, und die wenige in den unteren Sphären verbliebene Magie erschöpfte sich rasch, bis so wenig davon geblieben war, dass sie nicht einmal mehr den Weg dorthin fanden.

Die Hallen des Schicksals schwebten irgendwo dort draußen, ein göttlicher Thron, auf dem lange niemand mehr Platz genommen hatte; die Spitze eines wolkenverhangenen Bergs, auf den niemand mehr steigen konnte, so menschenleer wie der Mond.

Sarik strich sanft mit der Hand über das Messinggeländer, das ihn vom Zentrum des Artefakts trennte. Es war eine schmerzhafte Erinnerung an seine Körperlichkeit. Navylyns strahlender Ball dagegen war an keiner sichtbaren Strebe befestigt, sondern schien zu schweben, wie das Irrlicht schwebte, nur von einer schimmernden Säule aus Licht getragen.

»Bin ich ein Träumer, weil ich den Schlüssel im Schloss drehen will?«, fragte er. »Wir wurden nicht geschaffen, wie Bettler vor verschlossenen Türen zu leben, unter denen das Licht anderer Welten hindurchscheint.«

»Du sagst *geschaffen*«, sagte Korianthe, und ihre Miene war nun so hart und feierlich wie die marmornen Säulen. »Doch wer hat uns geschaffen, wenn nicht die Wesenheiten? Wir nannten uns die *Mächtigen* – doch wem verdankten wir unsere Macht? Ich habe gesehen, wie klein wir sind, Sarik. Ich war *dort* – in Navylyn –, und man hat mir meine Figur gezeigt.« Ihr Blick verlor sich in dem strahlenden Ball. »Ich habe gesehen, was geschah, als wir uns zu sehr nach dem Licht sehnten, von dem du sprichst. Nerian und ich haben immer davor gewarnt – wir dachten, unser Geist, so große Stücke wir auch auf ihn halten, sei zu klein, dieses Licht zu ertragen, und wir würden vergehen wie die Motte, wenn sie die Flamme berührt. Stattdessen hat einer der unseren die Flamme gelöscht. Er beging einen ungeheuren Frevel, als er eine der ihren tötete und sich anmaßte, ihren Platz einzunehmen. Wir alle zahlen den Preis für seinen Verrat – bis heute.«

Sarik schwieg und dachte nach. Das war die alte Korianthe, wie er sie immer gekannt hatte, eine Bewahrerin, auf die Erhaltung der alten Werte bedacht. Und doch hatte sich etwas verändert – vielleicht waren es die achthundert Jahre seines Exils, die sie entzweit hatten, und in denen er das Altern der Welt nicht hatte erleben müssen. Aber da war eine Bestimmtheit in ihren Worten, eine kompromisslose Demut, die ihn überraschte. Natürlich war es falsch gewesen, was Zearis getan hatte. Vielleicht sogar ein Verbrechen. Doch wer konnte schon sagen, wer den Kampf in der alleräußersten Leere begonnen hatte? Vielleicht war es seine einzige Chance zu überleben gewesen.

Die Mächtigen waren sich immer einig gewesen, dass sie zu den Wesenheiten wie Kinder waren, doch damit ging auch eine Verantwortung für beide Seiten einher: Die Eltern hätten sie leiten, hätten ihnen ein Vorbild sein sollen, damit die Kinder sie eines Tages beerben konnten. Wozu sonst sollten sie ihnen ihre Gaben verliehen haben? Doch alles, was sie getan hatten, war, mit ihnen zu spielen – und alles, worauf die Mächtigen hoffen durften, war, ihnen dabei zuzusehen. Hatten sie damit nicht alle auf ihre Weise Schuld auf sich geladen?

Korianthe sah die Zweifel auf seinem Gesicht und kam ein paar Schritte näher. »Ich vermisse den Gesang der Magie genauso wie du, Sarik. Ich lausche jeden Abend auf ihn, und jeden Morgen, und die Stille, die ich höre, lässt mich verzweifeln. Was aber geschähe, wenn wir die Pforten jetzt wieder öffneten? Wenn ich deinem Wunsch nachgäbe, oder dem des wiedergekehrten Verräters, wenn er hier eindringt, um sich den Weg zu neuer Macht und neuem Leben zu erzwingen? Möchtest du den Wesenheiten gegenübertreten? Du sagst, du erinnerst dich wieder, weshalb du bestraft wurdest. Glaubst du, achthundert Jahre sind genug, dass *sie* es vergessen?«

»Nein«, sagte Sarik.

Korianthe lächelte. »Wenn er besiegt ist, Sarik. Wenn der Verräter ein für alle Mal für seine Sünden gebüßt hat. Dann kann es vielleicht einen Frieden geben zwischen ihnen und uns. Vielleicht können wir dann die Pforten wieder öffnen, erst einen Spalt, und dann immer mehr, und die Wesenheiten werden uns wieder willkommen heißen – selbst dich.«

»Wenn ihr Zorn auf ihn wirklich noch so heiß brennt, wie du sagst, wieso sollte er dann hierherkommen? Wäre es nicht sein Tod, wenn er die Pforten öffnete?«

»Es besteht eine Chance«, sagte sie, »eine winzig kleine Chance, dass es ihm dank seiner gestohlenen Macht gelingt, nach Navylyn vorzudringen und die Hallen in Besitz zu nehmen. Dann könnte er uns alle ausschließen: Er könnte die Pforten öffnen und schließen, wie es ihm beliebt. Das Calabar Yauri ist nur ein Abglanz der Macht, die in Navylyn schlummert. Er könnte uns das Licht der Wesenheiten für immer nehmen und uns alle beherrschen. Das darf auf keinen Fall passieren. Es wäre der schlimmste Schatten, der auf uns fallen könnte; es wäre der wahre Winter der Welt.«

Sarik nickte, doch Korianthes Ton behagte ihm immer weniger. Fast klang sie wie ihre Priesterschaft – einfache Menschen, die Zuflucht in der Lehre des letzten Ordens gefunden hatten und die Wesenheiten als Götter verehrten. Sie halfen, die alten Wahrheiten am Leben zu erhalten – doch ohne Zugang zu den höheren Sphären verehrten sie nicht mehr als einen Schatten jener Wahrheit. Hatte Korianthe etwa begonnen, an ihre eigene Lehre zu glauben?

Etwas verschwieg sie. Doch er konnte sie nicht dazu zwingen, ihre Gedanken offenzulegen – schon gar nicht hier, im Zentrum ihrer Macht. Und er war nach wie vor an sie gebunden.

»Deshalb sollte ich das Schwert zu dir bringen«, sagte er. »Um den Orden und das Artefakt darin zu schützen.«

»Das Schwert, das Andelis Derior besiegte«, nickte sie. »Und bald auch ihn.«

»Nun, ich habe es dir gebracht«, stellte er fest.

»Und ich bin dir sehr dankbar«, lächelte sie. »Du warst spät, doch du hattest einen langen Weg hinter dir. Du hast gute Arbeit geleistet, Sarik Isikara Kisikiras.«

»Und ist meine Strafe damit verbüßt? Wirst du mich aus deinen Diensten entlassen, wie du es versprochen hast?«

In dem Moment hörten sie Unruhe vor der Halle, und Korianthe eilte an ihm vorbei, um die Ursache festzustellen. »Wenn es vorbei ist«, murmelte sie. »Wenn es vorbei ist.«

Nachdenklich folgte Sarik ihr zum Ausgang. Als Korianthe das hohe zweiflüglige Tor auftat, sah er April auf dem unteren Absatz des Treppengangs, der zu ihnen hinabführte. Zwei Priester in leuchtend gelben Roben versperrten ihr den Weg. Sie trug die schlichte weiße Ordenstracht, die man ihr bei ihrer Ankunft vor drei Tagen gegeben hatte, und die eingedenk des Schwerts an ihrer Seite und ihres verwegenen Haarschopfs seltsam unpassend wirkte. Auch ihr leicht gewölbter Bauch begann sie zu verraten – zumindest, wenn man wusste, worauf man zu achten hatte.

Ihre Schwangerschaft stellte Sarik immer noch vor ein Rätsel – wie konnte sie, die durch die Schuld geboren worden war und das Licht der höheren Sphären schaute, ein Kind empfangen? Er hatte versucht, sie darauf anzusprechen. Er hatte sie gefragt, wann es so weit wäre, weil ihm das wie eine natürliche Frage erschien. Doch sie war ihm ausgewichen und hatte nur gesagt, dass sie es nicht wüsste. Sie hatte ängstlich gewirkt; und da hatte er begriffen, dass sie es tatsächlich nicht wusste.

Die Priester drängten April zurück.

»Sarik!«, rief sie.

»Lasst sie los«, sagte Korianthe, und die Priester gehorchten. »Wir haben gerade von dir gesprochen.«

April schüttelte die Priester ab und warf einen neugierigen Blick in die Halle. »Was ist da drin?«

»Die Geheimnisse der Welt«, erwiderte Korianthe kühl. Die beiden Frauen mochten sich nicht sonderlich, so viel hatten die letzten Tage gezeigt.

»Deshalb brauchen wir Schneeklinge«, sagte Sarik und nahm April beruhigend am Arm, bevor sie etwas erwidern konnte. »Um das da drinnen zu schützen.«

»Du hast gesagt, der Magier sei auf dem Weg hierher«, sagte April. »Derselbe, der vor vielen hundert Jahren dieses Schwert für seine Prinzessin schmiedete.«

»So ist es«, sagte Sarik, und Korianthe warf ihm einen prüfenden Blick zu.

»In der Geschichte klang es danach, als hätte er einen hohen Preis dafür gezahlt«, sagte April. »Was will er heute noch? Was *ist* dort drinnen?«

»Gehen wir zurück nach oben«, sagte Korianthe und gab den Priestern einen Wink, das Tor hinter ihnen zu schließen. April wollte protestieren und noch einen Blick in die Halle erhaschen, doch Sarik zog sie mit sich.

»Er hat sich verändert. Heute ist er vor allem an neuer Macht interessiert – Macht, die ihm nicht zusteht. Dort unten steht ein großes Artefakt. Würde er es beherrschen, wäre das sehr gefährlich – für uns alle.«

»Was tut es denn?«, fragte April, und da musste er lächeln.

»Die Frage ist eher, was es nicht tut«, murmelte er, während sie langsam die breiten Stufen nach oben gingen. Die glühenden Globen an der Wand blieben zurück, und erstes Tageslicht fiel durch die hohen, spitzgiebligen Fenster. »Wären wir alle nur Rädchen in einem Uhrwerk, dann wäre dieses Artefakt wohl die Krone. Es darf ihm nicht in die Hände fallen.«

»Und wo ist der Magier?«

»Er ist noch nicht hier«, sagte Korianthe. Sie wirkte wie eine Statue, wie sie da neben ihnen herglitt, und erinnerte Sarik mehr denn je an Nerian. »Ich würde es spüren, wenn er hier wäre.«

»Seht Ihr«, sagte April und blieb stehen, »und deshalb wollte ich mit Euch reden. Ich warte nämlich auch auf jemanden und habe nicht mehr viel Zeit.«

Korianthe hob eine Augenbraue. »Wahrscheinlich sprichst du von deinem Liebhaber. Diesem Fealv, der gerade damit beschäftigt ist, die ganze mittlere Welt verrückt zu machen.«

»Es freut mich, dass Ihr noch etwas von dem mitbekommt, das vor den Mauern Eurer Festung vor sich geht«, sagte April und kniff die Augen zusammen. »Dort draußen braut sich nämlich ein Krieg zusammen – und ich sitze seit drei Tagen in einem leeren Zimmer und drehe Däumchen. Ich halte das nicht länger aus!«

»April«, sagte Sarik und griff wieder nach ihrem Arm, doch Korianthe winkte ab. »Lass sie nur. Sie hat ja recht.«

April seufzte erleichtert. »Versteht mich nicht falsch – Eure Priester haben mich freundlich behandelt, das Essen ist verglichen mit den letzten Wochen wirklich gut, und es war toll, mal wieder ein Bad zu nehmen. Aber da draußen –« Sie hob den Arm, deutete auf die Mauer und schluckte. »Da ist die ganze Welt versammelt.«

»Es ehrt mich, dass Kaiser Neoris an meine Tür klopft«, lächelte Korianthe. »Doch er stellt keine Gefahr für uns dar. Im Gegenteil, er ist eine würdige Ergänzung.«

»Was soll das heißen?«, fragte April verwirrt, und auch Sarik fragte sich, was sie damit meinte.

»Du kannst gehen«, sagte Korianthe. »Ich habe nie von dir erwartet, dass du den Orden persönlich verteidigst, und das wäre auch nicht angemessen. Eriëne ist sehr gut darauf vorbereitet, das Schwert zu führen, und letztlich geht es ja um die Klinge, nicht ihre Trägerin.«

»Ich kann Schneeklinge doch nicht einfach weggeben«, sagte April.

»Natürlich bist du an das Schwert gebunden – aber dieses Band können wir lösen. Sofort, wenn du willst.«

»Ihr missversteht mich.« April schüttelte den Kopf. »Ich *will* sie nicht weggeben. Sie hat mich gerufen – sie ist mein Schicksal. Sarik, sag es ihr! Sie ist, was ich bin: Banneisen und Schneeklinge. Außerdem gehe ich doch nicht ohne eine Waffe da hinaus!«

»Du redest vom Schicksal«, sagte Korianthe, und an ihrer Schläfe pulsierte eine kleine Ader. »Dabei hast du nicht die geringste Ahnung, wer in Wahrheit dein Schicksal geschmiedet hat. Sarik, hast du ihr erzählt, wieso sie dieses Schwert überhaupt finden konnte? Weshalb sie die Gabe hatte, zu sehen, was selbst uns verborgen war?«

Ungemütlich wich Sarik den Blicken der beiden Frauen aus. »Korianthe, ich bitte dich.«

»Es würde mich sehr interessieren«, funkelte April.

»Ich kann es dir erklären«, sagte Sarik. »Aber nicht hier und jetzt.«

»Gut, dann draußen«, sagte sie. »Bring mich raus! Ich will gehen. Drei Tage sind genug, und Janner muss bald zurück sein. Ich habe mein Versprechen gehalten.«

»April …«

»Ich gehe jetzt meine Sachen holen«, erklärte sie. »Den Weg durch den Geheimgang finde ich auch ohne dich. Denk daran, was du versprochen hast! Komm mit oder bleib, aber versuch nicht, mich aufzuhalten.«

»Lass sie«, sagte Korianthe wieder, als Sarik ihr folgen wollte. »Für sie ist kein Platz bei uns.«

»Ich verstehe nicht«, sagte Sarik. »Was, wenn –«

Sie hob mahnend die Hand. »Ich will seinen Namen in diesen Mauern nicht hören. Wenn er kommt, wird er als Erstes zu ihr gehen – das Schwert hat eine große Anziehungskraft. Sie wird sich noch wünschen, sie wäre bei uns geblieben. Dann bestünde vielleicht noch Hoffnung für sie.«

Sarik schüttelte den Kopf. Was Korianthe sagte, ergab keinen Sinn. »Er will *das Schwert?* Nicht das Artefakt?«

»Er will so viele Dinge. Das hat ihn einmal zu Fall gebracht und wird es wieder tun. Es ist einerlei.«

»Wenn es einerlei ist, weshalb war es dann so wichtig, dass wir hierherkommen?«

»Schweig!«, sagte Korianthe, und Sarik stellte fest, dass der simple Befehl, hier in ihrer Festung, genügte, ihn erstarren zu lassen. Er war wie gelähmt.

»Genug der Fragen! Du hast deine Aufgabe erfüllt, und ich bin dir zu Dank verpflichtet. Ich benötige deine Dienste nicht länger. Ist es das, was du hören wolltest? Dann geh, wenn du willst, und beschütze das Mädchen. Erzähl ihr die Wahrheit. Bald ist dieser Krieg vorbei, und danach steht es dir frei, zu tun und zu lassen, was dir beliebt.« Sie hob die Hand und legte ihre Knöchel auf seine Stirn. Dann schloss sie die Augen.

»Ich entbinde dich von deinem Eid, Sarik Isikara Kisikiras. Du dienst nicht länger dem Orden von Geador. Du bist frei.«

Als er merkte, dass er wieder sprechen konnte, sagte er nur, dass es ihm leid tat. Seine Glieder erwachten erst langsam wieder aus ihrer Starre, und er traute der Herrin des Ordens nicht länger und wollte nicht, dass sie ihre Meinung noch einmal änderte.

»Mir tut es auch leid, Sarik«, sagte Korianthe. »Sehr vieles sogar. Ich wünschte, es wäre noch wie damals, ehe alles auseinanderbrach. Ich wünschte, Zeona wäre hier, und wir könnten noch einmal reden. Aber du bist hier.« Sie griff nach seiner Wange. Ein letztes Mal schauten sie sich an, und ein ferner Schimmer trat in ihre Augen. »Es stimmt«, sagte sie. »Es war eine gute Zeit unter Nerians Herrschaft. Und sie wird nicht wiederkommen. Nicht so, und niemals für uns.«

Dann wandte sie sich ab. Als sie außer Sicht war, fiel der Bann von ihm, und Sarik konnte sich wieder bewegen.

Er eilte April nach, zum Geheimgang. In ihm keimte eine böse Ahnung.

DAS LETZTE ZEICHEN

Eine unwirkliche Stille hatte sich über das Heerlager gelegt. Die Soldaten, die etwas zu tun hatten, waren dankbar dafür und arbeiteten so hart wie möglich, während die anderen die Köpfe gesenkt hielten und die Blicke ihrer Vorgesetzten oder gar des Kaisers, wenn er denn sein Zelt verließ, mieden – denn sie fühlten sich schuldig für ihren Müßiggang und fürchteten seinen Zorn. Keiner sprach mehr als nötig, sodass nur ein beständiges Hobeln und Hämmern und Sägen die Ebene erfüllte, durchbrochen von den kurzen Fanfarenstößen, die Essenszeiten und Wachwechsel ankündigten. Cassiopeia kam es so vor, als vergingen zwei Tage oder auch drei, ohne dass sie ein einziges Wort mit jemandem gewechselt hatte.

Sie hatten Garion überstürzt verlassen und waren in Melnor mit so viel Verstärkung, wie der Rat der Stadt zu stellen bereit gewesen war, in See gestochen. Der Kaiser hatte acht Schiffe verlangt; bekommen hatte er insgesamt vier, mit Aussicht auf weitere in der nächsten Woche. Das allein war ein einmaliger Vorgang; noch nie hatte Cassiopeia erlebt, dass man dem Kaiser derart öffentlich die Stirn bot, selbst wenn der Bote, den der Rat zum Hafen geschickt hatte, seinen Mut mit dem Leben bezahlen musste. Doch schien der Funke der Rebellion, der eine Provinz nach der anderen in Brand setzte, mittlerweile auch die Herzen einiger Ratsmitglieder zu wärmen – und die Entscheidungen, die der Kaiser in den nächsten Tagen traf, gaben jedem recht, der die Tage seiner Herrschaft als gezählt betrachtete. Der Samen des

Größenwahns, den Dougal und seine Tochter gesät hatten, war auf fruchtbaren Boden gefallen.

Sechs Ruderer starben allein auf ihrem Schiff vor Erschöpfung, doch der Kaiser duldete keinen Aufschub. Es war, als hätte er der See selbst den Krieg erklärt. Fieberhaft suchten sie eine Stelle zum Anlegen an der teverischen Steilküste, dann führte er seine Soldaten ins Inland, ohne auf die Verstärkung zu warten – ganz so, als gehörte Teveral noch zum Reich und wartete nur darauf, ihm einen Triumphzug zu bereiten. Sie plünderten zwei kleine Gehöfte auf ihrem Marsch und schlugen schließlich ihr Lager hier in der kargen Ebene auf, nur um festzustellen, dass sie nicht über die Mittel verfügten, sich gewaltsam Zutritt zur Festung zu verschaffen. Ungeduldig schickte der Kaiser eine Abordnung zurück zu den Schiffen, um zwei von ihnen zu demontieren und als Bauholz herzuschaffen. Ein Stück Mast fand Verwendung als Rammbock; mit der restlichen Ausbeute an Schiffsteilen und dem, was die Gehöfte hergaben, hatten sie begonnen, einen bescheidenen Belagerungsturm zu bauen. Niemand hätte gewagt, darauf hinzuweisen, dass ohne die Schiffe die Hälfte von ihnen nun auf feindlichem Gebiet gestrandet war.

Ein unheimliches rotes Licht überzog an diesem Morgen den Himmel, als wäre er ein vom Herbst in Brand gesetzter Wald. Mit einem besorgten Blick nach oben überquerte Cassiopeia den offenen Platz vor dem großen Zelt des Kaisers. In der Ferne hörte sie das Krächzen von Vögeln. Ein großer Krähenschwarm hielt sich seit nunmehr zwei Tagen in der Nähe, und sie fragte sich, ob Lesardre etwas damit zu tun hatte. Sie hatte ihn seit Melnor nicht mehr in Eolyngestalt gesehen, denn er war auf dem Landweg gereist und hatte sich nur gelegentlich den Schiffen genähert, wenn sie in Küstennähe fuhren. Auch Dougal war seit ihrer Ankunft verschwunden. Sie konnte nur annehmen, dass die beiden unsterblichen Kreaturen einander belauerten, vielleicht darauf warteten, wer den ersten Schlag führen würde. Waren sie inzwischen die einzigen ihrer Art, die letzten Nachfahren des Ersten, der vor vielen Jahrhunderten seine Gestalt aufgab und sich hinter einem Dutzend neuer verbarg? Oder jagten sie noch ihre verbliebenen Kinder?

Es hatte mehrere Tote auf den Schiffen gegeben, die nichts mit den Strapazen der Überfahrt zu tun gehabt hatten. Einen Mann hatte man erst entdeckt, als er schon im Wasser trieb, und es war nicht mehr zu unterscheiden gewesen, ob die Bisswunden an seinem Hals zu seinem Tod geführt hatten oder ihm erst danach von einem Raubfisch zugefügt worden waren. Einen anderen hatte man komplett seines Blutes beraubt im Lagerraum aufgefunden, und schnell machte die Rede vom einem Fluch die Runde. Auch hier an Land waren einige Männer verschwunden.

Cassiopeia vermutete, dass es sich um Übergriffe entweder Dougals oder Lesardres handelte, die der andere, wenn er sich dazu bemüßigt fühlte, zu vertuschen versuchte, damit keine Panik ausbrach. Sie hielt diese Opfer jedoch für wenig mehr als einen makabren Zeitvertreib. Es war, als spielten die beiden Wechselbälger Mühle und nähmen hier und da noch einen Stein vom Brett; ein letztes Spiel, ehe die Falle sich schloss und die große Vereinigung sich vollzog.

Diese Stunde konnte nicht mehr fern sein – und der Gedanke, was für einem Wesen sie dann würde entgegentreten müssen, bereitete ihr Sorgen.

Noch mehr Sorgen machte ihr aber, dass sie bislang alleine hier waren. Alles, was sie auf ihren heimlichen Ausflügen entdeckt hatte, waren ein paar Pferdespuren östlich des Lagers gewesen. Sie führten zu einem zerstörten Steinkreis, der den markantesten Punkt der Umgebung darstellte, aber keine sichtliche Funktion mehr erfüllte, und dann weiter nach Norden.

Dabei war dies zweifellos der Ort, den Lesardre gemeint hatte – der Ort, an dem der Erste sein Leben ließ und sich der letzte Kampf vollziehen würde: Geador – der Turm. Jeder Stein der fünfeckigen Festung, jedes Sandkorn zu ihren Füßen, jeder Windhauch in dem bleichen Gras atmete vor Erwartung, dass Vergangenheit zur Zukunft, die Geschichte sich wiederholen würde. Wo aber war April? Und, drängender noch: Wo war das Schwert?

War es möglich, dass das Mädchen sie getäuscht hatte – oder hatte ihr Zauberer etwas mit ihr angestellt? Wenn er wirklich mit dem Orden in der Festung in Verbindung stand, war ihm alles zuzutrauen.

Sie bedauerte nun, das Schwert nicht gewaltsam an sich gebracht zu haben, und hoffte, sie hatte Lesardres Vertrauen in sie nicht enttäuscht.

Er war der einzige Verbündete, der ihr blieb.

Einer der Leibsklaven des Kaisers kam ihr entgegen und riss sie aus ihren Gedanken. »Der Kaiser erwartet Euch«, drängte er. »Er ist sehr ungehalten.«

»Ich weiß schon«, sagte Cassiopeia und folgte ihm ins Zelt.

Der Kaiser saß umringt von seinem Gefolge auf einem einfachen Klappstuhl. Der Tisch vor ihm war derselbe wie in Damosfels, wahrscheinlich das größte zusammenhängende Stück Holz, das nicht den Weg auf die Baustelle gefunden hatte. Sein Frühstück hatte er bereits beendet; in den Händen hielt er einen Kelch mit roter Flüssigkeit.

Als Cassiopeia eintrat, sah er auf und winkte sie zu sich. Er hob seinen Kelch und bedeutete ihr, sich an einer Karaffe auf dem Tisch zu bedienen. Cassiopeia zögerte kurz, dann gehorchte sie und schenkte sich ein. Sie wusste mittlerweile, dass der Kaiser immer etwas Blut in seinen Wein mischte, weil es ihn nach Meinung seiner Ärzte jung und bei Kräften hielt. Daher führte sie ihren Kelch nur an die Lippen, trank aber nicht.

Die Leibgarde des Kaisers verfolgte jede ihrer Bewegungen ganz genau, Neoris Rodus jedoch schien die Unhöflichkeit nicht aufzufallen.

»Cassiopeia Tial«, richtete er das Wort an sie. »Es freut mich, dass du uns noch die Ehre erweist. Sag, hält mein Lager viele Zerstreuungen für die einzige Frau in ihm bereit?«

»Ich bin Eurem Ruf gefolgt so schnell ich konnte, meine Sonne«, erwiderte sie.

»Und ist dir auf deinem Weg vielleicht dein Vater begegnet?«

»Nein, meine Sonne.«

»Dann frage ich mich, wo er steckt!«, schrie er und hieb die Faust auf sein Knie. »Seit Tagen ist er unauffindbar! Ich frage dich, seine Tochter: Wo kann er sein?«

»Ich weiß es nicht, meine Sonne.«

»Dann bleibt mir keine andere Wahl«, sagte der Kaiser, »als ihn zum Verräter zu erklären. Jeder, der des Senators ansichtig wird, ist gehalten, ihn umgehend auszuliefern, ob tot oder lebendig!« Er gab einem seiner Offiziere einen Wink, und der schlug sich auf die Brust und rannte nach draußen, die Nachricht zu verbreiten.

»Es betrübt mich, dass Ihr an der Loyalität meines Hauses zweifelt«, murmelte Cassiopeia und mühte sich, Sorge und Scham auf ihren Zügen zu zeigen, und, wenn möglich, auch ein wenig Entsetzen.

»Glaube mir«, fuhr der Kaiser drohend fort, »das Einzige, was mich davon abhält, deinen schönen Kopf auf eine Lanze zu spießen, ist das, was sich hinter den Mauern dieser Festung verbirgt.«

»Ich bin Eure ergebene Dienerin«, sagte Cassiopeia und senkte das Haupt.

»Wo ist dann der Quell des Lebens und göttlicher Macht, von dem du und dein Vater mit solcher Inbrunst gesprochen haben? Wo stecken diese flüchtigen Verschwörer mit ihren magischen Künsten?«

»Sie könnten uns zuvorgekommen sein«, mutmaßte sie. »Doch gleich, ob sie schon hier sind oder noch kommen: Das, was Ihr sucht, liegt hinter diesen Mauern. Daran besteht gar kein Zweifel.«

»Die Kriegsmaschinen sind beinahe fertiggestellt.« Der Kaiser senkte drohend die Stimme. »Dann werden diese Mauern fallen: Allein schon, weil sie sich mir entgegenstellten. Dann werde ich sehen, ob du gelogen hast, und über dein Schicksal entscheiden: mehr Gold und Ehre, als du dir vorstellen kannst – oder ein langsamer und qualvoller Tod.«

»Ich habe Euch niemals belogen«, bekräftigte sie.

»Das hoffe du nur«, sagte er. Ein ungesunder Glanz trat in sein Gesicht, als er den Blick über sie schweifen ließ. »Ich dagegen hoffe, dass du es hast.«

Da brach draußen Unruhe los. Zwei Wachen stürmten davon. Der Kaiser bedeutete seiner Leibgarde mit einem Fingerwink, den Eingang zu bewachen, und ließ sich schlaff in seinen Stuhl zurücksinken.

Cassiopeia wandte sich ab und folgte den Männern, um nach der Ursache des Tumults zu sehen. Ehe sie jedoch den Ausgang erreichte, drückte ihr einer der Karsai im Vorübergehen etwas in die Hand. Die Bewegung war beiläufig wie die eines Taschenspielers, und er blickte sie nicht einmal dabei an.

Mit klopfendem Herzen ging Cassiopeia weiter, ohne sich etwas anmerken zu lassen. Erst, als sie draußen war, warf sie einen Blick auf das, was er ihr gegeben hatte.

Es war ein winziges Stück Papier. Sie faltete es dreimal auseinander. Dort stand, so klein, dass sie es kaum lesen konnte, ein einziges Wort:

QEDAVAR

Ohne dass sich ihre Schritte auch nur eine Sekunde verlangsamten, schob sich Cassiopeia den Zettel in den Mund und schluckte ihn hinunter.

Vor sich sah sie einen Menschenauflauf: Mehrere Dutzend Soldaten standen nahe der großen Baustelle im Kreis und starrten auf etwas zu ihren Füßen. Cassiopeia drängte sich hindurch, um einen Blick auf das zu erhaschen, was da auf der festgestampften Erde lag.

Sie erstarrte.

Ihr Vater.

Seine Gliedmaßen waren verkrümmt und wohl mehrfach gebrochen. Auch sein Schädel war eigentümlich flachgedrückt, und eine große Blutlache hatte sich unter ihm ausgebreitet. Er war in eine leuchtend gelbe Robe gekleidet.

Natürlich war es *nicht* ihr Vater, schalt sie sich. Und es war mit Sicherheit auch nicht Dougal – wahrscheinlich war es nur eine weitere seiner Provokationen.

Die Männer riefen wild durcheinander und versuchten sich einen Reim darauf zu machen:

»Wo ist er auf einmal aufgetaucht?«

»Er ist direkt vom Himmel gefallen!«

»Ich habe ihn stürzen sehen – ich dachte erst, es ist ein Wurfgeschoss.«

»Kam er aus der Festung?«

»Machst du Scherze? Aus der Entfernung? In dem Winkel?«

»Das ist der Senator!«

»Ich sage, er ist direkt vom Himmel gefallen!«

»Etwas muss ihn fallen gelassen haben.«

»Und was?«

»Jemand sagte, er habe einen großen Vogel gesehen.«

»Einen Vogel, sagst du?«

»Irgendwo muss er ja hergekommen sein, oder?«

»Bringt ihn ins Lazarett, dass er untersucht wird!«, rief Cassiopeia, und zu ihrer Überraschung befolgten die Männer ihren Befehl. *Alles fällt auseinander*, dachte sie. *Der Kaiser führt diese Männer schon lange nicht mehr. Erst war es Dougal – und jetzt bin es ich.*

Sobald die Leiche fort war, wandte sie sich ab. Ihr Atem ging schnell, und ihr war übel. Wenn dieser besondere Gruß für sie bestimmt gewesen war, hatte er seinen Zweck erfüllt. Sie ahnte jedoch, dass dies nicht der einzige Grund für den Tod dieses Mannes gewesen war – *wenn* er denn tot war.

Er war ein Zeichen: sowohl an die Belagerten als auch an die Belagerer. Wenn Dougal sich in der Festung zu erkennen gegeben hatte, dann wusste der Orden spätestens jetzt, dass er es nicht nur mit der Armee zu tun hatte. Und für Lesardre war der falsche Senator ein Köder – ein Wechselbalg noch, der ausgeschaltet werden musste, ehe es begann.

Wenn er den letzten Krumen aufnahm, begänne der Krieg.

Wartete er aber zu lange und der Tote käme wieder zu sich, bräche Chaos im Lager aus.

Da bebte für einen Moment die Erde. Es war nur ein kurzer Stoß, als wären sie mit einem Schiff auf Grund gelaufen, doch es reichte, um die Soldaten in helle Angst zu versetzen. Dann wurden die Fanfaren geblasen, die Offiziere riefen ihre Männer zur Ordnung, und mit grimmigen Gesichtern machte man sich wieder an die Arbeit.

Cassiopeia warf einen Blick zum roten Himmel, an dem sich dunkle Wolken zusammenzogen. Eine Krähe schrie, und zwischen den dunklen Schatten der Vögel am Himmel glaubte sie einen einzelnen weißen Fleck auszumachen.

»Lass mich nicht im Stich«, flüsterte sie.

Sie brauchte das Schwert – und zwar so schnell wie möglich.

DER ZORN DER WESENHEITEN

Ihr habt meine Mutter getötet?«, flüsterte sie fassungslos.

Sie waren wieder im Steinkreis, in Deckung hinter den großen Menhiren. April saß auf dem Boden und starrte ausdruckslos auf das Heerlager, das ihr wie eine Ameisenburg erschien: emsige Arbeiter, die aufgeregt umherliefen und ihren Turm aus zerbrechlichen Stöckchen errichteten. Sie trug wieder Hosen und ein frisches Hemd, das noch so sauber roch, dass es nicht an diesen trostlosen Ort zu passen schien. Sie dachte an jenen Tag vor langer Zeit mit Todds Mutter, als die Männer in einem fernen Land im Krieg waren und im Hof die Wäsche friedlich in der Sonne trocknete.

Das Irrlicht pulsierte mitfühlend, ein blassrosa Ball im purpurgrauen Licht des Mittags. Sariks Gesicht dagegen war ausdruckslos und leer.

»Nein«, sagte er. »Die Hüterin des letzten Ordens hat eine der Unsrigen angewiesen, die Geburt eines hellsichtigen Kindes einzuleiten. Eines ganz besonderen Kindes; es sollte empfänglich für die Präsenz einer Magie sein, wie sie kaum noch existiert auf der Welt, mit Sinnen so scharf, dass wir uns daneben wie Blinde ausnehmen. Der Magier, von dem ich dir erzählt habe, hatte Schneeklinge aus dieser Welt entrückt – und weder Korianthe noch ich noch sonst einer von uns waren mehr in der Lage, das Schloss, in dem er es verwahrte, zu entdecken. Für dich dagegen war es so offensichtlich wie der lichte Tag.«

»Aber wieso habt ihr sie getötet?«

»Die Frau, die bei deiner Geburt zugegen war«, sagte Sarik, »hat der Magie einen von vielen denkbaren Wegen gewiesen. Deine Geburt war ein solcher Weg. Denke es dir als einen Fluss, dem man ein Bett gräbt. Doch es hat seinen Preis – denn der Fluss ist schon beinahe versiegt.«

Es war eine schwere Geburt, hatte Todds Mutter gesagt, *und wir hatten keine Hebamme zur Hand. Eine Fremde reiste damals durch das Dorf, und sie bot ihre Hilfe an.*

April schwieg und biss die Zähne zusammen. Sie dachte an die Nacht ihrer Geburt, an die Fremde, die man mit Steinen vertrieb, und an ihren Vater, der sie alleine aufzog und nie eine Tochter gewollt hatte.

»Du wärst heute sonst gar nicht hier«, versuchte es Sarik.

Dein Vater ist nicht immer so gewesen, weißt du.

»Nein«, sagte April und ließ den Blick über das Heerlager schweifen. »Ich wäre sonst heute nicht hier. Alles wäre anders gekommen.«

Ihre Finger umklammerten Schneeklinges Silberknauf. Sie verstand jetzt, was Janner ihr mit seiner Erzählung über Banneisen zu sagen versucht hatte. Es lagen einfach zu viele Möglichkeiten in solch einer Waffe: Leben und Tod, Freiheit und Leid. Sie wünschte, er wäre schon zurück. Gleichzeitig hatte sie Angst vor dem, was dann geschehen würde.

»Wer war die Frau?«, fragte sie.

Wir hatten eine wie sie noch nie gesehen.

»Die Schwester des Magiers«, sagte Sarik. »Urteile nicht zu hart über sie. Ihr blieb keine Wahl. Nur sie konnte einem Kind die Gabe verleihen, das Vermächtnis ihres Bruders zu finden.«

»Es hätte irgendein Kind sein können«, stellte sie fest. »Wie viele Mütter in den Provinzen wären nicht dankbar für eine Hebamme? Doch sie kam zu *meiner* Mutter – und diese Wahl *hat* sie getroffen, oder nicht? Meine Mutter könnte noch leben – und ich wäre nicht hier.«

Sie schnaubte, als er nichts darauf erwiderte.

»Was ist mit dir? Weshalb kamst du zu mir, als ich noch klein war?«

»Ich habe nach wie vor keine Antwort für dich. Zwar kann ich mich wieder erinnern, was zu meinem langen … Schlaf geführt, und was sich seitdem ereignet hat. Aber dich habe ich das erste Mal auf der Spitze des Berges gesehen, mit Schneeklinge in der Hand.« Er zögerte. »Mag sein, dass ich … vielleicht habe ich meinen Wald das ein oder andere Mal verlassen, während ich schlief – ohne es zu bemerken.«

»Ein schlafwandelnder Zauberer?«, höhnte sie. »Wie könnt ihr euch anmaßen, über das Schicksal von Menschen zu bestimmen, wo ihr euer eigenes nicht im Griff habt? Du trägst mehr Schuld an mir als Korianthe oder die Frau, die meine Mutter umgebracht hat. Weißt du, wie oft ich an dich dachte, als ich noch klein war? Du hast mir Hoffnung gegeben! Du warst *mein* Zauberer.«

Da bebte die Erde, und Sarik sprang auf und starrte hinüber zur Festung. Die Soldaten im Heerlager liefen aufgeregt durcheinander. Mehrere Fanfarenstöße erklangen.

»Was ist?«, fragte April.

»Ich weiß es nicht«, murmelte Sarik. »Etwas geschieht gerade.«

Das Irrlicht schwebte höher, bis es neben dem Gesicht des Zauberers zur Ruhe kam und es aussah, als ob beide in dieselbe Richtung blickten. Sariks Lippen zitterten wie die eines alten Mannes.

Es wurde dunkler, als die Wolken am grauroten Himmel sich dichter zusammenzogen. Nein, dachte April – eher schon war es, als *entstünden* die Wolken, als verdichtete sich die Luft selbst zu einer trüben, zähflüssigen Glocke über der Welt. Unwillkürlich schnappte sie nach Luft.

»Wir hätten den Orden nicht verlassen sollen«, sagte Sarik. Seine Haut wirkte bleich, nicht nur wegen des Irrlichts. »Korianthe ist im Begriff, einen furchtbaren Fehler zu begehen.«

April verbiss sich eine schneidende Antwort. Das blanke Entsetzen auf den Zügen des Zauberers hielt sie davon ab.

»Wovon redest du?«

Da tat sich ein Spalt in der Dunkelheit über Geador auf, und dahinter schien ein Licht, elfenbeinern und jung wie eine frisch geöffnete Blüte.

Es war nicht das Licht der Sonne; und der Spalt wies in eine Richtung, die es zuvor nicht gegeben hatte.

»Sie öffnet die Pforten!«, flüsterte Sarik. »Wir alle zahlen den Preis. Korianthe …« Und den Rest konnte April nicht mehr verstehen, weil ein plötzlicher Wind die Worte mit sich riss. Der Wind fegte durch die Ebene und trieb den Staub der Welt vor sich her. Auch die Soldaten hatten den Blick nun zum Himmel erhoben und begannen langsam zurückzuweichen. Die Angst, die sie erfasste, war die eines Tiers vor dem Beben, oder vor einer Flut – Sinne, die sie weder benennen noch willentlich steuern konnten, teilten ihnen mit, dass *Gefahr* drohte.

Dann brachen die ersten Lichtstrahlen aus dem Spalt hervor und senkten sich langsam herab, Honigtropfen an Spinnenfäden, gleißend wie flüssiges Gold, und die Kalksteinmauern der Festung begannen in einem unwirklichen Tauschimmer zu leuchten, der April an die durchsichtigen Mauern des verzauberten Schlosses erinnerte.

Immer mehr der glühenden, goldenen Punkte fielen vom Himmel, schneller nun als zuvor, und zogen lange Kometenschweife hinter sich her, während das Licht im Inneren des Spalts weiter zunahm, anschwoll, als wollte es bersten.

»Komm!«, sagte Sarik und riss April mit sich, die das Schauspiel gebannt verfolgte. »Komm mit mir!«

Der Boden hatte wieder zu beben begonnen. Diesmal klang das Zittern und Ächzen wie ein großes Untier unter der Erde, das drauf und dran war, aus ihr hervorzubrechen.

»Was geschieht?«, rief April, stolperte und klammerte sich am Umhang des Zauberers fest, der zu glimmen und knistern begonnen hatte wie Tannennadeln im Feuer und einen leichten Funkenregen versprühte. Die Luft roch nach Rauch und nach Sturm, und April konnte spüren, wie sich die Härchen auf ihren Armen aufstellten. Ein tauber Kupfergeschmack breitete sich auf ihrer Zunge aus.

»Die Wesenheiten steigen herab!«, schrie Sarik, damit sie ihn über die Böen hinweg noch verstand. »Sie greifen den Orden an. Wir müssen schnell …«

Dann wurde der Wind zu einem ohrenbetäubenden Heulen, und das Letzte, was er sagte, ging darin unter. Sie taumelten den Hügel hinab und rannten, so schnell sie nur konnten, doch der Wind war jetzt so heiß, dass er in den Lungen schmerzte. Die Welt wurde heller, so hell, wie wenn man zu lange in die Sonne blickt, der Boden bebte ein drittes Mal, und dann packte Sarik April und drückte sie an sich.

Sie schrie auf und vernahm noch undeutlich seine Warnung, nicht hinzusehen und die Augen zu schließen, doch es war schon zu spät.

Das Licht, dachte sie, *das* Licht –

April blickte zurück – und in den letzten Sekunden, ehe der Glanz der höheren Sphären ihre Augen verbrannte, sah sie mit an, wie die Wesenheiten den Orden von Geador mit ihrem göttlichen Feuer vernichteten.

IN FLAMMEN

Der Eolyn ritt in das Lager, als gehörte es ihm. Hoch auf seinem weißen Hengst ließ er den Blick über die Zelte schweifen; ein Geist, der überlegt, welches Haus er zuerst heimsucht. Das Inferno, das in diesen Minuten über die Festung hereinbrach, erregte ebenso wenig sein Interesse wie die fliehenden Soldaten ihm Beachtung schenkten.

Er fand das Lazarettzelt und lenkte sein Pferd gelassen darauf zu. Wenn ihm ein Legionär zu nahe kam oder ihn aufzuhalten drohte, fällte er ihn mit einer beiläufigen Geste seines langen geflammten Schwerts. Bald waren seine Beine und die Brust des Schimmels von Blut verschmiert, doch auch das kümmerte ihn nicht. Sein Schmerz war stärker als alles andere.

Niemand außer seinesgleichen hätte beim Blick in sein Alabastergesicht geahnt, dass jede Minute unter diesem klaffenden Himmel, der direkt in eine andere Welt, eine andere Zeit führte, ihm entsetzliche Qualen bereitete. Es lag nicht nur daran, dass es eigentlich noch Tag war. Er hatte etwas Blut getrunken; gerade genug, um seine Eolyngestalt annehmen zu können, ohne seine Kräfte, seine Sinne zu sehr zu betäuben. Nein, ihm war, als hätte eine unsichtbare Macht in diesem fremden Himmel tausend kleine Haken in sein Innerstes geschlagen und drohte nun, ihn davonzureißen, hinauf in die Wolken – und gegen diese ungeahnte Qual war auch das Blut machtlos.

Gleichwohl bereitete es ihm eine gewisse Wonne, dass es seinem anderen Ich, das sich irgendwo ganz in der Nähe aufhalten musste, kaum besser erging, und darum kostete er jede Facette dieses Leids wie einen guten Wein. Vermutlich, überlegte er, während er einem verängstigten Soldaten, der eine Laterne nach ihm schwang, das Schwert in den Nacken hieb, hatte er seit jener ersten Zeit nach der Schlangengrube nicht mehr so viel empfunden … *damals, als nichts die Träume nach ihrem Tod hatte zurückdrängen können.*

Er sprang vom Pferd und blickte sich um. Überall brannten Zelte, und noch immer regnete es brennendes Gestein, während die Wesenheiten sich und ihr Feuer immer tiefer in die Ruinen des Ordens gruben, genüsslich wie ein Jahrmarktsarzt, der einen faulen Zahn aufbohrt. Er fragte sich, wie lange es noch brauchen würde, bis sie ihn oder sein anderes Ich entdeckten. Vielleicht würde das Blut sie auch vor ihnen eine Weile schützen, ihre Witterung überdecken … doch sie konnten sich nicht ewig verstecken. Wahrscheinlich blieb ihm nicht mehr viel Zeit.

Lesardre war sich durchaus bewusst, dass die Herrscher der höheren Sphären es auf ihn und seinesgleichen abgesehen hatten, auch wenn ihn die Gründe dafür nie wirklich interessiert hatten: ein Usurpator, ein junger Gott, der sich auflehnte, und die Rache der herrschenden Ordnung … Er hatte diese Geschichte so häufig gehört, im Sommerland, Santal und anderswo, dass es ihn ebenso langweilte wie die übrigen Aspekte seiner Existenz. Er hatte Cassiopeia nicht belogen: Der bestimmende Impuls seines endlosen Lebens, der einzige Antrieb, den er noch besaß, war, es zu Ende zu bringen. Wenn er dabei Dougal noch einmal übertrumpfen und dem Mädchen mit seinem Tod eine Freude machen konnte, war er damit zufrieden und fügte sich seinem Schicksal. Letztlich aber war es ihm gleich.

Nur tief in seinem Inneren, an den Wurzeln seiner alten, kargen Seele – dort, wo die unsichtbaren Haken zogen –, regte sich Widerstand gegen die Vorstellung, die Wesenheiten könnten diesen perfekten Ablauf zunichte machen. Hätte Lesardre sich die Zeit genommen, diesen Widerstand näher zu ergründen, hätte er vielleicht erkannt, dass er ihn sich nicht erklären konnte, denn es war nicht Stolz noch Furcht noch sonst ein Gefühl, das er einst gekannt hatte; und das hätte vielleicht sein Interesse geweckt. Derselbe dunkle Wille, der an ihm zog und ihn vorantrieb, hinderte ihn aber auch daran, sich zu lange damit zu befassen, und drängte ihn zur Eile.

Er betrat das Lazarettzelt, achtete nicht auf das Stöhnen der Verwundeten, alleingelassen in diesen Minuten der Angst, und ging zielsicher zum letzten der Feldbetten, auf dem unter einem Laken aufgebahrt das Opfer lag, das Dougal aus der Festung geraubt und ihm hingeworfen hatte. Der junge Wechselbalg hatte noch nicht wieder das Bewusstsein erlangt, seine Wunden waren aber fast schon geheilt. Dougal musste sehr mächtig geworden sein, wenn die Körper seiner Kinder sich so rasch verwandelten.

Lesardre nahm seinen Dolch und rammte ihn dem Wechselbalg in den Hals. Ein wenig seines Blutes tupfte er sich mit den behandschuhten Fingern auf die Lippen, dann nahm er seine Lebenskraft in sich auf, so wie er es immer getan hatte: Er trank die Seele des anderen, verlor sich aber nicht in ihr; gestattete ihr nicht, ihn zu beherrschen.

Vielleicht, überlegte er, würde alles anders werden, wenn er sich mit Dougal vereinte. Würde es ihm gelingen, auch ihn in sich aufnehmen – oder würden sie zusammenfließen wie zwei Tropfen, wenn sie einander berührten? Die Vorstellung missfiel ihm, nicht bloß aus Eitelkeit, sondern weil er das Ende ihrer Existenz gerne im Vollbesitz seiner Kräfte erleben würde – und er wusste nicht, ob das nach der Vereinigung noch möglich war.

Als er fertig war, steckte er den Dolch weg, wischte sich die Handschuhe am Laken ab und verließ das Zelt. Draußen legte er seinem Hengst stumm die Stirn an den Kopf und teilte ihm mit, wen er suchen sollte.

Dann, im Vertrauen darauf, dass eine Richtung so gut wie die andere war, ging er Dougal suchen.

Der Belagerungsturm stand in Flammen, eine groteske Skulptur wie die Freudenfeuer der Fealva, die sie im Strahlenden Reich zum Maifest abbrannten; und aus der Festung schossen Lichtstrahlen, als wäre sie ein Prisma, welches das Himmelsfeuer mannigfaltig über das Lager brach.

Allerorten rissen sich Soldaten die Rüstungen vom Leib, weil sie, kaum dass die unheimlichen Strahlen sie berührten, zu glühen begannen. Cassiopeia roch verbranntes Fleisch und hörte Schreie, und einen Augenblick lang war sie wieder das kleine Mädchen, das durch die brennenden Ruinen seines Elternhauses floh, während alles, was ihm lieb und teuer war, in Flammen aufging.

Unwillkürlich hatte sie sich in Dunkelheit gehüllt, ein schwarzer Schatten inmitten der flackernden Vernichtung. Dann kündigte sich ein neues Beben an, sie sprang hinter ein Zelt, warf sich flach auf den Boden und schloss die Augen.

Ohrenbetäubender Lärm erfüllte die Welt, gleißende Helligkeit hüllte sie ein, und überall um sie herum prasselten Gesteinsbrocken vom Himmel, als feuerten tausend Katapulte. Sie schlug die Augen wieder auf und sah einen Brocken, groß wie ein Haus, der direkt vor ihr auf eine Reihe von Zelten stürzte und einen tiefen Krater schlug. Der Boden erzitterte, eine Staubwolke hob sich empor, dann hörte sie nur noch Schreie und das Prasseln von Steinen.

Mit klopfendem Herzen wartete sie, bis das Schlimmste vorbei war. Die Luft war so heiß, dass sie kaum atmen konnte. Die ganze Welt war in trübes Goldbraun getaucht, durch das hier und da die Schatten der Überlebenden taumelten. Sie verließ ihre Deckung, um sich zu orientieren.

Da wurde sie des Kaisers gewahr, der sich in seinem zerrissenen roten Gewand neben die rauchenden Trümmer des Belagerungsturms gestellt hatte und die zitternden Arme zum Himmel reckte. Er rief etwas in Richtung der gleißenden Feuersbrunst, die in den Ruinen der Festung glühte. Strahlende Lichter umkreisten das Inferno, einem Mottenschwarm gleich.

Der Anblick war so grotesk, dass Cassiopeia unwillkürlich nähertrat, um ihn besser zu verstehen, doch die Hitze hielt sie zurück.

»Heil!«, rief Neoris Rodus mit zum Himmel erhobenen Händen. »Heil, ihr Götter! Hört mich an!«

Cassiopeia blickte sich um. Keiner der herumirrenden Soldaten schenkte der Szene Beachtung. Sie entdeckte die Leibwächter des Kaisers, die gemessenen Abstand hielten. Sie fragte sich, ob sie ebenfalls den Befehl zum Rückzug erhalten hatten, und weshalb sie noch hier waren. Vielleicht hielt sie die Ehre, doch die Karsai blickten wie Kinder – keine Schule der Welt hätte sie hierauf vorbereiten können.

Der letzte Sturm, dachte sie. Was immer die nächsten Minuten bereithielten, Leiengard hatte entschieden, es geschehen zu lassen.

»Hört mich an!«, rief der Kaiser abermals – und gerade, als Cassiopeia sich abwenden wollte, vollzog sich das Unmögliche.

Die Götter wurden des Kaisers gewahr.

Ein kleines Fleckchen Licht löste sich aus dem Gleißen und zuckte schnell wie ein junger Fisch zu ihnen herüber. Im nächsten Moment wuchs eine goldhelle Gestalt vor dem Kaiser empor, anmutig und glatt wie eine geschmolzene Statue, ohne Konturen, ohne Gesicht, nur Feuer und schreckliche Schönheit. Wo ihr Gesicht hätte sein sollen, schwebten zwei weißglühende Augen, und die Lichtbögen über ihrem Rücken deuteten die Form zweier weit ausgebreiteter Schwingen an.

»Götter meiner Ahnen!«, rief der Kaiser. »Ich, Neoris Rodus, Kaiser von Pherenaïs und Sonne des Strahlenden Reichs, fordere von euch meine Erhebung!«

Einen Moment sah es so aus, als zeigte die goldene Erscheinung mit dem Finger auf ihn. Dann schnitt ein gleißender Strahl durch des Kaisers Gestalt, gleich einer Sense, die durch Korn fährt; und die Sonne des Reichs verging in einer Säule aus Rauch und kochendem Blut, die Sekunden später verdampft war.

Die glühenden Augen wanderten weiter.

Und mit einem Mal fühlte Cassiopeia, dass sie *alleine* mit der Erscheinung war: nicht, weil alle anderen geflohen wären, sondern weil etwas an ihr sie anzog – und dieses Etwas waren die Schatten, in die sich Cassiopeia nach wie vor hüllte.

Sofort ließ sie die Schatten fallen und floh in den Rauch. Ihr Rücken brannte unter dem suchenden Blick der Erscheinung, und alles in ihr schrie danach, sich abermals zu verstecken, doch nichts würde sie zuverlässiger verraten. Eine Sekunde, zwei – dann war sie zwischen den Zelten verschwunden.

Ein weißer Schemen schälte sich aus dem Rauch. Zuerst begriff sie nicht, was sie sah, dann erkannte sie Lesardres Hengst, der wie ein Geist vor ihr emporwuchs und sie anblickte.

Aus den Augenwinkeln bemerkte sie eine Bewegung. Die goldene Erscheinung war wieder da, zerschmolz zu einer blendenden Linse und schoss davon wie ein flacher Stein, den man übers Wasser wirft. Etwas anderes musste ihre Aufmerksamkeit erregt haben. Der Rauch zerriss in einer Böe, und da sah sie es: zwei winzige Gestalten, gut eine Meile entfernt, auf der Flanke des Hügels mit dem alten Steinkreis.

Sie legte dem Hengst ruhig die Hand auf den Hals. Er wich nicht zurück.

»Danke«, flüsterte Cassiopeia.

In der Ferne, auf dem Hügel, blitzte etwas auf, und fast im selben Moment schoss ein kleines, weißes Licht vom Fuße des Steinkreises hoch und zog über ihre Köpfe hinweg, rasend schnell wie eine Sternschnuppe, in Richtung des Spalts, der über der Welt klaffte.

Cassiopeia schwang sich auf den Rücken des Hengstes und galoppierte los, durch die brennenden Zelte, zwischen denen die Überlebenden orientierungslos umherirrten.

»Sarik!«, rief April. »Sarik?«

Sie krallte sich in seinen Umhang, spürte ihn knistern.

»Ich kann nichts mehr sehen!«

Der Zauberer aber versteifte sich unter ihrem Griff und begann, sich von ihr zu lösen. Wieder rief sie seinen Namen, doch er antwortete nicht.

»Was ist passiert? Können wir gehen? Bitte!«

Ihre Augen schmerzten, und alles, was sie sah, waren tanzende Lichter, bunte Kleckse wie Blüten im Sturm.

»Bitte hilf mir. Meine Augen …«

Doch der Zauberer trat einen Schritt beiseite, und fast wäre sie hingefallen. Automatisch zog sie ihr Schwert und ließ Schneeklinge suchend wie eine Wünschelrute hin und her schweifen.

»Sarik? Sarik!«

»Tu das nicht. Ich bitte dich«, hörte sie seine Stimme und zuckte herum. Sie erfuhr nie, wen oder was er gemeint hatte, aber sie vergaß nie das Flehen in seiner Stimme, das so gar nicht zu ihm zu passen schien.

Dann war da ein Blitz, eine grelle Entladung, die selbst ihre geblendeten Augen wahrnahmen, und sie glaubte, jemanden fallen zu hören.

»Sarik!«

Im selben Moment schoss etwas an ihr vorbei; und dann trat etwas anderes aus dem schmerzenden Farbensturm auf sie zu, wie ein verschwommener Körper, der vom Grund eines Sees aufsteigt. Sie sah die Erscheinung nicht mit ihren Augen, sondern in ihrem Geist, auf dieselbe Weise, wie sie als Kind die andere Sonne gesehen hatte.

Was immer es war, es pirschte sich an sie heran.

Sie hob ihr Schwert, um sich zu verteidigen.

Cassiopeia ritt langsamer und hielt schließlich an, als sie noch etwa hundert Schritt entfernt war. Dann stieg sie ab und kam vorsichtig näher.

Sie sah April und die Erscheinung, die einander gegenüberstanden. Das goldene Wesen hatte den Kopf schief gelegt und reckte neugierig den Hals. Einen Augenblick lang schien es zu *schnüffeln*. April war unsicher auf den Beinen, und Cassiopeia glaubte, sie weinen zu hören. Hinter ihr am Boden lag reglos der Zauberer im verbrannten Gras, sein silbrig-blauer Umhang matt vor Staub. Ihr Schwert aber hielt April hoch erhoben.

Die Tapferkeit des Mädchens rührte und beschämte Cassiopeia.

»Wirf dein Schwert weg!«, schrie sie. *»Es spürt dein Schwert!«*

Aprils Klinge zuckte herum, sie wandte das Gesicht in ihre Richtung – und da begriff Cassiopeia, dass sie blind war.

»Du musst es wegwerfen!«, schrie sie wieder, als die Erscheinung einen Satz auf sie zu machte.

Doch anstatt die Waffe fallen zu lassen, ließ April sie wie einen Blitz nach vorn schnellen.

Unvermittelt erstarrte die Erscheinung.

Erst dachte Cassiopeia, April habe sie wider alle Wahrscheinlichkeit getroffen, vielleicht gar verletzt. Eher aber schien es, als hätte das Wesen auf einmal das Interesse an ihr verloren.

Die Erscheinung ließ von April ab und wandte den Kopf zum Himmel, Richtung des Spalts. Dann breitete sie ihre goldenen Schwingen aus und flog davon.

DIE DUELLE

Sie fanden einander in den Trümmern des Belagerungsturms, zwei Geister verloren in der Feuerglut. Dougal hatte die Gestalt eines weißen Hirschs; desselben Hirschs, den Lesardre in seiner Not einst angefallen hatte, als er noch jung war und seine neue Existenz nicht verstand. Er erinnerte sich noch gut an das prächtige Tier, dem die Jahrhunderte nichts hatten anhaben können, außer dass sie ihn seiner Farbe beraubt hatten. Er stand inmitten der Flammen, ein Gott in einem brennenden Wald, und schaute ihn an.

Dann verwandelte er sich, und Lesardre sah wieder in jenes lange nicht geschaute Gesicht, mit dem Dougal einst vor ihn hintrat, das Geheimnis der Schwertmagie zu erlernen. Es war noch genauso jung, und genauso blass. Wie Lesardre hatte Dougal gelernt, Kleider und Rüstung in die Verwandlung mit einzuschließen, und so trug er dieselben Hosen, dieselben Stiefel, dasselbe Kettenhemd wie damals.

Lesardre schätzte es, dass er sich diese Erscheinung gegeben hatte, auch wenn er mittlerweile zahllose andere sein Eigen nennen musste, und zahllose Seelen in seinen Augen gleich den Flammen ringsherum flackerten. Er wusste nicht, ob es Dougals ursprüngliche Gestalt war, doch er nahm an, dass es die letzte sein würde, die er von ihm sah.

Sie grüßten einander stumm. Wenn Dougal versucht war, seinem alten Feind und Spiegelbild noch etwas ins Gesicht zu sagen, dann hielten ihn das Grauen oder die Feierlichkeit des Moments davon ab. Dann zogen sie ihre Schwerter und machten sich bereit für einen Kampf, so sinnlos wie der Wettstreit von Motten um eine Laterne; denn wenn es einen Gewinner gab bei diesem Kampf, dann war sein Preis die eigene Vernichtung.

Lesardre deutete Dougal mit der Klinge seine Position, als gälte es ihm eine Lektion zu erteilen; dann hob er sein Schwert und wartete auf den Angriff. Der Angriff kam, und Lesardre war erfreut, mit wie viel Kraft und Geschick er ausgeführt wurde. Dougal war besser geworden. Es hätte Lesardre enttäuscht, wäre es zu einfach geworden.

So hieben sie inmitten der Trümmer aufeinander ein, in einem selbstvergessenen Tanz, als schmiedeten sie dort in der Glut an einem großen, gemeinsamen Kunstwerk. Lange Zeit wirkte es, als könnte keiner von ihnen die Oberhand gewinnen, und Lesardre war versucht, herauszufinden, ob er seinen Gegner auch ohne die Kunst seiner Magie besiegen könnte – doch der dunkle Teil seiner Seele trieb ihn abermals zur Eile, ihm fiel das Versprechen wieder ein, das er dem Mädchen gegeben hatte; und wie viel lieber er durch ihre als durch Dougals Hand sterben wollte. Er hoffte nur, dass sie ihren Teil der Vereinbarung erfüllte – was für ein Trauerspiel wäre es, als letzter Unsterblicher zu verbleiben, ohne jemanden, der kam, ihn zu richten!

Es war an der Zeit.

Er griff Dougal mit den Kräften der Schwertmagie an, zerschlug erst seine Klinge, dann seine Rüstung, dann stieß er ihm sein geflammtes Schwert ins Fleisch und pfählte ihn. Dougals Hand aber fand seinen Kopf und hielt ihn gepackt; und Sieger und Besiegter verschmolzen zuckend in den Flammen zu einer einzigen Skulptur, und man hätte nicht mehr zu sagen vermocht, wo der eine endete und der andere begann.

Dann, fast zärtlich, lösten sie sich voneinander. Dougals Körper rutschte Stück für Stück von der Klinge und verging im Feuer.

Einen Moment wankte Lesardre wie ein Betrunkener, berauscht von seiner Macht und all den neuen Formen, die in ihm wetteiferten. Hatte er den Kampf gewonnen? Nichts war von dem anderen Wechselbalg geblieben. War er schon der andere, oder noch er?

Hatte er etwas vergessen?

Der drängende Schmerz in seiner Seele war immer noch da.

Es gab etwas, das er tun musste …

Er steckte sein Schwert weg und folgte seinem inneren Kompass, seiner letzten Vereinigung entgegen.

»Gib mir das Schwert«, sagte Cassiopeia.

»Wer bist du?«, rief April. Ihr Kopf ging suchend herum, und Cassiopeia sah nichts als ein junges, ängstliches Mädchen, das eine Waffe hielt, die es nicht führen konnte.

»Cassiopeia?«, fragte sie. »Bist du das?«

»Ja«, sagte sie.

»Sarik! Wo bist du?«

»Das … Wesen, das hier war, hat ihn angegriffen. Er liegt hinter dir, am Boden.«

April ging in die Hocke und tastete mit einer Hand, konnte ihn aber nicht finden, verlor fast das Gleichgewicht und musste sich stützen.

»Komm«, sagte Cassiopeia und machte einen Schritt auf sie zu. »Gib mir das Schwert.«

»Wieso? Was willst du damit?«

»Ich muss einen Kampf damit schlagen«, sagte Cassiopeia. »Gegen jemanden, dem ein normales Schwert nichts anhaben kann.«

»Wen?«

»Das ist nicht leicht zu erklären, und ich habe jetzt nicht die Zeit dazu.« Sie warf einen kurzen Blick über die Schulter. Immer noch glomm der helle Spalt wie ein Juwel am rauchdunklen Himmel, und zwischen den Klagen der Verwundeten glaubte Cassiopeia vereinzelt den Klang von Schwertern zu hören. »Gib mir das Schwert und versteck dich, bis alles vorbei ist.«

»Schneeklinge gehört mir! Immer schon – ich habe ihr Licht …«

»Wirf das Schwert einfach weg, April. Na los. Gib es auf.«

Da kniff April die blinden Augen zusammen, nicht vor Schmerz, sondern vor Zorn.

»War es das, was du die ganze Zeit wolltest? Hast du dich uns deshalb angeschlossen und Janner schöne Augen gemacht?«

»April, ich bitte dich ein letztes Mal: Dieses Schwert ist Teil meiner Geschichte. Gib es mir.«

April ließ die Klinge sinken. Einen Moment sah es so aus, als würde sie Cassiopeias Aufforderung nachkommen. Dann aber zuckte die Klinge auf einmal nach oben und führte einen Streich in ihre Richtung.

Cassiopeia, noch knapp außer Reichweite, sprang beiseite und zog ihr eigenes Schwert. Sie hatte nicht gewollt, dass es dazu kam, doch die Zeit lief ihr davon und ihr blieb keine andere Wahl.

Sie kreuzten die Klingen, einmal, noch einmal. April, blind wie sie war, war keine Gegnerin für Cassiopeia, doch selbst ohne ihre Augen schien Schneeklinge ein unheimliches Gespür dafür zu besitzen, aus welcher Richtung Cassiopeias Schläge kamen. Es war, als ob das Schwert jeden ihrer Angriffe aus den vorangegangenen ableitete, wie ein Dichter die Zeilen eines unvollendeten Gedichts einfügt.

Cassiopeias Hiebe zielten darauf ab, ihre Gegnerin zu entwaffnen; doch ein ums andere Mal fuhr Schneeklinge herum, um einen Angriff von der Seite oder aus dem Rücken abzuwehren, und zwar umso verlässlicher, je kunstfertiger der Angriff war.

Dann, als April glaubte, ihre Position zu erraten, machte sie aus blanker Wut einen Ausfall. Das weiße Schwert sprang so zielsicher auf Cassiopeias Herz zu, als hätte es eigene Sinne, und nur einem alten Trick Meister Hyazinths verdankte sie es, dass sie gerade noch zwei Finger Stahl zwischen sich und Schneeklinge bekam.

Die Zeit schien sich zu verlangsamen. Cassiopeias Bewusstsein zog sich zwischen die dumpfen Schläge ihres Herzens zurück und ließ ihre Instinkte die Kontrolle übernehmen. Sie vollführte eine komplizierte Folge von Finten und Schlägen, spann ein Netz glitzernder Möglichkeiten, zwischen denen sich Schneeklinge früher oder später verlieren musste – es konnte nicht anders sein. Doch wohin sie auch schlug, Metall traf Metall.

Cassiopeia sammelte sich. Sie musste vollbringen, was Lesardre sie gelehrt hatte: Sie musste aus diesem Spiel mit dem Stahl ein Spiel der Ideen machen, Magie mit Magie besiegen. Und so begann sie Schneeklinge erst zärtlich zu führen wie ein Tänzer seine Partnerin; und dann, als der Tänzer sie fest in den Armen hielt, *wechselte* ihr Schwert.

Die Einheit von Angriff und Parade löste sich auf, als Cassiopeias Schwert an einem anderen, eben noch gar nicht denkbaren Ort, möglich wurde. Einen winzigen Sekundenbruchteil existierten beide Orte, beide Möglichkeiten, zur selben Zeit – dann erlosch eine von ihnen.

Schneeklinge war am falschen der beiden Orte.

Cassiopeias Klinge fuhr herab und trennte Aprils Schwerthand am Gelenk vom Arm.

Voller Grauen starrte Cassiopeia auf die zuckende Hand vor sich am Boden und das funkelnde, schneeweiße Schwert, das sie noch hielt, und das sich ihr immer noch trotzig entgegenzurecken schien.

April brach zusammen, mit einem Schrei, der länger in Cassiopeias Ohren nachhallte als irgendein anderer, den sie jemals gehört hatte, bis er im lauten Rauschen ihres eigenen Bluts unterging. Sie sah April nicht an. Sie steckte ihr Schwert in die Scheide, dann bückte sie sich nach Schneeklinge, löste die zierlichen, kreideweißen Finger um das elfenbeinerne Heft, und hob das Schwert, um es sich anzusehen.

Dabei schnitt sie sich in den Finger, und ein einziger Tropfen ihres Bluts versank in der Klinge, wie ein Tropfen im Meer versinkt.

Das Licht floh aus blanker Angst, und ohne zu wissen, wohin – es hätte den Grund seiner Furcht ebenso wenig benennen können wie sein Ziel.

Das Licht bestand aus nichts anderem – es war reines Gefühl, und so drohte die Angst, die es gepackt hielt, es in seinem Wesen zu überwältigen und auszulöschen. Instinktiv wählte es den Weg, der ihm die größte Sicherheit versprach – heraus aus der Welt, hinein die Sphären reiner Magie.

Und wie es die Art eines Irrlichts ist, fand es seinen Weg ohne Umschweife.

So kam es, dass das Irrlicht als erstes aller seit so langer Zeit in die cislunare Sphäre verbannten Geschöpfe den Weg nach Navylyn wiederfand. Ehrfürchtig schwebte es einen Gedanken oder zwei vor den berghohen Pforten, die es nur aus Sariks Träumen kannte, und aus den Träumen des *Anderen* – desjenigen, vor dem es sich, wie es nun erkannte, so fürchtete, und dessentwegen Korianthe das göttliche Unheil über der Welt ausgeschüttet hatte.

Es war einerlei. Das Irrlicht dachte weder an Götter noch das Schicksal der Welt. Alles, woran es in diesem Moment dachte, war Sarik – und alles, was es fühlte, war der grenzenlose Schmerz des Mädchens, das sie beide doch immer zu beschützen gesucht hatten.

Die Pforten der Kammern aus Porzellan standen offen – nur einen Spalt.

Flink wie eine Elritze zischte das Irrlicht hinein.

Es verging keine Zeit an diesem Ort, aber es schien dem Irrlicht, als ob es sehr lange durch die dunklen Hallen flog, ehe es unter den winzigen, friedlich schimmernden Figuren aller Wesen dieser Welt, die jemals waren oder sein würden, die beiden fand, die ihm in diesem zeitlosen Moment am meisten bedeuteten; und es staunte und verzweifelte fast angesichts all des Leids, das es sah.

Dougal war der Erste, der ihr entgegentrat.

Obwohl er Lesardre bis aufs Haar glich, hätte sie all die kleinen Zeichen, die er seiner Erscheinung, vielleicht ihretwegen, mitgegeben hatte, nicht gebraucht: dieselben Stiefel, derselbe Mantel wie damals, als er ihren Vater tötete, selbst der Löwe Leiengards an seinem Gürtel, der sie anzufauchen schien.

Doch sie erkannte ihn an seinem Lächeln.

Du hast mich gefunden, sagte dieses Lächeln, und sie war sich nicht sicher, ob sie es tatsächlich hörte oder nur zu hören glaubte. Einen Moment schloss dieses Lächeln alles andere aus, und da waren nur noch er und sie: der unsterbliche Mörder mit dem gestohlenen Gesicht und das Mädchen, das seinetwegen zur Kriegerin geworden war und an seiner statt die Geheimnisse des Schwerts erlernt hatte – von demselben, der ihn einst zurückwies. Sie war die letzte Schwertmagierin dieser Welt, und sie war sein Geschöpf.

Cassiopeia hob Schneeklinge zum Gruß, und er nickte anerkennend, und auch ein wenig – einsichtig? Sehnsüchtig? Stolz?

Er hob ebenfalls sein Schwert und erwiderte den Gruß.

Dann kämpften sie.

Die magische Waffe zu führen war ein eigenartiges Gefühl – wie das Pferd eines anderen zu reiten, oder einen Schüler auszubilden, der schon alles wusste, aber eine andere Sprache sprach. Sie führte das Schwert ebenso wenig wie umgekehrt. Eher war es, als fände irgendwo in jenem zeitlosen Zustand, den Lesardre sie gelehrt hatte, und in dem nur die Gesetze von Idee und Möglichkeit herrschten, eine geheime Zwiesprache zwischen ihr und Schneeklinge statt, ehe sich das Schwert auf eine Weise verwirklichte, die ihnen beiden als die formvollendetste erschien. Ihr Leben oder das ihres Gegners waren nur verschiedene Blickwinkel in diesem Bild.

Bald merkte sie, dass Dougal ihr mit dem Schwert unterlegen war. Es war aber nicht seine schärfste Waffe in diesem Kampf, der weniger ein Ringen als die Umarmung zweier lange getrennter

Verwandter war. Irgendwann während dieser Umarmung neigte er das Haupt und hörte auf, Dougal zu sein: Vor ihr, mit dargebotenem Hals, stand Senator Tial, ihr Vater.

Du hast mich gefunden, schien auch er ihr zu sagen. Er breitete die Arme aus, um sie willkommen zu heißen. Er trug keine Waffen, doch die brauchte er nicht. Er parierte ihren Hass mit einem Lächeln, ihre Wut mit seiner Demut. Er war ihr Vater, der sie geliebt und die Wahrheit immer vor ihr verborgen hatte, um sie nicht zu verlieren – doch ohne zu ahnen, dass es die Saat dieser Wahrheit war, die in ihr gedieh und seine Frau das Leben gekostet hatte. Er bat sie um Verzeihung, und sie konnte ihn nicht töten. Sie ließ das Schwert sinken.

Dann verwehte ihr Vater in einem Sturm verschiedener Formen. Es war, als blätterte ein Betrüger schnell durch ein Kartenspiel: Sie sah Männer und Frauen und sogar Kinder; sie sah Odwyn und die wilde Frau, die Lesardre im Sommerland getötet hatte. Sie sah Menschen und Tiere. Wölfe, Füchse, Wild, Vögel jeder Größe und jeden Gefieders, sie sah Fealva und Eolyn. Und je länger sich der Wahnsinn hinzog, desto mehr schienen all die Gestalten zu einer einzigen zu verschmelzen und alle Farben in Weiß aufzugehen. Schließlich stand nur noch eine Gestalt vor ihr, und es war dieselbe wie zu Beginn – doch nicht Dougal.

Es war Lesardre. Er trug seinen Brustpanzer und sein geflammtes Schwert, und er lächelte wie in jener Nacht an dem See, in der sie bei Mondschein ihre Geheimnisse geteilt hatten.

Du hast mich gefunden.

Er warf sein Schwert weg und zog die schwarzen Handschuhe aus, legte Umhang und Rüstung ab und riss sich das Wams auf. Dann trat er vor sie, bleich wie der Tod von seiner flachen Brust bis zu seinem spinnwebfeinen Haar, und einen Moment war er so schön wie sein Schwert, so süß und bitter wie Gift.

Sie sahen sich in die Augen, er und sie. Dann streckte er die Arme weit aus und hieß sie ein letztes Mal willkommen.

Cassiopeia hob das milchweiße Schwert und stieß es ihm langsam ins Herz. Und in diesem Moment, in dem sie in ihn eindrang, glaubte sie, sich selbst in seinem Blick zu finden.

Es floss kein Blut auf ihre Hand. Helles Licht verschmolz Schwert und Erscheinung zu einem einzigen Wesen. Die Klinge drehte sich wie ein Schlüssel im Schloss. Dann änderte der Wechselbalg ein letztes Mal seine Gestalt und wurde zu dem Einen, dem Ersten, dessen Namen sie nicht kannte, warf die Hülle seines Fleisches ab und schwang sich empor – in all seiner Pracht.

NESEJA

Was ist passiert?, dachte Sarik.

Ich habe dich gefunden, antwortete das Irrlicht, und seine Stimme drang zu ihm wie von einem sehr fernen Ort.

Zu seinen Füßen lag April, zusammengekauert, die Knie zum Kinn gezogen. Er beugte sich über sie, um zu sehen, ob sie noch lebte.

Auch sie, dachte das Irrlicht. *Ihre Hand tat wieder weh. Es geht ihr jetzt besser.*

Sarik ließ den Blick über die verheerte Ebene schweifen – die brennenden Zelte, die Verletzten, die sich gegenseitig aus den Trümmern zogen oder die Gesichter im Schmutz verbargen – und erkannte, dass erst wenige Minuten seit der Vernichtung des Ordens vergangen waren; und nur Augenblicke, seit die Wesenheit ihn und April angegriffen hatte. Er erinnerte sich an ihre furchtbare Macht, und ihre Verachtung, wie ein Kind, das einen Käfer zertritt. Wohin war sie verschwunden?

Sie sind mir gefolgt, dachte das Irrlicht.

Gefolgt? Du meinst …

Alle. Sie machen mir Angst.

Da begriff Sarik.

Du warst gestürzt … Ich habe dich wieder aufgestellt.

»Du bist in Navylyn?«, rief er laut. »Aber wie ist das möglich?«

Die Tore waren offen, erwiderte das Irrlicht, als ob damit alles erklärt wäre.

»Und die Wesenheiten sind auch dort?«

Ich habe mich eingeschlossen. Sie wollen herein. Ich glaube, sie wollen mich holen.

Ihm fehlten die Worte. Es schien, als hätte das Irrlicht sie für den Moment gerettet, indem es die Aufmerksamkeit der Wesenheiten auf sich selbst zog – auf sich und den einzig verbliebenen Ort, von dem man den Zugang von dieser Welt zu den höheren Sphären kontrollieren konnte.

Was er nicht verstand, war, wie es dort aus eigener Kraft hatte eindringen können. Nur die Wesenheiten konnten das.

Zaghaft griff er mit seinen Sinnen in die Welt hinaus – und einen Moment war er so überwältigt von dem, was er sah, dass er zu träumen glaubte.

Wohin er seinen Geist auch sandte, überall traf er auf jenes Medium, das ihm so vertraut wie kein zweites war. Magie strömte in die Welt wie frische Luft durch ein offenes Fenster. Er atmete sie ein, schöpfte sie mit Lungen und Händen, und es war mehr, als er fassen konnte. Ihr Funkeln blendete ihn nach so langer Zeit der Entbehrung, doch sobald er sich daran gewöhnt hatte, sah er klarer denn je.

Sariks Geist suchte auf dem weiten Ozean aus Licht, und da entdeckte er es, in weiter Ferne: das Leuchtfeuer Navylyns, das so lange erloschen gewesen war; und davor, wie wütende Nachtschwärmer, die Wesenheiten, die es umkreisten.

Er suchte weiter, nach anderen Suchfahrern wie ihm, irgendwo auf der Welt – und er fand, dass mit der Zerstörung des letzten Ordens kaum eine Handvoll der stolzen Wesen, die sich einst die Mächtigen genannt hatten, geblieben war, und keiner von ihnen war in diesem Moment wach oder hier. Er war allein auf dem Ozean, und für einen Moment fühlte er sich sehr einsam.

Dann erregte ein Wirbel großer Macht über ihm seine Aufmerksamkeit; er bildete sich genau dort, wo die Sphären aufeinandertrafen und Wetterleuchten die Wolken erhellte. Er wuchs stetig an, und in seinem Inneren flackerte ein Feuer, dunkel und strahlend zugleich wie im Inneren einer Kerze.

Erst fürchtete Sarik, dass die Wesenheiten vielleicht einen weiteren Angriff vorbereiteten – dann erkannte er seinen Irrtum.

Eine Stimme sprach zu ihm aus dem Zentrum des strahlenden Dunkels.

SARIK, sagte sie. DU BIST HIER

Er zuckte zusammen, denn so allgewaltig und majestätisch die Stimme auch klang, er erkannte sie. Das letzte Mal hatte er sie in einer Halle blinder Spiegel gehört. Damals hatte sie gesagt, er solle Vertrauen haben.

Er sah ihn vor sich, wie er lächelte und dann in die Leere hinaustrat.

Was Korianthe prophezeit hatte, war eingetreten.

»Zearis!« Er sprach laut, um nicht den Verstand zu verlieren.

NICHT ZEARIS, hallte es durch seinen Kopf.

Er dachte an seine Wiederkehr, und an den Krieg, den die Mächtigen gegen ihn führten, während Zeona und er sich versteckt hielten, sie aus Angst, er aus Schuld.

»Neseja ...«

NESEJA WURDE ZWEIMAL GEBOREN UND ZWEIMAL GEMORDET. ZWEIMAL BIN ICH NUN WIEDERGEKEHRT

Einen kurzen Moment war alles wie damals, als wären all die Jahrhunderte niemals vergangen. Die Welt war jung und voller Möglichkeiten, und er nur ein unerfahrener Zauberer, reich an Begabung, doch ohne Vernunft.

»Es tut mir leid. Glaub mir, könnte ich es ungeschehen machen – meinen Fehler damals im Palast der Spiegel –«

Doch die Stimme war nicht an seinen Beteuerungen interessiert.

ICH BIN INS ZENTRUM DER LEERE GEREIST. ICH HABE DIE DUNKELHEIT HINTER DEN STERNEN GESCHAUT

»Ich würde es ungeschehen machen!«, rief Sarik. »Um nicht zum Verräter an dir zu werden – meinen Freund nicht derselben Machtgier zu opfern, die schon Lyora Anan das Leben kostete, und so viele nach ihr.«

EIN LEBEN IST OHNE BELANG – ICH HABE ZEHNTAUSEND LEBEN GELEBT

Die Wechselbälger, dachte Sarik. Es überstieg jede Vorstellungskraft: Nesejas Innerstes, zehntausendfach gespalten, jahrhundertelang über die Welt verstreut; zehntausend Seelen, die nicht Tod noch Mitleid kannten und niemals in ihrem Leben erfuhren, wer oder was sie eigentlich waren, während die Welt um sie nichtsahnend in Schlaf fiel.

Sarik bewunderte und verabscheute seinen Freund für das, was er vollbracht hatte.

»Zeona hatte recht«, sagte er schließlich. »Du hast aufgehört, zu lieben, und es hat dich verschlungen. Du hast die Leere und den Zorn der Wesenheiten überlebt, doch den wichtigsten Teil deiner selbst hast du verloren. Was ist nur aus dir geworden? Du bist nicht mehr der Freund, den ich einst kannte.«

LIEBE UND FREUNDSCHAFT SIND OHNE BELANG

»Auch ich habe das einmal geglaubt«, sagte Sarik. »Doch wozu hat es geführt? Sieh dir an, was du getan hast – was aus uns geworden ist! Du hast ein großes Dunkel über die Welt gebracht.«

DAS DUNKEL, IN DEM IHR LEBT, IST EUER EIGENES, widersprach die Stimme. DIE WESENHEITEN HABEN EUCH IHR LICHT VORENTHALTEN, UND IHR WART DAMIT ZUFRIEDEN – IHR LEBT IM GLANZ EINER FALSCHEN SONNE

Sarik spürte, wie die Stimme über ihm anschwoll, zu strahlen begann und sich anschickte, hervorzubrechen.

Und weil er nicht wusste, was dann geschehen würde, hob er die Arme und griff mit seinem Geist in die Wolken hinein; versuchte, sie daran zu hindern. Mit all seiner neuen Macht griff er zu – und einen Moment, in dem sie miteinander rangen, glaubte er tatsächlich, er könnte gewinnen.

Die Wolken über der Ebene brodelten auf. Dann glommen sie mit der eisigen Helligkeit von Sonnenschein auf einem Gletscher, bis sie an ihrer eigenen Glut zu zerbersten drohten. Ein einzelner Lichtstrahl, zart wie Spinnenseide, fiel durch den Riss, dann waren es zwei, dann klafften die Wolken weit auf, und Bündel elfenbeinernen Lichts fuhren tausendfach herab und wanderten über die Welt, als wollten sie ihre Form mit den Fingern ertasten.

Sarik taumelte zurück.

ICH BIN DAS LICHT HINTER DEN WOLKEN, sagte die Stimme, DIE SONNE JENSEITS DER NACHT – ICH BIN DER ANBEGINN DER NEUEN ZEIT

Das Licht liebkoste die Ebene, und selbst die verwundeten und verzweifelten Krieger des Kaisers standen wie vom Schlag gerührt, um die Schönheit des Schauspiels in sich aufzunehmen.

Aus den Augenwinkeln sah Sarik, dass auch April erwacht war. Er ging zu ihr und half ihr auf. Sie blickte mit großen Augen an sich herab und bewegte zaghaft ihre rechte Hand, als hätte sie sich verletzt. Dann schloss sie Sarik fest in die Arme. Blinzelnd, verängstigt ließ sie den Blick über die Ebene schweifen, während sie langsam zum Steinkreis zurückwichen.

Das Licht füllte die Ebene nun aus wie ein kaltes Meer, und jeden Moment würde dieses Meer erstarren und sie für immer unter seinem Eisesglanz begraben.

»Du musst ihm helfen«, sagte April.

»Was?«, fragte Sarik. »Wem muss ich helfen?«

»Schneeweiß«, sagte April. »Spürst du es nicht? Es hat große Angst.«

Ich habe dich gefunden, dachte das Irrlicht. Es klammerte sich an die Figur des Zauberers in den Hallen des Schicksals wie ein Kind an sein Spielzeug, während draußen die Wesenheiten gegen die Tore brandeten. Eine Weile hatte es nach sich selbst gesucht, doch vergebens. *Wir waren verloren, als wir uns das erste Mal trafen, du und ich. Erinnerst du dich jetzt wieder?*

Du kamst im Blauen Wald zu mir, antwortete Sarik, als das Wissen zu ihm zurückkehrte. Nachdem Korianthe den Bann auf mich legte. Ich dachte, dass du schon immer dort warst.

Nein. Es war immer dein Wald. Ich war dir so dankbar, als du mich einließest.

Das Irrlicht sandte Sarik eine schnelle Flut von Bildern: die Ausweglosigkeit eines tiefen Waldes, verstörende Eindrücke einer alten Einheit, die zersprang, die Erinnerung an eine übermächtige Gefahr – und an das Dunkel.

Da waren zwei, dachte es. *Zwei von uns: Dunkel und Licht.*

Zeig mir, was damals geschah, dachte Sarik und sank langsam zu Boden.

Und während die Bilder auf ihn einprasselten wie Regen, begann er sie zusammenzusetzen, mit demselben Geschick, mit dem er die einzelnen Tropfen eines Sturms befehligte.

Es sind zwei, die damals vor dem Hass der Mächtigen fliehen. Einst waren sie eins, doch der Eine wurde besiegt, und nun sind sie getrennt: Das Dunkel ist Wille und Ehrgeiz und Zorn; das Licht ist Liebe und Mitleid und Furcht. Die Verfolger lassen nicht von ihnen ab, es bleibt wenig Zeit, und sie müssen sich ein Versteck wählen.

Das Dunkel beschließt, sich im Leben selbst zu verstecken. Es zerschlägt sich, ein ums andere Mal, und fährt in die Tiere des Waldes ein.

Das Licht ist entsetzt. Es muss ebenfalls zerbrechen, doch auf keinen Fall will es denselben Weg wie das Dunkel beschreiten. So wird es selbst zu Leben, obgleich zu einer eigenartigen Form von Leben. Im Gegensatz zum Dunkel aber ist es sich in seiner einsamen Vielfalt nicht genug – es sehnt sich nach der Gesellschaft von einem, der einst sein Freund war.

Ich verstehe, dachte Sarik. Du bist es – das letzte Stück, das noch fehlt.

Du bist das Licht.

Ich habe lange gesucht, dachte das Irrlicht. *Und dich gefunden.*

Jahrhundertelang hatte es sich bei ihm versteckt; all die anderen Irrlichter im Blauen Wald waren nur Facetten, Spiegelbilder seiner selbst. Sarik dachte daran, wie es ihn erst von seiner Reise hatte abbringen wollen und ihm dann doch immer den Weg gewiesen hatte. Wie Zeona es harsch abwies, und es jede Begegnung mit Korianthe vermied; und wie es Ycille und ihn aus der Finsternis geführt hatte.

Du warst immer ein guter Freund, dachte Sarik.

Mein einziger, dachte das Irrlicht, *und ich liebe dich.*

Ein Beben erschütterte die Tore, sodass die Figuren in den Kammern aus Porzellan erzitterten.

Wirst du mir helfen?

Dir helfen?

Ich habe Angst vor dem, was sie tun werden, wenn sie hier eindringen. Nicht nur mit uns – sondern allen. Verstehst du? Sie empfanden nie Liebe für diese Welt.

Sie sind nicht alleine dort draußen, nicht wahr?

Nein, dachte das Irrlicht. *Das sind sie nicht – der* Andere *ist mir auch gefolgt.*

Er ist das Dunkel.

Vor den Toren des Schicksals tobte ein furchtbarer Kampf.

Und das Dunkel sprach zum Licht: *Lass mich ein! Du bist wie ich. Vereine dich mit mir!*

Nein, sagte das Licht.

»Sarik«, sagte April und schüttelte ihn. »Sie kommen zurück!«

Sarik schlug die Augen auf und versuchte sich zu orientieren. Einen Moment war ihm schwindlig. Dann erhob er sich und klopfte sich den Staub vom Umhang, während die Wesenheiten ihre feurig goldenen Schweife über den Himmel zogen.

»Ich werde dir helfen«, murmelte er und holte tief Luft.

Dann hob er die Arme und befahl den Wolken, wie er es immer getan hatte.

Er legte den Kopf in den Nacken und schloss die Augen, dachte an seinen Traum von dem Dorf, dem er Regen brachte, doch diesmal war es kein Lachen, das sich in seiner Kehle Bahn brach, und die Feuchtigkeit auf seinem Gesicht war eine andere.

Wo bist du?, rief er das Irrlicht.

Bei dir, antwortete es. *Wo ich immer bin*. Und er spürte, wie das Irrlicht irgendwo dort draußen ihm half. Sie waren eins in diesen Sekunden; und mit der geballten Macht Navylyns im Rücken war es Sarik, als könnte er Welten bewegen.

Die dunkle Decke über der Welt begann sich wieder zu schließen, und der Spalt dahinter mit ihr. Die Wolken flackerten wie im Todeskampf.

Die Wesenheiten merkten, was er tat, doch sie kamen zu spät. Ein Wind erhob sich und fegte ihre goldenen Funken vom Himmel. Einige verharrten noch einen Moment wie Glühwürmchen, ehe sie die Gefahr erkannten und abdrehten. Sie flohen – und was immer von Neseja geblieben war, nahmen sie mit sich.

Das Licht hinter den Wolken erlosch.

Der Wind aber steigerte sich zu einem Sturm, der sie alle in die Weite des Himmels zu entreißen drohte. Sarik stand mit gespreizten Beinen auf dem Hügel, Tränen auf dem Gesicht. April klammerte sich an einen der Steine.

Dann war es vollbracht: Der Spalt schloss sich, das letzte Wetterleuchten verglomm und Dunkelheit senkte sich auf sie herab. Nichts war von dem überirdischen Schauspiel geblieben.

Sarik sank auf die Knie.

Die Wesenheiten hatten diese Sphäre verlassen – und mit ihnen war auch die Magie gegangen, die für viel zu kurze Zeit wiedergekehrt war; ein flüchtiger Traum. Die Pforten zu den höheren Sphären waren geschlossen, und alles bot sich Sarik wieder so dar, wie er es nie mehr hatte sehen wollen.

»Was habe ich nur getan«, flüsterte er.

Im Geiste rief er nach dem Irrlicht, doch die Hallen von Navylyn schwiegen.

DIE BEFREIUNG DES NORDENS

Die Gesichter der Männer und Frauen waren verbittert und unbeirrt, als sie in die Ebene ritten. Es waren etwas über viertausend: Menschen, Fealva, auch Alte und halbe Kinder waren dabei. Die wenigsten trugen eine Rüstung, und viele waren nur mit selbstgeschnitzten Spießen und Hacken bewaffnet. Der Schlafmangel war ihnen anzusehen, und die wenigen Pferde waren nassgeschwitzt und ausgezehrt. Für gewöhnlich hätte ein General angesichts einer solchen Armee den Kampf abgeblasen. Doch dies war kein gewöhnlicher Kampf. Jeder Einzelne, der da auf dem nördlichen Kamm Position bezog, war fest entschlossen, weiterzumachen und erst aufzugeben, wenn sich seine Hoffnung auf eine neue Welt zerschlagen oder erfüllt hatte. Weder Müdigkeit noch Schmerzen, und auch nicht die unheimlichen Wettererscheinungen der letzten Stunden, konnten ihnen diese Hoffnung nehmen.

Der Plan hatte vorgesehen, dass Janner und seine Reiterstaffel als Erste zuschlugen. Sie sollten die Aufmerksamkeit auf sich ziehen und das imperiale Lager in weitem Bogen von Osten angreifen, mit den Hügeln, wo sich der Steinkreis und der Geheimgang zum Orden befanden, als Rückzugspunkt. Die Fußtruppen wurden von dem abtrünnigen pherenidischen General Atior und dem Sohn des letzten Präfekten von Tered Nimley angeführt. Sie sollten im Schutz des Ordens vorrücken und dann mit kurzer Verzögerung von Norden und Westen her angreifen. Auf diese Weise wollten sie die kaiserliche Armee zwischen sich aufreiben und ihr keinen anderen Rückzugsweg als zum Meer offen lassen, wo die ersten Späher zur Stunde schon auf der Suche nach ihren Schiffen sein sollten.

Doch wie so häufig in der langen Geschichte des Krieges wurde ihr Plan hinfällig, kaum dass es daranging, ihn in die Tat umzusetzen.

Die Ebene wirkte, als ob ein flammender Riese durch sie gestapft wäre. Ein starker Wind trieb Rauch und Wolken vor sich her. Wo sich der Orden befunden hatte, klaffte nur noch ein tiefer, qualmender Krater im Boden, und Janner fühlte, wie ihm das Herz sank und aller Mut ihn zu verlassen drohte. Das Heerlager war völlig verwüstet: Die meisten Zelte waren abgebrannt oder wurden gerade hastig geräumt. Die Disziplin der kaiserlichen Truppen, das wurde schnell offenbar, hing nur noch an einem seidenen Faden; und kaum dass sie die ersten Reiter auf dem Kamm entdeckten, ließen viele ihr Gepäck und ihre verwundeten Kameraden einfach liegen und nahmen Reißaus. Nur eine einzige Kohorte von etwa vierhundert Mann bezog trotzig am Südrand des Lagers Position.

»Kesselt sie ein«, sagte Janner grimmig. »Bietet ihnen an, sich zu ergeben, wenn sie so weit sind.« Er durfte sich jetzt nicht von seiner Sorge um April leiten lassen – erst musste dieser Kampf zu Ende gebracht werden. An seiner Seite ritt Toska, der ihm knapp zunickte und die Befehle mit Handzeichen und Flaggen an die anderen weitergab. Dann hoben sie die hastig zusammengenähten Banner Teverals, die nicht viel mehr als schmutzigblaue Lumpen mit einem hellen Fleck darauf waren, der die aufgehende Sonne darstellen sollte, und ritten in die Ebene.

Nach kaum einer Stunde war der Kampf vorbei. Die Truppen des Kaisers gaben auf, als die ersten Offiziere gefallen waren. Viele Soldaten waren so verstört, dass sie gleich zu Beginn überwältigt und entwaffnet werden konnten. Sie phantasierten von einer furchtbaren Katastrophe, die sich vor wenigen Stunden ereignet hatte, und schienen sich nicht darum zu kümmern, was aus ihnen wurde. Es war wie ein Wunder.

Der Kaiser, das sprach sich bald herum, war tot, auch wenn es sehr widersprüchliche Berichte über sein Ende gab. Seine Leibgarde, die als ebenso unbezwingbar wie loyal galt, hatte gar nicht erst in die Schlacht eingegriffen und sich ergeben. Die Karsai sagten, der geeinte Gott habe ihren Herrn für seinen Frevel gerichtet. Eine Handvoll Deserteure war offenbar schon heute früh zur Küste aufgebrochen.

General Atior hätte am liebsten sofort die Verfolgung aufgenommen, aber die Männer waren vom Gewaltmarsch der letzten Tage völlig erschöpft und konnten sich jetzt, da die Schlacht, der sie so lange entgegengefiebert hatten, geschlagen war, kaum noch auf den Beinen halten. Weil sie aber auch nicht in dieser unheimlichen Ebene lagern wollten, die immer noch von vereinzelten Erdstößen erschüttert wurde, vereinbarten sie einen Treffpunkt gut zwei Stunden südlich von hier.

Endlich machte sich Janner auf die Suche nach April. In seinem Kopf malte er sich verschiedenste Schrecken aus: Sie war noch im Orden gewesen, als sich die Katastrophe ereignete. Sie war durch den Geheimgang entkommen, aber der Armee in die Arme gelaufen. Sarik hatte etwas mit ihr getan, und –

Doch für Janner vollzog sich an diesem Tag ein zweites Wunder: Er fand April mitsamt ihrem Zauberer fast genau dort, wo er sie verlassen hatte, an der Flanke des Hügels. Sarik lag reglos am Boden. April saß etwas abseits und blinzelte in die Sonne, die gerade durch die dunklen, schnell ziehenden Wolken brach. Der Wind fuhr ihr durch das Haar, und als sie ihn entdeckte, da lächelte sie. Sie war fast genauso schmutzig wie er, und aus irgendeinem Grund hatte sie ihr Schwert nicht bei sich.

Wortlos stieg er ab und trat zu ihr. Sie blickte ihn immer noch an, als glaubte sie nicht recht daran, was sie sah.

»Bist du's wirklich?«, fragte sie. »Entschuldige, aber meine Augen haben mich heute schon einmal im Stich gelassen.«

»Ich bin's«, sagte er, und da stand sie auf und sie fielen sich in die Arme.

Später saßen sie um ein Lagerfeuer am Rande eines Waldes: April, Janner, Sarik und Toska, und eine Handvoll erschöpfter Männer auf der anderen Seite. Ihr Feuer war nur eines von vielen an diesem Abend, und um die meisten saßen Dutzende von Männern. Da sie mit leichtem Gepäck gereist waren, hatten sie den Großteil ihrer Vorräte mittlerweile aufgebraucht, und so gab es lediglich die Reste aus dem kaiserlichen Lager und das wenige Wild, das ihre Bogenschützen erlegt hatten. Trotzdem war es ein Festmahl. Sogar etwas pherenidischen Wein hatten sie, um ihren Sieg zu feiern, auch wenn Janner nicht mittrank.

Die Nachricht vom Tod des Kaisers hatte sich in Windeseile verbreitet, und morgen würde dank der freien Gilde die ganze Welt davon erfahren. Zwar wäre es besser für die Moral der Aufständischen gewesen, sagte Toska, der Kaiser wäre vor aller Augen gefallen statt unter ungeklärten, ja mysteriösen Umständen. Dennoch bedeuteten sein Tod und der Verrat selbst seiner Leibgarde einen schweren Schlag für das Imperium. Gull würde endlich seine Unabhängigkeit erlangen, und wahrscheinlich würden Glaive und andere Provinzen noch bis Jahresende folgen. Wer weiß, sagte Toska, gut möglich, dass dies das Ende des Strahlenden Reichs war, wie sie es gekannt hatten – und dass Pherenaïs nichts von seinen Kolonien auf dem Festland blieb. Es würde viel davon abhängen, wie der Rat von Melnor sich entschied.

Morgen sollten Atior und etwa hundert Mann nach den geflüchteten Soldaten und ihren Schiffen suchen und sicherstellen, dass sie Teveral verließen – so oder so. Die restlichen Männer und Frauen würden in ihre Heimatdörfer zurückkehren. Es war viel in Bewegung, sagte Toska. Schon bald hätte Teveral wohl eine richtige Hauptstadt mit einer gewählten Regierung. Man sei sich nur noch nicht einig, wer das alles organisieren sollte. Es bräuchte nun eine Art Übergangsrat, der die zerstrittenen Milizionäre und Dorfvorsteher koordinierte.

»Ich könnte mir wenig geeignetere Leute vorstellen als dich«, sagte April.

Toska zuckte die Schultern und lächelte sein verschmitztes Lächeln. »Sannah drängt mich, dass wir weiter nach Norden gehen. Sie will ans Meer. Wie steht es mit euch? Schließlich wart ihr mal Volkshelden. Und von diesem Tag heute wird man sich noch lange erzählen.«

April schmiegte sich in Janners Arme. »Wir wollen nach Fængos. Richtig?« Sie hob den Kopf, und er gab ihr einen Kuss.

»Richtig«, sagte er.

»Soll ein schönes Land sein, besonders im Sommer«, meinte Toska.

»Unser Kind soll in einer friedlichen Gegend aufwachsen«, sagte April, und Toska grinste und hob seinen Becher.

»Also doch«, sagte er. »Gratuliere! Ich schätze, damit sind eure Tage als Vogelfreie gezählt.«

Janner zuckte entschuldigend die Achseln, und sie stießen an.

»Glaub mir, es ist es wert«, sagte Toska.

Eine Weile schwiegen sie, dann richteten sich die Blicke auf Sarik, der still in die Glut starrte.

»Was ist mit Euch, Zauberer?«, fragte Toska, und Sarik zuckte zusammen.

»Mit mir?«, fragte er.

Toska nickte. »Ich habe schon viel von Euch gehört. Janner hat mir erzählt, dass Ihr April geholfen habt, ihn aus dem Kerker zu befreien. Und von Euch stammte doch auch dieser Nebel, der uns in Trestin die Flucht ermöglicht hat … oder?«

»Das ist richtig.«

»Wollt Ihr uns nicht erzählen, was auf dem Schlachtfeld wirklich passiert ist? Wenn es jemand weiß, dann doch wohl Ihr.«

»Die alte Magie füllte für kurze Zeit wieder die Welt«, sagte Sarik. »Doch nun ist sie für immer verschwunden.«

»Einige der Gefangenen behaupten, der Zorn der Götter hätte den Orden getroffen.«

»Wir haben sie nie so genannt«, erwiderte Sarik. »Doch es stimmt, was Ihr gehört habt.«

Toska kniff die Lippen zusammen und warf April und Janner einen fragenden Blick zu, doch sie gaben keine Antwort. April schaute schweigend ins Feuer, und Janner strich ihr durchs Haar.

»Nun«, sagte Toska und versuchte zu grinsen, »die Prophetin sagt, es gibt Götter wie Blätter an den Bäumen, und nur der Blick in unsere Herzen kann uns sagen, was sie wirklich von uns erwarten. Ich glaube nicht, dass die Götter des Strahlenden Reichs und ich uns viel zu sagen hätten.«

»Götter werden Euch nicht mehr behelligen«, sagte Sarik. »Dessen könnt Ihr gewiss sein. Euch und niemanden sonst auf der Welt. Nun liegt es an euch.«

Toskas Lächeln erstarb. Er wandte sich wieder an April und versuchte, das Thema zu wechseln. »Sag, was wurde eigentlich aus den anderen, die mit dir gingen? Ich weiß, dass Horb es nicht geschafft hat … Janner hat es erzählt. Was wurde aus Edric?«

»Er ist in Garion geblieben«, sagte April. »Er war zu schwer verwundet. Sonst hätte er dich sicher gern wiedergesehen.«

Toska schnalzte mit der Zunge. »Und ich habe mich aus dem Staub gemacht, statt euch zu helfen. Es tut mir sehr leid.«

»Du musstest an deine Familie denken«, sagte April. »Du hast das Richtige getan.«

»Vor allem hast du das gemacht, was ich gesagt habe«, erinnerte ihn Janner. »Im Gegensatz zu einer gewissen anderen Person.« Sie lachten kurz auf.

»Und Cassiopeia?«, fragte Toska. »Was wurde aus ihr?«

Da verkrampfte sich Aprils Hand um Janners Arm, und sie wandte den Blick ab.

»Oh, ich sehe schon, ich bin schon wieder in ein Fettnäpfchen getreten«, murmelte Toska und bettete sich auf seine Satteltaschen. »Wisst ihr was, ich haue mich jetzt eine Weile hin. Weckt mich, wenn ihr jemanden für die Wache braucht, ja?«

»Danke, Toska«, sagte Janner.

Eine Weile saßen sie schweigend da und lauschten auf die Stimmen und die Freudenrufe an den anderen Feuern, die sich am Waldrand entlang bis weit in die Nacht zogen. Jemand hatte eine Handtrommel und eine Schalmei dabei und spielte ein paar einfache Tänze. Dann begannen die Musiker, um die Feuer zu ziehen, und entfernten sich immer weiter. Die meisten Männer in der Nähe schliefen schon. Nach einer Weile begann auch Toska zu schnarchen.

»Glaub mir, ich hatte nicht damit gerechnet, sie hier noch einmal zu sehen«, sagte Janner schließlich, und April richtete sich etwas auf und griff nach dem Wein. »Dabei hätte ich es eigentlich wissen sollen. Geht es dir denn wirklich wieder gut?«

»Ja«, sagte sie. »Manchmal spielen mir meine Augen noch einen Streich, aber es ist schon viel besser. Heute Mittag waren noch überall bunte Flecken, wie wenn man zu lange in die Sonne gestarrt hat.«

»Was macht deine Hand?«

Unbehaglich rieb sie sich das Gelenk. »Kribbelt noch etwas, aber das ist alles.«

»Cassiopeia hat sie dir wirklich …?«

»Ich war vorhin noch sehr durcheinander«, wiegelte sie ab. »Wahrscheinlich habe ich mir vieles von dem, was heute passiert ist, nur eingebildet.«

Sie und Sarik warfen sich einen langen Blick zu, der Janner nicht entging.

»Und dein Schwert? Du hast gesagt, sie hat es dir abgenommen.«

»Das hat sie auch. Ich verstehe nur immer noch nicht, warum.«

»Er hat es gebraucht«, sagte Sarik. »Sie muss es für ihn geholt haben.«

»Er?«, fragte April.

»Der Magier, der das Schwert einst schmiedete.«

»Er war da?«, staunte April. »Bei der Schlacht?«

»Er war der Grund der Schlacht«, sagte Sarik.

»Ich verstehe nicht«, sagte April.

»Sein Name war Zearis«, sagte Sarik, ohne sie anzusehen. »Er war einmal einer von uns. Doch das reichte ihm nicht. Er tötete eine der Wesenheiten, um ihren Platz einzunehmen.«

Janner wollte etwas sagen, doch April fasste ihn am Arm.

»Das alles geschah vor sehr langer Zeit«, fuhr Sarik fort. »Doch es wurde nicht vergessen. Korianthe öffnete die Pforten, weil wir uns in ihren Augen versündigt hatten. Sie dachte, unser aller Tod sei der einzige Weg, die Wesenheiten zu versöhnen und die alte Ordnung wieder einzusetzen – deshalb rief sie sie zu uns.«

Er ließ den Kopf hängen.

»Lange Jahre dachte man, er sei besiegt worden. Doch in Wahrheit gab er seine alte Existenz nur auf und lebte fort, in Gestalt der Wechselbälger, um sich vor unserem Zorn und unserem Neid zu verstecken.«

»Odwyn«, sagte Janner. »Heißt das, auch er hat uns die ganze Zeit beobachtet … wegen des Schwerts?«

»Beobachtet ein Weizenfeld die Sonne, die über ihm scheint?«, erwiderte Sarik. »Ein Wald den Regen, der auf ihn fällt?«

April dachte an den Kampf um das Depot zurück, und an den Eolyn in Thain. »War der Magier ein Eolyn? Mit weißem Haar?«

»Zearis war nicht Eolyn noch Mensch. Nicht Magier noch Gott. Erst gab es keinen Platz für ihn; dann versuchte er, alles zu sein, und ist daran gescheitert. Ich frage mich, was aus ihm wurde, und wo er jetzt ist.«

»Aber wozu das Schwert?«

»Ich bin mir nicht sicher«, gestand Sarik. »Doch du kennst die Geschichte: Es hat ihm schon einmal alles gewonnen und alles genommen. Es war sein Anfang und sein Ende, sein Meisterstück; und er hat es vor uns allen versteckt. Ich nehme an, dass das Schwert so etwas wie der Schlüssel war, der ihn befreien sollte. Das letzte Stück eines Mosaiks – seiner selbst. Zumindest scheint er das geglaubt zu haben. Korianthe hat es geglaubt, und es als Lockmittel benutzt.« Er schüttelte unmerklich den Kopf. »Ich frage mich, ob er *wollte*, dass sie es glaubt, damit sie das Schwert für ihn findet – während er dafür sorgte, dass jemand bereit stand, die Finderin zu bezwingen. Vielleicht wollte er auch bloß verhindern, dass jemand von uns die Wahrheit erkennt. Falls er sie denn selbst kannte.«

»Die Wahrheit?«, fragte April leise. »Was war die Wahrheit?«

»Die Wahrheit«, sagte Sarik, »war, dass es noch einen weiteren Teil von ihm gab. Einen sehr alten Teil, an dem die Zeit ebenso vorüberging wie an mir – und der genauso vergessen wurde. In einem hatte Korianthe recht: Es war immer sein Plan gewesen, seine alte Größe wiederzuerlangen und die Hallen des Schicksals einzunehmen. Er war eine Wesenheit – er konnte das. Doch er kam zu spät. Genau wie alle anderen.«

»Ich verstehe nicht ganz«, sagte Janner.

»Schneeweiß«, flüsterte April. »Schneeweiß war einmal ein Teil von ihm?«

»All das, was ihn zu meinem Freund machte«, murmelte Sarik. »Oder was davon blieb.«

»Warum hat es sich dann nicht mit ihm vereint?«

»Weil es das nicht wollte.«

»Ich habe es gespürt«, sagte April. »Es hatte furchtbare Angst.«

»Vor ihm und dem, was aus ihm werden könnte. Und aus der Welt. Es hatte gesehen, was die Wesenheiten anrichten konnten. Es hat die Toten und die Verwundeten gesehen. Es hat ihre Schmerzen und ihre Angst gespürt.«

»Dann hat Schneeweiß die Pforten geschlossen?«

»Wir haben sie gemeinsam geschlossen«, sagte Sarik. »Und die Wesenheiten standen vor der Wahl, diese Welt abermals zu verlassen – oder auf ewig in ihr gestrandet zu sein.«

»Moment mal«, unterbrach Janner. »Soll das heißen, die Hallen des Schicksals sind nicht nur eine Legende? Es gibt sie wirklich?«

»Sie sind wirklicher als ich«, sagte Sarik. »Es gibt mehr Welten dort draußen, als du dir denken kannst.«

»Und das Irrlicht ist jetzt da drin?«, hakte er nach. »In den Kammern aus Porzellan? Und spielt mit meiner Figur?«

»Es hat mich gerettet«, erinnerte ihn April. »Und Sarik. Uns alle!«

»Ich glaube nicht, dass du etwas von ihm zu befürchten hast«, sagte Sarik. »Oder sonst irgendwer. Es hat, könnte man sagen, ein gutes Herz.«

»Es ist ein Irrlicht«, widersprach Janner.

»Es ist nichts anderes als Herz. Zearis' Herz.« Sarik strich seinen Umhang glatt. »Außerdem weiß ich nicht, ob irgendetwas, das in den Hallen geschieht, noch eine Wirkung auf uns haben wird. Es gibt einfach nicht mehr genug Magie auf der Welt. Vielleicht wird dein Kind schon nicht mehr wissen, dass es sie je wirklich gab.«

Er warf April einen langen und nachdenklichen Blick zu.

»Es fällt mir schwer, das zu glauben«, versuchte sie ihn zu trösten. »Nach allem, was wir die letzten Monate erlebt haben! Du bist immer noch ein großer Zauberer. Du sprichst mit den Elementen. Und was ist mit den Lagandæern und der freien Gilde? Wir haben ihre Telegraphen gesehen.«

»Sie sind die Ausbeuter, die das letzte Gold aus einem alten Fluss waschen«, sagte Sarik. »Aber große Magie? Wie das Schwert, das du getragen hast? Oder der Nebel und der Sturm, die ich dir schenkte? Das ist vorbei.«

Er starrte auf seine Hände. »Eine kurze Weile kehrte sie zu mir zurück, und ich fühlte mich wieder wie einst, an Nerians Hof. Als all die Möglichkeiten, wie ein Regen fällt oder die Sonne mich wärmt oder der Wind mir durchs Haar fährt, noch grenzenlos waren. Heute bleibt mir nur noch das wenige, das in mir fortlebt, und die Erinnerung. Vielleicht wird es noch einen letzten Regen für mich geben, noch einen Sonnenschein, und einen Wind. Doch dann …«

Er blickte April wieder an. »Spürst du es denn nicht?«

»Was soll ich spüren?«

»Du hast das Schloss und das Schwert darinnen gesehen. Seit deiner Kindheit schon. War es nicht hell wie der Tag?«

»Es wurde anders, sobald ich das Schwert trug.«

»Und jetzt, da du es wieder verloren hast, April Schneeklinge?«

Sie schwieg verdutzt. »Du hast recht«, sagte sie dann. »Ich hatte es noch gar nicht bemerkt.«

»Was bemerkt?«, fragte Janner besorgt.

»Dass alles gut ist«, sagte sie und fuhr ihm über die Wange. »Alles ist gut.«

»Du siehst nicht wieder die Leere hinter der Welt?«, vergewisserte sich Sarik. »Dass sie so hohl ist wie ein alter Baum, ohne Mark, ohne Leben?«

April lächelte. »Nein«, sagte sie.

»Darf ich?«, fragte er und streckte die Hand nach ihrem Bauch aus. »Bitte?«

Sie zuckte erst zurück, dann zwang sie sich zur Ruhe und nickte.

Sarik legte die Hand auf ihr Hemd und schloss einen Moment die Augen. Als er sie wieder öffnete, lag ein seltsamer Schimmer in ihnen.

»Ah«, sagte er und nahm seine Hand weg. »Ich verstehe.«

Verunsichert schaute April den Zauberer an.

»Was?«, fragte Janner wieder. »Was ist mit ihr?«

»Es ist das Kind, das sie unter dem Herzen trägt. Als sie Schneeklinge trug, war sie geblendet von ihrem Glanz. Jetzt ist es das Licht ihres Kindes, das sie erfüllt.«

April errötete. »Wie ich schon sagte, unser Kind soll in einer friedlicheren Welt aufwachsen …«

»Du verstehst nicht«, unterbrach Sarik. »Unsere Zeit läuft ab. Die letzten von uns, die noch hier sind, werden irgendwann alt werden und sterben, genau wie Toska und Janner und du. Andere haben sich schon so weit von dieser Welt entfernt, dass es bald keinen Weg mehr von ihnen zu uns geben wird. Wieder andere schlafen und werden nie mehr erwachen. Dich aber rief Zeona mit der größten Gabe ins Leben, die diese Welt noch zu geben hatte.«

April fuhr zusammen, als hätte sie etwas gestochen. »Ich möchte nicht mehr darüber reden.«

»Korianthe sagte einmal, in der Alten Zeit wärst du eine von uns gewesen. Doch etwas ist anders – denn du wirst ein Kind zur Welt bringen, was keiner Mächtigen mehr vergönnt war, seit die Magie uns verließ. Vielleicht bist du schon zu sehr Mensch, oder etwas völlig Neues …«

»Sarik …«

»Dein Kind könnte der letzte große Magier sein, der dieser Welt geboren wird. Der größte von allen.«

Eisiges Schweigen breitete sich aus, als ihnen klar wurde, was Sarik gerade gesagt hatte.

»Ist das dein Ernst?«, fragte Janner. »Unser Kind …?«

»*Ihr* Kind«, sagte Sarik. »Es spielt keine Rolle, wer der Vater ist.«

»Was soll das jetzt wieder heißen?«

»Nein!«, bat April. »Hör nicht auf ihn.« Sie wandte sich an Sarik und kniff die Augen zusammen. »Was du da sagst – es wäre mein Tod. Oder nicht? Ich müsste sterben bei der Geburt, damit es so käme. Mein Leben für seins! Genau, wie meine Mutter gestorben ist. Wer soll es diesmal machen? Du selbst?«

»Es tut mir leid«, sagte Sarik und wich ihrem Blick aus. »Ich dachte nur an die Möglichkeit …«

»Die *Möglichkeit?*«, schrie April, und Janner sah unwillkürlich nach Banneisen, das neben ihm am Feuer lag.

»Die Möglichkeit, die dein Sohn für diese Welt darstellt«, präzisierte Sarik.

»Mein *Sohn?*«, rief April.

»Es tut mir leid. Vergiss, was ich gesagt habe. Es geht mir nicht gut. Meine Gedanken verwirren sich.« Sarik erhob sich und ließ den Blick über die Feuer hinweg zum Wald schweifen. »Ich werde einen Spaziergang machen. Genießt den Abend! Vielleicht können wir morgen früh noch Lebewohl sagen.«

»Sarik …«

»Gute Nacht«, sagte er und ging davon.

Sie sahen ihm nach, und Janner spürte die Gänsehaut auf Aprils Armen.

»Ich traue ihm nicht«, sagte er. »Ich möchte nicht, dass du ihn noch mal in deine Nähe lässt.«

»Liebling«, sagte April und küsste ihn flüchtig. »Bitte mach dir keine Gedanken. Er ist sicher nur durcheinander.«

Janner warf einen argwöhnischen Blick in die Nacht hinaus. »Das über unser Kind … und deine Mutter …«

Sie legte ihm den Finger auf die Lippen. »Weißt du, in einem hatte er recht: Lass uns den Abend genießen. In Ordnung? Es ist ein guter Abend.«

Er nickte schließlich und verfolgte das Thema nicht weiter. Sie saßen noch eine Weile am Feuer und lauschten dem Gelächter und der fernen Musik.

Später weckten sie Toska und legten sich schlafen; aber erst, nachdem Janner noch einen zweiten Mann als Wache gewonnen hatte.

»Dein Vertrauen ehrt mich«, meinte Toska und rieb sich den Schlaf aus den Augen.

»Glaub mir«, sagte Janner. »Ich traue heute Nacht niemandem mehr.«

Am nächsten Morgen war April verschwunden.

Toska, bleich wie ein Laken, berichtete, er habe während seiner Wache ein Geräusch vom Wald her gehört und sich ein paar Schritte vom Feuer entfernt, doch nichts gefunden. Als er zurückkam, habe die zweite Wache geschlafen. Gerade, als er sie wecken wollte, sagte er, sei ihm gewesen, als wiche auf einmal alle Luft aus seiner Lunge, und er verlor das Bewusstsein.

Auch von Sarik fehlte jede Spur.

Janner schrie. Janner tobte. Er brüllte, er werde ihn umbringen, aber es war nicht ganz klar, auf wen er wütender war: Toska, die Wache, den Zauberer oder sich selbst. Es dauerte etwa eine Stunde, bis er sich wieder unter Kontrolle hatte. Zu diesem Zeitpunkt hatte er bereits das ganze Lager gegen sich aufgebracht.

Ein schlotternder Junge, der in der Nähe der Pferde geschlafen hatte, sagte, er habe nachts, als er kurz wach wurde, gesehen, wie zwei Gestalten auf einem Pferd aus dem Lager ritten. Es sei sehr neblig gewesen in diesen Stunden, daher wisse er nicht mit Sicherheit, um wen es sich handelte, doch die eine Gestalt sei kleiner gewesen als die andere, und es habe so ausgesehen, als schliefe sie in seinen Armen.

Er habe sie noch angerufen, doch da seien sie schon im Nebel verschwunden. Sie hätten die südliche Richtung eingeschlagen.

Da es der einzige Hinweis war, den Janner hatte, sattelte er sein Pferd und machte sich an die Verfolgung.

AM RANDE DES MEERS

Cassiopeia saß auf dem weißem Hengst am Rand der Klippe und schaute aufs Meer hinaus. Vor ihr in der Bucht lagen die Schiffe des Kaisers, und dahinter, am Horizont, kamen weitere Segel in Sicht.

Die Schiffe wurden nur von wenigen Männern bewacht und hatten noch nicht vom Tod des Kaisers und der Niederlage der Armee erfahren. Cassiopeias eigene Erinnerung an die Schlacht war bruchstückhaft wie die an einen Traum. Sie erinnerte sich noch an den Kampf, den sie focht; und wie der Wechselbalg sich ein letztes Mal verwandelte. Sie glaubte, sie hatte eine Stimme gehört, die aus den Wolken sprach, doch nicht zu ihr.

Eine Weile war sie verstört durchs Lager geirrt. Sie hatte gedacht, sie wäre wieder unsichtbar, musste aber ihren Irrtum erkennen, als man sie angriff. Etwas hatte sich geändert. Ihre Gabe, die seit ihrer Kindheit ihr Begleiter gewesen war, schien erloschen. Sie wusste nicht mehr, weshalb man sie angriff, oder was dann geschah, aber wahrscheinlich hatte sie den oder die Angreifer getötet.

Dann hatte sie sich am Südrand der Ebene auf Lesardres Hengst wiedergefunden und mit angesehen, wie die teverische Armee, wenn man sie denn so nennen wollte, das Lager überrannte. Das war also das Ende des Kaiserreichs, hatte sie gedacht. Was immer die Zukunft für den Norden und die Provinzen bereithielt – ihre Heimat würde in der Bedeutungslosigkeit versinken. Dann war sie davongeritten, Richtung Küste, und verbrachte die Nacht im Schutz eines Schreins, den wohl Pilger vor ein paar Jahren errichtet hatten.

Am Morgen hatte sie das Meer erreicht, an einer Stelle etwas zu weit östlich, wo die Klippen steil in die Brandung abfielen. Sie dachte an die Küste Leiengards, auch wenn hier hohe Gräser auf den Felsen wuchsen und die See matt und bleiern wie an einem Wintertag lag.

Da hatte sie bemerkt, dass sie immer noch das Schwert Schneeklinge trug. Doch wenn sie es in die Hand nahm, fühlte es sich viel zu leicht und zierlich an, und von der inneren Zwiesprache, die sie während des Kampfs mit Dougal gespürt hatte, war nichts mehr geblieben.

So nahm sie das Schwert und schleuderte es weit von sich. Es stürzte in funkelndem Bogen und verschwand lautlos in der Brandung unter ihr.

Dies war das Ende des Schwerts aus Eis und Mondlicht; und mit ihm endete auch die Geschichte der Schwertmagie.

Eine Stunde oder zwei ritt sie weiter die Klippe entlang, bis diese sich allmählich absenkte und sie voraus die Bucht entdeckte, in der sie vor über einer Woche geankert hatten. Zwei der Galeeren waren nicht mehr seetüchtig: Sie hatten ihre Masten und sämtliche Ruder und Bänke eingebüßt, sodass kaum mehr von ihnen geblieben war als der entkleidete Rumpf. Die anderen beiden Schiffe waren zwar intakt, doch ob die Männer sie noch einmal mitnehmen würden, stand auf einem anderen Blatt. Es gab wenig, was sie ihnen zu bieten hatte.

Als sie dann die Segel am Horizont entdeckte, beschloss sie, zu warten. Vielleicht erledigte sich das Problem ja von selbst.

Es war schon seltsam, dachte sie. Wieder einmal stand sie am Rande des Meers und wartete auf eine Überfahrt. Dabei hatte sie das Meer nie gemocht. Sie fragte sich, wohin sie fahren würde. Unwillkürlich musste sie an Iason denken und fühlte sich seltsam leer dabei.

Wie von ihren Gedanken heraufbeschworen, entpuppten sich

die ankommenden Schiffe als lagandæische. Die Männer unter ihr gerieten in Aufruhr, aber sie waren nicht genug, um auszulaufen, und hätten es wahrscheinlich ohnehin nicht weit geschafft. So konnten sie nur darauf hoffen, dass die Lagandæer ein anderes Ziel hatten, während Cassiopeia darauf hoffte, dass sie die pherenidischen Schiffe aufbringen würden. Mit Lagandæern würde sie schon irgendwie einig werden.

Vielleicht, dachte sie, konnten sie sie mit nach Davenport nehmen. Dort könnte sie in Ruhe überlegen, was sie anstellen sollte. Vielleicht hätte Iasons Familie ja Verwendung für sie oder könnte ihr eine Adresse nennen, wo sie Arbeit fand. In ein paar Jahren könnte sie zurück ins Reich und sehen, was von seinem Glanz geblieben war. Oder sie ginge nach Leiengard und bäte Meister Zymrist, sie zu einer der Wachen zu machen. Oder einer Kerem vielleicht, um weiterzugeben, was sie gelernt hatte.

Die Schiffe der Lagandæer gingen längsseits.

»Es ist seltsam«, sagte sie und strich dem Hengst über den Hals. »Fast vermisse ich ihn. Genau wie du.« Und es stimmte – ohne den Wechselbalg war ihr Leben ohne Bedeutung. Er war immer da gewesen, selbst als sie sich dessen nicht bewusst gewesen war: als ihr Vater, als dessen Mörder, und als ihr Verbündeter, als sie ihre Rache an ihm vollzog.

Vielleicht, dachte sie mit Blick auf das Meer, war es diese Leere, die sie nun empfand, die man als Freiheit bezeichnete.

Da eröffneten die lagandæischen Schiffe das Feuer.

Er erreichte die Küste am späten Nachmittag.

Außer einem winzigen Hof, in dem ein paar steinalte Leute zwischen mageren Hühnern und Ziegen lebten, hatte er keine Menschenseele getroffen, und die Bauern konnten ihm nicht weiterhelfen. Bald kam es ihm vor, als wäre er allein auf der Welt. Dann fand er die Schneise, die die Armee des Kaisers auf ihrem

Weg durch die Hügel getrampelt hatte, und folgte ihr weiter nach Süden. Eine unwirkliche Stimmung lag über dem Land, die Wolken zogen rasch über ihn hinweg, als wäre ihnen die Gegend nicht geheuer, und mehrmals glaubte er von fern Donnergrollen zu hören.

Er sah die Trümmer im Wasser treiben, noch ehe er den Rand der Klippe erreichte. Im selben Moment dämmerte ihm, dass es sich bei dem Lärm, den er gehört hatte, um Kanonendonner gehandelt hatte. Nichts sonst hätte die Galeeren dort unten derart gründlich in ihre Bestandteile zerlegen können. Und nicht nur sie – eine Salve hatte ein gutes Stück der Küste weggesprengt. Janner hatte noch nie eine Kanone abgefeuert, aber er nahm an, dass es gar nicht so leicht war, mit einer solchen zu zielen.

Er stieg vom Pferd und näherte sich vorsichtig dem Klippenrand, um nach unten zu sehen.

Die Bucht, gut dreißig Fuß unter ihm, war voller Treibgut von den Wracks. Mehrere reglose Körper lagen auf den Felsen oder wurden in der Brandung träge hin und her gespült. Ein paar Möwen balgten sich um etwas, bei dem es sich um einen Arm oder ein Bein handeln mochte. Ein Stück weiter den Strand hinauf lag der Kadaver eines weißen Pferds.

Janner wollte schon umkehren, als er leise Schmerzensschreie hörte. Sie kamen von direkt unter ihm, sodass er den Verletzten nicht richtig erkennen konnte, aber es klang wie eine Frau.

Von einer bösen Ahnung getrieben, suchte er nach einer Stelle für den Abstieg und kletterte die Klippe hinab. Einen Moment, als er in den Wurzeln eines windschiefen Holunderbuschs hing, hielt er verdutzt inne. Direkt neben ihm, zwischen den Wurzeln, steckte eine schwere Eisenkugel in der Felswand, größer als seine Faust.

So schnell er konnte, kletterte er weiter, dann erreichte er einen Absatz etwas oberhalb des Strands und lief zu der Stelle zurück, von wo er das Wimmern gehört hatte.

Dort, unter ihm, zwischen Stein und Geröll, fand er sie.

Er erkannte sie nicht gleich, denn sie war schmutzig und halb unter einem Felsen begraben. Ihre Augen waren aufs Meer gerichtet.

Langsam ließ er sich im Schneidersitz nieder und wartete, dass sie ihn bemerkte.

Cassiopeia wandte nur ein wenig den Kopf und lächelte.

»Ianus«, sagte sie.

»So sieht man sich wieder«, sagte er. Fragend schaute er sich um. »Was ist passiert?«

»Die verdammten Lagandæer«, versuchte sie zu scherzen.

»Schätze, sie wollten dich nicht mitnehmen.«

Sie schüttelte schwach den Kopf.

»Ich glaube, meine Beine sind gebrochen.«

Janner studierte den Felsen. »Du hast wahrscheinlich schon versucht, dich zu befreien.«

»Es geht nicht«, sagte sie.

»Der Felsen sieht schwer aus. Allein schaffen wir das nicht.« Suchend schaute er sich um. Sein Blick fiel wieder auf den Pferdekadaver. Es musste einmal ein sehr schönes Tier gewesen sein. Die Wellen leckten schon an seinen Hufen, und bald würde die Flut den Körper holen. Zwei Möwen hatten sich darauf niedergelassen und zupften an den Satteltaschen. Überall in der Umgebung lagen Spielkarten im Sand.

»Was nun?«, fragte sie leise. »Wirst du mich wieder im Stich lassen?«

Er schnaubte. »Geht es je um etwas anderes als dich?« Wütend warf er einen Stein nach den Möwen, die kreischend aufstiegen und sich dann wieder niederließen. »Was war denn mit mir, als ich deine Hilfe brauchte? Was war mit April? Du hast uns hintergangen. Mich hast du hängenlassen und sie beinahe umgebracht, und weshalb? *Wegen eines verdammten Schwerts!* Dann hast du damit, soweit ich das kapiert habe, fast die ganze Welt in den Abgrund gestürzt; und jetzt hat dieser wahnsinnige Zauberer April entführt, und ich muss sie finden, ehe er ihr was antut.«

»Hier sind sie nicht langgekommen«, sagte sie, und er dachte zuerst, sie mache sich über ihn lustig. »Ich hoffe aber, dass du sie findest.«

»Besten Dank.«

»Vielleicht war ich ja neidisch auf dich?«

»Wie bitte?«

Sie machte einen schwachen Versuch, sich aufzurichten, und zuckte zusammen. Dann ließ sie sich wieder fallen. »Du hattest das Leben, das ich nie führen konnte. Du hast alles gehabt, und hast es nicht mal gemerkt. April, und Schneeklinge … Siehst du es nicht? Du konntest immer tun und lassen, was du wolltest. Du musstest nie die Verantwortung tragen.«

»Du hast ja keine Ahnung, wovon du redest.«

»Du hattest sogar den Vater, den …«

»Fang bitte nicht wieder damit an!« Er stand auf und wischte sich die Augen. »Du und deine Geschichten! Wer wurde denn mit dem silbernen Löffel geboren? Nun schau, was aus dir geworden ist! Du hast dein ganzes Leben weggeworfen. Und weißt du was? Es ist nicht meine Schuld.« Er klopfte sich den Sand von der Hose. »Ich muss gehen«, murmelte er. »Die anderen werden bald hier sein. Wenn du Glück hast, sind sie schneller bei dir als die Flut.«

»Ianus!«, rief sie, und er blieb stehen.

»Du hast recht«, sagte sie. »Es tut mir leid.« Sie stockte, als sie von einem Hustenanfall geschüttelt wurde. »Wahrscheinlich ist es zu spät, von alten Fehlern zu reden. Eins wollte ich dir aber noch sagen.«

»Was wolltest du sagen?«

»Das, was ich dir in der Zelle erzählt habe«, sagte sie. »Über deinen Vater. Das habe ich nur erfunden.«

»Ach ja?« Er blickte skeptisch zurück.

»Ich war wirklich daheim und habe deine Tante Mirabelle getroffen. Aber sie hat nur von Tausenddorn erzählt, und wie sie sich für deine Mutter gefreut hat. Er war es, Ianus: Das war, was ich dir sagen wollte. Mein Vater war vielleicht Senator, doch deiner war ein großer Krieger, und ein Held. Du kannst stolz auf ihn sein.«

Er schwieg und scharrte mit dem Stiefel im Staub. »Warum hast du mir dann im Kerker was anderes erzählt? Du weißt schon. Dass alles ganz anders war?«

Sie hustete, und er wartete, bis sie wieder Luft bekam.

»Ich wollte dir weh tun«, sagte sie leise. »Es tut mir sehr leid. Ich war einfach so wütend auf dich.«

Er wischte sich wieder die Augen, dann nickte er. »Danke, dass du's mir gesagt hast.«

Das Scharren von Stiefeln auf Stein, das Rieseln von Kies, als er die Klippen erklimmt, dann das Wiehern seines Pferds. Sie trägt es ihm nicht nach, dass er geht; er hätte sie allein und in ihrem Zustand ohnehin nicht die Klippen hochziehen können. Mittlerweile spürt sie auch ihre Beine nicht mehr und hat fast keine Schmerzen. Bald würden die anderen kommen. Dann könnten sie sie befreien und gemeinsam ein Schiff besteigen. Egal wohin.

Die Flut spült eine Handvoll Karten heran. Sie kann sie nicht genau erkennen: Kelche, Schwerter und Arkana, es ist alles eins, denn es ist alles gesagt und alles geweissagt, und es ist ein befreiendes Gefühl, dass es so ist. Einen Moment stellt sie sich vor, wie Lesardres Kristallkugel hinab auf den Meeresgrund rollt und dort verborgen zwischen Seesternen und Tang weiter die Bilder einer längst vergangenen Zeit widerspiegelt: eine Frau in einer Schlangengrube, ein weißer Hirsch in den Wäldern.

Die Sonne fällt ihr aufs Gesicht und wärmt sie, und sie schmeckt Salz auf den Lippen und Blut und hört die Schreie der Möwen, die Wellen, die in die Bucht rollen, den Wind, der über die Klippen fährt. Dann schließt sie die Augen, lauscht auf das Branden des Meers und den langsamen Schlag ihres Herzens.

Immer das Meer, denkt sie, immer das Meer: die stürmische See an den Pforten des Helias und die graue Küste Dûnhlairs, der sanfte Seegang im Hafen von Ptaraon, wo sie am Leuchtturm steht und wartet; das ewige, stolze Tosen an den Grundfesten Leiengards, das sich der Vergangenheit entsinnt, und wartet, und von der Zukunft träumt.

Diesmal hat sie keine Angst vor der See. Sie heißt sie willkommen und lässt sich davontragen in ein anderes Leben. Dann ist sie wieder dort, auf Leiengard, und hört das Schnarchen M'kars und den Schlag eines Gongs in der Ferne, der sie ruft.

Gleich, denkt sie, wird sie erwachen – und dann, von einem Moment auf den nächsten, ist es vorbei.

SARIKS STERN

Bei Einbruch der Dunkelheit hatte er noch immer keine Spur von Sarik gefunden. Er traf ein paar ihrer Kundschafter, die eine Handvoll Legionäre gefangen genommen hatten, aber auch die hatten den Zauberer nicht gesehen. Allmählich, fürchtete er, musste er wohl der Tatsache ins Auge sehen, dass es schwierig war, einen Wettermagier zu finden, wenn der es nicht wollte. Er war durchgefroren und hungrig und wusste nicht, was er tun sollte.

Da erreichte er eine kleine, windschiefe Hütte, die inmitten wilder Haselsträucher stand. Sie sah genauso baufällig aus wie alles in der Gegend, doch hinter den blinden Scheiben sah er warmes gelbes Licht. Da sein Pferd am Ende seiner Kräfte war und dunkle Regenwolken aufzogen, hielt er an und klopfte.

Die Tür schwang auf.

Drinnen brannte ein Feuer unter einem Kessel, aus dem es nach Kartoffeln und Zwiebeln duftete. Knoblauch und Küchenkräuter hingen von der Decke, sodass er den Kopf einziehen musste, und der Boden war mit Fellen ausgelegt. Allerhand Regale säumten die Wände.

»Binde dein Pferd draußen an«, sagte eine Frau aus dem Nebenzimmer. »Sonst ist es morgen nicht mehr da.«

Janner spähte um die Ecke, war aber zu müde, um Fragen zu stellen, darum gehorchte er. Als er die Hütte ein zweites Mal betrat, stand vor ihm eine Frau mit einer langen Mähne schwarzen und rauchgrauen Haars. Sie war barfuß, trug ein schlichtes Kleid und Ketten aus Muscheln und Perlen an Gelenken und Hals. Die breiten Wangen und die großen Augen gaben ihr etwas Mädchenhaftes, trotz der grauen Strähnen.

»Setz dich«, sagte sie. »Deine Sachen kannst du hier hinlegen. Und zieh deine Stiefel aus.«

Janner legte sein Schwert und seine Tasche in die Ecke, kämpfte sich aus seinen Stiefeln und ließ sich auf den Fellen vor dem Feuer nieder. Die Frau rückte einen flachen Tisch neben ihn und gab ihm eine Schale mit Eintopf aus dem Kessel.

»Danke«, sagte er und griff gierig nach Schale und Löffel. »Das ist wirklich sehr freundlich. Kennen wir uns?«

»Ich bin Zeona«, sagte sie.

»Janner«, nuschelte er und schlang sein Essen hinunter.

»Sarik hat dein Mädchen entführt«, stellte sie fest, und da verschluckte er sich fast.

»Wenn du auch nur die Hand nach deinem Schwert ausstreckst, verwandle ich dich in das Ferkel, nach dem du schon riechst«, warnte sie ihn, und ihr Blick gab ihm keinen Anlass, an ihren Worten zu zweifeln. Er fragte sich, wo er ihren Namen schon einmal gehört hatte.

»Woher weißt du, wer ich bin?«

»Früher nannte man mich eine Seherin. Erwartet man nicht von uns, solche Dinge zu wissen?«

Er suchte nach einer Antwort, doch sie winkte ab. »Worauf es ankommt, ist der furchtbare Fehler, den zu begehen er im Begriff ist.«

»Da bin ich ganz deiner Meinung«, murmelte er. »Macht er so was denn öfter?«

»Sagen wir, es passiert nicht zum ersten Mal. Und Sarik ist nicht der Einzige.« Sie entzündete ein paar Räucherstäbchen, die einen betörenden Geruch verströmten. »Ich wollte ihm noch einmal helfen – doch anscheinend war auch das ein Fehler.«

»Was habt ihr zwei denn miteinander zu schaffen?«

Sie seufzte. »Für einen Fealv stellst du viele dumme Fragen.«

Er ließ den Löffel sinken und beäugte sie. »Du … und Sarik?«

»Ich tat, was ich tat, weil sich nie wieder einer von uns über die anderen aufschwingen sollte«, sagte sie, ohne auf die Frage einzugehen. »Nicht, damit er selbst diesen Part übernimmt. Doch er ist wieder wie damals: unbedarft und an nichts außer seiner Magie interessiert. Ich dachte, wenn er sich seiner alten Schuld wieder entsinnt, wird ihm klar, was für eine Verantwortung er trägt. Die Leute haben genug Probleme, auch ohne dass sich unsereiner in ihr Leben einmischt. Von den Wesenheiten ganz zu schweigen.«

Er grunzte. »Dann wird es dich vielleicht freuen zu hören, dass nun ein Irrlicht über unser aller Schicksal wacht.«

Da wurde sie kreidebleich und wandte den Blick ab.

»Wir alle bekommen, was wir verdient haben«, flüsterte sie. »Eine Seherin, die nur sieht, was sie will … Ein einsames Licht.« Sie funkelte ihn an. »Was ist mit dir, großer Krieger? Weißt du denn, was du zu tun hast, oder redest du dir schon dein Scheitern schön?«

Einen Moment jagten sich Wut und Verzweiflung wie wilde Hunde in seinem Herzen. »Sarik hat April entführt, damit ihr – unser – Kind ein Zauberer wird, so wie er. Dir ist wahrscheinlich klar, was das heißt?«

Zeona nickte und legte die Hände in den Schoß. »Ich denke schon. Ich war Aprils Hebamme.«

Da wanderte sein Blick dann doch zu seinem Schwert, doch sie hob drohend den Finger, und er sah davon ab.

»Ich erwarte nicht, dass du mich verstehst«, sagte Zeona. »Aber Zearis musste gestoppt werden. Wir hatten schon zu lange die Augen verschlossen, vor ihm und dem wahren Ausmaß seiner kindischen Rache … Und während wir wegsahen, starben die Eolyn wie die Fliegen.«

»Du hast recht«, sagte er. »Ich verstehe dich nicht. Was ist jetzt? Willst du mir helfen, oder hast du einfach nur jemanden zum Reden gebraucht?«

»So sehr du dir auch Mühe gibst, mich vom Gegenteil zu überzeugen, du bist immer noch vernünftiger als die meisten von uns.«

Ein feuchter Schimmer trat in ihre Augen. »Korianthe war wahnsinnig und hätte die Menschen in ein neues Zeitalter der Knechtschaft gestürzt. Und Sarik … und Zearis …«

Er schaute sie abwartend an, bis sie sich wieder in der Gewalt hatte.

»Ja, ich werde dir helfen – denn du musst Sarik aufhalten. Er und ich sind die letzten, die sich noch in die Geschicke der Welt verstricken, und die Welt ist besser dran ohne uns.« Sie schüttelte den Kopf über sich selbst. »Rette April! Sie hat Besseres verdient als das.«

»Weißt du denn, wo er ist?«

»Liebst du sie denn?«, entgegnete Zeona.

»Ja«, sagte Janner. »Ich liebe sie.«

Sie erhob sich und öffnete eine Schatulle in einem Regal. Als sie wiederkam, hielt sie eine Kette mit einer einzigen weißen Perle in der Hand.

»Wenn es stimmt, was du sagst – dann wird dir das hier den Weg weisen.« Sie ließ den Talisman in seine Hand gleiten. »Es ist ein Zauber. Kannst du ihn spüren?«

Kaum dass er die Perle in die Hand nahm, musste er an April denken – so sehr, dass er sie beinahe vor sich sah. Er nickte stumm.

»Bleib heute Nacht«, flüsterte Zeona. »Es ist schon spät, und morgen wird dein Weg um einiges kürzer sein. Das verspreche ich.«

»Ich danke dir«, sagte Janner, ohne zu wissen, was genau sie damit meinte. Und auch wenn er geglaubt hatte, kein Auge in der Hütte dieser unheimlichen Frau schließen zu können, war er kurz darauf eingeschlafen.

Er erwachte noch vor der Dämmerung. Zeona lag neben ihm auf den Fellen, und es war wahrscheinlich das erste Mal, dass ihm der Anblick einer nackten Frau am Morgen Angst einjagte.

Sie kleidete sich an und setzte einen Tee auf. Dann schaute sie nachdenklich aus dem Fenster. »Wir sind in einem Wald«, stellte sie fest. »Wahrscheinlich will er mit ihr zurück in sein Reich.«

Erst war Janner nicht klar, wovon sie sprach. Dann trat er neben sie und sah die Schatten grauer Bäume draußen vor der Hütte.

»Sie hat sich bewegt«, staunte er.

»Du merkst auch alles.« Sie lächelte ihn seltsam traurig an und reichte ihm eine Tasse Tee. Ihr Haar schien ihm ein wenig grauer als am Tag zuvor, die Grübchen um die Augen nur ein wenig tiefer. Von der Verbitterung des Vortags aber war nichts mehr zu sehen.

»Wenn du ausgetrunken hast, musst du gehen. In der Tonne vor dem Haus gibt es Wasser, falls du welches brauchst. Und nimm dir eins der Felle mit. Dann leg die Kette um, und folge ihr, wohin sie dich führt. Aber sei auf der Hut – er wird sich zu wehren wissen.«

»Ich danke dir«, sagte er wieder.

»Wenn du je mit ihr darüber redest, sag ihr, wie leid es mir tut«, bat sie. »Und was ihn betrifft …«

»Ja?«

»Mache es ihm bitte nicht zu schwer.«

Er wusste nicht, was er darauf erwidern sollte. »Sei unbesorgt«, sagte er schließlich. »Und quäle dich nicht.«

Sie zuckte die Schultern und strich über die Fensterbank, studierte den Staub an ihrer Fingerspitze. »Das werde ich nicht. Du weißt, wie es ist mit einem Haus: Es gibt immer was zu tun.«

Er nickte, erwiderte aber nichts mehr. Dann gürtete er sein Schwert um, zog seine Stiefel an und ging mit seinen Sachen nach draußen.

Kaum dass er die Kette angelegt hatte, bemerkte Janner ein Funkeln am südlichen Horizont, hell wie der Abendstern, wenn er früh am Himmel aufgeht. Es war ein kalter und wolkiger Herbsttag, und sein Weg führte ihn durch einen dichten Tannenwald, aber immer wieder sah er den Stern durch die Zweige funkeln, und sein Licht gab ihm Hoffnung, auch wenn es ihn manchmal an das Blitzen eines Irrlichts in sehr weiter Ferne erinnerte.

»Ich komme, Liebling«, flüsterte er ein ums andere Mal und gönnte seinem Pferd und sich nicht mehr Pausen als unbedingt nötig.

Am Mittag fand er zum ersten Mal Hufspuren, dann eine Feuerstelle. Sie war schon kalt, doch daneben, auf ein paar Tannenzweigen, die ihnen als Kissen gedient haben mochten, fand er ein blondes Haar.

Am frühen Nachmittag begann es dann zu nieseln, und die Feuchtigkeit verwischte alle Spuren. Erst dachte er sich nichts dabei, schließlich war es Herbst. Er sorgte sich auch nicht, die Spur zu verlieren, denn er sah noch immer den Stern, fast noch heller jetzt, trotz der trüben Decke über der Welt. Der Nieselregen aber dauerte an, ohne auch nur einen Deut zu- oder abzunehmen, und er laugte ihn aus wie ein sturer Musiker, der immer nur denselben Ton übt. Dann verließ Janner den Wald und sah, dass es nur in einem schmalen Korridor von etwa einer halben Meile Breite regnete.

»Netter Versuch, Zauberer«, murmelte er und folgte weiter seinem Stern.

Die Sonne ging unter, und der Nieselregen wurde zu Graupel. Janner warf sich Zeonas Fell um und ritt weiter, bis sein Pferd nicht mehr konnte. Deshalb, und weil er gesehen hatte, was Sarik in Gull mit den Soldaten angestellt hatte, hielt er unter dem Dach eines verlassenen Schuppens, in dessen Nähe wilde Apfelbäume wuchsen. Dort machte er ein Feuer, aß ein paar Äpfel und fragte sich, ob sie schon die Grenze überquert hatten, und was Sarik vorhatte. Der Stern stand nach wie vor im Süden und veränderte die ganze Nacht nicht seine Position.

Während der Nacht kam ein Sturm auf, und das Feuer erlosch, sodass Janner durchgefroren und schlotternd erwachte und sofort aufbrach. Schon zum Vormittag aber stiegen die Temperaturen stark an, ein warmer Südwind trieb ihm den Schweiß aus den Poren, und zum Mittag riss die Wolkendecke auf und eine Sonne, die viel zu warm für diese Jahreszeit war, brannte ihm auf die Stirn. Er durchquerte zwei gebrandschatzte Dörfer. Zwar hatte er den Eindruck, dass sie nicht völlig verlassen waren, doch die Bewohner hielten sich vor ihm versteckt. Er konnte es ihnen nicht verübeln. Wahrscheinlich, dachte er, als er seinen Mantel ablegte und sein Hemd lockerte, trauten sie dem Wetter nicht, das er mitbrachte.

Sein Stern führte ihn weiter, in Richtung eines weiteren, größeren Waldes jenseits einer weiten Fläche verdorrten Ackerlands. Aus dem, was er von Zeona und April über Sarik und seine Reisegewohnheiten wusste, schloss er, dass der Zauberer den Schutz der Bäume suchte. Anscheinend wollte er so tief wie möglich in einen Wald, um dort die Pforten in sein magisches Reich zu öffnen, wohin Janner ihm wahrscheinlich nicht folgen konnte. Wenn es sich so verhielt, dann hoffte er bloß, dass der Leitstern, der auf ihn wies, Sarik irgendwie daran hinderte. Wenn er diese letzte Grenze überschritt, war es zu spät.

Das Wetter schien seiner Vermutung recht zu geben. War es bisher lediglich lästig oder vielleicht eine Warnung gewesen, wurde es im Laufe dieses zweiten Tags grausam und wütend. Mehrere Staubteufel umkreisten ihn auf den Feldern und rotteten sich dann wie Wölfe am Waldrand zusammen. Er wickelte sich ein Tuch vor den Mund und ritt weiter, aber sein Pferd bekam Sand in die Augen und weigerte sich, weiterzugehen. Fluchend stieg er ab und warf sich das Schwert und die Satteltaschen über die Schultern. Schlagartig fiel die Temperatur um fünfzehn oder zwanzig Grad, und Hagelkörner, so groß wie Kastanien, prasselten vom Himmel. Sein Pferd ergriff die Flucht, Janner aber eilte im Schutz der Taschen unter die Bäume. Der Hagelsturm verschwand ebenso plötzlich, wie er gekommen war.

»Ein letzter Regen«, knirschte Janner. »Ein letzter Sonnenschein, von wegen.« Dann hob er die Stimme und rief in den Wald hinein: »Hörst du mich, du verlogener Feigling? Ich bin noch da!«

Kurz darauf zog Nebel auf.

Fluchend kämpfte sich Janner voran. Wenn Sarik noch einmal etwas Ähnliches im Repertoire hatte wie das Grauen, das die Gefängnisinsel heimgesucht hatte, dann hatte er ein echtes Problem. Doch der Nebel griff nicht nach ihm und drohte auch nicht, ihn zu verschlingen. Stattdessen glaubte er ein ums andere Mal bleiche Gestalten in ihm zu erkennen, die ihn anklagend verfolgten. Derril und Horb waren da, und Niesel und Farnstein, und ein paar von Krayns Männern; und zuvorderst Cassiopeia, die Tante Mirabelle bei der Hand hielt, die Tränen in den Augen hatte und ihn rief. Tante Mirabelle war am schlimmsten.

Er zog Banneisen aus seiner Scheide und schwang das große Schwert um sich wie eine Fackel, auch wenn ihm bald der Arm weh tat, und schrie eine Menge schwachsinniges Zeug, um sich Mut zu machen. Er rief die vorigen Träger des Schwertes an, von Lucius Bartelfisch bis Tausenddorn, auch jenen tapferen Ritter der hohen Dame aus Glaive, selbst Krayn bat er um Beistand, denn er hatte das Schwert immerhin einmal geführt und einen guten Schnitt dabei gemacht.

Der Nebel verschwand. Es wurde wieder kälter.

»Ha!«, schrie Janner in den dunklen Wald und torkelte weiter. »Und jetzt? Geht dir die Geduld mit mir aus, Zauberer? Oder das Wetter? Nimm dich in Acht, denn ich bin dir immer noch auf den Fersen!«

Als Antwort schlugen ihm dicke Schneeflocken ins Gesicht und verklebten ihm Augen und Mund.

Janner steckte das Schwert weg, schlang seinen Mantel fester um sich und kämpfte sich voran. Der Sturm gewann an Heftigkeit, und bald stapfte er durch knietiefen Schnee. Dicke Eiszapfen hingen von den Zweigen und verwandelten sich im Fallen in tödliche Geschosse. Die Kälte schmerzte im Gesicht, er spürte seine Finger nicht mehr, und das Schwert war wahrscheinlich schon in seiner Scheide festgefroren. Seine Nase lief, und er konnte die Augen nicht weiter als einen Schlitz öffnen – gerade weit genug, um seinen Stern zu sehen.

Ich wollte dir helfen, dachte das Licht. *Doch was hast du getan?*

Was ich getan habe?, dachte Sarik, führte den Gedanken aber nicht zu Ende, weil er es erst für ein Selbstgespräch hielt. Er führte sein Pferd inzwischen am Zügel; häufig musste er anhalten, um sich zu konzentrieren, denn die Zauber gingen ihm immer schwerer von der Hand. Auch Aprils schlaffer Körper war ihm irgendwann unangenehm geworden, selbst wenn er wusste, dass sie nicht tot war, sondern nur schlief. Darum hatte er eine einfache Stangenschleife für sie gebaut, die das Pferd hinter sich herzog, die aber immer wieder in Wurzelwerk und in Gräben hängenblieb. Es war eine wahrhaft verfahrene Situation.

Was ist nur geschehen?

Was geschehen ist, ist geschehen, dachte Sarik. Es tut mir leid, aber jetzt ist es zu spät.

Nein, hörte er die Stimme des Irrlichts, und diesmal blieb er kurz stehen und schaute sich um. Einen Moment war er verwirrt, doch natürlich war das Irrlicht nicht da: Es war in den Hallen von Navylyn, auf ewig eingesperrt, wenn sich nicht eines Tages, in ferner Zukunft, noch ein Wunder ereignete.

Sarik wollte dieses Wunder. Deshalb hatte er April entführt. April *war* das Wunder. Er hatte ihr nichts getan. Er hatte einfach der Luft in ihren Lungen befohlen, langsamer zu strömen, und sie so in tiefen Schlaf versetzt.

Ich habe die gestürzten Figuren wieder aufgestellt, und ich kann sie wieder vom Brett nehmen, dachte das Irrlicht. *Meinen Zug korrigieren. Noch halte ich deine Figur – weil ich den Klang deiner Stimme vermisste. Dein Schicksal liegt jetzt ganz bei mir.*

Es klang bestimmter als früher, und auch verzweifelt. Die Kammern aus Porzellan mussten ein sehr kalter Ort sein, jetzt, da die Pforten geschlossen waren und unüberbrückbare Abgründe sie trennten.

Dabei solltet ihr doch eure eigenen Entscheidungen treffen. Ich werde die Figur keines lebenden Wesens mehr anrühren, und wenn das Alleinsein noch so schlimm ist – denn jetzt weiß ich, was passiert, wenn man mit ihnen spielt.

Warte!, dachte Sarik und fuhr wieder herum, denn er dachte, er hätte jemanden gesehen. Doch es war nur ein Reh, das ihn erschrocken anstarrte und dann davonsprang.

Er warf einen kurzen Blick auf April.

Sie sagte selbst, es habe ihr Mut gemacht, zu wissen, dass es noch mehr auf der Welt gab – mehr als ihr Dorf und was man dort kannte. Mir ging es einst ähnlich – Wunder und Reiche voller Magie ... Heute ist sie diese Hoffnung, für mich und die anderen. Nimm sie uns nicht! Nimm uns nicht die Hoffnung.

Welche Hoffnung, und für wen? Es gibt keine anderen mehr. Die Hoffnung ist wie eine Kerze, die bei hellem Tag verblasst.

Seit wann redest du in Gleichnissen?, fragte Sarik und zog das Pferd wieder am Zügel. Was willst du mir weismachen? Dass es besser ist, im Dunkeln um die Kerze zu sitzen, als den helllichten Tag zu schauen?

Zeona hat es gewusst, stellte das Irrlicht traurig fest. *Wir haben immer zu viel gewollt.*

Wir?, echote Sarik.

Ich weiß jetzt wieder, wer ich einmal war.

Du bist nur ein Teil von ihm, widersprach Sarik. Und genauso fehlgeleitet wie der Rest.

Blas die Kerze nicht aus.

Ich wünschte, es müsste nicht sein, dachte Sarik. Glaubst du, ich habe kein Mitleid mit ihr? Glaubst du, ich empfände keine Schuld?

Nicht zum ersten Mal versuchte er, einen Übergang in den Blauen Wald herzustellen, wo er in Sicherheit wäre und nur noch seine eigenen Regeln gelten würden. Unter normalen Umständen wäre jeder dichte Wald dafür geeignet, einen Weg dorthin zu öffnen, doch der Zauber, der sich an ihn geheftet hatte, hielt ihn wie einen Fisch am Faden. Der Fealv war wirklich sehr hartnäckig und hatte allen Versuchen, ihn abzuschütteln, getrotzt. Das Schlimmste aber war, Sarik kannte die Magie, die ihn beschützte – und wusste, von wem er sie hatte.

Es war leichter, als ich noch nichtsahnend war, erklärte er dem Irrlicht und hielt vor zwei alten Buchen, die vielleicht kräftig genug waren, den Zauber zu brechen. Wer weiß – vielleicht hattest du recht, und ich hätte nicht danach streben sollen, meine Erinnerung zurückzuerlangen.

Ich wollte immer nur, dass du glücklich bist. Ich wünschte, du wärst es noch.

Du warst es – nicht der Schlaf, oder Korianthe. *Du* hast mir die Erinnerung daran genommen, was ich getan habe, nicht wahr?

Du hast dich so mit deiner Schuld gequält, dachte das Irrlicht. *Selbst in deinen Träumen.*

Wieso hast du dann zugelassen, dass ich meine Erinnerung wiedererlange?

Ich konnte dich nicht länger hindern. Du wolltest dich erinnern – du wolltest es so sehr.

Und was ich über mich erfuhr, kann ich nicht mehr vergessen: Ich kann nicht ändern, wer ich bin. Durch meine Schuld ist es so weit gekommen. Ich habe meinen Freund verraten und damit einen Krieg entfesselt, den er an meiner statt führte. Dann, als sich alle gegen ihn verschworen, habe ich ihn im Stich gelassen, um den Krieg zu beenden; und nun hat es einen neuen Krieg gegeben, und nichts ist uns geblieben – außer ihr.

Noch einmal versuchte er, eine Pforte zu öffnen, doch es hatte keinen Sinn.

Resigniert ließ er die Hände sinken.

Er wird dich töten, dachte das Irrlicht. *Hörst du? Er ist schon ganz nahe.*

Halte ihn auf, entgegnete Sarik. Nutze deine Macht.

Nein. Wenn du nicht aufgibst, wird er dich töten, und ich werde dich nicht noch einmal retten. Hörst du?

Wie soll ich denn leben mit dem, was ich tat? Leben als der, der zu sein ich herausfand? Ich habe achthundert Jahre verschlafen und bin noch immer so weit wie zuvor. Wenn ich jetzt aufgebe, bleibt mir gar nichts außer meiner Schuld.

Dann ist es das, was du willst?, fragte das Irrlicht zaghaft. *Bist du dir auch sicher?*

Abermals hörte er etwas und fuhr herum. Jeden Moment würde der Fealv ihn einholen, und Sarik hatte nichts mehr, was er ihm entgegensetzen konnte. Er hätte sparsamer mit seiner Kraft umgehen sollen. Selbst sein Umhang, sah er, hatte seinen Glanz verloren.

Es war einerlei. Er würde sich ihm stellen.

Er ließ sein Pferd los und warf einen letzten langen Blick auf April. Er dachte an die Nacht im Gebirge, als er am Feuer über sie gewacht hatte.

Weißt du noch?, lächelte Sarik. Der Beginn einer Reise ist immer am schönsten.

Ich erinnere mich gut.

Ich wünschte, ich könnte es noch einmal erleben. Wie alles war.

Das Irrlicht zögerte einen Moment. *Dann soll es so sein,* dachte es. *Ein letztes Mal.*

Etwas brach durch das Unterholz. Ein helles Funkeln hüllte Sarik ein und nahm ihm die Sicht auf das, was geschah.

Ich liebe dich, Sarik Isikara Kisikiras.

Das Irrlicht tat seinen letzten Zug.

Lebe wohl.

AN DER WEGKREUZUNG

Der Wagen klapperte die Straße hinab. Es war ein alter Planwagen, gerade groß genug für ein paar Säcke oder Fässer, oder um bei schlechtem Wetter unter seinem Dach zu schlafen. Gezogen wurde er von einem alten Maultier, und der Mann auf dem Kutschbock hatte den Kragen seines Mantels gegen den leichten Regen hochgeschlagen und machte einen erschöpften Eindruck. Es war ein grauer und kalter Morgen, Oktoberwetter, und die Straße war aufgeweicht und matschig.

Der Wagen erreichte eine nicht sehr übersichtliche Wegkreuzung, und der Fahrer hielt an, um einen verwitterten Wegweiser mit vielen Schildern zu studieren. Anscheinend hatte er es nicht allzu eilig, und so stand er immer noch mit seinem Wagen auf der Kreuzung, als sich die beiden Reiter von einem der anderen Wege näherten.

Sie hielten ebenfalls vor dem Wegweiser und grüßten flüchtig. Der Mann auf dem Kutschbock bemerkte, dass es sich um einen Fealv in reiferen Jahren und eine dunkelhaarige Frau von großer Schönheit handelte. Er grüßte zurück, und eine Weile studierten sie schweigend die Schilder, wobei sie sich gegenseitig etwas behinderten, denn der Wagen stand so dicht davor, dass die Reiter Probleme hatten, alle zu lesen.

»Das ist ein feiner Wagen, den Ihr da habt«, sagte der Fealv schließlich. »Sagt, Ihr würdet nicht zufällig in Erwägung ziehen, ihn zu verkaufen?«

»Nein«, sagte Janner.

»Oder zu tauschen? Ich biete Euch zwei Pferde dafür.«

»Das mag ein gutes Geschäft sein, aber ich brauche den Wagen.«

»Das ist aber schade.«

»Es geht wirklich nicht.«

»Mein Name ist übrigens Tausenddorn«, fügte der Fealv hinzu und streckte ihm die Hand hin, die bei dem nassen Wetter glänzte wie feuchtes Laub. »Ihr werdet von mir gehört haben … oder nicht?«

»Bitte nicht«, sagte die Frau auf dem anderen Pferd und fasste ihren Begleiter am Arm. »Du hast doch gehört, was er gesagt hat.«

»Ich versuche doch nur, höflich zu sein«, verteidigte sich der Fealv.

»Ich bin Janner«, sagte Janner und nahm die ausgestreckte Hand. Einen langen Moment sahen sie sich in die Augen, und Tausenddorns Miene wechselte von Belustigung zu Ungeduld. »Sehr erfreut«, sagte er. »Aber Ihr könnt meine Hand jetzt wieder loslassen.«

»Entschuldigt«, sagte Janner und gab ihn frei. »Ich hätte bloß nicht damit gerechnet, Euch hier zu treffen.«

»Dann habt Ihr also doch von mir gehört«, stellte Tausenddorn befriedigt fest.

»Wer hat das nicht«, murmelte Janner und ließ den Blick zu der Frau schweifen. »Wenn Ihr Tausenddorn seid, dann müsst Ihr … die Frau sein, die man die Prophetin nennt.«

»Seraya«, sagte die Frau, ritt ein paar Schritte näher und streckte gleichfalls die Hand aus. Es wäre ihm lieber gewesen, sie hätte das nicht getan, denn jetzt, von nahem, erinnerte sie ihn nicht mehr an die Bilder, die er von ihr kannte, sondern an Zeona, und das machte ihm Angst. Vielleicht waren es ihre Augen, oder die feinen Tröpfchen in ihrem Haar, die es wie Spinnweben schimmern ließen. Es wäre aber unhöflich gewesen, die Geste auszuschlagen, also beugte er sich vor und schüttelte auch ihr die Hand.

»Ich dachte, Ihr seid in Teveral«, sagte er.

»Dahin wollen wir auch«, erklärte Tausenddorn. »Soll sich ja allerhand dort zugetragen haben. Der Kaiser ist tot, heißt es. Von einem leibhaftigen Dämon verschlungen.«

»Ich habe etwas Ähnliches gehört«, nickte Janner.

»Natürlich ist das aber Unsinn«, fuhr Tausenddorn fort, »da jedermann weiß, dass es Dämonen nicht gibt.«

»Wenn Ihr nach Teveral wollt, solltet Ihr hier entlang«, sagte Janner und wies mit der Hand auf den linken von zwei Wegen, die sich sonst sehr ähnlich sahen.

»Und Ihr, mein stolzer Freund?«, fragte Tausenddorn. »Wollt Ihr uns nicht etwas Gesellschaft leisten?«

»Ich will nach Fængos.«

»Zu der Jahreszeit? Es wird dort bald ziemlich kalt sein.«

»Im Frühling soll es aber sehr schön werden.«

»Ganz wie Ihr meint. Ich konnte diesen nördlichen Klimaten ja nie viel abgewinnen. Wisst Ihr, was ich wirklich vermisse? Ewenland.«

»Das überrascht mich«, sagte Janner. »Wart Ihr es nicht, der dem Norden die Freiheit schenkte?«

»Ja schon«, erwiderte Tausenddorn, und er und seine Begleiterin tauschten ein flüchtiges Lächeln. »Aber mit der Zeit wird man der vielen Kämpfe und des schlechten Wetters überdrüssig. Ab einem gewissen Alter wünscht man sich einfach nur ein Fleckchen in der Sonne, von wo aus man aufs Meer hinausschauen und sich so seine Gedanken machen kann.«

»Ich weiß, was Ihr meint«, sagte Janner, »denn wie Ihr bin ich einmal zur See gefahren, und wie Ihr bin ich des Kämpfens und der großen Taten müde. Und ich habe gelernt, dass nur Irrlichter und wandernde Sterne uns den Weg weisen, sodass man irgendwann wieder da steht, wo man am Anfang schon war. Dennoch kann ich Euch nicht begleiten, so reizvoll Euer Angebot auch ist, genauso wenig, wie ich Euch den Wagen verkaufen kann.«

»Ein Jammer«, konstatierte Tausenddorn und wollte sich abwenden, doch die Frau bedeutete ihm, kurz zu warten, und ritt einen Schritt näher, um einen Blick hinter Janner und unter die Plane zu werfen.

»Geht es ihr gut?«, fragte sie ernst.

Janner brauchte einen Moment, um die richtigen Worte zu finden. »Sie hat eine Menge durchgemacht, und sie erwartet ein Kind. Sie ist der Grund, weshalb ich den Wagen brauche. Ich habe ihr versprochen, dass ihr Kind in Freiheit aufwächst.«

»Ich könnte sie mir einmal anschauen«, sagte Seraya.

»Wenn Ihr das tun könntet ... wäre ich Euch wirklich sehr dankbar.«

Seraya stieg vom Pferd, und Janner half ihr auf den Wagen. Dann verschwand sie unter der Plane, um einen Blick auf April zu werfen.

Tausenddorn nickte ihm zu. »Ihr habt Glück, dass Ihr uns getroffen habt. Sie hat heilende Hände, wisst Ihr.«

»So sagt man«, nickte Janner und sagte eine Zeitlang nichts mehr, worauf Tausenddorn gelangweilt die Gegend studierte.

Nach ein paar Minuten kletterte Seraya wieder nach vorne.

»Ihr und dem Kind geht es gut«, sagte sie mit einem Lächeln. »Und ich glaube, sie träumt. Haltet sie warm und achtet darauf, dass sie genügend isst – dann wird sie schon wieder.«

»Danke«, sagte Janner.

»Haben wir nicht noch was von dem Wasser, das du für den Priester in Eccleton gesegnet hast?«, fragte Tausenddorn, doch sie schüttelte den Kopf und stieg wieder auf ihr Pferd. »Das ist jetzt nicht der richtige Augenblick«, sagte sie, und er zuckte die Achseln.

»Also dann«, sagte Tausenddorn. »Ihr seid Euch sicher, dass Ihr nicht ein Stückchen mitkommen wollt? Teveral liegt praktisch auf dem Weg für Euch.«

Janner schüttelte den Kopf und deutete auf den Weg rechts von ihrem. »Da lang ist besser für uns. Wir schieben es schon viel zu lange auf.«

»Dann alles Gute«, sagte Tausenddorn und lenkte sein Pferd an ihm vorbei. »Und günstige Winde.« Er und Seraya schickten sich an, loszureiten.

»Wartet«, rief Janner, und die beiden blieben stehen.

»Was ist? Habt Ihr es Euch doch überlegt?«

»Ich würde Euch gerne etwas geben«, sagte Janner. »Als Zeichen meines Danks – und weil ich sehe, dass Ihr ohne Waffen in gefährliches Gebiet reist.«

»Ihr solltet nicht alles glauben, was Ihr seht«, murmelte Tausenddorn, aber etwas an Janners Tonfall schien ihn zu beunruhigen.

Janner griff umständlich hinter sich und hob ein schweres, in Öltuch geschlagenes Bündel von der Ladefläche. Tausenddorn kam näher, und nach einem kurzen Moment des Zögerns reichte Janner es ihm.

»Schlagt es auf.«

Tausenddorn tat, was er sagte, und einen Moment nur verschwand die Maske der Unbeschwertheit, die er zur Schau trug, und man sah ihm sein Alter an. Ein paar Sekunden ließ er verträumt den Finger über die dunkle Klinge streichen. Dann riss er sich wieder zusammen.

»Woher habt Ihr das?«, fragte er.

»Lucius Vargo hat es mir gegeben«, sagte Janner. »Vor langer Zeit.«

»Der alte Bartelfisch!«, staunte Tausenddorn. »Wie geht es ihm?«

»Ich habe keine Ahnung«, gestand Janner. »Ich habe ihn das letzte Mal in Melnor gesehen.«

»Und ich kann mir auch denken, wo«, grinste Tausenddorn. »Nein ehrlich. Wieso wollt Ihr mir das geben? Behaltet es. Es ist ein gutes Schwert.«

»Aber«, murmelte Janner, »es ist doch Eures.«

»Das war mal dein Schwert?«, fragte Seraya nicht ohne einen Hauch von Missfallen und reckte den Hals.

»Diese Tage sind vorbei«, beeilte er sich zu sagen. »Wir kommen sehr gut zurecht – auch ohne dass wir mit einer Waffe wie dieser durch die Lande ziehen. Ihr dagegen seid jung und habt eine schwangere Frau, die Ihr verteidigen müsst.«

»Ich habe eine Armbrust auf der Ladefläche liegen«, gestand Janner. »Ich habe sie erst entspannt, als Eure Begleiterin nach hinten kletterte.«

Tausenddorn wollte eine Bemerkung dazu machen, doch Janner fuhr fort. »Lucius hat mir alles über Euch erzählt – auch die Geschichte, wie Ihr und später er an dieses Schwert kamt. Ich wollte es erst nicht zugeben, doch ich suche Euch schon sehr lange Zeit. Ich muss aber gestehen, dass ich die letzten Jahre sehr müßig geworden bin, und dem Schwert zu wenig Ruhm gereichte … Ihr würdet mir wirklich eine große Ehre erweisen, wenn Ihr es nun von mir annähmt und mich von meiner Suche entbändet.«

Tausenddorn warf ihm einen langen und prüfenden Blick zu. Dann breitete sich wieder ein Grinsen auf seinem Gesicht aus.

»Ach, kommt schon«, murmelte er und gab Janner einen freundschaftlichen Stoß. »Das ist wirklich sehr rührend und alles, aber was soll ich heute noch mit einem Schwert, an dem man ganze Schweine braten kann? Ich muss gestehen, die schlanken Klingen sind mir mittlerweile lieber, und außerdem, sind wir mal ehrlich, war es schon immer ein ziemlich hässliches Ding.« Er schlug das Bündel wieder zusammen und reichte es Janner.

»Gebt es irgendeinem Recken, der jünger ist als wir, und sagt ihm, dies ist Banneisen, Janners Schwert.« Und ein fragender Ausdruck trat in seine Augen, als er das sagte, und er legte Janner die Hand auf die Schulter. »Wo wir gerade davon reden, Ihr habt nicht zufällig diese verrückten Gerüchte von einem Banneisen gehört, der in den östlichen Provinzen für Unruhe sorgte und sich öffentlich als mein Sohn bezeichnete?«

»Ich … habe davon gehört«, murmelte Janner. »Aber das muss eine andere Geschichte gewesen sein, denn wie gesagt, ich habe dieses Schwert von Lucius Vargo erhalten und die letzten Jahre nicht viel damit angefangen.«

»So muss es wohl sein«, sagte Tausenddorn und klopfte ihm abermals auf die Schulter. »Ist ja auch ein recht häufiger Name. Wisst Ihr, das ist genau, was ich an den Leuten so schätze: nicht, dass sie große Schwertkämpfer sind oder Wunder vollbringen … oder weiß der Kuckuck was sie sonst noch von sich, von mir oder der Welt erwarten. Sondern ihre Fähigkeit, sich immer neue Geschichten über sich selbst zu erzählen. Was immer Ihr tut – hört nicht damit auf.«

Janner nickte, dann legte er das Schwert wieder nach hinten, wo April auf ihrem Lager aus Stroh friedlich schlief. Er strich ihr das Haar aus der Stirn, ihre Augenlider flatterten leicht, und er fragte sich, was sie wohl träumte. Dann blickte er wieder nach vorn.

Der Befreier des Nordens und die Prophetin grüßten ein letztes Mal, dann ritten sie auf den linken der beiden Wege, nach Teveral. Janner aber lenkte seinen Wagen nach rechts, nach Fængos. Das Maultier trottete los, er hängte die Leine ein, und nach einer Weile konnte man von seinem Weg das einfache Lied einer Flöte hören.

WIE ALLES ENDET

Für Sarik endet die Geschichte an einem Wintertag. Schneeflocken treiben durch die kristallklare Luft wie Kirschblüten im Frühjahr, und er weiß weder, wo er sich befindet, noch wie er hierher gekommen ist. Wenn er es recht bedenkt, dann weiß er nicht einmal, was für ein Jahr es ist. Er weiß nur noch, er hat sehr lange geschlafen; und er würde gerne den Grund dafür erfahren.

Hinter ihm liegt ein Wald, und vor ihm erstreckt sich eine schneebedeckte Landschaft. Silbernes Schilfgras weist mit seinen starren, gebrochenen Halmen in alle Richtungen. Hinter einem Zaun in einiger Entfernung liegen ein paar einfache Behausungen, und dahinter ein Fluss.

Da entdeckt er ein Mädchen in einem schlichten Wollmantel auf der anderen Seite des Zauns. Sie ist ein blasses Kind mit strohblondem Haar und hellem Blick, dem keine seiner Bewegungen entgeht.

Vorsichtig, um sie nicht zu erschrecken, tritt er auf sie zu, bis nur noch der Zaun mit seinen Kappen wie Zuckerhüte sie trennt. Das Schneegestöber lässt nach.

»Hallo«, grüßt er sie. »Wie geht es dir?«

»Mir geht es gut«, erwidert sie wachsam. »Und dir?«

Verlegen wischt er sich ein paar Schneeflocken vom Umhang. »Sag mir«, bittet er sie, »wo bin ich?«

»In Gabors Furt«, sagt sie. »Woher kommst du?«

»Ich weiß es nicht«, gesteht er.

»Bist du ein Fürst?«

Er muss lächeln. »Wohl kaum. Fürsten reisen mit Gefolge und haben Pferde und Kutschen. Ich dagegen habe mich wohl bloß verlaufen.«

Sie sieht ihn mitfühlend an.

»Wie ist dein Name?«, fragt er sie.

»April«, antwortet sie. »Weil ich da geboren bin.«

»Das ist ein schöner Name«, murmelt er, und etwas in seiner Erinnerung will sich regen bei seinem Klang.

»Was ist?«

»Ich frage mich«, sagt er, »ob wir uns nicht schon einmal begegnet sind.«

»Wann denn?«

»Ich weiß nicht«, erwidert er und wünscht, er wüsste es, denn eine seltsame Mischung von Gefühlen wandert bei ihrem Anblick durch sein Herz. Dann vergeht die unheimliche Erinnerung, und er gewinnt seine Fassung zurück.

»Ich weiß nur, dass ich ein Zauberer bin.«

»Nein, bist du nicht!«, kichert sie, und ihr Unglauben trifft ihn schmerzhafter, als er erwartet hätte.

»Man glaubt nur, was man sieht, nicht wahr? Aber gut – ich werde es dir beweisen.«

Er geht in sich und lauscht auf die Klänge der Magie, sucht nach den richtigen Worten. Die Leere, die er findet, erschreckt ihn. Etwas stimmt nicht, doch er will auf keinen Fall wie ein Schwindler dastehen. Wenn nicht einmal dieses kleine Mädchen ihm glaubt, wie soll er dann je die Wahrheit über sich herausfinden? »Wenn ich dir einen Regenbogen schenke, glaubst du mir dann?«

Sie nickt, und er klatscht in die Hände, schließt die Augen und hebt die Arme zum Himmel. Es ist nicht leicht, aus dem bisschen Magie, das er noch findet, ein Bild zu komponieren. Er fühlt sich wie ein Maler, dem die Farben fehlen, doch als er die Augen des kleinen Mädchens leuchten sieht, weiß er, dass er zufrieden sein kann.

Er lässt den Regenbogen noch etwas schimmern, dann verblasst er in silbergrauem Rauch. Und in diesem Moment erkennt er, dass er nie wieder einen Regenbogen wird malen können.

»Das war der letzte Regenbogen, den ich jemals gemacht habe. Ich hoffe, er hat dir gefallen.«

»Er war wunderschön«, lächelt sie.

»Glaubst du mir jetzt? Oder wirst du Schlösser, Drachen und Schätze von mir verlangen?«

»Ich glaube dir«, sagt sie. »Ich habe es immer geglaubt. Aber eure Zeit ist vorbei …«

Da trifft es ihn auf einmal wie ein Schlag, und er erkennt, wie recht sie doch hat, und er weiß wieder, wer sie ist.

»Das sagen alle!«, beteuert sie. »Sie sagen, es gibt keine Magie. Dabei kann ich sie doch aber sehen … Sie ist wie eine Sonne in der Nacht.«

»April«, flüstert er. »Meine Güte – es tut mir so leid. Hörst du? Wie jung du noch bist!« Und einen Moment denkt er an jenen Tag auf der Spitze des Berges, als er sie zum ersten Mal traf. »Natürlich … die andere Sonne. Ich erinnere mich. Sie quält dich noch jeden Tag, nicht wahr?«

Doch ebenso schnell, wie sie kam, verlässt die Erinnerung ihn auch wieder. Sie geht wie die Magie. Ein seltsamer Sog ergreift von ihm Besitz und zieht ihn mit sich, fort von hier.

Er macht ein paar Schritte in den Schnee hinaus und blickt zurück zu dem Wald, aus dem er gekommen ist.

»Vorbei«, wiederholt er. Er war auf der Suche nach etwas, doch er sollte zurück. Wieder nach Hause, wo immer das ist.

»Warte!«, ruft sie ihm nach. »Werden wir uns je wiedersehen?«

Noch einmal dreht er sich zu ihr um und empfindet dieses eigenartige Gefühl, das ihn zuvor schon beschlichen hat und das ihm sagt, dass sie sich ihr ganzes Leben lang gekannt haben. Ihrer beider Schicksale sind untrennbar miteinander verknüpft; und vielleicht sollte er gehen und herausfinden, weshalb das so ist.

»Sicher werden wir das«, sagt er, um ihr Mut zu machen. »Das ist erst der Anfang.«

Er grüßt und will aufbrechen, bleibt wenige Schritte darauf aber stehen und schüttelt verlegen den Kopf. »Ich habe den Weg verloren«, murmelt er.

Die Schneeflocken fallen wieder dichter.

Dann geht er und verschwindet, wie der Regenbogen verschwand.

ZEITTAFEL

1 Gründung des Strahlenden Reichs. Zeit der Ersten Republik. Die Eolyn siedeln an den Küsten von Pherenaïs. Menschen und Fealva leben vor allem im Inland.

366 Krieg Santals gegen Tiraun. In der Folge allmählicher Niedergang des Sommerlands und Aufstieg des Strahlenden Reichs unter menschlicher Vorherrschaft.

445 Erste Kaiserzeit. Das Reich dringt ans Festland vor.

580 Gründung Melnors

723 Eroberung Dûnhlairs durch Kaiser Titian

771 Der unsichtbare Krieg. Naturkatastrophen verheeren die mittlere Welt. Niedergang Santals. Sarik tritt seinen Schlaf an. Die Wechselbälger breiten sich aus.

808 Zeit der Zweiten Republik. Siegeszug des Parasglaubens. In den folgenden Jahrhunderten stetige Expansion des Strahlenden Reichs nach Nord- und Südosten.

1259 Erster Kontakt mit den Lagandæern

1392 Die Lagandæer kaufen die Stadt Davenport. Als Reaktion auf Korruption und innenpolitische Schwäche wird die Herrschaft über die östlichen Kolonien zunehmend von den Präfekten auf lokale Familien übertragen.

1504 Um dem inneren Zerfall der Republik zu begegnen, ruft sich Konsul Gavarian zum Kaiser aus. Zweite Kaiserzeit.

1567 Ermordung Gavarians III. In der Folge finden noch mehrere Kaiser den Tod.

1573 Geburt Janners

1575 Geburt Cassiopeias

1580 Erfolgreiche Revolten in Teveral, Tered Nimley und Salcair Lanlass. Der teverische Präfekt flieht mit dem Staatsschatz.

1581 Geburt Aprils

1588 Neoris Rodus besteigt den Thron. Schwere Unruhen im Reich.

1591 Janner kommt nach Melnor. Die Prophetin Seraya reist durch die Kolonien.

1593 Cassiopeia geht nach Leiengard. Eine Revolte in Tanbria wird niedergeschlagen.

1595 Dûnhlair erklärt sich für unabhängig. Nach seiner Entlassung aus dem Gefängnis geht Janner nach Garion.

1598 Sarik erwacht. April läuft davon. Die Geschichte beginnt.

DANKSAGUNG

Ein weitverbreitetes Vorurteil besagt, dass Fantasyautoren ihre Ideen gern aus dem Rollenspiel beziehen.

In meinem Fall ist dieses Vorurteil absolut richtig. Wer das bedenklich findet, sollte besser nicht weiterlesen und kann gleich zum Ende springen.

Das erste Problem, das sich einem stellt, ist, dass Rollenspielrunden einer anderen Dynamik als Bücher oder Filme gehorchen und die wenigsten durch Würfelglück und Interaktion bestimmten Geschichten sich eignen, einfach nacherzählt zu werden.

Das zweite Problem (und zugleich der unschätzbare Vorteil), wenn man sich aus dieser Schatzkammer bedient, ist, dass viele Fundstücke darin nicht die eigenen sind. Jeder Spieler hat seinen Teil dazu beigetragen, hat seine Einfälle und Lieblingsfiguren aus Kino und Comics hineingelegt, gewürzt mit einer guten Prise Insiderwitz – und Tolkiens Schatten lauert hinter jeder Ecke.

Der Vorteil dabei ist, dass diese Ideen von Fantasyfans jederzeit wiedererkannt werden – zeig ihnen einen Ring, und sie werden dir den Weg zum nächsten Berg weisen. Leider heißt das freilich auch, dass die Straße schon so voller Lembasbuden und Pfeifenkrauthändler ist, dass man sein Ziel leicht aus den Augen verliert.

Ich erinnere mich noch lebhaft daran, wie es war, als jeder in unserem Freundeskreis auf einmal anfing, Landkarten zu zeichnen, eigene Kulturen und Völker zu entwerfen und sich tagelang mit nichts als den Extraregeln für einen neuen Schwerttyp zu befassen. Wir schleppten auf Schritt und Tritt Quellenbücher, Skizzenblöcke und Spielmaterial mit uns herum (ganz zu schweigen von den Hellebarden und Sackpfeifen, die später noch kamen). Ganz sicher waren wir damals nach allen gängigen Maßstäben unserer Eltern verrückt – und das war auch gut so.

Wir schufen uns unsere eigenen Welten. Je nach Spielleiter waren diese düster oder heroisch oder einfach nur surreal; viele Elemente aber hatten sie gemein. Natürlich konnten auch wir den Ring nicht neu erfinden. Das war auch nicht unsere Absicht. Mit der Zeit bildete sich allerdings eine Art Rezeptur heraus – was eine Welt braucht, was sie eben noch verträgt, und wovon sie Magenbluten bekommt –, und nach dieser Rezeptur tischten wir einander unsere Geschichten auf, häufig mehrmals die Woche.

Es ist daher so gut wie unmöglich, all die Spieler und Spielleiter zu nennen, denen ich bei der Entstehung dieses Buchs zu Dank verpflichtet war – denn obgleich es sich bei der Welt von Banneisen und Schneeklinge in weiten Teilen um eine Variante oder Vorzeit meiner alten Rollenspielwelt Geuneviadore handelt (deren Form aber außer vielleicht den Lagandæern zu dieser Zeit noch niemand geschaut hat), blicken viele Ideen darin auf mehr als zwanzig Jahre gemeinsames Spiel zurück. Diese Ideen wurden ständig umbenannt, verwandelt und von Welt zu Welt weitergereicht und verlieren sich irgendwo auf den Schlachtfeldern enger WGs zwischen Pizzakartons, Clannad-Alben, Sammelkarten, Asprin-Romanen und anderem Treibgut der achtziger und neunziger Jahre.

Ich weiß aber, dass die pherenidischen Provinzen aus den Jungen Königreichen Geuneviadores hervorgingen, welche ihre Wurzeln wiederum in den östlichen Fürstentümern einer anderen Welt hatten, und dass aus ihren Trümmern vielleicht eines Tages der Freibund hervorgehen wird – und danke an dieser Stelle Kater (bei dem alles anfing), Markus und allen Mitstreitern des Weltkulturprojekts, sowie Maikl, der mir für dieses Buch neben Garion und Gabors Furt auch Melnor lieh (über dem irgendwann noch ein stählerner Stern aufgehen mag), und der darüber hinaus auch ein besonderes Verhältnis zu einem gewissen Etablissement im Hafenviertel pflegt. Ich weiß noch, dass Leiengard einmal Crandt hieß und ebenso wie die Schwertmagie (und überhaupt alles, was jemals Bekanntschaft mit einem Amboss machte) Spike geschuldet ist. Klaus danke ich für den Staub des Vergessens, und Fiede (ich glaube zumindest, dass er es war) für den Palast der Spiegel.

Die Reihe ließe sich beliebig lange fortsetzen.

Wenn ihr das lest: Danke euch allen.

Wer erst hier wieder einsteigt: Alle unrealistischen, überzogenen, ahistorischen und schlichtweg albernen Ideen in diesem Buch stammen von mir.

Was sonst bleibt zu sagen?

Ich danke meinen Testlesern Christoph, Diana, Fabienne und Simone für ihre Bestätigung und ihre Kritik; den Creative Writers der Anglistik Heidelberg für den steten Austausch (die ersten Kapitel von *The Light between the Clouds* müssen irgendwo noch existieren); Andreas für alte Sprachen, Marc für neue Technik, Karin für ihre wunderbaren Illustrationen und Sabine für alles, was mit Pferden zu tun hat. Außerdem danke ich meinen Agentinnen Natalja und Julia für ihren unermüdlichen Einsatz, Stephan Askani und allen Mitarbeitern von der Hobbit Presse für die vertrauensvolle Zusammenarbeit, Tina für ihre Geduld und die Fähigkeit, mir eine Szene zu erklären, ehe ich sie selbst verstanden habe …

… und all denen, die im Namen Serayas reisten.

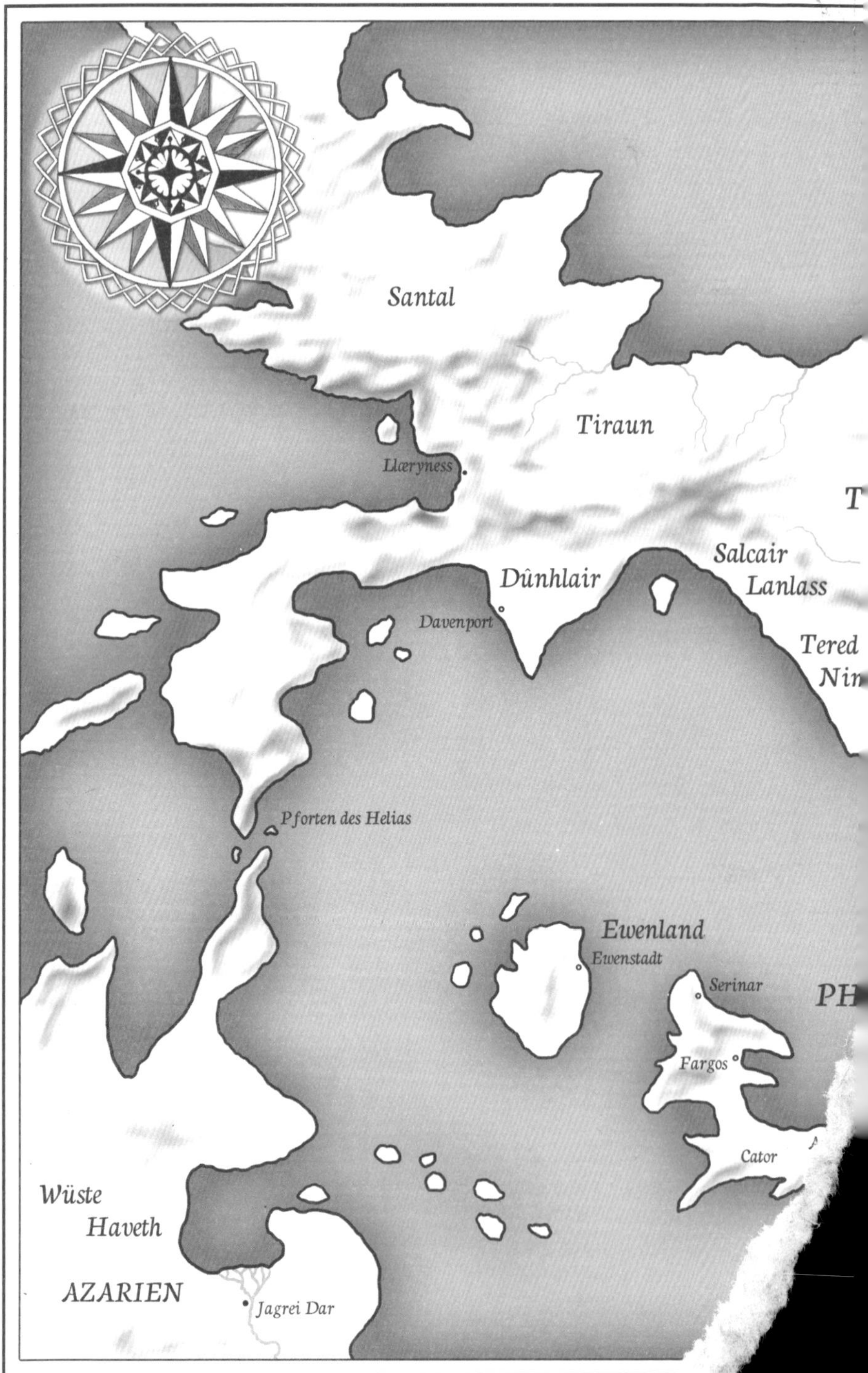

Santal
Tiraun
Llæryness
T
Salcair
Lanlass
Dûnhlair
Davenport
Tered
Nin
Pforten des Helias
Ewenland
Ewenstadt
Serinar
PH
Fargos
Cator
Wüste
Haveth
AZARIEN
Jagrei Dar